白糖三两 著

上 册

青岛出版集团 | 青岛出版社

图书在版编目（CIP）数据

笼中燕/白糖三两著. —青岛:青岛出版社,2023.12
ISBN 978-7-5736-1527-5

Ⅰ.①笼… Ⅱ.①白… Ⅲ.①长篇小说－中国－当代 Ⅳ.①I247.5

中国国家版本馆CIP数据核字（2023）第196011号

LONG ZHONG YAN

书　　名	笼中燕
作　　者	白糖三两
出版发行	青岛出版社（青岛市崂山区海尔路182号）
本社网址	http://www.qdpub.com
邮购电话	18613853563
责任编辑	龚雅琴
校　　对	祈　琪　李玮然
装帧设计	蒋　晴
照　　排	梁　霞
印　　刷	河北鹏远艺兴科技有限公司
出版日期	2023年12月第1版　2024年9月第2次印刷
开　　本	16开（640mm×920mm）
印　　张	32
字　　数	453千
书　　号	ISBN 978-7-5736-1527-5
定　　价	69.80元（全2册）

编校印装质量、盗版监督服务电话 4006532017　0532-68068050

目录

上册

目录

下册

第一章

莫　淮

一

连绵的春雨总算停歇，马家村的上空放了晴。抬头远望，是一片碧空如洗，烟络横林。

苏燕从山上下来，衣服上都沾了泥水，发丝也被雨雾打得微湿，背后的箩筐里装了些草药和野荸子。因为走了很久，她现在已经有些累了，额上都沁了层薄汗。即便是这样，她也没有要歇息的意思，一心想着快些回去做饭。

苏燕住的地方在观音山脚下，这个村子里的人大多姓马。苏燕的母亲是避祸来了此地，早在苏燕十三岁时就去世了。后来苏燕就跟着隔壁瞎了一只眼的跛脚大夫采药换钱。一直到十六岁，她都孤零零的，不过现在不一样了。

想到家中还在等候她的人，苏燕不禁加快了脚步，踩在田埂的水洼里，溅起一片水花。

她眼看着就要到了，不远处一个走路晃晃悠悠的男人提着半只羊腿走近。苏燕认出来人，皱着眉头避让，男人却突然坏笑着伸手来抓她。

苏燕二话不说，直接将柴刀拎起来，瞪着他，毫不客气地说："马六，你这只手不想要了吧？"

马六本来还不怀好意，看到她手上那把被磨得锃亮的柴刀，立刻退缩了，讪笑道："跟你逗趣，怎么还动上刀子了？来我家，有羊肉汤喝。"

苏燕忌惮地往后退了一步，但表情没有丝毫变化："不要脸的东西，呸！谁稀得跟你逗趣？！"

马六是村里出了名的流氓，见谁家小娘子生得貌美便去轻薄。无奈他父母是不讲理的，一向惯着不成器的儿子，反骂那些受他欺负的姑娘不知羞耻，嘴里没个干净的词。前阵子马六因在镇上戏弄了衙役的妹子，被狠狠打了一顿，他爹娘花钱打点才把他救出来。眼下他又不知死活，招惹苏燕。

苏燕孤身一人生活，加上她母亲生前名声不好，时不时就有不要脸的好色之徒在她家附近转悠。马六就曾翻过她家的院墙，被她养的大黄狗追着咬，吓跑了。后来马六的爹娘反倒带着棍棒来打苏燕，要不是被人拦着，她只怕要被打个半死。

她现在一看到马六就避开，平日里就是不砍柴也要带着刀，防备这群不要脸的泼皮无赖。

马六被她一番恐吓，愤愤地朝地上啐了一口，嘴里说了一连串下流词，紧接着还说："别以为人不知道，你捡了个野男人安置在屋里，日日跟人好，还当自己是什么清白姑娘？"

苏燕攥紧手指一言不发，背着箩筐走远了才回过头反唇相讥："我就是做妓子都瞧不上你！"

马六怒极来追，苏燕一路狂奔，大喊着大黄狗的名字。很快狗就从院子里跑出来，将追上来的马六给吓走了。苏燕这才松了口气，摸了摸大黄狗的脑袋，朝屋子走去。

"我回来了。"她说起这话，神情都柔和了起来。

屋子里走出一个身材挺拔、面目俊朗的男人，将她背后的箩筐接过来，道："方才听你喊了一声"

那个人自称莫淮，他说的是正经官话，嗓音温润明朗。他背后分明是简陋的农舍，身上的光彩却半分未减，好似身处水榭楼台，贵气逼人。

她抿唇笑道："不打紧，遇到一个泼皮无赖罢了。"

他淡淡地应了一声，便没有后话了。

苏燕俯身挑出筐里的野蕈子和莴菜，嘀咕道："今日去山里采了不少蕈子，刚好下了雨，过些日子再去看，说不准就有山笋可以吃了。"

莫淮望着远处雾气缭绕的青山，也不知在想些什么，似乎是没听到她的话。苏燕也不在意，抱着菜去堂前做饭了。

捡到莫淮已经有半年了，那时苏燕出门帮马大娘找走丢的小羊羔，无意间在山脚下的灌木里发现了奄奄一息的他。

当时，徐墨怀连身上的衣物都被树枝划烂了，脸上有不少伤，腿被一根尖利的树枝贯穿，血流得到处都是，凌乱的发丝也被血凝结成一缕缕的。

苏燕被吓了一跳，还以为是个死人，本想找人来帮忙，却听到了那个人的喘气声。他嗓子哑得像破锣一般，几乎用尽了最后的力气，乞求道："救我……求求你。"

"不要……不要说出去。"他气息很弱，苏燕贴得极近才听清。

她见这人衣着华贵，应当是家里遭了祸的贵人，便拉来老牛将他扛回了家，也按照他的意思，并未将此事声张。也不知他是从何处逃来的，身上的伤严重到能看见骨头。当时已入冬，他冷得瑟瑟发抖、牙齿打战。

苏燕将攒了要为自己寻亲的钱都用来给他治病了。

莫淮自称是从长安来的商户家的公子，因家中叔父妄图夺家产谋害了他，才落得这般境地。他说叔父残忍狠毒，若他伤重又孤身一人的事传出去，必定又要被残害。

莫淮洗净了脸，虽面上有伤，也不影响他的英俊，举手投足间更是带着一种贵气。苏燕本来还心疼自己的钱财，但因他言语间多次感谢她，又对她好一番夸赞，便不再计较了。

莫淮总归是个有钱人家的，日后念及恩情回报于她，她也吃亏不到哪儿去。

如此想着，苏燕便将他留在了家中养伤。二人朝夕相处，一过就是小半年。

苏燕做好简单的饭菜，先去给那跛脚大夫送了一份。她回屋的时候莫淮已经将饭菜在桌上摆好了，又用热水将筷子涮过一遍，拿干净的巾帕擦干，这才慢条斯理地用饭。

苏燕知道他是富贵人家出身，规矩难免要多些，早就习惯了他这副做派。劳累了半天，她几口吃完了饭，洗漱一番，便又背上了箩筐。

"燕娘，先等等。"莫淮咽下苦涩的茶水，从袖中抽出一张纸递给她，"我的伤已经快好了，你且帮我将这张告示贴在告示栏旁，若我的亲信看到了，也好来寻我回去。"

苏燕愣了一下，语气克制不住地失落："你要走了吗？"

莫淮走过来，抚了抚她的手，宽慰道："我总是要走的……不过他们寻到我也需些时日。我回去安排好一切事宜，再回来找你。"

她感受到手上传来的温度，面上一热，羞赧地点点头，说道："这次采了不少好东西，等我去镇上卖了钱，换几块好布，回来给你做一身新衣裳。"

莫淮如今走路还有些跛，伤势尚未好全，只送她到门口，温声道："早些回来。"

苏燕应了一声，摆摆手，出了院子。

看着苏燕的背影，莫淮脸上的笑意渐渐沉下去，只剩冷寂。

从马家村到镇上有些脚程，苏燕特意问过同村的人，搭了他的牛车。正是春种的时候，清明才过，田野间都是忙于农作的农户，有认识苏燕的，会与她打个招呼。

苏燕小小年纪便没了母亲，自食其力。村子里的好心人时常关照她，只是偶尔有些嘴巴不干净的无赖喜欢无端诬蔑她。她随母亲——生得貌美，即便是粗布荆钗也掩不住她的清丽面容，而这免不了会招惹些心怀不轨的人。

镇子上乱哄哄的，苏燕下了牛车，小心避过地上积水的洼地。忽听得背后传来一阵马蹄声，她还未来得及往一边避退，就被纵马而过的官兵溅了一身泥水。

她深吸一口气，强压下怒气，回头看了看那几个不长眼的官兵，嘴里低声咒骂了几句。旁边几个行人也被祸害得不轻，正气愤地对着那些跑没影儿了的官兵破口大骂。

苏燕没法子，只能自认倒霉。

药铺的东家与她相识已久，见她进门便先往筐里瞄了一眼："这么多，得跑好几里地吧？"

苏燕放下筐来与他一起挑拣，说道："可将我累得不轻，东家若真怜我不易，多算我几文钱好了。"

药铺东家立刻唉声叹气道："这世道不好，谁不是一样劳苦呢……"

这便是没得谈的意思了。苏燕也没指望他真的能多给几文钱，只笑笑便罢了。东家正说着，见有人进来抓药，便让苏燕先等等。

来抓药的是镇上唯一一家私塾的先生，据说是个没落士族的旁支后人，到他这代勉强能维持温饱。因有些才识，他便在镇上办了私塾，名唤周胥，五官周正，人正年轻。

苏燕对读书人总是多几分敬重，见他来了，便笑盈盈地打了个招呼。

周胥这才注意到蹲在一边挑拣草药的她，忙拱手行了一礼，说道："燕娘子，近日可好？"

"一切都好。"她说完，发现周胥正盯着她衣服上的泥水看，便没好气地说，"是几个不长眼的官兵纵马溅的泥水！好端端的镇上怎么来了这么多兵将？不知道的还以为天子出巡呢。"

周胥惊讶地道："燕娘子还不知晓吗？"

"知晓什么？"

东家听着二人谈话，忍不住插嘴："这你都不知晓？去年秦王谋反，太子殒命，连尸首都没找着。太子党闹个不停，要推翻秦王统治，恢复正统。也不知怎么了，听说太子没死，还有下落了，秦王又开始四处搜查，如今就搜到我们这里，闹得家家鸡犬不宁。"

周胥皱着眉，似乎对此事不大赞同："秦王暴戾，底下人行事也一样不讲理。"

苏燕仰头说道："好在我们只是平常人，这些事与我们的干系不大，等他们走了就好。"

周胥叹了口气，点头应了，随后将麻绳上穿着的鲤鱼解下分了她一条，说道："久不见你，刚好今日学生献了两条鲤鱼，你拿回去煲汤最好。"苏燕正要拒绝，他又说，"就当还你上次赠我蕨菜的礼，你不必推拒了。"

东家包好药材递给周胥，顺带调侃道："你二人如此般配，结为夫妻恩恩爱爱多好，也不用再分什么你我了。"

苏燕忙说："莫要胡说，平白污了周先生的身份。"

周胥只笑笑不说话，和二人道别后拎着药包走了。

药铺东家称过草药，给苏燕付了钱。她背着箩筐离开，准备去布庄看看，给莫淮买一块好布做衣裳。怎么说他也是有钱人家的郎君，她不想太委屈他。兴许是自小生活于富庶人家，与寻常百姓不同，即便是粗布麻衣，他也能穿出十分的贵气，就像被蒙上了轻纱的美玉，光华不曾被掩去半分。

苏燕看不懂莫淮给她的纸上写了什么，只是照他的嘱咐将纸贴到告示栏旁。等到天色渐暗她才归家，屋里已经点上灯了。她看到那片昏黄的光晕，心中微微发热，疲倦好似一扫而空，快步朝门口走去。

莫淮正站在那处，不知在想些什么，见她回来，浅笑着颔首："燕娘。"

苏燕喜盈盈地牵过他的手，仰起脸说："我回来啦。"

二

苏燕一向勤劳，什么脏活累活都肯做，家中虽简陋，却也收拾得干净整齐。她家不远处就是一条小溪，浣衣、打水都方便。观音山下只有苏燕和跛脚大夫两户人家，天黑后一眼望过来，只有两处昏黄烛光，不比其他人家灯火相连来得热闹。

莫淮的到来给苏燕带来的远不止孤寂中的陪伴。

乡间鳏夫与娶不着媳妇的无赖并不少，苏燕的母亲在世时便频频有人骚扰她们，因此她们才将屋舍迁到了这荒僻之地。即便如此，还是有人不依不饶地偷偷摸过来。

苏燕记得自己年幼时，母亲时常会随陌生男人出去，回来时发髻总是要凌乱些，衣服上也会沾上草屑和泥巴，但手上有了粮食。

后来苏燕独自住在这里，有的男人甚至想结伴欺负她，被跛脚大夫拿着菜刀给赶走了。再后来跛脚大夫教她把削尖的竹子砌在墙头，她又养了健壮凶猛的猎狗。即便如此，苏燕也过得不安心，夜里从不敢睡得太踏实，倘若院子里有什么异动，便立刻将床边的柴刀抓紧。

莫淮来了以后，她总算能安稳地睡觉了，回家的时候看到屋里的光，会觉得安心。

白日里被溅了一身的泥水，苏燕一回屋就带着莫淮去打水。等浴桶里的水差不多够了，莫淮自觉去院子里站着。一直到屋子里响起一阵哗啦的水声，门开了，他才转身朝苏燕看过去。

屋里仅有一盏油灯，苏燕站在背光的位置，微薄的衣衫贴在身上，朦胧的光线勾勒出她玲珑有致的身形。

"好了。"她找来巾帕随意地擦了几下湿发，随后任头发披散在肩头，背后都是水痕。

莫淮看不过去，索性接过巾帕站在她身后替她将头发擦干。

"夜里洗什么头发？"

苏燕这才想起白日里的事，没好气地说："都是那些不长眼的官兵在街上纵马，溅了我一身泥水，头发上都沾了不少，不洗干净如何睡得安生？"

"纵马？"他手上动作一顿，微微皱起眉。

前朝战乱，死伤无数，天下的马都被拉去充公了。如今朝廷休养生息，境况渐渐好转，但像云塘镇这样偏远的地方，整个衙门也才有一匹品相不佳的老马，哪有一堆官兵纵马的道理？如此看来，只怕要有大事发生。

"听周先生他们说，是秦王在搜捕太子。他们说大靖的太子要东山再起了。"苏燕正在整理今日买回来的新布，对这件事并不怎么上心。

莫淮像是很有兴趣，接着问她："来了多少人？"

"这个我就不清楚了，今日在街上纵马的有二三十人。听闻秦王派兵搜寻整个清水郡，我们云塘镇这边的阵势还算小的，应当过两日便走了吧。"苏燕说着便低下头去，湿冷的发丝垂落在莫淮的腕间。

莫淮压低眸子，一言不发地望着她比画那块墨蓝色的衣料。他个子高，垂眼便能望见她松散的衣襟下白皙细腻的肌肤，胸脯随着呼吸起伏。

窥见衣下的风景，莫淮也只是默默将目光挪开，神色没有半点儿异样。

苏燕一无所知地折腾着手里的衣料，烛火将她的影子映在墙上，随着微风拂过，影子也微微晃动着。

她掰着指头费力地算今日去镇上的收支，心疼地说："这块料子花了快半贯钱，还好今日草药卖得多……"

莫淮面上一片漠然，紧接着又听她轻声细语地说："等明日我得了空，好替你做一身新衣裳。这块料子我一眼便相中了，你穿上定然极俊俏。"她说到这里一顿，随即笑道，"不对，你这样好看的人，穿什么都俊俏。"

莫淮怔了一下，捏着巾帕的手指不自觉地收紧，好一会儿才缓缓地舒展了，唇角也微微弯起。

他曾受万人膜拜，文人名士的称赞、谄媚之人的恭维，从小听到大，早已不为所动。如今面对苏燕用蹩脚的官话说出的质朴夸赞，他心底竟生出了一丝微妙的感受，说不清是怎样的情绪，但的确不算太差。

"今日劳烦你了，早些就寝吧。"

苏燕住的屋子并不算大，和多数人家一样，卧房便是正厅，一些杂七杂八的物件另有偏房放置。家里多出一个莫淮后，她从山上拖了竹子回来，又做了一张简易的竹床留给自己睡。二人的床榻紧挨着，中间隔了一张小桌。起初这样是因为他伤得动弹不得，后来习惯了，他们也懒得重新布置。只是日后说出去，她的名声只怕好听不到哪儿去。

苏燕的头发已经半干，但她躺下后仍感到头皮有些凉意。她听着身旁人平稳的呼吸，不禁去想日后的事。

她为了给莫淮医治，攒下的银钱已所剩不多。但还好，他说了日后要带她一起走，去看繁华的京城，去天底下最好的酒楼。她也能去寻自己的亲人，再也不是孤单一人，无依无靠。那个时候，她应该就可以更好地与他相配了。

翌日一早，苏燕做好早膳，在晨雾缭绕中去割了草回来喂牲畜，又拖了一大桶衣裳去溪水边洗。

莫淮捏着做工粗糙的毛笔，蘸着难闻的墨写下书信。苏燕晒好衣裳，回屋的时候看他神色不耐烦地盯着分叉的笔尖。

"这支不好用，明儿我再替你做一支。"

反正院子里还拴了只羊羔，她在它的尾巴毛上扯上一把就好了。

莫淮强忍着烦躁，说道："不必了，勉强一用。"

他怎么会指望一个不会写字的人做支像样的笔？如今秦王来到清水郡，他的部下想必也得到了消息，离开这个偏僻的山村指日可待，他还有什么好挑剔的？

这度日如年的六个月都过来了，他只需再忍耐几日，就能彻底从此处脱身……想到这里，他露出温柔的笑，说道："燕娘，你过几日再去趟镇里吧……"

他一番交代，苏燕毫不犹豫地应下了，将信压在了针线筐里。

总是留在家中实在无趣，她便询问："我要去放牛啦，你要不要和我一起？山地里开了好多花，日头也不晒。"

她眼睛亮晶晶的，显然是想让他同去。从前莫淮因为腿伤要好好休养，一直留在家中不曾出去，加上她住得偏，村子里几乎没人知道她捡了个男人回来。如今马六瞧见了，必定大肆声张。好在她也不用担心什么名声，日后莫淮总归是要带她走的。

莫淮的腿伤已经快痊愈了，只有走得快了才会有些跛，再有十天半个月便能健朗如初，他现在出门走走也不大要紧。

苏燕又说："我从集市上买来的旧书你都看完了，留在家中多孤单？这半年你还不曾看过我们住的地方，等走后再回想起来岂不是没趣？"

听到这番话，莫淮险些要冷笑出声。

回想？他为何要回想？这样无力、憋屈的日子，他还嫌过得不够吗？能有什么好想的？是难以下咽的茶饭还是简陋不堪的屋舍？他仿佛一闭眼闻到的都是牛粪的臭味儿，听到的都是鸡鸭没完没了的聒噪声。

他瞥了一眼桌子上那些错漏百出又极为陈旧无趣的话本，心中实在烦躁，最终还是点了点头。苏燕心中欢喜，拉着他就朝外走。

观音山下是一大片平原，因为多种着庄稼，苏燕放牛通常要到半山坡去，中途也能顺带采些野菜。如苏燕所说，正是春光大好的时节，草地绿葱葱一片，中间点缀着不知名的野花，白的黄的散落其中，蝴蝶在野地上纷飞起伏。

苏燕提着篮子采野菜，耐心地教莫淮辨认，丝毫没有察觉他态度敷衍。

春日的阳光并不晒人，照在身上暖融融的。莫淮在养伤的那段日子几乎足不出户，如今反而有些不适应。他看向一旁的苏燕，她正大大咧咧地躺在草地里，抬起手遮住刺目的光，一头黑发被随意地编成了辫子斜放在肩侧。

"我就说此处风景独好，比在屋子里闷着要好多了。"她指着那片开得正盛的桃花，语气有些得意，"这桃树是我阿娘栽的，结的桃子可甜了，往后摘给你尝尝。"

莫淮此刻正为一些事忧心，苏燕看出来了，便问："你是不是在担心回去以后的事？"

他本不想和她聊起这些事，然而此刻的确忧心忡忡。秦王已经派人到清水郡了，他还有数不尽的事要处理，后面也不知还有多少麻烦等着他。但这些事苏燕一个农女又能懂什么？他即便与她说了，她也听不明白。

"叔父在家中颇有威望，我尚且年轻，此番遭他毒手，回去以后不知能否服众，重新夺回家产。"他想了想，还是换了一个说法告诉她。

苏燕白嫩的脸颊被太阳晒得微微泛红，撑着身子靠近他，笑得有几分傻气："你那么聪明，肯定不会输。我第一眼见你便觉得你气度不凡，日后必定是人上人，绝对不会倒在这个坎儿上。"

听到这种评价，他有些意外地半眯着眸子，难得露出点儿真诚的笑意："是吗？那便托你吉言了。"

山里一年四季能吃的菜并不多，野菜被人采摘得所剩无几，苏燕收获不大，便提着篮子摘了一篮辛夷花，说回去要做辛夷花饼给他尝尝。

经过那繁茂花树时，她仰起头，乌黑的发辫就随着动作晃荡，仅由一根洗到发白的桃粉色发带系着。莫淮眸眼微沉，伸手摘下一朵辛夷花，温柔地替她别在了发间。

她愣了一下，随即就弯起眉眼，毫不扭捏地问他："好看吗？"

"好看。"他说。

不多时，两人并排往回走，眼看快到了，忽听一声吆喝。苏燕朝一边看去，马六正嬉笑着看他们。

"这样品貌的男人，难怪你要藏着掖着。"他不怀好意地讥笑过后，眼神顿时凶恶起来，冲着莫淮喊道："嘿，你还不知道吧，这小娘子可不是什么干净玩意儿，跟她娘一样，是从娼窝子里出来的，从小就知道勾引男人！她娘被人睡遍了，她也好不到哪儿……"

他话未说完，苏燕已经从地上拾起一块石头猛地砸过去！马六闪身躲避，不慎掉进了水田中，滚得一身脏污泥水。他爬起来骂骂咧咧地又要讥讽苏燕，她却已经拉着莫淮走远了。

这些话她都是听惯了的。换作往日，任马六如何满口污言秽语她都不理会。唯独这次不同，她心底难受得紧，恨不得立刻用泥巴塞住马六的嘴。苏燕闷不吭声，装作若无其事地离开，却压不住心底的委屈和羞愤，气得眼眶泛红，泪花也聚了起来。

马六胡说八道，苏燕其实不在意。

她在意的是莫淮。如今让他听到了这些，她满心都是难堪。

遇到马六之前，苏燕还高高兴兴的，一路看花看云，连步子都轻快。此刻她低着头走得很慢，背影都显得难过。

"燕娘？"他轻轻拽了一下苏燕的袖子。

苏燕脚步更慢了，瓢声瓢气地问他："怎么了？"

莫淮听到她的语气，扳过她的肩，对上她水润的眸子。

"燕娘？"他略显愕然地看着苏燕。

她更觉羞愤，忙抬手用袖子抹了把眼泪，委屈又忐忑地说："你不要听他胡诌，我不是……"

莫淮这才知道，平日里能劈柴宰羊，挑起水都能走得飞快的苏燕，也会因旁人的诋毁哭红鼻子。莫淮其实并未将马六放在眼里——这种市井无赖于他而言不过是一只可以轻易踩死的蝼蚁。莫淮自然也不会对这种人说的话有什么反应。虽说乡音浓重，但他也能听个大概，无非是折辱人的。且不说他与苏燕相处这么久，早已知道她的品性，就算她当真如此不堪，自己对她也不过是利用一场，何必在意？

苏燕低着头，睫毛被泪水打湿。她想反驳自己并非如此，可母亲当初为了养活她也的确做过一些不光彩的事。她没有十足的底气来证明她干净磊落，也不想为了讨得莫淮的认可，和辛苦拉扯过她生活的母亲撇清关系，心紧紧揪成一团。这时，一只手抚上了她的脸颊，替她将眼泪轻轻揩去。

"不必和我解释什么，我自然不会相信旁人对你的诋毁。"

他嗓音柔和，就像这山间拂过的清风。

发上的辛夷花被风吹得微微颤动，苏燕一颗心好似也跟着晃了晃。

三

官兵在云塘镇四处搜查，闹得人心惶惶。苏燕去镇上替莫淮送完信，顺带去告示栏看了一眼，发现上次莫淮托她贴上去的纸已经让人揭走了。

莫淮得知这个消息，心情似乎愉悦了不少，闲暇时还教苏燕读书识字。

苏燕是在穷乡僻壤长大的，平日里都在为吃穿操心。读书识字是她万万不敢想的事，只是心底会没由来地敬重那些读书人。她见过的最有才识的人就是周胥，却不承想能遇见莫淮。即便她大字不识，也觉得他写出来的字好看极了。

苏燕会写自己的名字，是周胥教给她的，只是写起来歪歪扭扭的，笔画顺序也不对。她才写了一半，莫淮就忍不住皱眉，随后俯身握住她的手一笔一画地教她。

莫淮一只手撑着桌子，另一只手教她写字。二人贴得极近，他几乎是从背后将她抱住。但他面色坦然，没有半分不自在，反倒是苏燕涨红着脸，大气不敢出。

他唇瓣一张一合，喷吐的气息落在她的颈侧，就像一支小刷子似的，挠得她心上微痒。

苏燕写完自己的名字，便说："阿郎，教我写你的名字吧。"

身后的人显然僵了一下，似乎是想到了什么，发出一声意味不明的轻笑。

"好啊。"

直到莫淮嫌无趣了，苏燕仍握着笔苦练。纸上满满的全是"莫淮"两个字，一开始扭曲到不忍看，最后她写多了，也渐渐有了个模样。

苏燕拿着自己认为写得最好的那张给莫淮看："我会写你的名字了。"

他笑着点头，看着那两个字，眼中含了几分讥消，评价道："写得不错。"

苏燕为莫淮做衣裳剩了些布头。她想起之前去镇上，看见那些家世稍微体面些的年轻郎君腰间都挂着一个香囊，便去找隔壁的跛脚大夫请教，寻了些提神的草药，和着晒干的辛夷花一起，准备做个香囊送给莫淮。

镇上，官兵到处搜查，苏燕这些日子便没怎么去，也不知如今秦王有没有找到太子。如今天下大乱，从前她去镇上总会替莫淮捎去信件，但上次送去的信迟迟没得到回音，他也没再写了。

苏燕不知道原因，猜测信是他写给家人的，但是这么久都没人来马家村寻他，兴许是迫于他那个叔父的淫威，家人不敢对他伸出援手。

眼看着莫淮的身体好了，她也渐渐担忧起这些事。替他换上新衣服后，她忽然开口问："若回了长安，你便能夺回家业吗？"

"怎么了？"

她不安地说："当初你那叔父为了夺家业，对你痛下杀手。若你回去了，他又想害你性命……你当真能平安无事吗？"

回想起初见莫淮时他那身骇人的伤，她心有余悸，若他再遭人毒手……

比起她的忐忑，莫淮脸上半点儿担忧也没有，只沉声道："无论如何，我都要回去，本就属于我的东西，断不能让旁人拿走。"

苏燕叹了口气，替他将衣带系好，说起镇上的事："现在天下不大太平，镇上来了好多官兵，听人说前些日子白水村的外乡人都被抓走了，闹得人心惶惶的……"

莫淮收敛了神色，问她："还有多久到马家村？"

苏燕摇了摇头，说："我也不知，但是我们村偏得很，也没什么外来人，那些官兵只会做个样子，应当不会查到此处。"

莫淮点点头，没再说什么。

莫淮穿上新衣裳，果真气派多了，一看便是出身富贵的郎君，站在这昏暗逼仄的屋子里显得格格不入，就像那天上的仙鹤落到了鸡圈一般。苏燕心上没由来地又生出一丝卑怯，仔细地瞧了他几眼，便低下头沉默不语。

次日，苏燕去镇上卖草药，顺带去问了一声莫淮寄的信可有回音，然而这次依旧没有。她想着必定是莫淮的家人都不肯帮他，因此回去的路上心情低沉了起来。

莫淮的伤已经痊愈，他正百无聊赖地替她喂家畜，见苏燕回来，便拍了拍手，问道："脸色不大好，有人欺负你？"

苏燕摇了摇头，看他的目光中竟带了几分同情。莫淮不知道她又在瞎想什么，便进屋倒了杯水给她，问："燕娘，你又去问有没有回信了？"

她满面愁容，握着他的手说："阿郎，我始终放不下心。你寄了那么多信去也没个回音，可见家中人都是见利忘义的。你那叔父心狠手辣，若你当真回去与他斗，再遭他迫害，可如何是好？"

莫淮睨了她一眼，并不打算与她解释其中缘由："你怕我死了，无法偿还你的恩情？"

苏燕立刻坐直身子，先是愕然，而后面上染了些怒色，愤愤地道："你怎的这样说，我……我不过是……"她说着说着，眼睛竟忍不住红了起来，用哭腔道，"我知道你是养尊处优长大的，我一介农妇，不敢想着要你报答，不过是与你相处数月有了情分，担忧你……"

莫淮见她是真的难过，不免有几分懊恼，忙温声安慰："方才是我逗趣的话，你莫要当真。知你是真心替我着想，这种话日后我不说了。"

苏燕根本就什么都不明白，他也不想跟她在这种事上多做纠缠，便由着她的意思。苏燕在乡野长大，没什么见识，却绞尽脑汁地为莫淮谋划。即便她说的那些方案既幼稚又可笑，莫淮也不反驳。

她又说："若阿郎你斗不过他也不碍事，只要你的身子康健，一切都能从头再来。要是你累了，我便不寻亲，与你回到这屋里住……"

莫淮像是认真地听着她说，苏燕望见他的表情，甚至觉得被鼓舞了。她漆黑的眼睛这才沾染了泪水，此刻就像是在清澈的河底被冲刷过的琉璃，泛着晶莹莹的光泽。她似乎从未被这窘迫的日子给摧残，半点儿沮丧、灰心也没有，眼中都是对往后的憧憬。

"我想过了，后山那块地好好收拾一下，可以种些葵菜和莴菜。你教我识字算数，我便可以拉着菜去市集上卖了……"苏燕面色微红，笑得有几分傻气，正滔滔不绝地说起对往后的规划，又指着墙角说道："这处还空着，日后我们买个书架放在这里……"

莫淮扫了一眼狭窄老旧的屋子，目光落在苏燕写得歪歪扭扭的字上，忍不住在心中鄙夷，却仍没有打破她的妄想，微笑着点头说："好。"

制香囊还差两味药材，苏燕背着箩筐去药铺卖草药，顺带找东家买齐全。没等苏燕掏出钱，东家便挥手赶人："去，这么点儿东西还收钱，我成什么人了？"

苏燕笑着道谢，背着箩筐脚步轻快地走了。

这次她没赶上驾牛车的商贩，只能徒步走回去。她回到马家村的时候已经夕阳西下，晚霞火红一片，映照在山峦之间，山头似乎都燃起了熊熊烈火。苏燕无暇赏景，只想快些回去，然而走着走着，就发现远处有个人正拄着拐杖一瘸一拐地朝她走来。

"张大夫！"

张大夫瞎了一只眼，又跛着脚，平日里只会去菜地除草浇水，并不会走太远，如今好端端的走到这里做什么？

张大夫瞧见她，走得更快了。苏燕怕他摔倒，连忙去扶他："张大夫，你这是要到哪儿去？"

他颤巍巍地捉住苏燕的胳膊，说道："马六带官兵来村子里搜查了，外乡人一律要关进大牢严查……"

不等他说完，苏燕就惊骇地瞪大了眼，满面怒容，道："他领着人朝我家去了？"

张大夫看她急得拔腿就要跑，连忙拉住她说："你这丫头，听我说完！"

苏燕焦头烂额，急得在原地跺脚："张大夫，您拦我做什么？我再不回去阿郎就要被关进大牢了，他还等着回长安去呢。"

张大夫狠狠地往她的后脑勺儿抽了一巴掌，苏燕这才强忍着慌乱老实下来，紧接着就听他说："方才我在地里择菜，看到有官兵来，就从小路回去提醒你家那位郎君。他可比你伶俐多了，二话不说就往山沟子里跑，这会儿估计正想法子翻山……"

苏燕松了口气，心中却还是慌得很，骂道："狗鼠辈的马六，世上竟有这种祸害精，我真恨不得放狗咬死这腌臜东西！"

张大夫脸色也不好看，语重心长地道："如今这祸事算是缠上你了。你要是还想好生过日子，就装作什么都不知晓，跟那捡回来的郎君撇清干系，当没有这号人。官兵问话，你尽管说不知道，村子里的人也会帮着你。要是官兵上山去寻人，你也莫要作声，切莫再多管闲事。"

苏燕想也不想便一口否决："不行，入夜山里又黑又冷还有野狼，莫淮只怕连怎么出山都不知道，还不得被困在山里好几天？他不被官兵捉去也要饿死。"

见她态度坚定，张大夫也急了起来，说道："不听劝的蠢丫头！这男人就一张脸能看，肩不能挑手不能提的，才说了几句好话你就死心塌地。你跑到山里帮他，官兵还不得当你是心虚跑了？那马六又不依不饶，你这家别想要了！"

苏燕听了他的话也有片刻犹豫，可很快又说："马六是因为我才做出这种事的。倘若他真的死在了山里，或者被官兵抓进大牢，我此生都不得安稳。您就让我去吧，待送他平安离开，避过风头我还能再回来。"

张大夫知道苏燕是个性子犟的人，她认定的事，旁人说什么都不好让她改变心意，百般无奈下只好说："如今你大了，我也管不得你。你们一走，官兵在村子里找不到人更要起疑，十有八九会搜山。你好生注意着，可别被捉了去。"

苏燕忙向他道谢，背着箩筐往观音山去了。

观音山一带大小山脉连绵不绝，若是不识路的人进去了，没个几天几夜是走不出来的。山路崎岖，天黑后更是难行，人稍不留神便会滚落山坡没了性命。

屋漏偏逢连夜雨，还不等苏燕找到莫淮，竟开始下起了小雨。夜幕降临，她只能越发小心地往前走。

苏燕也不知道找了多久，身上的衣服都让雨水淋湿了，贴在身上难受得紧。山里又黑又静，只有雨水落下的沙沙声，就像春蚕在啃食桑叶，她的耐心也要被啃食殆尽了。

苏燕又一次滑倒，累得没力气爬起来，坐在地上既颓丧又心焦，满脑子都在想，莫淮是不是已经走远了，或是被官兵找到了，不然为何自己走了这么久也没看到他的踪迹……

她满脑子都是这些，越想越难受，胸腔像灌了水似的闷闷地疼。苏燕抹了把脸上的雨水，艰难地爬起来，突然听到头顶传来的声音。

"燕娘，是你吗？"

他的声音穿过淅淅沥沥的小雨，像是被打湿了一般，带着阴冷的寒气。这没什么温度的声音却好似在一瞬间驱走了苏燕的疲惫与焦灼。

她仰起脸，雨水进了眼睛，涩涩地疼，带着点儿掩盖不住的哭腔："阿郎，我总算找到你了。"

四

莫淮说不清自己是什么感受。他在这漆黑又湿滑难行的山林里走了许久，时刻忧心身后有追兵跟上来，还得注意脚下崎岖不平的路。

他重伤的那段时间有不少人以为他身死，明里暗里倒戈秦王。官兵大肆搜查他的下落，必定会给首告者不少的好处。这个时候苏燕和他撇清干系才是明智的选择，最好还要帮着官兵来搜寻他的下落。

离开那个小农舍的时候，莫淮就知道自己再也不会回到那里。他走的时候没有丝毫留恋，更不曾回头。此处的动静会惊动他的部下，本来他离开也就是这几日的事，接他的人很快就要到了。

莫淮知道这意味着什么。因此这个时候，他无论如何都不能落到秦王手里，更不能凄惨地死在这深山老林里。

"燕娘。"他没想到苏燕会出现在这里。至少这一刻，他不得不承认，自己竟真的有一丝动容。

天黑路滑，她背着箩筐，一路走一路摔，终于来到了他的面前。苏燕被莫淮一把拽了起来，用力地按进了怀里。这个怀抱一点儿也不温暖，只有湿冷的雨水，甚至他的身子都在微微发抖。

苏燕在观音山脚下活了十六年，对这座山再熟悉不过，虽然深夜里路不大好走，但也不至于和莫淮一般毫无头绪，带着他找到了一个能遮风避雨的山洞。

这个山洞并不算大，差不多能摆下一张床榻，苏燕在里面还能直起身子，莫淮则只能弯腰低头。好在他们不用继续淋雨，这比什么都好。

山上的夜晚比白日更冷，他们都淋湿了，只好紧紧地依偎在一起。连绵的夜雨也不知几时才停，他们只能穿着湿衣服等着天亮。

"能让底下的人这样大费周折，秦王给的悬赏必定不少。那些官兵知道你我二人不见了，免不了要上山搜查，我们只能小心行事了。"莫淮靠着石壁，后背让石头硌得发疼，但此刻实在劳累，也没精力计较那么多。

苏燕倚着他蜷起身子，小声说："现在下了雨，他们应该不会上山来找吧？"

莫淮轻轻嗤笑一声，说道："若是赏金够多，即便是刀山火海也有人争着来，何况是区区夜雨。"

她点点头，叹了口气："你怎的这样背运？搜查太子的事与你何干？如今竟平白被牵连。听说那些被抓入官府的人都要被严刑拷打一番，我们可千万不能落在他们手上。"

莫淮沉默了好一会儿才问她："你既然知道，为何还要来找我？若是你够聪明，这个时候就不该管我的死活。"

苏燕愣了一下，说道："说得轻巧，可不管你死活这种事哪有那么容易做到？就算是养了许久的牛羊那也是有感情的，何况你是个活生生的人，我当然不能丢下你不管。"

山洞狭窄阴冷，他们唯一能寻到的温暖就是彼此的身体。莫淮下意识地箍紧了苏燕，发出一声极轻的叹息。

"那你待我是什么感情？和牛羊一样吗？"他突然问道。

苏燕忙说："当然不是了！"

他笑了一声，步步紧逼："那是什么感情？"

苏燕涨红着脸，头压得更低了。她突然想起什么，从怀里掏出一个东西。

"这是什么？"莫淮看不清。

苏燕面颊发热，说道："是一个香囊。我在里面放了干花和草药，就是被打湿了。我见别的郎君都有，便给你也做了一个。"

她的意思不言而喻。黑暗中，她看不大清莫淮的表情，却听见他发出一声意味不明的轻笑。他从她手中接过了那个湿漉漉的香囊。

"燕娘，你待我真好。"他语气温柔，仿佛带着蛊惑人心的能力。

苏燕感觉自己的手被人握紧，随着滴答不停的雨声，旁边人的声音像被无限拉长，变得缓慢又潮湿，一点点地侵袭着她的心脏。

"等回到长安，我们便成亲。"

她听到自己说："好。"

翌日天明，晨光穿透枝叶间的缝隙落在莫淮的脸上。恼人的雨水已经停了，地上却还是湿滑难行，官兵此时必定正到处搜寻他们的下落。

苏燕醒来的时候发现衣服还是湿的，不由得唉声叹气："该死的老天爷，非挑这个时候下雨。"

天亮了，她才看清自己不久前为莫淮做好的衣裳如今东破一处西破一处的。他这样爱干净，却也不得不忍耐衣袍上沾染泥水。

苏燕想到自己之前为了买布花的半吊钱就忍不住心疼。她还从来没舍得买过这样好的布料，如今就像丢了钱一样难受。

莫淮没有注意到她情绪低落，回头看她还在愣怔，不由得皱眉："我们要快些离开。"

她回过神，点了点头，伸手拎起自己的箩筐。

"拿它做什么？"

笸筐里除了有她在镇上买的杂货，还有用油纸包着的半包糕点，是昨日药铺东家给她的。她省着没吃，想带回来给莫淮尝尝。

苏燕将糕点拿出来，油纸包得很严实，只有几块浸了一点儿水："你还没用饭，吃块点心吧，也好有力气赶路。"

莫淮想拒绝，她却已经将纸包拆开了。糕点被送到面前，他只好随意拈起一块送进口中。

民间做的糕点并不精细，又甜又干，他味同嚼蜡，面无表情地咽下，一言不发地转过身，没有注意到苏燕从期待转为落寞的眼神。

苏燕将一块半湿的点心吃完，品尝着对她而言难得的美味。她只是失落了小小一会儿，便重新将糕点包好，跟上莫淮的脚步。

长安有数不清的珍馐美馔，这样的点心在他眼中必定是平平无奇，也没什么奇怪的，她当然能想明白。苏燕的心只是有一丝难过，她珍惜的东西在莫淮那里根本不值一提。

山路泥泞难行，苏燕凭着记忆为莫淮指路。日光逐渐明亮，二人身上的衣裳也慢慢干透了。

苏燕正从一个陡峭的小路走过，小心地拨开那些挡路的枝叶，一时没注意脚下，猛地往一侧摔去，好在被她身后的莫淮及时扯住，才不至于滚落到荆棘堆里。

林间枝条茂盛的藤蔓上长了许多粉白的花，风一吹花瓣就像下雪一样簌簌落下。苏燕小时候最喜欢这些野花，虽然秋冬时只剩干枯的藤，来年却又是一大片的花丛。

苏燕忽然拉着莫淮的手，指着那片野花问："长安也有这样的花吗？"

他瞧了一眼，说："山野间约莫是有的，高门大户的墙院中却不曾见过，想来应是野花上不得台面。"

她眨了眨眼，笑道："也许是因为他们的院子不比这山野广阔自在，野花就喜欢长在蓝天碧草间呢？"

他无所谓地笑笑："兴许是吧。"

苏燕跳过一个大坑，发尾在背后一起一伏，轻盈的身姿像只飞燕。

莫淮突然问她："燕娘，你有什么心愿吗？"

苏燕没有回头，仍在小心地往前走，边走边用轻快的语气说："可多了，我都数不清。听闻洛阳的牡丹开得最好，我还没见过牡丹是什么样子，一直想去看看。我还想多攒些钱，买好看的衣裳，去长安最好的酒楼，和那些官家娘子一样戴那种走路会叮当响的钗子……"

她说得眉飞色舞，好似真瞧见了那美好的景象。若换作旁人，莫淮只觉得这人又傻又没前途。可苏燕这样说的时候，他竟觉得这个女子世俗得有几分可爱。

这句话莫淮问过许多人，有人求着升官发财，也有人向他要黄金万两，唯独苏燕的心愿最简单，她想吃好穿好，去看洛阳的花，去赏长安的景。

他又有些讽刺地想，不过是因为她没见过世面，只当他是个有钱人家的郎君。若她见过繁华盛景，见过金屋银屋，必定也不会满足于这样微小的愿望。

苏燕轻巧地跃过水洼，回头看莫淮已经被甩在了身后。她常年在山中采药，各种陡峭的山坡都爬过，这点儿山路自然不在话下。只是莫淮慢得出奇，苏燕有些疑惑，便折回去拉了他一把。

苏燕一触到莫淮，他便像一座大山一样压了过来，险些带得她一起倒下。莫淮抱着苏燕，力气仿佛都被抽走了。他落在她颈项的呼吸又重又热，本来略显苍白的面颊泛起不正常的红晕。

苏燕去摸他的额头，好一会儿才怔怔地说："阿郎，你好像是染了瘟病……"

说完这句话，她自己也慌乱起来。

五

不用苏燕说，莫淮自己也能察觉。他从早晨开始便觉得浑身乏力，呼吸滚烫。他一直强忍着不说，谁承想此刻竟撑不下去了。

面对苏燕关切又无奈的语气，莫淮有些羞惭。同样是淋雨后穿着湿透的衣物吹了凉风，苏燕一个娇弱娘子无事，反倒是他染了瘟病，无端成了拖累。

苏燕毫无怨言，强拉着他继续走，只是因为疲倦，一路上少了很多话。

像苏燕这样常年在山野间晃悠的人，山林之中有什么异动，尤其是任何不属于这里的动静，能立刻分辨出来。

察觉山中突然出现的轻微响动后，苏燕立刻站住不动，对莫淮做了一个噤声的手势，小声说："有人。"

两个人屏息凝神，听得更清楚了。来的人不算少，脚步杂乱无章，显然是来搜寻他们的官兵。

苏燕反应过来，半刻也不敢耽误，拉着莫淮走得更快了。他们必须在天黑之前穿过这座山，若是走得快，明日天亮就能下山，再走不远就能到云塘镇，届时官兵再想追上来就难了。

莫淮紧抿着唇，脸色已经不是"难看"两个字可以形容的了。那些官兵并未注意到他们，只是在后方慢悠悠地乱晃。苏燕万分小心，尽量不引起他们的注意。

然而莫淮高热不退，状况越发差了，整个人十分虚弱，几次险些倒下，苏燕只能半扛着他走。这样提心吊胆的一直到夜幕降临，二人也没走出去。

那些官兵越靠越近，终于发现了他们的响动，其中一人大呼一声："谁在那儿？！"

苏燕立刻按着莫淮蹲下，两个人倚在一个微微凹进去的土坡中隐蔽身形。几个官兵冲过去，在离他们五步远的地方转了一圈。

官兵没找到人，疑惑地说："方才就是这边有动静。"他不耐烦地向同伴抱怨，"这都找了一天一夜了，怎么还见不着人？够能跑的！"

同伴叹口气，说道："那没办法，主事的人说了，这次动静这么大，十有八九跟太子脱不了干系。不过无论是不是太子，只要抓到人就能拿五十两黄金，我们若是走运碰上了，后半辈子就衣食无忧了。"

"我就不信我们这么多人还抓不住一个逃犯，为了五十两黄金，翻了这座山也值得。"

几个人抱怨的时候，苏燕就在离他们不远的地方抱着莫淮。她不知道莫淮此刻在想什么，但是她的心跳得飞快，像擂鼓一样怦怦作响。

苏燕死死压着莫淮，一动也不敢动，连呼吸都放得缓慢，生怕弄出一点儿动静将官兵引过来。脚步声远去许久后，她才慢慢松了口气。

莫淮有气无力地说："燕娘，你不必管我，算了吧。"

冷白的月光从枝叶的缝隙间散落在莫淮身上，他的面容不甚分明。他说这些话的时候，显得虚弱且可怜。

苏燕压低声音说："莫要胡说，你若被抓进去必定会被严刑拷打，今日我就算背也要背着你离开。"

莫淮已然没了力气，额头滚烫一片，嗓子哑得快说不出话了。苏燕胆战心惊地扶着他又走了一段，终于还是累得停下，让他靠着一块凸起的大石头。

莫淮意识模糊，身子无比沉重，昏昏沉沉中，只知道握紧苏燕的手。他明白，无论如何都不能被苏燕抛下，她确实只是个卑贱的农家女，却也是此刻唯一能帮他的人。

一如当初被苏燕捡到时那样，莫淮仰起脸，扯着苏燕的袖子让她俯下身。从前好听的嗓音变得沙哑无比，活下去的本能让他对苏燕乞求道："不要留下我一个人……燕娘，你不会丢下我的，是吗？"

苏燕半跪着，伸手摸了摸他干涩的唇："我当然不会丢下你。那些人应当走远了，方才我看见一处水洼……附近应该有山泉，我去给你舀口水来。"随后她又不放心，将剩下的点心放到莫淮的手上，交代他，"你先吃着，不然要走不动了。"

莫淮见她要走，下意识地伸手去拉她，却落了空，只见她回头小声说："我很快回来。"

他紧抿着唇，呼出的气息滚烫，一闭眼就是当初在观音山下等死的情形：随着血液流失，他能感受到自己的气息正在减弱，即便最简单的呼吸都能让他的全身疼得颤抖，像是有刀子在剐他的心肺。

他比任何人都清楚，自己走到今日费了多大的心血。他不会再像一条濒死的野狗一般躺在山林中苟延残喘。

苏燕果真没有判断错，附近有一条巴掌宽的小溪。从石缝间缓缓流出的泉水冰凉清澈，她用手捧着喝了几口后，摘了一片宽大的叶子折成碗状舀了水，起身回去找莫淮。

她一路上小心翼翼的，生怕一个不慎就引来官兵，或摔倒洒了手中的水。看到那块大石头的时候，她突然听到些许异样的响动。

脚踩在树叶上发出的窸窣声伴随着树枝被折断的声音如同几个棒槌同时在敲打她的神经，苏燕屏住呼吸，朝树林中那几个陌生的身影看去。

那些官兵背对着苏燕，手上都拿着兵器，只需要再往前走几步，便能发现莫淮。脑子几乎炸开了，她想也不想，迅速蹲下摸了一块石头，朝山坡丢下去。

那几个人立刻被吸引了注意力，朝声音的方向追了过去。苏燕往后躲的时候发出了响动，也有人朝她的位置走了过来。她连忙起身，飞快地往前跑，想将他们引得越远越好。

苏燕跑了很远，身后几人穷追不舍，边追边大骂着让她停下，最后都气喘吁吁地扶着树干喘气。苏燕知道自己要是被追到必定没有好下场，因此铆足了劲儿往前跑。

几个官兵本来追得很紧，却突然丢了她的踪迹，只能一边在原地转圈，一边气愤地骂着。方才还在的人影一下就消失了，这实在古怪得很。

众人不由得心慌起来，一起说了些民间异闻。加上方才看到的人明显是个女子，难免有人想到山中的精怪，纷纷白了脸色。看了几圈仍未有发现，他们便唉声叹气地走了。

他们说话的时候，不慎滚落山坡的苏燕一直扒着一棵树，勉强让自己不再往下滚。苏燕方才磕到头，很疼。有一根尖锐的断枝直接刺穿了她的右肩，让她疼得差点儿叫出声来，咬着手掌才勉强忍住。

此刻她额头上直冒冷汗，手臂因为这剧烈的疼痛不住地痉挛。被断枝穿透的地方不断往外冒血，苏燕想将树枝拔出来，然而只要稍微一动，疼痛便会蔓延至四肢百骸。她蜷缩着身子颤抖，不断地大口喘息。

苏燕从前上山采药不是没有受过伤，但从来没有伤得这么严重过，疼得几乎想满地打滚。

但她想到还在等她回去的莫淮，仍猛地往前探身，将自己和断枝分开。伤口霎时间血如泉涌，她疼得眼前一黑，险些滚下山去。

眼前没有路，四周都是及腰的树枝和荆棘，她捂着肩膀艰难地往回走，每一步都十分艰难。衣服已经被血水打湿了，在夜色中如同绽放了一大团花。

苏燕捂着伤口的手被染红了，血水随着手指流下，滴滴答答地落到地面上。她走两步就会摔一跤，随着血液的流失，身子也越来越冷。

她提着一口气，怎么都不肯停下。时间似乎被无限拉长，她感觉好像走了一年那么久，总算见到了那块大石头。她的脚步越来越沉重，眼前止不住地发黑，好在终于到了。

苏燕撑着石头，虚弱地张口道："阿郎，我……"

声音戛然而止，嗓子如同被什么糊住了，再难发出一点儿声音，她只怔怔地看着那处。

大石头背后，已经没有人了。

六

云塘镇的好些官兵奉命去山中搜寻太子，一连许多日没有下山。那些官兵多是迫于无奈被拉过去充数的，与特意来镇上搜查的外地士兵不同，根本不相信堂堂太子能躲在他们这里。

因此，在秦王的手下为赏金搜山的时候，他们只慢悠悠地跟在后面，准备走个过场便下山歇息。

那些外来的官兵都翻过一座山头了，云塘镇的本地兵还在后边磨蹭，准备找个时机偷偷下山。几个本地兵走在一起抱怨，无意中瞥见了地上暗红色的血迹。几人循着血迹一路往上，终于见到了靠在大石头上奄奄一息的女子。

云塘镇很小，常在镇上活动的人基本打过照面。立刻有人觉得她面熟，说道："这不是经常给药铺采药的苏娘子吗？怎么成了这副模样？"

同伴说："采个药能把自己伤成这样？她还有气吗？"

一个人疑惑地问："她采药怎么跑这儿来了？听说跟那外乡人一起跑的小娘子姓苏，不会是她吧？"

同行的人立刻拍了他一巴掌，没好气地说："管她是不是，一个外乡人，抓住了功劳也不是我们的！她要真跟着跑了还能伤成这样吗？万事都要等人醒了再说。"

争执一番后，他们还是将苏燕带下山，送去镇上的药铺让人给她看看。

药铺东家见苏燕伤成这样，又听几人七嘴八舌地说着她身份可疑，便给他们沏了茶水，称是自己托她去山上采药的，没承想伤成这样。

几人都是同乡，虽然这话疑点重重，他们却没深究下去，喝了茶便回去了。

苏燕的右肩被刺穿，留下一个狰狞的血洞，整个前襟被染得猩红，额头与手臂上还有大大小小的擦伤。

东家叫来夫人孟氏，忙活了半日才替苏燕清理好伤口上好药。眼看她半条命都没了，东家每隔一刻钟就去探她的鼻息，忧心她突然没了气息。

一直到第二日，昏睡了一天一夜的苏燕才缓缓转醒。她睁眼看到自己在陌生的地方，下意识地爬起来，却牵动伤口，疼得呻吟出声。

孟氏听见动静，连忙走进里屋："哎呀，燕娘你可算醒了，可把我们吓坏了。你怎的将自己折腾成这样……"

孟氏是个热心的妇人，知道苏燕身世可怜，从前还时不时将自己的旧衣物送与苏燕。

苏燕脑子混沌，不知道自己为何突然到了这里，问道："孟娘子，我怎么会在这儿？"

她一把嗓子像是叫那粗树皮给磨过了，声音嘶哑难听。

孟氏叹了口气，起身给她倒了杯水，说道："衙门的几个小郎君去山里找太子，恰好撞见就剩一口气的你在那儿躺着。好在他们几个有良心，知道送你过来，不然你这血流干了，命就保不住了。"

孟氏满腹疑惑，但看苏燕面色苍白，一副有气无力的模样，也没好意思在这个时候追问。

苏燕喝水喝得急了，猛地咳嗽起来。孟氏拍着她的后背为她顺气，无奈地说："你说你一个女儿家，怎的要跑去深山老林？难不成那逃跑的外乡人真与你有什么干系？"

苏燕被他们一家救了，也不好瞒着，说："他是从外乡来的，受了伤，在我家休养了半年。谁知就要走了，马六却带着官兵来抓人，慌忙中我们只好躲进山里，哪里晓得是这个下场？"

"休养半年？"孟氏愣怔片刻，随后便对她劈头盖脸一顿教训，"你个不长心的丫头竟让外男在家中住半年，出事后还帮着他逃？！现在好了，你为他险些把命搭进去，那个混账男人去哪儿了？连个影子也没见着！"

苏燕仍有些执拗地说："他当时正发高热。我摔下山后许久未归，他兴许遇到官兵先躲起来了吧。"

她本来就是要送莫淮离开的，不让他被官兵抓走才是要紧事，反正二人有了约定，日后总能再相见。

伤口正疼着，苏燕不敢乱动，只问："如今我受伤，也不好再去寻他，孟娘子可否替我打听一下官兵有没有捉到什么人？"

东家端了碗药进来，听到这话，说："他们搜了这么久，应当是没捉到了，听说明日那些兵马就要走了。我就说这儿不可能有什么太子，他们白费功夫，还闹得人心惶惶的。"

他将药递给苏燕，语气没比孟氏好多少："还有心思操心旁人呢？要不是找到你的三个小郎君心肠好，你早被送去衙门了。现在人家跑了，你差点儿死在山里，没本事还学人好心，出息！"

东家也算看着苏燕长大的，难免骂得狠些。

苏燕连连说"是"，低着头乖巧认错。

苏燕听到他说莫淮没有被找到，悬着的心也算放下了。她扬着笑脸和他们道谢："东家和娘子待我这样好，等我回了家，将新采的一筐药都给你送来，一文钱也不收。"

东家冷哼一声，说："先别盼着回去，那外乡人跟你有干系，官兵八成就在你家守着，要是再缺德些，没准儿已经一把火将你那屋子都给烧了。何况你现在爬都爬不起来，别回头死在路上。"

孟氏打他一巴掌："嘴里没个好话！"

苏燕知道东家是为她好，也不生气，只说："那便多谢东家了。要是可以的话，您见到那几位郎君，替我向他们道声谢。"

孟娘子育有一子一女，都早早成家了，家中有空置的屋舍，索性留苏燕在家里养伤。

苏燕没法儿做重活，便帮东家抓药。她不识字，东家就教她第几排第几个抽屉里是什么药，一来二去，苏燕就知道那上面的字都是什么意思了，倒也做得顺手。

有人到药铺抓药，她问起抓捕外乡人的事，始终不曾听闻莫淮被抓走，便渐渐放下心来。

莫淮若为躲避官兵，先走了也好。之前他便说过接他的人就要到了，现下应当已经与人重逢，先回长安去了。

苏燕觉得这没什么，也许过不了多久莫淮便能扳倒他的叔父，回云塘镇将她接去长安。

云塘镇，马车颠簸地行驶着，晃得人心中烦躁。马车里传来几声咳嗽，驾车人立刻绷紧精神，小心翼翼地询问："郎君可好些了？"

马车中的男人没立刻应声，好一会儿才冷冷嗤笑一声，说道："好什么？"

将士们乔装成商队和赶路的人，只为护送这驾不算起眼的马车。如今里面那位贵人染了瘟病还未痊愈，暴躁易怒，众人不敢惹他不快。

马车从外看着平平无奇，里面却极为雅致。桌案上是镂空的神仙图，放置着一沓书信，马车角落还有一个青铜香炉，袅袅青烟正在马车中萦绕。

徐墨怀咽下一口茶水，手指在天青色的茶盏上摩挲而过。越州进贡的汝瓷胎质细腻、工艺考究，与粗糙的茶碗比起来，简直是云泥之别，连它们所盛着的茶水也是如此。

前日夜里在山中，他真有那么一刻以为自己要死了。他还当自己对苏燕说上几句好话便真能哄得她死心塌地，即便危难之时也对他不离不弃，谁知……

兴许她是觉得太危险，便暗自改主意，不跟他走了。有那么一瞬，他真的有些怨恨。苏燕看似爱他，却仍毫不犹豫地将他丢下。走到这个位置，他当然知道人不可全信，却不想连一个卑贱的农女亦是如此。

以苏燕的身份，在他的宫中做一个洒扫的婢女都不配，可看在两人的情分上，他也愿意大发慈悲，让她在东宫做一个侍妾，不用留在山村放牛、种地、受无赖纠缠欺辱。

从来没有人背叛他后还能活着。可徐墨怀的怒火似乎不仅是因为她的背叛，他也不知道自己的愤怒因何而来。

他一身狼狈地被部下迎上马车，立刻派人去找苏燕，打算杀了她以泄心头之恨。然而等人走出一里路了，他又命人将那侍卫召回。

那不过是一个痴心妄想的农女，他根本不该在意，什么成婚、什么往后，不过是泡影。等他召集旧部攻下长安，便会回到金碧辉煌的高台之上，站在万人之巅做他的天子，又怎会记得一个贱若草芥的女人？

徐墨怀烦躁不堪，将手中的茶盏丢在案上，发出哐当的碰撞声。随后他再一抬手，摸到了一个微凉且柔软的物什。他将那东西取出来，发现是一个香囊，正是那个雨夜苏燕在山洞中交给他的。

直到现在他才看见这个香囊的全貌，与那件早已破烂不堪的衣裳是一样的料子，红色的系带上歪歪扭扭地绣着"莫淮"两个字——这是苏燕写得最好的两个字。

他想起什么，心中仿佛有团火不受控制地烧了起来，闭眼又是苏燕略显傻气的笑脸，怎么都挥散不去。

徐墨怀再看那香囊，忍不住皱眉。眼不见为净，他还留着它平添烦恼做什么？他顺手掀开车帘，直接将香囊丢了出去。

侍卫瞧见东西是从马车里抛出来的，正想俯身看那是什么，就听马车里的人冷冷地说："去看着，谁敢捡起来就剁了他的手。"

这下别说去捡，众人连看都不敢看一眼了，任由飞扬的尘土将那香囊染得脏污。

第二章

云　泥

一

　　苏燕虽受了伤，干活依旧十分利索。东家让她不要急着回家，说她帮着外乡人逃跑，要是村子里有谁记恨她，如马六，保不准就趁这个时候咬死不放，等她回去了便会将她送去官府。

　　这正是苏燕担心的事。既然东家和夫人不嫌弃，她便安心地在镇上暂住。

　　事情果然如东家所料，她的伤还没痊愈，那些官兵就都撤走了。

　　隔壁粮铺家有个在衙门当差的郎君，东家瞧见了，便对苏燕指了指，说道："喏，上次背你下山的就有他一个。"

　　苏燕忙走过去。

　　那郎君瞧见她，挑了挑眉，说道："是你呀，伤好了吗？"

　　"谢郎君记挂，之前被几位救了性命，还不曾亲自上门答谢。若不是你们，我恐怕性命不保。"苏燕说得真诚，目光如水。

　　那郎君第一次被这么漂亮的小娘子盯着，不禁脸红，腼腆地说："我们在衙门当差，这都是应该的，你没事了就好。"

如今秦王派下来的兵马都撤走了，他便嘱咐说："官府追捕外乡人也都是上头的吩咐，如今看似没事了，但保不齐有好事的人喜欢追究，苏娘子还是在镇上避一避风头吧。而且你家中的牛羊都给牵走充公了……"

他说到这儿还有些不好意思了，毕竟抓不到人就把人家里的牛羊牵走，有点儿像强盗。

苏燕听后愣了一下，但也没有计较太多，说道："多谢郎君，我肯定记着。"

他点点头，又交代两句便走了。苏燕这才叹了口气，愁眉苦脸地回了药铺。她养了那么久的家畜，转头就被充了公。亏她之前还忧心家中牛羊没人喂，这下可算好了。

东家听闻这事，索性说："正好我店里缺人打下手，你也无须想着回去，就先在这儿住下，等伤好了再去采药，还跟从前一个价。"

东家帮了她这么多，苏燕也不该计较工钱的事，便暂时应下。

过了许久，苏燕始终没有莫淮的消息。她听闻之前走了几个商队，猜到莫淮多半是同这些人一起回去了。

与他分别这些时日，苏燕实在不习惯，想到当时他哑着嗓子让她别走，她却去而不复返，甚至没回头多看他两眼，便总是对此事难以忘怀。

对于分别的事，苏燕从前几次想到都觉得心中空落落的，却未料到他们是以这样的方式分别的。他们连好好道别的机会都没有，想来再见是遥遥无期了。

苏燕又在药铺里住了些日子，伤慢慢好了起来，只是右手臂暂时还不能提重物，更不能抬高。她肩膀上的伤口结了痂，看着十分丑陋。

孟氏替她上药，每每看到都觉得惋惜，道："一个女儿家，留这么大个疤，看着多不好。"

苏燕苦笑着说："那也没办法，总归身上大大小小的疤都有了，也不差这一个，穿上衣服谁看得到呢？"

孟氏睨她一眼，小声说："你日后的夫君总看得到。若他看了不喜欢，那要怎么办？"

苏燕愣了一下，随后就想到莫淮说要娶她的事，道："我相信，日后我的夫君不会嫌弃我身上的疤。"

"你年纪小，哪里懂那些男人的坏心思？"

苏燕想了想，又说："我受了这样重的伤，日后我的夫君看到疤痕了应当心疼我。若只嫌这疤不好看，说明他并非良人，不值得我托付终身。"

孟氏觉得她说得也有几分道理，便没再多说什么，只是叹了几口气。

没过几日，东家让苏燕去周家送药。周胥的私塾离药铺有一条街的距离，学生只有十几人，多是些商户人家的孩子，上学为的是学会识字算数，日后好继承家业。

周胥的母亲身子不大好，他时常要到药铺抓药。苏燕送药过去的时候，看到周胥正带着一帮孩子在学堂里读书。那些破旧的书都是他一笔一画抄下来再分下去让学生看的。

周胥家是一个没落士族的旁支，虽然祖上有人做过大官，但后来失了势，留给后人的仅有几本旧书。

周胥身着洗到发白的蓝袍，身姿挺拔，模样周正。他读书的时候总沉着一股气，像是时刻要对学生发作。

苏燕不好进去叨扰，便站在堂外默默地听着，尽管什么都听不懂，还是忍不住心生佩服。

周胥将那些晦涩的话念上一遍，再简单地解释出来，底下的学生听得兴致寥寥，唯有堂外的苏燕聚精会神。没过多久，周胥就发现了在外偷听的人，放下书朝她走了过来。

苏燕一怔，随后不好意思地往后退了几步，忙对周胥说："打扰周先生了，真是对不住。"

周胥轻笑一声，说道："不算打扰，只是没想到你来了。有一阵子没见你了。"

她将药包递过去："东家让我来为先生送药。"

周胥对她道了谢，又说："既然来了，便进屋喝口茶再走吧。快晌午了，学生要回去了。"苏燕正想婉拒，周胥又说，"前阵子有人赠了我一块好墨，你之前问我哪里有卖的，如今正好赠你。"

苏燕愣了一下，想起什么后又垂下眼，低落地说："多谢先生好意，只是我如今用不上。先生还是自己留着用吧，给我岂不是糟践了？"

周胥皱了皱眉，却没有问其中缘由，只说："送你不是糟践。"

苏燕再次拒绝。

他不好强求，说道："你若得了空，也可以来此处喝口茶。从前我见你有心识字，你若不嫌弃，常来我这私塾看看也并非不可。"

他这样说倒真戳中了苏燕的小心思，她道："那我先谢过先生了。"

第二日，苏燕和东家交代一声，天不亮就启程回了马家村。好在住的地方偏僻，她回去一时也无人瞧见。

她刚打开门就听见大黄狗呜咽着从张大夫的家中跑了过来，在她身边绕着圈子，尾巴高高地翘起。

"还好你还在。"苏燕俯身摸了摸它的脑袋，推门进了院子。

衙门的小郎君说得还算委婉，她这本就简陋的屋子如今像是叫山匪搜刮过一般，连攒下的几个鸡蛋都被拿走了。苏燕不禁没好气地骂了几句。

翻倒的矮桌上沾染了墨迹，几本杂书掉在地上，之前她练字用的纸也都散落在地，被人踩了好几个脚印。苏燕捡起来抖了抖，端详起自己写的字来。

大多数纸上写满了"莫淮"，只有一张纸上规整地写着"苏燕"，那是莫淮握着她的手一笔一画写出来的。

苏燕看着这些字，突然想起了周胥说的话。

若她不识字，日后岂不是连莫淮寄给她的信都看不明白？

莫淮说过他在长安的地址，她可以写了信寄过去。如此，总好过二人之间毫无联络，让她日日忧心。

从清水郡到长安，乘马车日夜赶路也要半个月才能到。

各大士族不满秦王专横自负，听闻太子仍旧在世，始终没敢在明面上倒戈秦王。徐墨怀回京的消息尚未传开，就有人得了风声，先一步站队。

徐晚音身为徐墨怀的胞妹，想了法子去见他，才看了他一眼便扑簌扑簌地掉起眼泪："阿兄这是受了多少折磨，竟消瘦成这样？我夜夜睡不好，还当你真的遭遇不测……"

徐墨怀玉冠束发，着一身玄色深衣，坐在书案前。他一言不发地听着她哭，等她哭完了才说："林家这阵子如何？可有趁我失势落井下石？"

徐晚音眼神微动，咬着唇摇了摇头。

徐墨怀睨了她一眼，说："我说过，你贵为公主，无须看他林照的脸色，若他当真不好，便弃他另寻一位夫婿。"

徐晚音忍着眼泪，说出的话也没什么底气："他没有待我不好……的确是我骄纵……"

徐晚音三番五次护着林照，徐墨怀也不好插手他们夫妻之间的事，遂不再追究。

"阿兄这段时间究竟去了何处？"

徐墨怀低垂眼帘，执笔的手顿了顿，凝在笔尖的墨滴落在纸上："不是什么要紧事，没什么好问的。"

徐晚音点点头，扭头对自己的侍女说："燕娘，去将阿兄的衣裳取来……"

徐墨怀突然抬起头，待望见那侍女的脸，便沉着眼，语气不善地问徐晚音："她叫燕娘？"

"怎么了？"

他冷冷地道："给她换个名字。"

说完，他便没有后话了，连一句解释都没有。

徐晚音迷茫地看了看自己的侍女。

侍女也委屈得不敢抬头，不明白自己的名字怎么就惹太子厌烦了。

二

临近入夏，苏燕的伤口又疼又痒，她夜里时常睡不安生。东家看她手脚麻利，索性雇她在药铺里帮工。药铺离马家村太远，她不好每天回去，便让张大夫替她照看大黄。

自从她来了，东家便有意让她去给周胥送药。她回来晚了，东家也不会说什么。一来二去，苏燕和周胥就更熟络了。

她时常在堂外看着他讲课，后来周胥让她坐到后排跟着学生们一起听。虽然内容她多半听不懂，但她的兴趣没有丝毫消减，反而比前排的学生都要认真。

周胥似乎对她这个学生十分满意，还另外抽出时间教她识字。苏燕心中感激，又不知如何报答，回了村里便将自己种的菜择了一大把，打算给他送去。

张大夫知道她回来，坐在田埂上悠悠地说："周先生待你还算不错，模样也生得端正……"

苏燕低头择菜，漫不经心地应了一声。

张大夫苦口婆心地劝她："那外乡人有什么好的，叫你如此死心塌地？要我说，他一看就是富贵人家出身，怕是离了这山村回去享福了，哪里还记得你一个孤女？"

苏燕听了这些话心中闷得慌，择菜的动作也渐渐慢了，最后还是没法子装作没听见，直起腰说："张大夫，我知道你是为我好，可有些事三言两语道不尽。我既然与他有约，便该一心等他回来。他才走了两个月，我不该轻易断定他背信弃义，更不能就此变心与旁人相好，无论如何都要有始有终。"

张大夫知晓苏燕的脾性。苏燕自小没了母亲，孤苦伶仃，性子却格外坚韧。好不容易有个人陪着她，白日等她归家，夜深陪她坐在院子里看星星，说她不会动心那是骗人的。

苏燕长在穷乡僻壤，说不清吃了多少苦，好不容易熬到长大，第一次喜欢的就是一个气质出尘、貌似神仙的翩翩君子，又如何能轻易忘却？只怕是她见过这样的男子，再难对旁人动心了。

张大夫也不好再说什么，只盼那男子当真是个有情有义的，不辜负苏燕一片痴心。

自从家中被官兵搜查过，村子里就出了些风言风语，说苏燕和她娘一样是上不得台面的暗娼，背着人做些皮肉生意，还未成婚就和男人睡到一张床上。

苏燕从小到大不知道被传了多少难听话，甚至走在地里都有不知哪儿来的赖子问她值几多钱。她对此的回应，就是挥起手中的柴刀。她若在意流言蜚语，早就因为羞愧跳河死了。

比起周围人说莫淮可能背信弃义，苏燕更担心的是他是否遭了他叔父的毒手，是否遇到什么不顺的事。

苏燕将那些被官兵糟蹋了的纸都丢到了灶房引火用，翻找了许久才找到两张完好的。她找到莫淮写地址的那张纸，拿去问周胥上面写了什么，看看是不是莫淮告知的那一处。

周胥见纸上那短短的一行字，笔走龙蛇，力透纸背，便知是出自士族子弟之手。这字迹，让他这自诩才识不凡的人自惭形秽。

士族望门收揽天下才子，所收集的古籍经典和大家字帖是普通人穷极一生也无法窥见的东西。

周胥手指微微用力，捏着那张纸，问她："这是你那位友人的字？"

苏燕点了点头，见他铁青着脸，便问："是有什么差错吗？"

周胥心中郁结一股气，也说不清是什么原因，就是堵得厉害。可能是猜到对方出身名门，必定仕途顺畅，而他是个没落的世家子弟，只能沦落在乡野教些朽木，故而心中生出一丝不可言说的嫉恨。

周胥并未表露自己的不满，只是沉了语气，貌似关切地说："这上面写着长安崇安坊青环苑，此人大概出身不凡。"

周胥祖上在长安住过的，崇安坊临近皇宫，宅院都是一等一的贵，住户有九成是达官贵人。虽说他早知苏燕捡了个外乡人回去，却不想对方竟然来头不小。

周胥眼神微动，又问她："他为人如何？"

苏燕说："至少他在与我相处的这些时日里，的确是个谦逊有礼的男子，一看便让人觉得气度非凡。他并未因人说我的不好而轻视于我，想来也是位有情有义的人。他处理完要事，定会回来寻我。"

"他告诉你的地方与纸上写的确是同一处。"

苏燕立刻高高兴兴地说："那便好，这下我能写信给他了。"

周胥知道她识字不多，肯定无法写信，便说："若你不嫌弃，我可以代你写信寄去。"

苏燕想了想，还是说："虽然我的字乱七八糟的，但我还是想亲自写给他。不知先生可否教教我，好让我少出些错？"

"自然可以。"

说是教，其实就是他写字，苏燕照着临摹罢了。

只因她练的字实在太少，即便认识了也不会写。

信里的话是苏燕自己想的，直白质朴，毫无修饰，也没什么见不得人的，无非是问莫淮在长安可好，身体是否康健，家中的事是否太棘手。末了她又说了一些无意义的闲话，例如后山被她开垦出一小块田地，还没定下究竟种什么……

大概是不好意思太麻烦周胥，苏燕没有写太多，连莫淮何时归来都没有问。周胥看了苏燕的字，忍不住皱眉，却也知道她已经尽力了。

满篇的字唯独收信人的名字勉强能看，也不知写出那般字迹的男子看到这些歪歪扭扭的字会有什么感想。

在偏远村镇，消息传播总是迟缓许多，即便太子平安返回长安的事传到了这里，也只引得闲人在茶余饭后说上两句，还不如一场大雨更让他们关心。

徐墨怀早已回到长安。他身处暗处，既是休养也是等待时机，以便看得再清楚些，有哪些胆大包天的人敢趁他不在企图夺权。

有狼子野心的人又何止一个秦王？不过那些人都有心无力，翻不起大浪，侥幸给自己留了条后路。

此前，皇上想推行科举制，并将此事交给了徐墨怀。对此，反应最激烈的是那些名门望族。他们生怕寒门入仕，挡了他们在朝中的路。

秦王的依附者众多，其中不乏名门士族。他借势笼络士族，想趁此机会夺权，甚至连徐墨怀身边的人都收买了，险些置徐墨怀于死地。

如今徐墨怀平安回京，这笔账自然要算清楚。可惜强行推行科举必定会惹得众人怨气滔天，而且科举制利弊皆有，他只能暂时搁置了。

徐墨怀突然回京，打了许多人一个措手不及，还有人连夜收拾家当想远走高飞。徐墨怀表面不动声色，背地里的手段却极为强硬，背叛他的人没一个落得了好。

秦王胆战心惊，找了替罪羊担了谋害太子的罪。如今他也只能将谋权篡位的心思按捺下去，想法子保全自己。

徐墨怀还未成亲，东宫仅有的几个姬妾也未得他临幸，之前看他失势，不是跑了便是跟人私通。徐墨怀回去后下令，将姬妾发卖或处死，一个也没留下。

徐晚音在公主府待得憋闷，便一直在宫中，听闻徐墨怀发卖或处死了姬妾，便去东宫寻他。

林家是士族中最鼎盛的门第之一，徐晚音如愿嫁给了林氏二房的嫡长子林照。丞相之女林馥是林照的堂妹，从小便与徐墨怀订下婚约。徐墨怀不在的这段时日，林家为压制秦王与各大士族，出了不少力。

皇室与士族早已是一荣俱荣一损俱损，徐墨怀平安归来后，徐晚音便催他早日与林馥完婚。

"林馥还在守孝，急什么？"徐墨怀搪塞道。

徐墨怀消失了半年，一回来便急着处理堆积如山的政务，连去见父皇的次数都不多，哪里还有闲心管别的。

徐晚音立刻说："林馥都十八岁了，耽误不得。她的孝期只剩半年，阿兄还是早做准备为好，以免怠慢了人家。"

徐墨怀瞥她一眼，轻声说："你究竟是为我还是为林家？到底是嫁出去的妹妹，竟向着外人。"

"阿兄哪里的话？我自然是向着你。秦王不死，阿兄不能安心，与林馥结亲就稳住了林家。何况林馥乃倾城之姿，又是京中数一数二的才女，哪点让你不满意了？”

“没有不满意。”

徐墨怀正批阅折子，宫人将洗净的枣端进来。

徐晚音伸手拿了一颗枣，正要塞进嘴里，却见他突然抬头看着她。她被吓得动作都僵住了，愣愣地问：“怎……怎么了？”

“无事。”他又收回目光，若无其事地低头看折子。

那一瞬间，他想起曾有个人站在枯瘦的树下，仰头望着空落落的树枝，一本正经地说：“这棵树结的枣子可甜了，等它结果了我摘给你尝尝。”

徐墨怀捏了捏眉心，暗自叹了一口气。他回来的这些时日每日都政务缠身，鲜少主动去想苏燕，却仿佛做什么都能看到苏燕的影子。一支笔，一朵花，一颗枣子，都能勾起些回忆。

“阿兄回来以后好像有点儿奇怪。”徐晚音抱着手臂打量他。

“何处怪了？”他眼睛都不抬一下。

“总是突然发呆，还莫名其妙地喊错人。”徐晚音补充道，“你宫里的人也这么说过。”

徐墨怀面不改色地说：“谁说的？拖下去拔了舌头。”

“阿兄是不是有事瞒着我？”

“没有。”

三

苏燕养好了伤后照常去山上采药，得空便去周胥的私塾跟着念书。她从前写一封信，几乎是一个字一个字地问周胥，如今已好了太多，独自写完一段也很少出错。

苏燕自知周胥帮了她许多，便时常跑腿给他送药，还将自己种的菜送给他吃。即将入夏，山中的野桃子应当成熟了，她背着箩筐去采药，准备顺带摘些野桃子给他送去。

苏燕徒步翻了一座山，累得气喘吁吁，终于找到了自己去年看到的桃树。还未熟透的桃子泛着青，咬下去有些酸。

她摘了几个丢进筐里，正想下山，突然想起这座山就是当初她与莫淮躲避官兵的地方，她的肩膀也正是在此处受的伤。

她心中有些感慨。他们分别有些日子了，她其实很想知道莫淮此刻是否平安。本来她一个人过了好多年，好不容易有人陪了，这人却突然离开，屋子里又变得空落落的。

她走到灶房的时候会情不自禁地想起莫淮一边咳嗽一边生疏地添柴，最后被烟熏得眯着眼睛往外跑的样子。

她只能多做些事，似乎忙起来就不大容易想起他了。

很快，苏燕见到了两个人分别的地方。大石头周围的枝叶郁郁葱葱，雨水早已将她流在此处的血冲了个干净。

她站在大石头前出神地望了一会儿，转身离开，突然踩上了什么东西。她以为是树枝一类的，没有留心，然而再一踩感觉不大对，便用脚踢开了上层的落叶。

那是一个泛着黑褐色、长着霉斑青苔的东西，露出的一角隐约能看出是个油纸包。苏燕蹲下身子，将它抖了抖拆开，里面的糕点已然发霉，不多不少，还是那几块。

她记性很好，一看便知道了——莫淮没有吃她留下的点心。

临近晌午，繁茂的枝叶遮去大半日光，苏燕在树荫下蹲了好一会儿。看到这个纸包，她并不意外，只是觉得有些难受。

莫淮大抵不喜欢这糕点。她特意省着留给他，却没想过也许他根本就瞧不上，更别谈喜欢了。

若是他在，她应该会忍不住发顿脾气，只因他辜负了自己的一片好心。可她自己心里也没底，正如张大夫和孟娘子他们所说的，莫淮这一走，谁知道还会不会回来？

她觉得该有个答案。他生也好，死也好，都应叫她知道。苏燕无奈地叹了口气，起身拍了拍土，一脚将那发霉的糕点踢远了，朝山下走去。

入夏后村子里蚊虫更多了，苏燕从药铺拿了雄黄，撒在窗台和门口，以免蛇虫钻进屋里。

她将汗湿的衣衫换下，准备去河边打水来洗澡。附近没什么人家，苏燕也乐得自在。她将袖子高高挽起，一双玉藕似的手臂露出来，额头上泛着细密的汗。

水声潺潺，掩盖了其他声响。

苏燕俯身打水，猝不及防被人从后面抱住。一双粗糙的手死死捂着她的嘴，用力将她往后拖。河边长着菖蒲与芦苇，倘若有人将她按倒了做些什么，也不容易被发现。

那人身上一股臊臭味儿，她几欲作呕。才将她按在地上，那人就急不可耐地扯她的裤带和衣襟，一张嘴就往她的脸上贴。

眼前的人正是马六，苏燕恶心得破口大骂，双腿拼死踹他，又被他死死压住。苏燕跟着乡村仆妇长大，骂人的功夫"炉火纯青"，什么脏骂什么。

马六骂骂咧咧地扇了她一耳光，打得苏燕耳朵嗡嗡作响，却也让她趁机挣脱了一只手。她狠狠地抠马六的眼睛，疼得他卸了力道，惨叫不止。

苏燕立刻翻身爬起来，抄起她挑水的扁担，用了蛮力抽打马六。她一下打在马六的嘴上，直打得他牙齿松动，半张脸也红肿了起来。

马六吐出嘴里的血，口齿不清地向她求饶："错了……算我错了！燕娘子就饶了我吧，是我糊涂……哎哟！真的不敢了！"

苏燕气急了眼，胃里跟着一阵翻涌。她知道马六蓄谋已久，打了几下终究是没解气，又一耳光打过去，张口喊大黄来。

马六一听"大黄"就什么都不管了，捂着眼睛如同瞎眼的耗子一般乱窜。随着几声狗叫，大黄跑了过来，追着马六，咬得他惨叫着跑远了。

苏燕心有余悸，强忍着恶心捡起掉落在地的木桶。她脸上被打了一巴掌，现在还在发麻，也不知道这畜生使了多大的劲儿。

她去河边洗了把脸，这才冷静下来。马家村对她心怀不轨的又何止一个马六？像她这样无依无靠的人，谁都想上来欺负她。

如今没了莫淮，日子一样要过下去，她还是要攒钱去寻亲，离开马家村，再也不受这诬蔑和没完没了的骚扰。

马六的爹娘不讲理，如今儿子被苏燕打得不轻，必定要没脸没皮地上门讨说法。苏燕最烦与他们纠缠，和张大夫交代一声便收拾了衣裳去镇上，赶在他们来之前避一避。

苏燕去了药铺，恰好撞见周胥。周胥见她脸颊发红，还有些肿，立刻严肃起来，问她："有人欺负你？"

"是村里一个无赖。不碍事，他也没讨得了好。"苏燕想起马六一嘴的血，只想冷笑。

她从小便在村子里过活，也不是个任人拿捏的好脾气，只要能还手就绝不忍着。倘若马六下次再犯，她便是去衙门蹲大牢也得废了他下身的二两肉。

周胥扫了她一眼，又问："身上可还有伤？"

"自然没有。"苏燕说完就将箩筐放在地上，从里面掏出一个灰扑扑的布袋递给他，"这是我在山上摘的桃子，先生若不嫌弃就拿回去尝尝吧。"

周胥向她道了谢，接过桃子后问她："你这几日可还回去？"

苏燕也正愁此事，说道："还是不回了，先在东家这儿避着。马六一家子都是无赖，说不准要找我算账，我回去定不得安生。他若敢在镇子上为难我，我便跑去官府找县令。"

周胥犹豫了一下，还是说："你若应付不了，来我家避一避也是好的。"

"总是麻烦先生，我心中过意不去。"

周胥笑了笑，说道："你不想麻烦我，才会让我心中过意不去。"他又问，"近日你可收到那位郎君的回信了？"

苏燕摇了摇头，眼神难掩失落："尚未收到。"

周胥沉默片刻，宽慰她说："听闻大靖如今局势动荡，太子已经回朝，正忙着清扫逆党，恐怕不日便要登基。京畿道起了兵乱，现在还在镇压，兴许书信也要耽搁些时日，你且不要太心急了。"

苏燕点点头，发现周胥面色似乎不好，问道："周先生有烦心事？"

他叹了口气，说："两年前圣上便说要推行科举制，然而遭到了名门望族的反对。当朝太子的手段强硬，眼看科举制便要推行了，他又突然出事。即便如今太子回京，也得收敛些，不能再与士族硬碰硬，科举一事只怕是要不了了之。"

苏燕听得一头雾水，也不知道科举制是什么，只明白周胥是希望科举制推行的，便说："这科举制到底是做什么的？为什么皇上想推行，那些名门望族还敢不答应？天子不是说一不二的吗？"

周胥知道和苏燕说这些她多半是不明白的，便说："如今在朝为官都看重门第，有才能的人若得不到举荐也是无用的。那些士族只肯提拔自家人，哪里轮得到我们这些寒门？若推行科举制，穷苦学子便能凭才学入仕。"

苏燕恍然大悟："周先生想当官啊！"

被她这么直白地指出来，周胥略感尴尬，小声说："周家没落，我只能屈居山野之间，无颜面对先祖。何况士族中人多腐败，为官本该是能者居上，机会都叫他们占了去，实属不公。"

苏燕听出他这话是有几分愤慨在里面的，便安慰他说："不是说这太子手段强硬吗？说不准他是暂时忍着，日后还会推行科举制。先生有这样的才学，只在私塾中教书确实是委屈了。"

周胥听到她这番话，紧皱的眉似乎舒展了不少："你今日不是还要寄信吗？若有不懂的便来问我。"

"多谢了。"

皇上的身子只怕是撑不过这个夏天了，宫人们议论纷纷，猜测徐墨怀何时继位。他本人却对皇上的身子不大关心，只去见了一面。

面如枯槁的皇上用嘶哑的嗓音交代后事，末了用混浊的双眼望着帐顶，喉咙里发出呼噜的气声，也不知嘴里在念叨谁，总归不会是徐墨怀。

徐墨怀虽为太子，却并不受宠，最初的太子也不是他。不过他的胆识谋略是皇子中最出众的，最后他扳倒了兄弟，成功坐上太子之位，这件事在宫中也不是秘密。

兴许因为幼时就和父皇不亲近，如今看着皇上快死了，徐墨怀心中也不难过，反而有些恼火父皇丢了一堆烂摊子给自己。

徐墨怀准备回东宫的时候，有人状似无意地提起要他添几位侍妾的事。这帮混账管东管西，连太子的床榻都要关心，徐墨怀只觉得厌烦，找了理由回绝。

他与林馥的婚期该定下了。林氏家风严苛，如果他们都快成亲了他还不断往后院添侍妾，说出去会叫人以为他瞧不上林馥。

东宫静悄悄的，连树上扰人的夏蝉都被捕了个干净，只有风吹枝叶的沙沙声。宫人们走动的脚步声都很轻，和大吵大闹的苏燕一点儿都不一样。苏燕只要回家了，不等进屋就要唤他一声。

徐墨怀回到金碧辉煌的殿宇中，那些充斥着鸡鸣狗吠的日子似乎一下子就远去了，屋里只剩下清雅的松香，再没有潮湿的霉味儿和牛粪臭气。他总觉得那些过往就像一场梦，此刻回想起来，一切都显得很荒诞。

四

苏燕留在药铺帮工，除了上山采药，剩下的时间都用来跟周胥学写字。

听闻苏燕还在给那位没了音信的郎君寄信，孟娘子和东家都劝苏燕不要太上心，以免被那薄情郎给骗了。

但苏燕始终相信莫淮不会骗自己——他说要娶她的时候眼睛都在发亮，那样情真意切。

身边的人见苏燕死心眼儿，渐渐地也不劝了。万一苏燕说的是真话，他们岂不是做了棒打鸳鸯的恶人？只有周胥对她执着于写信的事不置一词，只要她来请教，都很乐意帮忙。

本来这样安生过日子也很好，然而过了没多久，张大夫就托人给苏燕传话，说她的狗不见了。苏燕只好回到马家村，满村子寻狗。田里和山林她都找遍了，怎么喊也不见大黄回来。

大黄是张大夫在她母亲死后送给她的，她一直养在身边看家。这些年，大黄不知为她赶走了多少心怀不轨的人。

苏燕与大黄感情深厚。从前即便是隔得很远，只要听到她呼唤，大黄就会飞快地跑到她身边。然而这次她找了一整日，仍半点儿踪迹也没找到。

天色渐晚，有看不过去的村民悄悄找到她，说昨日看到马六和他爹拖着一个大布袋子回家去，那布袋子还在往下滴血，逢人问了就说是在山上逮的野猪崽子。

可谁不知道马六向来游手好闲？那野猪跑得多快，他们几个青壮年都抓不住，凭他一个连锄头都不拿几次的马六和他的痨病爹就能抓到了？

苏燕听完这番话，只觉得全身的血液都往头顶去了，愣愣地站着，简直要喘不过气来。等平复过来，她仍怒火中烧，恨不得现在就去将马六一家子碎尸万段。

村民说完又劝她："你就算找上门了，他们一家子能承认？别反再将你打一顿。这事你只能吃个闷亏。"

苏燕和村民道了谢，回家找张大夫说明此事。张大夫年纪大了，又瘸又瞎，平时只能勉强替她照看着大黄，如今狗丢了，自责不已。

"都怪那无耻的一家子，怎么能怨到你头上？"苏燕宽慰张大夫几句，脸色仍旧阴沉沉的。她紧握柴刀，一副要去跟马六拼命的模样。

"也没法子，你的狗指定是叫他们吃了，要也要不回来。"

她不仅要不回来，还没地方讨说法。只要他们抵死不认，苏燕就拿他们没办法。反正，他们也不在乎受人白眼。

苏燕知道这个道理，可死活咽不下这口气。大黄俨然是她的家人，哪有家人被打死还忍着的道理？

回到家后，苏燕将冬衣的暗袋拆开，从里头拿出一个玉镯子。这本是她阿娘给她攒下的嫁妆，当初她饿得喘不上气也没想过把这镯子给卖了，现如今却觉得要给自己争口气，否则就是死了也要念着这些憋屈事。

苏燕变卖了玉镯子，换了四贯钱回来。她去街市上找开猪肉铺的两兄弟，出钱托他们帮自己教训马六。

两兄弟身材魁梧，天热就敞开衣裳在摊子前剁肉，身上油亮健壮的肌肉跟着砧板抖动。剁砍声让人心生畏惧，整条街市的人都不敢招惹他们。

苏燕是铁了心要教训马六，为了撇干净自己，出的钱也就多了些。虽是脏活，二人答应得也算爽快。

托了两兄弟以后，苏燕手里还剩下不少余钱。她仔细存起来，准备回头买了香纸去阿娘的坟前祭拜。

肉铺的两兄弟办事十分利索，不久苏燕就听说马六在街上喝得烂醉，不知招惹了谁，被套麻袋打断了腿，如今正在衙门哭诉。他们一家子都在那边闹，又找不着人，县令听得心烦，便着人把他们丢出去了。

苏燕正在抓药，听后恨不得大笑几声，本来还心疼那半贯钱，现在浑身舒畅。

东家看出她心情好，打发她去周胥家送药。

苏燕到的时候，周胥还在教书。她走近了，能听到几声慵懒无力的读书声。

苏燕不急着回去，跟周胥打了个招呼，便去后院替他将药煎上了。

周老夫人虽身子骨不好，但也是书香门第出来的，身上有几分傲气。苏燕看向她的时候，她正坐在廊下晒太阳，面对苏燕，连眼皮都不抬一下。苏燕觉得无所谓，煎好药就走了。

周胥赶回来的时候发现苏燕已经走了，看向母亲，问："已经快晌午了，阿娘为何不留苏燕用饭？"

老太太睁开混浊的双眼，面上的皱纹如一道道沟壑，嘴里吐出来的话也有几分刻薄："上不得台面的粗鄙丫头，总叫她来做甚？"

周胥忍不住皱眉，说道："燕娘只是出身不好，为人却是挑不出错的，何况还几次帮着送药来……"

老太太的眼神一下凌厉起来，她说："你当我没打听过？娼妇生的野种，连爹是谁都不知道，在穷山沟里长大，也不知让多少脏汉子摸过。前些时日她还跟一个外乡人搅在一起，现在叫人骗了身子，转过头就想勾引你！世上再也找不到比她更不知廉耻的女子！"

周胥黑了脸，不耐烦地说："母亲不必听这些编派人的话，燕娘并非这样的人。"他顿了顿，又说，"何况燕娘救的那外乡人未必是骗子，说不准日后就会回来报答她的救命之恩。"

"她不过是长得有几分姿色，你若上进些，就该好好增进学识，投去望族做门客。日后你若得了赏识，那主家的娘子也不是娶不得，目光何以如此短浅？"

老太太说得愤恨，一时间竟咳嗽起来。周胥虽心中不悦，还是走过去给她拍背顺气。

"孩儿不是目光短浅，阿娘日后就明白了。"周胥沉着面色，没再说话。

来药铺抓药的人不多，东家索性让苏燕去采药，自己留在铺子里照看。苏燕一直到天黑了才回去。

店门口围着好些人，一片嘈杂。苏燕也不知他们在吵什么，走近了才发现孟娘子和东家正掐着腰骂人。

坐在药铺门口的是马六一大家子，哭的哭闹的闹。马六惨白着一张脸被他爹娘架着，站都站不稳。

马六的亲戚瞅见了苏燕，指着她大喊："她回来了！逮住她送到官府去！"

苏燕忙往后退了两步，冷着脸说："我还当哪儿来的狗吠，原来是你们一家子。说话可是要讲证据的，你以为官府是你家？"

马六他娘立刻扯着嗓子哭喊："肯定是你找了相好的来打伤我家六郎的腿！要不然你怎么不敢回去？！我今日定要打死你！"

孟娘子和东家将苏燕拉到身后，拿着扫帚和锄头堵在门口，如两个门神。

"你是哪儿来的泼妇，敢到我家闹事？想去官府？好啊！我现在就领你去，看县令抓谁！"孟娘子怒道。

方才气焰嚣张的几人顿时没声了，神色怯怯地望了孟娘子一眼。

马六他娘强撑着气势说："她找人打伤我儿，这账不能就这么算了！她要么跟我们去见官，要么就做牛做马一辈子照顾我家六郎！"

苏燕忍不了了，走出来狠狠啐了她一口："当真是个腌臜东西，你儿子猪狗不如，这种话你都敢说，也不怕口舌生疮！"

苏燕牙尖嘴利，气得马六一家涨红了脸，上来就想打她，场面一发不可收拾。

马六一家分明是找不着害他儿子的人，又不想就这么算了，便死活要将罪名安在苏燕的头上。他们看准她孤苦伶仃，想硬把她抢回去给马六当媳妇。

可苏燕这阵子跟街坊都混了个面熟，众人怎会看着他们硬将她带走？

这一家子打起架来又扯又掐，被苏燕打了一巴掌就开始扯着嗓子号哭。

"非说是我让人打你儿子，你倒说说我好好的让人揍他做什么？怕不是你们自己做了亏心事，招人报复了吧？"

苏燕说完，他们又恼羞成怒地扑上来，一直闹到官府来人将他们轰走。等人慢慢散了，东家和孟娘子安慰了苏燕两句。苏燕觉得是自己给两个人添了麻烦，连忙道了几次歉。

好在东家并未放在心上，只骂了马六他们几句便过去了。谁也没想到，第二日马六他们一家子又来了，不做别的，就坐在药铺门口，见到苏燕就骂，但凡见到有人进店抓药，就要说些玷污她名声的刻薄话。

苏燕没这家人这么不要脸面，也不好意思误了东家的生意，便想着先回村子避一避。孟娘子见状，却先一步替她找了周胥。周胥听闻此事没犹豫，从后门去见了苏燕。

周胥说："你回了村子，身边若没个人护着，他们只怕要变本加厉地欺辱你。你若不嫌弃，就先去我家住一阵子吧。"

见苏燕犹疑不定，孟娘子和周胥又劝了几句。苏燕这才点了头，当晚就背着包袱去了周家。周老夫人虽不大待见苏燕，却也没当着苏燕的面说什么。

只是苏燕不是个看不懂眼色的，无法完全忽视周老夫人不加掩饰的轻蔑之色。

在周家住着的几日，苏燕不仅帮着整理菜园子，还洗衣、做饭、煎药，却没换得周老夫人的好脸色。而且周老夫人一见到周胥教苏燕写字便极不耐烦，好似苏燕占了周胥的便宜一般。

如今苏燕回不去家，又不好去药铺添麻烦，留在周家太久也不像话。她在信里和莫淮抱怨了这些事，落笔后才觉得心中空落落一片。其实她自己也不知道这话是说给谁听的。如今连收信人的死活她都不知道，更难以盼到回信。

周胥温和有礼，可她总觉得别扭，只能时常以采药为借口偷偷回马家村。

时间过得很快，入了冬，河边的芦花被寒风拂动，翻飞如雪浪。苏燕脸颊冻得微红，头发上覆了一层白。

张大夫裹紧了衣裳，听她念叨自己的心事，冷不丁说了句："那你怎么不去找他？"

苏燕忽然沉默了，扭过头盯着他看，语气惊讶："那可是长安！"

"长安又不是皇宫，你怎么就不能去了？"

她本来一直盼望去长安，等真的有人让她离开云塘镇去长安看看的时候，她的心又开始踌躇。

张大夫看穿了她的心思，说："如今你无牵无挂，还不如去长安看看心上人是死是活，也好做个了结。再不济，你也能去寻你的亲人。"

苏燕想到繁华的长安，有些胆怯，却又忍不住憧憬。她想了好一会儿才说："我一个人吗？"

"这么多年你不都是一个人过来的？"

苏燕攥紧手指，吸了吸冻红的鼻子，道："你说得对，那我就去吧。"

五

对于苏燕要去长安这件事，除了张大夫没有一个不反对的，连一向待她温柔耐心的周胥都沉了脸色。然而苏燕就是一个很倔很拧的性子，下定决心前会犹豫，一旦决定了，任谁都无法更改她的主意。

周胥去见苏燕的时候，她正在收拾衣裳，准备明日和商队一同出发，路上也好有个照应。

"非去不可吗？"周胥忍不住问她。

苏燕停下手上的动作，回过头略显无奈地说："我知道先生是为了我好，可若不亲自去一趟长安，我始终放不下心来。"

周胥紧紧抿了抿唇，眼神有些冷："你是想去寻亲，还是想找到你那位心上人，就此留在京城不回来了？"

"当然不是。"苏燕毫不犹豫地否认，接着说，"张大夫还在这里，我说好了要给他养老送终。我阿娘也葬在此处，我总不能让她孤零零地留在这儿。若真能找到亲人，我也是要回来将他们接走的。"

"那你的心上人怎么办？"

提到这里，苏燕的神色不自在起来，她低着头说："其实我也没想好。如今我连他的生死都不知，怎么还能再想旁的？"

"若他出身望族，不愿娶你为妻，只让你做妾呢？"周胥说话很少这样不留情面。

他比苏燕看得更清楚，连自己这样的没落士族都不屑与庶人结亲，何况是能住在崇安坊的贵人。即便她是那个男人的救命恩人，对方也绝不可能娶苏燕回家，最多给她一个妾侍的身份。

苏燕并未犹豫，立刻说："那我就回来。"她皱着眉，神情低落，"我不是死缠烂打的人，但为救他花费了不少心血，让他给我几贯钱总不过分。做妾是万万不能的，我娘说了，那说好听了是妾，实际上就是奴婢，主人家随意打杀都没人管，做什么都由不得自己，还不如种地、放牛来得自在。"

听苏燕这样说，周胥脸色缓和了些，轻叹一口气，道："路上当心，我等你回来。"

从清水郡到长安的路不算近，商队要运货，走得也不快。路上下了两次大雪，耽搁了好几日，苏燕连除夕都是和商队的人一起过的。这个商队从北边来，里面还有几个金发碧眼的胡人，运的都是些西域的新奇物件。

苏燕没有家人，去年除夕是和徐墨怀一起过的。当时下了大雪，苏燕支着桌子教他包饺子，莫淮包得歪歪扭扭的。

苏燕还记得春节当日一早便不见莫淮的身影，自己穿好衣裳正要去洗漱，却见他在院子里堆了一个半人高的雪人，那雪人一看便是女子的模样。

他腿伤未愈，走路还一瘸一拐的，走了两步险些摔倒，苏燕连忙去扶他。

莫淮抓着她的胳膊，突然朗声念道："旋穹周回，三朝肇建。青阳散辉，澄景载焕……"

她听不懂，疑惑地问："这是什么意思？"

莫淮肩上、发上都落了雪花，呼出的白气让他的面容有几分朦胧。眼中的笑意清澈，他道："是新年祝词，听不懂也无甚要紧。"

回首当时，竟然已经过了一年之久，苏燕裹紧身上的被子，有些出神地想，她已经学会了那个新年祝词，若是能见到莫淮，定要给他念一遍。

一路舟车劳顿，直到在长安城门口勘合公验的时候，苏燕还有些缓不过神来。她竟然就这么跋山涉水，来到了陌生的长安城。

与云塘镇那穷乡僻壤不同，长安街巷相连，一眼望不到尽头。路上尽是车马，各式各样的摊贩商铺，以及穿着绫罗绸缎的贵人。

苏燕只敢沿着街边走，生怕冲撞了什么人，又忍不住好奇地四处张望。她在云塘镇这么多年，从未在镇上见过谁家有马车。可长安城不仅有马车，车上还雕花镶玉，好生奢华。

她一路看一路找，没想到长安这么大。都快日落了，她还没走到崇安坊。她怕赶上宵禁被抓进大牢，连忙找个客栈住下。

客栈的东家见她是外乡人，送膳食时顺带说了句："明日就是上元节，街上有灯会，小娘子要是还想看烟火，就去丰乐坊那块。听闻明日还是林丞相的寿辰，去了还能讨个赏钱。"

苏燕道了谢，回了自己的小厢房。

夜里下了大雪，次日清晨，雪铺满了长街，白得刺眼。苏燕的冬衣不算厚，冷风吹来，她冻得直哆嗦，缩着脖子往崇安坊那边走去。

正如那客栈东家说的，大白天街上都挂着各式各样的灯笼，上面画着花鸟虫鱼，还有不少是写着字的。苏燕倘若认出了哪个字，就会在心底暗暗高兴。

雪地被人踩过，又被车马压过一遍，已经十分硬实了，她还得小心着不要摔倒。听人说今天是没有宵禁的，这些花灯彻夜通明，苏燕走得更快了些，一心想找到莫淮。

她记得很清楚，去年上元节莫淮跟她说过，燃满花灯的长安一到夜里可好看了，恍若人间仙境，有些富贵人家的灯都是用上好的缎子做的。他还说等一切了结，就带着她一起看花灯，从街头看到街尾。

离崇安坊只剩一条街了，苏燕感觉自己的心跳都快了些。

她突然听见身后传来阵阵响动，回头看去，见一大批人正朝此处走来，紧接着就响起了喝道声。苏燕只来得及听见一声"天子出巡"，便跟着行人齐刷刷地跪了下去。

苏燕蒙了，没想到第一次来长安，便撞见了天子车驾。她听闻这位新帝年轻俊朗，才即位一个月，也不知是何模样。她心中好奇，却没那个胆子抬头去看。

天子仪仗声势浩大，苏燕仅用余光便能瞥见旌旗招展，华盖翩翩。

第一次面对这样鼓乐喧天、气势恢宏的大场面，她浑身僵硬，动都不敢动，也不知这仪仗有多少人。她跪在雪地里，膝盖都冻麻了，裤子也叫雪水给浸湿了。

她低着头许久，风雪灌进了衣领，被冻得一个哆嗦，不小心抬了一下头。只是一瞬，她恰好瞥见了那华盖之下的新帝。

苏燕蓦地愣住了，身边一个热心肠的大娘赶忙扯了扯她的袖子。苏燕重新低下头，却在一瞬间遍体生寒，脑子里嗡的一声，就像有人拿着一桶冰水从她头顶浇了下去。

她不知道自己是不是眼花了，那新帝的模样分明与莫淮别无二致。苏燕满心觉得荒诞，于是又悄悄地抬起头，朝那逐渐靠近的新帝看了过去。

精致得像画中人一样的眉眼在一身华服的衬托下显得凌厉而冷峻，这一眼，她终于确定了那人就是莫淮。同一刻，她身体里好似有什么东西突然碎了。

身子颤了一下，苏燕觉得眼眶发酸。雪花飘到她的眼睫上，将睫毛打湿成一绺一绺的，她眨了眨眼，肩膀耸动得厉害。

天子车驾走远了，身旁的大娘嘀咕："那可是天子，直视龙颜是为大不敬，要受刑……"

大娘见苏燕在发抖，以为她被吓着了，便不再说了。

直到天子仪仗渐渐走远，苏燕的余光再也看不见那人的车辇，她仍跪在地上没有起身。按在雪地上的十指已经冻得通红，她也只是愣愣地看着。

去年除夕，她的心上人坐在她身侧包饺子，温柔且专注地听她讲话。他包出来的饺子丑得无法入眼，但她很高兴。

他在辛夷树下给她簪花，在山洞中抚摸她的脸颊，他的眼神总是炽热而缱绻，似乎不曾掺杂任何虚情假意。

苏燕来之前想过很多种可能：也许会有人说莫淮死了，或者说她一个乡野村妇只能给他做妾，唯独没想到竟有人告诉她，他是天子，她不能看，看了就是大不敬，即便那个人曾说要娶她为妻，即便他们早已对视千万次，即便他们在阴冷的山洞中许下誓言……

苏燕浑身僵硬，一动不动地跪在雪地里，任由心上人的车辇从身前远去，却不敢再抬头看他一眼。

云泥之别，她平生第一次真切地体会到什么是云泥之别。

六

徐墨怀虽然即位不久，朝中势力却被他牢牢把控，秦王再无翻身的可能。只是如今士族权力过盛，依然是朝廷大患。徐墨怀既想提拔寒门士子，又要安抚那些名门望族，并不是件容易的事。

常沛看着徐墨怀长大，曾任太子少师，如今又被提拔为中书舍人，几乎是徐墨怀的心腹。

当初徐墨怀被害失踪，便是他在暗中搜查徐墨怀的踪迹。常沛清楚，这位新帝看着是端方君子，实际上性格极为恶劣。

徐墨怀多疑傲慢，极少与人交心，夜里从不让人靠近床榻。一直到他即位，后院里的妾侍也没近过他的身，众人因此觉得他对林馥一往情深。如今他已登基，后宫再空着便不像话了。

常沛从未见徐墨怀喜欢过哪个女子，索性暗示礼部的人将各种类型的女子画像给他送去，结果他一个都没挑。

这日，常沛本想去问问情况，可徐墨怀已经去林府了。

徐墨怀出行的排场着实不小，实际上是为了给林氏面子，好让所有人都知道天子对林氏一族极为看重。

徐墨怀去的时候大张旗鼓，回程却很低调。此时正值上元佳节，长安街市挂满了花灯，亮如白昼。徐墨怀穿着便服，和常沛混在人群中，暗处都是乔装的侍卫。

雪已经停了，寒风还飕飕地往人的衣襟里灌。这样冷的天，倒是半点儿没影响百姓对上元节的热情。

常沛对徐墨怀没有邀请林馥同游感到疑惑："郎君为何不请林小姐一同赏灯？不久后你们便是夫妻，总该彼此熟悉。"

方才在府中，连常沛都看出了，林丞相欲言又止。

徐墨怀目不斜视，似乎对这满街的彩灯提不起兴趣，表情始终淡淡的："熟悉了又有何用？何况林馥未必真心想跟来。"

他想起林馥那强撑出的笑意就觉得好笑。她分明十分畏惧他，却不得不为了家族对他曲意逢迎。好在林馥还有几分姿色，家世、性子也正合适，不会惹出什么麻烦。

常沛又问："礼部送来的画像中，郎君当真没有一位中意的？"

提到这件事，徐墨怀的眉头就皱了起来，他道："没有。"

常沛见他面色不佳，便没接着说下去。幼年的徐墨怀与常沛几乎无话不谈，常沛自然知晓他的心结。即便先帝死了，徐墨怀心中依旧无法释怀。

徐墨怀突然停住脚步，回头看了一眼。他有一瞬愣怔，但很快转过身，若无其事地说："走吧。"

"郎君方才看见什么了？"

"看错了一个人。"他脚步微微一顿，有些回忆不受控制地涌现。花灯的光打在他脸上，他的神情令人捉摸不透。

片刻后，烟火升空，夜空中瞬间升起一簇簇火树，光芒照亮长街，极致的绚烂转瞬而逝。

徐墨怀抬起眸子，也不知想到了什么，竟有片刻失神。他并没有说什么，匆匆走了。

路上的行人纷纷驻足，指着烟火兴奋地喊叫嬉笑，争相找个好位置观赏。

烟花贵重，只有长安城这样公卿贵族多如牛毛的地方才有这样盛大的烟火美景可看。苏燕长到十六岁，还是第一次看到烟花。

即便被冷风吹得瑟瑟发抖，她也要找个好地方，坚持看到烟花放完，天空重归黑暗。也不知看了多久，她眼睛都有些酸了，腿也冷到走不动了。她在原地跺脚哈气，好半天才缓过来。

街上很冷，人却不少，她一个人漫无目的地走了很远，从街头走到街尾，观赏这些花灯。

苏燕像是要将这些画面深深地刻进脑海似的，始终不肯停下来歇一歇。

她来之前听说，今日新帝那么大阵仗，是为了给林丞相祝寿。林丞相的嫡女与新帝情投意合，郎才女貌。新帝除了她再看不上旁人，连后宫都为她空着。

苏燕兀自想着那些话，没注意到脚下不平坦，一不留神结结实实地摔在了雪地上，额头生疼。她捂着额头坐起来，眼眶微微发热，喉咙像哽着什么东西。

苏燕眨了眨眼，滚烫的眼泪落了下来。她愣了一下，连忙将泪水抹干净，紧抿着唇，一声不吭地继续走，没走两步又停下来抹泪。

可眼泪怎么都停不下来，终于，苏燕忍不住了，蹲在地上捂着脸号啕大哭，冰凉的泪水从指缝渗出，悄然融入雪地。

满街人影绰绰，花灯映照，一片喜气欢腾的盛景，唯有一人在煞风景地哭。那也不是撕心裂肺的哭法，只是她看着伤心极了，难免让人觉得悲戚。

行人纷纷猜测她是被情郎辜负了。有人想上前询问，她却踉跄着站起来，继续朝前走了。

长安离家乡这样远，苏燕走了很久，走得脚底生了血泡，总算见到了她的心上人。可惜只是匆匆一眼，她就不敢再多看了，以后也见不到他了。

苏燕一直守到街上的行人慢慢散了，各色花灯一盏盏熄灭，如同她心中一直跃动的火苗一点点暗淡。

她还是有些难过。长这么大，她是第一次喜欢人，可能有些傻，但是绝对没什么坏心。可她的真心在那人眼里是痴心妄想，是可以随意践踏的。

对新帝而言，她不过是草芥。当初那些看似情真的誓言，不过是他遇难时为了让她帮忙而说的谎言。

他何必如此？他什么都不说，她也绝不会弃他而去。他何必要骗她？竟让她像傻子一样等着他，又自作多情地写了一封又一封书信。

刺骨的寒风刮在苏燕的身上，让她疼得全身颤抖。眼看着长街上的灯火熄灭，眼中的光亮也随之消失，她吸了一口凉气，喃喃说："花灯真好看啊……"

第三章

返 京

一

　　早春多细雨，天气阴冷潮湿，寒意就像蚂蚁似的攀在人身上，似乎连骨头缝里都是冷的。

　　云塘镇的学生没几个真心好学的，碰上这样的天气，纷纷找借口不来上课。周胥也不恼怒，总归他们付了束脩，学不学得好都是各人的造化。

　　不过他并不喜欢这样的天气。一到这个时候母亲便开始咳嗽，他去镇上拿药还要走过一段泥泞的路，若是苏燕在就好了。想到这里，他不禁抬头看了一眼灰扑扑的天。

　　苏燕去长安已经有一阵了，不知是否找到那个男人，又何时才肯回来。

　　当初见苏燕执拗，周胥便没怎么劝她。他清楚，能住在崇安坊还被仇家追杀的绝对不会是一般人。那种人如何会娶一个乡野村妇？便是收她为妾传出去都是丑闻。士族与寒门之间的壁垒岂是这么容易打破的？

　　只是苏燕此去已有两个多月，周胥多少有些担忧。一个女子孤身去长安，路上也不知道会遇到多少磨难。

药快煎好了，周胥将药罐子取下，忽闻院门外传来响动，便起身看向那处。烟雨蒙蒙中，一个鬓发微湿、面色苍白的女子出现。兴许是冷得厉害，她唇瓣都在颤抖，看见他后却扬起了一个笑脸。

苏燕嗓子有些哑，声音却柔柔的："周先生，近日可好？"

周胥一时失神，手指被滚烫的药罐子烫到，迅速缩了一下。他对上苏燕的视线，那丝疼痛似乎也消失了："燕娘，快进来吧。"

这边断断续续下了半个月的雨，苏燕蹚过泥水，裙边脏兮兮的。她想进屋，想起自己的鞋上有泥巴，先去一边摘了几片番瓜叶子，混着雨水把泥巴擦掉，这才往屋里走。

周胥笑了笑，说道："我家中同是泥地，哪有那么多讲究？"

苏燕却垂下眼，说道："不一样的。"

周胥给她倒了盏热水，然后问她："此去如何？人可见到了？"

他状似无意地问，心中却有几分忐忑。苏燕还在低头看着自己脏兮兮的裤脚，也不知在想什么。

周胥以为她没听见，正要再问，就听她轻声说："见到了，他家中并非商户，是有权有势的官宦人家，的确是泼天富贵……只是他与我到底是云泥之别，有些事便只能算了。"

周胥松了口气，细细打量苏燕的神情，见她似乎并不难过，便问："他背弃誓言，你可怨恨他？"

苏燕接过热水，双手捧着取暖，湿透的鬓发贴在颊边，低垂的眉眼让她的神情显得柔顺极了。她说："初时还有些委屈，回来的路上已想明白了。他这样的身份，自然不会感激我的好，我再怎么怨恨伤心，都只会害了自己，还不如忘了他。日子总要过下去的。"

周胥在她身旁坐下，目光落到她水盈盈的眼眸上。

苏燕与他见过的大多女子还是有些区别的。她有姿色，却无依无靠，命运难免比旁人要坎坷。但这也让她的性子变得更坚韧，能独自面对生活中的各种不公，让她时而温顺可怜，时而泼辣蛮横。

周胥端着茶，问她："那你日后还想学字吗？"

她笑得腼腆，轻声说："先生不会嫌我碍事吗？"

他跟着笑了，说道："自然不会，你比那群学生要省心。"

苏燕回到云塘镇，身上的银钱已然不多了。她才回到马家村，消息就传开了。马六一家又来闹事，说她不知羞耻，死皮赖脸去找心上人，结果灰溜溜地回来了。

苏燕难得没有反驳，因为他们说得对。只是那些难听的话一句接着一句，就像有人在用力地抽她耳光，让她的脑子嗡嗡作响，她却只能闭口不言。

马六的家人想上来打她，被张大夫死死拦住。有好心的村民看不过去，将他们一家子给轰走了。

村民们虽帮了她，却难免因为她被情郎抛弃而对她投以异样的目光。其中有怜悯也有轻蔑，她都默默地受着。

大概因为回来的路上淋了雨，苏燕很快就病倒了。张大夫照看了她两日，见她始终未好转，一时有些心急。他还指望苏燕为他养老送终，不承想如今倒是她先病恹恹的，就要病死过去。

张大夫腿脚不便，连忙托人去镇上找周胥，让他来看一看苏燕。周胥得知此事，立刻去了村里见她。

马六一家乘人之危，准备硬闯苏燕家将她带走。好在周胥来得及时，不由分说将人抱起来就走，张大夫才算松了口气。

周胥执意将苏燕接入家中悉心照料，周母心中百般不愿，却无可奈何。

苏燕再次醒过来，看到周胥又守在榻边，面带关切地望着她。

他伸手放在苏燕的额上，探了探她的体温，而后松了口气，道："已经好些了，你喝水吗？"

苏燕撑起身子，望着眼前的男人眨眨眼，视线再次变得模糊。

幂幂敛轻尘，蒙蒙湿野春。

也不知过了多久，连绵的雨水才算停了。苏燕身子好了起来，照例背着箩筐去山上采药。

正是雨后，山野间冒了野薹子，竹林间也发了新笋。她在山野间折腾许久，微湿的鬓发贴在脸颊上，抬手用衣袖擦了擦汗。

周胥送走了学生，久久不见她的踪迹，问过张大夫后便动身去寻她，最后在半山腰找到了她。

山上的野花开了，杏白、粉红参差交错，野蜂在其中穿梭。

周胥是在一棵辛夷树下寻到苏燕的。

在高大的辛夷树的衬托下，苏燕的身影显得更加单薄，她挽起的袖子下露出一双玉臂，好似稍一用力就能折断。

她背着箩筐仰头去看树上的花，白净的脸透着粉红，像是花瓣揉出的花汁在面颊上晕开，一张娇艳的面容半点儿不输枝头的春色。

周胥唤了她一声。

苏燕眯着眼朝他看过来，面上带笑。

周胥鬼使神差地说出了压在心中许久的话："燕娘，你愿不愿意嫁我为妻？"

他说完又有些懊恼，此刻开口未免太草率。但话既出口，他也只能站在原地定定地看着苏燕，等待她回答。

苏燕收敛笑容，沉默好一会儿。也不知想起了什么，她突然抬手摘下一朵辛夷花别在发上，笑着问他："好看吗？"

周胥虽不明所以，依旧点头。

苏燕几步走到他身边，对他挤了下眼睛，模样娇俏可人："那我就答应你吧。"

云塘镇很小，镇上只有周胥这么一个夫子。他要成婚的消息很快就传开了，加上要娶的还是苏燕，难免要被人议论好一阵子。

周母心高气傲，不愿听那些流言蜚语，索性闭门不出，对常来家中的苏燕也一直黑着一张脸。

苏燕没什么嫁妆，自然也没索要什么聘礼，两人想一切从简。她回到自己那个简陋的家收拾东西，将那些堆在桌角的话本拾起来拍了拍灰，里面还夹着几张废纸。

在屋子里环视一周后，她盯着那个空空的角落看了一会儿，想起自己当初说要添置书架的模样，心中平添几分苦涩。

　　婚期将至，实际上她也是有几分不安的。但她没有可以倾诉的父母兄弟，也没有交好的姊妹朋友，一切女儿心事只能自己默默咽下。

　　在空荡安静的屋里坐了许久，苏燕又想起了当初给徐墨怀写信的情景。那时她心中有个盼头，总觉得一切都可以向他诉说。尽管字写得不好，她也总是会将信纸写满，盼他在远方了解她的心事。

　　如今想来，那些信应当也传不到他手中，不知是被人丢弃还是烧了，可能连被拆开的机会都没有。

　　苏燕想起往事，突然生出一股诉说的欲望，便打开箱子找出笔墨，在信上写了起来。她写信的时候时不时遇到不会写的字，但总归没人看，便胡乱写了一通。

　　这应该是她写的最后一封信了，与其说是写给徐墨怀的，不如说是写给她自己的。

　　次日苏燕去找人捎信，信使看了一眼信封上的字，收了二十文后才说："又是你呀。方才那个书生也来寄信，你怎么不和他一起？听闻你们就要成婚了，恭喜啊。"

　　苏燕面上一红，和他道过谢，转身想追上周胥问一问。

　　正走着的周胥听到呼唤声，停下脚步等她，随后拉过苏燕的手问："你怎么在这儿？"

　　苏燕没有和他说自己寄信的事，毕竟这行为听着有些傻，便说："方才见到那送信的人，他说恭喜我们，还说你方才寄了信。"

　　周胥的笑容微微一滞，他见苏燕面上未有异色，便敛了神情，说道："今日在早市上买了条草鱼，做鱼汤好还是清蒸好？"

　　苏燕想了想，说："还是鱼汤吧，昨日才采的笋子，正鲜嫩，炖汤好。"

　　两人说完，一同回去。午后，苏燕又回到了药铺。

　　一到春日，京城的柳絮就随风飘了满街，漫天纷飞像极了雪花，时常有行人因此咳喘不停。崇安坊一带就种了不少柳树，徐墨怀从马车中出去，立刻就有飞絮落在他的发上。

常沛看到徐墨怀皱眉拂去白絮，便说："陛下怎么亲自来了？"

"朕来是要问问林家的事。"

"陛下还是怀疑林家阳奉阴违？"

徐墨怀冷冷嗤笑一声，朝内堂走去："不是怀疑，是肯定。林家盛宠不衰，难免会有人生出不臣之心，暗地里想更进一步。"

他走着走着，瞧见院子里新种的一棵牡丹竟长了一人高，花苞不日便能盛开，道："从前似乎不曾见过。"

常沛解释说："是前年洛阳进贡给宫里的一株牡丹，因为送来的时候品相不佳，臣见扔了可惜，便让人种在此处，谁知两年过了，长势竟如此喜人。"

常沛喜好饲养珍禽异兽，这青环苑便是徐墨怀赐给他的，也算是游玩休息的一方宝地。

二人穿过回廊，见空地上有两个小厮正围着一个火盆烧东西。焦黑的碎屑被风吹得乱飘，书信散落一地，几人正俯身捡拾。一封信正好落到徐墨怀的脚边。

小厮一见来人，连忙跪在地上行礼。

徐墨怀俯身捡起，随意瞥了一眼，深觉这字迹丑得让人眼睛疼。他皱着眉，正想将信丢回去，余光却扫到了"莫淮"二字，顿住了。

常沛没注意到徐墨怀不寻常的沉默，口中正说着原因："一些旧物不好打理，留着又无甚用处，我便让他们拿去烧了。"

徐墨怀始终没让两个小厮起来，他们还以为是冲撞了皇上，跪在地上不安地等他发话，就听头顶传来一句："这信是什么时候送来的？"

一位小厮悄悄抬头，看了一眼隐约露出的字迹，立刻明白了他说的是什么信，道："回禀陛下，这信断断续续寄来许多封，又不知主人是谁，搁置了许久，奴才们也记不清了。"

常沛看向徐墨怀，才发现他面色铁青，捏着信的手指极为用力，将信纸都捏出了折痕。

"可有人看过？"

他的语气不轻不重，两个小厮听了却无端觉得背后发毛，好似头顶悬了把刀子。

"禀陛下……无人看过，奴才们虽找不到信的主人，但万万不敢贸然去看……"

徐墨怀轻哼一声："行了，起来吧。把这类信都送到朕这儿来，一封也不要遗漏。"

话音刚落，地上那两个人就连滚带爬地起身，去杂物堆里翻找起来。

常沛见徐墨怀如此反常，问道："这信是写给陛下的？"

小厮之前拿着这些信找过常沛。但那信封上的字迹实在丑陋，常沛怎么都想不到那寄信人会与徐墨怀有关。

"算是吧。"徐墨怀并未解释什么，只将信看了一遍，抚平折痕后叠好放入袖中，并没有要给常沛看的意思。

常沛睨了一眼，压住心中的好奇。

二

小厮将收到的信都送来，一共十来封。徐墨怀看到那厚厚的一沓信时颇为意外，毕竟苏燕节俭惯了，就是几文钱都要精打细算地用。

从马家村走到云塘镇要两个多时辰，她宁可走去，也不肯花上一文钱坐牛车。寄信来长安，路途遥远，她怕是要花费不少银钱。

他先看了一封信。她的字实在难看，他即便五岁时写出这样的字，都会被太傅狠狠地打板子教训。

这封信全文下来更是毫无美感可言，勉强可通读罢了，无非是说些放牛、耕田的琐碎小事，徐墨怀看了一遍就皱着眉放下了。

剩余的书信被送到书房，但他之后一直忙于政务，没有时间去看。一直到批阅完折子，他才突然想起那些信。

他心中还是有些好奇的。虽然苏燕背叛了他，但的确曾帮了他大忙。因此，他在离去的时候还是留了苏燕的命。

在他眼中这已经是无上的仁慈，她竟还不识好歹地送信来，说的也净是些鸡毛蒜皮的事——光看字就让他回想起了那段他因受重伤身不由己，只能听她连篇废话的日子。

小厮在把信呈上去之前，已经将信按来信时间整理好了。徐墨怀懒散地斜靠在软榻上，开始一封封地看这些信。

徐墨怀越看眉头皱得越紧，过了一会儿便揉着眉心叹气。然而他也只是叹气，毕竟第一封信中苏燕就解释了她去而不返的原因。与其说是他惨遭背叛，不如说是他先丢下了苏燕，又误解了她。

徐墨怀在信中得知，苏燕受伤后被人救下，在镇上休养了许久才好，可见伤得不轻。她家中的牲畜都被人牵走了，只有机灵的大黄逃脱了。

也不知是谁教的，她竟在信中写了"匪过如梳，兵过如篦"这八个字。徐墨怀想，兴许是她说过的那位私塾先生。

即便他不在，苏燕也没少做蠢事，例如摘柿子被砸到脑袋，在药铺中与人发生争执险些打起来……他看着看着竟不自觉地笑出声，似乎她那副蠢样子就出现在眼前。

虽然这些字他看起来有些费力，但也不失为一种消遣。只是越往下看，徐墨怀脸上的笑意越浅，最后几乎一脸寒意。

苏燕并不是那种娇滴滴的姑娘。她觉得莫淮是依靠，是心上人，便什么都跟他讲了，包括自己在河边打水险些被马六轻薄的事。

她将自己受欺负的事一笔带过，却写了一长段说自己是如何打马六、让大黄追着马六跑教训马六的事，字里行间还透着些得意。

徐墨怀看着看着，觉得胸口发闷，像是喘不过气一般。他放下信，起身饮了口凉茶，胸中的恶火似乎被压下不少。

他突然有些不想看了。看了无非是平添烦扰，苏燕的事早与他没有干系了。

正好午后徐晚音又进宫来找他，也不知是为了何事。徐墨怀耐性并不好，却对这个胞妹呵护备至。

二人是双生子。兄妹俩一开始感情并不好，徐晚音甚至有些害怕这个兄长。但在皇姐与母妃死后，徐晚音成了徐墨怀最珍视的亲人，无人能动她分毫。只是不承想这样被娇宠着长大的公主会喜欢上高傲得连皇室都不放在眼里的林照。

士族鼎盛之时，娶公主反而成了将就。徐晚音嫁给了冷淡寡言的林照，全身心扑在他身上，却没换得他多少怜爱，只好日日跑进宫里跟徐墨怀诉苦。

徐墨怀从前还会耐着性子劝上几句，后来便任由徐晚音哭哭啼啼，只冷着脸让她和离再嫁。

徐晚音喋喋不休的时候，徐墨怀正疏懒地倚在窗边看着院中的花树。这样好的春光悄无声息地过了一半，他竟丝毫不曾留心。

原来庭中的花树已经开得这样好了，观音山此刻也该是满山苍翠，繁花似锦了吧。他意识到自己心中所想，立刻神色不自在地坐直了身子。

徐晚音并未注意到她皇兄的神色变化，口中仍说着："林照说好了要与我去踏青，中途却因为公事丢下我。他一定是去平西坊找那宋娘子了……我与他成婚已久，他竟还对一个卑贱的绣娘念念不忘，丝毫不顾及我的颜面……"

徐晚音攥紧了衣袖，面上满是怨怼。若不是林照做事还算有分寸，没跟那宋箬卿卿我我，她早命人将那绣娘打死了。

"你就没个手帕交吗？你竟为了这种事，跑到宫中同我抱怨。我堂堂一国之君，难道要替你捉奸不成？"徐墨怀扶着额头，越听越心烦。

徐晚音低着头，委屈地小声说："当初是我执意嫁给林照，这么多年过去了，他的心却始终不在我身上。我将这些说给旁人听，只会叫人笑话，如今连皇兄都不在意了。"

徐墨怀冷笑一声："好啊，那我现在就让人去杀了那个宋娘子，可如你意？"

徐晚音听他这样说，又犹豫起来，支支吾吾地说："这样也不好，若适得其反——"

"那就杀了林照。"

"皇兄！"

见她这般反应，徐墨怀也不想多说。他一心护着徐晚音，为此不断提拔林氏，给足了她颜面。如今她过得好与不好，也不是他能左右的。

徐墨怀任由徐晚音抱怨了一个时辰，最后不胜其烦，送了几件珍奇宝物打发她，叫侍卫薛奉将她送回公主府。

徐晚音走后，殿内总算安静下来，只剩庭中风吹树叶和雀鸟啼鸣的声响。

徐墨怀心乱如麻之际，侍卫来报，说安庆王世子觐见。他缓了神色起身要走，拂袖时不慎碰倒了茶水。

徐伯徽尚未及冠，比徐墨怀小了三岁，正是好动贪玩的年纪。他在长安是出了名的魔王，不知害得安庆王被御史参过多少次。

以往徐墨怀是谁也不爱亲近的，更不用说是胡闹惯了的徐伯徽。因此徐伯徽见徐墨怀竟肯陪自己去马场同游，还颇为意外，见了面就缠着他问个不停。

"许久不见皇兄来马场，怎的今日突然来了兴致？"徐伯徽少年心性，穿了一身绛色圆领袍，用玉冠将头发束起，头发中间还极为古怪地编着辫子，坠有宝石和琉璃。

徐墨怀瞅了他一眼，说道："不伦不类，一副夷狄做派，平白叫人笑话。"

徐伯徽笑嘻嘻地说："我见明玉坊的胡姬都这么干，图个新奇罢了，其实也挺好看的。我回府之前就拆掉，保准不让我父王见着。"

胡人在大靖的地位一向是次等的。即便同是歌舞伎馆，胡人居多的明玉坊也要更受人白眼些。

"安庆王的身体越发不好，你也该早日成家，将你这性子收敛些，莫要整日与那些卑贱之人混在一起自降身份。"徐墨怀说的话比起那些御史参的本子已经算委婉的了。

如今朝中最看重门第，那些名门望族自视甚高，连家仆都不要带着胡人血脉的，徐伯徽再胡闹下去只会害了他自己。

徐伯徽笑了笑，应道："皇兄说得是，我记下了。"过了一会儿，他又回过头问，"那些人虽然身份低微，却未必不让人怜爱。若有朝一日皇兄对这样的人产生情意，也会觉得自降身份吗？"

说完他又觉得失言，连忙补充道："这么说也不对。皇兄早已是九五之尊，何来自降身份之说？应当说即便是一块石头，若能让你中意，那也是贵比金玉了。"

徐墨怀不吃这一套，直截了当地问："你想娶胡人？"

徐伯徽讪笑两声，没有否认。徐墨怀立刻就明白了，难怪他会这副打扮进宫，原是存了试探的心思。想必他知道安庆王与老师会坚决反对，这才想来看看徐墨怀的态度。

"你若想让安庆王和孙将军一头撞死在宣政殿的柱子上，便尽管将人娶进王府。"

听到这样的回答，徐伯徽也急了起来："喜欢一个人本就是情难自控，我心已许她，难道只因她是胡人，皇兄便要看我抛弃至爱吗？"

徐墨怀冷冷地说："你年纪尚轻，不该耽于情爱，更不该为了一个女子让整个家族蒙羞。何况仅是一个胡姬，你若实在想要，让她做妾足矣。"

徐伯徽向来怕徐墨怀，知道他说出这样的话已经是极为退让了，便垂头丧气地"哦"了一声，不再纠缠此事。

从马场回到紫宸殿，徐墨怀出了一身薄汗。宫人早早备好了沐浴的热水，他洗漱完去书房，正好听到两个宫人聊天。

"那字你是没瞧见，歪歪扭扭的，没个形状，简直跟狗爬似的，瞧不出个所以然来……"

两个人说着便笑作一团，待注意到不远处的徐墨怀后，吓得瞬间瘫软在地，哆嗦着跪拜道："陛……陛下……"

徐墨怀面无表情，淡淡地扫了二人一眼，吩咐道："去抄《雍也篇》三千遍，一个月抄不完割舌，一字潦草剁一指。"

三千遍，还得工整，他们便是日夜不休也抄不完，这和他直接下令剁手、割舌有什么区别？他话一说完，二人皆面色苍白，如丧考妣，还要忍住眼泪，跪谢他宽容大度。

白天他弄倒了茶盏，想必就是那个时候，宫人进去打扫看见了。就是给他们十条命他们也不敢翻阅桌案上的书信，但远远地瞧上几眼也不算难。

徐墨怀觉得得换一批聪敏的宫人，随后坐在书案前，重新拾起看了一半的信。

政务尚未处理完，他却在浪费时间看一些枯燥乏味的东西。徐墨怀想到此处觉得有几分好笑，也不知自己为何会做这种蠢事。

然而，接下来信中的内容再次挑动了他平静的心绪。

他沉着一张脸看完所有信。

最后一封信中，苏燕说她想了很久，决定来长安找他。

按照这信上所说的时间，她到长安应该是年后了。徐墨怀突然有些恍惚，惊诧于她竟真的跋涉千里，只为确认他的安危。而且在这么多封信里，她都不曾催促他回马家村，只是关心他是否健康平安。

他不知道苏燕是否真的来了长安，但知道她便是翻遍整个崇安坊，也找不到一个叫莫淮的郎君。或许她在半途就遭遇不测了，因此再也没有寄书信过来。

徐墨怀将信又看了一遍，心中的烦躁并未平复，反而有越烧越烈之势。他闭了闭眼，脑海中浮现的画面便不受控制了。他索性起身离开书房准备安寝。

明日他就烧了这些扰人的东西！

次日徐墨怀醒来，面色更差了，不知是不是做了什么梦。

常沛一早就在殿外等着，正听薛奉说起昨日皇上心情不佳的事，就见穿戴整齐的徐墨怀走了出来。他眼下略带青黑，显得人有几分疲态。

徐墨怀走出来就说："薛奉，让人端个火盆，放在书房外。"

薛奉百思不得其解，只能照做，搬来一个不大的火盆放在书房外等着。

常沛跟在徐墨怀身后，一副欲言又止的表情。等徐墨怀拿着厚厚一沓书信准备往火盆里丢的时候，他终于忍不住开口："陛下，昨日又送来两封信。"

徐墨怀动作一顿，到底还是停了手。他一动不动地盯着常沛手里的信，半晌没接。常沛拿信的那只手就像被刺扎着似的，收回去不是，往前递也不是。

过了一会儿，徐墨怀似乎想通了，伸手将信接过拆开，也不知看到了什么，脸色已经不是"难看"可以形容的了。

常沛问："陛下怎么了？"

徐墨怀拿信的手指用力到泛白，几乎要将那本就劣等的信纸给捏碎了。

"当日上元节，朕无意中在街上看到一个人，一个绝对不会出现在长安的人。"徐墨怀将那封错字满篇的信看完，只阴沉着脸说了这么一句话。

没想到不是他错认，当日苏燕的确走过了长安的大小街市。二人擦肩而过之前，她还和长安的百姓一同在雪地中跪迎天子仪仗。

常沛问："陛下说的人是谁？"

"朕的救命恩人。"他说着冷冷地转身，将信收好。

最后一封信徐墨怀很快就看完了。他眼也不眨地将其丢进火盆，面上还有几分嫌弃。

"朕那位救命恩人的眼光实在不怎么样。"徐墨怀冷冷嗤笑一声便没了后话，站在火盆前，一直到那封信被烧成灰烬也没有挪动脚步。

常沛问："陛下近日究竟在忧心何事？"

常沛伴徐墨怀长大，称得上是世上最了解徐墨怀的人，鲜少见他如此反常。

"当初朕受了重伤，被一个乡野村妇所救。她大字不识，言行粗鄙，待朕却还算用心。"徐墨怀说起这些，往事又在脑海中浮现，"朕曾以为她挟恩图报，想过杀她灭口，最后还是感激她照顾朕半载，留了她性命。不承想朕走后她过得比从前还差，连遇到的夫婿也别有用心。你说此刻朕若将她带回长安，算不算救她于水火？"

没等常沛回答，他便自顾自地说："她不过是一低贱农女。朕能赐她荣华富贵，让她过上梦寐以求的生活，她该跪谢朕的恩典。"

常沛沉默片刻，问道："陛下喜欢她？"

徐墨怀扭过头，表情古怪地看着他道："你在说什么蠢话？"

常沛哑然片刻，又问："此去路远，陛下想派何人前去？"

"自然是朕亲自去。"徐墨怀想到她在信中说的婚期，忍不住泛起冷笑。

常沛知道徐墨怀阴晴不定，没有再劝他，想着也许明日他就改了主意。然而次日，徐墨怀竟真的寻了个由头带人出城了。

云塘镇很小，谁家要办喜事，消息不出一日就能传遍全镇。

周胥脾气很好，待人温厚有礼，许多人都想将女儿嫁给他，谁知这桩婚事竟落到了苏燕头上。于是就有好事者在背地里编派苏燕，甚至将她早死的母亲也捎带着说上两句。

苏燕虽有意让自己忽视那些风言风语，却也没办法全然不理，背地里还是会感到烦恼。

周胥的母亲一直没个好脸色。尽管受苏燕悉心照料，周母还是言语轻蔑，处处贬低。好在周胥从不曾有看低她的意思，这才让她心中好受了些。总归是和周胥过日子，好坏都让旁人说去，她才不要理会。

二人的婚事并非大办，宾客也只请了亲朋好友。苏燕的绣活不好，她便自己挑了块喜欢的料子，请镇上有名的绣娘缝制喜服。

孟娘子提前看过苏燕的成婚装扮，说道："周家当真没落至此，竟让你穿得如此素净，头上连根像样的钗子都没有？到底是周胥母亲不许还是他认为你家境清贫，不肯对你多花儿分心思？"

苏燕笑了笑，也不知是在宽慰孟娘子还是在宽慰她自己："我又没什么嫁妆，在马家村也算声名狼藉。他不曾说过我半句不好，我心中很感激。若再强求什么，倒像是我不知好歹了。"

孟娘子叹息着说："你从前可不是这样，怎的去了一趟长安就如此妄自菲薄，先瞧不起自己了？还是周胥他娘总说些混账话让你……"

苏燕垂下眼，轻声说："与旁人没什么干系，我只是觉得也许我是该有一点儿自知之明。"

两个人都要成婚了，孟娘子一个外人也不好说太多丧气话，回去后翻箱倒柜，从嫁妆里找了根钗子送给苏燕，算是给她的贺礼。

马家村离镇上太远，成婚当日苏燕是从孟娘子他们的住处被人接走的。虽然一切从简，却很是喜庆，镇上不少人放下手头的事来围观，小孩子也跟着送亲的队伍又蹦又跳。

苏燕本就生得好看，略施粉黛后更是美得让人移不开眼。

苏燕一路被迎进周胥家的院子，宾客们欢呼起哄，笑作一团。而后是一堆礼节，周胥出身士族，对此更为讲究。苏燕虽提前练了好几次，但如今被这么多人看着，还是免不了心中忐忑。

大概是猜到了她在想什么，周胥握着她的手，小声说了句："别怕。"

苏燕面上一红，瞥了他一眼，迅速低下头。

宾客见状起哄："周先生和小娘子说什么悄悄话呢？说出来让我们也听听！"

众人闹得厉害，周胥也笑出了声。苏燕脑子一片混沌，魂魄似乎飘离在外，如同一个旁观者看着自己同周胥行礼拜天地。她总觉得一切都不太真实，好似在做梦。

等到礼成，就要送入洞房了，宾客又喧闹起来，你推我搡，嬉笑欢呼声吵得人脑子嗡嗡作响。突然，一列官兵闯入喜宴，如同一瓢凉水泼到热炭上，哄闹的人群迅速安静下来。

周胥也有片刻无措，然而身为主人，还是立刻站出去，问道："敢问各位来此有何贵干？"

还不等苏燕反应过来，一个衣着华贵、手持长刀男子从官兵中走出来，二话不说挥刀砍去。只听周胥一声惨叫，一只断手落在苏燕的前方。方才还不敢作声的人被这变故吓得尖叫起来，挤挤攘攘地往一旁躲，胆小的更是抖得像筛糠。

苏燕被吓得倒吸一口气，强忍畏惧上前扶住踉跄的周胥："你们是什么人？"

男子打量她一眼，并未回答，只沉声道："其他人滚出去，倘若逗留，杀无赦。"

他气势十足，不像在唬人，众宾客忙不迭地往外跑，桌椅碗筷被撞得哐当作响，婚宴现场一片狼藉。苏燕面色惨白，不安地看向面前的陌生人。

周胥疼得跪倒在地，眼睛死死地盯着那只断手，身子止不住地发抖。周母号哭，扑上前抱住儿子。

任周胥如何发问，男子都一言不发，直到官兵散开，有一人从院门缓步走到他们面前。

一尘不染的玄色深衣，袍边金线织就的云纹，无不象征着他尊贵的身份。

苏燕看到那张她熟悉极了的脸，身体止不住地颤抖。她死死地盯着他，嗓子像被掐住了，一点儿声音也发不出来。

周母还在哭喊，嚷着要去报官。周胥却知道自己大概是招惹了什么不得了的人，强忍疼痛俯身跪拜，有气无力道："敢问这位贵人，与我有何仇怨？"

徐墨怀长身玉立，一身精致华贵的衣裳与这乱糟糟的庭院有着说不出的违和感，比当初在苏燕家中更甚几分。他的目光仅落到苏燕一人身上，然而此刻跪在地上的三个人，唯有苏燕不敢抬头看他。

徐墨怀发出一声短促的轻笑，让几个人不约而同地心底发怵："朕远道而来，燕娘怎的也不看朕一眼？"

他的语气又轻又慢，像极了情人间温柔的耳语，然而落到苏燕耳中却犹如世上最恶毒的诅咒。

周胥和周母一同瞪大了眼睛。

苏燕几乎要将唇瓣咬出血来。她缓缓跪拜下去，一字一顿道："民女苏燕，拜见陛下。"

周母立刻僵住了，周胥也是一副如遭雷劈的模样。

苏燕压低身子，没敢抬头："今日是我大喜之日，敢问陛下为何到此伤我夫婿，将我的婚宴搅得一团糟？"

不管她如何克制，都压不住话中的不解与怨恨。分明是徐墨怀骗她在先！眼下她就要有自己的家人，要将伤心事忘个干净，他却偏偏到此，将她织出的美梦给打碎！

苏燕憋着眼泪，咬牙切齿地问："敢问陛下到底想做什么？若是我从前冒犯过您，也实属无心。即便只是短短几个月，我也是尽心尽力侍奉您，为何换来的却是今日的……"

她心底不知积压了多少委屈，说到一半却停下。徐墨怀将她未说完的话接下去："今日的恩将仇报？"

徐墨怀终于扫了一眼苏燕身旁抖得像只鹌鹑的周胥，耐心十足地解释说："他不是真心要娶你。朕可以带你去长安，实现你的心愿。"

苏燕的脸上满是泪水，周胥的断手就掉在离她不到三尺的位置。她以为自己的日子就要好起来了。她是真心要同周胥好的，也是真的想有家人。

她忍无可忍，崩溃地问："他不是真心，那谁是真心？难道陛下就是吗？"

方才还面色温和的徐墨怀眸子骤然一缩，几步走到她身前，狠狠地踹过周胥的断手，似乎要将其踩进泥土里。

他钳住苏燕的下巴，逼迫她仰起头来。这张脸上没有惊喜，没有感激涕零，有的只是被泪水晕花妆容后的狼狈、恐惧和怨愤。

徐墨怀的目光渐渐变得阴森，他嘴角噙着令人胆寒的冷意："你想死吗？"

三

原本喧闹的喜宴此刻已经没有旁人了，除了周胥痛苦的呻吟声，只剩下周母的低泣声。

周母本就瞧不上苏燕，此刻知道这灾祸与苏燕有关，看向她的目光中满是怨毒。若不是徐墨怀的气势压得周母不敢作声，她怕是早已扑上去打苏燕了。

苏燕脸上的脂粉不算上乘，如今都被她的泪水弄花了。徐墨怀只觉得她脸上的泪水分外扎眼，不等苏燕出声便抬袖去擦，动作十分粗鲁。

他正想说什么，院门外突然吵嚷起来。

他没回头，轻声吩咐道："去看看是哪几个不长眼的东西。"

方才庭院中的宾客都被赶了出去，按理说已经没人敢靠近，加之有官兵站在门口，怎的还有人敢在此地喧闹？

苏燕稍一凝神，立刻就听出了来人是谁。能在人大喜之日满口污言秽语的，除了马六一家还能有谁？

马六的亲戚对院内的事一无所知，加之没见过什么世面，理所当然地把那些官兵当成吓唬人的假把式，以为是周家的人特意雇来防他们闹事的。

马六他娘叫骂不止："还想拦住我们？苏燕，你害了我儿，还有什么脸嫁人？今日你若拿不出十贯钱，我们就砸了你这喜宴！别以为找几个人就有用，就是天王老子来了也不行！你赔我儿子的腿来！"

薛奉听不懂他们的话，在他们想动手的时候直接亮出带血的刀子。他们立刻蔫了，畏缩地往后退了一步，指着他大骂："想干吗？你这狗鼠辈，敢碰我一下就等着去官府吧！"

徐墨怀在马家村住了许久，再加上苏燕说话带着乡音，故勉强能听懂几句。

他皱眉吩咐："薛奉，将人丢进来。"

院外又响起一阵骂骂咧咧的声音，似乎是几人见状不对要跑，立刻被压住了。

院门打开，连带着瘸腿的马六，一共五个人，都被齐齐整整地按着跪在地上。几人进门时还叫嚷个不停，待看到眼前的场景，立刻呆滞在了原地。

马六瞧了一眼苏燕，正想问她怎么回事，就看到了地上那一大摊血迹和血肉模糊的断手，吓得惊叫了一声。这时周胥正惨白着脸靠着周母，虚弱得像是要晕过去。

"这是……这是怎么回事啊？"马六看到周围面无表情的官兵，手持长刀的煞神似的男人，紧接着看到了一张熟悉的脸。马六被吓得一个激灵，指着徐墨怀说："你不是苏燕家的野男——啊——"

马六指着徐墨怀的那只手忽然飞了出去，摔在地上滚了不少泥灰。他的家人尚未反应过来，看到断手后都惊恐地叫喊起来，马六捧着自己流血不止的伤口撕心裂肺地哭叫。

徐墨怀不记得马六长什么样，但仅凭这一家人的所作所为，就能轻易地将他们和苏燕信中的人联系起来。

"杀人啦！光天化日，伤人性命，还有没有天理了？！我家六郎和你无冤无仇，你好狠的心！"

徐墨怀觉得聒噪，不耐烦地说："将他们拖出去关押，倘若再喊叫就拔了舌头。"

官兵领命，粗暴地将人捆了丢出去，院内这才安静下来。

他重新将目光落到苏燕身上，看到她正用一块巾帕死死地捂住周胥的伤口。

周胥的衣裳与巾帕都被血浸透了，人看着也像要断气一般。

"朕瞧你这夫婿也不怎么样，"徐墨怀轻笑一声，问她，"在你这儿倒是个宝贝了？"

苏燕愤怒得发抖，咬着牙说："我身份低贱，能得此夫婿已是上天眷顾。"

徐墨怀皱了下眉，似乎是看不过去她这副模样，一把将她从周胥身边扯了过去。苏燕被狠拉一把，半个身子趴在地上，手掌摩擦得生疼。不等她抬头，就见玄色衣袍及地，一片阴影压了下来。

徐墨怀半蹲在她身前，风凉地说："你视他为珍宝，殊不知你这夫婿也许只当你是踏脚石。他乃陈留郡周氏子孙，前朝宰辅后人，竟没落至此，要靠女人来求官。"

徐墨怀似笑非笑地看向周胥，道："你误将朕当成望族之后，猜我不敢背上忘恩负义的骂名，便想用燕娘挟恩图报，为自己谋取个一官半职。"

他说到最后，语气已极为嘲讽。

反观周胥，面上只剩畏惧与懊悔。

苏燕听到此处，也大概想明白发生了何事。

见她半晌没抬头，徐墨怀还当她是伤心极了，正想宽慰她两句，就见她突然抬起头，满面怒容地说："即便胥郎待我虚情假意，那我也心甘情愿！陛下又为何要伤我夫婿？他不过一介书生，从未做过伤天害理之事！你为何这般待他，又为何这般待我？！"

徐墨怀未料到她会是这样的反应，错愕片刻，迅速沉下脸："苏燕，朕念及旧情，不远千里来接你去长安，你休要不知好歹。"

苏燕手上沾着泥灰和周胥的血，十指用力地抠在地上，指甲都深深地陷进了土里。她道："陛下不需要念什么旧情，苏燕是一个卑贱的农女，能有幸伺候陛下已经足矣，不敢奢求更多。我只求与夫婿安稳度日，不想去长安。"

"你知道自己在说什么吗？"徐墨怀嗓音低沉，眼神越发可怕。

苏燕竟甘愿留在一个破落山村跟一个心术不正的穷书生成婚。

他能给她金屋珍馐，让她再也不用去采药、种地，给她十辈子都享不完的荣华富贵，她竟然敢说不需要？

苏燕伏着身子，头简直要埋到土里。

徐墨怀默然片刻，怒极反笑。他环视一眼这简陋的屋舍和她瑟瑟发抖的夫婿，如同被针扎了一般迅速起身，阴沉着一张脸大步往外走。

薛奉没有料到事情会变成这样，回头看了苏燕一眼，立刻跟着徐墨怀出去。鲜少有人能让徐墨怀如此动怒，薛奉见识过他们惨烈的下场。如今轮到一个女子，徐墨怀却像是要放过她，就此算了？

徐墨怀也不知道自己在做什么，此刻只觉得像是被人扇了一巴掌。从前乖顺温良的苏燕如今却处处忤逆他，一再拒绝他的好意。他是天子，而她不过是蝼蚁一般的村女！苏燕她怎么敢？

他走到门口，听到背后传来极小的一声"胥郎"。带着微弱哭腔的一声呼唤似乎在他心中点了一把火，瞬间就烧到头顶。他脑袋都在嗡嗡作响，浑身肌肉也跟着僵硬了。

徐墨怀停下来，发出一声令苏燕不寒而栗的笑来。他缓缓回过身，冷漠地看向苏燕："薛奉，将她绑了带走。"

瘦小的苏燕面对高大强壮的薛奉就像只面对恶犬的鸡崽儿，轻易就被人提起来丢进了马车。

周胥本来捂着伤口疼到喘不过气，还是强撑着想去拉苏燕一把，却被周母给按了下来。他闭了闭眼，霎时间泪如雨下。

徐墨怀不想杀周胥，只觉得这人可悲又可笑。他思考了片刻，道："朕命人查过，连着九年，你往林氏、王氏、孙氏都送过策论，却始终难偿夙愿。你可曾想过，士族门客成千上万，为何偏偏轮不到你？"徐墨怀说话毫不留情，"朕看过你的文章，鄙俚浅陋，多是拾人牙慧。"

周胥被戳中伤心处，表情更加痛苦。

徐墨怀不怀好意地说："你想入仕，朕便给你个机会，封你为奉御，择日入京。"

周胥心中一震，如同有股冷气蔓延至四肢百骸，牙齿都开始发颤："谢陛下恩典。"

苏燕是被强行塞上马车的。她被五花大绑按进去后几次想跳出来，都被薛奉给堵住了。直到徐墨怀掀开车帘，她才像是被敲了一棍子，突然停止了挣扎。

"怎么不喊了？"他冷冷地问。

苏燕眼眶通红，愤怒地瞪着他问："陛下将我夫婿怎么了？"

徐墨怀拿了块干净的巾帕，毫不温柔地盖在她的脸上，将早已晕花的脂粉擦去："朕许了他官职，让他休了你。"

苏燕知道周胥没死，眼中又开始泛起泪花，看得徐墨怀心中一阵烦躁。

"你若还不满意，朕现在就让人杀了他。"徐墨怀觉得自己已十分好心，让人给周胥治伤，留了他性命，又送他入仕。周胥是聪明人，自该感激不尽，唯独苏燕不识好歹。

苏燕紧抿着唇，低头呆呆地望着指缝中的血，忽然听到徐墨怀语气不悦地说："你穿的这是什么衣裳？不堪入目。"

她气得呼吸不顺，却不敢还嘴，当初在马家村温柔和善的郎君与眼前阴晴不定的君王简直判若两人。

徐墨怀似乎早有准备，命人拿来一身衣裳，丢到苏燕怀里，随后自己下了马车，留下一句"下马车前换好"。

他顿了顿，语气不善地问："你听到了吗？"

苏燕不吭声。

他猛地掀开帘子重新坐到马车里："既然你不说话，那朕就看着你换。"

她被吓得手一抖，忙说："我听到了，听到了。"

徐墨怀冷笑一声，毫不理会。

四

与周胥成婚以前，苏燕在心中想象了很多次未来是何种模样。这里虽然有扰人的马六一家，有不喜欢她的周母，但苏燕想象中的未来是温馨和睦的，就和她从小希望的那样。

周胥的院子比她原来的大得多，可以种菜、养花。另外，她想再养一条狗。她仍会继续去药铺做工，去山上采药。

若是运气够好，等科举制实行了，周胥还能想法子当官。日后孩子有他这样的父亲，一定会大有出息。

虽然想得很远，但她觉得那样的日子离她会越来越近。在她心中这已经是最好的生活，也许依旧清贫，但不会再孤单，不会再受人欺负，而且她的夫婿与她情投意合……这些都是她想要的。

直到利刃砍下她夫君的手，直到徐墨怀命人将她丢上马车，她安定的生活被搅得天翻地覆。

她再没了回头的可能。

徐墨怀是天子。他已经什么都有了，但为什么不肯放过她？

他丢来的衣裳都是上等料子，她用手摸一下便知道了。柔顺轻薄的衣料，摸着跟水一样又凉又滑，手上有茧可能都会将它勾起丝来，云塘镇布庄里最好的布料连给它做系带的份儿都没有。

苏燕想起当初给徐墨怀做衣裳，自以为买了块上好的料子，以为他会念着自己的好。然而，在他眼里，那样的料子应该粗糙无比吧。

发觉苏燕抱着衣服愣住了，徐墨怀催促道："不会穿我让人来教你。"

苏燕在喜服里面穿着轻薄的里衣，脱去外面一层也不算光着身子。当初照料徐墨怀，二人的床榻离得那样近，她在家中也是要换衣裳的……

苏燕怎么也没料到自己第一次坐马车会是这样的情景，心里实在生不出半分欣喜。

苏燕算是认清了，徐墨怀从前的温柔耐心都是装的，他根本不会将她放在眼里。倘若她不肯按着他的心意来，怕是他下一刻就会直接扒掉她的衣裳逼着她换。

苏燕畏缩着往后退，磨磨蹭蹭地脱衣服。徐墨怀也没有避嫌的意思，就那么冷漠地看着，眼中无半分欲念。苏燕因此坦然起来。

她换完衣裳，头发乱得不成样子，哭过的双眼红通通的。见她态度还算温顺，徐墨怀脸色好了很多。

云塘镇并不算大，苏燕以为他会直接将她带走，却不想他竟让人将马车停在一处府邸。

这算是云塘镇最好的宅院了，从前住着一个退隐的大官，后来被一个有钱的商户给买下。徐墨怀此行足够低调，旁人只知他是从京中来此地办事的贵人，来头不小，二话不说将宅院打理好给他歇脚。

下马车的时候苏燕还想抱着自己的喜服，徐墨怀却不由分说地将喜服拿走，丢到侍卫的怀里："拿去烧了。"

苏燕伸手想抢回来，却被他一把拽住。

他道："一件破衣裳，你要它做什么？"

苏燕恳求他："让我留下吧，求求你，我想留着这件。"

徐墨怀语气重了几分："拿去烧了。"

这件喜服的料子是她亲自挑选的。她说了几次好话才让那绣娘答应帮忙缝制，每隔两日就要去看一看做得如何了。

她看着这件喜服做好，似乎也在看着自己的梦逐渐圆满。徐墨怀却硬生生地把她的幻想打碎，连个念想儿都不给她留。

两个人快一年没见，重逢的场景却这样让人难堪。苏燕不想跟徐墨怀叙旧，他似乎也觉得没必要对她解释什么。

苏燕被送去沐浴洗漱，屋内的陈设极尽奢侈。连一个小小的豪绅都能如此，更何况是一国之君。

若是从前，她定会到处瞧一瞧，感叹一下。然而经过此事，她身心俱疲，只知道呆坐着，连开口的力气都没了。

苏燕不习惯被人服侍，可徐墨怀吩咐了，必须有人看着她洗漱，于是侍女就隔着屏风等她。她一起身，立刻有人上来给她擦干身子穿衣。如此情状，吓得她差点儿滑倒。

夜里，苏燕躺在陌生的床榻上，翻来覆去睡不着。房间里静悄悄的，还有股好闻的香气，连被子都又软又暖和。这里的一切都让她感到惶恐不安。她一闭上眼，就是周胥被砍伤后血流如注的模样。

直到现在她才有心思琢磨起徐墨怀所说的周胥对她另有所图的话。她也不是傻子，徐墨怀说得那样明白了，还有什么想不通的？徐墨怀如今是皇帝，不是马家村里奄奄一息的莫淮，根本不屑对她说谎。

想到周胥对她也是存着利用的心思，苏燕闭了闭眼，情不自禁地蜷起身子。她深吸一口气，想让自己平静下来，然而心口处却一抽一抽地疼。

她忽然觉得自己很可笑，周胥是真切地关照她，也的确爱护她、娶了她，但这两个人都没将她的真心放在眼里。

他带她去长安，然后呢？

黑暗中，苏燕望着帐顶，茫然又无助。

次日一早，几个侍女进来为苏燕穿衣打扮。她本来还睡眼惺忪，见到一堆人立刻就吓清醒了，想到自己的处境后情绪又立刻低落下去。然而根本没人在意她是什么情绪，她们只是按照吩咐替她绾了个发髻，将珠钗、步摇往发上簪去。

苏燕平日里忙着做农活，没时间梳妆打扮，更不会梳什么发髻。此刻她看着铜镜里的自己，如同在看另一个人，有种说不出的怪异感。

很快，侍女就催促她出去。

徐墨怀已经站在院中等着了，侍卫正和他说着什么。

听到动静，他扭头看过来，眼神微微一变，难得说了句好话："好好打扮一番，倒也是个美人。"

苏燕眼睫轻颤，没有回应他的话。

徐墨怀也没与她计较，只说："上路之前，我先带你去看个东西。"

徐墨怀说话，她只有照做的份儿。苏燕从前想要的步摇就在发上。步摇上的金银玉石在她走动时相互碰撞，发出清脆悦耳的声响。可她现在只觉得这声音让人心烦意乱。

榴红的罗裙垂至脚面，苏燕还不习惯穿登云履，时不时就会踩到裙边，几次险些摔倒。快走到马车边上时，她又踩到了裙边，要不是被徐墨怀拉了一把，就要磕到车辕上了。

他不满地"啧"了一声，似乎是看不惯她这笨手笨脚的样子，直接将她抱起来放到了马车上，随后说了句："路都走不好。"

苏燕瞪了他一眼，自觉地钻进了马车。为徐墨怀准备的马车在前面，两个人没有坐在一处。

苏燕不习惯坐马车，没一会儿便头昏脑涨的。好在一行人很快就停了下来，侍卫请她从马车上下来。

苏燕缓了口气，隐约听到了狗吠声。她掀开帘子后发现此处是荒山野岭，不像有人家，也难怪路上这样颠簸。

她下去的时候徐墨怀正好走近，顺手扶了她一把，而后拉着她朝后方走去。

这地方杂草丛生，他好端端的带她来这儿做什么？

他们越走越深入，狗吠声也跟着清晰起来，其中还掺杂着人哀号的声音。苏燕心中一颤，猛地看向徐墨怀。

他继续往前走，察觉她的目光，只淡淡地说："跟着我走就是了。"

走过一个小土丘，苏燕终于看到了惨绝人寰的一幕。

除了马六还在求饶，其他人要么断了气，要么在呻吟。苏燕仅看了一眼，浑身的汗毛就竖了起来。苏燕疯了一样甩开徐墨怀的手要往回跑，但立刻就被死死按住。

"跑什么？"徐墨怀蹙着眉，不解地问，"你不是想杀了他们？我特意让人留着马六的命，让你看着他死，你反倒吓成这副模样。"

苏燕面色惨白，胃里一阵翻涌。

马六的嗓子都喊哑了。苏燕的头皮瞬间麻了，她好似能听到恶犬撕咬的声音，腿一软，差点儿坐在地上。

徐墨怀一把将她捞进怀里让她站好。

苏燕浑身克制不住地发抖。她深呼吸，试图让自己冷静下来。

徐墨怀又轻飘飘地说了一句："他们不是吃了你的狗吗？"

苏燕已经听不进去他在说什么了，只想赶紧跑，离这个地方越远越好。徐墨怀见她是真的害怕，便松开手任她走，自己在后面慢悠悠地跟着，像是来散步的。

苏燕踩到裙子摔倒，狼狈地想爬起来，就听徐墨怀在她身后风凉地笑了一声："燕娘，你可真有出息。"

五

苏燕这一下摔得不轻，却连缓和的时间都没给自己留，爬起来，提着裙子头也不回地跑了。见她越跑越远，侍卫拦住她，要她老老实实地回到马车上。

苏燕的胃里一阵翻江倒海。上马车的时候她才发觉自己的腿都软了，根本使不上力气。

徐墨怀将她抱上去，见苏燕面色恐惧，不禁烦躁起来，说道："你的仇人死了，你该高兴才是。"

听他说完这句话，苏燕像看怪物一般看着他，不知道是自己没有见识还是位高权重的人对杀人一事已习以为常。苏燕厌恶马六一家，可从来没想过他们会以这样的方式死去，更没想过这一切会因她而起。

她一时不知该怎么回答。

徐墨怀忍着不悦将她推上马车，一副不想多管她的模样。

苏燕眼看着马车出了云塘镇，不敢再问周胥的状况。她怕自己一句话惹他不高兴了，周胥连命都保不住。

马车一连走了半日，摇摇晃晃的，苏燕头晕目眩，直犯恶心。见她掀开车帘就要往下跳，驾车的侍者连忙停下。马车猛地一摆，险些将苏燕甩下去，好在她的手及时抓住了车沿。

侍卫立刻围过来，前面的人也听到动静，来询问她到底要做什么。苏燕跳下马车推开侍卫，俯身在路边呕吐起来。

有人递来茶水让她漱口，苏燕接过后道了声谢。那人又递了帕子过来，苏燕转身后才发现是徐墨怀一直在旁边站着。

"好了？"

苏燕面色苍白，虚弱地点了点头，自觉地回到了马车上。

接下来的几日，徐墨怀大多在马车内处理政事。而苏燕每日都要吐上两三次，直吐得脚步发飘，只能虚弱地卧在马车里。

连驾车的侍者都有几分可怜她，觉得按照这情形，不等到京城她就能被折腾死。

等她再次掀开帘子，侍者已经习惯了，立刻停车扶着她下去，准备好清茶与巾帕。

苏燕吐完了，看到一边阴着脸的徐墨怀，心想兴许他后悔了，觉得她是个麻烦，中途会将她丢下不管，这也许算一件好事。可徐墨怀非但没有如她所愿，还将她抱去与他同乘一驾马车。

徐墨怀的马车比她的要宽敞些，从外表看区别不大，里面的布置却大不相同。显然，他的马车更精巧，里面还备了书案与一个箱子。她被放到对面的软榻上坐着，皱着一张脸不吭声，面色苍白如纸。

徐墨怀盯了她一会儿，突然出声问："你哑巴了？"

苏燕愣了一下，随即心底烧起一股怒火："陛下想要我说什么？"

一开口，她自己都愣住了。她因为一直吐酸水，嗓子都哑了，说话的声音也变得很难听。

徐墨怀有些意外，随后探出头去跟人吩咐了什么，苏燕没听清。过一会儿有人送进来一碟果脯，他往苏燕的方向推了推，示意她吃。

苏燕闭了闭眼，没有动，哑着嗓子问他："陛下带我回长安后想怎么办？"

眼前这个人是皇帝，她对他早就没了期待，现在最希望的就是到长安后他给她一笔赏金，然后让她滚。

徐墨怀翻书的手指微微一顿。他半眯着眼看她，懒散中带有逼人的气势："让你这样身份的人进宫多少有些不合规矩，况且朕与林馥婚期在即，若此刻将你留在身边，岂不是打林家的脸？"

怎么看都不划算，他没必要为了苏燕惹麻烦。

"将我留在身边？"苏燕睁大眼睛，难以置信。什么林家不林家的她根本听不懂，只是问："为什么要留我在身边？"

她立刻慌乱起来，口中胡乱地说着："我什么都不会，只会种地、放牛，陛下放了我吧。我笨手笨脚的，不会伺候人，就算做宫女都不成，就想嫁个人好好过日子。陛下是一国之君，留着我做什么呢？"

徐墨怀听到她又在念叨嫁人的事，脑子里像有一簇火苗在噌噌往上冒："由不得你。"

苏燕错愕地抬起头，盯着他。

"你身份低微，在宫中也只配做一个洒扫奴婢。朕念及旧情愿意留下你，赠你锦衣玉食，赐你荣华富贵。"徐墨怀手掌冰凉，轻轻抚上苏燕的脸颊，就像一条毒蛇滑过，让她不寒而栗，"燕娘，你知道该怎么做吗？"

徐墨怀看到她错愕又惊慌的表情，心中莫名感到愤怒，她此刻应该感激涕零才对。她在马家村时不是还爱极了他，甚至不惜千里跋涉到长安去吗？她不是说想去最好的酒楼，穿好看的衣裳，和官家娘子一般戴金钗、步摇吗？

如今这些都摆在眼前了，她有什么好不情愿的？难道她真的喜欢那个没用的儒生，甘愿做牛做马为他操劳一生？

徐墨怀面色阴沉："朕赐周胥奉御一职，他三跪九叩对朕谢恩，你却偏偏不识抬举。你以为现在回去，他还敢要你吗？"

苏燕颓丧地低下头，窝在角落彻底不吭声了，也没有要动桌上的果脯的意思。徐墨怀冷冷地睨了一眼，并没有去管。他打开马车的窗子透气，也好借着光看书写字。

过了一会儿，他抬头看向苏燕，提醒道："你挡住光了。"

苏燕往一边挪了挪，仍是一副要死不活的模样。过了一会儿，她又忍不住趴到小窗边透气。

徐墨怀简短地说："光。"

苏燕实在受不了了，问道："我碍手碍脚，陛下为何不让我回去？"

"你过来。"徐墨怀突然提笔在纸上写了什么，叫她靠近去看。她稍稍挪了一下，象征性地动了动。他头也不抬地说："朕让你过来。"

苏燕只好朝他靠近了一些，去看纸上的字。这几个字周胥没有教过，她根本不认识。徐墨怀看出来了，难得耐心地道："这是我的名字。"

他又在纸上写了一遍，刻意放缓速度，随后问她："看懂了吗？"

苏燕疑惑地望着他，眼神似乎在问：我学这个做什么？

徐墨怀只跟她强调："我再写一遍，你看仔细。一炷香的时间后，我要考你。"

她学这种东西做什么？皇帝的名字，她学会了又用不上。苏燕百般不情愿地接过笔，在晃动的马车上照着字迹临摹起来。

这三个字学来无用，她也不肯用心，立刻忘了笔画顺序，写了几遍就开始敷衍。

估摸着时间差不多了，徐墨怀收了已写好的字，让她自己写一遍。

苏燕写得十分勉强，笔画顺序不对就罢了，想不起来的地方还一通糊弄，最后写出来的字歪歪扭扭、不成形状。

徐墨怀冷着脸说："把手伸出来。"

"什么？"苏燕迷惑不解。

"手。"他语气又重了几分。

苏燕照做。

她的手才伸出去，徐墨怀就拿起一旁拨弄香灰的铜杖打她的掌心。她立刻收回手缩在袖子里，方才被打过的地方火辣辣地疼。她又惊又怕地往后退。

"三个字，你错了两个。"他看出苏燕在敷衍，手下也没留情，"伸出来。"

苏燕的情绪本就焦虑不安，又几次三番被人命令，这是她十几年都不曾遭遇过的事，如今还要因为学不会他的名字被打手心。这彻底激怒了她。她说什么都不肯把手伸过去，只怒气冲冲地瞪着徐墨怀，而后掀开帘子要出去。

徐墨怀手疾眼快，立刻将她按住，同时将她的双手交叉背到身后。苏燕像条被丢上岸的鱼一样扑腾，甚至几次踢到了徐墨怀，逼得徐墨怀只好倾身压制住她。

苏燕的理智已经被烧干净了，她火冒三丈地说："我就是学不会怎么了？凭什么我要学你的名字？你不过就是看我好欺负，拿一个假名字诓我！你怎么不直接杀了我算了？！"

徐墨怀听完苏燕的话脸已经黑得不像话了："朕怎么不知道你这般娇气？不过让你学三个字，你糊弄朕便罢了，朕才打了你一下手心，你便敢顶嘴了？口口声声让朕杀了你，你是不是近日过得太舒坦，忘了自己在跟谁说话？"

舒坦？她吃不好睡不好，日日提心吊胆，也能算舒坦？苏燕连着几日身心备受煎熬，此刻像是被折腾到崩溃，眼泪哗哗地往下流。

她一边哭，一边说："我就是不识抬举，你凭什么这样对我？"

徐墨怀将她的脸扭过来对着自己，一字一顿地说："就凭朕可以。"

没什么是他不可以做的。

苏燕愣了一下，随后号啕大哭，连马车外的侍卫都听到了。

这样的哭法，他们不会想到什么旖旎之事，只会以为徐墨怀要杀了她。

徐墨怀确实抽得不轻，她的手心都红肿起来了。

徐墨怀也不是第一次见苏燕哭。

她的确是粗鄙之人，哭起来半分仪态都不讲。

从前在马家村的时候，有只羊羔病死了，苏燕就抱着那只死羊哭得一抽一抽的。然而，当晚她就拿菜刀干净利落地把羊剥皮下水，第二日桌上就有了肉。

当时她也是这个哭法，那个时候他只在心中冷笑。

这次苏燕哭得跟要断气了一样，好似受了天大的委屈。可他分明只是打了她的掌心，即便是徐晚音八岁时被打得握不住筷子，也断不会跟苏燕一般。他觉得苏燕总是为一些莫名其妙的小事哭。

他被吵得耳朵嗡嗡作响，恼怒地说："苏燕，你是不是疯了？"

紧接着苏燕就咳嗽起来。他阴着脸放开她的手，拍了拍她的后背。

苏燕顺过气后仍然缩在角落抽泣，哭声越来越微弱，似乎理智也跟着恢复了。直到最后彻底没了声音，她也不敢抬头去看徐墨怀的脸色。

她只是被憋疯了口不择言，不代表真的想死。就算把手打烂，她也是想活着的。于是她开始懊悔自己方才的所作所为，生怕徐墨怀跟她算账要砍了她的手脚，抑或一怒之下把她也丢去喂狗。

苏燕不敢吭声也不敢动，徐墨怀的呼吸声在寂静的马车中显得十分清晰。她能感受到一道灼热的视线在盯着自己，一时间更不敢抬头了。

徐墨怀收回目光，看了一眼纸上乱七八糟的字，没好气地说："滚出去。"

苏燕如获大赦，逃似的下了马车，心跳得飞快。

侍卫见她鬓发散乱，面颊通红还带着泪痕，一时间心中也有些复杂。她怎么看都不像被宠幸了，更像挨了一顿毒打。

经过苏燕要命的号哭以后，徐墨怀连着两日没找她麻烦。苏燕吐着吐着也渐渐习惯了，虽然身体仍感不适，却也不至于再吐到半死不活。

然而很快，徐墨怀又叫她到他的马车里去。书案一边放着笔墨纸砚，另一边放着一根细长的铜杖，什么意思不言而喻。苏燕没敢再闹，只想好好活着。

徐墨怀处处瞧不上她，等回了长安就会将她丢去做奴婢。后宫美女如云，他怎么会想到她这个乡野村妇？自己熬着熬着，总有自由的那一日，苏燕如是想。

马车一路晃晃悠悠的，苏燕坐在里面，除了写不好字，还容易瞌睡。

到了长安，徐墨怀叫醒趴在书案上的苏燕。她睡眼惺忪地坐起来，脸上印了黑乎乎的一团墨。

徐墨怀瞥了她一眼，伸手去捏她的下巴，准备拿帕子给她擦干净。苏燕却下意识地躲避，惊恐地看着他。

徐墨怀的手落了个空，眼神也变得可怕起来，他索性不再管她，任由她脏着脸下去。总归，出丑的人不是他。

第四章

青　环

一

马车没有进宫，而是停在了崇安坊的青环苑。徐墨怀一番思量，决定将苏燕安置在此处。宫中人多眼杂，苏燕出身乡野，没心没肺。哪一日有人给她喂毒药，她都能笑呵呵地接过。

青环苑里都是徐墨怀和常沛的人，加上崇安坊离皇宫不远，徐墨怀一来一去也不至于浪费时间。如果苏燕乖乖听话，能学出个模样，他也许会将她接到宫里。

苏燕不知道徐墨怀的这些想法，只是掀开帘子瞥了一眼，见马车没有走进皇宫，不知道是该惶恐还是该欣喜，于是犹犹豫豫地回头朝他看去。

徐墨怀看着苏燕那张蹭了团墨迹的脸，只觉得她浑身上下哪里都不顺眼。

"此处是青环苑。"

崇安坊青环苑，"莫淮"就住在这里。

苏燕愣了一下才反应过来，这就是当初自己寄了许多信的地方。如此一想，她心中既羞愤又失落。

她羞愤自己被骗得团团转，自作多情地给徐墨怀寄了那么多信，说不准他看到那些信的时候在嘲笑她痴心妄想呢。

徐墨怀只见她一动不动，当然不知道她在想什么，便自己先走出马车，几乎是用提的方式把苏燕带下去的。

青环苑特意留出西门，只有徐墨怀会从此处进出。徐墨怀回长安的事，常沛早就知道了。常沛此时应当正在青环苑中候着。

几个下人一见徐墨怀立刻向他行礼，而后又悄悄打量他带回来的女人。显然他们都看到了苏燕脸上的墨迹，然而碍于徐墨怀在场，笑也不敢，提醒也不敢，只能面色各异地偷偷看向苏燕。

苏燕本以为云塘镇的那处宅院已经是极为富丽了，直到又看见青环苑。她才进门便见到了奇花异草、雕梁画栋，院子里都是砖石铺成的路，不像云塘镇，一下雨地上就泥泞不堪。

府中下人身上的衣服比她最好的一件都要好得多，侍女的发髻绾得高高的，堆叠起来像朵云，上面坠着小巧精致的珠花。

苏燕发现她们看向自己的眼神带着讥诮，似乎在竭力掩饰笑意。她不由自主地往后退了两步，不敢跟着徐墨怀往里走，手指紧紧攥住袖子。

"苏燕。"徐墨怀叫了她一声，带有催促的意味。

苏燕迎着众人古怪的目光，如同一个闯进陌生人家的野猫，忐忑不安地朝他走过去，每一步都迈得小心翼翼。徐墨怀见她动了，这才抬脚继续往前走。

青环苑很大很大，四处都开着苏燕没见过的花。她偶尔还能看到长相奇特的鸟，时不时听到不知是什么动物的叫声。

苏燕心乱如麻，惶恐地跟在徐墨怀身后，觉得自己与这个地方格格不入，就连一棵草都比她更适合留在这儿。

苏燕走得很慢。徐墨怀回过头的时候，她仍沉浸在自己的世界里，眼睛不看路，更像是在看鞋尖上的珍珠。他停下脚步，站在原地等她，想看她什么时候发觉。

苏燕当真没有抬头，就那样直直地走上前。直到余光瞥见徐墨怀的玄色衣袍，差点儿撞到他怀里，她才猛地醒过神，迅速往后退了两步。

徐墨怀皱起眉正要发话，就听见远处传来几声狗吠。狗吠声越来越近，传到苏燕的耳朵里，她几乎无法控制地绷紧肌肉，瞳孔也跟着骤然一缩，呼吸变得不顺畅起来。

她想跑，两只脚却像被钉死在原地，一步都动不了，脑子里都是恶犬咆哮着的场景。

徐墨怀注意到了她的异样，看到她正神情恐惧地发抖，神情和缓了几分。他说道："这里的狗不咬人。"

她恍若未闻，脸色煞白，一副喘不上气的模样。徐墨怀上前一步将她拉到自己身后，在两只细犬冲上来围着他又叫又摇尾巴的时候神色不悦地让人把狗牵走。

苏燕缩在徐墨怀背后，扯着他的衣服不敢动。要不是徐墨怀抓着她的胳膊，在那两只细犬边边转圈的时候，她就已经拔腿跑了。狗叫声远了，苏燕紧绷着的身心终于松懈。她硬是将盈满眼眶的泪花忍了回去。

"你好端端的怎么……"徐墨怀话只问出一半，心中便有了答案。

他早就将马家村那几个人抛到了脑后，却不承想不过是杀了几个人，就能将她吓到这种程度。

当时她的反应大一些也就罢了，怎么过了这么多日，她非但没有忘却，反而因此开始怕狗？她从前也是养狗的人。徐墨怀望着苏燕半晌没有说话。

苏燕惊魂未定地平复呼吸，没有听到徐墨怀不耐烦或嘲笑的话语，还以为自己惹到他了，不安地低着头，等他发话。

过了一会儿，徐墨怀平静地说："走吧，狗已经让人牵走了。"

苏燕松了口气，任由他攥着自己的手腕，跟着他去了一个很大的院子。她第一次知道院子可以修这么大。花圃里种了各色各式的花，苏燕一种也没见过，这里光是一个花圃就比她的家大多了。

院子里还有假山和莲池，荷叶漂在水面上，与她往日见过的不一样，荷花也大不相同，池里有几尾锦鲤在荷叶间穿梭嬉戏。

苏燕似乎是从方才的恐惧情绪中走了出来，正好奇地打量着这个院子。徐墨怀见状，准备交代几句话就离开。

　　苏燕毫不讲究仪态，蹲在地上去看那些形态各异的花。徐墨怀站在她身后，也没有出声阻拦。

　　"你以后就住在枕月居，每日会有人侍奉你的起居，朕会让夫子教你读书识字。若朕来抽查，你还是半点儿进步都没有……"他说到这里，语气多了警告的意味。

　　苏燕瑟缩了一下，好似手心都在隐隐作痛。

　　"没有朕的吩咐，你哪儿也不能去。至于什么话能说，什么话不能说，你最好也在心中掂量清楚了。"

　　苏燕一动不动地听着。徐墨怀见她乖巧地点头，伸手揉了揉她的发顶，忽然觉得好像在摸他养的狗。不过相比之下，狗可比人听话多了，至少不会违抗他的意思，更不会背叛、抛弃他。

　　过了一会儿，他准备走了，见苏燕还在那几株芍药面前一动不动地蹲着，像是在发呆，完全没有与他道别的意思。

　　徐墨怀问："知道皇帝要走的时候你该说什么吗？"

　　苏燕扭过头，疑惑地看向他。

　　"你该说'恭送陛下'。"

　　她领会了意思，立刻就跪下去给他磕头。

　　徐墨怀只觉得脑子里有个地方突突地跳，一把将她拽起来，没好气地问："谁告诉你在皇帝面前必须下跪磕头的？"

　　本朝规矩并没有那么森严，除了遇到帝王仪仗时百姓要叩首以示天威，并没有要人动不动下跪的规矩。先皇在朝堂上见臣子站累了，还会命人搬来席子，让朝臣们跪坐着议事。

　　"不用下跪？"

　　"不必。"

　　她点点头，连行礼都不会，僵站着说："恭送陛下。"

　　徐墨怀发觉跟她计较这些毫无用处，转身快步走了。

　　随着他的背影消失，苏燕坐到水池边上，俯身去逗弄里面的锦鲤，终于在粼粼的水光中看到了自己那染了一团墨迹的脸。

徐墨怀从枕月居离开，常沛已经在院外候着他了。

快离开青环苑的时候，徐墨怀突然想起了什么，随后对侍者说："带人把那棵牡丹移去枕月居。"

常沛听得连连皱眉，一个乡野出来的农女，能识得什么牡丹？这样岂不是糟蹋了那名贵的花？

不过到底是件小事，常沛虽爱花，却也不至于斤斤计较，便应了徐墨怀的话。长公主与皇后的忌日临近，众人都知道这个时候要小心谨慎，绝不能招惹徐墨怀。

这几年一到这个时候，连公主都不能接近徐墨怀，只有常沛能守在一边，这几乎成了众人心照不宣的一件事。

苏燕住进青环苑以后，每日都有人送来上好的衣裳和吃食，为她梳起复杂的发髻，金钗、玛瑙都往她发上簪，就连洗澡都有人守在屏风后，随时等着她使唤。

还有人在枕月居栽了一大棵花树。他们搬花的时候小心翼翼的，生怕弄掉一片叶子。紧接着就有人告诉她，那就是牡丹花。

侍奉的人照顾得很周到，但苏燕总觉得怪怪的。在这里她不用采药，不用爬山，却也没人会在乎她的想法。

她的官话带着乡音，听起来有几分滑稽，有的侍女几次在她开口时发笑。她们起初都还克制着，后来见苏燕根本不计较，笑的时候也不遮掩了，这让她有点儿难堪。

青环苑的人大多知道她是徐墨怀带回来的，但也忍不住好奇她的来历。

苏燕为人诚实。旁人问了，她便如实告知。只是她没敢说自己救了徐墨怀这件事，怕他知道了责骂她。

下人们从她的言行举止也能看出她就是个没见识的农女，虽说她长得还算清丽娇俏，但混入美女如云的长安，便也没什么稀奇了。

而且她言谈举止十分粗鄙，见到什么都大惊小怪，诗词歌赋更是完全不懂。他们虽侍奉徐墨怀已久，却也弄不清他为什么会带这样一个女人回来，还要好吃好喝地供着。

倘若苏燕身份尊贵，他们服侍的时候心中定不会有什么怨言，然而知道了她的出身竟这样低微，许多人难免会用轻蔑甚至是隐含忌妒的目光看她，照顾她时也不像最初那样无微不至。

尤其是夫子来了以后，侍女们会嘲笑她狗爬似的字，会在她把夫子气到吹胡子瞪眼的时候捧腹大笑。

谁会甘愿对一个不如自己的人低声下气呢？他们更愿意把苏燕当一个笑料，这样也算填补了心中的不平衡。

苏燕不是傻子，能感受到那些人的变化，也能感知到他们带有鄙夷的打量。在马家村，她即便是孤女，也是和村民一样的普通人。大多数人不会因为几句流言就看低了她，更不会认为她身份低贱。她没被人伺候过，也不用给谁下跪认错，更不用被人嘲笑讥讽。

这些人笑就笑了，她又能怎么样？上去跟人打架不成？

这期间，徐墨怀一直没有来过。就在苏燕以为自己被忘了的时候，他又突然出现了。

端午的晚膳有粽子，苏燕从前见过却没吃过，这次一口气吃了两个。糯米不好克化，苏燕吃完积食睡不安生，躺在床榻上翻来覆去。

正值月初，蛾眉月高悬，冷幽幽的清辉落下来，像是在窗棂上覆了层白霜。

苏燕前半夜因为蚊虫和那两个粽子一直没睡着，后半夜才逐渐有了睡意。就在她快睡着的时候，门突然发出哐的一声巨响，似乎被谁狠狠地踢了一脚。

苏燕一个激灵坐起身，紧张地看着门口，准备问问是谁这么缺德，大半夜扰人清梦。然而不等她发问，本就没有插好的门再次发出一声巨响，在寂静的夜里显得十分骇人。

门开后露出一个高大的人影，那人身上蒙了一层幽冷的月光，看着就像是深夜出现的游魂。

苏燕被吓得半死，大声喊侍女的名字。门口那人很快就走近了，什么话都没说。他从窗前走过，月光照亮他的面容，苏燕的叫喊声戛然而止。

徐墨怀面色阴沉，一双点墨似的眼睛在夜里莫名让人心慌。他似乎心情很不好，整个人透出一种狂躁的情绪。苏燕觉得他有些不对劲。

"为什么不睡？"他盯着苏燕，语气毫无关切的意思，反倒十分不耐烦。

苏燕根本不明白徐墨怀为何半夜来此，但知道这个时候最好不要招惹他。于是她披着衣裳往后坐了坐，没敢说自己是被他踢门的动静给吵醒的。徐墨怀看她往里让了位置，便直接脱靴上床，占了她半个枕头。

苏燕迷惑不解，轻轻地推了他一下："陛下……"

徐墨怀睁眼，冰冷的眼神落在她的脸上，好似她再说半个字就要杀了她。苏燕连忙把话咽回去，抱着被子缩到最边上，徐墨怀这才合上了眸子。

二

苏燕在床榻上呆坐了好一会儿，见徐墨怀气息平稳，似乎是睡着了，才小心翼翼地躺下。此时已是深夜，她缩在角落，搭着半截被子很快就困了。

然而夜里，苏燕睡得正好，突然被失重感惊醒，随后额头撞上了什么东西。她还没从剧痛中缓过神来，面前突然覆上一个阴影，一只手落在她的脖子上，直接将她从床上提了起来。

落在她脖子上的手指越收越紧，苏燕呼吸受阻，憋得脸色通红，胸口都在闷闷地发疼。她被这人吓没了半条魂，用力地拍打掐着她的那只手，同时努力出声呼救，然而那些话一出口都变得破碎嘶哑。

苏燕不顾一切地挣扎，踢到了什么东西，重物落地发出闷响。过了一会儿，当她觉得自己眼前发黑、天旋地转的时候，落在她身上的力道突然卸了。

苏燕瘫软在地，大口地喘着气，而方才还掐着她不放的人像是被什么砸到了一般，立刻退后了几步。

月光从窗口照进来，照亮了徐墨怀满是戾气的一张脸，他的一双眼犹如野兽般可怕。苏燕捂着脖子，蜷缩着躲在床柱边，恐惧又警惕地望着他。

徐墨怀僵站在原地，胸口剧烈地起伏。他似乎注意到了苏燕的反应，抬手捂着额头，没一会儿便跟跄着走出了屋子，表情看似极为痛苦。

苏燕坐在地上，一直等人走了很久，心跳才慢慢平稳下来。

徐墨怀就像个疯子。当初她刚捡到徐墨怀的时候，他时常在夜里惊醒，倘若醒来后见到身边有人，便会凶狠地瞪着眼睛，像一条蓄势待发的毒蛇。

苏燕以为他是受人暗害才会这样，不承想他们今晚不过是同榻而眠，自己连他的一片衣角都没碰到，却险些被他给掐死。

苏燕心神不宁地插好门，这才拖着摔疼的腿回到榻上。额头实在疼得厉害，她一摸，那儿竟然已经微微肿起。她虽然有种劫后余生的庆幸，但更多的是被无辜中伤的愤怒，一时间是怎么都睡不着了。

晨光熹微，婢女前来服侍苏燕起床洗漱，与温水一同送进屋的还有一小瓶药膏。苏燕坐在镜子前看着青肿的额头，心中是说不出的郁闷。

婢女似乎知道昨夜发生了什么，并不意外苏燕的遭遇，甚至在给苏燕上完药后还疑惑地问："只有这两处伤吗？"

苏燕的嗓子又哑又疼，她无奈地说："两处不够？你想让我被打死？"

婢女讪讪地笑一声退下了，留下苏燕独自生闷气。早膳送来，她扒拉了两口，喉咙实在是疼痛难忍，喝口水都疼。她只好放下筷子出去走一走。

青环苑里称得上是移步换景，苏燕刚来的时候一直拘谨着没出枕月居，这几日才壮起胆子四处走走。起初跟着她的有四个婢女，到现在只剩一个了。

大概是瞧她老实好糊弄，婢女嫌日头太烈，都不肯出去。可苏燕在屋里待着有些害怕，出去走一走心情才算好些。

一直跟在她身边的婢女催促说："苏娘子，我们回去吧。"

苏燕也不想强迫人，只说："你不用跟着我，我自己走走。"

婢女的脸色立刻沉下来，她不悦地说："苏娘子这说的是什么话？主子的吩咐我们哪儿有不听的道理？"

苏燕正想说"好"，突然听到几声狗叫。不知哪里跑过来一只跟雪团很像的狗，她吓得浑身僵硬。不等她跑，那狗就迅速地扑上来撕扯她的裙裾。

苏燕发疯似的甩开它，将自己的裙子从狗嘴中夺下来，提着裙角一路狂奔想要躲起来。小狗摔在地上发出一声惨叫，打了个滚爬起来又朝苏燕追过去。

婢女见苏燕被一只小狗吓得仓皇逃窜，捂着嘴笑了起来。

回廊处跑过来一个衣着艳丽的女人，美目怒瞪，骂道："方才谁打了我的狗？"

婢女认出这是常沛的宠妾，连忙摆手说："不是我。娘子的狗我是万万不敢动的。"

何娘子听了，怒气冲冲地带人追过去，很快就见着了被吓得边哭边往假山上躲的苏燕。

苏燕面色苍白，浑身发抖，捂着耳朵坐在假山的高处，底下才到她小腿高的小狗正对着她龇牙咧嘴地狂吠。

何娘子还是第一次见人为了躲狗这般失态。然而见这女子衣着不凡，相貌也不错，还被安置在青环苑这种地方，何娘子猜她多半是常沛收来的姬妾。

想到这种可能，何娘子心中恼火，骂道："你是哪儿来的东西？竟敢踢我的狗，给我滚下来！"

苏燕捂着耳朵颤声说："快把你的狗牵走！"

何娘子没得到回答反被人命令做事，一时间怒火更甚，指着苏燕说："来人，把这小贱人给我拽下来！今日我非要你给我的狗磕头谢罪不可！"

苏燕的脑子里都是狗叫声，有人来拽她，她下意识地挣扎起来。直到她被押着跪在何娘子面前，那狗还在狂吠。

在惊惧中，苏燕连意识都变得模糊，看到何娘子抱着狗，殷红的嘴唇一张一合地说着什么，却什么也听不清，只知道挣开押着她的人，爬起来就要逃离这个地方。

何娘子怒气冲冲地放下狗，任由它将苏燕赶到水池边。苏燕在惊慌失措中没站稳，被裙子绊倒，猛地栽进了池水中，锦鲤被吓得四散而逃。

苏燕浑身一凉，耳朵里灌进水后，身边嘈杂的声音似乎停滞了一瞬。她从水里爬出来，就听到狗吠声、嬉笑声以及婢女惊慌的呼喊声。她捂着耳朵蜷起身子，坐在水池边浑身发抖。

何娘子他们还在笑，似乎苏燕狼狈不堪的模样真的那么有趣。苏燕被吵得厉害，那些笑声像尖刀，直往她的耳朵里刺。

有一个小厮过来拉扯苏燕。慌乱中的她在水池边摸到了一块石头，在他碰到她的一瞬间用力砸了过去。

枕月居的人一日之内被换了个干净。

徐墨怀坐在苏燕对面，面色复杂地望着她额头的伤，倾身想将她额前的一缕发拨到耳后，苏燕却反应极大地往后躲去，就像一只受惊的雀鸟一般见不得丁点儿风吹草动。

他终于恼了，一挥袖子走了出去，准备找人算账。

常沛拎着一根染血的鞭子站在院子里等他，见到他就说："人已经处置了，请陛下责罚。"

三

徐墨怀早前便吩咐下去，将青环苑里养的狗都送走，没想到会突然冒出一个何娘子。常沛在夫人病逝后一直没有再娶，只纳了几房姜侍。何娘子最得宠爱，所以才敢擅自到青环苑来寻他，却误以为苏燕是他养的美妾。

徐墨怀眉头紧皱，拳头攥紧又松开，狂躁中又有几分不安。常沛看出他尚未恢复理智，此刻容易失控。徐墨怀见到苏燕的时候就已经去拔剑了，最后又不知为何硬生生忍了下去，让常沛将跪在地上求饶的人带走处置。

谁都知道徐墨怀对林馥一往情深，长安多少贵女他都不放在眼里，即便是东宫的姬妾，也没有谁得到了他的宠爱。

将苏燕带到青环苑后他便走了，一直没有来过。常沛不曾在意苏燕，徐墨怀更是从不过问，如同忘掉了这个人。

青环苑的侍者见惯了达官贵人，便难免对言行粗鄙的苏燕心生不满，又听人说她曾在天子落难时出手相助，觉得徐墨怀将她带来此处，无非是想好吃好喝地供着她。毕竟苏燕乃乡野之人，皇上还能将她带进宫不成？

他们都以为徐墨怀将苏燕抛在脑后，再也不会过来了，可他不仅来了，还打伤了苏燕。府中的下人因此认定苏燕不得徐墨怀欢心，在何娘子欺负她的时候没有第一时间阻止，直到被召集到宽阔的庭院中，跪在地上清理血迹……

何娘子和在场的人都被打得皮开肉绽。

放在从前，徐墨怀半年才会来一次青环苑，如今一个月就来了三次，再糊涂的人看着地上的血也该明白他是什么意思了。

此事是常沛的姬妾引起的，青环苑的侍者看护不当，按理说徐墨怀也该追究常沛的责任。然而苏燕只是个无关紧要的女子，徐墨怀当然不会为了这件事责罚常沛。

徐墨怀之所以动怒，不是因为苏燕受了惊吓，而是因为下人慢待苏燕无异于藐视天子的威严。人是他带进青环苑的，即便再不闻不问，也轮不到一群下人放肆。

常沛到底是自己人，徐墨怀便没有计较，只说："也不是什么大事，既然该罚的都罚过了，此事就此了结。"

常沛抖了抖手里的鞭子，问徐墨怀："陛下留下此人，日后想如何？"

陛下既然不是看上了人家的身子，又何必给自己找麻烦？常沛这般想。

徐墨怀未曾想过日后，只是现在还不想轻易地放过苏燕。既然她口口声声说中意他永远不会抛弃他，那就必须做到。即便他先放手，苏燕也必须将他抓紧。

"暂且留着她，有什么事日后再议，现在说这些为时过早。"徐墨怀没有给出一个确切的答案，既没有接苏燕进宫的意思，也不像是对她毫无情意。

常沛很少去猜徐墨怀的心思，也不会对他的决定多加置喙。既然徐墨怀说了，常沛便不会去插手。

此番谁都知晓了，枕月居里的女人不能欺负。

苏燕已经将湿淋淋的衣裳换了下来。她当时被逼得有些发狂，无措之间拿石头把一个下人砸得头破血流。婢女们这才惊叫着阻止了何娘子的举动，嚷嚷着去找主子告状。何娘子得知苏燕并非常沛的姬妾，慌了神抱着狗想要离开……

后面的事苏燕也不清楚了。苏燕惊魂未定，被婢女扶进屋子，才换下一身衣裳准备躺下，徐墨怀就到了。徐墨怀一声不吭地打量了她一番，又匆匆出去。

苏燕还记着他昨晚差点儿杀了她的事，今天才缓过来就遇到一个蛮不讲理的疯女人，现在心中可是积攒了一大团火气无处释放。

徐墨怀一走，她便愤愤地爬上床榻，裹着被子准备睡觉。然而没过多久，房间里就响起了脚步声，她一听便知道是谁，立刻闭上眼睛装睡。

脚步声越靠越近，最后在苏燕的床榻前停下了，她强装镇定，不让自己露出异样。她想如果徐墨怀还算个人，看她已经入睡应当会离开。然而她等了好一会儿，徐墨怀依旧没有任何动作。

苏燕是侧躺着装睡的，理应不会被他看出什么端倪，然而越是这样想，她的心跳得越快。她仿佛能感受到徐墨怀冰冷的视线落在她身上，即便看不见，也觉得如芒在背。

过了一会儿，她感到床榻微微下陷，紧接着听到了细微的布料摩擦声。徐墨怀坐在了榻边，也不知道想做些什么。

苏燕心里正慌乱，忽然一只冰凉的手覆上了她的脖颈。她像一只蚂蚱一样猛地跳起来，往床角躲："你干什么？"

徐墨怀轻挑眉梢，戏谑地说："怕什么？以为朕要杀你不成？"

他随手试探一下，不想她还真是在装睡。

苏燕看他的确不像是要杀了她的模样，但想起他昨晚像发癔症一样反常，便捂着脖子瞪过去，恼火地说："你昨夜险些要了我的命！"

她指着自己的额头，示意他看证据，又拨开衣襟给他看自己脖子上的红痕。即便什么都不做，她此刻嘶哑的声音也足以提醒他了。

清醒不等于遗忘，他昨夜只是不想留在宫里，便鬼使神差地来了青环苑。枕月居本是他偶尔歇息的地方，故进去之前他几乎忘了里面还有一个苏燕。

换作旁人，他真的会在失控之下杀了对方，昨夜却在苏燕的痛呼下收了手。他厌恶自己那副模样，谁撞见了他都要死，可苏燕是有些不同的。

徐墨怀朝她靠近，微微俯身去看她颈间的伤，听着她的控诉。她一边畏惧他，一边又会因为愤怒暂时忘记畏惧。

苏燕把他丢在牛背上带回去，给他擦洗血迹和污泥，将摔倒在地的他一次次扶起来。她已经见过他最狼狈、最失态的模样了。

苏燕生怕徐墨怀突然用力将她弄疼，但是还好，他仅仅是用冰凉的指腹摩挲了一下她的伤，随后便坐正了身子。

他微微弯着眉，说道："你放心，朕不会杀你。"

苏燕稍微松了口气，犹豫了一下，小声说："陛下为何……？"

徐墨怀笑得有几分阴森："很想知道？"

她察觉不对，改口说："不想。"

"你最好是。"

徐墨怀这样说了，苏燕当然不好再问，更不可能从他的脸上看出丁点儿愧疚。

苏燕等着徐墨怀离去，好回到被窝里睡觉。

然而他像是看穿了她的意图，说道："起来，朕要检查你的功课。"

皇帝不是日理万机吗？他怎么还有这种闲心？

苏燕恼火地说："陛下有公务在身，不必为我烦心，耽误了政事可不得了。"

他面无表情地问："谁教你说这种话的？"

是枕月居的侍女。她们起初对苏燕毕恭毕敬，指望着她受到恩宠，带着她们鸡犬升天，哪儿知道苏燕被丢到这里后徐墨怀就再没来过。

侍女偶尔会说："陛下有公务在身，怎么能为了一个乡下来的小娘子费心？耽误了政务可不得了。"

苏燕垂下头，说道："没人教我。"

徐墨怀不会费神留意苏燕的小心思："朕说什么，你只管照做，不要忤逆朕。除了朕，旁的人说什么都不是你该关心的。"

他的语气十分温和，一如当初在观音山对苏燕的轻声安慰、百般诱哄，可如今他恢复了高高在上的地位，即便语气再温和，也透着不容拒绝的威严。

"起来。"

苏燕紧攥手指，听话地起身。

林馥的孝期已经过了，林氏一族都在盼望着帝后大婚。若不是发生了各种意外，林馥早该是太子妃，徐墨怀也不会登基半年了，还空置着后宫。

林照公事繁忙，徐晚音寻不到他，便时常去找林馥解闷，与她商议婚事的细节。

徐晚音年幼时正逢乱世，大靖还未建国，她父皇与太祖皇帝一同打天下。徐晚音被迫与母亲分离，被寄养在林家，直到十余岁才回宫。

母亲和皇姐去世后，徐晚音唯一的依靠便是徐墨怀。即便心底对这位兄长有几分惧怕，她也不得不向他寻求庇护。

徐晚音对林馥的婚事很上心，与林馥交好也是希望林馥成了皇后后多帮衬自己。

林馥小口小口地啜饮着药汤，徐晚音就在一边说着婚事的各种安排，似乎比林馥这个要成婚的人还迫不及待。

徐晚音当然知道皇兄并不像传闻中那般中意林馥，所以才更加焦急，想着法子让他们增进感情。

"既然阿馥的身子好多了，我们便出去走动一番，总比闷在屋子里的好。"

林馥的性子软，无论对方说什么她都难以说出拒绝的话。何况徐晚音之前已经来劝了几次，这次林馥总不好再拂徐晚音的面子。

林馥说："公主想去哪儿？"

"听闻常舍人的青环苑中养了几只新奇玩意儿，我带你去瞧瞧，没准儿能遇上中意的，抱回来养着玩。"

听到"青环苑"三个字，林馥微微皱了下眉，表情有些犹豫。徐晚音立刻摇了摇她的胳膊。

"那好吧。"

四

徐墨怀走了。而此时，苏燕手心红肿，书案上放着她写的错漏百出的字句，除此以外还有一根拨弄香灰的细长铜杖。

铜杖上有镂空的纹路和雕刻的字，做工十分精美。然而它再精美，苏燕看了也只会觉得心烦。

徐墨怀哪里是要检查功课，不过是存心折腾她，看她敢怒不敢言的样子，然后在她尴尬到满脸通红的时候发出不合时宜的笑声。

他分明是拿她寻开心。

苏燕从前十几年都没这么憋屈过，被人瞧不起，被人奚落，偏生还得忍着。

枕月居的侍女全都换了，现在这批据说是从宫里来的，将苏燕照顾得无微不至。苏燕有些不适应。

好在她们不会朝她投来异样的目光。即便苏燕有什么不懂的，她们也会耐心地和她解释，而不是面露轻蔑之色，更不会存心捉弄她。

其中有个叫碧荷的侍女待苏燕最好，会在苏燕官话说不好的时候帮着纠正。碧荷说她的母亲就是清水郡的人，那个镇子离云塘镇也不算远，苏燕听说过。

苏燕被迫离开生活了十几年的家乡，来到陌生的长安城，面对着一群陌生冷漠的人，是碧荷的到来给了苏燕一点儿安慰。苏燕与她比较亲近，若得了什么好东西，都想跟碧荷分享。

碧荷她们是从宫里来的，第一次遇见苏燕这样大方好说话的主子，对什么都不挑剔，用膳的时候也从不抱怨哪一道菜不合胃口。

没过多久苏燕便和碧荷她们熟稔起来了，几个人时常围坐在一起说话。到了盛夏，暑气蒸腾，苏燕在屋子里待不下去，便带着人一起去水榭消夏。

青环苑离林府不算太远，徐晚音见林馥带着侍卫，疑惑道："好端端的，你带侍卫做什么？我还能将你卖了不成？"

林馥轻咳一声，笑着说："我只是习惯了。而且阿爷吩咐过，我要是不带着人，必定会让他忧心。"

徐晚音也没有真的和林馥计较，笑道："你到哪儿都让侍卫跟着，总不能成亲也带在身边吧？"

林馥垂下眼笑了笑，没有答话。下马车的时候徐晚音的侍女来扶林馥，林馥没有动作，直到侍卫伸手，才将手轻轻搭过去。

林馥鲜少出家门，更不曾来过青环苑，只管跟着徐晚音走。日头正盛，没走一会儿两个人便口干舌燥，出了一身薄汗。

林馥忍不住说："公主，我们先找个地方歇息吧。"

徐晚音点点头："也好。"

徐晚音身边的婢女提醒说："公主，前方不远就有一座水榭，瞧着好像还有人在。"

"那我们过去吧。"

等走近了，她们才看到是几个婢女，中间两个正在打双陆，剩余的人都围在边上看着。其中一个背对着她们坐在地上的女子，一身柳绿的衣裳和其他人的穿着不同，不知是谁的姬妾。

徐晚音带着人走过去。

"此乃安乐公主，还不快行礼？"

侍女们都坐在地上，闻言忙不迭地起身给徐晚音行礼。苏燕下意识地要跪下，碧荷连忙拽了苏燕一把。

二人这小动作显然是被徐晚音看到了。

她扑哧一笑，摆摆手，说道："免礼吧，去搬一套桌椅，再上一壶君山银针。"

婢女们不敢违抗公主的命令，立刻照做。苏燕知道了眼前的人是公主，浑身都不自在起来，打算跟着婢女一起离开，却突然被徐晚音叫住。

"欸，那个穿绿衣裳的。"徐晚音对苏燕道，"你过来，我有话问你。"

苏燕头皮发麻，腿都跟着僵了一下，无措地看向碧荷。碧荷正要走，此刻也犹豫着停下了脚步。

徐晚音眄了碧荷一眼，说道："还傻站着做什么？"

碧荷犹豫再三，还是没有动。毕竟安乐公主也不是省油的灯，倘若苏燕被公主折腾了，他们整个院子的人都会和之前那些人一个下场。

徐晚音见碧荷不动，有点儿恼火了，问道："做什么？"

林馥看出了一些端倪，轻声问："你是这位娘子的婢女吗？"

碧荷点了点头，咬牙说："陛下吩咐过了，奴婢不能留苏娘子一个人，请公主见谅。"

"陛下？"徐晚音怔了一下，随后睁大眼，猛地站起来，指着苏燕厉声说，"你说清楚了，她是哪儿来的？"

苏燕被惊得退后两步，站到了碧荷身边。

徐晚音似乎无法接受碧荷说的话，方才还温和的面色立刻沉下去，瞪着苏燕，似乎要将她撕碎。

苏燕也不知道自己怎么就这样招人恨，只能低着头一声不吭。苏燕听见徐晚音小声地对那位容貌昳丽、面容沉静的女子说话："阿馥，这件事必定是有什么内情在，你也知道，皇兄待你最好，决计不会看上什么庸脂俗粉。"

林馥好脾气地笑笑，似乎全然不把此事放在心上，甚至偏过头打量苏燕："不打紧的，陛下怎么做又不是你我能决定的。"

"怎么不能？"徐晚音扭头看向苏燕："你给我过来。"

苏燕瞥了碧荷一眼。碧荷无奈地别过脸，表示自己也没办法。苏燕只好硬着头皮上前，恭敬地问："公主有何吩咐？"

"我问你话，接下来你要如实回答，倘若有半句虚假，小心你全家的命。"

苏燕腹诽，她全家就剩她一个了……

"是。"

徐晚音蹙眉上下打量了苏燕一番，目光似乎要将苏燕扎出一个洞来："你家住何处？父母何人？如何与我皇兄相识又是如何勾引他的？他竟然将你安置在此处！"

苏燕听了后半句，也没什么好脸色，干巴巴地回道："民女家住马家村，不知生父何人，母亲是普通农妇，已病逝多年。民女曾在陛下落难之时出手相助，不曾有过勾引之举。"

徐晚音听到苏燕说不知生父是谁，母亲还是种地的，脸上挂着一副如遭雷劈的神情。直到听见苏燕说曾对徐墨怀出手相助，她面色才算缓和了些。

徐晚音扭头对身侧的女子说："我就说有内情，皇兄对你一往情深，如何看得上一个粗鄙的农女？定是她挟恩图报，对皇兄胡搅蛮缠，皇兄碍于恩情才让她住在这里。"

苏燕只觉得这些皇帝、公主真是不讲道理，徐墨怀阴晴不定，他妹妹同样是怪人，将自己侮辱一番也就罢了，还硬要说自己勾引人。

苏燕听着她的话，脑子里的火仿佛被浇了热油，烧得更猛烈了。苏燕想也不想就再次强调道："我不曾勾引过他。"

徐晚音正与林馥说着话，突然被打断，立刻扭头瞪着苏燕："你说什么？"

林馥也颇为意外地看过来，但依旧没有说什么。

苏燕固执地说："我不曾勾引过谁，就算你是公主，也不能无端诬蔑人。"

她话一出口，所有人都齐齐看向她，有同情的，有看好戏的，甚至已经有人犹豫要不要去找主事的人来解围了。

徐晚音第一次被这样的人反驳，错愕片刻，勃然大怒："你是什么东西？敢这样与本公主说话！"

她不允许自己身为公主的威严被一个卑贱的女子践踏。

苏燕正愣着，猝不及防被打了一个巴掌，直打得她的脑袋偏了过去，整个面颊都火辣辣地疼，耳朵里也响起微弱的嗡鸣声。

这一耳光把所有人都吓着了。

见徐晚音又抬起了手，碧荷连忙上前阻拦。林馥正要阻止，就见方才愣在原地的苏燕爬了起来，似乎是要逃走。

徐晚音拽住苏燕的手臂，骂道："好你个田舍奴，竟敢忤逆本公主！"

苏燕又气又委屈，也不敢还手，只想赶紧离开，就使劲甩了一把。徐晚音没想到她的力气这样大，直接朝后栽了过去，摔倒在地，引得婢女们一阵惊呼。苏燕在众人震惊的目光中头也不回地跑了。

婢女们手忙脚乱地扶起徐晚音，就听她怒不可遏地指着苏燕大喊："给我把她追回来！"

这场荒唐的闹剧最后还是常沛亲自来收的场。毕竟青环苑是他的地方，他又是徐墨怀身边的老人。即便是徐晚音，也不敢在他面前造次。

苏燕被揪出去给徐晚音磕头认错，加上林馥在一边周旋，徐晚音才不再追究，没有闹着要打苏燕。

事了后，常沛并未离去，而是对沮丧的苏燕说："苏娘子还是要认清自己的身份，陛下贪一时新鲜，并不代表你可以恃宠而骄。"

苏燕面上指痕未消，抬头问他："我是什么身份？我背井离乡来到长安，被拘在这里，无亲无友，谁都来踩上一脚。难道我是一根草，半点儿脾性都没有吗？"

常沛淡淡地说："不然苏娘子当自己是什么？若没有陛下的恩赐，你的命甚至不及这苑中的花木珍贵。何况公主与你身份有别，她打你也好，诬蔑你也好，即便是将你踩进泥里，你都不该有半分不满。苏娘子若还是不懂，不如向身边的婢女请教一番。"

常沛离开了，苏燕还愣愣地站在原地望着地面。她方才就是跪在这里向徐晚音下跪求饶的，尽管心中百般不情愿，也不得不低声下气地认错。

可她到底错在哪儿了？从来没有人教过她，原来要享受荣华富贵就不能把自己当人看。

碧荷看出苏燕心情低落，想安抚两句，就听苏燕问："碧荷，你说我现在算是什么身份呢？"

碧荷想不明白，以苏燕的出身，能被皇上看中，锦衣玉食无忧无虑，还有什么好不情愿的。换作是她，即便日日对人磕头下跪也不算要紧。

她想了想，说："约莫算作陛下的外室。"

苏燕眨了眨眼，不说话了。

徐晚音既然知晓了苏燕的事，自然不会轻易放过。她离开青环苑后就进宫，想找徐墨怀问清楚，先将苏燕推她的事添油加醋地说了一番，又将磨破皮的手掌递到徐墨怀眼前。

"你去青环苑做什么？"

徐晚音立刻心虚了起来，小声说："不过是想去看看异兽，难道不行吗？"

"带上林馥一起去看？"徐墨怀似笑非笑地盯着她。

徐晚音立刻不满起来："皇兄为何又开始挑我的错？那个苏娘子半分礼数不懂，还敢动手推我，皇兄若真挂念她的恩情，赏她黄金百两便是，何必要留下她？若传出去了，岂不是叫人笑话？"

"朕会和常沛说一声，日后不许你再去青环苑。你若想看什么奇珍异兽，禁苑随你去。"

徐晚音不可置信地看着他，气愤地说："我可是你妹妹，你不去责罚她就罢了，怎么还要教训我？"

"她我自会责罚，反倒是你……"徐墨怀敛了笑容，语气微沉，"你当真以为朕不懂你的心思？就算你想讨好林氏，也要记清楚谁才是你唯一的血脉至亲。"

徐晚音不承想自己的心思竟被他看在眼里，被戳穿后就局促了起来，拉着徐墨怀的衣袖认错。

徐墨怀轻轻地将衣袖从她的手里扯出来，瞥了一眼袖子上的折痕，喊来薛奉："我还有公务在身，你送公主回府。"

等徐晚音走了，他才头疼地揉了揉眉心。

薛奉问道："陛下可要出宫？"

"让人先备着吧。"他说完，又烦躁地问，"晚音到底随了谁？美貌不出众也就罢了，还不及皇姐半分聪慧。"

这话徐墨怀不是第一次说了，薛奉也觉得很无奈。

长公主虽下场不好，却也是才貌兼备、果敢狠厉，不输任何一位皇子，性子与徐墨怀极为相像。与徐墨怀同胞所出的徐晚音却被林家养得骄纵愚蠢。

走出殿门，徐墨怀停住脚步，烦躁地问："为何总是朕去？让人把苏燕带来见朕。"

苏燕只身上了马车，身边一个侍女也没有。来迎接她的是个阉人，她还是第一次瞧见，从前都只是听说。

她好奇地盯着那阉人看，问他："你是真的没胡子吗？"

阉人的嗓音阴柔，带着些古怪的尖刻，他堆笑着说："自然是没有了。"

苏燕点点头，看他笑容僵硬，估摸再问就要把人惹怒了，便悻悻地坐回去。

皇宫的大突破了苏燕的想象，马车进了一个宫门后不知走了多远，她都开始昏昏欲睡了，宫人才用那古怪的声音催促说："剩余的路便只能走过去了，苏娘子请下来吧。"

苏燕边走边好奇地打量。皇宫之内整齐庄严，宫人们走路都是静悄悄的，没人大声喧哗，连树叶被风拂动的声响都清晰可闻。

苏燕起初还有心思去欣赏各式各样的屋檐，到最后看到那些琉璃瓦只觉得冰冷。她一直走到腿脚酸痛，才到了徐墨怀所在的紫宸殿。

看此处富丽堂皇的程度，她还以为自己到了神仙居所，连婢女们都妆饰得像贵女。

徐墨怀坐在殿内等她，一抬头就见苏燕正在打量殿内的陈设，若不是他还坐在这里，她多半还要去摸摸地板是什么做的。

一见徐墨怀坐在这里，苏燕立刻拘谨起来，不敢再东张西望。徐墨怀身穿白底绣龙纹的圆领袍，仅用一根玉簪束发。他端坐在书案前批阅折子，抬眼朝苏燕看过来，倒有几分温润。

徐墨怀的确是苏燕见过的最好看的男人——不怪她当初会死心塌地地喜欢他。

"过来。"

苏燕乖乖走过去，在徐墨怀对面坐下。

他头也没抬："你就没什么要跟朕说的吗？"

"陛下想听什么？"

他终于放下了手里的东西，抬眼看她："你打了安乐公主。"

苏燕的满腔委屈此刻又涌了上来，她攥紧拳头，直视着徐墨怀："为何不是公主打了我？"

徐墨怀平静地说："因为她是公主。"

苏燕紧攥的拳头忽然松开了。她觉得自己实在是愚蠢，竟能问出这样的话。

如常沛所说，她根本没有认清自己的身份。徐墨怀把她当作一只逗趣的鸟。如今这鸟啄伤主子，谁会管它是不是受了欺负呢？

"陛下既然如此瞧不上我，又为何要带我来长安？"她掐着掌心，强忍着悲愤问他。

徐墨怀目光冰冷，轻轻嗤笑一声，说道："朕的确瞧不上你。"

苏燕被彻底激怒了。

好似有锅热油对着她兜头泼下，烫得她猛然站起身。

她声音因愤怒而颤抖："世上为什么会有你这种人？你分明有数不清

的美人，有数不尽的荣华富贵，而我已经什么都没有了！

"我就想好好过日子，不用受人欺辱，不用下跪挨打。即便我粗鄙不识礼数，也曾救过你，连你如厕都扶着你。你现在为何非要与我过不去？"

殿内仅有的两个宫人听到这些话都深深地埋下头，装聋。

"我看你是真的不想活了。"徐墨怀阴着脸打断了她的控诉，起身就要抓住她。

苏燕往后一跌，毫无仪态可言，爬起来就朝殿外跑。徐墨怀连追都没追，她就被薛奉提着衣领给丢了进来。

"朕上次跟你说过什么？"徐墨怀走到她面前，面上犹如覆了层寒霜。

苏燕想到差点儿被他掐死的那个夜晚，吓得立刻又要爬起来躲开他。她畏惧的表情刺到了徐墨怀。他忽然在她身前停下，踩住了她的肩膀，逼她重新跪了下去。而后他稍稍后退一步，在她面前蹲下来。

"朕瞧你是真不长记性。"徐墨怀五指虚握着她的脖子，"再硬的骨头，朕也能轻易捻碎，何况是你。何娘子被活活打死，你以为自己与她有什么不同吗？敢这么跟朕说话！"

苏燕睁大眼望着徐墨怀。

他低笑一声，又像是无事发生一般，拉着她起身："你只要听话，我们还能与从前一样。"

这根本不可能。

苏燕颤抖着低下头，视线也模糊了起来，说："不一样。"

徐墨怀紧抿着唇，定定地望着她，忽然转过身："滚出去。"

苏燕没等来一顿责骂，立刻知趣地离开。她到了庭中立刻催促送她来的太监，说道："快送我回去。"

万一徐墨怀改变主意，回头越想越气要打她板子就不好了。

太监问她："可是陛下放话让奴才送娘子回去？"

苏燕直言："陛下让我滚出来。"

"这就难办了，陛下没明说，奴才也不敢擅自送娘子出宫。"

苏燕也没法子了："那就劳烦你去问问陛下的意思。"

他立刻赔笑说："陛下兴许正在气头上，奴才是不敢去打搅的，要不还是娘子亲自去问吧？"

苏燕当然也不敢。两个人面面相觑了一会儿，谁也不想去找不痛快，于是就这么僵持着。一直等天黑了，苏燕还坐在庭中喂蚊子。

徐墨怀不高兴的时候谁也不敢凑到他面前，而苏燕在他那一番话后也觉得难堪。她宁愿僵坐在庭中，等徐墨怀气消了再让人送她走。

苏燕坐在庭中许久，腿都要麻了。宫人们都以为是徐墨怀的意思，没有吩咐也都不敢随意搭理她。她坐在台阶边上发呆，脖子上被蚊虫叮咬了几个包，不断地用手去挠。

"你在这儿做什么？"

背后冷不丁响起一个声音，苏燕连忙起身。

徐墨怀烦躁地说："不是让你走了吗？"

"陛下让我滚，没说让我滚出宫。"

他扫了一眼庭中的几个宫人，咬牙笑着说："一群人都是死的不成？"

话音未落，宫人们便齐齐跪下。

见苏燕也要跟着跪，他不耐烦地说："方才不是还挺有脾性？现在倒是跪得快。"

她也不反驳，任由徐墨怀嘲讽，只小声问："敢问陛下，我可以出宫了吗？"

"等你走出去，宫禁的时辰也到了，朕要为了你破了规矩不成？"

苏燕身上痒得厉害，忍不住又伸手去挠。

徐墨怀看不下去了，说道："进来。"

她犹豫了一下，就听他冷声说："不想进来也行，你就在这里睡一晚上。"

苏燕停住脚步，忽然无措起来。她当然不想在地上睡。自从被迫来到长安，她已经很久没有睡过好觉了。这两日她已经受够了委屈，凭什么自己一句话都没说还要被这样对待？

苏燕的脾气一下子就上来了，她当真站在原地不动，沉默地表示自己的不满。

徐墨怀愣了一下，直到反应过来她是真的要在这庭中睡，眼神变得可怕了许多："好啊——好——好——"

他一连说了三个"好"字，一个字比一个字重。等他一甩袖子进了殿，苏燕才发现自己的手心满是冷汗。

紫宸殿的夜十分寂静，但好歹有灯笼，不至于黑得人心慌。苏燕在马家村时一个人睡惯了，倒也称不上害怕，只是蚊虫确实多了些。

苏燕此番惹怒了徐墨怀，宫人们当然不敢帮她。她只能靠在墙上，抱着膝盖埋头睡了起来。每过一会儿她就要挠挠自己被蚊子叮出的包，可谓是痛苦至极。

大概过了一个时辰，痛痒到底是抵不过睡意，她便这般将就着睡着了。一直到夜里脖子又痒得厉害，苏燕迷迷蒙蒙地醒过来，伸手就要去挠，忽然被攥住手腕，吓得瞬间就清醒了过来。

她一睁眼，对上一双乌黑的眸子。苏燕猛地往后一仰，脑袋结结实实地磕到了墙上。

她的心脏跳得飞快，像是急促的鼓点一般，她望着眼前一身玄色寝衣、墨发披散而下的徐墨怀，不由得有些害怕。

徐墨怀将她的手腕都握疼了，他的声音压得很低，像是在自言自语："现在跟我认错，说你下次不敢了。"

苏燕有种预感，如果她不这么说，徐墨怀真的会杀了她。她虽然偶尔脾气硬，但不代表是个不惜命的人。

苏燕垂下头，乖顺地说："我知道错了，下次再也不敢了。"

他似乎还不满足，一只手抬起她的下颌，又说："说你不会骗我。"

"我不骗你。"

苏燕话音才落，眼前便跟着一暗，有冰凉而柔软的东西覆上了她的唇。苏燕的头靠在墙上，她下意识要别过脸去，却被徐墨怀强硬地桎梏住。

她呜咽着出声抗拒，却被他趁机撬开唇舌。她伸手想推开他，结果又被徐墨怀攥住双手，高举过头顶，毫无抵抗之力。

苏燕只能被动承受着口中陌生的触感，任那冰凉柔软的东西肆意掠夺、霸占着她口中的每一寸空间。

她从没有过这样异样的感受，此刻只觉得害怕和古怪。徐墨怀吻得凶狠，似是要以此逼着她服软。苏燕舌尖发麻，因呼吸不畅，胸口闷闷地疼，脑子也是混沌一片。

周围除了微弱的虫鸣，便是近在耳侧的亲吻声响，苏燕简直要疯了。就在她实在喘不过气的时候，徐墨怀总算稍稍后退放过了她。

两个人面对面，一言不发，却同样呼吸紊乱，喘气声也跟着重了几分。借着朦胧的光，她看到了徐墨怀润泽的唇。

不等她平复过来，身子突然腾空。徐墨怀将她打横抱起，朝着寝殿走去。苏燕猜测徐墨怀又在发疯，猛拍他的肩，让他放自己下来。

徐墨怀置之不理，走到距离床榻几步的时候才将苏燕放下，语气中还有几分嫌弃："衣裳太脏，脱了。"

五

时值盛夏，苏燕衣衫单薄，倘若脱了外衫，便只剩一件小衣了。徐墨怀说完，她没有立刻照做。

唇瓣的微麻提醒着她方才发生的一切，徐墨怀突如其来的举动让她至今回不过神。分明白日里他还一副要杀了她的表情，夜里就莫名其妙地轻薄于她。

苏燕抱紧了胳膊，摇头道："我睡地上，不会弄脏陛下的床榻。"

徐墨怀的眉间隐含怒气，见苏燕忸怩不肯脱衣，他心里生出一股将她丢出去的冲动。

徐墨怀的殿里入夜后烛火不灭，苏燕能将他的表情看得一清二楚，但还是因为畏惧不敢脱衣。

她很清楚眼前这个男人不可能爱上她，更不可能对她生出怜惜。倘若他一时兴起毁了她的清白，日后再将她无情丢弃，她只会同母亲一般凄惨地死去。

苏燕垂着头，颤声说："陛下放过我吧。我相貌平平，身子又糙又不好看……"

徐墨怀揉捏着眉心，因困倦而越发烦躁："朕不过是叫你就寝，你却胡说八道一通，再多说一个字就出去。"

苏燕愣怔一下，这才反应过来他的意思。他只是嫌她的衣裳太脏，让她脱了睡觉而已，似乎并没有多余的想法。

想到这里她就更难堪了，犹犹豫豫地说："我身份低微，如何睡得龙床？陛下让我睡地上就够了。"

徐墨怀总算听明白了，苏燕是不想在他面前脱衣裳。他冷笑一声，说："朕今日非不依你。你若不脱，朕倒可以替你剥干净。"

苏燕面色一白，又羞又恼地转过身。她清楚，徐墨怀敢说敢做，绝不会顾及她的意愿，再执拗下去受罪的只有她自己。

背过身后，苏燕开始僵硬地脱衣，先是外衫，然后是两层薄透的内衫，接着是云袜与交窬裙，最后身上只剩一件小衣和衬裤，胳膊与半个脊背都露在外面。

苏燕面色通红，迅速掀开被子钻进去，一直滚到了最里面。好在床榻够大，睡上五个人也不会觉得拥挤，即便她夜里随意翻身，也未必能碰到徐墨怀。

她紧闭双眼，不断在心里安慰自己，从前在马家村的时候也不是没见过，自己还给徐墨怀擦洗过身子，不过是被看两眼，有什么好忸怩的？他这样嫌弃她，必定不屑于碰她。

苏燕正想着，便听到床榻下压的声响，徐墨怀躺了上来。正当她因为听不见响动以为就此安然无恙的时候，突然肩上一凉，被子被掀开了。

苏燕一个激灵睁开眼，连忙扯住被子，又惊又恼地说："陛下怎么能言而无信？！欺负我一个小女子算什么……"

徐墨怀倾身靠近她，冰凉的发丝垂在她的脸颊上，有几缕落在了她玉白似的颈项上，如同毒蛇蜿蜒而过，令她不由自主地战栗。徐墨怀的眼眸漆黑沉静，像是浓厚的乌云，不知蕴含着多少风暴。

苏燕挣扎不及，眼见徐墨怀冲她下手，险些要骂起来了，却发觉他的手只是落在了肩上，并未有其他动作。

她想不通为什么夏日里徐墨怀的手还会发凉，只想往后缩。只是片刻间，她就明白了他的意图，心里生出一股难言的委屈，眼眶都有些酸涩。

徐墨怀将手放在苏燕的右肩上，指腹缓缓摩挲过凹凸不平的疤痕。若是光线明朗些，他还能看到上面狰狞的纹路，可以想到当时她伤得有多重。

不知不觉间，他忽然觉得呼吸有些困难，内心似乎正被什么撕扯着。他觉得躁怒不堪，难以继续直视这道伤疤。

徐墨怀像是被烫到了，迅速收回手，而后目光复杂地盯着苏燕。她低着头，委屈地扯过被子重新盖到身上，一声不吭地躺下继续睡。

徐墨怀保持着那个姿势良久未动。一直到苏燕呼吸渐趋平稳，似乎是睡着了，他才缓缓躺下。

他忽然发觉，除了在信中对"莫淮"说了一次，苏燕再也没有提过她的伤。

第二日，苏燕醒得很晚。也没人叫醒她，徐墨怀早早地走了。睁眼时，她见床榻边放着一套崭新的衣物。

宫婢上前服侍苏燕穿衣洗漱，忍不住打量了她几眼，目光中满是好奇，甚至还有些惊讶。昨晚苏燕分明睡在殿外，怎么现在又睡到了龙床上？

她洗漱完，吃过早膳，便有宫人准备着送她出宫。这正好遂了她的心意，她想也不想就跟着走了。

走了长长的一段路后，苏燕总算见到了马车，然而两个宫人正在马车前争执不停。

苏燕走近了，与他们交谈一番，才知道昨天有一匹马不知吃了什么不干净的东西，今日一直提不起力，用鞭子抽也不肯走，才走了几步便要卧倒。

车夫不放心，让他们赶紧去牵一匹新马来换上。

苏燕在原地等人牵马过来。因为日头太盛，她便找了棵树，坐在边上和送她出去的太监说闲话。

"陛下到底是心软，舍不得苏娘子受苦。"

这太监哪壶不开提哪壶，非要说些令人不高兴的。苏燕可半点儿不觉得徐墨怀心软，只尴尬地笑了两声。

那太监又说："苏娘子在陛下眼中与旁人还是有几分不同的。日后娘子若是高升，奴才还要靠娘子庇护。"

苏燕听得愁容满面，只想迅速结束话题，抬头就见穿着浅青色官袍的人牵着马，正在帮车夫套马。

苏燕立刻说："看着是要好了，我们快去吧。"

她几步跑过去，站在一边好奇地望着他们将流环套在服马的辔背上。苏燕正盯着他们的动作，过了一会儿，察觉有道灼热的目光落在自己身上，于是扭头朝身穿浅青色官服的人看过去。

这一望，叫她浑身如冰封一般。她登时手脚发僵，站在原地难以行动。那个与她拜过天地，在宾客的祝贺声中被砍断手的夫婿，此刻正眼眶通红地望着她。

"燕娘……"周胥眼中含泪，面色痛苦地与她对视，"你近来过得可好？"

他只是一声，便让苏燕泪如雨下。她不承想他们有再遇的一天，还是在如此难堪的情景下。

宫人看出端倪，装作听不见看不见，只要他们不生事，任由他们去。

苏燕抽泣着说："我还当此生再难相见，谁知竟会……"

周胥拍了拍她的手臂，另一只胳膊垂在宽大的袖中，一直不曾抬起来："陛下命我入京，赐我奉御一职，并未伤我性命。"

她心中更觉得悲哀，说道："砍了你的手，又要你做牵马的官，岂不是存心折辱？"

周胥面露无奈之色，也不知说些什么好。此事虽因苏燕而起，却不能全然怨她，可他到底怨愤难平，每日闻着马粪的恶臭，心中无法释怀。

他没想到今日会见到苏燕。她一身华服，金钗步摇，美艳得不可方物，再也不是那个贫苦的农家女。

苏燕正愧疚，周胥忽然从暗袋中掏出一个帕子包裹的物什，动作缓慢而僵硬。

她看在眼里，心中更觉得刺痛难忍。周胥小心翼翼地将东西递给她，不敢触碰她分毫。

苏燕接过东西，还没看一眼，宫人就咳了几声，提醒道："苏娘子快走吧，若是落人口舌，奴婢也不好交代。"

苏燕咬着牙点点头，抹去眼泪，说道："你好自珍重，我这便走了。"

周胥点点头，目送她上了马车。苏燕坐在马车里，打开帕子，看清了里面包裹的东西。

那是母亲给她攒的嫁妆——那个被她拿去换了五贯钱的镯子。周胥偷偷替她赎回来了。

即便他娶她并非真心，可也实实在在地对她好，却因她遭了这样的祸事。苏燕愣了一下，再也憋不住了，捂着嘴痛哭出声。

回到青环苑，苏燕下了马车，眼眶通红。碧荷来接她时忍不住惊讶，看宫人的目光中也多了敌意。

那太监立刻说："奴才可不敢欺负苏娘子，小丫头瞪我做什么？"

苏燕对碧荷摇了摇头，与她一同回到枕月居。

一进屋，碧荷就说："吓死奴婢了，苏娘子一夜未归，我们都当你遭了祸。"

苏燕的心情仍低沉着，她说道："为何这样想？"

碧荷解释说："陛下之前在东宫的时候，从未有姬妾留宿过。"

苏燕终于恢复了些精神，说道："可我昨夜就与陛下同榻而眠。"

一旁正在收拾的婢女也停了下来，与碧荷一同震惊地看着苏燕。

"怎么了？"苏燕皱眉问道。

碧荷瞧了一眼门口，这才靠近苏燕，压低声音说："陛下有个习惯已经好多年了，一入夜，寝殿内便不能有第二个人，更不许人靠近床榻。听说陛下还因此杖毙了好几人。"

苏燕一脸不解："他怎么会有这种怪毛病？"

从前徐墨怀伤重快死了，他们同睡一屋，她也没发现他有什么不对劲的。

"奴婢们也不知，据说也不是一直都有的……"

六

林府距安乐公主府并不算远。

按理说，迎娶公主后该与公主同住，林照却时常回府办事，闹得徐晚音时常来府中找他，又去找二房的林夫人哭诉抱怨。

一来二去，林夫人每每看到她都难有好颜色，甚至私下里会与林馥的母亲说徐晚音的不是。

林馥沉静寡言，只爱看书写字，性子与徐晚音恰好相反。偏偏徐晚音常来找她，时常用她和徐墨怀的婚事打趣她。次数多了，她也有些烦心。

"阿拾，公主又来府中了。"林馥在窗前给兰花浇水，眉间是隐隐的忧愁。

一旁的侍女林拾只说："要下雨了，我去把花抱进来吧。"

"也好，过会儿若是公主来了，你便与她说我突感不适，先歇下了。"林馥说着就往内室走。

林拾却突然叫住林馥，道："娘子与公主见一面未尝不好。前次青环苑的事，若是当真如公主所说，对娘子而言不算什么好事。"

林馥顿住步子，回过头，皱眉问林拾："你这是什么意思？"

林拾抱着一盆花，轻轻垂着眉眼，没敢直视林馥的目光："倘若皇上当真对那女子有情，日后娘子入宫便多了麻烦，何不与公主好好商议，早日将麻烦除去？"

林馥微眯的眸子里露出不悦之色。不等她发作，院中便走进一人。

林馥回过头，唤了一声"郎君"。

"堂兄怎么突然过来了？"

林照生得英俊，在长安是出了名的翩翩公子，尚公主时，不少贵女为此落泪。他为人清正严苛，族中小辈对他都有几分惧怕，林馥也不例外。

"昨日我回府听晚音说了青环苑的事，若是陛下当真移情于一个农女，林氏不会置之不理，必定为你讨一个公道。"

林馥无奈，解释说："公主想多了，那女子看着不像骗人。她说自己救过陛下，因此才被另眼相待。陛下是一国之君，救命之恩定会涌泉相报。就算有旁的，我们也不能确定，若此刻去叨扰，还要被说是林家不识礼数。"

这些事林照自然已经想到了，之所以会来询问，是为了使林馥的皇后之位更稳。除去秦王后，徐墨怀仍有推行科举制的意思，届时士族多少会受些影响。

近年来林家风头正盛，家族中难免有人利用权势做些中饱私囊的事。倘若徐墨怀想拿士族开刀，首先便是孟氏与林氏。倘若林馥做了皇后，林氏又低调行事，至少能保林氏一族安稳。

林照叹了口气，说道："晚音虽然行事不够妥帖，却也没什么坏心，若给你添了什么麻烦，为兄在这里替她给你赔罪了。"

"兄长哪里的话？"林馥笑了笑，又想起一事，提醒他说，"有一件事我还得与兄长说一声，公主得知你近日时常去看望宋娘子，越发不满，还曾与陛下告知过此事。"

林馥犹豫了一下，问道："兄长当真……"

她想问林照是否真的对一个绣娘生了情意，毕竟他已尚公主，再也不可能纳妾。何况士族不与寒门通婚，倘若他纳一个绣娘为妾，只怕会被族中的长辈们逐出家门。

林照皱着眉，立刻反驳："你别听她胡说，阿箬的身子还不如你。之前我托人照顾她，谁知道那侍女竟苛待阿箬，害得阿箬的手臂被烫起了泡。后来的仆妇看阿箬温柔善良，处处慢待，对阿箬的病也不上心，我去的时候药都凉了……"

他似乎有些气闷，又不好对着旁人说起这些事，听林馥一提便不自觉多说了些，随后才觉得失态，立刻改口，说道："是我不好，不该与你说这些。"

"不打紧的，兄长还是莫要太过烦心。各人有各人的命数，宋箬的病也不是因你而起。何况你做的已经够多了，莫再为此这般操心。"

林馥也不是第一次见林照为宋箬的事发愁了。似乎很早之前二人便相识，只是后来他娶了公主，宋箬的身子也越发不好。他顾念旧情，时常去看望宋箬。

府中的家长也知道此事，并未阻拦过他，只是委婉地提醒过几次，要他收敛些，以免惹恼了公主。

林照愁容难消，扫了一眼林馥苍白的面色，对一旁的林拾说："阿拾，照料好你们娘子，近日暑热，不要让她吃太多冷食，以免伤了脾胃。"

林拾还在搬花，闻言头也不抬地"哦"了一声。

林照便问林馥："阿拾年纪似乎也大了，既已赐了姓，便是我们林家人。你这个做主子的也要顾念着，替她寻一门好亲事。"

林馥笑了笑，说道："阿拾说了要一直陪着我，兄长不必替她操心了。"

林照皱了皱眉，没说什么，又交代了几句便走了。

林馥目送他离去，这才同林拾说了句："公主性子娇蛮，兄长再这般下去，迟早要拖累宋箬。"

"娘子也该为自己担心了。"

"你若再说，我就依兄长所言，替你寻一门好亲事。"

林拾拍了拍手上的灰尘，在台阶边上坐下，冲着林馥笑笑："娘子肯定舍不得。"

突如其来的暴雨压下了暑气，屋子里变得沉闷闷的，苏燕便与侍女们搬了小桌一起坐在檐下打双陆，碟子里放着瓜果与小食。偶尔有清凉的雨丝顺着风飘进来，她们也全然不管。

苏燕捧着一块蜜瓜小口地啃，碧荷瞥见她腕间露出的玉镯，不禁问道："这是陛下赐给娘子的吗？"

苏燕晃了晃手腕上的镯子，说道："这是我娘给我攒的嫁妆，还没陛下擦手的丝帕值钱。我娘已经去世好久了，就给我留了这么一件玩意儿，指望我嫁个好人家来着。"

碧荷安慰她："娘子如今是陛下的人，这可不就是最好的人家？"

苏燕苦笑着说："这可不是'嫁'，那些大户人家娶妾都是'纳'，正经嫁进去的夫人就是将妾侍打死了都没人管。我的身份连妾都不是，最上不得台面，日后我若不被人喜欢，八成要被打死了事。"

碧荷没想到苏燕能想到这里，连忙说："娘子别说了，让人听去了可不好。"

苏燕知趣地闭嘴，继续吃蜜瓜。

暴雨来得又快又猛，下了两个时辰才停，枕月居的花草被吹打得零落歪斜，侍女们纷纷放下手中的玩意儿去清理。

苏燕也没闲着，换了身轻便的衣裳，挽起袖子跟她们一起清理了起来，动作比几个婢女还要利落。

有宫人来枕月居，一时间竟没分清谁是苏燕，便对着正弯腰整理花草、满手是泥水的苏燕说："你去叫苏娘子出来，陛下有赏赐给她。"

苏燕甩了甩手上的水，说道："我就是苏娘子啊。"

看对方端了个匣子，苏燕便直接伸手去拿。

对方还没见过这样不识礼数的人，立刻往后退了两步，呵斥道："接旨不可衣冠不整，更不能手沾污秽，苏娘子要跪下谢恩才是。"

苏燕不知道有这么多规矩，立刻把袖子放下来，弯腰去水池边洗手，直接用裙子擦干手上的水。

那个说话的宫人直皱眉头，接着语调奇怪地说了几句晦涩难懂的话，说完才将匣子递给苏燕："苏娘子可以谢恩了。"

"谢陛下赏赐。"苏燕接过匣子。

宫人点点头，这便走了。

人一走，枕月居的侍女们便好奇地凑过来，议论着苏燕得了什么赏赐。

"娘子莫不是进宫服侍陛下，深得圣心，陛下这才给你送了好玩意儿来？"

"宫里的妃嫔们被临幸后都能得赏，娘子必定也是有的。"

苏燕一边说自己没有被宠幸，一边皱着眉打开了匣子。

匣子才打开一半，便有侍女看清了里面的东西，惊叫着往后退去。紧接着其他人也看清了，纷纷惊呼一声散开。

苏燕也是一样的反应，被吓得手一抖，将匣子抛了出去——

里面的东西掉落出来，赫然是一只手。

苏燕睁大了眼，面色惨白地瘫软在地，身边的人扶都扶不起来。呼吸越来越急促，她仿佛随时要晕过去。

碧荷连忙扯了一件衣裳盖住人手。

苏燕却依旧紧盯着手的位置，眼睛里爬满了红血丝。她听不见身边的人都说什么了，脑子里只有嗡嗡的响声，几次站起来，又腿软得险些跌倒。

最后还是一个胆子大的侍女，隔着衣物将人手放回了匣子。然而这是御赐之物，谁也不敢丢弃，只好将它放到了一个偏房的角落。

苏燕一直窝在房里哭。碧荷劝了，她还是水米不进。

到了深夜，碧荷守在外间屋子，忽然听见苏燕发出一声凄惨的哭声，连忙带着同伴跑进去看，才发现苏燕是被噩梦魇住了。

苏燕无声地哭泣，眉头紧锁，手指抓着被子。碧荷忧心地摸了摸苏燕的手，察觉苏燕身上发热，再一摸额头，更是滚烫得厉害。

"不好了，娘子这是热病。"

"宵禁了，也请不来大夫，先给娘子擦擦身子，等天明再看吧。"

天亮后，苏燕仍高烧不退，口中梦呓一般念着什么，谁也不明白是什么意思。不久，大夫到了，随之而来的还有一个她们此刻最怕见到的人。

徐墨怀一进屋，侍女们纷纷退到一边，没一个敢抬眼看他的。

七

苏燕烧了一整夜，脸上泛着病态的红晕。碧荷给她擦身子，才发现她出了一身冷汗，里衣都浸湿了，便给她换了衣裳。

碧荷发现苏燕身上的伤疤，忍不住心疼起来。

侍女们没料到徐墨怀会来得这样快。她们清早命人去请大夫，还不到晌午，他便带着大夫来了。

苏燕睡得迷迷糊糊的，连有人进屋都不知道。一阵窸窣声过后，屋子里就安静了下来。

碧荷守在门外，听到里面称呼张奉御，这才知道徐墨怀带来的两位医师竟是尚药局奉御。尚药局奉御已经是尚药局里品阶最高的医师了，从来只给皇帝一个人看病。

二位医师诊治后写了张方子，很快就有人抓好药送到了枕月居。

碧荷不敢进去，便跟着同伴去后院煎药，只敢走的时候往内室瞥一眼，才发现徐墨怀正百无聊赖地翻阅苏燕近日临摹的字帖，面色十分不好。

等药煎好送进屋里，见碧荷犹豫着不敢上前，她身边的同伴便戳了戳她的后背，示意她去喂药。

无奈之下，她只好硬着头皮走过去，给徐墨怀行礼，说道："陛下，苏娘子的药煎好了。"

徐墨怀点头："把药给朕。"

碧荷瞧他这是要自己喂的架势，立刻松了口气，将药碗递给他。

苏燕的身体很好，徐墨怀在马家村的时候便见识过了。她看似纤弱，却比旁人都有力气，挑水、背柴都能走得很快，用力的时候胳膊上会有硬邦邦的一小块肉。她甚至时常举起胳膊，得意地说："我力气可大了，张大夫说这块肉越紧实，说明身体越好。"

徐墨怀以为她跟那些娇弱的女子不同，没想到病起来都一样。

"苏燕，张嘴。"他拿着汤匙，想要给她喂药。

苏燕半梦半醒，听到声音下意识地张口。他立刻将药倒了进去，将她呛得咳嗽个不停，口中的药汤也溢了出来。

徐墨怀显然是不曾给人喂过药的，看得碧荷一阵心急，恨不得夺过药碗自己来。方才喂进去的药被苏燕吐出来大半，药汁都洒在衣襟上。

他想了想，放下药碗，将苏燕扶起来靠在自己的怀里，如此便好了许多。然而不想苏燕怕苦，他喂一汤匙便被吐出半汤匙，一来二去却先惹恼了苏燕。

她半睁开眼，似乎察觉了身后的人是谁。她先是惊恐，而后便狂躁地挣扎起来，直接将药碗打翻，乱挥的手还拍在了一个柔软的地方，发出一道清脆的声响。

侍女们听到这个声音都忍不住倒吸一口凉气，恨不能拔腿就走。碧荷忙压低脑袋，装作什么也没看见。

然而即使不看，她也知道徐墨怀的脸上此刻必定是阴云密布。想起昨日那只鲜血淋漓的手，碧荷觉得，兴许一会儿徐墨怀就会暴怒着将苏燕的手也砍了。

苏燕虽病着，见徐墨怀阴着脸沉默不语，也能想到自己方才是打了他。愤怒瞬间便被恐惧压过去，她摇摇晃晃地下榻准备磕头求饶。

徐墨怀扫了一眼周围的侍女，冷声说："今日的事，倘若说出去半个字，凌迟处死。"

堂堂一个皇帝被扇耳光的场面让她们看见了，但皇帝竟然没有一怒之下命人挖了她们的眼睛，碧荷深觉庆幸，随后便担忧起苏燕来。

徐墨怀似乎在强忍着怒火，慢条斯理地整理自己被弄乱的衣裳，上面已经沾染了许多苦涩的药汁。

苏燕垂着头跪下，发丝散落，遮住了大半面容，显得柔弱可怜。徐墨怀冷冷嗤笑一声，将药碗重重放下，撞击声吓得她一颤。

"起来。"

她撑着床榻边沿起身，眼前突然一黑，腿软着往前倒，恰好砸在了徐墨怀的身上，疼得他闷哼一声。苏燕慌乱又厌恶地起身，却被他按了回去，与他贴在一起。

徐墨怀："出去，再煎一碗药来。"

随后他将手掌扶在她的后腰处，揽着她坐在榻上，以一种极为亲密暧昧的姿势。苏燕身上没什么力气，索性不再反抗，任由他抱着自己。

徐墨怀的手并不安分，他像抚摸一只猫一样一下又一下地抚着她的脊背。即便他动作温柔，苏燕也只觉得惊悚，汗毛都要竖起来了。

"你病糊涂了，朕不同你计较，但没有下一次，知道吗？"

他身子微微后仰，苏燕便伏在他的肩上，滚烫的呼吸落在他的颈侧，如亲吻一般。

她闭上眼，点了点头。感受到苏燕的顺从，徐墨怀满意地笑了一声，随后微侧过脸吻了下去。

她口中亦如身上一般发热。徐墨怀舌尖冰冷，却很快被她暖热了。如同要得到什么慰藉一般，他急切地吮吸，发狠地逼她做出回应。苏燕想逃离，又被重新按了回去。

一吻结束，苏燕唇瓣发麻。

徐墨怀同样呼吸不稳，微微喘着气，面上也染了层红晕。

苏燕强忍着畏惧，他却将头埋到了她的颈侧，轻声说："朕还是第一回给人喂药。"

她因为发了热病，此刻嗓子哑得厉害，也十分不愿再与他多言。

过了一会儿，徐墨怀将她放下，揉了揉她的发顶，说道："朕改日再来看你。"

苏燕想起周胥，终是忍不住，在他转身的时候扯住了他的衣角。她一开口，便觉得心中刺痛："陛下……恳请您放过周胥，他还有母亲要奉养，如今已是凄惨万分，请陛下饶他性命。"

徐墨怀并未立刻答话，良久后发出一声意味不明的轻笑："周胥是死是活，全在你一念之间。你不过与他见上一面便哭肿了眼，想必是还未对他死心。你若做不到，朕可以帮你。"

苏燕咬着牙说："自婚宴之后，我与他再无干系，此次不过是见到了母亲的旧物，想到她的坟茔孤零零地留在马家村，心中一时难过。若再害了周胥，我才是此生都要愧疚。"

徐墨怀倾身，手落在她的脸颊上，拇指落在她被吻到微微红肿的唇上，暧昧至极地轻轻摩挲着，最后重重按下去，令苏燕不适地皱眉。

他似笑非笑，语气微沉道："燕娘，我愿意放过他，只希望你也乖巧些，永远不要骗我。"

长安城中的青年才俊遍地都是，徐伯徽也常与他们混在一起，只是近日许久不曾出过家门。因他闹着要娶一个胡姬，安庆王将他狠狠打了一顿。半个月后，他才能正常行走。

徐伯徽因身边时刻有人看着，怕拖累心上人，没敢立刻去见她，便想进宫找徐墨怀说情。

徐伯徽等了一个时辰才等到徐墨怀。徐墨怀自然也听闻了他挨了一顿毒打的事，猜到了他的来意。

"皇兄可算是回来了。"徐伯徽站起身，跟着徐墨怀走进紫宸殿，边走边说，"皇兄这样聪慧，必定知道我的来意，还请皇兄与我阿爷说两句。倘若皇兄开了口，他绝不会阻拦。我长这么大第一次这么喜欢一个姑娘，皇兄便做个好人，成全我们吧。"

徐墨怀径自往前走，步履不曾慢半分："倘若朕答应了，便是坏了皇室的规矩。太祖最厌恶胡人。他戎马一生，费尽心血才使胡虏屈服。

"大靖贱胡人已久，士族中人纳胡姬为妾便令人耻笑，更何况是娶做正妻？你若想看安庆王在朝中啼哭不止，安庆王妃来殿外长跪，便尽管去，与朕何干？"

无论怎么说，徐墨怀都不肯放话替他说情。徐伯徽越说越气闷，只觉得前路一片黑暗。

他忍不住气愤地说："门第又如何？娶妻的人是我，他们为何非要插手？

"即便阿依木祖上是胡人，也早已归化大靖，是大靖的子民了。梁侍郎的儿子也娶了胡姬，为何我就娶不得？我不认为她低贱，只喜欢她这样的。"

徐墨怀漠然听着，风凉地说："自以为是！士族重门第，你娶了胡姬，破了百年的规矩，便是其中异类。他们容不得你，更不会承认你的妻子。"

徐伯徽闷闷不乐地低下头，说道："就没有旁的法子了吗？"

"当然有。"徐墨怀不耐烦地说，"你自愿放弃世子之位，做一名庶人，便可与心上人长相厮守。你愿意吗？"

徐伯徽张着嘴，愣愣地望着徐墨怀，好一会儿才面露难色地低下头，小声说："除了这个呢？"

徐墨怀毫不意外地笑了笑，没有再理会他的纠缠。

苏燕没有病太久，好了后，人肉眼可见地消瘦了许多。自那断手被送来以后，她夜里一直睡不安稳，总是做噩梦。

几个侍女都怕极了那个装着断手的匣子，走路都刻意绕过，苏燕只能白着脸将它拿到远处埋了。

苏燕仅在青环苑走动，一直没机会出去，更无法得知周胥如今的安危。她不相信徐墨怀说的话，一个字也不相信。

苏燕恳求哭泣了许久，又将一堆金银珠玉送出去，碧荷才勉强同意寻个友人帮苏燕打听周胥的境况以及他现在的住处。

周胥在尚辇局，是下九品的奉御，按理说也住在长安城中。况且他被砍了手，这样一个人并不算难找。

苏燕在青环苑待得喘不过气，每日都害怕徐墨怀来找她，这样的日子说是度日如年也不为过。

徐墨怀阴晴不定，为人心胸狭隘，对她这样的人更是想杀便杀。她必须离开，周胥也不能再留下。他们走得越远越好，最好能让徐墨怀再也找不到。

八

苏燕虽托了碧荷帮忙，却也小心翼翼的，只敢让她帮着打听周胥如今的处境，一句话也不敢带给他，生怕又给他招来什么灾祸。

没名没分的外室最叫人瞧不起，便是比妾侍也要低一等。苏燕虽不曾与人说过，心中却清楚得很。

她阿娘就是与一个门第算不上显赫的男人怀了她，最后那男人自恃身份尊贵不肯认她们，任由他夫人对她阿娘要打要杀，逼得她阿娘孤身一人躲到了马家村。

出身稍体面的男人都是如此，何况是一国之君呢？她不认为自己的下场会比母亲好多少，常沛与他的爱妾就是活生生的例子。

苏燕生病期间，徐墨怀就来过那一次，之后只派人送了一堆她不曾见过只听药铺东家提起过的补品。

过了好一阵子，苏燕才得知周胥果真被砍了另一只手，如今凄惨地住在长安的一处破落巷子中。他的母亲日夜哭泣，眼睛都快哭瞎了。

没了双手的人无法牵马，周胥自然被革了职。他那点儿微薄的积蓄，要为母亲买药，还要给自己治伤，他们如今只怕过得十分窘迫。

苏燕没想到，有朝一日会有人因她而落到这个境地。

然而徐墨怀盯她盯得紧，她不过是随口夸了一句凤仙花好看，隔日宫里就有人送来了凤仙花样式的簪钗与衣裙。这下她也不敢给周胥写什么书信，只能让碧荷托她的友人多照拂周胥些。

徐墨怀派来的老师也格外严厉，苏燕每日除了读书识字，还要学礼数仪态。她虽然时常挨骂，却也比在徐墨怀身边自在。

七月流火，暑气渐消，苏燕除了去宫里，一直没机会走出青环苑。徐墨怀不下令，任何人都不敢擅自放她出去。

徐墨怀与林馥的婚期越来越近，苏燕时常能听到有人对这位林家贵女的议论，说林馥才貌双全，有林下之风，与当今陛下相配最为合适。

苏燕听人将林馥夸得天上有地上无，不禁替这位即将做皇后的女子感到可惜——日后她不仅要日日面对徐墨怀这样暴戾自我的人，还要跟一堆女人争丈夫，真是悲惨。

很快，徐墨怀闲来无事，又让宫人将苏燕带进宫陪他。她到的时候，徐墨怀正侧卧着看书。

苏燕僵硬地行过礼。他眼睛都不抬一下，对着她招了招手，示意她过去。苏燕已经学乖了，很清楚违抗徐墨怀只会让她死得更快。

徐墨怀将她搂到怀中，一只手臂横在她的腰腹间。苏燕不自在地躺在他的怀里，手脚都不知道该怎么摆放才好。

徐墨怀似乎只将她当成一件称心的东西，调整了姿势后便继续看书，根本没有搭理她。

苏燕渐渐放松下来，都快忽视抱着她的人了，腰间却突然被掐了一把，身体再次僵硬。

徐墨怀悠悠开口："他们不给你饭吃吗？怎么这么些日子还是不见你长肉？"

长肉做什么？这肉又不能吃。苏燕腹诽，却不敢言明，便敷衍地说："天热胃口不好，吃不下。"

她才说完，便被徐墨怀扳过肩膀，接着唇瓣便被撬开了。

第一次亲吻过后，他仿佛发现了什么有趣的事一般，时常缠着她亲吻。无论她愿意与否，他只要看到她红着脸不敢睁眼，便会不知羞地笑出声。

这一次，苏燕只皱了一下眉，便顺从地任由他采撷，最后也开始做出生涩的回应。徐墨怀显然感受到了这些，吻得越发深入，抱着她抵在墙上，一直吻到苏燕呼吸不畅。薛奉在外通报了一声，徐墨怀才抽身离去。

苏燕在他离开后，用袖子擦了擦唇上的水渍，心中又气又闷。过了一会儿，宫人端了一碗冰圆子送进来。

苏燕吃了没两口便小声地问："陛下说了送我回去吗？"

宫人摇摇头，说道："陛下正在与林侍郎议事，娘子先候着吧。"

"推行科举制并非小事，当初梁王正是趁此机会挑起事端，意图谋反，如今再度提出，只怕又要引起一些人的反抗。"

"推行新政本就不可能顺风顺水，科举一事再三耽搁，也是时候提上日程了。"徐墨怀知道林照的意思，更知道林氏一族如今的处境。

没有任何士族乐于推行科举制，林氏一族满门朱紫，便更加不情愿了。然而如果任由世家望族继续壮大，大靖迟早会如前朝一般，皇室衰微，朝政大权分落于士族望门之手。最后士族各自划分势力，间接导致亡国，引来胡虏侵犯。

徐墨怀出生在战乱时期，见过尸山血海，一方面厌恶自己的父亲，却也有着与他同样的野心。唯有扶持寒门，徐墨怀才能将士族手中的权力分散，最后再收归皇权。

"林照，你比你的叔伯要识趣，知道该怎么选。"徐墨怀说话的时候手指微微屈起，指节一下一下地轻敲着桌案，微妙的声响让林照心中不禁多了几分紧张。

"陛下放心，叔伯他们也不是迂腐守旧之人，必定能明白陛下的苦心。"

说完了正事，徐墨怀才想起来殿内还有一人，便对林照说："你先回去，朕还有事。"

林照行了礼，正欲告退，突然记起徐晚音托他问的话："陛下，臣还有一事。"

"你说。"

"不久后便是中秋，公主想问陛下今年如何打算。她想着是否进宫陪着……"

徐墨怀嗤笑一声，说道："朕可不想听她念叨一整日你的事，且让她留在公主府，莫要进宫烦朕。"

林照无奈地笑了笑，应道："陛下说得是。"

先帝尚在的时候，徐墨怀便极少出席家宴。他前年不在宫中，去年也是独自一人。即便有人想陪着，他也是一副不耐烦的模样赶人走。

林照告退后，徐墨怀回到寝殿，看到苏燕正趴在他的书案上呼呼大睡。朝臣们呈上来的折子被她垫在脸下，也不知有没有沾上口水。

思及此，他快走几步要去把她拽起来，苏燕却先听到响动，身子一颤醒了过来。她双眼迷蒙，看到是他，立刻从嗓子里发出一声短促的尖叫，刺得徐墨怀停下脚步。

她环视四周，目光落到噙着冷笑的徐墨怀脸上："陛……陛下。"

徐墨怀不耐烦地说："你叫什么？朕打你了不成？"

苏燕小声解释："是我胆子小……"

"你从前在马家村时胆子倒是大，敢徒手捉蛇鼠。"徐墨怀阴阳怪气地说了一句，走过去将她压在脸下的折子翻了翻，见没有口水才缓和了脸色。

苏燕往后坐了坐，疑惑地望着那堆东西。

"这些是朝中大臣呈上来的奏折，写着一国政事，需要朕亲自批阅。"

她这才知道自己方才碰了什么不得了的东西，连忙惊慌地说："我方才真的没看过，动都没动一下。"

徐墨怀冷笑一声："你以为自己能看懂不成？"

苏燕连写大白话都费劲，还想看懂文绉绉一堆暗话的奏折？要是她能看懂，他倒觉得该夸她有长进。苏燕愤愤地白了他一眼，低着头不说话了。

徐墨怀看了一眼天色，估摸着快到时辰了，说道："朕让人送你回去。"

听到不用留宿，苏燕松了口气，行了礼就往外走，走了没几步又突然想起一件事，回头朝徐墨怀看去。

他正背对着紫宸殿的正门，不知是在凝望着什么还是在发呆。

天边残阳由橘黄色到火红色，一束光从门口照进去，恰好落在了他的背后，为他笼上了一层朦胧的光晕，连他的轮廓都没那么冷硬了。

巍峨的殿宇在这层光辉的笼罩下越发显得富丽堂皇，琉璃瓦映着火红的残阳，宛若烧起了熊熊大火，而徐墨怀就站在这火焰中，一动不动地任由这火光蔓延至全身。

宫人见苏燕回过身发愣，没忍住催了她一句："苏娘子，怎么不走了？"

如同石像一般的人听到这句话，转过身来看着她："做什么？"

苏燕看到他的面容映着残阳，忽然低下头，说话也没什么底气："敢问陛下，我什么时候才能出府？青环苑太小了。"

"小？"徐墨怀听得皱眉头。

去长安城随便拉一个人问，都没人敢说青环苑小。然而他转念一想，说这话的毕竟是苏燕。

长安的贵女即便半年出一次门也不会抱怨，而苏燕不同。她从小在山林间野惯了，常一个人走两个时辰去镇上，以她的精力，怕不是早已将青环苑走了十来遍。

徐墨怀好一会儿没说话。

苏燕心想他多半是要开口教训她不知好歹了。

"十日后。"

"什么？"苏燕没听清，抬起头问了一遍。

徐墨怀这次倒没有露出嫌弃的表情，只看着她，平静地重复了一遍："十日后，朕带你出府。"

苏燕心中一惊，抬头看了一眼徐墨怀的表情，险些就要说出拒绝的话。

他似笑非笑地问："你想说什么？"

"没什么，多谢陛下。"苏燕百般不愿地应了，旁边的宫人还笑呵呵地祝贺。

离开紫宸殿，那宫人还在絮絮叨叨地说："苏娘子真是好福气，陛下当真是看重你，到时候可千万莫要乱说话。"

"什么好福气？"苏燕被他说得烦躁不堪。

"十日后可是中秋，长安满街花灯，每年也就上元、中秋有这般盛景了，能让陛下陪着，可不算是福气？"

那宫人还在念叨着什么，她却一个字也听不进去了。

第五章

逃 跑

一

离宫的马车走到长安街市的时候天色已经暗了，苏燕在马车里被晃得昏昏欲睡。马车忽然停下，害得她没坐稳直接往前栽，摔出了一声闷响。

太监连忙"哎哟"一声，说道："苏娘子没事吧？这可怨不得奴才们，前边是林侍郎的马车，他被拦在路中间，咱们都走不成。"

苏燕听到"侍郎"两个字，点了点头，无所谓地说："那就等着吧。"

"侍郎"听着就知道是个不小的官，她还能去叫人给她让个路不成？传到徐墨怀的耳朵里，他又要说她不知道自己的斤两。

她等了好一会儿也没见前方的马车有要走的意思，便掀开帘子问："那个侍郎做什么呢？"

宫人也发愁，正要回答她，前面就传来一声怒喝："别以为我不知晓，你今晚又想去看那个没脸没皮的宋娘子！"

随后一个男人气愤地说："你怎可如此说她？"

"你想因为她与我吵架不成？"

"休要无理取闹……"

苏燕听着这声音熟悉。

宫人小声告知她："是安乐公主和驸马，也不知今日怎么当街吵了起来。"

马夫忍不住叹了一口气："林府的人最好面子，公主这不是让林侍郎脸上无光吗？"

苏燕这才知道，前方就是打了她一巴掌的公主，顿时幸灾乐祸了起来，问："驸马是外面有人了吗？都闹到街上了。"

即便是常住宫里的太监也有所耳闻，驸马林照在其他方面无可挑剔，偏偏不知好歹，有了公主还与旁的女人牵扯不清，也怪不得公主整日抱怨。

这些话宫人也不敢对苏燕说太多，便小声说："公主与驸马的家事，奴才们也不好妄议。"

眼看着天色彻底黑下去，他们还僵持着不走，卖货郎和其他车马也被堵在了此处。他们都不敢当着公主的面抢道离开，渐渐地，就有人开始小声地抱怨。

苏燕也等得不耐烦了，忽听背后一阵马蹄声，有人纵马快速从一旁掠过，而后插进了驸马与公主的马车之间，声音大到苏燕听得一清二楚。

"我说皇姐，虽说你正在气头上，可也不能硬堵着林照。万一他当真是有公事在身，你这不是耽误了朝廷公务吗？御史明天要上折子骂他的。况且让这么多人看戏，传到林丞相和林老夫人的耳朵里，他们最要面子，还不得被你气死了？"

那人的嗓音还带着少年的清朗，苏燕便探过头看了一眼，谁承想徐晚音也抬头看了过来，两个人正好对视。

苏燕心中一凛，立刻钻回了马车。好在徐晚音似乎不想让人知道苏燕的存在，没有冲过来为难她。过了一会儿，徐晚音终于放林照走了，前方的路才慢慢通畅。

苏燕感受到马车开始移动，心中松了口气，然而小窗的帘子忽然被人掀开，一个男子骑在马上笑盈盈地朝里看。苏燕缩到角落，后背紧紧贴着车壁，不知所措地望着他。

徐伯徽问："方才我皇姐怎么瞪了你一眼？你是谁？从宫里出来的？为何我不曾见过？"

宫人连忙说："世子莫要惊扰了苏娘子，陛下知道要发怒的。"

"皇兄？"徐伯徽更好奇了，"你是皇兄的人？他不是喜欢林家的小娘子吗？难道他变心了？"

苏燕听得无名火往上冒。徐墨怀当真不讲道理，喜欢林馥到了众人皆知的地步，却不肯放过她一个种地的。

见苏燕不吭声，徐伯徽更疑惑了，扒着马车的小窗，坚持要问出个好歹："你怎的不说话？你父母亲是何人？这总可以告诉我吧。"

宫人还在慌张地劝他快走，苏燕白了他一眼，说："我爹死了，我娘是种地的。"

徐伯徽愣了一下，随即在马上笑得身子乱颤，笑够了才扭过头跟她说："你真有意思，不想说便算了，哪儿有这么咒骂自己阿爷阿娘的。"

苏燕干笑了两声，算是应答。

"小娘子面皮薄不肯说，改日我找我皇兄问。"徐伯徽说完，总算骑马走了。

苏燕回到青环苑时天色已经很晚了。

碧荷她们正坐在枕月居的院门前扇着扇子纳凉，一见到苏燕纷纷起身迎上来。

"都这么晚了，陛下没让娘子留宿吗？"

"娘子还没用晚膳吧？我这就去给你热一份。"

苏燕摇了摇头，说道："路上遇到些事耽搁了，还没用晚膳，帮我蒸一碗蛋羹就够了。"

"这怎么够？还是加两个菜吧。"侍女说着便走了，留下碧荷陪在苏燕身边。

碧荷看四下无人，悄悄拉过苏燕的手，小声说："娘子的那位友人，近日托人将他病弱的母亲给送走了。"

苏燕放下心来，对碧荷说了声"多谢"。周胥既然能送走周老夫人，想是明白了她的意思。这样一来，若得了机会，她便更方便带着周胥离开了。

青环苑里种了很多桂树，临近中秋，院子里的侍女都在忙着采桂花，要做成桂花蜜酒和桂花糕饼。

苏燕的阿娘在世时也会给苏燕做桂花糕饼吃，但是如今苏燕已经记不清那糕饼的味道了，自己也不会做。她没有什么亲人，往年过节都是和张大夫一起凑合着吃一顿，不承想中秋也有那么多花样。

苏燕闲来无事便与侍女们一起摘桂花，还做了香包挂在帐子上。十五当天，徐墨怀说到做到，当真来青环苑带她出府。他到的时候苏燕不在枕月居，侍女立刻去寻她回来。

徐墨怀坐在房中等着，没多久便见到苏燕抓着一大把桂花走进来。她见到他，行了个礼，准备将桂花插到窗前的瓶子里。

这一幕并不陌生，他从前也见过。苏燕从外归家，箩筐里总是放着一大把花，有时候是不知名的野花，有时候是山杏，有时候是辛夷花。

她家里潮湿昏暗，连个像样的瓷瓶都找不到。她翻出一个粗劣的土罐子，也不修剪整理，将花枝一股脑儿全插进去。

不知名的山间野花，老旧还带着豁口的土罐子，一身灰扑扑旧衣裳的苏燕。想起这些，徐墨怀蹙起眉，准备看着她再次将一大捧花硬塞进瓷瓶里。

他没想到苏燕竟先拿起了剪子，有模有样地修剪花枝。她左看看右看看，似乎觉得怎么都不对。徐墨怀看得有些烦了，走过去一把抓起桌上的花枝，全部塞进了瓷瓶："还不快走，磨蹭什么？"

苏燕被拉了一把，折返回去带了一个小香包挂在腰间，说道："这是我自己做的香包，里面装了桂花，可香了。"

听她的语气有几分小心翼翼，徐墨怀点了点头，没说什么，拉着她往外走。

长安鲜少有不宵禁的时候，除却上元节和乞巧节，便只有中秋了。

因为这三日有灯会和祭拜月神的传统，太祖皇帝便颁下不宵禁的诏令。

也是因此，这两日私奔出逃的男女格外多，衙门堵满了报官的人家，长安城的巡防也更严密。

徐墨怀带着苏燕出去，周围免不了要跟着些暗中保护的侍卫。薛奉也穿着常服，寸步不离地守着，一只手永远都搁在刀柄处。

苏燕一直很畏惧薛奉，连多看他几眼都不敢。她到现在都记得薛奉冷漠干脆地砍向周胥的样子，眼睛都不眨一下。

长安的灯会，临近河边最好看。河水中漂满了花灯，灯上写着祈福的小字，街上则挂满了写着谜语的灯笼。苏燕连字都认不全，更看不懂什么字谜，却也看得兴致勃勃，脖子都仰酸了。

出府后，徐墨怀始终拉着她的手，没有松开过。沿街都是提着篮子卖桂花的，有人买了簪在鬓间，也有人别在衣襟和裙带处，满街都是桂花的香气。苏燕面上是笑容，心脏却因为不安跳得很快。

徐墨怀一路上也不知想着什么，等走到一处卖糖画的摊位前，突然问："你要吗？"

苏燕没见过糖画是什么样的，被他这么一问，立刻好奇地跑过去看。小贩随手比画了几下，便绘出了一个活灵活现的糖浆兔子。

苏燕张大嘴，震惊地说："你也太厉害了吧！"

她没见过世面的样子比一旁围观的小孩儿还不如。徐墨怀看不过去，将她拽回身边，对薛奉说："去买一个回来。"

她悻悻地被他拉走，过了一会儿薛奉便拿着一个糖画递给她。苏燕咬了一口，甜滋滋的，边走边悠闲地吃着，焦黄的糖浆沾在了嘴角。

徐墨怀仅看了一眼，眉毛立刻皱成了山峰，掏出一块帕子丢给她，又将她已经啃完一半的糖画夺过来扔了。

"不像话，不许吃了。"

手中突然一空，苏燕先是茫然无措地看了他一眼，而后神情迅速低落下去。她闷声把嘴角的糖浆擦干净，连赏灯的心思都没了。徐墨怀欲言又止地看向薛奉，还是没说话，牵着苏燕去了一家酒楼。

这家酒楼临湖而建，夜里能看到漂浮在湖面的游船与花灯，酒菜在长安城也是数一数二的好，价格自然也高昂到让平常百姓望而却步。

仅仅是一道菜的银钱，便足以让一户普通人家一年衣食无忧，因此，能在这里吃饭的人非富即贵。

徐墨怀一进去，立刻有人迎上前。他轻车熟路地走进雅间，侍卫们则守在门口。

推开窗，湖风吹了进来，苏燕朝漆黑的湖面望了一眼，心中的不安又深了几分。她收回目光，扭过头才发现徐墨怀一直在看着她。

他面无表情地说："这便是天下最好的酒楼。"

她愣怔片刻才想起来，徐墨怀很久以前答应过要带她赏花灯，带她看繁华的长安，带她去天底下最大、最好的酒楼。

徐墨怀盯着苏燕，试图在她的脸上找到喜悦与感激，然而没有，一丝也没有。

二

徐墨怀见过形形色色的女人，她们中，比苏燕貌美、识趣的大有人在。

他唯独没见过苏燕这样的人。苏燕分明孤苦伶仃，可自己好像不这么觉得，每日都笑容满面，即便有什么烦心事，也是转头就忘。

她偶尔也会十分市侩，为了一尺布与人争论不休，恨不得要扭打起来。她还时常在家中一边数着铜板，一边用乡话骂咧咧。

她在他伤重不醒的时候坐在他床榻边嘀嘀咕咕抱怨家中粮食不够吃，还说等他醒了一定要记得报答她的恩情。他虽闭着眼，却十分清醒，将她的话全都听了进去。

徐墨怀伪装成善解人意的翩翩公子，几乎没费什么工夫便叫苏燕这个单纯无知的农女死心塌地。即便如此，他也从未对苏燕放下戒心。

世上没有人是一成不变的，即便是血脉至亲，在面临抉择的时候也能毫不犹豫地选择背叛。

徐墨怀一路走到今天的位置，手上不知沾了多少人的血。他被人背叛过，也背叛过别人。他们有人出身风光煊赫的名门，也有人与他相互扶持、生死患难。

他从未在意过苏燕这样可怜到捡了一个铜板都能开心三日的人。可偏偏就是这样一个他瞧不上的人，在危难之际没有将他抛下，身受重伤也要回去找他。

他不认为自己会爱上苏燕，名门贵女尚且入不得他的眼，苏燕更没有资格。

他只是觉得苏燕必须留在他身边。既然她说过永远不离开他，就该说到做到，永远不反悔，永远不食言。即便有一日他不要她了，她也该求着留下。

为此，他愿意偶尔给她想要的。看灯会，去酒楼，日后他也可以带她去赏洛阳牡丹。徐墨怀以为，他做这些，苏燕应该会感到高兴。

苏燕低垂着眼，无措地绕着香包的丝线，心底的苦涩与委屈又开始翻涌。她觉得自己和养在青环苑的珍禽异兽没什么两样，主人高兴了偶尔来看两眼，赏一顿好肉，主人不高兴了便动辄打骂。

野兽可以记吃不记打，可她是活生生的人，分得清好坏，更知道徐墨怀看她的眼神不是轻蔑便是嘲弄——他从未真心喜爱过她。

苏燕攥紧手中的香包，勉强挤出一个笑容，说道："我居然真的能到这种地方来……"

徐墨怀冷冰冰的目光终于缓和了些。过了片刻，菜也端了上来，满满一大桌佳肴，看一眼便令人口舌生津。

或许是因方才的气氛而心慌，苏燕想起有人说皇帝用膳都要有人先试毒，便问："我们在这里吃的菜要是被人下毒怎么办？"

徐墨怀瞥了她一眼，说道："端进来之前已经命人试过了，放心吃便是。"

她也只是一问，没想到徐墨怀出门还真带了试毒的人，不由得有些心虚。

"还想吃什么？"

她摇摇头，说道："都这么多菜了，一个菜吃一口也该饱了。"

徐墨怀不动筷子，慢慢给自己斟酒，看着苏燕吃。他的目光就像一根刺，她根本无法忽视。

苏燕将头压得越来越低，都要埋到碗里去了。徐墨怀突然起身，吓得她掉了一根筷子。紧接着她就见他走出去，似乎是要与侍从交代什么。

苏燕来不及多想，迅速扯开香包，将里面的药粉倒入了酒壶，连摇匀都没敢做，生怕徐墨怀看出酒壶被动过。她做完这一切，手里已经满是冷汗，去捡筷子的时候手指都在微微发抖。

苏燕知道一旦事情败露，徐墨怀会折磨死她，可今日是最好的时机，也许之后便再也没有这么好的机会了。

徐墨怀回来以后，苏燕一直往嘴里塞东西，甚至不敢抬眼看他。

"吃那么急做什么？"徐墨怀皱了皱眉，将茶水推到她手边。

苏燕捧着杯子喝茶，猛地呛到了，弯着腰一阵咳嗽。徐墨怀罕见地耐心，不仅没有笑话她，还给她递了帕子，用手拍她的背给她顺气。

苏燕缓过劲儿，仍旧心虚得不敢说话，只好重新捧过杯子，小口啜饮。她偷偷瞥了一下酒壶，徐墨怀却没有再斟酒的意思。

今日中秋，室内也摆了桂花枝，桂花香气弥漫在整个屋子里。

徐墨怀扭头看着窗外波光粼粼的湖面，也不知在想些什么，过了一会儿忽然对苏燕说："过来。"

待她走过去，徐墨怀微微仰起头，嗓音微冷："知道该怎么伺候朕吗？"

苏燕心中一紧，僵站着没动。

徐墨怀温和地笑了笑，话里的意思却和表情截然相反："若是还学不会，朕就把你丢到湖里喂鱼。"

她在心中暗骂了一番，扶着徐墨怀的肩吻下去。

苏燕没有任何技巧。此前与徐墨怀亲吻都是他掌控，而她不情愿地承受，如今就连主动吻他，也是态度敷衍、动作僵硬。

滑腻的舌尖像一尾小鱼横冲直撞，除此以外便是辗转着啃咬，徐墨怀都要被她的动作逗笑了。他终于忍无可忍地将她推开，紧接着就在苏燕的注视下倒了一杯酒独自饮下。

苏燕浑身紧绷，生怕被他察觉出异样，又觉得此刻该喜极而泣，然而下一刻就被抵在墙壁上，唇瓣再度被撬开。这次的吻与往日不同，徐墨怀极有耐心地研磨挑弄，似乎真的想要教会她。

苏燕尝到他口中的酒味儿，不敢做任何吞咽的动作，生怕影响自己。徐墨怀的吻辗转下移，他一只手扶住她的腰，另一只手在她的杏色罗衫下撑起一个轮廓，时而轻时而重地触碰着。

苏燕能感受到他微凉的手指，被揉捏过的地方隐隐发疼。她忍不住靠在墙上轻微地战栗，咬着唇不让自己发出任何声音。

这次的折磨不知会持续多久，就在她以为自己要继续被欺负的时候，肩上忽然一沉，他压得她险些倒在地上。

苏燕立刻扶住了徐墨怀，没有发出什么能引起侍卫们注意的响动，而后小心翼翼地将他放倒在地面。

苏燕的心脏跳得飞快，她不知道是因为喜悦还是因为害怕，或许都有。她甚至戳了戳徐墨怀，确认他不会被吵醒。

药粉是苏燕偷偷从青环苑的兽园里拿的。青环苑的野兽时常争斗，偶尔还有逃出来伤人的，因此会有小厮在它们的食物中掺入迷药，引诱它们吃下，趁它们昏睡不醒将其制服。

这些迷药十分粗劣，在府中并不难寻到，苏燕趁人掺迷药的时候顺手抓了一把，没想到这么快就能用上。

连猛兽都能药倒，想必对人也会起作用，只是不知道徐墨怀什么时候能醒了。眼看着高傲自负的徐墨怀今日在她手下吃亏，苏燕几乎想大笑几声，同时感到悲哀和愤怒，便狠狠地踹了他两脚。

见徐墨怀依旧没有醒过来，苏燕彻底放下心，扒着窗朝湖面看去。她没想到徐墨怀会带这么多侍卫出来，还寻了个临湖的雅间。

苏燕不指望徐墨怀的侍卫会放她出去，此处离湖面不算太远，扒着墙小心些跳下去，应当不会发出太大的响动。

正当苏燕准备翻窗子的时候，门突然被敲了两下。方才徐墨怀派去买糖画的人已经回来了。薛奉见他捏着六七串糖画，便敲了敲房门，想询问徐墨怀的意思。

薛奉半晌没有听到徐墨怀的应答，却隐约听见女子抗拒的轻吟，默默收回敲门的手，让人端着糖画在一边守着。

薛奉有些意外，又觉得不算坏事，至少徐墨怀不再排斥这种事了。

也许，徐墨怀的心结终于解开了。

马家村涨过几次水，苏燕的家在河边，她小时候险些被冲走，阿娘便教会了她凫水。

在被冰冷的湖水吞没的那一刻，苏燕冷得倒吸一口气，却觉得无比兴奋。尽管体温在不断下降，苏燕还是卖力地朝岸边不显眼的位置游去。

等她全身湿透地上岸后，四肢都酸软了，牙齿也在打战。她抹了把脸上的水，有一种流泪的冲动。

街上巡防的官兵多了很多，苏燕不熟悉长安的路，为此不得不寻了个借口，将头上的珠花拔下一支给了过路的妇人，谎称自己是从家中逃出来找情郎见面的，请那妇人帮忙带个路。

妇人拿了价值不菲的珠花，立刻欢喜地答应了，边走边说："娘子真是胆子大，这是掉进湖里了？小心回去染了风寒……"

苏燕胡编了几句话糊弄过去，等到了地方，说："此事还请不要说出去。"

妇人摆摆手："小娘子要名节的，我可不敢乱说。"

她放下心来，在昏暗的巷子中敲了敲院门，门很快就开了。月光下露出一个形销骨立的男人，他面色苍白，神情中带着惊惶，看到是苏燕后下意识地往后退了两步。

苏燕想说的话都堵在了嗓子眼儿。她眼眶热得厉害，只是眨了下眼，泪水便止不住地滚落。

"周胥，我对不住你，你还愿意跟我走吗？"

周胥从前一只胳膊端放在身前，一副儒雅的做派，如今两只胳膊都垂在长长的袖子下，再也不敢让人看见。

即便他一个字不说，苏燕也能感受到他的绝望。可片刻后，他缓缓地点了头，如同用尽了所有力气，说："我跟你走。"

苏燕无法勘合公验，出不了长安的城门。她将发髻上的金钗、珠花取下一部分，交给了今夜出城的胡商。

胡商与同伴时常来长安交易，以为她是与情郎私奔的小娘子，便爽快地将他们藏进了装着绸缎的货箱中。

城门口的看守也见惯了胡商，没有多问便放了行。一直走出五里地，苏燕才敢从中钻出来。

她看了一眼头顶的月亮，又朝长安的方向看过去，悬着的一颗心忽然就落了地。这儿曾经是她做梦都想来的地方，此后只会成为一个远去的噩梦。

天色渐渐亮了起来，苏燕从摇摇晃晃的箱子上苏醒。

一般商队为了不被劫货，都会雇用许多身强力壮的人来护送。赶路的百姓喜欢跟着商队，以免遇到山匪时无力自保，商队的人也不介意这些人随行。

苏燕醒来的时候发现周胥早就醒了，正望着远处发呆。苏燕这才听到了些小声的议论，很快就察觉有人正偷偷打量他们。

"燕娘，你听见了吗？"周胥依旧望着远处，眼中一片漠然，"那些人在说，你一个富贵人家出身的娘子，为何要自讨苦吃，与我这断了双手的人私奔……"

三

苏燕答应嫁给周胥的时候，以为周胥是真心喜欢她，想要跟她好好过日子的。即便她之前满心都是徐墨怀，也还是在周胥的关照下对他生出了情意。

得知他目的不纯后，她并非半分难过都没有。只是当时发生了那样大的变故，她没心思为此伤怀，但偶尔深夜想起那些，难免情绪低落。

纵使她知道周胥不好，也无法坦然面对他断手之事。若不是她自作多情给徐墨怀写信，执意去长安确认徐墨怀是否平安，就不会让周胥和她遭遇这种灾祸。

周胥说完话以后，苏燕低垂着头，指甲掐着掌心，似乎这疼痛能让她的心好受一点儿。

"是我牵连你。若是往后你愿意，我便一直照顾你。"

周胥发出一声轻笑，又像是一声叹息，脸色阴沉得能滴出水来。他既没有说好，也没有说不好。

苏燕以为他依旧怨恨她，便小声地安慰了他几句。周胥一言不发地听着，终于在她说"日子还很长"的时候点了点头。

经过一整夜，苏燕身上的湿衣物还有些潮。即便早晨有太阳，她仍觉得有些冷。

发髻上的金钗步摇都被她取下包好，一支便能卖出几十两，足够他们衣食无忧好几年了。

苏燕交了钱财，商队的人便同意他们坐在货箱边省脚力。

晌午时分，苏燕已经离长安很远了，心中的忐忑不安逐渐散去，剩下的只有劫后余生的庆幸。她觉得，无论这是怎样的一场梦，这个梦都要离她远去了。

等两个人都有些饿了，苏燕就去和胡商换了饼和水，喂周胥吃过后自己才吃。胡商调侃了周胥两句，周胥面无表情，苏燕却气得要发火。

忽然有人喊道："什么声音？"

这一声无疑引发了众人的恐慌，他们纷纷惊慌地朝四周看去，而后苏燕也听到了。那声音逐渐逼近，犹如快速的鼓点。

有人猛然反应过来，大喊："是山匪！是山匪！"

这喊声犹如泼进了热油锅中的水，使得人群轰的一下炸开了，众人纷纷携亲友逃跑。

这支普通商队虽有些人手，却无法不害怕杀人不眨眼的山匪。那些山匪烧杀淫掠无恶不作，人肝做成下酒菜，令所有赶路人闻风丧胆。

苏燕眼见着山匪逼近了，一颗心吊到了嗓子眼儿。见拉货的车马走得太慢，她立刻跳下去对周胥说："不能等了，我们走。"

苏燕从来没见过山匪，以前只听人说过他们的残暴可怕，没见过。

人腿哪里跑得过马腿？山匪来抢人抢货，直接在马上持刀砍杀，女子被掳走，男子直接被捅死。四处都是惨叫与哭喊声，没一会儿便满地狼藉。

胡商为了保住货物还在与山匪厮杀，有人为了活命就去争抢他们落下的马。

苏燕瞧见一匹落单的马，立刻拉着周胥跑上前，慌忙地说："周胥，你快……快上去，我推着你先坐上去。"

她不会骑马，周胥应当也不会，可现在管不了那么多了。她费尽力气将周胥往上推，好不容易让他坐上去一半，后方突然伸出一只手，一把将周胥扯了下来。

周胥摔在地上，发出一声闷哼。

苏燕愤怒地望过去，那人眉目英俊却眼含戾气。他威胁地冲她一笑，拿着一柄染血的刀指着她。苏燕将辱骂的话咽回去，眼睁睁地看着男人上马。

山匪一边杀人，一边搬货。有杀红了眼的山匪瞧见了苏燕二人，持着刀朝他们追过来。

苏燕惊叫一声，拉着周胥狂奔，见前方有一辆拉货的车，立刻将周胥推上马车，随后自己跳上去。她狠抽了马一下，又将车上的货物通通踢下去。

这边的响动引起了山匪的注意，很快就有人过来追赶。两个骑着马的山匪越逼越近，苏燕看到他们的刀上还染着血，几乎要哭出来了。

她扶着周胥的肩膀说："我们不会有事，能跑出去的。"

一匹马拉两个人，怎么都比一人一骑要慢。眼看着山匪要追上了，苏燕扭头正要安慰周胥，就见他目光发冷，直勾勾地盯着她，嘴巴一张一合说了一句话。

苏燕还没反应过来，忽觉腰上一痛，下一刻便重重地摔落在地。这一摔疼得她喘不上气，再仰头望去的时候，周胥已经离得很远很远了。

马蹄声近得让人绝望，像是要踩到她似的。苏燕眼睛里进了飞扬的尘沙，一会儿就模糊了视线，彻底看不清周胥。

长安城中，薛奉在酒楼外守了一整夜，直到次日天亮，仍不见房中人有什么响动。按照徐墨怀的习惯，只能等他醒了才能有人入内，否则必定惹他暴怒，任何人都不例外。

然而徐墨怀少眠，一般晨光熹微便醒了，如今天色大亮仍未出声，薛奉心中隐隐不安。他实在忍不住，在门外喊了两声"陛下"。

徐墨怀睡不安稳，因一些轻微的响动便能惊醒，何况是这两声呼喊。然而薛奉等待良久，依旧没有得到回应，和另一个侍卫对视一眼，脸色立刻变了。

薛奉神情紧绷，强行将门破开，走入内室才发现倒在地上不省人事的徐墨怀。薛奉看了一眼大开的窗子，立刻下令搜寻苏燕的下落，而后秘密将徐墨怀送回宫中，同时传了常沛入宫。

常沛身为中书舍人兼帝师，平日里都要在徐墨怀左右。昨日中秋，常沛在家中度过，不过一天，徐墨怀就成了这副模样。

常沛气得怒骂薛奉等人："这么多人跟着陛下，还能让他遭了毒手，你们是怎么办事的？"

薛奉他们自知有错，都低着头受训。酒楼中的饭菜被送去一一查验过，很快查明问题出在酒水上。

太医忙前忙后，总算找到了病因，发觉不是中毒后紧绷着的神经才松懈下去，对常沛说："陛下并非中毒，是被下了迷药。只是这迷药性烈，陛下一时半会儿醒不过来。"

"现在想法子，立刻让陛下醒过来。"

太医配了方子让人抓药，煎好了给徐墨怀灌下去。直到晌午时分，徐墨怀才醒过来，扒着床沿吐出一大摊黑色药汁。他面色苍白，眼下青黑，眼中却爬满了红血丝，表情像是要杀人。

徐墨怀虚弱地喘着气，仍感到头晕目眩，腹中也灼烧似的疼痛。他擦干净嘴角，闭了闭眼，心中的一团烈火已经要把他的理智烧成灰了。

"薛奉，你去把她抓回来。"他缓缓睁眼，语气仍虚弱，却半点儿不减怒火。

他手指紧抠着床沿，指节用力到发白，几乎要将床褥撕烂："若她身边有个断手的男人，给朕当着她的面将那人剁成肉酱。"

四

苏燕摔得浑身都疼，半晌爬不起来，最后是被山匪粗暴地丢上马背的。对方只将她当作战利品，不会有半分怜惜。

在马背上一通颠簸，她觉得自己的五脏六腑都要碎了，脑子也疼得厉害，眼前一阵黑一阵白的。

这群山匪四处逃亡，为了躲避官兵的围剿，每隔一段时日便换个地方。匪过如梳，但凡他们经过的地方，商队都被洗劫一空，女子被掳走奸淫，男子被虐杀取乐。若碰到衣着华贵些的，他们便将其掳上山问清身份，向他们家中讨要赎金。

被周胥狠心踢下马车后，苏燕对这个人的所有期望便化作泡影。一个女子被山匪掳走会遭遇什么，他不会想不到。但他还是那么做了，眼神中一丝歉疚也没有。大抵男人狠心起来总是如此，她竟然以为周胥会不同。

山匪掳了一大堆人上山，男男女女挤在一起，个个神色惊惶绝望。掳来的这些人里只有三个男人，剩下的十来个都是女子，其中还有两个是商队的胡姬。

苏燕与她们紧挨着，被缚住手脚无法行动，无助地望着眼前的一切。不久后山匪又提着一个鼻青脸肿的男人过来，粗暴地将他往人堆里一丢，直接砸到了苏燕身上。

苏燕被砸得痛呼一声，往一边侧过身去，忽然听那个男人说了一声："是你啊。"

苏燕皱着眉看过去，才发现这人就是抢了马跑掉的男人。

他被揍得不轻，一张本算英俊的脸此刻青紫一片，干涸的鼻血黏在人中，嘴角也破了皮，比他们还要狼狈。苏燕打量完，不禁冷笑一声。

"笑什么？"他挨得很近，肩膀几乎都要靠在苏燕身上了。

"自私自利。"苏燕丢下这么一句话便别过脸不想看他。

男人不觉得惭愧，即便满脸是伤，还是狂妄地说："我与他毫不相识，他死不死与我何干？况且一个残废，死了便死了，我活着却大有用处，你一个小姑娘懂什么？"

苏燕方才听到那些被抓来的男人说话，料想眼前这人也是被抓来讨要赎金的。他必定出身不凡，也难怪会觉得旁人的命比他的低贱了。

她的命在这种人心中也会被归于低贱的一类，因此苏燕也没有与他争论的欲望。可她的反感似乎激起了他的兴趣，他不断纠缠、盘问。

他压低声音，说道："我名唤李骋，是河北道节度使之子，当今太尉便是我的祖父。"

李骋以为自己说出身份后会将苏燕吓一大跳，谁知她的反应很平淡，仿佛没听见一般，于是又问："我与你说话，你听不见吗？"

苏燕听不懂他说的是多大的官，不耐烦地说："你是什么人与我何干？要我给你下跪磕头不成？"

李骋来了兴致，正要再问，忽然有几个山匪走近。他们嘴里说着含混不清的乡话，轻浮的目光一一扫过瑟缩的女子，随后抬手指了指其中几人，开始放荡地大笑。

就像挑选菜品一般，他们挑完就去撕扯女子的衣裳，拖着她们就走。苏燕听着耳边凄惨的哭喊声，心脏好似被紧揪着往下坠。

也有人将手伸向了她，粗糙的手往她的衣襟里探去，已经摸到了她滑腻的肌肤。见苏燕拼命地挣扎怒骂，李骋有意帮她，却被一脚给踹开了。

然而那山匪尚未扒下她的衣裳，就被同伴给阻止了："你看她那身衣裳，说不准是哪个官家娘子，碰了就不值钱了。"

被山匪掳上山的娘子，若是家中有钱有势，且家人有良心，便可以被赎回去。可要是娘子被糟践了，其族人说不准会狠心地将她抛弃，届时山匪非但拿不到赎金，可能还会给自己招祸。

从前有山匪掳了朝中一个大官的爱女，将人欺负完后，谎称她安然无恙。官员交了重金赎回女儿才知道真相，愤怒地追杀那群山匪整整一年，最后所有山匪死无全尸。

有了这样的前车之鉴，他们再馋女人也不得不细细考量。方才想欺辱苏燕的山匪悻悻地瞥了她一眼，嘴里骂了两句脏话便走了。

阻止他的那名山匪则在发着抖的苏燕身前蹲下，不怀好意地问："你是谁家的娘子？只要你说清楚，我就不动你。"

苏燕惊慌地看了一眼李骄。他正饶有兴致地盯着她，似乎也在等着她的回答。苏燕一时答不上来，只能努力想，给自己编个出身。

她没能立刻答上来，山匪恼了，揪着她的衣襟凶狠地说："不说是吧？还真当我们不敢碰你？"

他说着就去扯苏燕的衣裳。

见她惊叫着又挣扎起来，一旁的李骄终于发话了："行了，她是我的人。"

山匪已经得知了李骄的身份，果真在他发话后停了手，狐疑地看向他，问："你这毛头小子想诓我不成？"

"我诓你做什么？她跟人私奔，我此番就是亲自来捉她回去，这才倒大霉撞上你们。虽说她待我薄情，但也不是你们能随意欺辱的。"李骄面不改色，说得好像真的一般。

那山匪冷笑一番，也没有管他话中真假，只说："我不管她是不是你的人，总之多赎一个人，就多加五百两。"

"五百两？"李骄忍不住嘲讽，"你们搬的时候不怕砸死自己？"

"不劳你费心，你只说这五百两给还是不给？"

李骄扭过头看了一眼苏燕。

她无措地看着他，目光中带着恳求。

"给。"他喜欢看这种女人低头服软，无论她是不是心甘情愿。

这些山匪也不知祸害了哪家猎户，将人家的房子占了不说，还将屋子里里外外翻了一遍。

苏燕和李骄，以及其他几个看着稍有些身份的人被关在一处。门大开着，那些山匪抓着大块的肉啃食，吃得腮边都是肉屑和汤汁。

他们被抓来折腾一通，现在闻着外面传来的阵阵香味儿，听着山匪大口进食的声音，饿得肚子发出响声，只好尴尬地低着头不敢说话，也有人缩在墙角小声哭泣。

李骋被打得最惨，却依旧神态自若。据说他在逃跑途中杀了两个山匪，因此被抓住后就遭到一顿毒打。

五

李骋倚在墙上，将苏燕一把拽到自己身边坐好。

过了很久，李骋用脚尖碰了碰她，问道："你为什么要跟那个残废私奔？"

苏燕被他戳中伤心事，垮着脸说："我鬼迷心窍了不成吗？"

李骋觉得有趣，又问她："那你究竟是哪儿来的？我听着你的官话有时候说不好，想必也不是什么长安人士。"

苏燕当然不可能说自己是皇帝养的外室，就跟他说："我是一个富商的妾侍。他性子残暴，我不堪忍受才跑了出来。"

李骋笑了笑："既如此，你跟个残废还不如跟我。我在长安还未有姬妾，你来了就是独一份。"

要不是因为他对自己还算有恩，苏燕现在已经狠狠地啐他一口了。她真不知道自己是作了什么孽，净遇到些疯子。

"我不做谁的姬妾，只想回家。"

"五百两。"李骋强调，"你起码还上了再走。"

中秋已经过去了整整两日，徐墨怀还是食欲不振，几乎是吃什么吐什么。

薛奉每日都会禀报关于搜寻苏燕的事。这件事没有闹起太大的动静，毕竟一国之君被一个农女药倒了这种事，说出去实在是有损龙颜。

徐墨怀就像一团凝结的阴云，看似平静，实则在暗暗蓄势。

在宫中服侍的人都十分机灵。徐墨怀越是冷静沉默，他们越是小心，不敢犯错，生怕一个小火星就将徐墨怀引爆。

薛奉查到了一些线索，被徐墨怀召进书房。

"中秋当晚出城的商队共有三支，其中一队是北上的胡商，苏娘子极有可能藏匿其中。属下命人追查到最后，却发现他们出城不过一日便遇到了山匪。整个商队仅有十人侥幸逃脱，其余众人皆死在山匪刀下，或同货物一起被掳走……"

薛奉说到最后，小心地打量了徐墨怀一眼，发现他的神色依旧沉静，这才松了口气。

徐墨怀就像在听一件无关紧要的事，面上一片风平浪静。他淡淡地说："朕知道了，继续去查，即便她化成了灰，也要把灰带回来。"

薛奉离去后徐墨怀还在处理政务。要做的事已经做完了，他却不得不为自己找些事做，以免闲下来想起苏燕这个不知死活的女人。

如果苏燕真的落到山匪手里，只能说她是自作自受，徐墨怀如此想着，却忽然站起身往寝殿走去。

也许他不该想这些，不该让一个女人这样牵动他的情绪，更不该为了她再做出什么可笑的事。

常沛紧随徐墨怀身后，见徐墨怀脚步匆忙要回寝殿，询问道："陛下要休息？"

徐墨怀点了点头，终究是没有提起旁的事。他喝了两日的苦药，尚药局还嘱咐御膳房近日给他准备些清火的膳食。

想起这些他就觉得中秋当日带苏燕出去果真是太抬举她。如果她此刻出现在他面前，他也许真的会忍不住弄死她。

不等走到床榻边，徐墨怀忽然在妆台前停下。那处多了一个妆奁，苏燕来的那几次总是会被弄乱头发，他索性让人备了一个妆奁给她梳发用。

徐墨怀走近后，目光落在了妆奁上，脸色越来越沉，那好不容易压下去的怒火如同找到了一个出口，争先恐后地往外涌。

常沛尚未离去，正在与宫人说话，突然听到寝殿内传来一声巨响，不知是什么东西被砸到了地上。紧接着又是哐当一声响，宫人们皆直冒冷汗，没一个人敢进去查看。

李骈并不担心自己的安危，太尉府收到信后很快就派人来交涉。听闻李骈还要赎一个女人，他们也没有任何迟疑，答应得十分爽快。

而其他人就不同了。山匪给他们家中送了信，不是得不到回音，就是肉票的家人要求减少赎金，与山匪来回周旋。

苏燕又饿又不安地在屋子里坐着，忽然有个山匪气冲冲地走进来，直接将一个熟睡的男子拽过去按在地上。

不等众人反应过来，就听一声惨叫。

李骈皱着眉走过去，撕了那人的衣裳给他包住伤口，说道："多半是你家里人跟山匪议起价来，把他们惹怒了，他们这才剁了你的手指。"

昨日就有一个家中无人愿意出赎金的，被山匪当着他们的面给杀害了。

苏燕从未想过有朝一日自己会落到这种境地。

苏燕坐到离他远点儿的位置，却见李骈主动贴近她，都快疯了，道："你非要跟着我做什么？"

李骈叹了口气："你害怕什么？我能把你吃了不成？"

苏燕又是一阵发怵。一直等到第三日，太尉府搬着银子来赎人，苏燕已经饿到快走不动了。

苏燕连话都不想说，被他半扛着往山下走。

山匪还炫耀地掂着银两，对李骈说："小郎君真是值钱。"

李骈笑了笑，没说话。以他祖父的性子，这些山匪是活不到花钱的那一日了。等下了山，一队人正在候着他们。

李骈看到这么多人，有些意外，说道："你们怎么来这么多人？我被山匪掳走的事若传出去，往后在长安城可就没脸了。"他看到其中一驾马车，试探地喊了句："祖父？"

管家眉心一跳，连忙拉着李骈走到一边，严肃地说："里边不是太尉，郎君可莫要胡说。"

李骋莫名其妙地说："就我一个人，你带了两驾马车。难不成，你要单独乘一驾马车回府？"

说完不等管家回答，李骋自己先想通了，神色古怪起来。看了一眼气息奄奄的苏燕，他说："我们现在便回府。"

他说着就将苏燕往太尉府的马车上推。

薛奉从一边走出来，说："这个女人你不能带走。"

苏燕听到薛奉的声音，身子微微一颤。李骋察觉她的反应，将她往身后藏了藏："她是我的人，我怎么就不能带走了？"

"你的人？"薛奉皱起眉，看向扒在李骋身上的苏燕。

苏燕虚弱到眼前发黑，脑子里只有一个声音，不能跟薛奉走，否则一定会死。

兴许是这短短三日的患难与共，她虽觉得李骋不像个人，却也不得不在此刻抓住仅有的稻草，指望着李骋能再救她一命。

她不知道徐墨怀如何手眼通天，这么快就查到了她的行踪不说，竟然直接派薛奉在此守着。

李骋许久不来京城，不认得薛奉，只当苏燕说了谎，认为她必定来头不小，否则眼前这人不会连他祖父都认识，还能将他赎人的事弄得一清二楚。

"当然了，不信你问她。"李骋扭过头，笑盈盈地看着苏燕，压低声音提醒她道："你最好想清楚了，只有我能救你。"

苏燕紧咬着牙，颇为不愿地点了点头。

李骋满意地回过头："你看吧，她自己都承认了。她不愿意跟你——"

"走"字还未出口，管家忍无可忍地捂住了李骋的嘴，让人帮忙将李骋往后拖，然后将苏燕推给了薛奉，道："郎君慎言！这是别人家的娘子，您要是惹了祸，太尉又要责罚。"

将李骋捆着丢上马车后，那管家扫了一眼狼狈地坐在地上的女子，而后对马车的位置行了一礼，又对薛奉说："郎君不懂事，冒犯了。"

薛奉没说话，直接将地上的苏燕提起来，粗鲁地丢到马车上。

马车里一直安安静静的，连一丝响动也没有，然而苏燕被丢进去以后，入眼就是一双玄色卷云纹的步云履。她连头都没抬，心先凉了一大半。

"你是他的人？"

苏燕等了很久，却先听到这样一句话。不等她细想，忽然就被掐着脖子拎了起来。

徐墨怀看着苏燕这张苍白狼狈的脸，轻笑道："我听说，你是被周胥一脚踢了下去，还差点儿叫山匪给欺辱了？"他面上笑意不减，五指却越收越紧，"苏燕，你还真是犯贱，就为了一个废物……"

苏燕面色涨红，嘴唇却苍白，一双手拼命去掰徐墨怀的手。

徐墨怀终于将她放开了。苏燕伏着身子喘气，绝望又羞愤地低着头。她悄悄抬眼看他，却发现他拿了一块帕子，正慢条斯理地擦着方才碰过她的那只手。

苏燕仿佛被这动作刺激到了，忽然不要命地说："我是为了自己！就算没有周胥，我也会离开！"

徐墨怀手上的动作顿住，目光像是要化作刀子，将她刺穿："你知道自己做了什么吗？"

他方才坐在马车里，听到了他们的对话。他当时想立刻从马车上下去，亲手杀了这个背叛他的人。可现在又不想了，他要好好留着苏燕。无论她的骨头有多硬，他都能踩碎。便是她长了一身的刺，他也要一根根拔干净。迟早有一日，苏燕会哭着跟他认错，会向他摇尾乞怜。

苏燕此时终于反应过来，是自己低估了一个君王的实力。成功逃离长安后，她甚至有那么一刻十分得意。

即便徐墨怀才智过人、权势滔天，不也被她这样一个小小的农女给药倒了？她从这样的人手上逃走，当然值得得意。

可她没想到徐墨怀会如此轻易地找到她，连她被周胥抛弃、险些被山匪轻薄是事都一清二楚。徐墨怀必定是气愤到了极点，才会在看到她的第一时间就迫不及待地嘲讽她。

苏燕饿得没力气，觉得自己就像一只狗，狼狈地匍匐在徐墨怀的脚边。而他似乎也十分嫌弃她此刻蓬头垢面的样子，以及她带着怪味儿和灰尘的衣裙。

他擦干净手指，丢了帕子，居高临下地看着她，轻蔑地说："为了自己？你以为你是什么人？"

徐墨怀靠着车壁，努力平复自己躁动的情绪："你凭什么呢？"

他将手搭在膝上，手指下意识地轻叩，越来越快的节奏显出他的耐心已经到了临界点。

"如果不是朕，你现在还是一个任人欺负的农妇，住在漏雨漏风的屋子里，每日所食不过豆饭藿羹。即便采一辈子的药，你也穿不起这身衣裳，更不会有人侍奉你、照顾你。"

他越说越气愤，苏燕凭什么敢对他大呼小叫？凭什么敢给他下药？

马车内的空间逼仄，空气好似都变得浓稠、压抑，苏燕被压得喘不过气来。明明徐墨怀说的每句话听起来都那么有道理，她的心却不断地告诉她，他说得不对。

到底是哪儿不对？如徐墨怀所说，吃好穿好还有人伺候，这不是她从前做梦都想要的生活吗？

苏燕又饿又累，可思绪又从未如此清晰过。

"如果不是你，"她讲话的哭腔中又带了怨恨，"我可以过上安稳的日子，挨打敢还手，能跟自己中意的人在一起，挺直腰板儿好好活着。"

眼前这个男人是她真心实意喜欢过的人。也正是因此，如今的一切都让她难以释怀。

徐墨怀无法理解苏燕在意的这些东西。这些对他而言根本无关紧要，甚至称得上可笑。

"你没得选。"他眼神冰冷阴鸷，"朕不会给你第二次背叛朕的机会。"

徐墨怀想等下了马车，让苏燕领二十板子长长记性，然而不等回到青环苑，她便先一步晕了过去，打板子的事也只能不了了之。

林府，林照正因为徐晚音的事与父亲、叔父争执。

丞相林文正与林照的父亲林文清如今都是朝中重臣，林照年纪轻轻也担起了大任，日后还将担负起林氏的荣耀。然而此刻他却因为徐晚音，不得不和他从小敬重的父亲与叔父争吵。

"父亲也知道公主的性子。儿子当然知道她是公主——即便她犯了天大的错，我也不该对她动手，可这已经不是第一次了。"林照语气有无奈，也有气愤，"上次她让人将阿箸赶出长安，害得阿箸险些被人轻薄。阿箸性子温良柔弱，被欺负了也不说。若我没去查，都不知道公主将阿箸打得一身是伤，她那双手也被划得皮开肉绽……"

林照说到此处，心中更觉得痛苦，难以再说下去。

林文正面色阴森，听到这番话也不为所动："她是公主，即便真的这么做了，你也不能对她动手。"

"那阿箸呢？叔父你也知道，阿箸她——"

"逆子！"林文清开口呵斥，打断了林照的话。

林照愧疚地垂下头："我不该对公主动手。此事我会亲自找她赔罪，只是阿箸……本就是我对不住她，也请父亲和叔父莫要再插手，否则我此生良心难安。"

林文正看着林照长大，算是林照的老师，十分清楚他的品性。无论是品德还是才智，林照都是士族子弟中的翘楚。也正是因为他为人正直，才无法面对徐晚音对宋箸的责难。

徐晚音是当今陛下唯一的亲妹。陛下自生母、长公主以及那位年幼的皇子去世后，对徐晚音的宠爱已经到了令人诟病的地步。

徐墨怀外表看着端方良善，在政事上也有才能有手段，然而实际上的为人却与表面大相径庭。这些事，也只有他们这些近臣知道。

林照与徐晚音的婚事，他们都不看好。如今他们最担心的事果然发生了，徐晚音骄纵，被林照打了一耳光，必定不肯轻易罢休。

林文清叹了一口气，在房中焦躁地踱步，而后无奈地指着林照，想训斥他，最终只是抖了抖手指，一句话也说不出口。林文清可以说林照打徐晚音是太冲动了，却不能说他护着宋箸是错的。

"若是陛下非要追究，我们便一同去为你求情。再过两个月便是阿馥与陛下的婚期，不能再出差错了。林氏一族的前程在她，更在于你。因此，你们二人谁都不能任性妄为，你可记住了？"林文正摇了摇头，一张脸上满是疲倦。

让长辈替他操劳，林照心中十分过意不去，俯身对着二人行拜礼。

林文正也没忍住，叹了口气，不满地说："娶了公主，实在是家门不幸。"

徐晚音哭着进宫找徐墨怀的时候，他才从青环苑回宫不久，仍思量着如何处置苏燕。徐晚音走进殿门便开始哭，将他的思绪都扰乱了。

他从徐晚音的哭诉中得知原委，立刻从书案前站起来，脸色阴沉地看着她，咬牙切齿道："林照他敢打你？"

徐晚音从未见徐墨怀因她的事这样愤怒，一时间愤怒和委屈反而被冲淡了，开始担忧徐墨怀会对林照动手。

"他被宋箬这个女人蛊惑了。我不过打了她两巴掌，气急了才推了她一把，最后就变成'她被我打得浑身是伤，一双手险些废了'。"她说得委屈，哭得抽抽噎噎，"他听了那女人胡说，回来便将我骂了一通，还对我动手。"

"林照现在人在哪儿？"

徐晚音愤愤地说："必定是在宋箬那儿。她惯会装可怜，骗得林照整日去见她。一个女子这个年纪也不成亲，整日只会霸着我的夫君。"

徐墨怀的眼中充满了戾气，他直接说："现在跟我出宫。"

或许是因为徐晚音从小在林家长大，而徐墨怀早早被阿娘过继给了郭皇后，他们一开始并不算亲近。她似乎有些怕他，小时候更喜欢黏着长姐，见到他都是畏畏缩缩的。后来皇姐与阿娘都死了，他只剩下这么一个妹妹，便将一种微妙的情感都寄托在她的身上，因此加倍地对她好，希望她能无忧无虑的。

徐墨怀偶尔会厌烦徐晚音无理取闹，也会因她对林照死心塌地而不满，却从来没想到林照敢动她。

徐晚音见徐墨怀表情可怕，心底生出了一丝后悔，可又不甘心就这样罢了。

徐墨怀想亲自去看看，是什么样的人能将林照迷得神魂颠倒，以至于林照敢对公主动手。

马车尚未到林府，便有人赶来告知他们，林照并不在府中。徐晚音气得开始掉眼泪，让马车朝宋箸的住处走。

徐墨怀冷声说："此番过后，你立刻与他和离。"

徐晚音泪盈盈的脸上浮现出错愕的表情："为什么要和离？"

又是这样，徐墨怀突然想掉头回宫，丢下她再也不要理会。

宋箸的居所是林照一手置办的，因徐晚音经常去找宋箸麻烦，这里已是宋箸的第三个居所。

林照没想到徐墨怀没召他进宫，而是直接来找他兴师问罪。

"陛下？"林照手上还端着一碗药。

徐墨怀站在院子里，冷冷地笑了一声，抬脚朝林照走过去，而后重重地挥了一拳，打得林照直接往后踉跄几步，摔倒在地。

徐晚音惊叫一声，去扶林照。林照捂着伤处皱眉，不悦地别开眼。

屋内的宋箸听见响动后走出来，发现院门紧闭，院子里多了好几个人，心脏猛地震了一下。在徐晚音哭喊着"皇兄别打他"的时候，宋箸定定地望向徐墨怀。

徐墨怀也看到了宋箸。平心而论，徐晚音也算娇俏，却比不得宋箸貌美。宋箸人似纤纤杨柳，柔弱婉丽，此刻面色苍白，看着更加脆弱可怜。他第一眼见她，便有种古怪的不适感。

徐晚音看到宋箸正盯着徐墨怀，立刻大喊道："还不立刻跪下行礼？这是我皇兄，不是你能痴心妄想的！"

宋箸轻轻勾起嘴角，低垂着眼，说道："公主说得是。"

她扶着门框走出几步，与林照对视一眼，对着徐墨怀跪了下去，声音有几分颤抖："民女宋箸，拜见陛下。"

林照心中不忍，对徐墨怀解释："对公主动手，是臣一人之过，恳请陛下不要责怪阿箸，她什么也没有做过。"

宋箸跪拜时，衣袖微微滑落，露出带着伤痕的手腕与手掌。徐墨怀看得一清二楚，紧抿着唇，沉着脸朝林照走过去，又是狠狠一脚，直接踢得林照在地上滚了两圈。林照知道自己有错，只担心徐墨怀迁怒宋箸，口中仍在替她求情。

"林照，朕知道你说到做到。朕现在给你两个选择，要么与这个女人一刀两断，要么同公主和离。这是朕最后一次与你说这句话。"

徐墨怀看到徐晚音扶着一个男人哭泣，脑子里无法抑制地浮现出母亲的模样，一颗心沉甸甸地往下坠，好像怎么也落不到实处。他除了愤怒，更多的是无可奈何。

不等林照发话，徐晚音便慌张地说："不能和离！皇兄你杀了宋箸，林照不会与我和离的。"她无措地摇晃着林照的手臂，催促说："你快说话啊！你快说你会与她一刀两断！你说了我就原谅你！"

林照将她的手扒拉下来，对着徐墨怀重重一拜："陛下，臣答应了会照顾阿箸一辈子。"

徐墨怀讽刺地笑出声，转身就走，看都不看徐晚音一眼。

宋箸的嘴角浮现出一抹笑意，她缓缓走过去想要扶林照，却被林照避开了。

林照对哭泣不止的徐晚音说："我与宋箸清清白白，公主不要再为难她了。"

徐晚音怒骂着想打他。

林照抓住她的手，道："公主，我们回府吧。"

"不是要跟我和离？你给我滚！你就死在这里不要回去了！"徐晚音拽下他的手就要走。

"不会和离的。"林照抱住徐晚音，低声安抚她。

宋箸静静地看着他们，表情逐渐变得冷漠。

第六章

奴　籍

一

枕月居服侍的人都被撤走了，重新派来的是一个沉默寡言的侍女。她不会与苏燕闲聊，只会提供苏燕需要的东西，显然是听了徐墨怀的吩咐。

因为极度虚弱，苏燕沐浴的时候又晕倒了一次，醒来已经是第二日，宫中派人来接她进宫服侍。

苏燕知道徐墨怀此刻必定是恨不得杀了她，听到进宫的第一反应便是畏惧。然而周围只有一个冷漠的侍女，她甚至得不到一句安慰。

苏燕忐忑不安地进宫，又被告知徐墨怀此刻不在紫宸殿，要她在这里等着。

紫宸殿内的陈设一如往日，奢华精致到了令人感到冰冷的地步。

直到日落时分，徐墨怀才迟迟归来。他应该是许久不曾好好歇息，眼下有一片明显的青黑，整个人显得倦怠又躁怒不安。

他看到苏燕便下意识地皱起眉头，问道："你来做什么？"

苏燕发现此刻徐墨怀的模样已经有些像端午那夜了。她低下头，恭顺地说："是陛下召我进宫的。"

徐墨怀似乎想起来了。可他此刻不想见到苏燕，看到苏燕只会想起她与人私奔以及她三天就攀上了李骋的事。然而徐墨怀尚未开口追究，宫人就来禀告，称徐晚音求见。

徐墨怀想都不想直接说："让她滚出去。"

他实在是想不通徐晚音到底像谁，林家如何将徐晚音教成了这副模样？他的妹妹可以骄纵，却不能这般愚蠢。他已经仁至义尽，不会再掺和徐晚音的事了。

苏燕犹豫着说："既然公主来了，陛下让我先出宫？"

徐墨怀扫了她一眼，没理会她的话。

过了一会儿薛奉进来了，说道："安乐公主在殿门前跪下了。"

徐墨怀心中烦闷，对苏燕挥了挥手："你先去避着，朕还有事。"

她发现徐墨怀忙得没空管她，心中还有一丝庆幸。她绕到寝殿后，看到了一套崭新的皇帝冕服。玄衣纁裳，绣十二章纹，一旁是十二旒冕冠，似乎是宫人新送来的，等着徐墨怀试穿。

苏燕被徐墨怀送去的夫子教导了好一阵子，勉强记住了些常识，例如只有重大场合皇帝才会穿上这样隆重的冕服。她想了想，离现在最近的重大场合似乎只有徐墨怀与林馥的婚事了。

林馥会成为皇后，从此就是徐墨怀的妻子。那自己是会被关在青环苑一辈子，还是会被徐墨怀泄愤处死？

苏燕想了想，徐墨怀关了她这么久，始终没有做到最后一步，显然不是因为他是个君子，兴许最大的原因是他自身有问题，所以后宫至今空置着。

他夜里还有不让人近身的毛病。日后林馥成了皇后总要与他同房，兴许还要被他发疯伤到。

她俯身去看那顶坠着各色宝石的十二旒冕冠，用手小心翼翼地拨弄。从前若有人说她能碰到皇帝的冕冠，她一定会嘲笑对方是个疯子。

苏燕看得专注，前厅忽然响起重物落地的声响，被吓得一个激灵。她下意识地往后退了两步，磕到了书案，整个人朝一侧倒去。

她的手恰好打在了香炉上，也不知撞到了哪个尖锐处，从手腕到掌心被划开一个长长的伤口，鲜血瞬间染红了整只手掌。

苏燕怕弄脏地面，只好使劲捂着伤处。她不敢乱碰紫宸殿的东西，犹豫了一会儿，还是决定出去看看徐墨怀和徐晚音说完了没有。

手很疼，她走路的时候步子也很轻。前厅里，徐墨怀仿佛消失了一般，她只听到徐晚音一个人的声音。

"若是阿娘和长姐还在，绝对不会看我这样受人欺负。即便只剩下弟弟，也会帮我。只有皇兄永远都在怪我不好，我永远不称你的心……"

"他们已经死了，你如今只有我。"徐墨怀嗓音极沉。

徐晚音嗓音沙哑，不知道是不是被徐墨怀训急了，忽然口不择言道："皇兄逼死了他们，如今也要逼死我吗？"

"你再说一遍！"徐墨怀站在一地狼藉中，眼神恐怖。他紧紧地盯着徐晚音的脸，指节咔咔作响。

徐晚音这才意识到自己说了什么蠢话，颤抖地往后退，低声认错："是我错了。皇兄，我说错话了……你别和我计较。"

徐墨怀的胸口剧烈起伏，他感觉眼前的一切都在变形，耳边都是惨叫和怒骂，天旋地转。过了一会儿，他眼前好像被覆上了一层黑纱，看什么都是模糊的。

"薛奉！"徐墨怀紧攥着拳头，急切地呼唤，"带她滚出去！"

薛奉得了命令，立刻将哭泣瑟缩的徐晚音拽了出去，殿内重归寂静。徐墨怀坐在地上，额头隐隐作痛，脑海中仍旧是无法平复的嘈杂声响，仿佛有几千个人在他的耳边尖声哭叫。

徐墨怀头痛欲裂，心脏跳得飞快，不一会儿，有响动引起了他的注意。他缓缓转过头，看到了角落处秀丽却惶恐的半张脸，紧接着那个人也畏惧地逃走了。

为什么用这种眼神看他？徐墨怀站起来，心中除了愤怒，又带着挥之不去的迷茫无措。他到底做错了什么？为什么他想要的人一个也留不住，连一个卑贱的农女都想逃离他？

很快，怒火压过了仅存的理智，徐墨怀感觉眼前的黑纱盖了一层又一层，都要看不清苏燕的脸了。

"你听到了什么？"

苏燕被他抓住手腕，伤口被紧紧捏住，疼得轻哼一声。她不敢相信自己听到的话，只不断地摇头否认："什么也没有，我没听到……真的没有。"

苏燕手上的血染到了徐墨怀的手上，将他的衣袖洇出一朵花似的血渍，而他浑然未觉。苏燕被他这副模样吓着了，不断地想要挣脱。

"你为什么也怕我？"徐墨怀神情癫狂，眼中仿佛凝结着散不开的阴云。

苏燕不断发誓自己什么也没听到，见辩驳无用后又使劲挣脱了徐墨怀的手，跑到殿门口用力地拍打着殿门，呼喊薛奉的名字："薛奉！你快开门，陛下疯了！

"你再不开门我就要死了！薛奉——"

一只手伸向她的后领，苏燕焦急的求救声戛然而止。徐墨怀几乎是拖着她朝寝殿走。

苏燕已经忘记了手上的伤，拼命地爬起来要跑，却被他拦腰抱起扔到床榻上。

苏燕被摔得脑袋蒙了一下，随后立刻就要起身。徐墨怀没给她这个机会，她的反抗如同雨点般落在他身上，却起不到任何作用。

她双手推拒，徐墨怀却欺身而上，轻而易举制住了她的双手："你是谁的人？"

他在问她话，又似乎并不在意她的回答。

苏燕感到腰间一松，紧接着有什么缚住了她的双手。徐墨怀用腰带将她的手绑在一起高举过头顶，很快她的血就浸红了月白色的布料。

苏燕在发抖，脸上都是泪："你要做什么？"

他抚上苏燕的脸颊，手指停在了她的眼眸处："我不喜欢你这样看我。"

先是阿娘和长姐，紧接着是徐晚音，如今轮到苏燕了。

苏燕还不死心地问："你想做什么？徐墨怀……"

徐墨怀将手缓缓下移，身影如同一只猛兽："燕娘，"他俯下身子，凑到她的耳畔，用温柔的声音说，"你只能是我的人。"

苏燕感到自己的肌肤暴露在微凉的空气中，被软而滑的衣料摩擦着。徐墨怀的唇舌与她的纠缠在一起，苏燕微张着嘴，尝到了咸咸的味道。她反应过来，那是她的眼泪。她呜咽着说："你不能这么做……你不能这么对我……"

徐墨怀吻上来，语气不容拒绝："我可以。我怎么做都可以。"

苏燕像一只被抛上岸的鱼，身体被人用刀划开了——徐墨怀就是那柄刀子，凶狠蛮横，让她产生窒息一般的痛苦。他微低着头，呼吸微热，喘气声又重又快，低头的时候唇瓣贴在了苏燕敞开的衣襟中。

苏燕难耐地仰起头，看到帷幔随着徐墨怀的动作晃动，时而缓慢，时而急切。她张着嘴呼吸，身体在他的掌控下逐渐有了微妙的感受，但更多的是畏惧与屈辱。

徐墨怀将吻落在她的脖颈上，又慢慢移动，最后落在了她肩头的伤疤处。苏燕如同被烫到了一般，身子忽然颤了一下。浓烈的耻辱感蔓延全身，让她生出一股将这块象征着愚蠢的伤疤给撕下来的冲动。

徐墨怀将她翻过来，激烈过后是近乎安抚的缓慢。他如同探索着什么一般去试探苏燕的反应，要她做出令他满意的回馈。

被带回京城不过一日，苏燕虚弱的身子尚未恢复，最后疲累得只能靠他搂住腰撑住身子，否则就要倒下去。

事毕，徐墨怀退出去，打量着这副白皙柔软的身躯，身体仍然充斥着异样的感受。他不知道自己为什么要这么做，可又确实占有了苏燕，即便恢复了神志，依旧没有选择停下来。

在此之前，他觉得这种事十分恶心，可还是没忍住对苏燕这么做，像是着了魔。

徐墨怀低头吻了吻苏燕的脊背，如叹息般轻唤了她一声："燕娘。"

二

苏燕对男女之事并非一无所知。她阿娘孤身抚育她，很早就教会了她如何保护自己。在徐墨怀用膝盖抵开她的双腿时，她就知道自己这次逃不过了。

在这之前，苏燕心里已经有了最坏的打算，甚至想过徐墨怀会对她做出更恶劣、更禽兽不如的事。而如今苏燕又不得不逼着自己这样想，好似这样想了，便能驱散一点儿心中的委屈和怨恨，能稍微好受一些。

徐墨怀就像一个野兽，要将她吞食。在他疯狂又粗暴地掠夺后，苏燕身上都是青紫的痕迹。她颤巍巍地捡起地上的衣衫披在身上。苏燕有些麻木地低下头，捡衣裳的动作也停住了。

徐墨怀走进寝殿的时候，正好见到她赤裸着半边身子，低垂着头一动不动，像是在发呆。听到脚步声，苏燕的肩膀微微颤了一下，但她并没有抬起头。

他一声不吭地蹲下，拿出一张巾帕去擦她身上的痕迹。苏燕这才面色僵硬地瞪着他，一双手攥紧了衣衫，似乎想将这薄薄的衣料连同眼前面目可憎的男人一起撕碎。

徐墨怀的墨发披散着，发尾微微湿润，他显然是才沐浴过。他此刻已经换上了干净整洁的衣裳，外袍松散地搭在肩上，除了眼下微青，神情也称得上精神。苏燕却神情萎靡，衣衫不整，身上残留着欢好过的种种痕迹。

"朕让人备好了热水，你去沐浴吧。"

苏燕慢悠悠地给自己套上衣裙，看到上面有污渍，立刻发泄似的踢开。

徐墨怀沉默地看着她穿衣，最后似乎是嫌她太慢，将她穿到一半的衣服扯下去，用他宽大的外袍将她整个包裹住，抱着她去了寝殿后的浴池。侍奉的宫女也没有露出惊讶的表情，十分得体地跪坐在一旁试探水温。

"出去吧。"

徐墨怀说完，两个侍女放下托盘离开。

苏燕泡在热水中，紧绷着的身体逐渐舒缓，她的手腕被腰带勒出了红痕，上面已经干涸的血迹化为丝丝缕缕的红在水中散开。

见徐墨怀肆无忌惮地打量着自己的身体，她白着脸往水里沉了沉。又见他忽然伸出手，苏燕下意识地扑腾了一下，直接滑倒在水池中呛了口水。

徐墨怀将苏燕从水里捞出来，皱着眉说："怎么笨手笨脚的？"

苏燕的脸上湿漉漉的，水珠从她的下颌往下滴落，像她在哭一样。徐墨怀的袖子湿了大半，他盯着苏燕的脸，迟迟没有要出去的意思。

徐墨怀："靠过来。"

热气蒸腾，苏燕眨了眨眼，泪水忽然夺眶而出。徐墨怀沉默了一会儿，脱下衣物迈入池水中。苏燕躲避着他，却被他抓着胳膊搂到怀里。

苏燕的后背紧贴着徐墨怀的身躯，她感到不适，想起来，却被稳稳地扶住腰腹。

他嗓音微沉，语气有几分古怪："别乱动了。"

苏燕感受到他身体的异常之处，羞愤得满面通红，却也僵住身子不敢再动。徐墨怀将她的手从水里捞起来，用帕子擦干了她腕上的水，连同血迹一起擦干净。

在水里浸了一会儿，伤口被泡得发白。徐墨怀罕见地耐心起来，恍惚间，苏燕以为自己看到了马家村那个温柔儒雅的莫淮。

"别碰水，穿好衣服再上药。"他说完便微微俯身，想找出苏燕身上其他的伤，果真见苏燕的胸上有瘀青，膝盖与后腰处也留有痕迹。

徐墨怀在她红到要滴血的脸色下摆弄她的身体，仿佛是真的关心她，却又面不改色地说："我给你清理干净。"

苏燕当然知道他指的是什么，恼怒得回身去打他。徐墨怀稳稳握住她的手，似是被她惹怒了，随后不由分说地将她按在冰冷的白玉石砖上。

"你放开……不要碰我！"苏燕感到自己的腿被抵开，立刻手脚并用要爬走，却被他拉住脚踝，轻轻一拖又回到他身前。

迎接苏燕的是新一轮的暴风雨。她就像在水中颠簸的小船，被浪花高高抛起，又重重地落下，怎样都落不到实处。

一切结束后，苏燕腿软腰酸，连抬胳膊都觉得疲乏，最后任由徐墨怀替她清洗，再为她穿好衣裳抱回床榻。

第二日，直到日暮西沉，苏燕才睡醒，发现她的手腕和身体各处都已上过药。徐墨怀似乎在处理政务，很快就有宫人来送她回去。

上马车的时候，苏燕的腿酸痛到几乎迈不开，她只能咬紧牙关忍着不适，以免让人察觉。

回青环苑的路上，噩梦般的画面在她脑子里挥之不去。徐墨怀不顾她的恳求和眼泪，摧残她就像捏碎一朵花一样简单。

苏燕心中难受，又找不到任何可以说话的人，无论有多少委屈都只能自己默默咽下。

她忽然觉得自己的反抗根本没有意义，也许在旁人看来还是一件十分愚蠢的事。她这种身份的人，能得到一国之君的宠幸，即便是暂时的，也该烧一辈子高香了。这是多少人求都求不来的好事，她为什么非要不识抬举？为什么不能乖乖听话？她到底在不情愿什么？

苏燕浑浑噩噩地下了马车，发现来迎接她的侍女又换回了碧荷。

宫人见她讶异，便说："陛下心疼娘子身边没个说话的人，听说这婢子与娘子十分聊得来，便让她接着回来服侍了。"

苏燕点了点头，与碧荷一同回到枕月居。路上碧荷忍不住问起她腕上的伤，担忧地问："陛下责罚娘子了吗？"

碧荷与其他侍女都是服侍的下人，倘若苏燕真的出了事，也没人会与她们知会一声。

只是中秋那日苏燕一整夜不曾回来，第二日常沛便命人搜寻苏燕，还将枕月居服侍的侍女都叫到一起挨个盘查。

足足两日，她们都被关在宫里。听闻徐墨怀身子不适，碧荷不由得想，是不是苏燕做错了事，将她们给连累了？

碧荷没想到还有回到苏燕身旁服侍的一天，而且那么多人中唯独留了她一个。除了庆幸苏燕没事，她心中也有几分不情愿。

毕竟照这么想，苏燕肯定是不安分惹出了什么事，否则也不会被禁足枕月居，还独留她一人侍奉。跟着这样的主子，碧荷免不了提心吊胆，生怕主子一个不留神就把自己连累了。

果不其然，回了枕月居，苏燕问的第一句话就是："碧荷，你知道长公主和皇后是怎么死的吗？"她顿了顿，又问，"陛下是还有一个弟弟吗？"

碧荷的脸色瞬间变了，她迅速扭头看了看门窗，这才压低声音，严肃又不安地说："娘子日后切莫再提起此事，尤其是在陛下面前！"

三

苏燕从碧荷的表情看出来，碧荷是真的不敢提及与皇后和长公主之死有关的事，显然当日徐墨怀发作就是因为徐晚音说了那番话。

那不仅是徐墨怀的逆鳞，也是所有人默认不可言说的秘密。

碧荷比苏燕年长几岁，在宫里待了很多年，也曾在东宫服侍过，这些事多少知道一些。正因如此，她才更清楚，什么都不知道对苏燕来说反而是一件好事。

"徐墨怀是个疯子，你应该知道吧？"苏燕说出这句话的时候，心中除了疲累，只剩下麻木。

她当初怎么一点儿也没发现，甚至还觉得莫淮是一个端方儒雅的贵公子？然而等他大权在握，她看到的只有他身为君王的暴戾和凉薄。

马家村的莫淮和如今年轻的帝王真的是同一个人吗？苏燕如今再回想起那些点点滴滴，觉得像是上辈子的事。

碧荷听到苏燕这样说，并没有露出太奇怪的表情，但想起之前那只断手，联想到苏燕可能遭遇的事，便小声安慰她："陛下虽然脾气有些古怪，但多数时候待人很和善。而且陛下在朝政上一直很勤勉，从被立为太子到现在，一直备受赞誉。若是有时候娘子感到受委屈了，还望多多体谅陛下的不易。"

苏燕如同被泼了一身冷水，眼神瞬间黯淡下去："他是皇帝，有数不尽的荣华富贵，想要什么都有，我体谅他什么呢？"

她后退两步，指着自己，嗓音喑哑地说："我想要的东西那么简单，为什么他就不肯放我一马？为什么他唯独不对我和善？"

碧荷不知道自己随口说的一句话能让苏燕反应这么大，不禁有些慌乱，忙拉着苏燕安抚道："是奴婢说错话了，娘子别计较，莫要因这些事烦闷。"

苏燕剧烈地喘了几口气，逐渐平复了情绪，也知道自己不该同碧荷发火，神情尴尬，不敢看她。碧荷当自己惹苏燕不悦了，找借口去做旁的事。

夜里苏燕要沐浴，碧荷在屏风后给她递衣裳，无意间瞥见了苏燕肩颈上的青红色痕迹，手上一顿，连忙低下了头。

苏燕做什么都不喜欢让人服侍，洗澡时更是不让人在一边看着。

碧荷不知道具体的状况，只能在屏风后委婉地问："我去给娘子拿些药膏来吧？"

浴桶中的水声突然消失了，好一会儿苏燕才回应说："你能给我找来避子药这种东西吗？"

"避子药？"碧荷难以置信地问，"娘子怎么能要这种东西？！"

苏燕明白碧荷的想法。在碧荷眼里，她苏燕应该是个走了大运才被皇帝宠幸的女人。诞下皇嗣是多少人梦寐以求的事，哪有主动开口要避子药的？

苏燕并非绝色，身上还有伤疤，手上的茧子比府中婢女的还要多，这样一个人，若不是上天垂怜，哪有机会与皇帝沾上关系？

碧荷甚至有些不满苏燕的不知好歹。

然而紧接着，碧荷就听到苏燕用微弱的声音说："我害怕，碧荷……我不想一辈子都被困在这里。"

碧荷心一软，那点儿鄙夷瞬间消失，想了想，问她："娘子为什么害怕呢？陛下天人之姿，若是娘子最先诞下皇嗣，那小皇子便是陛下的长子。

"本朝并未依循周礼，不分嫡庶，而是立长子，娘子所生的长子必定能成为储君。日后你若是太子生母，该是何等的风光……"她越说越激动，随后才发觉自己扯远了。

苏燕缩在浴桶里，眼眸被水汽浸润。她用力抱着自己，固执地说：

"我就是害怕……"

那么远的事她从来没想过。即便碧荷说出来了，她也觉得虚无缥缈。

难道仅仅为了一个微弱的可能，她就要将此生都挂在一个残暴冷漠的男人身上，从此做一个见不得人的外室吗？

难道她就要受人奚落耻笑一辈子，再让自己的孩子也被嘲笑着长大吗？苏燕觉得自己一定会被折磨得发疯。

过了一会儿，碧荷觉得水大概凉了，便问苏燕："娘子好了吗？"

苏燕没有应答。碧荷又唤了一声，还是没有任何动静。等碧荷慌乱地去看时，苏燕不省人事地泡在水里，一点点地往下滑，水就要没过她的鼻子了。

碧荷连忙将苏燕捞起来，费尽力气才把她背到了榻上，而后立刻让人叫大夫。等做完这一切，碧荷自己身上也是湿漉漉的，还要帮苏燕穿衣裳。也是趁此机会，碧荷看清了苏燕身上的各种痕迹。

苏燕的身上没一处好地儿，碧荷光是看着都忍不住面上发热，没想到看着严肃的皇帝在情事上竟有这样放浪的一面。难怪苏燕一提起他便没有好脸色，他确实……确实太过了些。

苏燕醒来的时候感觉头发在被人扯动，便扭头朝一侧看过去。待看到徐墨怀的一张脸，她觉得心跳都好似停了一下，连忙裹着被子往后缩，却因头皮上传来的疼感而惊呼了一声。

徐墨怀面色淡然地松开手，摸了摸她的脸颊，说道："张医师说你气血不足，太劳累才晕了过去，以后要好好用饭。"

他说这话的时候语气戏谑。

苏燕别开脸，觉得多看他一眼腹腔都在冒火。

"陛下不用处理公务吗？"

徐墨怀当然知道苏燕是什么意思，便说道："朕将折子带过来批阅了，若有要事，会有人立刻禀告，不用你操心。"

苏燕瞥了一眼自己练字的书案，上面果真堆了一沓奏折，似乎是已经看完了。她往被子中拱了拱，背对着徐墨怀。

"你还想睡？"徐墨怀问了她一声。

"是。"

即便得到了回答，他也照常没有如她的意，不由分说地将她扶了起来："洗漱完就去用膳。"

苏燕被迫坐起身，垂落的头发晃了晃。她注意到本来柔顺服帖的墨发此刻被编成了好几根辫子，其中还有一根尚未编好，已经快要散开了。

苏燕这才明白初醒时为什么会感受到头发被扯动，用疑惑的目光看着徐墨怀。

他大概也知道自己做了什么傻事，避开了她的目光，理直气壮地说："愣着做什么，还不快起来？"

苏燕洗漱完，看到桌上摆了些清淡的小食，徐墨怀倚在窗前的软榻上看折子。也不知道他看到了什么，蓦地发出一声冷笑。

苏燕被吓得身子都紧绷了起来，稍后发觉与自己无关，才继续吃着碗里的粥饭，只是怎么都没胃口，味同嚼蜡。

过了片刻，徐墨怀开口说："瓷瓶里的花枯了。"

苏燕看过去，天青色的瓷瓶中本来插着桂花枝，如今鹅黄的小花落了个干净，绿叶也渐渐萎缩，一束枯枝挤在瓶子里，看着十分寥落。她以前总是不等花枯萎就会换上新鲜的，这次竟然过了这么些时日都没有想起来。

"花都会枯。"她敷衍地说了一句，继续低头喝碗里的粥。

徐墨怀盯着半枯的花枝，喃喃地说："说得也是。"紧接着，他突然问她，"你还想见到周胥吗？"

苏燕抬起眼不解地看着徐墨怀。

他语气淡淡的，像是在说一件极其平常的小事："朕可以帮你杀了他，怎么杀都随你的意。"

兴许是这段时日变故太多，苏燕根本没有心思再去想周胥的事。如今徐墨怀再度提起，她觉得也没有什么好愤怒的。

"不要再找他了。"苏燕看到徐墨怀神色不悦，立刻补充，"我只是不愿再与他有任何牵扯。从前我敬慕他是君子，如今再看，他不过也是最普通的男人。何况他断了双手，往后也必定过得生不如死，何必再纠缠不清？"

"说到底，你是不愿杀他。"徐墨怀轻飘飘地说完，继续翻阅自己的折子。

苏燕被他说得有些恼火："我不过一个普通人，谁也不想杀，也不愿意有任何人因我而死。你杀那么多人，夜里不会做噩梦吗？"

徐墨怀倚着软榻，眼中意味不明。日光穿透枝叶，稀稀落落地映在他身上。他没有动，像石像一般。片刻后，他沉声说："你只是还不习惯。你以后便明白了，倘若真的掌握了旁人的生杀大权，就会发现杀人很简单。"

苏燕面色僵硬，不由得想起被山匪掳上山的时候李骋和她说的那些话。

"我只想过好自己的日子，不想杀人。"苏燕坚定地说。

徐墨怀静默地看了她片刻才说："那是因为你身份低微，无权无势。若是有朝一日你拥有了权势，见惯了阴谋诡计，就会发现杀人是解决问题最简单的法子。

"人一旦习惯了权势，便不会再想着放下，而是想不择手段爬得更高。人向来如此，你以为自己不同，不过是因为还不曾走到那一步。"

苏燕不愿意听他讲这一连串的道理，更不想理会他自以为是的评价："我不愿意杀周胥，谁也不愿意杀，还请陛下不要再因我而迁怒于他了。"

徐墨怀没说话，微微颔首算作应答。

她缓了口气，放下心来，说道："陛下公务繁忙，我便不打扰了。"

她说完便开始收拾碗筷，想要出去。

徐墨怀叫住她："让侍女来做。你过来，朕没说你可以走了。"

苏燕脸上写满了不情愿，脚步沉重地走到徐墨怀身边，被他轻轻一揽抱到怀里。徐墨怀如同找到了什么新的乐趣——他现在喜欢看到苏燕露出各种表情，无论是羞愤还是无措，都能极大地愉悦到他。

碧荷得了命令进屋收拾碗筷的时候，余光恰好瞥见苏燕被徐墨怀抱在怀里。她立刻红着脸低下头，不敢再乱瞟，快速收拾完便逃命似的走了。

苏燕伏在徐墨怀的肩上，身子微微颤抖，却紧咬唇瓣，不肯发出一点儿声音。

徐墨怀面色如常，一只手扶住她的后腰，另一只手肆意妄为。偶尔感受到什么，他还要发出一声轻笑，附在她的耳边低声说话。

苏燕虽不是名门贵女，却也是本本分分长大的姑娘家，哪里听过那些轻佻下流的话？偏偏徐墨怀的表情又很正经，他不像是在调戏她，反而像是在故意激怒她。

"我又没有得罪过你……"苏燕泪眼婆娑地说。

徐墨怀拿起一张纸，一边做着令人面热的事，一边耐性十足地"品鉴"她的字："全篇不过七十二个字，你写错了六个。"徐墨怀并没有表面看上去那么冷静，话说得很慢，呼吸却快了一些，"夫子说，这篇你学了整整七日。"

苏燕咬着牙，让自己的声音显得不那么怪，强调道："只学了三日。"

"你与周胥私逃的那几日没能好好学，错在你自己。"他不满苏燕的反驳，手上惩罚性地用了些力道。

苏燕闷哼一声，红着眼眶，连反驳都做不到。

徐墨怀吻着她的唇角，单手轻轻摩挲着说："朕是为你好，若你连读书识字都不会，日后还会叫人欺负。"

日光穿过枝叶，落在苏燕眼中，她的双眸像蒙了层水雾，细碎的光在其中流转。

徐墨怀如同受到了某种引诱，出神地盯了她一会儿，情难自禁地吻住她。不知过了多久，苏燕扶着小桌从榻上下去，不敢回头看徐墨怀被抓皱的衣裳。

他将地上的折子捡起来，对苏燕说："去让人打水，拿干净的帕子来。"

苏燕系好衣带，努力让自己的神情没有异样。

碧荷与薛奉等人都心照不宣地远远守着，没敢靠近。

见苏燕出来，碧荷立刻迎上前："娘子有什么吩咐？"

苏燕有些难以启齿，只能很小声地说："你去打盆水来，再拿块干净的帕子，不要说出去。"

碧荷了然，很快就照着吩咐将东西送了进去，连带着还有一身崭新的衣裳。

徐墨怀看到托盘里的东西不禁笑了笑，说道："倒是个机灵的。"

苏燕坐得很远，生怕离近了会被他吃了。他见苏燕这么不情愿，心中有些不悦，随后带着些恶意说："燕娘，你过来。"

苏燕磨磨蹭蹭地走过去，低着头不敢看他的手。

徐墨怀偏不如她的意，将帕子丢给她，说道："来给朕擦洗干净。"

她听到这话先是一愣，随后脑子里直冒火。她噌的一下站起来，好似下一刻就要将帕子砸到他的脸上："当皇帝就能这么欺负人吗？"

"对朕而言，这连欺负都算不上。"他冷笑一声，"给朕下药的事，你是不是以为朕忘了？"

苏燕脸色骤变，咬着牙托住他的手，用湿帕子迅速地糊弄了几下。

"教习的女官没教会你怎么侍奉吗？"徐墨怀冷声提醒她，"一根一根地擦干净。"

她吸了一口气，气得眼泪在眼眶里打转，压低声音应道："是。"

入秋后一到夜里便有些凉，常沛送徐墨怀回宫时说："陛下该添衣了。"

徐墨怀正出神地想着什么事，被常沛一提醒，点了点头，说："朕知道了。"而后他突然说，"朕想给燕娘一个位分，不必太高，只需让她名正言顺地留在宫中。"

常沛哑然片刻，随后问："陛下想好了吗？"

"你好像并不意外。"徐墨怀道。

常沛无奈地说："臣是看着陛下长大的，深知陛下心意。若是旁人对陛下做出这样大逆不道的事，早该身首异处了。她于陛下而言终究是有些不同的，倘若用着称心，留下也无不可。"

哪个皇帝没有任性妄为的时候？只要徐墨怀知道分寸，不过是一个女人，无伤大雅，最多也就是被御史上折子说上十天半个月的。

常沛只是有些疑惑，说的话也十分委婉："苏娘子并非绝色，行为举止更是不甚体统……"

说难听些，她不是绝世美人，言行举止又粗俗，连一句像样的诗都念不出来，对后宫、朝堂毫无用处，只会给徐墨怀添麻烦。

徐墨怀想要与她说几句体己话只怕都是鸡同鸭讲，如果不是鬼迷心窍，怎会看中这样一个与他不相匹配的人？

徐墨怀当然知道常沛在想什么，但说不清楚自己究竟是怎样想的。一开始他只是想将苏燕留在身边，怨她不识抬举，一心要看到她乖顺听话的样子。

如今他却有些食髓知味，想将她一直放在身边，瞧着她一边畏缩又一边愤怒的样子都觉得十分有趣。

他能赐给苏燕一个位分，甚至愿意为此和几个古板的朝臣周旋，已经是对她的无上恩赐了。

四

皇后翟衣已经绣好，林馥被催着看过一次，然后再也没去管过。即便阿爷阿娘催着她穿上试试，她也用各种理由推拒了。

她十分清楚，这件皇后翟衣上的每一针每一线都是林氏一族的期望。仅仅是看一眼，她都会觉得这身礼服沉重得让她喘不过气。

侍女送来药碗，林拾接过便让她走了，而后当着林馥的面十分熟练地将药汁倒入窗前的花盆里。

"娘子真的不试试吗？"

林馥不悦地说："阿拾，你非要惹我不高兴是不是？"

林拾生得瘦高，又因为常年习武，比其他女子看着更健朗。她用一根素簪绾出秀丽的发髻，身上穿着榴红的交窬裙，走动的时候裙子如同一朵半开半合的榴花。她端着空药碗坐在林馥身边，撑着下巴喃喃道："我哪里要惹你不高兴了？我希望你天天高兴，比所有人都高兴。"

175

林馥听着听着眼眶就红了，抹着眼泪小声地说："阿爷分明知道陛下不是好人，先皇后和长公主待他那样好，还不是叫他给逼死了？

"他连自己的亲弟弟都下得了手，哪里会爱人呢？倘若日后父亲有半点儿不好，第一个遭殃的便是我。留在这种人身边，我迟早叫他给折磨死。"

林馥对徐墨怀又惧又怕，总觉着他的笑假惺惺的，也不知他内里有多少见不得人的算计。

偌大一个林氏，所有人都在羡慕她好命，只有她知道，自己不过是阿爷推出来的棋子。

"他还在青环苑养了一个小娘子。你也瞧见了，她一看就是个出身低微、上不得台面的。连这样的女人他都要搜罗着养起来，也不知其背后还有多少……

"外人还夸他不近女色，对我情根深种……"

林拾为了安抚林馥，也大着胆子跟着骂了几句，过了一会儿，又笑着说："娘子快去试试那身翟衣吧，瞧着可好看了。"

林馥抹着眼泪骂了林拾两句，脱了外衫换上翟衣，转过身的时候才发现林拾的眼眶微微泛红。看到这一幕，她忽然心中一热，胸腔里好像有什么挤压着要蓬勃而出。

她说："阿拾，你带我走吧。"

林拾想也不想就答："好。"

徐墨怀与林馥的婚期定在初冬，礼部的人已经着手准备了，时常会去询问徐墨怀的意思。徐墨怀都让常沛代为看过，自己并没有兴致去看上一眼。

他并不喜欢林馥，只是因为她的出身最合适，又是先帝赐婚，他们成婚不过是早晚的事。

林文正的心思徐墨怀不用猜也清楚得很，不过是担心自己提拔寒门打压士族，想提前让林氏在朝中稳住脚跟，日后地位不被撼动。

科举一事徐墨怀不能操之过急，却也不得不尽早提上日程。即便是以史为鉴，他也该清楚前朝正是因为士族过于壮大才落得个国破的下场。

苏燕被关在枕月居，每日只能在自己这一方小院子里坐着，除了夫子与教习的女官，几乎见不到外人。

枕月居就像一个囚笼，关得严严实实，无风雨饥寒，却也没有什么自由。自从她跑过一次，徐墨怀便不再让她上街游玩。好在他似乎是被什么事缠住了，没有时常来找她。

苏燕被关得要发疯。碧荷迫于无奈，每日变着法子给苏燕解闷，有段时间甚至学会了打双陆。

徐墨怀去枕月居的时候，苏燕正不顾仪态地蹲在地上帮碧荷择菜。

碧荷听到动静抬起头，一看来人是徐墨怀，顿时魂都要吓没了。她立刻将苏燕手上的葵菜拽下来，跪在地上认错。

苏燕不知道碧荷何处做错了，奇怪地看着徐墨怀。

他没好气地说："真是当婢子的命！"

苏燕听出他在说自己，立刻说："自食其力怎么就是奴婢命了？这么点儿小事，本就不该都让碧荷来做，我帮她做了又能如何？"

徐墨怀心情不佳，将她从地上扯起来往屋里走："你知不知道什么是体统？如今你是主子，去做奴婢做的事便会让人耻笑，平白被人看轻。难道还等人夸你一句'好心'不成？"

苏燕满不在乎地说："我本就是这样的人。我从小到大都在干活，什么都不做只能饿死。如今你将我关在这里哪儿也不能去，我只好给自己寻些事做，总比像个猪一样饭来张口，养肥了就被人宰着吃的好。"

徐墨怀听到她的比喻，忍不住蹙起眉，不悦地说："那也是你自作自受。"

苏燕彻底不作声了。

等走进屋，徐墨怀脱下外袍，径直走到软榻处坐下，对苏燕招了招手。苏燕被徐墨怀轻轻一带便坐到了他怀里，如同受惊的兔子立刻扑腾着要下去，却被紧紧桎梏着无法逃离。

他的手指在她的唇角摩挲，动作时轻时重，如同什么暧昧的暗示。苏燕涨红着脸，面颊滚烫，双手扶着徐墨怀的肩抗拒着他的靠近。

徐墨怀进门时十分烦躁，此刻心情却逐渐平复，任由自己沉沦在这欢愉之中。

苏燕的发髻随动作逐渐松散，垂在肩头，发髻上的步摇往下坠着，珠玉碰撞发出清脆的声响，其中还夹杂着苏燕近乎破碎的声音。

徐墨怀将苏燕当成了一种消遣。他在她身边的时候可以暂时忘记扰人的朝政，忘了那些令他烦扰的琐事，夜里也能睡得安稳些，至少不用担心身边的人会突然拔刀杀他。

他看着苏燕被逼出眼泪想骂又不敢骂的样子，有些好笑地贴近她说："许你骂我两句，只能是这一回。"

苏燕眼中噙着泪花，说话断断续续的，闻言立刻说："狗皇帝！"

徐墨怀非但不生气，反而抱着她笑出声，胸腔也因为这笑声微微震动。

她又骂："禽兽不如，暴君……"

她嘴里又嘀咕着一些乡间骂人的难听话，骂着骂着便有些污糟了。

徐墨怀适时制止了她，提醒说："两句就够了，再骂该杀头了。"

苏燕装作没听见，还在嘀咕。徐墨怀贴过去吻她，封住她喋喋不休的嘴。

过了一会儿，苏燕听到他含混不清地说："过几日是朕的生辰，你进宫等着朕。"

徐墨怀比苏燕年长五岁。

如今该是他二十三岁的生辰了。朝臣们因为后宫空置的事催促个不停，生怕徐墨怀有什么难以启齿的隐疾，连太尉都暗示徐墨怀不要讳疾忌医。

好在他与林馥的婚事将近，也没人再对这些事胡乱猜测了。封后大典后，后宫便可以陆陆续续地添人，各大士族都等着将女儿送到宫里去。

徐墨怀已经许久不曾好好过生辰了。自从身边亲近之人接连离去，他对生辰也没了多少期待。

如今他已经是一国之君，不好再和从前一样敷衍过去，毕竟每年这个时候还要接收周边小国的进贡。

紫宸殿服侍的宫人显然已经认识了苏燕，得到吩咐后立刻带她去换了一身衣裳。她无名无分，在宫里多有不便，索性穿戴宫女的衣饰，跟在她们身旁长长见识。

对于这件事，徐墨怀也是默许的。他瞧着苏燕实在有些上不得台面，允许她在这样的场合长长见识，免得她日后做出太多丢人现眼的事。

因着近日徐墨怀力排众议坚持推行科举的事，朝中气氛很是古怪。

少有的几个寒门出身的官员都想趁着科举一事的东风升升官，然而"上品无寒门，下品无士族"的话也不是说说而已，赞同推行科举制的还是少数。徐墨怀想借着这次生辰宴将推行科举制一事提上日程，以免朝臣在朝堂上吵得面红耳赤。

苏燕穿着最普通的宫女衣裳，跟在宫女身后看着来回穿梭的宫人。满堂公卿，锦衣华服，还有穿着胡袍的外邦使臣，带着一箱又一箱的贺礼。仅仅是沿路点亮的烛火，就足以让从前在马家村抠抠搜搜的苏燕用上好几辈子了。

宫女们都谨言慎行，低头做事。苏燕从来没见过这么多贵人，便拘谨地躲在宫女们的身后。

苏燕扯着一个紫宸殿宫女的衣角问她："我们留在这儿做什么？"

宫女回过头说："陛下说了，要苏娘子好好观摩各位贵女的言行举止，校正自己的陋习。"

苏燕有很多陋习。她时常会撸起袖子干活，后来有人提醒她这是不得体的；在紫宸殿的时候，她把侍女送去泡茶用的东西当作干果嚼着吃了，惹得众人发笑，又被徐墨怀斥责；还有什么"食不言寝不语"，她听都没听过。

苏燕不情不愿地"哦"了一声。片刻后，她在众多贵女中见到了熟悉的面孔，是徐晚音和林馥，她们正挽着手臂落座。

苏燕悄悄往后退了两步，有些不敢看林馥的脸。

这一切都非苏燕的本意，但在面对林馥的时候，她还是会生出一种羞耻感。在未来的皇后面前，她就是泥点子一样的存在，一辈子抬不起头。

"河北节度使李付……"

苏燕听到传召声，突然想起当初李骋那个疯子可不就是什么节度使的儿子吗？

她踮起脚朝大殿中央看过去，没有看到李骋，反而对上了一双冰冷的眼睛。

徐墨怀面上带笑，眼神却阴森得吓人。他略带警告地看了她一眼，很快便移开了视线。

五

徐墨怀身着帝王冕服，坐在最显眼的位置，四周都是他的亲信与要臣。

苏燕站在宫女们的身后，目光从那些瓜果膳食上一一扫过，不禁想这些权贵当真是好命。她从前哪里见过这样好的东西？到了长安才知道原来菜还能做出花儿一般的模样。

她连油、盐都是紧巴巴地用，能在生辰的时候吃上一顿白米饭就满足了。

不知道徐墨怀陪她吃那些食物的时候，是不是暗自不满了许久。

苏燕连站在这群宫女身后都感到格格不入。

她们恭谨有礼，端庄得体，时刻等着服侍这满堂权贵。

徐墨怀羞辱她时说的话确实没错。以她的出身，她即便做了宫女，都只能去干些洒扫的粗活。

如果不是徐墨怀，她应该会一辈子做个种地、放牛的农女。这满目琳琅，便是她做梦都梦不见的。

苏燕心中微动，忍不住抬眼朝高座之上的徐墨怀看过去。然而这次她即便踮起脚探着头，也连他的一片衣角都没看见，他被挡得严严实实的。

好像只有徐墨怀想看她的时候，她才能看上他一眼。一旦他的目光落到别处，无论她怎么努力，都别想再看到他。

林馥坐在林文正身边，离徐墨怀的位置不算远。林照则与徐晚音坐在一起，这对前段时间还在赌气的夫妻如今已和睦如初。

徐晚音两三岁时便被寄养在林家。王皇后带着长公主和徐墨怀一路逃亡时，徐晚音还在温暖的床榻上酣然入睡。

徐晚音虽然骄纵了些，却从没做过什么坏事，即便怨恨宋箬，也未仗着公主之尊要了宋箬的命。

林馥看了徐墨怀一眼，很快便低下了头。林文正还当她是害羞，笑着让她去给徐墨怀送贺礼。

林馥不耐烦地低声拒绝道："阿爷当真看不出来陛下的心思不在女儿身上吗？"

林文正轻斥道："休要胡说！你马上就是大靖的国母，陛下的恩宠自然会放在你身上……"

这话，林馥听了不知多少遍。她年少时因为世人对徐墨怀"少聪慧，美姿仪"的赞美而产生了慕艾之情，也在亲人无休止的提醒中生了逆反心理。

林氏一族规矩森严，男子四十无子方可纳妾，林馥实在不甘心与一群女人共享一个夫婿。

林馥出神地想着，不远处觥筹交错的声响引起了她的注意，再看过去的时候，发现是李太尉和他的儿孙。

几个不规矩的正在皇帝的寿宴之上推杯换盏，李太尉在板着脸训斥他们。其中一位面容俊朗、肤色稍黑的男子注意到了她的目光，对她挥了挥手。

那人大胆地问她："你是林家的娘子？要当皇后的那个？"

林馥被问得面色一僵，答也不是不答也不是。

李太尉一巴掌拍在了男子头上，责骂道："混账东西胡言乱语，冲撞了林丞相的千金，等会儿就等着陛下打你板子！"

林丞相和李太尉一文一武，一直十分不对付。林文正听到李太尉这番话，脸垮了下去，不耐烦地说："太尉言重了，只是教养儿孙还是要上心，哪日他们无礼得罪了陛下，可没人护得住。"

眼看两个人越说脸色越黑，李骋连忙拍了祖父两下，向林馥赔罪说："林娘子生得貌美，想必也是个心善的，不会与我这粗人计较。"

林馥应道："郎君说笑了。"

李骋笑了笑，移开目光，继续在宫女中寻找那个一闪而过的身影。

起初他只是觉得苏燕长得漂亮，性子十分有趣，一点儿也不娇气，便想着带回府里做个妾侍。谁知她嘴里没个真话，实则来头不小，倒让他更加好奇了。

祖父隐晦地告诉李骋当日带走苏燕的是什么人，想让李骋死心。可李骋天生就是个执拗性子，哪儿是那么轻易就放弃的人？

李骋想不明白，苏燕既只是这宫里一个低贱的宫女，如何能让徐墨怀大费周章地救她回宫呢？

苏燕跟着宫女们一同站得腿酸，也仅仅看到了这名门贵女是小口进食，都不怎么动筷子，连喝茶饮酒都要用袖子遮住，再用帕子擦拭本就没什么脏污的手指。

她们都是端庄地跪坐着，一连半个多时辰，必定是腰酸腿麻，却也不见有谁因此东倒西歪。

苏燕实在是有些忍不住了。她只是听说今日有烟火看，才想着跟宫女们一起来长长见识，没想到吃顿饭要这么久。宾客们那些文绉绉的祝词，她一句也听不明白，也不知僵站着是来做什么的。

过了好一会儿，有宾客要苏燕身边的宫女去温酒。身边熟悉的人接连走了，苏燕立刻紧张起来，小心翼翼地看了看四周的人，生怕自己与她们有什么不同。

就在她局促不安的时候，她的额头忽然被什么东西砸了一下。苏燕轻呼一声，引得附近的人纷纷扭头看她。他们似乎在看是哪个宫女这样失礼。

苏燕无措地往后退了两步，想要站在不那么惹眼的位置，结果又一个东西砸到了她。

看到脚下滚落的葡萄，她确定是有人故意为之，抬起头恼怒地搜索，很快就找到了一个笑得十分放肆的人。他手上捏着一串葡萄，似乎想再扔过来几个。

苏燕错愕地瞪着李骋。他冲她眨了眨眼，随后附在祖父耳边说了几句话，又和一旁侍奉的宫人交代两句，默不作声地从席间退了出来。

李骋不知道去了何处，苏燕不想继续僵站着，又怕自己此刻走了会被徐墨怀追究。

过了一会儿，有人拍了拍她的后背，苏燕没有理会，又被人用力地扯了一下头发。李骋不管她是否愿意，弯着腰抓住苏燕的手臂将她带离了此处。

苏燕害怕动静太大被高座之上的徐墨怀注意到，只好强忍着不作声，到了人少的地方才掰开李骋的手，没好气地问："你想做什么？"

李骋脸上的伤恢复得差不多了。他穿着干练的圆领袍，腰间是正时兴的蹀躞带。比起当日灰头土脸满鼻子血的模样，此刻的他才真有几分高门出身的味道。

"你问我怎么了？"李骋扶着假山石说，"我为了赎你花费了五百两，你估量着怎么还我，别以为进了宫就可以装作不算数。"

苏燕正揉着酸软的腰腿，听到他这话忍不住心虚了一下，紧接着立刻理直气壮地说："你还说能救我，也没见你作数。"

李骋挑了挑眉，说道："你骗我还有理了？"他说着就轻浮地拨弄苏燕的衣裳，"你不是什么富商的妾侍吗？你不是挨打吗？怎么我瞧着你还挺……"

他"好"字尚未出口，苏燕腕间的伤疤和瘀青露了出来。

李骋神色一凛，语气也失了调笑的意味："你真的挨打了？"

苏燕尴尬地抽回手，不好告诉李骋这是因为她反抗激烈被徐墨怀绑出来的，不过也有几道伤是因她读书懈怠被打板子留下的，说挨打倒也没错。

"我要回去了。一会儿有人找不到我，我要受罚的。"有了周胥那一遭，苏燕现在跟外人多说几句话都提心吊胆的。李骋身份尊贵，徐墨怀多半不会砍了他的手脚，受罪的人只会是她。

李骋满心好奇，不肯就这么放她走，伸手过去拉她，问道："你急什么？那么多宫女还缺你一个不成？"

"我不是……"苏燕说到一半就住了嘴。她不是宫女，那是什么？

另一边，徐墨怀正与三公说话。听侍者来禀告苏燕的事，他面上没有异样，浅笑着应了，语气中却带着一丝冷漠："不用拦着，由她去。"

他倒是想看看，苏燕敢在他的眼皮子底下干出什么事来。

六

"你究竟是什么人？只是宫女？"李骋不觉得一个宫女落到山匪手里会被皇帝大费周章地救回去。如今他的确对苏燕有几分兴趣，若她身份合适，讨她来自己身边也不是不可以。

"你问那么多做什么？总归我是宫里的人。五百两银子我是没办法还上的，你若真想要，就去找陛下要。"苏燕不愿和他继续纠缠，说完就要走。

此处靠着假山，鲜少有人经过，苏燕担心宫女们见不到她会急着禀告徐墨怀，一心只想快些离开。

李骋抓住苏燕的手臂，语气不知为何严肃了起来："你可要想清楚，虽说我李家不是什么百年望族，却也是簪缨门第，问陛下要一个宫女是轻而易举的事。"

苏燕的脚步因为这话停顿了片刻，她皱着眉问他："你要我做什么？"

"能做什么？自然是带回家疼爱的。"李骋的后院从不缺女人，苏燕却是他第一次主动要带回去的。

被祖父教训后，李骋其实有些顾忌苏燕的身份，然而从她的言行举止也能看出来她并不是什么名门闺秀，那便好解决多了。徐墨怀是有几分高傲在身上的，绝对不可能将苏燕留在身边。

苏燕听到这种话就觉得胸闷气短，转身便走。

李骋却不识趣地追上去，问道："你怎么不搭理我了？我猜你出身不高，要是你想，我就去找陛下要个恩典，将你带走。"

她不会再信这种鬼话了："你有这么多本事，怎么还被山匪抓去一顿打？"

李骋听她提起这件事，半点儿不觉得羞惭，反而嬉笑着说："若不是我也被捉去了，你可要遭祸了！兴许是老天叫我去帮你呢？"

苏燕说了这么多，脸色缓和了不少，心中甚至有些动摇。

从堂内众人的反应来看，太尉与节度使都是一等一的大官，李骋的出身显然十分了不得。徐墨怀不是真心爱她，若是将她当作物件随手赐给哪个臣子也是正常的。

若李骋开口去要，徐墨怀未必不同意。虽然苏燕觉得李骋也是个疯子，但从他身边逃跑总比从徐墨怀身边逃跑容易得多。

李骋看出她犹豫了，了然地笑笑，说道："你放心，我待妾侍很好，从不拘着她们。你总不想一辈子做个伺候人的宫女吧？"

她当然不想。可她同样不想给谁做妾，尤其是李骋的。他的话，她不能轻信。

苏燕不想应他，不耐烦地说："你那么厉害，那就去问陛下讨人。你讨得来，我就跟你。你与我说有什么用？我又做不了主。"

李骋听出她的敷衍，也没在意。直到有宫女来寻，苏燕才跟着离开。

寿宴终于在宫禁之前结束，贺寿的烟火姗姗来迟。烟火腾空那一刻的爆裂声震得人脑子嗡嗡作响，空气中残留着一股火药味儿。

苏燕捂着耳朵去看漫天的火树银花。在天地明亮的一瞬间，她下意识地看向徐墨怀。

众人都在看这场盛大的烟火，或与身旁的人交头接耳，唯有徐墨怀孤零零地站在那儿，颀长的身形此刻更像一个鬼魅，好似这场为他盛放的烟火与他最无干系。

在忽明忽暗的光影之中，他忽然回过头，蹙眉朝一处看去，似乎在搜寻着什么。苏燕正疑惑着，却不想片刻后徐墨怀的目光与她的相会。

只是短暂的一瞬，他迅速收回目光。苏燕没想到他会是这样的反应，好像自己是什么不能看的脏东西一般，顿时没了观赏烟火的心情。

等到时辰差不多了，徐墨怀最先退场，而后众人才敢携家眷离宫。苏燕没等到送她回青环苑的宫人，反而得到让她去徐墨怀的殿外跪着的命令。

她还没反应过来，就被人带去了紫宸殿。紧接着，便有两个宫人按着她跪下。

他们讲话的语气十分不近人情："陛下命苏娘子在此罚跪。苏娘子知道错了方可起身。"

苏燕迷茫地跪了一会儿，不断回想自己又做了什么。她忐忑不安地问那侍者："我知道错了，现在能起来了吗？"

"娘子请等候片刻。"他说完便去殿内询问徐墨怀。

再出来的时候，他转述："陛下问你错在哪儿了。"

苏燕想了想，说道："不该擅自走动，让宫女四处找我？"

侍者进去再出来，说道："陛下让娘子继续跪。"

苏燕埋头苦想，心中不禁有了怨气。若她做错了事，他大可以指明后责罚她，而不是让她稀里糊涂地跪着，让她猜测自己哪里惹到他了。

她冷着脸说："我与李骁私下会面，有违体统？"

侍者再出来，回答依旧是："苏娘子继续跪着吧。"

她实在是想不明白了，难道徐墨怀让人随时看着她不成？即便当真是这样，她也不觉得自己做了什么错事。

她越想越气，心头的委屈积压成了怨愤——只要徐墨怀看她不顺眼，她做什么都是错的。

苏燕一直跪着没起身，入夜后庭中风大，地砖冷硬得好似几千根针在往她的骨头缝里扎。也不知跪了多久，她觉得膝骨、腰背都在发疼。

苏燕几次疼得要倒下，要用手撑着地面才能稳住。而徐墨怀始终没有出来瞧上一眼，似乎将她给忘了。

苏燕穿着宫女的衣裳，觉得浑身发冷，缩着肩膀闷不吭声，咬牙继续跪好。

夜深了，看着苏燕的侍者也有些疲累，说道："苏娘子再想想，去认个错便好了。"

苏燕有气无力地说："我怎么知道自己错在哪儿了……"

话音才落，殿门吱的一声开了，徐墨怀已经换了身闲适的便服，眼皮轻轻垂着，似是不经意扫她一眼，语气听不出喜怒："进来。"

苏燕确定他是和自己说话后，用手撑着冰凉的砖石缓缓起身。然而跪了两个多时辰，她的腿已经麻木到仿佛不存在了，她稍一起身便往一边跌倒，浑身上下都酸疼得不像话。

徐墨怀漠然看着，在侍者试图去搀扶的时候开口说："不许扶。"

苏燕眼眶一热，不敢去看他的表情，低着头继续撑着让自己起身。她勉强直起身，却连腿都迈不开，才艰难地走了一步，就狼狈地摔倒在地。

徐墨怀没再看下去，转身走入殿内，留下苏燕一瘸一拐地往里走，每走一步都要有外物支撑。

来长安之前，苏燕只给自己逝去的阿娘磕头跪拜过。她在徐墨怀眼中就像地上的泥灰，生来就该被踩在脚底，磕头下跪也是应该的。

苏燕也觉得这是应该的，徐墨怀是皇帝，给他磕头下跪天经地义，有什么好委屈的？她虽这样想着，却还是没忍住，鼻子一酸，眼泪吧嗒吧嗒地往下掉。

从殿外到徐墨怀面前的这一小段路，苏燕走得十分艰难。不长的距离，却总让她觉得比当初在观音山回去找徐墨怀的路还要长，还要难走。

徐墨怀坐在书案前，头也不抬地问她："知道自己错在哪儿了吗？"

苏燕颤巍巍地站着，憋住眼泪没说话。

他终于抬起头，定定地望着她："李骋看中你，向朕求了个恩典，想收你做妾侍。"

他语速缓慢，就像一柄刀子不疾不徐地刺向她："朕的东西，即便朕不要，也不会转手赐予旁人。"徐墨怀嗤笑一声，似笑非笑地看着她道，"朕会一杯毒酒赐死你，绝不给你背叛朕的机会。"

187

七

苏燕听到徐墨怀的话，感觉脑子里好像有根弦正被拨动，发出即将断裂的声响。他显然没有将她当成人看，只当她是一个属于他的物件，宁可毁了也不能转手赠人。

徐墨怀看似对她恩宠，不吝于吃穿用度，却并不在乎她，只凭自己的心意对她予取予夺。

苏燕的腿疼到站不稳，她强忍着不让自己跪下去。她不明白自己到底做错了什么，不过是好心救了一个人，后来又喜欢上了他。

如果说她真的有错，也错在蠢笨好骗，错在痴心妄想。如此她就该被这样对待吗？

"是李骋去求的恩典，陛下为何要罚我？"苏燕婆娑的泪眼也盖不住她眼底的怒火与委屈，"我能怎么做？陛下总说我身份低贱认不清自己的身份，既然低贱，就该任李骋这样的人将我当作物件讨要，我又错在何处？

"他想做什么，我这样的低贱的人难道有资格说'不'吗？陛下为何不处置李骋？为何独独来罚我？"

苏燕惨白着脸，嘴唇因为愤怒而微微颤抖着。她几乎用尽了浑身的力气才说出一句："陛下当初说报答我，便是指这样的恩将仇报吗？"

徐墨怀的眼瞳骤然一缩，他猛地站起身，像一条被激怒的毒蛇，用阴鸷的目光死死盯着苏燕，似乎在等她识相地跪下认错。

苏燕毫不退缩地迎上他的目光，眼睛倔强地睁着，泪水却不住地往下落。

徐墨怀缓缓踱步到她身前，目光落到她身上各处，唯独不再去看她的双眼："是朕高估了你，竟以为你能聪明些。"

徐墨怀捏住苏燕的下巴："你若真的认清了自己的身份，便早该断了与李骋的牵扯。不说威逼利诱，即便他要你死，你也只需记着不能生出背叛朕的心思。"

他嗓音低沉，如同恶鬼附在苏燕的耳边低语，仅一句便让苏燕遍体生寒："恩将仇报又如何？你以为朕能坐在这个位置上靠的是良善之心吗？"

苏燕忽然想起徐墨怀逼死血亲的传闻。她确实不该指望徐墨怀对她抱有什么恻隐之心。

即便他勤勉为政，是一个励精图治的君王，可一旦有人真切地接触他本人，就能发现他的虚伪凉薄、傲慢偏激。在他面前，反抗即为一个人最大的过错。

徐墨怀身形高大，看她的时候总是微敛着眉眼，似乎连落在她身上的目光都带着施舍的味道。

徐墨怀给了她一番警告，也没有轻易地放过她，目光轻轻扫过苏燕发软的双腿，说道："紫宸殿的每一个宫女都知道，除了朕以外谁的话都不必听从。唯独你，连最简单的事都学不会。"

徐墨怀觉得自己太放纵苏燕，才让她恃宠而骄，竟敢指望李骋带她离宫。她就像一条养不熟的狗——只要有人给了她一点儿恩惠，她就能摇着尾巴跟那个人跑了。

"你既闲不下心，便去做个婢女，好好学着如何侍奉主子。"他心中郁结，望向苏燕的时候更加暴躁。

若不是她不知死活地撺掇李骋来讨要她，徐墨怀今日本想让她先以宫女的身份留在紫宸殿，日后再给她一个体面的位分。

他算是发现了，苏燕根本不知道自己的斤两，偶尔服软并不代表她乖巧听话。

她根本不值得他费心思。

"你跑一次，朕便打断你一条腿。倘若你胆敢与任何人私通，朕会亲自给你把毒酒灌进去。"

苏燕麻木地听着这些话，眼泪都流不出来了。

徐墨怀说到做到，当真让苏燕入了奴籍。

大靖关于门第的规矩森严，换作从前，士族不得与庶民通婚。如今士族与庶民的关系虽渐渐缓和，有成婚的先例，这事却始终被人嘲讽轻蔑。

平民入了奴籍更是难以翻身，只要不恢复自由身，便一辈子不能与良人通婚。苏燕的母亲便是贱籍，所以只能做个见不得光的外室，生了孩子也一样无法进门。

苏燕从前是农女，虽然身份低微，却也是个正经人家，不用被身边的人看不起。谁知她因得罪了徐墨怀，便稀里糊涂地入了奴籍。

碧荷看着苏燕换上跟自己一样的婢女衣裳，觉得眼前的一切就跟做梦似的。分明前不久苏燕还受着陛下的恩宠，不过进宫一日就成了奴婢，那些金钗、罗裙都给收了回去。从此苏燕就跟她一样，成了青环苑里一个再普通不过的侍女。

碧荷也是有些委屈的，以前只侍奉苏燕这一个主子，没那么多规矩。如今主子没了，徐墨怀必定不会记着让她回宫伺候，她便只能留在青环苑做些又脏又累的活计。

虽然心有不满，但碧荷也知道不该怪到苏燕头上，毕竟苏燕才是最可怜的那个。难怪苏燕之前面对宠爱也不大高兴。

苏燕从宫里回来后，一双腿跪得青紫，一晚过后便疼得下不了床，走路都要支撑着外物。

青环苑的人得了令，都知道苏燕入了奴籍，一时间有奚落她的，也有可怜她的，就是没人敢真的上去踩她一脚。

大家都知道，以徐墨怀的性子，万一哪日苏燕又得宠了，欺负过她的一定会被丢去喂老虎。毕竟当日何娘子被打死的时候，多少人就在一边看着，那惨烈的叫声至今都叫他们心有余悸。

苏燕已经快被磨得没脾性了，休养几日后能勉强走路，便跟着侍女们一起干活。青环苑是游玩休闲之所，名义上赐给了常沛，但常沛的居所并不在此处，偶尔会有其他王孙得了允许带着友人过来喝酒玩乐。

苏燕不能住在枕月居，便跟侍女们同屋而眠，穿着一样的衣裳，吃着普通的膳食，再不会得到任何优待。

她并没有对入奴籍的事耿耿于怀，只要活着，总有离开的那一天，实在不成就学她娘逃得远远的，躲到深山老村待几年再出来。

青环苑的活计并不算太多，无非是洗衣、做饭、砍柴、挑水，苏燕都是做惯了的。管事的嫌她粗手粗脚做不来细活，到前堂侍奉的事从来不叫她去。

李骈十分不是东西，祸害了她转头便没了影子。苏燕在给那些叫不上名的野兽搬肉的时候，时常会在心底暗骂这两个疯子。

苏燕一瘸一拐地走了好些日子才恢复，徐墨怀始终没来过青环苑。她倒是觉得庆幸，最好他再也不来。即便她每日累得倒头就睡，也比跪在地上磕头求饶好。

有些婢女知道她得宠过一阵子，时常有意无意地在她耳边提起皇后册封的大事。而多数人担心她日后再招惹到贵人，纷纷与她保持着距离，以免日后遭她牵连。连碧荷都在表面上冷落了苏燕，只敢背地里关照几分。

徐墨怀与林馥的婚期越来越近，苏燕觉得自己似乎要被忘记了。当她以为自己的生活终于平静下来的时候，徐墨怀又来了一趟青环苑。

苏燕正搬着一桶脏水准备倒掉，她的衣裳在打扫的时候沾了灰尘，鬓前的几缕发丝被汗水浸湿，贴在颊边。她的脸红扑扑的，她看着像是又回到了在马家村生活的时候。

常沛与徐墨怀从此处经过，身后还带着苏燕不认识的王孙公卿。苏燕放下手里的东西，跟着周围的侍者一同行礼。

徐墨怀只在经过她身边的时候微微一顿脚步，却没有停留。苏燕紧吊着的心落到了实处，缓缓松了口气。

八

苏燕的腿上还有几块暗色瘀青，她用手按着会隐隐地疼，倒不会影响平日做活。管事的见她手脚伶俐能吃苦，也没为难她。如今徐墨怀来了青环苑，侍女们都去堂中伺候着，苏燕就被安排到后厨做些杂活。

她是小山村出来的，来了青环苑的后厨连作料都认不全，自然只能去砍柴烧火，一身都是烟火味儿。

苏燕累得胳膊酸疼，也不知道那些王孙何时才走。盛汤的阿嬷看她又困又累，用锅里剩下的羊肉汤给她下了一碗索饼。

苏燕捧着一碗热乎乎的索饼坐在灶火前吃了起来，身上虽落了些柴灰，却也被烤得暖烘烘的。

她有些出神地想起来，好多年前她饿得眼前发昏却找不到阿娘，一头栽到地上，摔得哇哇大哭。当时阿娘不知从哪儿捂着衣襟跑了过来，连衣带都没来得及系好，抱着她哄了没几句也开始号啕大哭，而后一个男人怒喝着跟了过来。

当晚阿娘买了一只羊腿回来，给苏燕做了一顿好饭。

那晚食物的味道苏燕已经快记不清了，连阿娘的模样都记得有些模糊，却总记得昏黄的灯影下，阿娘捂着脸对苏燕说："日后千万嫁个良家人好好过日子，别想着攀高枝了，不然就跟我一样，差点儿连命都搭进去……"

苏燕的娘已经病逝了许久，快不行的那段时日还在劈柴挑水，给苏燕缝补衣裳，似乎想在最后一点儿时间里，为她多留些东西。

阿娘死前也没忘记抱怨带给她这一切不幸的负心汉。很多年后，阿娘说的话还是像一个高悬的石头挂在苏燕的头顶。

苏燕入了奴籍，此后怕是连个良家人也找不到了。阿娘说得果真不错，男人有钱有势了都会变得混账，那有了顶天的权势，便更加不是个人了。

要是徐墨怀再也记不起她，就让她一直在这儿做个奴婢也好。她至少能好好活着，不用整日担忧被打被杀。

推行科举的事最终还是定下来了，徐墨怀连着半个月都在和朝臣们对峙，各方相争说得有来有回。

其实也没有那么多冠冕堂皇的理由，无非是为了保住各自的利益，徐墨怀是为了手中的权力，他们也是一样。然而再怎么争论，他也力排众议将科举一事定下来了，明年便是施行新政的第一年。

世家与皇族之间的关系错综复杂，牵一发而动全身，徐墨怀不会傻到为了集中权力将他们一刀斩尽，这无异于自取灭亡。

推行科举制，提拔寒门学子，已经是他此刻能做的极限，日后的事还要徐徐图之。

然而即便只这一件事，也够他焦头烂额好一阵子了。

他这些日子逐渐清闲了，便请朝中的几位师友来青环苑小聚，也好缓和之前为科举一事吵得不可开交的气氛。至于为何偏偏是青环苑，他也是有私心的。

徐墨怀前段时日虽然忙，却也不是对苏燕的情况一无所知。他以为苏燕该消沉挫败，甚至被这突然的落差气得落泪，然后急不可耐地向他认错服软。

谁知她竟很快适应了，好似对锦衣玉食不屑一顾。徐墨怀恼她不识相，恨她对自己不忠诚，一心想要打压苏燕，让她心甘情愿地留在他身边。

他好像……已经许多日没有见着苏燕了。

徐墨怀很少放纵自己醉酒，多是饮至微醺便停下。宴会散后，他本想回宫，却不知不觉走到了枕月居。

直到看见窗前昏黑一片，他才想起来，苏燕被他贬为了婢女，此刻应当与其他下人住在一处。想到这里，他心中莫名有些焦躁。

后厨洗刷碗筷的事不归苏燕管。她帮着清扫一番后，便早早回去忙自己的事了。做了婢女后没人会伺候着她，更没有浴桶留给她沐浴。

虽说天气有些冷了，但苏燕闻到自己一身柴火气，还是犹豫着要不要烧个水擦洗一下。

下人们的住处不像主子的庭院有那么多灯笼照明，院子里也没有水井。苏燕自己提了个桶想去打水，走出院门没多久便听到了身后的脚步声，还以为是同伴回来了。不等出声询问，她就被人捂住嘴按到了树上。

身后的人高大结实，紧紧桎梏着苏燕。她手里的水桶落在地上，砸出一声闷响。苏燕闻到了一股淡淡的酒气，以为是哪个喝醉的宾客，急着要挣扎，却被按得更紧了。

对方的沉默让苏燕害怕。她被吓得不断乱动，张口想要咬他，但一张嘴便被捂得更严实了。

四周格外寂静，身后的人略显粗重的呼吸声被衬托得更加清晰，苏燕甚至能听到对方抽开腰带的微弱声响。

她被吓得浑身筛糠似的战栗。

对方察觉她的反应，终于微微松了一点儿，贴着她的后颈轻声问："疼了？"

听到这熟悉的嗓音，苏燕先是愣了一下，随后气得直发抖，嘴里含混不清地又哭又骂。

徐墨怀不悦地皱起眉，用膝盖抵开她的腿，将她带着点儿油烟气的衣裳拨到一边。

她也是一个年纪轻轻的姑娘家，到底还是要脸面的，偶尔在书案上和墙上也就罢了，从没见过有人这样没脸没皮，将人抵在树上就急不可耐地办事的。

苏燕不肯，徐墨怀便想故技重施，要用她的外衫将她的手绑起来。然而不等他实施行动，就在苏燕的腕间摸到一段不平整的痕迹。他动作一顿，随后将外衫丢到了地上。

苏燕也不知道自己被按在一棵什么树上，总之树皮糙得很，磨得她的后背、胸口都火辣辣地疼。她却因为羞耻不敢发出一点儿声音。

徐墨怀大概是察觉了这点，勉强有了些良心，将外袍套在她身上，让她不至于被磨得满背是血。

他并不感到餍足，似乎非要听到苏燕忍不住叫出声才肯罢休。他眼中似乎没了羞耻心这种东西，一门心思只想叫苏燕屈服，无论是哪一方面。

苏燕的衣衫被踩在脚底，被他蹾得又脏又皱。徐墨怀退开身，掏出帕子给她擦干净。苏燕的腿微微发颤，她扶着树缓慢蹲下，抖了抖衣衫上的土。

徐墨怀慢条斯理地系好衣带，身上除了衣襟微皱以外看不出半点儿异样。

他见苏燕抱着脏乱的衣衫，似乎还要拿回去穿，轻声说："带回去做什么？"

苏燕没有抬头看他，语气十分疲倦："每个人只有两套秋衣，我还要换着穿。"

徐墨怀摸了摸她的脸颊，俯身说道："燕娘，若是你现在认错，朕便不计较了。机会只有这一次。"

他等了一会儿，苏燕没有回答。随着苏燕的长时间沉默，徐墨怀的面色越来越沉。最后他发出一声极轻的冷笑，带了几分难言的愤恨，不等苏燕起身，一甩袖子转身走了。

夜风微凉，苏燕的身上只剩单薄的里衣，上面还沾着些污渍，她也不知道自己这样回去会不会撞见哪个婢女。

想了想，她还是把脏衣裳套上，捡起地上的木桶勉强站起身。虽然此刻腰腿酸痛，她也不得不去打水擦洗了。

她回去的时候，同院的侍女们仍旧没有回到屋子里，也不知又摊上了什么活。一直等她水都烧好了，正在往木盆里倒，两个侍女才愤愤地抱怨着进了屋。

她们控诉管事发疯，大晚上还不消停，将她们都安排去清扫北苑的旧楼，唯独苏燕运气好被漏下了。

苏燕有些心虚地低下头。两个婢女都累得不成样子，草草洗漱一番便去睡了。苏燕隔着一个帘子，还在磨磨蹭蹭地擦洗。她将腿上、腰上都给擦干净了，擦到皮肤泛红才停下。

青环苑豢养了一堆珍禽异兽，其中不乏越鸟一类的飞禽。越鸟虽美，所住的园子却极难打理，时日久了鸟粪堆积起来，走近了便是一股恶臭。

苏燕等人被安排着去清扫，个个苦不堪言。苏燕还好些，从前羊圈里的味道也不好闻，但都习惯了，现在做这种事没觉得太难受。

打扫完自己的那处园子，她立刻去沐浴换衣，收拾完后还没休息，又被管事的叫去前庭侍奉。

管事的边走边嘱咐苏燕："要不是见你生得有几分姿色，手脚也还算麻利，这事是万万不会落到你头上的。

"来的人是主子的亲侄子，每次来都捎带几个王孙公子，虽然爱胡闹了些，却也算有分寸。你离远些，只管倒酒上菜，切莫多说话惹他们不高兴。"

苏燕应了，跟着其余人一起去侍奉。

为效仿前朝圣贤之风雅，青环苑里特意造了一处宝地，引曲水以流觞。

苏燕见到一群衣着华贵的郎君边喝酒边侃侃而谈，他们随手将名贵的酒水倒入溪流中，最后玩到兴处，还解下腰间玉佩朝水里丢，争论着谁丢出来的声音最好听。

金银玉石落入淙淙流水，苏燕大开眼界。

王孙公卿与平民百姓当真是云泥之别。他们可以随意挥霍，不用为生计发愁，再贵重的东西都能丢到水里，只为听个响。

苏燕小时候却饿得头晕目眩，在阿娘死后差点儿沦落到上街乞讨。即便是这繁华的长安城里，也时不时出现因饥寒而死的人。

分明都是人，命却有着贵贱之分。苏燕看着眼前的一切，只觉得荒诞到不像是真的，联想到自己的奴籍，心中越发难过。

她正出神地想着，忽然听到一声惊呼。她的一个同伴被几个年轻的郎君推搡到了溪流中，浑身湿透。侍女呛了几口水，慌忙无措地要爬起来，他们却看着她的模样放肆大笑。

"要我说，属这小娘子的落水声最悦耳。"

苏燕哑然地望着眼前的一切，而她的同伴瑟瑟发抖地爬起来，也不知道自己做错了什么事，第一反应却是先给他们下跪认错。

苏燕望着眼前一群放肆大笑、以欺辱侍女为乐的人，心中更觉得凄凉。眼前这些人生于高门贵族，即便奢靡放荡，不在乎黎民百姓的疾苦，日后也能做大官。

像周胥那样的没落士族的后人，家中尚有藏书与田产，比那些真正出身寒门的学子不知要好上多少。

他们比上不足比下有余，纵有一身才华，也不得不攀附望族才得举荐，日后在朝中当一个不起眼的小官，不仅难以完成抱负，还不得不维护望族的地位。

他们就是在为这样的人写文章，攀附着这样一群人吗？苏燕心中愤怒，却只能紧攥拳头，什么也做不了。

紧接着他们似乎找到了乐趣，拉着身旁的侍女就往水里推。

苏燕也没有幸免于难。

苏燕浑身湿透，从冰冷的水里爬起来，冷到唇色发白，水淋淋地站在一边服侍，和其他同伴一样，风一吹便瑟瑟发抖。

好不容易等到宴上的酒水所剩无几，他们又要换更好的酒。苏燕跟着同样浑身湿透的碧荷去温酒，二人对视一眼，眼里都是掩不住的愤怒。

苏燕拧了把袖子，叹了一口气，说："这长安的贵人都是这副模样吗？"

碧荷无奈地说："也不都是这样的，但无论是哪家出来的王孙公子，都与我们这样的婢子不同。今日还算好的，娘子就别计较了。"

苏燕听着碧荷的话，还是咽不下这口气，掀开酒壶朝里面啐了几口。碧荷见了，也照着苏燕的模样朝里啐了两口，将酒壶摇一摇，好似这样心中便能好受些。

苏燕拿着酒回去，他们几个继续喝酒快活。直到一位不速之客的到来，宴上的欢快气氛才被打破。

林照气势汹汹地走进来，准确地找到了弟弟的位置，阴着脸说："还不快给我起来？"

方才还畅饮的小郎君像是被兜头浇了一瓢凉水，一个激灵站起身，缩着脖子站到林照身前。

其他人对林照也有几分惧怕。大家分明是同辈，林照却因为才能突出一向是世家子弟的楷模，年纪轻轻就与他们的父亲共事。

谁也不敢惹得林照不满，一时间七歪八倒的人都坐直了身子，战战兢兢地等着林照发话。

林照扫了一眼周围因穿着湿衣而发抖的侍女，严厉地说："不成体统，圣贤书都读到哪儿去了？夫子就是教你们这样欺负几个女子的吗？"

林照发了脾气，纵使有人心里不服，也不敢跟他顶撞。

"现在去给她们赔罪，赔完罪立刻散了。"

这群公子哥儿到底都是望族出身，虽然因林照与他们父亲共事心中对他有几分忌惮，却也不愿意因他一句话向一群侍女认错，那岂不是打自己的脸？

贵族子弟向来瞧不起平民百姓，即便是再落魄的贵族，面对普通人时依旧会觉得高人一等，何况是面对一群落入奴籍的侍女？他们打心眼儿里觉得林照多管闲事。

林照的弟弟畏惧兄长，满脸通红地走上前，眼睛都不敢落到她们脸上："我方才对几位娘子多有冒犯，现在给你们赔罪了，望你们不要计较。"

即便真的想计较，她们谁又敢说出来呢？如今突然得到了一句赔罪，她们心中的委屈似乎也被抚平了一点儿。

除了林照的弟弟，剩余的人都梗着脖子不认错。

有人说："林照，你管管自家人就罢了，怎的还管起我们来了？"

"就是，常临好不容易得了他叔父的允许带着我们来此处饮酒，你为何非要来破坏我们的兴致？不过是几个婢女，又不是什么大事。"

林氏家风严苛，言行举止不可违了体统。林照小时候朝阿嬷大声喊几句都要被父亲责骂，是以最看不惯他们肆意欺辱婢女的行径。

林照严厉地说："冥顽不灵，事到如今还不知悔改。"

林照瞪着自己的弟弟，说道："陛下已经下令推行科举制，明年便开始施行，届时寒门入仕，必将在朝中占有一席之地。

"那些借家族荫庇在朝中谋取官职之人的路只会越走越窄，迟早会被更有才干的人挤下去。你怎知今日被你奚落的人日后没有机会入朝为官？"

他这话看似是在对着弟弟说，实则是说给在场所有纨绔听，虽然有夸大的成分，却并非随口说说。徐墨怀推行科举制，必定是徐徐图之，以免惹得群情激愤，但大量提拔寒门学子是迟早的事。

"即便是位卑者，日后也可能会踩在你们头上。"林照说完，睨了自己的弟弟一眼。

紧接着又有几个人站出来赔罪了。见剩余一部分人仍高傲着不肯低头，林照也不打算去管，只带着自己的弟弟离去。

临走前他对常临说："此处虽然是常舍人的林苑，但不代表你可以为所欲为。陛下今年时常来此，若你不慎冲撞了圣驾，常舍人未必会护着你。"

林照娶了公主，按理说与徐墨怀也是亲戚。故，他说的话还是值得一听的。常临不禁脸色发白，立刻招呼着下人把此处打扫干净。

等人都离去了，宫人们一直清扫到天黑才将地上的杂物清理干净，又将水里的杯盏、玉石捞起来。

夜里上了榻，苏燕等人缩在被子里仍未消气，骂着白日里的几个纨绔。有人忍不住夸赞起林照，说他不愧是林家出来的，不仅有君子风范，生得还极为好看。

苏燕情不自禁地想起了那位同样出身林氏的林娘子。既然她是林照的堂妹，那应当也是个很好的女子，写字也一定好看。只是日后她成了徐墨怀的皇后，也不知要遭多少罪了，夜里都要担心是否会被掐死。

徐墨怀处理完公务，常沛试探地问起常临几人的事。

青环苑的事传到了徐墨怀的耳朵里，次日推苏燕下水的那个纨绔便坠马摔得不省人事，即便醒来也再难行走。其余几人也被暗中整治了一番，没有一个落得好下场。包括常沛的侄子常临，回家便挨了二十板子，至今还在榻上不能下地。

"若陛下真心喜爱苏娘子，为何将她贬为奴婢？"常沛没有为常临说话的意思，像这样整日玩乐没个正形的纨绔，早该受些教训。

徐墨怀听到他话中的"喜欢"二字，忍不住皱了皱眉："苏燕是一条养不熟的野狗。无论朕怎么抬举她，她都不肯乖顺听话地留在朕身边。倘若不好好教会她屈服，她日后迟早会受旁人调唆，轻而易举地背叛朕。"

他心中所有的不安与愤怒都来自苏燕的"背叛"。

得到这样的回答，常沛并不觉得意外。徐墨怀从出生开始便跟着王皇后颠沛流离，一路上除了皇后和长公主，谁都可能对他不利。他是历经九死一生才回到长安的。

战乱平息，徐墨怀的父亲将他们接了回去，把彼时还是王妃的王皇后给贬了，却将名门望族出身的郭氏女抬为了正妃。

之后，徐墨怀被过继给了无子的郭皇后。

谁知不久郭皇后就生下了皇子。因长子继位的传统，郭皇后对徐墨怀并不好，放纵自己的儿子欺辱他。

徐墨怀为王皇后与长公主忍耐了不知多久。后来的种种，更是直接导致徐墨怀得了这一身疯病。

常沛教导徐墨怀为君之道与礼仪学识，但决定不了他的心性与为人。常沛虽然并不赞许徐墨怀的行事作风，却也明白他不择手段的原因——权势与地位是他唯一能握紧的东西。

"陛下可还想给苏娘子一个位分？"

徐墨怀缓缓扯出一抹意味不明的笑："此事不急，也得看她配不配得上。朕现在更想看看林馥准备得如何了。"

九

距离封后大典还有半个月，林拾已经做好了所有的准备，欲带林馥离开。林拾手上的银钱，足够她们一辈子游山玩水吃喝不愁。

林拾作为侍女从来就没有任何顾虑，会留在林家这么多年，也是因为放心不下林馥。如今林馥既然说了要走，她便是拼死也会给林馥自由。

一切准备周全后，林馥向家人提出要去西郊的兴善寺上香。二人趁无人注意，换了身衣服，收拾好行囊便走了。

马车出了城，林馥探出头去看这崭新的天地。走出困了她多年的牢笼，她浑身的枷锁也跟着松了。然而她又忍不住伤感，无法消解对亲人的愧疚。

林馥很少坐这么久的马车，浑身骨头都要被颠松了。马车忽然一停，林馥还以为是要歇息片刻，便掀开帘子问林拾："我们到哪儿了？"

林拾没有答话，欲言又止地看着她，错开身子让她看清楚前方的情景——林文正目光沉痛地瞪着她们。

从小乖巧到大的林馥从未做过忤逆父亲的事，一时间被吓出了一身冷汗。望着眼前沉着一张脸的林文正，她被吓得连话都说不出来，也不敢看他的脸。

林文正痛心疾首，想上前打醒她。

林馥却忽然昂起头，眼里都是倔强的眼泪。她强装镇定地说："阿爷就算逼我回去，我也不肯嫁。"

她抓着林拾的胳膊的手在发抖。林文正朝她走过去，林拾便将她挡在身后。林文正只当这是林馥的主意，林拾只是下人，应当做不出撺掇主子私逃的事。

"你执意要走，可曾想过会陷林氏于不义？你走了，陛下便可借此对我们开刀。你这一走，赔的是你父兄的前程，是整个林氏的门楣！"林文正气得胸口剧烈地起伏，声音因愤怒而颤抖。

林馥听着这些话只觉得心如刀割，却仍是握紧了手，说道："为何让我肩负林氏的荣光？为何只有我没得选择？阿爷逼女儿回去，就是逼着女儿去死！"

林文正心中悲愤交加，最后竟一撩袍子跪了下去："阿馥，算阿爷求你，林氏不能毁在你手上……"

林馥见他忽然跪下，立刻跳下马车朝他奔去，抱着他哭泣不止。

林文正抓住林馥的手说了许多话。林馥不能看着高傲了一辈子的阿爷朝她下跪，这是将她的心架在火上烤。

她根本没有任何退路。她不能自私地丢下他们不管，也不能让整个林氏因她的一意孤行被迁怒。

林馥不能辜负所有族人。

在林馥跑向林文正的时候，林拾便明白了她的选择，静静地站在马车边。林馥擦着眼泪朝林拾看过去，却再也无法朝那边迈出一步。

"她竟真的回来了。"徐墨怀听常沛说起林馥出逃的事，心中也有一些意外。他倒不是意外林馥会回来，只是没想到她竟只有这点儿出息，不过一日便妥协了。

"可惜了，她若真的走了，朕正好能寻个由头整治林文正，不想她还有点儿脑子。"

徐墨怀早在多年前便想整治世家了。当初正是士族之间的斗争引得朝政不稳，士大夫只知有家，不知有国，外敌都入侵了还在争斗不休。打压林氏是为杀鸡儆猴，他是要拉拢士族，但并不是非他们不可，当朝的皇室与士族不过彼此利用罢了。

外面都说他与林馥两情相悦，实则他连林馥的模样都记不清。他只需要林馥背后的士族，而不是她这个人。

常沛问："陛下不想追究此事？"

徐墨怀并不在意，无所谓地说："她若安分，便暂且留她性命。朕记得她身子不好，若她实在惹人厌烦，便换了药令她卧病在床。"

徐墨怀说完瞧了一眼殿外簌簌落下的枯叶，问常沛："苏燕呢？她这些日子可还老实？"

常沛如实回答："苏娘子一切安好，与其他人相处也算融洽。"

徐墨怀一听脸色就变得难看了，没好气地说："这个没出息的东西！"

徐墨怀暂时不想去见苏燕。他不愿让任何人影响到自己，尤其是一个低贱粗鄙、一无是处的农女。他们本不该有任何交集，他约莫是疯了，竟还留着她。

苏燕再次见到徐墨怀是在他大婚的前一日。

他穿着一身轻便的玄色锦袍，头上戴着并不惹眼的发冠，配上年轻俊朗的相貌，看着更像一位富贵人家的郎君，而不是帝王。

苏燕抱着一桶脏衣裳想去洗，忽然见到他在院子里站着，立刻无措了起来。

她咬了咬唇，欲哭无泪地说："一会儿有人要回来。"

就算是要做，也不该在此处，她还要脸面的。

"你胡思乱想什么？把东西放下。"徐墨怀轻咳一声，略显不耐烦地瞥了一眼她手中的木桶。

苏燕将桶放下，拍了拍身上的灰，小心翼翼地说："陛下来此所为何事？"

徐墨怀没有立刻回答。他是突然想来便来了，只说："跟朕过来。"

苏燕有些怕他，没有立刻走过去，眼看徐墨怀的眼神逐渐可怕起来，才硬着头皮走过去。

她被他牵住了手，跟在他身边漫无目的地走。一路上他们竟连一个下人也没碰到，只有薛奉和两个侍卫在身后远远地跟着。

"朕与林馥明日成婚。"徐墨怀突然开口，语气平淡，没有任何情绪。

苏燕愣了一下低下头，忍不住心中疑惑。他说这些做什么？这些和她一个奴婢有什么干系？总不能是因为他要成亲了便不再稀罕她一个小小农女，想着将她这个污点除掉吧？

苏燕想到这里，心中不禁慌乱起来，胡乱地说："恭喜陛下，恭喜皇后……"

徐墨怀的步子微微一顿，他将她的手给甩开了，语气难掩不悦："不要以为朕成了婚便会放过你，明日你进宫，留在皇后身边服侍。"

苏燕愣怔了一下，反应过来后迅速说："这怎么行？我笨手笨脚，什么都不会做。皇后是富贵人家的娘子，我定是伺候不来的。"她继续说，想让他改变主意，"宫中那些宫女都比我好，我留在宫里，岂不惹人厌烦？我手笨，不会伺候皇后……"

徐墨怀面无表情："你侍奉朕就够了，管她做什么？"

"不行不行……陛下放过我吧，我不去……"

徐墨怀扭过头看着她："你再说一遍试试。"

第七章

中 宫

一

徐墨怀如此说了，苏燕再不情愿也没有法子。等进了宫，她日后想再离开便难了。徐墨怀并未对苏燕多交代什么，好似匆匆来见她一面只是为告知这样一件小事，说完便走了。

苏燕一整夜都没睡好，睁眼是一片沉闷的漆黑，闭眼便是自己被徐墨怀丢去喂狗的凄惨模样。

这一夜同样无法安眠的人不止她一个。

第二日天未亮，一驾不起眼的马车送苏燕入了宫。碧荷也好运气地跟着苏燕进了宫，不用留在青环苑。

帝后大婚，宫内各处都布置得极为奢华，这样大的排场，便是心中烦闷的苏燕也忍不住挑开帘子窥看。至于威严庄重的册封大典，苏燕便没资格看了。

宫中并非如她所想有锣鼓喧天的热闹景象，气氛反而比往日更加严肃沉重。每个人都步履整齐，衣着制式也有规矩，连脸上的表情都不能太过放肆。

苏燕的手臂上还有之前做粗活被硌出的痕迹，徐墨怀前些天来找她时在她身上弄出的痕迹也没有消失，乍一看如同被人打了一顿。帮苏燕换衣裳的宫女见了，眼神中都带了点儿同情。

皇后居住的中宫早早便被收拾出来了，大得像个完整的府邸。清宁宫的侍女也是徐墨怀的人，早早得了吩咐，得知苏燕的身份不一般，便任由她在此处闲逛。

祭天大典结束，天色稍显昏暗，林馥被送到了中宫歇息。苏燕在林馥经过的时候头也不敢抬，心虚又尴尬地等着她认出自己。好在林馥没有第一时间注意到她。

苏燕垂着脑袋，看到了礼服上绣满的翟鸟纹。这便是皇后大婚的袆衣，果真贵气逼人，连衣料边缘都用金线缀上了珍珠。

皇后没有吩咐，她们这些人都要在此等候不能乱动。苏燕不禁想起碧荷说的话，一般主子们行房也要有人候着，随时送水送衣裳进去。

想到徐墨怀与林馥同房时让自己在外跪着伺候，苏燕顿觉浑身不适，胃里一阵恶心。等了许久也不见徐墨怀来中宫陪伴皇后，苏燕便悄悄问一旁的宫婢："这宴会还有多久才散？陛下怎的还不来？"

对方愣了一下才明白苏燕说的"宴会"是什么意思，随即笑着说："陛下与皇后的亲事关系一国福祉，哪儿能与平常人家一般摆宴喝酒？陛下此刻应当还在祭拜天地。"

苏燕点点头，不再问了。

林馥今日足足站了两个时辰，此刻只想快些歇息，又害怕徐墨怀见到了怪罪，只能强打起精神，心中一片酸涩。

徐墨怀到中宫来的时候天色已经很晚了。林馥听到脚步声，身子轻轻一颤，有些畏惧和无措地等着他靠近。

听脚步声还没到她身边便停了，她抬起眼去看徐墨怀。他正站在几步开外看着她，皱着眉，如同在打量一件不称心的物件。

林馥想起府中阿嬷的教导，心知此刻她应当上前服侍。她忍着不满行了一礼，走过去想为徐墨怀宽衣，他却退后一步，状似无意地拂开了她的手。

"皇后先睡吧，朕还有公务要处理。"徐墨怀身子一动，冕冠的十二旒珠相互撞击发出声响。

林馥的心就像被一阵风轻轻拂过，没了方才的紧张之感，她恭顺地回答："是。"

林馥入宫连一个林家的人都没带。

徐墨怀并不在意她的感受，只要求她温顺听话，不惹是生非。

徐墨怀从寝殿出去，一眼便望见了和众宫女站在一处的苏燕。她听到了动静，还在竭力往后缩，生怕被他看到似的。

徐墨怀停住脚步，命令道："过来。"见苏燕没有动作，他也不恼，轻声说，"这腿不听使唤，不如废了。"

她立刻从后方挤出来，站在他面前，只是头压得极低，十分不愿与他扯上干系。

苏燕真是没想到，徐墨怀竟能厚颜无耻到如此地步。帝后今日大婚，正妻尚在寝殿中候着，他却立刻出来找一个宫女。他连名声都不要了吗？

苏燕心乱如麻，听见他说："跟朕过来。"

徐墨怀带着苏燕走了，中宫的侍者没有露出意外的表情。

只有林馥得知后，面色稍微僵硬了一下。

她知道徐墨怀待她没有真心，他必定早有称心的女人了，哪知他竟厌恶自己到了如此地步，将他的宠婢丢到了她的宫里，简直是存心羞辱她。

林馥觉得气闷，仔细想想便无所谓了。徐墨怀最好跟那宫婢走远些缠绵，只要不在她眼前，一切都好——她也没那兴致去侍奉这样古怪的男人。

苏燕还是第一次瞧见徐墨怀身着冕服的模样。

之前她在殿中看到了放在桌上的冕服，只觉得他穿上这身衣服多半老气沉闷，头上还要顶着古怪的冕冠，兴许还有点儿滑稽。然而真的见到他穿上冕服的模样，苏燕只能在心中感慨是自己狭隘了。

徐墨怀穿上这身礼服并未显得古怪。他自身沉稳寡言的模样让这身冕服更显威严庄重。垂下的十二旒掩住了他阴郁的面容，却挡不住帝王睥睨天下的气势。

苏燕跟着徐墨怀去了寝殿。他张开手臂，示意她为自己宽衣。苏燕连蔽膝都不曾见过，哪里知道如何脱下这身冕服？她只好自己摸索着找系带。

一番琢磨下，她尝试着抽开系带，外裳先掉落在地。苏燕担心冕服脏了徐墨怀要责怪，立刻手忙脚乱地捡。瞬时，方才被她抽开的大带也顺势掉落。

徐墨怀见她慌张无措又害怕被责罚的表情忍不住笑出了声，而后亲自给苏燕演示了一遍衣裳的解法。

他已经很久没有这么耐心温和过了。不知道是不是因为大婚，他此刻的心情少见的不错。苏燕面对他的无常，只觉得惶恐不安。

他约莫是兴致正好，脱下后又让苏燕帮他将这身冕服重新穿上。他一边垂眸看她琢磨，一边自言自语："人人都说朕是天命所归，可世上哪儿有天命？朕走过的路是用血肉铺就的。得到越多，注定要承受越多，可朕不后悔。"

苏燕抬起脸，看到的不是疯狂阴郁的眼神，而是无奈又低落的神情。他捧着苏燕的脸笑了笑，如同在端详什么心爱的珍宝，片刻后温柔地吻上去。

冰凉的旒珠拂过苏燕的脸，她面色涨红，微张着唇，舌尖被徐墨怀纠缠轻吮。一吻结束，他扶住气息不稳的她往怀里按。

苏燕提醒他说："陛下已经成婚了。"

他有皇后了，不再非她不可。皇后貌美又出身名门，比她不知好上多少倍。

"不必管她。"徐墨怀说完，将冕冠除去，带着她朝书房走去。

徐墨怀让她去书案前坐着，随后在书架上抽出一本书给她，自己则坐在书案前看起了折子。

"这册书不算晦涩，朕从前做过批注，若有看不懂的地方尽管来问。倘若不问，等朕考你的时候你不会，便别怪朕教训你了。"

苏燕闻言便坐在他附近看了起来。奈何前阵子整日忙着干活，她没时间读书写字，好不容易学会的如今也记得模模糊糊了。

徐墨怀大抵有些高估她，丢给她一本满是生字的书。苏燕看得一头雾水，侧目看了一眼徐墨怀专注的模样，却不敢打扰他。

不知过了多久，苏燕还停在第一页，对着一句看不懂的话苦思冥想。

她头顶突然传来徐墨怀的声音："哪一句？"

她被吓了一跳，手上的书掉到了地上。

徐墨怀将书捡起来，又问了一遍："看到哪一句了？"

苏燕犹豫地指出来，担心被他奚落。徐墨怀面无表情，俯身将她捞起来抱到怀里，随后带着她一起坐在书案前，用抱小孩儿的姿势将她抱在怀里看书。

他指着那行字给她解释："且夫天与弗取，反受其咎……意味着上天赐予，倘若你不肯接受，日后便会受到上天的惩罚……"徐墨怀语气轻缓，说完问她，"还有哪一处不懂？"

苏燕在他怀里如坐针毡，害怕此事传到皇后耳中，自己少不了要受到责罚，忍不住提醒他说："皇后还在等着，陛下不去看看吗？"

徐墨怀沉默片刻，将手移到衣裙上微微一按。苏燕红着脸闷哼一声，紧紧并着腿往后缩。

"你一个奴婢，还有心思操心旁人的事？"他有些刻薄地说着，手上的动作毫不含糊。

见苏燕扒着书案要起身，徐墨怀直接将书案上的东西扫落在地，将苏燕一把按了上去。

她急忙认错："陛下恕罪，奴婢知错了！陛下……唔！"

徐墨怀不理会她的求饶，二人衣袂覆盖，相互交叠。

等到徐墨怀抽身离去，苏燕浑身酸软地跪在地上找自己被他踩在脚下的衣裳，却突然又被他自身后给拉住了。

苏燕一惊，爬起来就要走，又被他轻易地拖了回去。十二章纹被压在苏燕身下，在不间断的起伏中被压出折痕，沾染上属于他们的气息。

烛火在墙壁上映出如同波涛一般起伏交叠的身影。

不知过了多久，他们才分开。徐墨怀身上汗涔涔的，苏燕也像是从水里捞起来的一般，发丝湿透贴在鬓边。

他跪坐在苏燕身前，在苏燕又要挣扎的时候按住她："别乱动，先擦干净。"

苏燕面上滚烫，不敢看冕服上的污渍，咬着牙说："我要回去。"

徐墨怀瞥她一眼，轻声说："朕会送你回去的，急什么？"

二

苏燕在中宫依旧是个做洒扫的宫婢。那些点香磨墨、为皇后梳妆的精细活，轮不上她。

苏燕觉得这样也不错，不过是打扫些灰尘落叶，洗一洗衣裳，搬一些物件，比起在青环苑日日伺候那些牲畜要好得多。至少她不用每日帮着搬一大桶腥气冲天的生肉，不用去打扫那些带着恶臭的粪便，最重要的是不用整日在林馥面前晃荡，惹林馥心烦。

入冬后，殿内烧起了兽金炭，里屋暖烘烘的，庭中却寒风刺骨。苏燕在扫庭院，一双手冻得发红。

往年每到冬日，苏燕的手都会生出冻疮，手指红肿、皮肤开裂是常有的事，今年她多半也要这样了。

林馥看着庭中正在勤快干活的苏燕，很难将这个宫婢和徐墨怀的心头好联系起来。在林馥看来，眼前的宫女除了有几分姿色，并没有其他出奇的地方，也不像是个有才识的。

林馥不知徐墨怀特意宠幸这样一个人，又非把她安插在自己宫里，是不是存心要羞辱自己。

林馥进宫两日，除了大婚当日见过徐墨怀，与他再没有任何交集。过了一会儿，林馥见苏燕冷得缩着脖子站在原地跺脚搓手，犹豫了一下，问："你叫什么名字？"

苏燕回头看了看四周，确定林馥真的是在和她说话，忐忑地低头回话："我叫苏燕。"

此话一出，林馥身边的宫人直皱眉。按道理来讲，苏燕回皇后的话该自称"奴婢"才是。苏燕没那么多讲究，在徐墨怀面前也自称"我"，并不知道在旁人面前这样是不行的。

林馥看苏燕神情惶惶，不像是故意挑衅，倒像是真的不懂规矩，便也不计较，说道："苏燕，那我便唤你燕娘吧。殿外冷，你先进来。"

苏燕心中不安，怕林馥兴师问罪，然而想到林照，又觉得这位皇后应当也是个讲理的好人，不会对自己做什么，忧虑稍微散去一点儿。

林馥的确没想对苏燕做什么。归根结底，苏燕一个小小的宫婢，还不是徐墨怀让她怎么做她便怎么做，林馥何必要迁怒于她？

苏燕进了内殿，浑身暖和起来，方才冻过的手指泛着细密的痛痒，仿佛有几千只蚂蚁在咬她。

"我……本宫见过你。"林馥回想起来，"你当时推了安乐公主，她吵着要责罚你。"

林馥以为这样一个胆大包天的女人早该被处死了，没想到会在自己的宫中见到她。

可想而知，即使徐墨怀对徐晚音十分纵容，也是有几分将苏燕放在心上的。可若当真如此，他又为何让她做一个宫婢，每日做这样劳累的粗活？

林馥也不知道徐墨怀是什么意思，只好试探着问："你若愿意，本宫可以向陛下举荐，给你一个位分。"

她与徐墨怀才成婚，若他此时便想往后宫添人，实在是说不过去，可若是她主动提出来就合情合理了。倘若徐墨怀是这样想的，她送个人情也无妨。

哪知听林馥说完这番话，苏燕的脸色立刻就白了，她慌忙摇头说："皇后娘娘抬举我了，我身份低微，万不能侍奉陛下。"

林馥心中不解，正想再问，就见苏燕掩在袖下若隐若现的手指红得不正常。

"你的手上可是有伤？"林馥问了一句。

苏燕下意识一缩，将手藏得严严实实的。

见她这般反应，林馥有些不满，蹙着眉说："只要你安分守己，我不会苛待你。你若是受了伤，尽管说便是，让陛下知道了，难免要追究我的责任。"

大抵出身优越的人天生便与常人不同，从言行举止的细节就能轻易将他们与寒门区别开来。林馥便是这样的人，仅仅是一个抬眉，一声叹息，都带着贵气。

苏燕被徐墨怀打压，入了奴籍成为宫婢，渐渐地，已经习惯了低头认错，习惯了忍耐和侍奉主子。

即便苏燕穿上和林馥一样的华贵衣裙，学着林馥的模样写字调香，终究是沐猴而冠。苏燕越发清晰地认识到了她们之间的差别。

林馥是个女子，与苏燕年纪相仿，她的夫君却在大婚之日与一个宫婢缠绵欢好，换作任何一个人恐怕都要将此视为奇耻大辱，恨不得将那宫婢杀之而后快。

然而林馥这两日只是无视苏燕，根本没有找她麻烦，此刻看见她的伤还轻声询问。苏燕心中羞愧，在林馥面前越发感到无地自容。

犹豫片刻，苏燕说道："不过是一些冻伤，每年都如此，不打紧的。"

林馥听她说是冻伤，心中更好奇了。如此来看，苏燕的确是一个常年劳作的婢女。那她为何会与徐墨怀有牵扯？为何会在短短几个月内就被接到了宫里？

皇室极看重门第，非望族名门出身的女人连给皇帝做妾都不够格，何况是一个奴婢？

"给本宫看一眼。"

苏燕伸出手给林馥看。林馥走近，用手掌托着苏燕的手仔细打量，触碰时能感受到一层粗糙的茧子，上面还有划痕和干裂的伤口。

苏燕面色一红，浑身僵硬。林馥的手当真称得上是纤纤柔荑，白而细腻的肌肤与苏燕红肿干裂的手掌形成鲜明的对比。

林馥瞧了一眼才发现苏燕这双手比自家院子里婆妇的手还不如。林拾即便常年习武练剑，手也没有伤成这样。

"你的手怎么伤成这副模样？"

苏燕猜想林馥从前没见过真正的农人，自己这双手还算好的，那些劳作了几十年的人，他们手上的裂口甚至要用布条包着，免得泥巴都积进去。

"家里清贫，我从小就种地采药，时间久了便成了这样。"

苏燕冬日里也要碰凉水，没有炭火，没有暖炉，冻得手脚生疮并不是稀罕事。阿娘去世后苏燕都是硬熬过来的，直到年纪大了懂得照料自己，这伤才慢慢好起来。

林馥更好奇了，徐墨怀究竟是从哪儿寻来苏燕的？他一个皇室中人，如何能接受这样一个女人上他的床榻？

苏燕能感受到林馥的好奇，但没有将自己的事和盘托出。

好在林馥也没有继续问下去的意思。

过了一会儿，林馥说："本宫让人拿些药给你吧。"

苏燕受宠若惊，跪地谢恩。

林馥挥挥手，说道："无事，你出去吧。"

林馥起初还有些忧心苏燕会是个麻烦，此刻却有些同情她。在青环苑的时候她分明还锦衣华服地跟人打双陆，如今竟沦落到在中宫洗衣扫地。

苏燕连一个低等的位分都没有，还要做最下等的粗活。想必徐墨怀不过把苏燕当成玩物，是刻意丢过来让她不痛快的，林馥如是想。

苏燕的屋子很小，只有她自己住着。夜里擦洗过后，她点了盏昏黄的油灯，就着微弱的光线给自己上药，桌上还铺着几张练字的纸。

徐墨怀虽处处逼迫她羞辱她，却唯独不在读书识字上苛待她，多半是嫌弃她大字不识、言行粗鄙。

苏燕望着那瓶药膏，心中对林馥越发愧疚。她已经受了这么多教训，逃出徐墨怀掌控的那一日却依旧遥遥无期。难道她真的要一辈子都这样吗？

也许她顺从了，徐墨怀会待她稍微好些，封她一个宝林御女当当，也算是让她过一过好日子了。她再不知死活地顶撞他，万一哪日他又发起疯来，要将她打死，当真是求饶都来不及。

苏燕想起林馥的那双手，又白又嫩，再反观自己的手……倘若徐墨怀不放过她，她是不是要一辈子当个奴婢伺候人？分明她梦寐以求的好日子近在咫尺，又为何要自讨苦吃？

就在她迷茫的时候，徐墨怀来了中宫。他进皇后寝殿不过片刻便出来了，随后让人带着来到苏燕的住处。

苏燕惴惴不安地坐在床榻上，给徐墨怀腾出了房间中唯一的凳子。他扫了一眼，没有坐过去，目光在屋子里转了一圈，最后才落在她身上。

"皇后让人拿了伤药给你？"

苏燕点了点头，怕他误会林馥，便主动说："是皇后娘娘好心，见我手上有伤才给我拿药。她并未苛待过我……"

"你手上有伤？"他的目光中有一丝惊愕，随后他似乎是想起了什么，紧抿着唇没有说话。

苏燕看见他的反应，心头猛地震了一下，身子发冷，面上的不安也渐渐变成自嘲。她现在才发现，原来徐墨怀不知道她手上有伤。

苏燕知道自己不该开口说徐墨怀不爱听的话，可实在忍不住，只因这永远低人一等的处境，只因自己付出的真心被践踏。

"陛下从未注意过吗？"她嗓音微哑，语气却十分冷静，"陛下与我朝夕相处了半年，我为陛下做了那样多，无论是洗衣做饭，还是上药搀扶，能做的都做了。冬天我的手上都是伤，陛下竟从不曾在意过。那么长时间里，陛下有将我当人看待吗？"

有那么多人关心过她手上的伤，无论是一同干活的婢女，还是高高在上的皇后娘娘，她们与她相处不过数日。

唯独徐墨怀不在意她的伤，更不在意她的感受。似乎在他眼里像她这样卑贱的人无论怎么被羞辱都不会感到伤心难过，似乎她活着从不需要自尊自爱。

徐墨怀神情复杂地听完这番话，沉默了好一会儿。苏燕猜想，他也许又要让她去罚跪或者挨板子了，总之是不会叫她好过的。

虽然下场不好，但能说出自己的心里话还是令心中的郁结稍微消散了一下，她至少能短暂地畅快一会儿。

然而他只是往后退了一步，语气生硬地说："朕改日再来看你。"

徐墨怀步履匆匆地离开，衣角如同雪浪翻飞。他似乎是愤怒了，可背影又像是落荒而逃。

第二日，尚药局送来了御用的伤药，一瓶价值千金。

林馥倚在炉火边看书，见苏燕搬着一筐新炭进来，便戏谑地问："昨日陛下走得那样匆忙，难不成是被你气的？传出去都要说本宫与陛下成婚三日便帝后不和了。"

苏燕尴尬得不知所措，只好认错："请皇后娘娘恕罪。"

"瞧着你也是怪可怜的，与本宫赔什么罪呢？"

林馥每次提起徐墨怀，苏燕的神情都是畏惧中带着一丝厌烦，想必苏燕被他折磨得不轻。

林馥以前听过一个传闻，说是徐墨怀在情事上暴虐不堪，曾活生生打死了一个侍妾。为了不损害他的好名声，朝中、民间才有了他不近女色的说法。

林馥对此一直深信不疑，还猜测他背地里必定是美人不断，现在看着苏燕，更觉得这传闻是真的。

苏燕抱着一筐兽金炭也不知道该不该放下，突然听见殿外的侍者禀告，说是安乐公主求见。

三

苏燕一听到"公主"这两个字便浑身不适。

林馥听说徐晚音来了，心中也是有一丝不耐烦的。她没想到她都入宫了，徐晚音还是有什么事都想来找她商议，尤其是与林照有关的。

林馥叹了口气，说道："燕娘，你先出去吧，这几日歇着，不要再碰凉水了。"

苏燕抱着炭筐往外走，将头压得低低的，只盼着徐晚音不要认出她来。徐晚音步子很快，从苏燕身边经过的时候，如云的衣袖带起一阵香风。

苏燕尚未走出殿门，听到了徐晚音慌乱无措的求助："阿馥，你帮我找皇兄说句话吧……"

徐晚音不知在殿内留了多久，走出来的时候眼睛又红又肿。徐晚音大概是真的神情恍惚，连从苏燕身旁经过时都没有注意到她。徐晚音离开，苏燕松了一口气，就听林馥又唤自己进去。

苏燕走进殿内，见林馥正满面愁容。

林馥见她来了便说："本宫有件事交代你。"

"娘娘请说。"

"公主与驸马之间似乎有些误会，如今驸马与她大吵一架，坚持要和离。公主前些日子惹怒了陛下，不敢到他面前去，想请本宫替她传个话。"

林馥很为难，徐晚音不愿意去见徐墨怀，难道自己就愿意吗？

林馥说："可本宫也不常见到陛下，燕娘既得圣宠，便顺带将此事说给他吧。"

"公主怎么了？"苏燕没忍住问了一句。

林馥也不觉得这是什么不能说的秘密，答道："公主去上香祈福，不知为何与驸马的友人撞上了，两个人起了冲突。听公主说那女子的手毁了，如今命悬一线。驸马与公主大吵一架，还想毁了自己的手去给那位友人赔罪，现在冒着大不韪也要与公主和离。"

以徐墨怀的性子，他会对林照冷嘲热讽几句，却不会反对和离一事，然而徐晚音不肯。徐晚音坚称自己不曾害过宋箬，无法忍受这样的诬蔑。林家人都当她骄纵跋扈不说真话，她孤立无援，只能求助徐墨怀了。

林馥不大愿意理会这些琐事。虽然长辈没有明说，但她也能从林照和阿爷的态度看出来，宋箬与林家的关系并没有那么简单，宋箬的事也不是徐晚音闹一闹便能解决的。

稍有威望的士族皆以纳妾为耻，林家也不例外，何况还是一个名不正言不顺的外室。无论是什么样的事，林馥都不想再管。

苏燕猜测林照的那位友人必定是女子。徐晚音因为骄纵而毁了别人的手，苏燕真是一点儿都不觉得奇怪。虽不大情愿替徐晚音传话，可眼前的人毕竟是皇后，苏燕还是点了点头应下。

午后不久，苏燕按林馥的吩咐端着一盅汤找了个由头去拜见徐墨怀。此刻她心中的烦躁并不比林馥的少。她昨日气走了徐墨怀，今日就主动送上门，万一他火气未消，又要变着法子折腾她怎么办？

苏燕正纠结不安，忽然被一只胳膊拦住了去路。她疑惑地抬头，对上了李骋笑意盈盈的脸。

"陛下都成婚了，怎的还不肯赐你一个位分？"李骋没有穿官服，身上是一件厚实的圆领袍，领口露出点儿毛边，也不知是什么野物的毛，看着就很暖和。

见苏燕盯着他的衣裳看，他有些得意地挑了挑眉，说道："我自己猎的狐狸，毛色好看得很。"

苏燕收回目光，任他如何说也不搭理他。她现在算是明白节度使和太尉是什么官了，总之就是跺跺脚大靖江山都要晃一晃的大官。李骋出身这样好，招惹了她转身便走，倒霉的只剩她自己。

李骋不肯罢休，问她："你在何处服侍？我再去和陛下讨一次，兴许他便松口答应了。"

"郎君还是放过我吧。"苏燕已经开始不耐烦了，"郎君身份尊贵，我一个奴婢高攀不起，陛下还当我是心思不纯蓄意勾引你呢。"

李骋的脸色也没能一直好下去，被苏燕一番拒绝后，他冷冷嗤笑一声，说："你在宫中只能当个婢女，与我回去我好歹能给你一个名分，还能给你脱了奴籍。你不过是一个婢女，陛下稀罕你做什么？兴许我好好说上两句他便应了。"

李骋听阿爷说过，这位新帝多疑自负不会轻信于人，当初背叛他联合秦王造反的人，下场一个比一个凄惨。

大抵这样的人都有着极强的掌控欲，不会允许任何人觊觎或染指自己的人或物，即便只是一个不打紧的宫婢。

李骁想起苏燕跟人私逃那件事，猜想她多半被教训得不轻，能活着已经是徐墨怀仁慈了。若是他的宠妾跟人跑了，他估计会将两个人一起活剐示众。

李骁压低声音凑到她的耳边说了一句话，苏燕脸色涨红，手上一抖，托盘险些没端稳。她羞愤地盯着李骁，小声骂道："下流的腌臜货……"

他被骂了也不在意，反而因苏燕满脸通红笑得乱颤，问道："你跟我试上一试便知道了，我的话绝对不掺假。"

要不是这汤还得端给徐墨怀，她现在就想将它浇在李骁的头上："不要脸的，我看你是巴不得我快些死。"

当真是只管自己快活的男人，连这种话都说得出口。苏燕走得越发快，只想将他甩在身后。李骁还想戏弄她几句，却被后方的太尉给喊住了。

"云驹！给我站住，不像话！"

李骁脚步一顿，稍微收敛了些，对苏燕说："云驹是我的小名，后面那位穿紫袍的人是我祖父。"

苏燕不管，自顾自地走了。

她到紫宸殿求见的时候，徐墨怀正在处理政务，没有理会她。苏燕觉得手臂酸疼，只想快些找个人把托盘接过去。

薛奉瞧见了，让一旁的侍者接过汤，吩咐说："拿去倒了。"

苏燕心中一惊，问道："好好的汤为何要倒了？"

薛奉面无表情地说："陛下不吃外人送来的东西。"

"这是皇后送来的汤。"

皇后是徐墨怀的正妻，怎么能算外人？徐墨怀是经常被人毒害不成？他竟多疑到了这种地步。

薛奉没有反应。

苏燕皱着眉不情愿地说："这汤炖得多好，多少肉一起炖的，倒了多可惜。"

听她语气颇为低落，薛奉顿了顿，想起她是个出身贫苦的，索性说："陛下处理政务正忙，你觉得可惜便将汤喝了吧。"

217

"陛下不会责怪？"苏燕问他。

薛奉看着苏燕满是期待的脸，点头说："陛下不会责怪你。"

得了薛奉的话，苏燕也没了顾忌，端着汤寻了个不惹眼的位置坐下。不等她开始喝，李骋便随着太尉来拜见徐墨怀。

大概是苏燕坐在石阶上喝汤的模样实在和这辉煌威严的紫宸殿格格不入，李骋一眼便看到了她，好奇地问："你怎的还自己把汤喝了？"

苏燕没理他，将头转过去。

李骋没好气地说："你这婢子也是不知好歹。"

这话苏燕听腻了，端着汤想去找薛奉解决。

太尉走过来，一巴掌打在李骋的后脑处，恶狠狠地说："再不规矩就给我滚回蓟州！"

李骋终于安分下来。紧接着书房的门打开，两个身着紫袍的朝臣走出来，与李太尉行过礼后才离开。

徐墨怀缓缓现身，目光轻轻一扫，似是无意地落在了苏燕的身上，而后微眯着眸子，似笑非笑地说："朕正与孙尚书说话，李太尉便来了。"

李骋跟随祖父行过礼后当着徐墨怀的面回头看了一眼苏燕。

徐墨怀语气轻飘飘的，就像一把冷刀子悬在苏燕的头顶："怎么，李家的郎君还对朕的婢女念念不忘？"

见李骋想开口讨要苏燕，太尉狠狠地掐了一把他的腰，紧接着替他回答："鬼迷心窍的毛头小子，还请陛下不要与他一般见识。"

说完，太尉还恶狠狠地瞪了李骋一眼，终于让他闭了嘴。

徐墨怀紧攥着的手渐渐松了。他瞥了一眼苏燕，说道："小事而已，太尉不必挂怀。只是这婢女如今是皇后的心腹，颇得她心意，只怕朕不好应允。"

说着，他还真的露出一副苦恼又无奈的神情。

苏燕看得火大，好在李骋没有不知死活地继续纠缠。

徐墨怀说："朕有话与皇后交代，李太尉先去书房候着吧。"

徐墨怀说完便朝苏燕走去。她浑身紧绷，不敢动，手里的汤匙也不知该不该放下。

"你在此处喝汤？"徐墨怀阴着脸问她。

苏燕想着自己可能给他丢脸了，忙说："我现在就走。"

他盯了她一会儿，脸上的表情十分复杂，似乎是想要发火又强忍着："罢了，殿外风凉，你进去喝。"

四

徐墨怀突然变得好说话，苏燕还有些受宠若惊。殿内暖暖的，炭盆里的火已经熄灭，屋里的热度却没有降下去。

苏燕进了寝殿，很快就有宫女送来了热水和暖炉。虽然此刻她们穿着一样的宫婢衣裳，但紫宸殿的宫女们都知道，苏燕与她们始终是不同的。

苏燕喝完一整盅汤，身子暖和了起来。

徐墨怀议完事回到寝殿，看到她坐在书案前昏昏欲睡，出声说："你若是想睡，便去榻上躺着，莫要占着朕的书案。"

苏燕听到他的声音立刻就清醒了，摇着脑袋说自己不困。苏燕想起皇后交代给自己的正事，说道："我还有话要和陛下说。"

"若是与公主有关的事，朕已经知道了，你不必说。与其替人传话，不如好好想想你冒犯朕的事该如何让朕宽恕。"

苏燕不敢相信，公主才进宫，徐墨怀怎么就知道了："公主的事，陛下当真都知道？"

徐墨怀有些不耐烦："朕骗你做什么？她是个蠢的，没了林照不能活，你离她远些。"

苏燕巴不得离徐晚音远点儿。不仅是徐晚音，她见到姓徐的都想避着走。

想起方才的事，徐墨怀讽刺她说："燕娘，你看人的眼光实在不好。上一次是周胥，这一回是李骋，你以为李骋是什么好货色吗？"

她的确眼光不好，不然也不至于给自己捡了个仇人回去。

苏燕被他说得也没个好脸色，闷声回答："李骋拿五百两银子保全了我，就算不是好货色，对我也有几分恩情。"

徐墨怀面上的嘲讽更深了，似乎在笑她愚蠢："你还真是什么鬼话都信。李骋肯赎你，不过是知道这五百两银子会一分不少地回到太尉府，自己还能空手捞一个美妾回去。那些山匪当晚便被五百兵马剿灭，一个活人都不剩，只有你还自以为受了他的恩情。"

苏燕听完已经不想说话了。自从出了村子，她见到的人一个比一个富贵，却没有几个好心的。

"既然无事，我就先回去了，皇后还等着。"苏燕起身行礼，拿起空了的汤盅便要走。

徐墨怀见不得苏燕满口皇后的样子："你究竟是谁的人？管皇后的吩咐做什么？"

苏燕本就心中有气，如今被他一说，越发感到不满："陛下将我送到中宫，让我做皇后的奴婢，何必还要问我是谁的人？"

她如今处在这样两难的境地都是徐墨怀一手促成的。他自私自利，只求自己快活，既羞辱了皇后，又保全了名声，却从未想过她是什么感受。

苏燕存了报复的心思，说道："陛下不与皇后同房，是不愿还是不行？后宫佳丽三千，陛下莫不是都看不上，只肯偷偷摸摸跟我一个奴婢好？"

徐墨怀没生气，只冷笑着说："你倒是真会高看自己。"接着他便脱下外袍，慢悠悠地说，"任你如何说，朕也不会放过你。即便朕死了，也会带着你一起走。"

苏燕一阵恶寒，在心里将他骂了好几遍。

"过来给朕宽衣。"

苏燕立刻就明白了他的意思："皇后还在等着，陛下这样做于理不合。"

徐墨怀停住脚步，一动不动地盯着她，面带威胁地说："朕怎么做都合适。你只需想着朕，念着朕，旁人皆不用管。"

苏燕如同要上刑场，苦着脸步子沉重地走过去，下一刻腰便被人搂住了。

徐墨怀倾身吻她。二人缠绵至极的时候，徐墨怀将手覆在苏燕的手上，而后将她的手指分开，与她十指交错。

他的手指修长，骨节分明，如玉刻的一般好看，而苏燕的手红肿皲裂，带着常年劳作的茧子。

他手上没有用力，不至于让苏燕感到疼痛。他压在苏燕身上的时候直接去吻她的肩颈，目光不肯再落在那双手上。

苏燕身上的每一处都在提醒着徐墨怀他们之间的差距。人当然有贵贱之分，苏燕是地上的草芥，他是天上的云霞——苏燕本不配站在他身边。

他不能让自己沉迷任何可能让人心志软弱的东西，包括这样一个女人。徐墨怀的想法从未改变过，但他又忍不住对自己说，如果苏燕乖巧一些，他也愿意待她再好一点儿。

苏燕只是去紫宸殿送汤，却过了两个时辰才回来，衣服也换了一身新的。皇后与侍者都能猜到内情，并没有过问。

林馥召苏燕到殿内，问："公主的事陛下知道了吗？"

苏燕如实答道："陛下已经知道了。他不让人再提，似乎是不想插手。"

也就是说，徐墨怀这次是铁了心不管徐晚音。林照要是真的与徐晚音和离，徐墨怀不拍手叫好就算给他们留情面了。

林馥卧在榻上看书，怀里抱了只狸花猫，轻轻一瞥便看到了苏燕脖颈上的红痕，突然觉得烦躁不堪。

徐墨怀再不喜欢她，日后总要与她同房，总不能一辈子只宠幸一个奴婢。何况如今后位已定，明年还会有新的妃嫔入宫，以男人的德行来看，送到嘴边的肉没有不吃的道理。

林馥见苏燕恭顺地站着，问道："陛下打算何时给你位分？"

虽说苏燕的身份卑贱了些，只能得最低的位分，但也比一直做奴婢好。

"陛下并未提及此事。"苏燕想了想，又说，"我还是奴籍，约莫是不行的。"

林馥讶异地问："陛下竟留着你的奴籍不曾除去？"

世上哪有这样不讲理的人？他占了人家的身子，还半分好处不给，连奴籍都不肯给她抹去。难不成他是瞧不上苏燕的出身，想等玩腻后将她丢弃？

苏燕也没法说，她这奴籍就是徐墨怀强行给她加上的。他一方面是有意打压她，另一方面是不许她再乱跑。

本朝的奴籍与贱籍没什么两样，人人都能辱骂。倘若她此时离开徐墨怀，只会过得比在马家村的时候更加艰难。

林馥看苏燕的目光带着同情。她想了想，说："只要你不惹是生非，日后陛下若不再宠幸你，我便向他寻一个恩典，恢复你的良籍。"

苏燕一直觉着，如果有一日徐墨怀厌烦了她，一定会将她除去。然而此刻听到林馥的话，她仍感到心中一暖，跪着说："谢皇后娘娘。"

徐墨怀时常到中宫去，渐渐地，帝后情深的消息便传开了。各大世家不愿见到林馥专宠，纷纷寻来年龄适当的女子送入宫。

不过一个冬天，后宫便多了六个女子。人多了，后宫却还是冷冷清清的，徐墨怀也不怎么到后宫来。这六人中，除去一妃一嫔，剩下的品阶并不高，徐墨怀始终未在她们那里留宿。

不能给家族一个交代，有些人便急了，时常往皇后宫中跑，明里暗里劝她让陛下雨露均沾。

林馥听得只想冷笑，丝毫不理会她们在自己面前说的胡话。只要徐墨怀不对林家出手，在外人面前给林家留足颜面，他背地里宠幸谁她都不在乎。

隔日，苏燕给徐墨怀送汤，撞上了新入宫的赵美人，对方也是来送汤的。

赵美人见苏燕有些眼熟，便问："你是哪个宫里的人？我好像见过。"

"奴婢是中宫的人。"

赵美人的脸立刻沉了下去，她不悦地说："皇后每日如此清闲吗？竟还要托宫婢来送汤。"想了想，她又蹙眉说，"你且在外候着，兴许陛下喝了我做的汤就没胃口再尝皇后的了。"

苏燕想也不想便答应了，连紫宸殿的正门都没进，乖乖在外等着。

约莫一炷香的时间，赵美人红着眼从殿内出来，见苏燕还站着，恶狠狠地瞪了她一眼："还不快进去？"

薛奉见是苏燕，并未拦她，说道："陛下就在里面，你自己进去吧。"

徐墨怀正在处理公务，一旁的小桌上果真放了一盅汤。听到动静后，他没有看向苏燕，只轻声说："朕不喝。"

"那我喝了？"

"嗯。"徐墨怀头也不抬地应了一声。

她小心翼翼地喝了起来，尽量不发出任何声音。虽说这汤是送给徐墨怀的，但他一次也没喝过，最后都进了她的肚里。林馥知道了此事，索性问她想喝什么，让厨子做她喜欢的。

苏燕将自己端来的汤喝干净了，又去看赵美人送过来的那份。

徐墨怀说："这份要拿去倒了。"

她犹豫片刻，小声说："我喝得下。"

徐墨怀忍不住笑出声来，正想说这份不能喝，但见苏燕一直盯着那汤，便生出了看好戏的心思，说道："那你将这份也喝了。"

总归是她自己要喝的，最后出了事也与他没什么干系。

他权当让她长记性了。

五

徐墨怀将折子看完，这才注意到苏燕坐在离他很远的地方。

他轻轻挑了一下眉，问她："离朕那么远做什么？"

苏燕脸色发红，表情有些古怪："暖炉边太热了。"

徐墨怀索性放下书，拿手慵懒地拄着脑袋，看着她说："你前几日恨不得抱着暖炉睡，今日就嫌热了？"

她咬了咬唇，觉得浑身上下都有些古怪，像是很热，但身子分明还是凉的。

她的身体从内到外如同被无数只蚂蚁咬过，泛着密密麻麻的痛痒，即便不强烈，也足够折磨人的了。苏燕紧揪着衣裳，有种嫌它碍事想立刻扯掉的冲动。

她终于意识到了不对，颤声问一边含笑的男人："怎么回事？"

徐墨怀轻声说："旁人的东西不能随便接过，吃食一类尤其要留心，你也该长个记性了。"

苏燕睁大眼，立刻反应过来："汤里有东西！你知道？"

见徐墨怀没说话，苏燕体内的燥热加剧了她的怒火。理智被烧得一干二净，她愤怒地吵嚷着，似乎这样能让她的不适感消散。

"你既知道，为何不提醒我一声，非要看着我喝下去？"

徐墨怀此刻正闲散地坐着，更衬得苏燕举止滑稽。

"是又如何？"

她听到这句话，不禁将身子蜷起，抱着膝盖硬忍着。徐墨怀越是想折腾她，她就越不能如他的意。

他嘴上说着待她好，却处处欺辱她、打压她，只为了教她听话服软。

苏燕从前在药铺帮工时听说过这种助兴药。只是那药铺偏僻，东西少得可怜，她自然只听过没见过，哪里想到自己会中招。

徐墨怀看着她狼狈的模样，笑着说："你若求朕几句，朕便帮你。"

赵美人还算有分寸，没有放太多药。苏燕虽浑身不适，却也没有到失去理智的地步。何况徐墨怀如此说，分明就是存心折腾她。

苏燕气愤至极，自然不可能如他的愿。她恼火地瞪了他一眼，脱了外边一层夹袄便往殿外走。徐墨怀的脸色霎时冷了下去，他看她的眼神像是要杀人。

她有些畏惧，又不肯轻易求他，索性在殿外迎着冷风坐着，虽被冻得瑟瑟发抖，却也真的压制了体内的燥热。

坐了小半个时辰后，她已经恢复正常了，只是被冻得脸色苍白，几次差点儿忍不住进去。宫人见苏燕大冷天衣着单薄地坐在石阶上，以为

224

她又被徐墨怀责罚了，心中还有些同情。

苏燕想进去将衣服穿上，又顾虑方才拂了徐墨怀的面子，觉得此刻出现在他面前必定讨不着好。

苏燕在殿门前踌躇片刻，还是选择强忍着寒冷走回去，反正已经冻了这么久，不差这一时半刻的。

薛奉看到苏燕转身走了，进去禀告徐墨怀。徐墨怀听完，面色阴沉，手上的笔都要被捏断了。

"用不用将苏娘子带回来？"

徐墨怀没好气地说："让她滚，省得碍朕的眼。"

薛奉应了句"是"，准备出去的时候又听徐墨怀说："让她把衣裳带走。"

赵美人送过那碗汤后，宫中便有传闻说她得宠了。徐墨怀命人送汤给她，连着送了一个月。若不是苏燕去问过薛奉得知其中内情，恐怕也要和其他人一样以为徐墨怀真的看中了赵美人。

当日汤里的东西本于龙体无碍，世家权贵偶尔也会用于助兴，可徐墨怀是个睚眦必报的性子，不管赵美人是什么心思，她都的确将他给得罪了。于是他让人拿了猛药混进汤里，派人看着赵美人喝干净。

即便赵美人喝过一次知道了里面是什么，也绝对不敢不喝。不过三日，赵美人便哭着要找徐墨怀求饶。

赵美人喝满一个月的汤，人被摧残得没了形状，每日似疯似癫地缩在屋子里，吃饭时见到汤就要掀桌子。

即便再得宠，也没有只送汤不临幸，还一送就是一个月的道理，加上赵美人那副遭了折磨的模样，渐渐地，也没人敢说这是恩宠了。

自那次以后，苏燕也鲜少再被叫去紫宸殿。

长安的初雪来得有些晚，却在一夜之间让天地都成了白茫茫一片。林馥惊讶地发现苏燕不识字，偶尔闲着无趣还会教她。

赵美人疯疯癫癫的，林馥作为皇后多少要照看一下，便命苏燕去送些衣裳和头面，顺带看看有没有宫人轻慢赵美人。

苏燕一早便裹上厚实的冬衣，跟着两个宫女去看望赵美人。

地上的雪铺了厚厚一层，踩上去发出轻微的沙沙声。

苏燕从前真是恨极了下雪，夜里冻得睡不着，从来没有心思好好欣赏。她是到了长安才知道，原来雪景这么值得一看。

赵美人不得宠，她宫里的人便想着另寻新主，有些宫里的老人会被塞过来服侍她。

苏燕到院子里的时候，两个宫女正在说话，院子里的雪还没有清扫。看到苏燕，她们立刻住了嘴，神情慌张。

苏燕依照林馥的吩咐亲自将东西送到了赵美人面前，也见到了这位被徐墨怀用阴损的法子折磨得神志不清的可怜人。

赵美人倒是没有如宫人所说的那样疯癫，只是神情惊慌，听到开门声便尖声叫喊："是谁？"

苏燕说："奴婢是皇后宫中的人，前来看望美人。"

赵美人盯着苏燕看了一会儿，认出了她，似乎是想起了什么不好的回忆，苦着脸没说话，只肯让苏燕一个人进去。

跟着苏燕来的两个宫婢去帮着扫雪，苏燕将东西呈给赵美人。

赵美人面容枯槁，神情悲苦，说道："我记得你，当时你也去送了汤。我就是太急了，一心想得宠，忘了陛下是这样可怕的人……"

苏燕听赵美人这样说，确定她是真的疯了。

赵美人整日担惊受怕，唯恐徐墨怀再派人来折腾她。这宫里没人搭理她，赵家当她是弃子，也已经不管她了。好不容易见到一个熟悉的人，她就像疯了一样，一股脑儿地将从几个宫女口中听来的话告诉了苏燕。

"她们说王皇后和长公主都是陛下杀的，小皇子也被陛下除去了，谁亲近陛下，谁就死得快。"赵美人表情紧张，却还是固执地分享着自己听到的秘密，"必定是王皇后跟人私通生了陛下，所以他才会杀了这么多人……他什么人都杀，必定还要来折磨我。别看皇后现在得宠，日后小心陛下将她也杀了……"

苏燕听得心惊肉跳，劝说道："这话你以后别再和旁人说了。"

赵美人闷闷不乐地说："总归陛下也不会放过我了，与你说了你还能告诉他不成？陛下阴险毒辣，届时连你一起杀了灭口。"

苏燕连说了几个"是"，赶忙起身要走。

赵美人拉住她说："你记得来看看我。"

苏燕敷衍地应了。她出去的时候，两个侍奉赵美人的宫人表情都不大对。她们见苏燕出来，立刻迎上来小声提醒："赵美人说的胡话你千万得忘干净，莫要说出去。她疯疯癫癫的，见人便胡说，这话传到陛下的耳朵里，咱们都得死。"

苏燕白了她们一眼，说道："这种事你们还敢说给赵美人听？"

宫人说："我们就是洗衣裳的时候随口说了两句，谁知道叫她听见了。我们现在都不敢让她出去。"

"我不会说的。"苏燕的心跳得很快，她脑子里一团乱麻。

六

这次的初雪来得急，连着下了几日都没停。地上积了厚厚一层雪，叫人走路都比往日慢上许多。

苏燕再次被人从中宫叫走，还以为徐墨怀又有什么吩咐了，却被人带着七拐八绕地走到了偏僻的宫苑。

那处是荒废的后妃居所，从前起过大火，许久不曾修葺，墙上都长了杂草，如今被雪掩盖着更显凄凉。

苏燕甫一走近便听到了微弱的哀叫声，像是一群动物濒死前的悲鸣。她停住脚步，不肯再往前走，神情警惕地望着那名领路的侍者。

侍者镇静地说："苏娘子，这是陛下的吩咐。"

"陛下要我做何事？"

"陛下只让苏娘子看着。"

"看什么？"

侍者不说话了，无奈地看着苏燕，似乎在求她别为难自己。

苏燕抿了抿唇，还是跟了上去，簌簌冷风中的哀号声更清晰了。看到雪地上一片刺目的猩红血迹，苏燕不禁倒吸一口凉气，肺里像扎了冰刀子似的疼，连忙转过身不敢再看。

那些人还在哀号，她身后传来衣料在雪地上摩擦的声音。

"救命，救救我……奴婢知错了……"

棍棒打在身上，发出令人心惊肉跳的闷响，几个宫人口吐鲜血，每叫一声都要呛出几口血沫子。

地上被血染得猩红，苏燕身着柳绿的衣裙站在其中，像是凛冽冬日中残存的一抹春意，在这冰天雪地的映衬下显得脆弱渺小。

"苏娘子请转身。陛下吩咐了我们，要让你亲眼看着。"行刑者冷漠地说着，对眼前的惨状没有多少反应。

苏燕从血肉模糊的几张脸中认出了赵美人和她院子里的两个宫人。不久前还鲜活地站在她眼前的人，此刻却奄奄一息。

徐墨怀阴险多疑，绝不容许她脱离掌控。她每一日说了什么、做了什么、见过哪些人都无一例外地被人记录下来向他禀告。

意识到这一切后，苏燕感到这寒意顺着她的四肢百骸蔓延到了五脏六腑。她浑身发抖，呼吸艰难。

"陛下是什么意思？"

"陛下吩咐了，这是给苏娘子的警告。"

警告什么？苏燕茫然地想着。

赵美人的嗓子叫哑了，一点儿声音也发不出来。她只在棍棒落到身上的时候微微动一下，最后整张脸埋在雪里，彻底不动了，像一块死肉般任他们打下去。

苏燕忍无可忍，牙齿都在打战，厉声说："没看到人都死了吗？"

行刑的人这才停手，蹲下去探赵美人的鼻息，确定她是真的没气了，便与同伴打了个招呼，一同拽着赵美人的脚腕将她拖走，在雪地上留下了一条长长的蜿蜒的血路。

过年时马家村有人杀猪宰羊，苏燕时常去帮忙。他们宰了牲畜放血的时候她都不敢看，还要捂住耳朵避免听见凄厉的哀号。

那时候她就看着一帮人拖着羊、抬着猪走，路上都是羊、猪滴滴答答流下来的血水，冰凉的空气中泛着血腥味儿。

她没想到会在宫里见到这一幕，活生生的人死了，被当成牲畜一样拖走，连最后的体面都没有，这还是出身比较好的赵美人。

苏燕按照吩咐在雪地里看了一下午，哀号声越来越小，也越来越微弱。她眼睁睁地看着她们被打死，再一个个被拖走。

苏燕的身体已经冻僵，等到尸体都被拖走只剩下泛着一股血腥气的雪地的时候，她才迈着僵硬的步子转身离开。这次，侍者没有再阻止她。

上一次徐墨怀因为先皇后和长公主的事发疯，这次同样是因为这些事杀了人，仅仅是因为她们暗中议论了几句。

苏燕知道祸从口出这个道理，却没想到人命在这里这样不值钱。

她也听到了赵美人的话。徐墨怀不杀她，却要用这样的方式警告她，让她牢牢闭上自己的嘴，装什么都没有听见。

苏燕回了中宫，觉得自己身上沾染了一股散不去的血腥味儿。她甚至有些自责地想，如果当日她没去给赵美人送东西，这些人是不是就不用死了？

苏燕被这个念头折磨得良心不安，夜里迟迟不敢合眼，好不容易睡着了，又从噩梦中惊醒。分明是冬夜，她却被吓出了一身冷汗。

屋子里寂静无声，黑暗更叫人觉得畏惧。苏燕想起了马六一家人，想起了周胥，想起了今日死去的人。她越发觉得浑身发冷，就好像黑暗中有许多怨毒的眼睛在盯着她。

苏燕颤抖地掀开被子，摸索着将油灯点燃。等到屋子里亮起昏黄的光，她才慢慢安定下来，却裹着被子不敢再睡。赵美人的话不断在她的脑海中回响，一遍又一遍。

陛下阴险毒辣，届时连她一起杀了……

赵美人说的话半点儿不错。

她知道的这样多，徐墨怀一旦厌烦了她，轻则灌她一碗哑药，重则将她活活打死。她在宫里无权无势，死了就会像猪狗一样被人拖走，随便挖个坑埋了，连给她上香的人都没有。

徐墨怀这样的人根本不懂情爱，只在乎权势与地位。她是他的人生中不值一提的小乐趣，他没了她也会有别人。

苏燕突然觉得自己前些天的动摇十分可笑。她竟认为若徐墨怀愿意宠她，她就在宫里做个才人、宝林就好，还觉得这比去种地、放牛或给人做奴婢好多了。

徐墨怀不把她当人看，这宫里的其他人也不会把她当人看。她自打来到长安，便被人安上了"卑贱"二字，日后那么多的妃嫔美人，个个都会瞧不起她，人人都能侮辱她。

苏燕在村子里的时候被辱骂嘲笑能跟人打架，敢拿着棍棒或石头打得他们头破血流。可到了这里，别人说她是个下贱的奴婢，她得磕头认错。

苏燕坐在榻上，越想越觉得悲凉。窗外的黑夜像没有尽头似的，她怎么都等不来天亮。

赵美人悄无声息地死了，宫中说她染了恶疾，也没有人敢质疑。世家大族中，赵美人出身一般，在家中也不算得宠，死后连进宫过问的人都没有。

苏燕自那日起便病了。林馥为了证明自己没有苛待苏燕，第一时间给她找了尚药局的医师来看病，药材也都用的最好的。

苏燕面色渐渐红润起来，却依旧闷闷不乐。

徐墨怀自然知道她病了，但没有过问，也不派人看一眼。他总是忽晴忽雨，让人捉摸不透。

宫里的年宴将近，按往年的规矩，皇室中人都要进宫一聚。

先帝育有皇子六人，徐墨怀是长子，除了他和已逝的三位皇子，剩余两个都不大出色。他们被徐墨怀死死地压着，毫无即位的可能。这两个人如今都被赐了封号，每日吃喝玩乐，也算潇洒。

苏燕是中宫的人，不用跟着前后操劳。宫里的人在这一日可以告假回家，或与同伴相聚一同过个年，可苏燕没有这种机会。

林馥在宫人走前给他们发了赏钱，灶房里还留了热乎的饭菜。另一边歌舞升平应当很热闹，说不准又有烟火可以看了。

苏燕端着碗坐在灶火前用饭，忍不住想到了马家村的张大夫，眼前又是一阵湿润。她说好了要给张大夫养老送终，也不知他老人家现在如何了。

徐墨怀答应她给张大夫一份银钱，可她还是忍不住愧疚。原本想好的，她找到了家人就接张大夫去一起生活，现在倒好，连面也见不着。

吃完了饭，苏燕坐在炉火边昏昏欲睡。

同在中宫服侍的宫女唤了她一声："燕娘，皇后娘娘吩咐我去折几枝梅花放在寝殿，我顾着做旁的事给忘记了。这会儿路上太黑我有些怕，你能不能跟我一起去？"

苏燕应了一声，说道："我去加件衣裳，你等等。"

梅苑离中宫有些远，苏燕提着灯笼跟她一起走。冷风吹在脸颊上如同刀割，苏燕只好缩着脖子不让冷风灌进去。

约莫是靠近宫宴的位置了，苏燕还真看见了烟火。

同行的宫女说："宫里每年这个时候都有烟火看，观星台上风光最好，就是冷了些。"

苏燕闷声说："冻死人了，还是回被窝里睡吧。"

两个人小声说着话，走过回廊的时候听到了杂乱的脚步声。没等看清，苏燕便被人猛地撞倒在地，手里的灯笼也掉到了地上。宫女见对方衣着不凡，只好先去将他扶起来。苏燕自己爬了起来。

男人先一步捡起了灯笼，没有递给苏燕，而是挑起灯笼去照她的脸，一开口便是混浊的酒气："你是哪儿的宫女？"

苏燕往后退了一小步。

一旁的宫女先答道："奴婢们是皇后的人。"

男人显然喝了不少酒，步子发飘不稳，打量完苏燕的脸，又把灯笼贴到另一人的脸上看。二人都绷着恭敬的表情，敢怒不敢言。

就和挑货一般，两相对比下，他指了指苏燕，说道："你跟我来。"他紧接着指了指另一个人，道："你去跟皇后说，本王看中这个奴婢了，先带回府里，改日必定亲自致谢。"

二人愕然地看着他，面上不禁带了些厌恶。

苏燕忍着不耐烦说："郎君喝醉了。"

"什么郎君？本王是先皇亲封的恒王，是王爷！"他醉了酒，语调偏得没边，还色心不死地去搂抱苏燕。

苏燕往后退，拉着同伴就要走。见同伴放心不下，苏燕便说："理一个醉鬼做什么？明日他清醒了，自己都不晓得做了什么。"

苏燕才走几步，那人又冲过来抱着她，嘴里嚷嚷着下流的胡话。苏燕听不下去，立刻反手挣脱，同伴也帮着苏燕动手。

苏燕挣扎半天，好不容易将醉酒的恒王推开了。下一刻，他又骂骂咧咧地扑上来，不知羞耻地撕扯她的衣裳，在她身上乱摸。

大冬日里人都穿得厚实，哪里是他撕得开的？苏燕也气恼了，将他推到了一边。恒王没站稳，朝上倒去，脑袋磕到了柱子上，发出一声哀号。

这处的动静终于引来了寻找恒王的侍者。那侍者一见眼前的场景，立刻冲着苏燕她们怒喝："大胆奴婢，胆敢冒犯恒王，还不跪下！"

同伴已经跪着了，苏燕还愣愣地站着，不知所措。

恒王捂着脑袋怪叫。两个侍者艰难地将他扶起来，不断地说着要处置苏燕的话，听闻她是皇后宫里的，又说："陛下与皇后就在不远处，胆敢谋害恒王，你就等着陛下责罚吧！"

七

那侍者说到做到，当真押着苏燕她们去见徐墨怀，口口声声说她谋害恒王。徐墨怀坐在正前方，苏燕跪在离他很远的地方，看不清他的神情。

此刻，殿中众人都在打量她们。与苏燕同行的宫女慌忙地解释，说着恒王方才的无礼之举。

座上人听着都不觉得是什么大事，反调笑了酒醉的恒王几句。徐晚音注意到了苏燕，立刻朝徐墨怀看过去。

徐墨怀面色平静，说道："你是皇后宫里的人，既然事出有因便不必责罚了，去向恒王赔个罪了事。"

他有些时日没去看苏燕了，如今见她因为这样的事跪在殿中，心中一时百感交集。

232

他竭力不让自己想母后和长姐的事。他不喜欢看到苏燕露出畏惧惶恐的眼神，还是喜欢她从前的模样。

她在马家村时就很好，虽清贫，却很能给自己找乐子。他写字的时候，她即便看不懂，也要笑盈盈地注视着他。为什么她就是不肯听话些，和从前一样爱他？

苏燕跪在殿中，身躯弱小，脊背却挺得笔直，显得无比坚韧。徐墨怀正想让她回去，便听见她铿锵有力的问话："我没有错，为何要赔罪？"

徐墨怀眸光一缩，紧盯着苏燕的方向。

苏燕还在坚持说："恒王侵扰在先，醉酒后又是自己站不稳。奴婢分明是遭祸的那一个，为何还要去赔罪？"

在座众人皆是皇室出身，纷纷对一个奴婢胆敢责问恒王感到惊讶，不禁皱着眉不满起来。

"恒王乃是亲王，这个奴婢算什么东西，也敢这么说话？"

"且不说醉了酒不清醒，即便恒王真的想要，一个奴婢而已，乖乖受着便是，真是不知好歹。"

"陛下和一个奴婢多说什么，拖下去打死罢了。"

苏燕并不意外他们这种反应，甚至听得有些麻木。她抬起头去看徐墨怀的脸，他的表情还是和从前一样，平静到近乎冷漠。

他没有理会那些杂乱的声音，只说："朕不罚你，只让你去向恒王赔罪。"他顿了一下，连语气都软了几分，像是在好言相劝，"朕不会追究，你去吧。"

徐墨怀听着众人纷纷说着要处死苏燕的话，心中不禁烦躁起来。众目睽睽之下，他不可能不处置苏燕，否则便是乱了尊卑。他的做法已称得上包庇，谁知她仍不领情："敢问陛下，我错在何处？"

皇上都要放过她了，她竟然还不依不饶，座上的权贵们都有些恼了，等着看徐墨怀发火将她拖下去打死。苏燕的手指僵硬，连蜷缩起来都有些困难，她动了动，就听一个冰冷的声音传来。

"不知尊卑，以下犯上，你当然错了！"

苏燕沉默片刻，应道："请陛下责罚。"

徐墨怀觉得疲惫，无奈吩咐："将她拖下去打二十大板。"

苏燕没有任何反应，站起来跟着他们走。她跪得腿脚发僵，走的时候跟跄了几步。

后方传来一阵哄笑，她紧抿着唇一言不发。

侍者带着苏燕走到半路便被常沛截住了。对徐墨怀而言，常沛是亚父一般的存在，因此宫宴的时候也会在。

侍者将一件厚实的披风披在苏燕的身上。

常沛叹了一口气，说道："是陛下让我来叫住你。"

苏燕没什么表情，问他："你觉得陛下爱我吗？"

常沛面上十分和蔼，笑着说："陛下若不爱你，你不会还活着。"

她缓缓地说："可他还是瞧不上我。"

常沛没有否定她的话。徐墨怀爱她不假，轻视她也不假。徐墨怀即便爱上苏燕，也只会高高在上地打压她、奚落她，用自己的方式将她锁在身边。

常沛知道这样对苏燕不公，可苏燕的到来的确让徐墨怀有了改变。即便是站在老师的角度来说，常沛也希望她能留在徐墨怀身边，焐热他孤僻阴冷的一颗心。

"苏娘子回去吧，陛下让你去紫宸殿候着。"

徐墨怀不过做给外人看，并没有真的要处置她的意思，可苏燕仍是笑不出来。徐墨怀回来的时候，苏燕正坐在窗边看雪景。

他快步走近，质问她："你知不知道自己在做什么？"

苏燕收回目光，问他："陛下不是要处置我吗？"

徐墨怀咬了咬牙，被气得头疼，斥责她说："恒王是亲王，你不过是一个宫婢。朕未追究你伤他之事，不过叫你赔罪，你便在众目睽睽之下出口顶撞，当真要翻了天不成？"

苏燕也毫不示弱："一介亲王，不过如此，喝醉酒便像流氓地痞一般。我不过推了他一把，他自己站不稳摔倒，我有何罪？难道我身份低微，便该认打认罚，连反抗也成了过错？"

徐墨怀没想到她还嘴硬着不认错，皱着眉说："朕只问你，去不去赔罪？"

"我没错。"

胸中的怒火烧得猛烈，他强压下去，说："只要你认错，朕便不再追究此事。苏燕，不要不知好歹。"

雷霆雨露，皆为君恩。

苏燕又想起了这句话，心上如同被划开了一个口子，积压的怨愤、委屈争先恐后地往外涌，化为让她无畏的愤怒。

"不知好歹？难道我自己分不清什么是好歹吗？"苏燕气得颤抖，歇斯底里地说，"我为何要认错？仅仅因为你们有权有势，而我身为乡野村妇就活该被你们欺辱糟践吗？

"我不欠你们任何人的，更不曾做错任何事！你们有喜怒哀乐，却不准我有感情！你们是血肉之躯，我苏燕便是泥捏的吗？

"谁的血不是热的？就凭你们高高在上，我苏燕就该自认卑贱？便是今日我人头落地，也绝不再向你磕头求饶！"

她发泄完，徐墨怀罕见地沉默了。他的脑子里一片空白，他想要斥责苏燕，却不知从何开口。看到她满面泪痕又委屈气愤的模样，他哑口无言。

恍然间他觉得一切不该是这样，至少不该是苏燕哭着说宁死也不认错。

苏燕崩溃地哭着，断断续续地说："为什么要打死赵美人……为什么……要我去看着她们死……我做错什么了？……"

徐墨怀走过去蹲下，想要给她擦眼泪。

苏燕以为他要掐死她，畏惧地往后躲，跌倒在地上。

这一幕如同一根鞭子狠狠打在了徐墨怀的身上，他像受到了某种刺激，眼神一点点变得阴鸷可怕："你躲什么？你是不是一直在骗我？你不爱我！你在怕我是不是？"

那天赵美人说的话其实还有一段。她说王皇后生了小皇子以后便舍弃了徐墨怀这个孽种，和长公主一起图谋让小皇子继位，徐墨怀知晓后便狠心地将他们都逼死了。

苏燕惊惧之下反而生出了一股勇气。她受够了徐墨怀在她面前发疯，干脆让他杀了她好了，反正逃不出去这样活着也没意思。

"我当初就该将你抛下，将你交给搜查的官兵，让你死在秦王的手上！我就不该救你。"她胸口剧烈地起伏，心脏也狂跳不止，"徐墨怀，你这样的人活该被抛弃，活该被人背叛，活该一辈子没人爱！"

为什么会变成这样？徐墨怀攥紧苏燕的手腕，眼前一阵阵地发黑。他脑子里像是有什么要爆开，无数声音在里面吵闹。仿佛有几千根丝线在割裂他的身体，让他浑身剧痛不止。

"我活该？"他嘶哑的声音如同野兽低鸣，透着危险的意味。

徐墨怀感觉周围漆黑一片，只看得见苏燕的脸，心中只剩下将她撕碎的念头。他猛地站起身，在殿中寻找佩剑。他必须杀了她，就像杀死其他人那样。

殿内只有徐墨怀翻找佩剑时碰掉东西的闷响，一声一声都砸在苏燕心上。她立刻起身要从窗子爬出去。

徐墨怀注意到身后的动静，转身走向她，拉着她的脚腕将她扯了下来。苏燕被摔得差点儿喘不上气。

撕碎苏燕很简单，他根本不需要用刀剑和鞭子。

意识到徐墨怀要做什么，苏燕开始猛烈地挣扎，双手紧紧地抓着桌案不肯放，以免自己被拖走。

徐墨怀拽她就像拽走一只死羊那么简单。苏燕的指甲因为这粗暴的拖拽而劈开，不住地往外流血，她疼得颤抖着蜷起身子。

苏燕竭力反抗，挥手狠狠地打了徐墨怀一耳光，发出清脆的一声响。她打得他的脸都向一边偏去。

苏燕知道自己约莫是活不了了，抬手又是一个耳光。这一下更加激怒了徐墨怀——他压着苏燕，不理会她的哭叫，只粗暴蛮横地在她身上发泄，欢爱成了一种让人痛苦的刑罚。

这一夜，苏燕称得上凄惨的哭声连殿外守夜的宫人都能听见，也不知折腾了多久，里面那瘆人的声音才停下来。

清早的时候，殿内那位皇上先是叫了沐浴的热水，随后又披着衣裳慌乱地走出来，命人去唤医师。

第八章

美　人

一

　　医师一早便到了紫宸殿，随行的还有在尚药局当值的女官。徐墨怀面色可怕，一双漆黑如墨的眼里不见光亮，紧紧地盯着榻上那个面色苍白的女人。

　　女官掀开被子后看到了洇开的一大片血迹，禁不住倒吸一口凉气，面色也变得难看起来。

　　女官将各处细节与医师小声描述。医师忍不住皱了皱眉，面带不悦地瞧了一眼徐墨怀，似是没想到表面温雅清隽的人竟能下这样的狠手。

　　医师又待了一会儿，大致了解了苏燕的伤情，看到她翘起的指甲还是没忍住叹了一口气。

　　"娘子的伤再重些便会危及性命了。每日上药，约莫半月便可痊愈，只是这阵子切记不可再行房事。"

　　徐墨怀看着医师欲言又止的模样不由得蹙眉，说道："尽管说便是。"

　　医师也是宫里的老人了，见好好的人被摧残成这副模样，终是没忍住，有些不忿地说："陛下日后也需克制些，此事该是二人享乐才好，不能只顾着自己快活。若再有下次，这位娘子恐性命不保。"

徐墨怀被德高望重的老医师这样教训，知道自己做得有些过火，连医师都看不下去了。他面上微赧，应道："朕知道了，谢过张医师。"

煎好的药送来了，苏燕还是没有醒，面色苍白地躺在榻上，连呼吸都微不可察，看着就像死去了一般。

常沛来后看到的就是徐墨怀如石像般站着的模样。

他墨发散乱，身上披着一件外袍，神色惶惶。

徐墨怀回过神，看向常沛，嗓音干哑地说："朕差点儿杀了她。"

"陛下怎么了？"

徐墨怀捏紧手指，眉眼阴郁："苏燕惹怒了朕，说了很多不该说的话。"

他当时是真的想杀了苏燕，只是碍于没有找到佩剑，倘若找到了，苏燕现在已经是一具尸体了。然而他清醒后，残存的愤怒在看见苏燕奄奄一息的模样时消失得一干二净。

常沛知道徐墨怀的性子古怪又偏激，猜他此刻必定是既愤怒又懊悔，无奈地劝道："苏娘子还活着，陛下不用过于自责。"

徐墨怀沉着脸，自言自语："朕当然不会自责，分明是她做错了事。活该，都是活该……"

他这副神色像极了多年前长公主死后他喃喃地说着一通话安抚自己的样子。

常沛说："陛下若不想后悔，便将苏娘子送走吧。"

这么下去，苏燕迟早有一日会被他逼死，届时徐墨怀的疯病又要加重。

徐墨怀听了想也没想便说："绝无可能。即便是死，苏燕也要死在朕的身边。"

常沛闻言也没了再劝的心思，交代几句公事后便出去问起了薛奉。薛奉昨夜听到了苏燕的哭叫声，脸色也算不上太好。

常沛问起时，薛奉忍不住说："常舍人还是劝一劝陛下的好，苏燕若当真死了，陛下定会后悔。"

"他知道分寸的。倘若没有得到教训，陛下永远不会收敛。"

苏燕昏迷了一整日。徐墨怀为她上好了药，便坐在榻边处理政务。苏燕醒来看到床榻前有一个昏黑的身影，颤了一下，随即撑起身子往后缩。

徐墨怀放下折子，正想问她如何了，就见苏燕神情恐惧地捂着脸，发疯似的喊叫，嘶哑的嗓音听得人心头一震。

寝殿外侍奉的宫人听见这样凄厉的叫喊声，纷纷叹息着摇头。苏燕伤成这样，陛下怎么忍心再对她动手？然而殿内的徐墨怀什么都没做。

见苏燕突然发疯，他蹙着眉问："燕娘，你怎么了？"

苏燕一边喘气一边往里躲，牵动伤口疼得眼泪都出来了。见徐墨怀倾身去拉她，苏燕抖得像筛糠一般，叫声更惨烈了。她如同在受什么酷刑，直逼得他起身往后退了几步。

"你是不是疯了？"他凝神听着苏燕口中含混不清的话语，勉强听懂"别过来"几个字，脸色顿时黑如阴云。

他忍耐片刻，苏燕仍是一副疯癫的模样，如同面对野狼的羊羔。无奈之下他只好走出去，让两个宫婢去查看一番。

苏燕听了宫婢的话，终于被安抚下来。徐墨怀不悦地走进去。才缓和了情绪的苏燕一见到他就打翻了药碗，缩到墙角颤抖着哭喊。他停住脚步，没有再往前。

"苏燕。"他软下语气唤了一声。

苏燕没有任何反应，依旧在哭喊，嗓音嘶哑。如今听起来让他心如刀割的哭喊声，他昨夜却没有任何反应。

徐墨怀心中发紧，眼白上爬满了红血丝，终于还是忍不住快步走近，想掰过苏燕的身子让她看自己。

苏燕喊叫着往后躲，被逼着转过身直面徐墨怀。她突然低下头，抓着他的手臂"哇"的一声吐出一口血。

刺目的猩红色血迹落在徐墨怀霜白的衣襟上，如同一块烧红的火炭，烫得他猛地松开了苏燕，慌乱地喊道："医师在哪儿？去把他叫回来……"

苏燕伏在地上咳嗽，发髻散乱，衣衫不整，比他还要像一个疯子。

眼前的情景突然和某个画面重合起来，徐墨怀头痛欲裂，脑海中一片喧嚣。他连连后退几步，心中只有一个想法——苏燕也会被他逼死。

医师很快赶到，眉眼间还有些不悦，以为徐墨怀又对苏燕做了什么。结果医师一进去，苏燕又开始惨叫，吓得他趔趄了一下。

苏燕胡乱地扑腾着，医师也不好诊治，只能勉强查看一番，说道："娘子约莫是气血攻心才会呕血，没有什么大碍。

"娘子突然心智失常，只能慢慢养着。陛下切勿再刺激她，最好莫再与之相见，以免她的疯病越发严重，日后再难痊愈。"

徐墨怀沉默地听完这些，漆黑无光的双眼望着远处，也不知在想什么。

医师离去后，徐墨怀在殿中缓缓踱步，走了很多圈才停下，手指紧了又松，松了又紧，除了一声极轻的叹息没再发出任何声音。

昨日是团圆宴，他不知道苏燕喜欢什么，便搜罗了几件新奇的玩意儿，想送到她那儿去，让她忘了之前的事。

然而总是天不遂人愿，事情竟发展到如今这种地步。他觉得疲惫至极，忽然生出了送走她的心思，但这心思也仅仅出现了一瞬，很快就被打消了。

他不会送走苏燕。他要紧紧地将她握在手中，死也不放开。

林馥也不知道发生了什么，眼见着好好一个苏燕被接到紫宸殿一夜便神志失常，一时间对徐墨怀虐待姬妾的事深信不疑。她畏惧与这个暴虐的人同房，只盼徐墨怀莫要来中宫打扰自己。

苏燕被送到较偏的清合殿休养，这是医师的建议。即便是尚药局最好的医师也不敢承诺一定能治好苏燕，只挑了最不会出错的来说。让苏燕离徐墨怀远一些，对谁都是好事。

碧荷被送去侍奉苏燕，见到苏燕成了这副模样，不免心中愤怒。在为苏燕沐浴擦身的时候，碧荷小声骂道："真是禽兽不如，亏我当初还……娘子这样好，他竟忍心将你折磨成这副模样。"

苏燕低垂着眼，睫毛被水打湿，眼眸也蒙着一层水雾。她好好的身躯上遍布着青紫红痕，碧荷上药时都觉得不忍心。等穿好衣裳，苏燕便自觉地走到榻上去睡了。

医师无法走近苏燕为她看诊。一旦有陌生人，尤其是陌生男人靠近，苏燕便发疯似的喊叫，还会将周围的物什全部丢开，严重了还要拿头撞墙。

除此以外，苏燕一切正常，除了时常发呆，还会与碧荷她们说话，跟她们一起玩双陆。

医师不敢刺激苏燕，只能让宫女仔细描述她这几日的状况，以此来开药。

林馥来看过苏燕一次。苏燕先是躲在碧荷身后，最后慢慢镇静下来才与林馥说话，看得林馥更加同情苏燕了。

科举制还不够完善，没有正式推行。徐墨怀让自己忙于政务，克制着不去想苏燕，然而每日听着侍者说起她的日常，详尽到她做了什么、吃了什么，便越发想去见她一面。

徐墨怀一直觉得苏燕是坚硬的，像石头那样。直到那一日她气息微弱，身下是止不住的鲜血，他才恍然大悟，苏燕也会受伤，承受不住了便会死。

徐墨怀处理完政务，去清合殿的时候已是深夜。碧荷从殿内端着一盆水出来，见到站在庭中的徐墨怀，手上一颤，险些将盆丢了出去，慌乱间就要行礼。

徐墨怀做了一个噤声的动作，示意她不必行礼。碧荷猜他是来找苏燕的，心中犹豫着要不要让他对苏燕手下留情。

徐墨怀只是站着，没有立刻走进去，压低声音问她："燕娘睡下了吗？"

"娘子才上榻，应当还未睡下。"

"她近日要多久才睡着？"

碧荷听出了他的意思，他是想等苏燕睡了再去看一眼。

她犹豫着扯了一个谎，想着让他等不了赶紧回去："娘子近日睡得浅，约莫半个时辰才能彻底睡熟。"

徐墨怀点了点头，说道："无事，你去做旁的吧。"

碧荷松了口气，端着盆去打水，准备将自己的衣裳洗了。碧荷做完一堆事准备去屋里看苏燕一眼的时候，发现庭中的人影竟然还在。

徐墨怀估量着半个时辰到了，步子轻缓地走入寝殿。

碧荷惊讶徐墨怀竟默不吭声地站了这么久，他既不肯回去，也不去找个地方坐着歇息，加上方才那副小心的模样，应当不会再伤到苏燕了。想到这里，碧荷才放下心来。

榻上的人呼吸平缓，睡着的时候也蜷着身子。徐墨怀的心绪安定下来，他俯身想去摸她的脸，又担心她被吵醒会发疯一样地叫喊，犹豫片刻还是收回了手。

屋子里很安静，只有灯花爆裂的噼啪声。徐墨怀一言不发地盯着她，最后还是没忍住，轻抚她微红的脸颊，似是确认她还好，这才悄然离去。

脚步声彻底消失，苏燕缓缓睁开眼，漠然地望着帐顶。

二

雪化的时候最冷，屋檐上的雪水滴滴答答地落进了宫人的后领，冻得她打了个冷战。然而眼前站着的是徐墨怀，她又连忙端正仪态，继续说："苏娘子昨夜入睡后就不再突然哭喊了，今日用饭的时候胃口也很好。"

苏燕现在的情况，比起最初一有人要脱她的衣裳给她上药便哭喊着乱跑要好多了。那个时候，整个殿里唯有碧荷能制住苏燕。

徐墨怀微微颔首，示意她可以回去了。

苏燕神志失常已有半个多月，病情在渐渐好转，没有到疯癫的程度。她平日看着与常人无异，只有在面对男人，尤其是徐墨怀的时候会神色惊惶。

只要徐墨怀一出现，苏燕必定会像见鬼似的惨叫，弄得如今清合殿的人也都像畏惧恶鬼似的畏惧他。

这年冬天并不好过，北方胡虏缺衣少食，又来进犯。从前他们只是劫掠附近的商队，这次却开始攻打边疆城镇，祸害了不少百姓。

秦王当初谋权篡位，便有意联合了藩镇与外族。如今秦王的势力虽然已被清除，却仍有外族虎视眈眈，世家也妄图只手遮天。

徐墨怀觉得自己还有很多事要做。他当初当上太子后仍觉得不安稳，便一步步瓦解了父皇的权力，开始把持朝政。

即使如今得到了皇位，他还是会觉得不安稳，觉得所有人都想将他拉下去。

"常沛，你说苏燕能好起来吗？"徐墨怀再提起苏燕，嗓子竟然有些干哑。徐墨怀颤了颤眼睑，平静地看着常沛。他心底隐隐有几分不安，似乎在期待常沛的答案。

常沛想起徐墨怀幼时的事。徐墨怀被寄养在郭皇后处，为了讨好她，精心准备了生辰礼。当时他也是这样有些不安地问常沛，郭皇后会不会喜欢。

徐墨怀既想留住王皇后与长公主的爱护，也期望能与郭皇后如亲母子般相处，如今这样不安又期许的心情又落到了苏燕的身上。

偏偏他想要的一个也留不住，都会因各种原因最终毁在他的手上。常沛说不准，却同从前一样给了肯定的答案。

"等她好了，朕便给她一个位分。"徐墨怀语气温和，却没有要和人商量的意思，"她出身低微也不打紧，朕再给她准备一个身份，日后慢慢晋升便是……"

他依旧觉得苏燕出身微贱，却不再如从前一般否认自己对苏燕的情意。他的确数次想杀了苏燕，甚至在几次被苏燕激怒后，都不知道是不是自己犯蠢才要留这么一个没用还不够乖顺的人在身边。

在那之后，苏燕真的险些死在他的手上。那一日清早见到苏燕身下有血，气息微弱，他心底忽然生出了无边的惶恐。如同被一片黑潮卷着跌入深渊，他有一种在坠落的错觉，连呼吸都停滞了一瞬。

他想等苏燕醒来与她说晋升的事，她却忽然发了疯，甚至被他激得呕血。一切都如命定的一般，朝着无可挽回的方向走去。

常沛无奈地问："陛下对后宫的嫔妃要作何打算？"

常沛以为徐墨怀临幸了苏燕便不再抵触行房事，谁知他还是一个也不肯接近。

徐墨怀听到此事立刻换了一副神情，不耐烦地说："自然是日后再议。"

苏燕在清合殿的日子还算平静。现在无论苏燕走到何处碧荷都要跟着，以免她突然发生意外。只要没有外人刺激，苏燕便与常人无异，只是听不得任何人提起徐墨怀。

空置已久的清合殿忽然住进了一个宫婢，还是从林馥的宫里出去的，便有妃嫔有意无意地去中宫打探，想了解徐墨怀对苏燕的态度。

毕竟除了皇后，她们都没受过宠幸。如今一个奴婢反而先得恩宠，她们觉得不仅自己面上无光，皇后心中也该觉得不适。

她们抱着试探和奚落的心思去见林馥，却没得到任何想要的反馈。林馥实话实说，丝毫不介意徐墨怀宠幸她宫中的奴婢，反笑着赞许此事。

并不是谁都有这样的好气度，前朝有位皇后，她的宫婢被皇上夸了句眸如秋水，她便生生挖了对方的眼睛送给了皇上。

她们还指望着林馥被奚落一番后气急去将那受宠的宫婢责难一番，谁知她竟这样轻拿轻放。林馥越是这样，她们便越好奇——清合殿的宫女到底是个什么人物，竟能得到徐墨怀的心？

她们每一个人都出身望族，进宫只为求尊荣、谋前程、帮助家族高升，若能诞下皇子，更是风光无限。

如今徐墨怀不肯临幸她们，又有赵美人的前车之鉴，谁也不敢贸然试探。但在巨大的利益面前，从不缺乏像赵美人这种铤而走险的人。

碧荷是眼见着苏燕一步步变成今日这副模样的，因此在照料她的时候比旁人更用心，也会耐心听苏燕讲她小时候的趣事。

春寒未退，苏燕仍喜欢窝在屋里不出去，手上的冻疮也因为这个冬天保养得宜，不像从前那般严重。

苏燕也喜欢听碧荷她们提及自己的家人。有人问起她的时候，她也并不感到羞耻，只说她的阿娘是个勤劳又坚韧的女人。

苏燕撩起衣袖，将一个廉价的翠绿镯子露给她们看，说道："这是我阿娘给我攒的。本来她想留着它当陪葬，最后怕我过得不好，就留着给我当嫁妆了。"

陪葬成了嫁妆，听着多少有些晦气，苏燕想到的却只有阿娘的好，面上只有温柔的笑。

谁能想到这只廉价的玉镯竟成了敲打她的一根棒槌。每当她想沉迷于眼前的荣华时，它便会让她想起阿娘凄惨的下场。

说了没几句，苏燕觉得困倦，想先上榻小憩一会儿。

碧荷给她盖上绒毯，将窗户合上，出去后便听同伴小声问："娘子是不是没事了？陛下总是夜里来也不像话，好歹是一国之君。"

碧荷没好气地说："苏娘子表面没事，但背地里还是担惊受怕的。陛下一露面便能将她吓破胆，小心好不容易养好的人又出事了。"

二人说完没多久，徐墨怀果真又来了。他通常会等苏燕熟睡后再来，鲜少白日里来惊扰她。

"苏燕呢？"他将声音压得很低，不愿被殿内的人察觉。

"回禀陛下，娘子先歇下了。"

徐墨怀已经很多日没睡好了，眼下有一片明显的青黑，眼白上红血丝密布，看着比平日更阴郁："她怎么还在睡？夜里没睡好？"

眼见徐墨怀微微蹙眉，侍奉的宫人立刻提心吊胆地说："苏娘子近日嗜睡，约莫是开春了，天气一暖便如此。"

徐墨怀只提了一句，没有再追究："朕进去看她一眼。"

他这话也不是在和谁说，更没有要征求谁同意的意思。

徐墨怀推门进了寝殿，苏燕睡得正熟，唯有半张脸和一头乌发露在外面，堆成一座小山状的绒毯随着她的呼吸微微起伏。看到这点儿起伏，徐墨怀的心绪慢慢安定，他就这么站着看她，什么也不做。

很久之前也是同样的情景，只是那时的他浑身是伤。他夜里入睡后不能容忍房中有人，因此陷入狂躁不安的状态，却碍于浑身是伤无法动作，只能扭头盯着一旁床榻上睡得正香的陌生女人。

他逼自己观察苏燕的一举一动，似乎只有如此才能打消自身内心的疑虑和不安，不必担心合眼后她会突然对他不利。

如此坚持了许久，他盯着苏燕的时辰越来越短，最后竟能望着那点儿微弱的起伏缓缓入睡。直到现在，也似乎只有在苏燕身边的时候，他才能得到久违的安心感。

白日里清合殿的宫人去取新的衣料回来给苏燕做衣裳，恰好听到有人说起陛下今日去了安嫔的宫里。

宫人觉得十分意外，回到清合殿的时候立刻拉着碧荷说起此事，谁知一扭头便见到了苏燕。这次苏燕没有多大反应，只是站在檐角下抬头望着天空，好像什么也没听见。

碧荷松了口气，拍拍苏燕的后背，说道："屋外风大。娘子今日想吃什么？"

苏燕眨了眨眼，说："我想吃辛夷花饼。"

碧荷没见过辛夷花，自然也做不成，便让苏燕给自己画个大致的模样，打算次日去宫苑里寻一寻。

夜里苏燕睡下后，本该留宿安嫔宫里的徐墨怀来了。几个宫人都有些意外，碧荷心中甚至有几分鄙夷，哪儿会想到徐墨怀才临幸安嫔，当夜便来探望被他折磨坏的苏燕。

苏燕习惯贴着墙睡，床榻边留了很大的空处。徐墨怀散了发，坐在榻边瞧着苏燕的模样，疑惑自己为何又鬼使神差地到了这儿来。

今日他本想试着临幸安嫔，面对她的时候却感到百般不适，又无端想起了幼年时看到的那一幕，只小坐了片刻便匆匆起身离去。

他夜里辗转不能寐，便起身来了此处。

看了苏燕的睡颜好一会儿，徐墨怀突然轻笑一声，和衣躺在她身边，小心翼翼地将手探进被子里，寻到苏燕温热的手。

苏燕背对徐墨怀侧躺着，紧闭着眼不敢出声，即便感受到他没有多余的动作，也无法入睡。

过了好一会儿，苏燕背后传来衣料摩挲的声响。徐墨怀又贴近了些，微热的呼吸拂在她后颈的皮肤上。

一个温软的东西贴在她的后颈皮肤上，一下又一下，在轻柔的辗转中变得越来越热。等他终于停了，苏燕还没来得及松口气，便听身后传来一声极轻的带着嘲讽的笑。

徐墨怀贴在她的耳侧小声地说："燕娘，你的心跳好快。"他将手指落在她腕间的脉搏处，轻轻点了点，"你真的不是在戏耍朕吗？"

三

徐墨怀说这话的一瞬，苏燕头皮发紧，身体一寸一寸地僵硬起来，仿佛有一条冰凉的毒蛇顺着她的脊背往上爬。

她感受到徐墨怀横在腰间的手，又想起那天的痛楚。徐墨怀就像个吃人的恶鬼……苏燕睁开眼，身体不断地颤抖。她大口呼吸着，想让自己镇静下来。

"碧荷……碧荷！"她发出求救的呼喊，缩着身子往里躲，希望此刻能有人来救她。

徐墨怀微微起身，沉着脸看她卷着被子缩到床角。她连看他一眼都不敢，撕心裂肺地喊人来救她，还不断发出抽泣一般的求饶声。

"我错了，别这么对我……不要碰我……"苏燕唯恐徐墨怀再对她动手，眼里蓄满了泪水，含混不清地呼唤着各种人，"阿娘救我……莫淮……莫淮！"

徐墨怀听到这个名字，动作忽然一顿。他抚了抚额角，伸手去抓苏燕的手腕。她才被碰了一下，立刻发疯似的甩着手，不让他碰触。他想也许是自己猜测有误，不好再伤到苏燕，便唤了碧荷进来。

得了允许，碧荷一进屋立刻奔向苏燕。苏燕如同攀上了救命的浮木，直接栽在碧荷的怀里，整张脸都埋在碧荷的肩上，喊道："救救我……碧荷，我害怕！"

碧荷眼睛一酸，眼眶微微发热。她心中有气，却不敢对着徐墨怀发，只能一下又一下地轻拍着苏燕的后背，如同安抚一个哭闹的孩子。

徐墨怀见到苏燕如此，心中的想法有些动摇。

也许她真的疯了。

方才他确定苏燕没有睡着，一直在数她的脉搏，苏燕的心跳显然快了许多。按理说她知道他就在身后，却没有发疯，分明是在装睡。

如果人真的疯了，也未必不会装睡，可能是她没有从前那么怕他了？徐墨怀不愿意怀疑苏燕骗他，只好逼自己接受这个理由。

"燕娘。"他轻唤一声，语气中满是无奈。

苏燕还在颤抖。

碧荷不满地偷瞄了徐墨怀一眼，发现他脸上竟有一丝懊恼。

犹豫了片刻，碧荷大着胆子开口："今晚娘子约莫是不好了，陛下不如回去歇息，以免被娘子打搅。"

"不必。"徐墨怀伸手抚摩苏燕脑后的乌发。

她立刻抖了一下，将碧荷抱得更紧。

但这次徐墨怀不肯罢休，一下又一下地轻抚她的后背，直到苏燕紧绷着的身子稍稍松懈。

也不知过了多久，碧荷的腿都站得有些酸了，徐墨怀还在执拗地用自己的触碰去安抚苏燕。苏燕似乎真的放下了些许戒备，哭泣声渐渐消失，如同睡着了一般趴在碧荷的怀里。

"好了，你去吧。"徐墨怀说完将苏燕揽到自己的怀里。

苏燕察觉后激烈地反抗，手掌胡乱地挥着，指甲从徐墨怀的脸上划过去，没一会儿便在他的脸上留下了一道明显的血痕。

他不许苏燕再乱动，将她按在怀里抱住，低声说："燕娘，没事了，我不会伤你。"

苏燕挣扎的动作稍小了一些。他抱着已经很困的苏燕躺回榻上，感受着苏燕绷紧的身子渐渐放松，呼吸变得平缓绵长。

徐墨怀终于放下心，埋头在她颈侧的乌发中，伴着她一同入睡。

次日一早，徐墨怀赶在苏燕醒来之前便离去了。

碧荷想去找一找宫里何处有辛夷花，然而还未找到便有侍者送来了一大箩筐，花瓣上还沾着晨露。

有妃嫔想来看望苏燕，都被徐墨怀以各种理由打发了。好不容易等到初春，梅花比之前开得更好，碧荷便劝着苏燕外出走一走，但苏燕还是不肯。

年初，徐墨怀的事多得过分，科举制首次推行，春闱就在眼前。数不尽的读书人想借此入仕，在经受过层层考验后奔赴长安。

徐晚音最终还是没能与林照和离，反而是徐伯徽和那个将他迷得神魂颠倒的胡姬散了。在世子之位与心上人之间，徐伯徽做出了自己的选择。

徐墨怀并未对这个结果感到意外。从前他便笃定地说过，他们之间是云泥之别，绝不可能长久。

然而真正等到徐伯徽颓丧地承认徐墨怀是对的这一天，徐墨怀并不感到得意，反而隐隐有一丝烦躁，怨徐伯徽不肯再多坚持些时日。

夜里他照旧去见了苏燕，逼着苏燕重新熟悉他，接受他。如今，他无须在苏燕入睡后再来见她。只是倘若他在屋子里，苏燕就只敢缩在床角，或找个地方躲着。

徐墨怀这次在放杂物的大箱子里找到了她。箱子里面又热又闷，还有灰尘，苏燕将脸颊憋得通红。

他看着有些来气，不悦地道："你究竟在做什么？"

苏燕的身子颤了一下，她闷不吭声地低着头掉眼泪。徐墨怀立刻气消了，抱着她回到榻上。

他想起医师的嘱咐，小心翼翼地试探苏燕，手指在各处触碰，想看她是否会激烈地反抗。

徐墨怀轻声问："还疼吗？"

苏燕面色惨白，抓着他的手，不断地重复"不要"。

徐墨怀叹息一声，将手抽回来，抱着她说："没事了，歇息吧。"

过了很长一段时日，苏燕的伤已经好了，但碧荷发现了一件很重要的事，一直没敢和旁人提起。

某一日晌午，苏燕再一次食欲不振不想吃东西。

碧荷拉着她小声问："娘子上一回来月事是多久之前？"

碧荷的话如同一个晴天霹雳，苏燕愣怔片刻，连忙说："我的月事向来不准。"

"当真不是吗？"碧荷面色严肃，非要问出个所以然来。

倘若苏燕有了身子，碧荷无论如何也得告诉徐墨怀。万一苏燕突遭不测，清合殿的人都要死。

苏燕执拗地摇头，语气却很慌乱，否认道："不会的，一定不是。"

她如此说着，身体却一阵阵发冷，一种近乎憎恶的情绪在她的心底蔓延开来。所有人都说她卑贱，倘若她有了身孕，她的孩子也会被唾弃羞辱。她要么死，要么被关在这里一辈子，永远留在一个疯子身边。

苏燕越想越恐惧，拉着碧荷的手求她："别说出去，不要让他知道。一定是出了什么错，我不可能有身孕……"

碧荷见不得苏燕这样可怜地乞求，心上一软，忍不住点了点头。然而纵使碧荷不说，每日记录苏燕生活起居的宫人也察觉不对，将苏燕的近况悉数禀告给徐墨怀。

他让医师去了青环苑一趟。医师足足待了一个时辰，反复诊脉，终于有了结论，去紫宸殿给徐墨怀贺喜。

比起苏燕的惶恐与厌恶，徐墨怀反应平淡，面上丝毫没有将为人父的惊喜。只有常沛看懂了徐墨怀掩在平静面孔之下的惊涛骇浪。

徐墨怀一下又一下地轻叩着书案，得到医师的回复后竟有些头晕目眩之感。他在书案前坐了许久，忽然起身走出去，对薛奉说："去找燕娘。"

他也说不清自己此刻是什么感受，比起惊喜反而是迷茫无措更多。他不知道如何当一个父亲，也从不曾想过自己会如何教导孩子。然而他想过的是他的孩子绝对不会从苏燕的肚子里出来。

兴许是他那一日伤到了她，便忘了避子汤这回事，阴错阳差地导致了今日的局面。这个孩子来得不是时候，他没有做好准备。可事已至此，他还是有些欣喜的。

也许有了孩子，苏燕便能逐渐安定，愿意为了孩子留在他身边，这未必不是一件好事。

四

徐墨怀到清合殿的时候，苏燕正准备睡下。

殿内又添了两个照顾她起居的侍女。既然苏燕有了身孕，他无论如何也该给她一个名分，让这个孩子名正言顺地来到这世上。

徐墨怀的身上带着沐浴后的微湿水汽，他俯身的时候冰凉的发丝倾泻而下，扫过苏燕的脸颊。她忽然醒来，对上一双黑沉沉的眼眸，心脏像是被突然攥了一把。

徐墨怀没有说话，吻了吻苏燕的唇角，手探进去落在她的小腹处："燕娘，这是我们的孩子。"

他说这话的时候语气轻柔温和，像是怕吵醒了什么。

苏燕的小腹还很平坦，让人想象不出里面正孕育着他们二人的血脉。苏燕痛苦地闭了闭眼，呼吸凝滞，蜷着身子被徐墨怀揽到怀里。

徐墨怀撑起上半身，掰过她的肩膀亲吻她，苏燕只能呜咽着承受。他小心翼翼地扶着她的后腰，最后兴致来了，将她抱起来，让她坐到怀里，继续吻她。

苏燕察觉徐墨怀撩起她的衣裙，心中又是一阵难忍的憎恶。然而不适感迟迟没有传来，她反而听到一阵窸窸窣窣的衣料摩擦声，而后感到徐墨怀紧贴着她，微热的触感落在后腰。

徐墨怀将脸埋在她的颈侧与秀发中，呼吸沉重，喘气声中夹杂着苏燕的名字，落在她肌肤上的热气仿佛要将她烫伤。徐墨怀的呼吸越来越急促，他闷哼一声后总算停下了。

周身的气息让苏燕不知所措。

徐墨怀环着她的腰腹，将脸颊在她颈侧轻轻蹭了蹭，声音也喑哑起来。

他说："叫我阿郎……燕娘。"

无论徐墨怀怎么哄劝，苏燕都是一副受了惊吓的模样，不肯发出丁点儿声音。直到跪坐在榻上为她擦拭的时候，他还有些为她不肯出声而遗憾。

入睡之前，他抱着苏燕，手落在她的小腹处，依旧觉得无措。

若是以前有人说他会喜爱一个粗鄙的农女，他的第一个孩子也会由她诞下，他必定会认为那人是有意羞辱他。如今这些都真切地发生了，他竟还有一丝欣喜。

苏燕有孕的消息自然是瞒不住的。宫里很快就有了风声，都在传有个宫婢受宠后怀了身子。起初还有人质疑，徐墨怀却迅速地将苏燕抬为四品美人。

这件事在朝中引发热议。其实这事本不到让御史上书讽谏的地步，主要还是有不少人对科举一事心怀不满，借苏燕的事说徐墨怀不成体统。

林照也为此不满，在紫宸殿议事时明里暗里指责徐墨怀辜负了林馥。他表面一往情深，转头就临幸了宫女，还让人怀了孩子，这岂不是让皇后被人耻笑？

徐墨怀与林照自幼相识，自然不会任由他说自己的不是，也回戗了几句徐晚音的事，气得林照甩袖子便走。

苏燕受封美人那日，不少人想去清合殿见识一下这位苏美人，然而殿门紧闭，始终不让任何人进去。

有好事的宫人便传开了，说苏美人本是一个大字不识的贫家女，用狐媚子手段勾引陛下，受宠后人却变得疯疯癫癫的，清合殿夜里时常会传出古怪的哭叫声。

谣言在私底下传得甚广，到最后就变了味儿，话头都落在徐墨怀爱折磨人这一点上了。

苏燕的处境让人不禁想起赵美人，一时间对这位丰神俊朗的年轻帝王有旖旎心思的人都因这两个前车之鉴犹豫起来，连后妃拜见林馥的时候都有意无意地问起徐墨怀有没有什么古怪的癖好。

林馥乐得所有人都不待见徐墨怀，这样自己便不用担心他宠爱哪个后妃、提拔什么世家威胁到林氏的地位。她便趁机隐晦地添油加醋，让这误会越来越深。

后宫妃嫔送给苏燕的东西都先被人收走查验一番，确认无误后才送到清合殿，让苏燕挑拣几样留下。

苏燕的孕后反应很大，她几乎日日吃不好，肉眼可见地憔悴。她听从碧荷的建议，开始时常外出走动。

苏燕热衷于在院子里种些花花草草。旁人种兰菊牡丹，她却真的像神志不太清楚，净从宫苑中挖些野草野花回去，稀稀拉拉地种一大片，像种菜似的，毫无美感可言。

她执拗如此，还不许旁人插手。虽说她这行为上不得台面，倒也不是什么要紧的事。徐墨怀让人确认过那些不是什么有毒的花草后便任由她去了。

徐晚音知道了苏燕的事，倒不像林照那般气愤，虽说有些替林馥感到不平，但转念一想自己要有一个侄子了，就立刻进宫询问徐墨怀，闹着要去见见那名受宠的婢女。徐墨怀约莫是心情正好，没有再阻拦她。

徐晚音与林照成亲已久，始终没有身孕，看到旁人怀了孩子，还是有些羡慕的。虽说她不满对方身份卑贱，却也会看在皇嗣的分儿上待她和善些。

徐墨怀嘱咐过侍者，但凡徐晚音有为难苏燕的意思，便立刻将她丢出宫去。

徐晚音不敢造次，结果见了这位苏美人后还是气得吸了一口凉气，美目怒睁："怎么是你？"

苏燕瞧了她一眼，淡淡地说："见过安乐公主。"

"你不是在青环苑吗？何时成了皇后的宫婢？"徐晚音觉得不可思议。

这分明就是个从山村里来的大字不识的农女，怎么就成了美人了？她竟还怀上徐墨怀的子嗣。

徐晚音的眉头皱成一团，她怎么都想不通："你给我皇兄下什么药了？你一介孤女，无父无母，如何得到我皇兄的喜爱？"

徐晚音身后的侍者立刻轻咳一声，示意她注意言辞。徐晚音没好气地垮了脸，瞪了那侍者一眼，也不去管苏燕冷漠的脸色。

想起在林馥宫中听到的传闻，她迅速走到苏燕的身边，凑到她耳边，颇为不自在地问了一句："皇兄他可有待你不好？"

苏燕愣了一下，似乎没想到她会这样问。她先是下意识地点头，而后又立刻摇头否认。

徐晚音一副果然如此的表情，面色复杂地低声说："皇兄他的性子是有些古怪，可……可他应当是在意你的。"

她来之前，徐墨怀正坐在书案前苦思冥想着什么。她探头去看，纸上都是排列的名字。一旁是还未批阅的折子，他那心思却全然放在了为这个不足三月的孩子起名上。

苏燕认识的字很少，要看懂一封浅显的书信已是为难，更不用提给皇嗣取一个得体的名字。徐墨怀想了很多名字，男孩儿女孩儿的都有，等着最后解释给苏燕听，让她也挑选一番。

徐晚音不知道想起了什么，突然说："听人说皇兄不喜欢小孩子，但我见他挺中意这个孩子的。你虽说身份低了些，但若真能讨得他高兴，也算一件好事。"

苏燕听她说出这种话，扯了扯嘴角，笑得有几分讽刺。徐晚音似乎并不了解徐墨怀，对他的所有认知多来自传闻，比苏燕还不如。

等徐晚音走后，碧荷松了口气，说道："我还担心公主会为难美人，想不到这次她竟真的肯好好说话了。"

苏燕面无表情，叹了口气，说道："让人出去吧，我想歇息了。"

徐墨怀派来的侍女守在寝殿内的偏殿中，只要苏燕稍有动静便会赶来。

苏燕裹着被子，面对墙面，小心翼翼地从袖中掏出一把还未洗净的五方草，毫无半点儿犹豫，塞入口中大口地嚼碎咽下去。

微酸的绿色汁水流到嘴角，立刻被她揩去。等含着土腥气的五方草被她全部咽下肚后，苏燕的手落在小腹处，焦躁地绞紧了衣料。

五方草是随处可见的野菜，只有穷苦人家才会当作吃食。苏燕趁着挖野花野草的时候采了藏好，待人不注意再偷偷服下。

她在云塘镇的药铺做工时，时常听东家提醒前来抓药坐胎的妇人切忌多食五方草。她无意记下了这个方子，不承想有一日会用在自己身上。

徐墨怀害得她这样惨，竟以为一个孩子、一两句好话便能让从前的事一笔勾销。苏燕有些怨恨地捂着肚子，深深吸了口气，双手紧攥成拳。

只因他高高在上又肯伏低身子爱她，她便该感激不尽吗？凭什么？

她只是疯了，又不是真的傻子。

五

初春时节，细雨霏霏，苏燕偏要去宫苑采野花野菜。清合殿的宫人们虽然有些不满，却还是依着这位神志不大清楚的美人。

因此有些宫人路过的时候便能看到一个衣着华贵的美人蹲在地上不顾仪态地挖野菜，身后还跟着好几个侍者。

碧荷觉得苏燕一阵好一阵坏的，都是要当母亲的人了，这副模样实在不像话。若是日后她照顾不好皇嗣，徐墨怀八成要把孩子送去给皇后养。

然而徐墨怀吩咐过了，苏燕要做什么便由她去，纵使她再不成体统，也没人敢去说声不好。

等回了清合殿，苏燕立刻去换衣裳洗漱。徐墨怀来的时候她正蹲在花圃边发呆，手里抓了一把杂草。

"蹲着做什么？"徐墨怀不由分说地将她拉起来。

苏燕立刻畏惧地挣扎，却被他抓着拍干净手上的泥土。

"苏燕，你真是越发不像话了。"他望着满院子的野花野草，无奈地说，"朕想不通你要做些什么，怎么将这院子糟蹋成这模样？"

苏燕怕极了他，畏缩着不敢看他一眼。

徐墨怀才从马场回来，鬓发被雨丝打得微湿。蒙蒙细雨落在发上，像是给乌发蒙了层白色雾气。

侍者们立刻给徐墨怀准备热水。等他去沐浴的时候，侍奉的人都下去了，只剩下一个苏燕在浴桶边端着澡豆与里衣。

热气氤氲，徐墨怀的眼眸似乎也蒙了层水汽，透着些水亮的光。他撑着浴桶，探头去吻苏燕。

见苏燕下意识往后退，徐墨怀拉住她，不允许她避开。一吻结束，苏燕将衣裳丢下便跑。徐墨怀穿戴整齐，绕过屏风去找她。

"我给孩子想了几个名字。"提起孩子，他似乎也有几分不适应，语气带着微妙的古怪，"我说与你听。"

徐墨怀牵着苏燕走到书案前，铺好纸给她写自己想出的几个名字，一个字一个字地给她讲释义，讲到有趣处，还搂着她的腰闷笑几声。

苏燕面上只有似懂非懂的茫然，在听他说到几个不错的字时，也会附和地点点头。心中的仇恨与悲戚似乎将她分裂成了两半，一半在温情地同他商议这个孩子的日后，另一半则冷漠地要杀了这个孽种。

对于苏燕而言，怀孕实在算不得一件好事，更像是另一种加给她的折磨。她不仅夜里睡不安生，胃口也变得奇差。

用晚膳的时候她一口没吃，仅仅闻到饭菜的味道便苍白着脸俯身干呕。徐墨怀皱了皱眉，走过去给她递了水。苏燕闷不吭声地接过水，依旧没有与他说话。

自从那次他失控害惨了苏燕之后，她除了哭喊着让他走开别碰她，再没有与他正常地说过几句话，举止依旧难掩对他的惧怕。

徐墨怀为了让苏燕快些恢复重新接受他，每日早出晚归，回来与她同寝同食。效果十分显著，至少如今苏燕不会再拒绝他的亲近。

徐墨怀似乎找到了什么新的乐趣，夜里掀开被子，轻轻一解，她的小衣衣带便散开了。

二人温热的唇舌缓缓研磨，苏燕用手臂搂着他的脖颈，张着嘴就像缺水的鱼一样艰难地呼吸。

兴许是顾忌她怀有身孕的缘故，徐墨怀的动作格外轻柔缓慢，到最后屋子里只能听到她夹杂着哭腔的喘息。

有那么几个瞬间，徐墨怀觉得自己也可以握紧什么人了，苏燕似乎真的因为这个孩子选择一步步走向他。

前朝时各藩镇留下的隐患一直未能彻底除去，徐墨怀也是为了压制士族才抬高寒门的地位。

今年第一次推行科举，出了不少乱子。林照虽说心中有怨，却依旧尽心尽力。科举考试的名次尚未出来，朝中就已经为此吵得不可开交。

此次科举，只要是良籍的人都可参试，因此真正寒门出身的考生反而不多，倒是士族中人占了多数。

世家子弟并不都是纨绔，即便不比林照年少有为，那也是饱读诗书。比起求学无门的寒门学子，他们生来就有优势。

世家占据的不只是财富，还有知识，贫苦出身的人如何能与世家子弟相比？只从字迹上便能看出哪些是受过名家指导的士族子弟，哪些又是自己摸索着读书识字的寒门学子。

世家之间关系错综复杂，难免会彼此包庇。为此，徐墨怀将最终的决定权握在自己手上。答卷一收，立即被送到紫宸殿，由他亲自批阅。

夜里为了方便，他索性让人将东西都带去了清合殿。等苏燕睡下了，他还在看人答的策论。

殿内安静到只有翻动纸页的声响，他看得入神，许久后才注意到床榻那边传来的微弱呻吟声。

徐墨怀立刻丢下手里的东西起身去看苏燕，发现她正蜷缩着身子颤抖，脑袋都埋在被子里。

"燕娘，你是不是做噩梦了？"他抚摩着苏燕的面颊，发现她额前沁了层冷汗。他察觉不对，伸手探进被子中，手上触到一片湿热。徐墨怀心上一紧，猛地掀开被子，才发现苏燕身下已被血浸红了。

苏燕终于睁开眼，似是被疼得醒了过来，眼眸湿润微红。

徐墨怀的身子晃了一下，他立刻扯过一张薄毯盖住苏燕，俯身将她抱起来："燕娘，你等一等，先别睡了。"

他嗓子像卡着沙砾，说话时干哑到疼痛。苏燕身下的血很快浸透了衣衫与薄毯，在他臂弯间洇开。

随着鲜血的流失，苏燕的呼吸也越来越微弱，徐墨怀如同在看着一朵满是生机的花在眼前缓缓枯萎，忽然有一种恐慌感铺天盖地地席卷而来。

苏燕是不是快死了？

徐墨怀按着她，声音微不可察地颤抖："燕娘，你看我一眼。"

苏燕被他抱得很稳，几乎感觉不到颠簸。她觉得腹中有一种坠痛，身体也变得很冷，听到徐墨怀这样唤她，还是睁开眼睛眨了眨。

"陛下，孩子……"她气若游丝，声音悲戚绝望，心中却觉得无比畅快。

"没事，你等一等，很快就好了。"徐墨怀强装镇定地安抚她，却感觉心中有一块地方正在塌陷。

苏燕见过徐墨怀的各种表情，不耐的、烦躁的、因残忍而戾气横生的，唯独没见过慌乱的。

他似乎能从容应对任何事，即便是快死了也没有慌乱过。对他而言，慌乱是一种无意义的情绪。

尚药局到清合殿路程很远，徐墨怀只好先抱着苏燕去了紫宸殿，好让医师快些赶到。苏燕感受到腿间的黏腻湿润，同样有一种无可奈何的悲哀。

她初为人母，本该一心呵护自己的孩子，盼着他健康长大，可内心没有一天真切地为这个孩子欢喜过，反而日日都在想法子杀他。

苏燕疼得厉害，揪紧了徐墨怀的衣裳，埋头在他的怀里小声地呜咽着。徐墨怀拍着她的背部安抚。苏燕微弱的哭泣声像一块巨石压在他心上，让他呼吸不畅。

医师来了后看到苏燕身下的猩红血迹，一颗心先凉了大半。他只能硬着头皮给她诊脉，跪在徐墨怀面前说："还请陛下节哀。"

徐墨怀攥紧拳头又缓缓松开。苏燕虚弱无比，哭声却极有力地穿透他的心脏。

"为何会如此？"

医师犹豫片刻，小心翼翼地说："苏娘子的皇嗣不保，约莫是从前服多了避子汤的缘故。"

这样一来，若要说到怪罪，便只能从徐墨怀身上找原因了。苏燕脸上还挂着泪水，却突然想笑出声。都不用她想法子推卸罪责，这儿便有个现成的祸首。

徐墨怀沉默了许久，久到医师都觉得心慌了，才疲倦地开口："罢了，去替苏娘子开些方子，将药送来。"

侍者送来早就备好的补药，苏燕勉强喝下几口。

婢女立刻给她擦洗、换衣裳。

徐墨怀有些无措地站在一旁看着，玄色衣袖上沾染的血污时刻在提醒他刚刚发生了何事。他站了好久了，直到被宫人提醒才想起自己该去换一身衣裳。等衣裳脱下后，他又望着那处血迹好一会儿，神情有几分恍惚。

一切来得让他措手不及，分明所有的事都在朝着好的那面去。他觉得自己已经快要看见曙光了，却在一瞬间又被打落谷底。

苏燕本就极畏惧他，也许又会因为这件事变得神志不清。医师说的话她应当也听到了，孩子是因为那一碗碗避子汤才没保住的。等她清醒过来，一定会因此事怨恨他。

一盆盆血水被人从寝殿端出去，徐墨怀等了很久才有机会走到榻边。苏燕面色苍白如纸，呼吸微弱到像是下一刻便没了。

宫人说她睡了过去，劝徐墨怀去歇息。他点了点头，却没动。

次日，苏燕睁眼便见到了榻边的徐墨怀。他并未束发，肩上披着一件外袍，眼底是藏不住的疲倦，显然一夜未曾合眼。苏燕去看他的眼睛，他却下意识避开她的目光，没有与她对视。

苏燕努力让自己表现得十分悲戚，明知故问："我们的孩子……为什么没有了？"苏燕虽然语气悲恸，眼中却好似有一团火在烧，神情有些疯狂，"徐墨怀，你觉得我卑贱，不配有你的孩子，是不是？"

苏燕的嗓音逐渐尖厉，她紧紧揪着徐墨怀的衣袖，步步紧逼："是你杀了这个孩子吗？你是不是根本不想要他？"

她说着说着眼泪便不由自主地流了出来。她分明不想哭，却还是没忍住。这些话既刺向了徐墨怀，也以一种玉石俱焚的方式扎回她的心上。

六

不知从何时起，苏燕已经从一个质朴热忱的少女变成一个失去孩子的母亲了。所有事情的发展都出乎徐墨怀意料，转眼二人的关系就到了如此难堪的地步。

徐墨怀望着眼前一边哭一边质问他，神情中隐隐带着癫狂的女人，头一回发现其实自己对苏燕束手无策。

在马家村的时候，苏燕夜里带着竹竿去打柿子，回家后如同献宝一样把柿子捧到他面前。那时她眼神熠熠生辉，都是对他的一腔真心。而现如今，徐墨怀却不敢再看她的眼神了，唯恐只能看到憎恶与悲痛。

"燕娘，我们还会有孩子的。"徐墨怀没有反驳她的话，而是将苏燕揽到怀里。

感受到她在怀中哭得一颤一颤的，他轻拍苏燕的后背，僵硬而无措地安抚她。苏燕的指甲掐进了掌心的肉，疼得她格外清醒。

清合殿离尚药局太远，徐墨怀也不知是怎么想的，最后竟让人将苏燕的东西带来，让她住进了紫宸殿。

妇人小产后须得细心照料，以免日后落下病根。也是因此，侍奉苏燕的侍女中多了两个尚药局出来的女官。她们每日照看苏燕的伤势，让她喝药排净恶露。

一个小产的妇人住进了紫宸殿，若让人知道，徐墨怀免不了会被人诟病。常沛委婉地劝过他几次，徐墨怀都搪塞了过去。

书案下还压着他拟好的名字，只是都用不上了。他本想让人拿去烧了，最后不知出于什么原因，还是将纸留下夹在了书里。

这个孩子来得快去得也快，几乎没掀起太大的风浪。有人惋惜，有人幸灾乐祸。毕竟只是一个宫婢的孩子，没有身家支撑，也不一定得陛下宠爱，将来也无法继承大统。

没多少人知道苏燕一直在紫宸殿养伤的事。

她夜里多梦，时常睡不好。徐墨怀似乎也怕伤到她，大多时候都在书房处理政务，一直等她夜里睡下才来。

要不是半梦半醒间觉得有人在盯着自己，后来发现榻边果真有个黑影，苏燕还以为徐墨怀根本没有在意过她。

苏燕养了好些日子，气色才逐渐好起来。此时，第一次春闱的结果也出来了。

高中状元的是一位从太原跋山涉水而来的寒门学子。他从一众士族出身的考生中脱颖而出，只是两鬓微白，已到了不惑之年。所有人都在盯着这第一位状元，想看他能开出什么先河来。

倘若从一开始徐墨怀便对他委以重任，必定引起天下哗然，士族望门定会不满。可徐墨怀若只给他一个低阶的闲职，同样会让不少人寒心，无异于违背了推行科举的初衷。

徐墨怀心情不佳，一番思量后将这件难办的差事丢给了林文正。林文正既是丞相又是士族的领头羊，必须拥护徐墨怀的决定，也不能太过偏向任何一边。

如果林文正给了这位状元一个好的官职，士族会对他不满；倘若让人去大理寺擦桌子，徐墨怀又会说他藐视皇命，找借口对林家下手。

徐墨怀看似对他委以重任，实际是丢给他一个烫手山芋。最后林文正在徐墨怀的有意提点下，给了这位状元一个正七品的官职，让他去御史台当个主簿。

御史台主簿一职虽然品阶不高，却掌握实权，而且他日后若升迁可专管京官军队的监察事务，人人都会礼让三分。

朝臣为此事吵了许久，最终这位新科状元还是上任了。听闻他穿上朱红官袍之时喜极而泣，还花光了身上的银钱，一半去庙里奉了香火，一半在路上分给了乞丐。

此番事了，另一番风波又起。东都出了些事，徐墨怀不放心假借他人之手，想亲自去处理。虽说来回路程不算太远，但事毕也要月余。朝中大小事他依旧可以掌控，唯独对苏燕放不下心。

苏燕怀有身孕的时候，众嫔妃就在送给她的贺礼中动了不少手脚。如今她虽然已经是美人，却无依无靠，等他回来的时候也不知还有没有命在。何况洛阳的牡丹也要开了，等他们到的时候，应当能赶上花开得正盛。

为了给林家留足面子，林馥也被带着一同前往。除此以外，同行的还有林照。徐晚音闹着要跟来，他没法子也将她带上了。

苏燕对什么都提不起兴致，得知新科状元出来了，心中还有些感慨，不由得想到了壮志难酬的周胥，也不知他现在在何处伤怀。

徐墨怀说要带她去洛阳，她也没有说不去的资格。马车里都铺了一层厚实的软毯，同行的两个侍女也一路照看苏燕，不让她受一点儿凉。

徐墨怀的外祖是洛阳的名门，徐墨怀除了忙于公务，还要去拜见他们。

林馥可怜苏燕小产，见苏燕日日神情低落，气色比从前当宫婢那会儿还不如，心中也有几分惋惜。

林馥时常去宽慰苏燕。每次她前脚去找苏燕，徐墨怀后脚便紧随而来瞧上一眼，似乎觉得她能将苏燕吃了一般。

到了洛阳后，徐墨怀忙于政务，除了夜里会赶回来见苏燕一面，白日极少在她面前现身。时隔这么久，苏燕终于从宫里出来了，好似呼吸都更通畅几分。

徐晚音无法时刻跟着林照，便撺掇着她们一同去洛阳的寺里祈福。此处有一座两百多年的古刹，还是许多年前一位皇后命人修建的。

苏燕不愿去，徐晚音还劝她说：“你就当为那未出生的孩儿祈福，有什么不情愿的？换作庶民，连山门都进不去。”

苏燕也是第一次听说皇室寺庙，原来那是他们这样的普通人不能随意参拜的地方。连在佛面前，人都要分贵贱。

徐晚音知道她才小产，也不想为难她，谁知苏燕竟点头应允了。几人去上香的事徐墨怀也知道，当日便有许多侍者、护卫一路送她们去寺里。

苏燕只拜过马家村一座半人高的土地庙，连宝殿中坐的是哪位菩萨都不知晓。林馥和徐晚音一路与那些僧人讨论佛法，她便在后边跟着。

她出神时不慎撞到了一个小僧人，对方合掌与她赔不是。苏燕终于没忍住，将缠在她心头许多个日夜的事问了出来："小师父，杀了人以后真的会进地狱吗？"

小师父愣了一下，回答了她的问题："因心起妄念而生种种法，造种种行……"

他说了一连串深奥的佛法，苏燕没能听懂，心中越发慌乱。杀人会进地狱，那像她这种杀了自己孩子的人呢？是不是也会不得善终？

苏燕没敢问下去，匆匆跟上林馥她们。一行人行至后山禅房的时候，忽然间生了变故——林馥被掳了。

林馥想去后山看看石壁山刻着的梵文，身边除了侍女和苏燕，还有六个侍卫。徐晚音去找送子观音祈福去了，并未同她一道。

一切发生的让人猝不及防，刺客下手极狠，林馥身边死了五个护卫，另一个重伤后倒地不起，林馥没有挣扎便跟着他们走了。

侍女们见皇后娘娘被人劫走，两个人回去报信，另两个人则追了上去。苏燕也被吓了一跳，却还是怕林馥被人带走，跟着侍女们一同去追。

侍女们在宫里没做过太劳累的活计，不比苏燕常年上山下地各种折腾，没一会儿便气喘吁吁地跑不动了。山林里没有林馥的身影，苏燕不顾侍女呼喊，趁机甩开了她们。

偌大的山林中只剩下了她一个人，苏燕的心跳得极快，她想撇下林馥不管，趁着这样好的机会逃脱，然而地上的血迹让她想起那些被山匪劫去的可怜女子的遭遇……一番纠结下她还是决定继续寻找林馥。

枝叶划过二人的脸颊，握着林馥的那只手带着薄茧。在看到那人的第一眼，林馥便没有出声呼救。

她任由这个人带着她跑了很远的一段路，再累也没有停下。直到她明白自己该回去了才停下脚步，不再跟着这个人继续往前。

林拾扭过头，疑惑地看着林馥。

"可以了，你走吧。"林馥想抽回自己的手。

林拾离开林家的时候，林馥将自己能给她的都给了，金银财宝数不胜数。林拾用这些雇了江湖上的杀手来帮林馥完成这一场"行刺"，甚至连替死鬼都替林馥找好了。

林馥低垂着头，似乎是愧疚作祟，嗓子微微发疼："这是最后一次，阿拾，我不会跟你走。"

林拾被气笑了，甩了甩剑上的血，说道："我等了多久才等到这么好的机会，你若不走，别怪我绑着你。"

她嘴上说着狠话，面上却是掩不住的低落。早在来之前她便有了答案，林馥不会为她葬送林氏一族的荣光。

不出半个时辰，此处便会被官兵牢牢围住。她可能会死在这里，甚至林馥会亲眼看着她死……但她还是抱着一线希望来了。

"我就问这一次，你要不要跟我走？"

没等林馥回答，旁边便传来一阵脚步声。林拾扭头看去，见到了正扒开枝叶追来的苏燕。

林馥心中一惊，忙推了林拾一把，说道："你快走吧，有人来找我了。"

"这是谁？看着有些眼熟。"

"她是正得宠的苏美人，陛下放在心尖上的人。别让她看见你。"林馥快速地回道，转身朝着苏燕走去。

然而林拾没有如她所愿迅速离开，反而提着长剑跟在她身后，目光冷冷地盯着苏燕，小声说："既如此，我便帮娘子做最后一件事。"

苏燕走了好一会儿，忽然见到林馥安然无恙，正想偷偷离开，便看到林馥身后还跟着一个刺客。刺客身形并不高大，眼神却透着令人胆寒的光。

"皇后娘娘！小心你身后！"苏燕甫一出声，突然发现对方越过了林馥冲着她袭来。

苏燕被吓得险些跌倒，连忙转身要跑，林馥则大喊着制止林拾。就在苏燕被剑抵着喉咙以为自己必死无疑的时候，刺客竟真的听从了林馥的吩咐，没有下手杀她。

"求皇后娘娘开恩，放我一条生路。"得知林拾的来意后，苏燕朝林馥直直地跪了下去，扯着林馥的衣角求她。

林馥本想赶走林拾，带苏燕回去，却被苏燕这一跪吓着了，问道："你这是何意？"

苏燕知道自己是在痴心妄想，可必须这么做——也许这是她此生唯一能逃走的机会了。

"我不想再回宫了。"

二人惊讶地望着苏燕。

苏燕没有丝毫犹豫，继续说："求娘娘成全。"说着，她就要给林馥磕头。

林馥拦住她："你当真不情愿？那陛下呢？"

林馥只当苏燕是个出身卑贱的奴婢，这样的人自该是拼尽一切往上爬，如何会放弃近在眼前的荣华富贵？

苏燕红着眼，哀痛地说："宫里再好，我也不喜欢。"她顿了顿，语气更加坚定，"我不爱陛下，更不愿为他留下。"

林馥听到这些话，简直有种头晕目眩之感，方才的悲戚都被苏燕的反应冲淡了。

虽说如此，她还是明白，她走不了，也不可能放走苏燕。她和徐晚音将苏燕带上来礼佛，倘若苏燕突然不见了，徐墨怀定要怪罪她们。

林拾笑了一声："看来这皇帝真不怎么样，一个两个都不是真心的。"

"阿拾，你快走吧，再不走要来不及了。"林馥催促道。

林拾瞥了林馥一眼，转身就要离去。

苏燕知道自己的请求多半是无望了，林馥不愿意承担这个风险。苏燕伏在地上哭得肩背颤动，哀痛到林馥都心生愧疚。

林馥想了想，终是没忍住，问道："苏燕，你真的想好了吗？"

她自己不敢走，就这样放弃了唾手可得的自由，难道要逼着苏燕和她一起被困在深宫里吗？

苏燕仰起头，泪眼婆娑地看着她。

林馥眼眶一热，说道："你可能走不出这座山，即便走出去，也会被陛下追杀。他不会放过你的。"

"我愿意！我真的愿意！"苏燕语气变得急切起来。

"那……那你走吧。"林馥扶起她，朝林拾的方向看过去，有些紧张。

林拾明白林馥的用意，又问了一遍："你真的不走？"

"我是皇后。"

"好。"

林拾不怪林馥，她们都身不由己。只是若林拾和苏燕真的能离开这座山，她和林馥此生不会再见。

林拾最后看了林馥一眼，一把拉过苏燕，迅速离去。

林馥看到二人的背影消失不见，终于憋不住眼泪，蹲在地上失声恸哭。

洛阳的牡丹开得正好，花瓣层层堆叠，如女子的裙裳摇摆，徐墨怀却无心欣赏。

洛阳参政与左右宗承方才已经来过了。洛阳的政务乱成一团，他迟早要把这帮人丢进牢里。

徐墨怀的外祖为了迎接他，早早带着府中众人在府门前等着。他外祖早年是洛阳的副总兵，也是洛阳本地的士族，如今头发花白，身体依旧健朗。

当初先皇还是皇子，平乱的时候经过洛阳，便娶了洛阳副总兵之女。谁知后来他又遇到了正值鼎盛的郭家，便封发妻为妃，反抬了郭氏女为皇后。

见到徐墨怀，外祖立刻俯身行礼。

徐墨怀扶着外祖说："外祖何必如此见外？"

两个人寒暄了几句，语气始终疏离，不像一家人。他们走入府内，一个侍女呼唤同伴："燕娘，你慢些走！"

徐墨怀下意识地回头，看到远处是一张陌生的脸，又回过身若无其事地听外祖说话。

"陛下有心事？"外祖忍不住问道。

常沛对徐墨怀而言亦师亦父，可终究不是他的亲人。如今，他能说上话的亲人竟只剩下这位并不亲近的外祖。

"不久前我做了件错事，如今不知如何挽回。"

"陛下不妨说得再仔细些。"

徐墨怀提起徐伯徽："外祖应当还记得安庆王世子，他喜欢上一个胡姬，执意娶她为妻。不过前些日子他成亲了，当初折腾得长安上下都在看热闹，如今还是认命地与和他相配的人站到了一起。"

徐墨怀没有直接说自己的事，想先看看外祖对安庆王世子之事的看法。

"安庆王世子心志不坚，日后恐要后悔。"外祖淡淡地说了一句，目光移到徐墨怀的脸上，"听闻陛下此行还带了一位美人。"

那个宫婢出身的美人，徐墨怀连来洛阳都带在身边。

"我与她曾有一个孩子。因为我，这个孩子没能生下来。"徐墨怀提到此事，喉咙微微发紧，皱着眉说，"她出身不好，生父不详，生母曾是旁人的外室，后来恐成暗娼。"

此话一出，外祖忍不住皱眉。

她这样的出身岂止是不好？但凡是正经人家都不会正眼看她，何况是堂堂的九五之尊？徐墨怀竟然将这样一个女人放到身边，说出去岂不叫人耻笑？

外祖立刻便明白他为何要说安庆王世子的事了，道："不过是一个卑贱的女子，陛下赐她荣华富贵，她自该感激不尽。陛下又何须烦扰？"

徐墨怀没指望外祖能明白他的意思。连他自己都不清楚该怎么做，何况是其他人？他只是觉得有必要让自己所剩不多的亲人知晓苏燕的存在，于是便说："她虽出身微贱，却一心一意待我，是个讨人喜欢的性子。若是今晚得空，我让她来见您一面。"

按道理来说，林馥才是徐墨怀的正妻，要见外祖怎么都轮不到苏燕一个小小的美人，偏偏徐墨怀这样说了，无异于将苏燕在他心中的位置摆给他外祖看。

二人没说太久，忽然有人前来禀报，说是皇后与安乐公主礼佛时遇到了刺客。

来人还说："皇后已经被找了回来，只受到些惊吓，并无大碍——"

徐墨怀打断他，问道："苏美人如何？"

侍卫身子一僵，低垂的脑袋上似乎压了块石头，越发低了，最终吐出一句："苏美人去找皇后，不知去向，还在派人搜查。"

徐墨怀眼前一阵发黑，扶着廊柱的手掌逐渐紧攥成拳："还剩多少人？全都去找！"

他竭力保持冷静，等人走后才发觉掌心微微发麻。

薛奉劝他说："苏娘子应当是在山林中迷了路，陛下不必过于焦急。"

徐墨怀烦躁地扶着额角，没好气地问："她追皇后做什么？拿石头上去跟人拼命不成？皇后死了她该高兴，还妄图将人救回来，真是个蠢东西。"

徐墨怀没有立刻去找林馥兴师问罪，而是坐在马车里，在山下等着苏燕被送回来。

洛阳的糕点与长安的风味并不相同，他让人去给苏燕买了好几份。此刻夜已经深了，苏燕想必也受了不小的惊吓。倘若她回来看到他，必定会泪眼婆娑地冲到他怀里。

也不知过了多久，侍卫始终没找到一点儿苏燕的踪迹，反而捉到了不少白日里行刺的刺客。徐墨怀连看都没看一眼，便让人将他们带下去活剐了。

一直到晨光熹微，草叶上覆了层露水，徐墨怀挪动僵硬的脚，问薛奉："人呢？"

薛奉答道："苏娘子不在山里。"

这么大点儿地方，倘若她真是迷路，他们这么多人马，如何会找不到她？

徐墨怀气笑了，指节被捏得发出声响，眼神像是要将人撕碎："吩咐下去，封锁洛阳，贴上告示，传令给各驿站，将她绑回来见朕！倘若她敢跑，打断她一条腿！"

他算是看透了，苏燕根本不可能听话。即便她表现得十分温顺，也是在装模作样，一有机会便想着逃。

他何必还要想法子讨好她？他应该将她锁起来，让她待在他身边。她会逃，不过是他给她的教训还不够多罢了。

白糖三两

著

下 册

青岛出版集团 ｜ 青岛出版社

第九章

嫣 娘

一

林拾要带走的人是皇后，自然想了无数遮掩的法子，不承想最后没能带走林馥，反而带走了苏燕。

出城需要勘合公验，林拾伪造了许多身份文牒，还给苏燕换上了灰扑扑的老旧衣裳，让她扮作瘦小的男子，出洛阳时费了不少力。

最让人意外的是徐墨怀的反应，他大有将整个洛阳翻过来找的意思，连出城后的路上都有官兵把守，只为逮住一个小小的苏燕。

一路上都是找苏燕的人，林拾甚至想丢下苏燕自己离开，然而每每想到林馥，又觉着这是她的心愿，便强忍着没有将苏燕赶走。

苏燕倒也不娇弱，再劳累都不吭一声。因为路上有追兵，她们只能绕远路从崎岖的大山翻过去。

苏燕脚上磨得都是血泡，脸上、脖子上也都有荆棘划出来的伤口，偏偏一声不吭地跟着林拾，半句怨言也没有。

苏燕已经精疲力竭，却一刻也不想停下。身体上的苦痛不及心中半分，只有离开徐墨怀她才能得到解脱。

只要看到他，她便不由自主地想到他的蔑视与侮辱，想到自己在他身下发出的哭喊，想到那个死去的孩子。

苏燕想要自由，即便贫苦也不愿低贱地活着。她想要一个真正的家人，一个愿意爱她、护着她的家人，而不是徐墨怀那样暴戾、凉薄、自负、自私的人。

"林娘子，我们要去什么地方？"

林拾回过头拉了苏燕一把，说道："叫我的名字就好，你想去哪儿都成。"

苏燕擦了把汗，笑着说："既如此，你叫我燕娘吧。我阿娘的祖籍在潞州，我想去看看能不能找到自己的亲人。"

林拾点了点头，随后问："皇后在宫中过得好吗？听闻陛下十分……"她似乎觉得有几分难说出口，顿了顿才说完这句话，"十分宠爱她。"

苏燕摇了摇头，实话实说："他们并非传言那般恩爱，我瞧着倒像是相看两厌，笑起来都假惺惺的。但皇后出身那样好，宫里没有不敬重她的。"

"我们娘子是林氏嫡女，公主都比不上她好。"林拾小声地说了一句，回头将苏燕上下打量了一番，语气略显愤懑，"狗皇帝不看重我们娘子，却一门心思扑在你身上，属实是瞎了眼。"

旁人听了这话恐怕早就心生不满了，苏燕却没放在心上，尤其还是林馥大发慈悲，顶着极大的危险让林拾带自己走的。如今在苏燕眼中，林馥就是她的大恩人，是救苦救难的观音菩萨。

"皇后娘娘好人有好报，日后必定有自己的福气。"

苏燕此刻穿着粗布麻衣，头发绾成了男子的发髻，裤脚沾满了泥灰，实在跟"美人"二字不沾边。

宫里的嫔妃才貌双全，不像苏燕那般举止粗俗。苏燕偶尔话说得太快，还会掺杂着旁人听不懂的乡音。

连苏燕自己都不明白徐墨怀到底犯了什么病，他一边奚落她、欺辱她，一边又一副非她不可的模样。或许当真如林拾所说，他瞎了眼吧。

徐墨怀派人将洛阳翻了个底朝天，也没找到苏燕的行踪。以苏燕的本事，她连城门都出不去，不出三日便能被押到他面前认错。然而眼下已经过了五日，他却连她的一片衣角都没摸到。

徐墨怀连笑都装不出来了。他可以确定，有人帮着苏燕逃走。他将当日苏燕接触过的人都盘问了一番，尤其是林馥。起初苏燕便是追着她才不见的，无论如何她都有责任。

林馥很自觉地向徐墨怀请罪。但无论他如何威逼利诱，她都称自己一无所知，甚至哭着说要回林家找她父亲。

徐墨怀再愤怒也无可奈何，更何况怎么都想不通林馥帮苏燕逃跑会有何好处。一连好几日，徐墨怀都顶着一张阴云密布的脸，最后总算寻到了一些蛛丝马迹。

没过多久，有人发现了一具被野兽啃得稀烂的女尸。徐墨怀让人查看那女尸的肩上是否有疤痕，可惜肩上的肉也被啃坏了。

他将自己关在房中一整日，水米不进，再出来时眼中爬满红血丝，神色阴沉沉的，令人胆寒。他冷声下令让兵马继续追查，随后便与外祖相告一声，带着人回了长安。

徐墨怀不是蠢人，当然知道这女尸出现得蹊跷，似乎在刻意证明苏燕已死。即便他知道这绝不可能是苏燕，在侍卫前来禀报的时候还是忍不住心中一颤。

他不禁将这惨状联想到了苏燕身上。分明是苏燕辜负了他的好意，又一次将他抛下，可他在听到这错漏百出的死讯时，还是浑身僵冷，连话都说不出口。他恨不得将苏燕碎尸万段，可又想让她好好活着。

徐墨怀回了长安后，宫中便传出苏燕病逝于洛阳的消息，一时间众人对徐墨怀的猜测更多了。先是赵美人，又轮到了苏美人，不少人开始怀疑徐墨怀可能真如传闻一般性情暴虐，有些与众不同的癖好。

苏燕不见了，徐墨怀却不能因此颓丧，更不可能因她而耽误朝政。回宫后他在政务上更为勤勉，戾气也比从前更甚，帝王威严之下隐隐有

271

暴君的影子。

徐墨怀借科举一事罢免了不少朝官，这让很多古板迂腐的老臣幡然醒悟，那个温润和善的太子早就消失了，如今专制狠辣的帝王才是真正的他。

书房中的烛火几乎亮了一整夜，徐墨怀眼中的红血丝越发多了，人已是疲倦至极。他强撑着让自己忙于政务，不愿停歇，因为一闲下来就会想起苏燕。

入夜后他摸不到床榻另一侧的温暖，听不到另一个人平缓的呼吸，清早上朝时也不会被压到头发。

少了一个苏燕，不过是回到了从前，他应当觉得省心。

劳累许多日后，他下了朝，下意识地朝清合殿走去，紧接着才想起来苏燕不在。他顿了顿，还是去了清合殿。

清合殿的宫女去了其他地方，仅剩碧荷看守空殿，偶尔将此处打扫一番。徐墨怀去的时候，清合殿里的海棠快凋谢了。

他觉着苏燕是没见识才会喜欢山林里的野花。清合殿内有一棵高大的海棠，开花的时候极美，谁知苏燕不等海棠花盛放便先一步走了，当真是将他的心意辜负个干净。

看到这棵海棠，他更觉心中烦躁。他没有理会瑟瑟发抖的碧荷，抬脚便往殿内去了。

那些宫婢也是胆大包天。他还没有吩咐，她们便将苏燕妆奁中的珠花、簪钗拿得所剩无几，只剩下底下一个看品相便知不值钱的玉镯子。

徐墨怀常见苏燕戴着它，以为她喜欢玉镯，便送了她许多成色极好的，偏她只爱戴这一只。

徐墨怀深吸一口气，脑袋疼得厉害。他将镯子拿起来端详，不慎手滑，镯子落到了地上，好在地上铺了层软毯，镯子没有碎成两半。

徐墨怀俯身去捡，无意中瞥见床榻下隐约露出的一块衣料。他皱着眉扯了一把，才发现是一块不大的帕子。帕子包着几根枯萎的杂草，显然放了好些日子。

他摸了一手的灰，不耐烦地想丢掉帕子，却隐隐觉得不对劲。

他将杂草拾起来丢给薛奉，让他送到尚药局询问清楚。

二

草根枯萎得不成样子，倒跟炮制的草药有几分形似，尚药局的医师找了一棵新鲜的给徐墨怀送去。徐墨怀焦躁不安地坐在榻上，紧盯着说话的医师，看得对方背后直冒冷汗。

"五方草？有何用处？"

医师如实说："五方草布地而生，民间的穷苦人家会采来烹食。除此以外，五方草所主诸病，例如漏耳诸疮、小儿血痢、诸气不调、产后虚汗——"

徐墨怀不耐烦地打断对方的话，问道："便只有好，没有不好吗？"

"自然是有的，虽说五方草益处颇多，然性寒滑，人多食之，使脾胃虚寒，肠滑作泄。此外，五方草有利肠滑胎之用，孕者忌服……"

医师还未说完，徐墨怀脸色就变了，一股巨大的风暴在他的眼中不断凝结。

医师半晌没听到徐墨怀开口，正想悄悄抬头看一眼，忽闻一声巨响，书案直接被掀翻砸到地上。笔墨纸砚与奏折通通散落在地，漆黑的墨点溅在地砖上，在晦暗的光线下如血一般。

徐墨怀背过身去，手死死地按着书架，指节青白，青筋暴起，大口喘气，胸口起伏如波涛。

他咬牙切齿地吼道："滚出去！"

伏在地上战栗的医师如获大赦，连忙起身往外走。室内一片狼藉，徐墨怀用力到仿佛要将手指嵌入木头里，眼中隐隐泛红，如发狂的野兽一般。

常沛身为中书舍人，多数时候要陪伴圣驾。常沛听到动静后连忙带薛奉走入殿内，便见到徐墨怀狂躁疯魔的模样。

"苏燕呢？苏燕找到没有？！"徐墨怀暴怒，说话时好似野兽低吼。

薛奉已经许久不见徐墨怀这副模样了，正要说没有，就见他俯身咳

· 273 ·

嗽起来。

徐墨怀眼前一片黑红交错，浑身血液好似一瞬间冰冷，又一瞬间沸腾。

书案被掀翻，夹在书页中的纸露出一小半，他看到了自己为孩子取的名字，心中怒火翻涌直冲头顶。苏燕恨他、欺他、将他骗得团团转才是真，甚至能狠心杀了他们的孩子。

徐墨怀瞪着那张纸，目眦欲裂。喉间涌起一股腥甜，他猛地咳嗽了几下，眼前昏黑一片，连站都站不稳了。常沛他们立刻去扶，却发现徐墨怀嘴角隐约的殷红。

"陛下！"常沛唤了一声。

徐墨怀目光阴冷，似乎是刚反应过来，看了一眼掌心的点点猩红血迹。他抬手揩去嘴角的血色，缓缓扯出一抹讽刺的笑来："就算她烧成了灰，朕也要找到她。"

没人能在愚弄他之后逃之夭夭，他不好过，苏燕这辈子也别想安生。

随便逃吧，最好她能跑到天涯海角，不要让他那么快逮住她，否则他真怕此刻的自己忍不住将她碎尸万段。

按照阿娘的说法，苏燕还有一个舅舅，阿娘正是为了养活舅舅才入了贱籍。后来她识人不清，不得不逃到了马家村。

苏燕改名秦嫣，一路上与林拾渐渐熟悉起来，彼此之间也有了情分。林拾将她带到潞州，准备等她安顿下来自己再启程去幽州。

然而不承想苏燕在潞州找了许久，却只听说当初胡人铁骑踏入潞州城，这里的人不是逃亡他乡就是惨遭屠杀，她要找的人约莫早就不在了。

苏燕满怀希望跋山涉水来到此处，却得到了这样的结果，一时间灰心丧气起来。

林拾不知如何安慰苏燕，便说："总归你也没处去了，不如同我去幽州。虽说幽州天寒地冻难挨了些，但对你而言也算是好地方。走得越远，才越不容易被找到，你日后便可安稳过一生了。"

"安稳"二字点明了苏燕心中最大的渴望。

她几乎没有犹豫便点头了。

每家每户的马匹都登记在册，买卖皆要得到官府的允许，林拾为买一匹马费了不少心思。幽州很远，苏燕是个只骑过牛没骑过马的人，最后还得林拾教苏燕如何骑马。

骑马走了一阵子后，苏燕的大腿根被磨出了好多血点子。她们又休整了好几日，到幽州时已经是初秋。

幽州比长安要冷得多，此处与蓟州相邻，已经是大靖的边界了。林拾在幽州有几位故人，便带着苏燕去投奔。自此，苏燕与长安才是真的隔着千山万水。天地广阔，徐墨怀再难将她困住。

林拾的友人是木匠，也是从林府出去的。他只当苏燕是林拾的表妹，以为苏燕是家中亲人去世，孤苦伶仃才来投奔的。

苏燕不好吃白饭，也没有什么会的，便又做起了采药、种地的事。起初她身上有些瘀青、划伤倒也正常，林拾未曾说什么。可有一日苏燕夜里还没回去，他们一大家子都去找，才在山下发现了满腿是血、趴在地上艰难挪动的苏燕。

要不是他们及时赶到，苏燕的血就要流干了，她八成要死在山里。林拾没好气地说了苏燕两句。苏燕白着脸躺在榻上，反而给他们赔起了不是。

等人走后，林拾瞧苏燕模样凄惨，忍不住问道："你不后悔吗？"

苏燕愣了一下，说道："后悔。前几日下了小雨，山路湿滑，我不听劝非要去采药，反害得你们担心——"

"不是这个。"林拾黑着脸打断，"我是说逃出宫这件事，你不后悔吗？你从前锦衣玉食，有人伺候，有人艳羡，那样的日子有什么不好？至少你不用东躲西藏隐姓埋名，每日干着又脏又累的活，还险些摔死。"

苏燕迟疑了一下才说："其实我从前也想过那样的生活……可如今你要问我愿不愿意回去，我必定还是不愿。即便宫里再好，我也不想回去。

"我跟你们不一样。我是在穷乡僻壤长大的，大字不识，只会种地、放牛，连你们说话都听不懂。

"更何况人人都觉得我低贱，觉得我不配，连陛下都是。他表面宠爱我，却从不在意我心中想什么、念什么。我在宫里没有一日是快活的。"

当初从洛阳离开，一路粗衣粝食，苏燕的确烦闷过一阵子。可她从前过得更苦，现在有什么好挑剔的？很快她便想通了，人不能什么都想要。

林拾不是苏燕，也不清楚苏燕与徐墨怀之间的纠葛，但见苏燕并无后悔的意思，放心了一些。林拾最怕苏燕哪天过不下去这种苦日子了，不知死活地回去找徐墨怀，会连累林馥。

"这些时日你先好好休养，不要再去采药了。我托人问问有没有什么铺子缺人，让你去做工。"

林拾说完便走了。

苏燕躺在榻上，心情久久不能平复。

倒在山上时她感受到腿和腰腹汩汩流出的血，身体也在逐渐变冷。好几次她都撑不住了，却还是坚持往前爬，兴许是因为太不甘心。

她好不容易摆脱了徐墨怀，还没有过上好日子，万不可就这样咽气了。她会忘掉徐墨怀带给她的噩梦，再苦再难也要好好活着。

入冬后，苏燕去了一家绢花铺子做工。东家姓郭，夫妻俩年纪都大了，膝下两个儿子都成了家，小女儿去世得早，走的时候与苏燕的年纪一般大。郭娘子的眼睛越发不好，做绢花也比从前慢了，便收了苏燕在铺子里帮忙。

郭娘子对苏燕十分亲切，听闻她父母早逝，大有将她当女儿看待的样子，教导上也十分用心。即便是苏燕这样粗手粗脚的人，没过多久也能将绢花做得有模有样了。

林拾一身武功，最后去了幽州刺史的府邸给人做侍卫。

苏燕这份活计薪俸不多，却胜在东家为人和善。入冬后幽州格外冷，泥地都冻得生硬，苏燕便在铺子里住下了，吃住都在此处。

等到冬末，来买绢花的人越发多，苏燕忙得抽不开身。年关将近，她好不容易才得了空，早晨的时候悠闲地去附近的汤羹铺子喝了一碗杂菜汤，配上一个热腾腾的蒸饼。

摊铺前的小桌都坐满了，有一个清瘦高挑的男子端着碗站了好一会儿，身姿格外引人注目。他似乎是想等着哪一桌空下来了再去坐着。

他相貌清隽，站姿笔直端庄，一身老旧的蓝袍洗得发白，袖口、裙角起了毛边，却不见什么补丁和褶皱。

苏燕没忍住唤了他一声："小郎君，不如坐这里吧。"

他扭过头，见出声的是个好看的姑娘，面上微微一红。他低声冲她道了谢，坐在她身旁喝起了汤羹。

他那副穿着老旧衣裳却清雅地站在人群中的模样，实在和当初在马家村装模作样的徐墨怀十分相似，不过很快她便看出不同了。

这年轻郎君吃饭可谓是狼吞虎咽，几下便喝完了汤羹。随后，他大口吃完半块干饼，便与苏燕告辞了。

相比真正清贫人家出身的男子，徐墨怀纵使饿得气息不顺，也能做出一派斯文的仪态，似乎刻意要将自己与粗鄙的乡民区分开。

吃过早食，苏燕回到铺子里做绢花。

郭娘子急匆匆地过来，说道："嫣娘，你快将这盒绢花给刺史府送去。我这厢有急事算是去不成了，你到了只管说是郭家铺子来送绢花给张娘子的，他们就会带你进去。"

苏燕应下，走了半个时辰才到刺史府，说明来意后很快便有人带她去找张娘子了。幽州实在太冷，苏燕吹了一路的冷风，腿都要冻僵了。

张娘子是张刺史的女儿，因为中意郭娘子的绢花，时常订好了让人送来。眼看着年关将近，刺史府里十分热闹，下人们都在忙着打扫。屋子里烧着炭火，苏燕忽然进到屋子里，被冻麻的手脚便忍不住发痒。

"郭娘子去哪儿了？怎的是你来送？"张娘子体态丰腴，圆圆的脸颊上有着喜人的红晕。

"郭娘子是我师父。她今日有急事，这才叫我来送。"

张娘子点点头，也没有计较，让苏燕打开匣子。张娘子看到几个中意的绢花，便拿出来询问婢女，而后给了苏燕赏钱让人送她出府。

张娘子为人大方，给了不少赏钱，苏燕心中高兴，回去的脚步都轻快了许多。她快走出府的时候一人从她身旁经过，钱袋落在地上摔出轻响。

苏燕捡起来正要叫住那人，却忽然发现这钱袋有几分眼熟。她翻过来又看了一眼，发现上面有两个歪歪扭扭的小字。

"莫淮。"苏燕下意识地念出了这两个字，霎时间脸色就变了。

她僵硬地望着那人，如同见了鬼一般。那人也意识到钱袋不见了，回头来找。

苏燕才发现他正是今早在一桌吃饭的郎君。

"好巧，又遇见娘子了。"他打了声招呼，犹犹豫豫地看着苏燕手里的钱袋，小声说，"这钱袋好像是我的……"

苏燕没有立刻给他，问道："你这钱袋哪儿来的？"

这分明是当初她绣给徐墨怀的香囊，怎么好端端地成了钱袋？

他挠挠头，有些腼腆地说："这是我两年前在路上捡到的，正好当时我的钱袋坏了……"紧接着他又解释，"我捡到的时候里边没有钱，这钱不是我偷来的。"

苏燕终于松了口气，面色逐渐缓和。她将钱袋给他，说道："我有个故人，也有个相似的钱袋，是我看错了。"

"那还真是有缘。"他又问道，"娘子怎会在此处？"

"我来给张娘子送绢花。你又为何在这儿？"

他笑了笑，说："在下姓孟，名鹤之，是刺史府的门客。"

三

苏燕没想到孟鹤之是刺史府豢养的门客。

门客与平常的读书人不同，在门第能决定一切的时候，寒门学子唯有攀附士族才能得到跻身朝堂的机会。他们不得已将自己作为工具，但望族豢养的门客众多，得到赏识的却是少数。

孟鹤之对她拜了一礼，说道："在下还有事，秦娘子再会。"

苏燕点点头，也准备离开，临走前想起林拾也在刺史府，给一位夫人当侍卫，便托人转告林拾除夕回去小聚。

蓟州距幽州很近，且同属河北道。蓟州一旦有了战事，幽州难免被波及。节度使李付从幽州调兵过去，许多人不能归家与亲人团聚，免不了怨声载道的。

苏燕活了十八年也没见识过打仗的场面，因此也不懂胡虏与大靖军队交战是什么模样。

铺子里的郭娘子从前因战乱随家人逃亡，提起打仗来也是心有余悸，说道："这战事不知又要打多久。那些个贱夷畜生不如，一进城又杀又抢。后来他们都打到长安去了，又被高祖皇帝给打跑了。这李将军厉害，不叫他们过来。"

李将军便是节度使李付。苏燕听人提起他，免不了想起他的儿子李骋。想到李骋有可能去蓟州，苏燕便决定这辈子都躲在幽州不乱跑了。

除夕的时候，林拾也得了准许回来同苏燕过个年。两个人同是从长安过来，在陌生的幽州聚在一起也算有个安慰。

苏燕的官话算不上好，幽州话更不成样子，她只能勉强听懂，却不大会说，平日里也是能不开口便不开口。

林拾为了做事方便，多数时候以男装示人。她在幽州买了一处小院落，自己却常住在刺史府，因此这里多是苏燕打理。林拾除夕回去后才发现苏燕将这小小的院落布置得有模有样，窗前还挂着腌肉与干菜。

幽州比长安冷，冬日里下了鹅毛大雪，她们便在屋子里挖了个坑，堆上柴火后再支起铜锅，围着铜锅涮肉吃，空气里飘着羊肉和茼菜的香气。

窗外大雪及膝，林拾温好酒，若有所思地朝窗外看了一眼，喃喃道："也不知长安如何了。"

山长水远，过了这么些时日，苏燕却觉得从洛阳逃出来好似昨夜的事。比起眼前这样安稳美好的日子，长安的岁月更像一场噩梦。

苏燕吹开汤上漂着的油花，满足地眯着眼，说道："长安不会有这样大的雪，也没有这样冷。"她想了想，又说，"皇后娘娘在中宫不会冷，殿里连地上都铺着毯子，夜里炉火也要让人续上，床榻又软又香。"

林拾小声说："谁问她了？"

苏燕笑了笑，说道："是我在想她还不成吗？"

林拾瞪了苏燕一眼，紧接着说："你打算如何？一辈子隐姓埋名住在幽州不成？"

苏燕认真思索了一番，说道："徐墨怀睚眦必报，绝不会轻易放过我。等再过些时日他彻底将我忘了，我便托人往马家村寄封信，问问我家旁边的张大夫如何了。

"我从前说好给他养老的。若他愿意，我便将他接来幽州。如今我有吃有住，不用挨饿受冻，比从前的日子好多了。"

林拾点头，望着略显混浊的酒液说："我也不回长安了。"

年后，苏燕继续在铺子里做工。路上的雪被行人和车马踩得发硬，走上去极易摔倒。

苏燕扫雪的时候正好见到了孟鹤之。

他正跟着一驾马车，不断透过马车的小窗和里面的人说话。车马有些快，他不得不小跑起来，脸颊与鼻子都冻得发红。

苏燕抬头看他的时候，他因为没注意脚下，滑倒摔进了雪堆，又因地上太滑，爬了两下没爬起来。

苏燕看他可怜又好笑，实在看不下去了，小心翼翼地走过去扶了他一把。孟鹤之跟她道了声谢，回头看马车已经走远了，只好摇头叹气，一副无奈的表情。

"你追着马车做什么？"

"张刺史让我看着张二郎君，可小郎君不愿听在下的劝告。"孟鹤之有些难堪，摸了摸自己冻得发麻的鼻子，随后拍去袍子上的雪，准备折返回去。

孟鹤之只是一个寒门出身的学子，士族子弟自视高人一等，不将孟鹤之的话放在心上也不奇怪。

"那他不听你的劝，你还能拿到工钱吗？"

孟鹤之也不知该如何与她说明，想了想便说："我们做门客的，算是主子的物件，倘若物件不称手，用不上便会被丢弃。高门望族豢养的门客众多，不少前辈虽是门客，却能施展抱负，与我自然是不同了。"

苏燕觉得也算不错，说道："那你兴许也能做一辈子的门客，日后便不愁吃穿了，何必还要大雪天费力去追他？"

青环苑的王孙公卿浪荡奢靡，将玉环金杯丢到水里听响，甚至在深秋将婢女推到水里，看着她们狼狈地爬起来，并以此为乐。幽州的贵人们，想必也好不到哪儿去。

"其实我还想再进一步。"孟鹤之气质文雅，眼神中却透着毫不掩饰的野心，"被囿于幽州非我所愿。圣上既已开设科举，我便该奋力一试。取尊荣，求富贵，建不朽之功业，读书人不该只图一时温饱。"

苏燕听到此处，眉头微皱了一下。孟鹤之以为她不喜欢如此说法，无奈地笑笑，并没有多解释。

苏燕忽然想起他腰间的香囊，问道："你要去长安参加今年的春试？"

孟鹤之点了点头："这是自然。"

她立刻说："将你的钱袋给我。"

孟鹤之没有问原因，解下来给了苏燕。

"这钱袋旧了，用旁人扔掉的东西不吉利，我替你重新做一个。过几日你来取，当作是我的饯行礼。"苏燕将香囊中的铜板倒出来还给他。

孟鹤之受宠若惊地与她道谢。

苏燕也没有旁的意思，二人之间并无深情厚谊，所谓饯行礼，不过是想找个由头将这香囊要回来罢了。

长安的冬日又干又冷，林馥被林文正催促诞育皇嗣。她阿娘还特意从宫外找了生子的药方送入宫，让她照着服药。徐墨怀自然知道此事。

林馥不胜其烦，索性一直装病，连宫门都不出，也省得徐墨怀隔几日便来中宫对她明嘲暗讽。

苏燕走后，宫内传闻清合殿走水，然而有人偷偷去看，发现清合殿除了墙面有几处焦黑以外并无损毁，反而是那棵近百年的海棠树被烧成了焦炭。

徐墨怀的性子古怪到了极点，每次他到妃嫔宫中，任她们使尽浑身解数也不为所动。即便最后她们连衣裳都脱了，他还是一脸厌恶地将其推开。

他曾将鱼水之欢视为一种恶毒的惩罚，因此才在暴怒之下与苏燕行房，最后却意外地感到快活。然而在面对其他人的时候，他依旧认为此事恶心到令人作呕。

徐墨怀到了这个年纪还未有子嗣，比起从前几位皇帝，的确有些太晚了，朝中免不了有人开始催促。甚至连常沛都有些发愁，想让徐墨怀早日解开心结。

苏燕是他失控后临幸的，常沛便在皇后的忌日将两位酷似苏燕的美人送入紫宸殿。

徐墨怀非但不领情，还险些要了她们的命。他从殿内走出来的时候，脚下都是血，碎瓷片扎进了肉里也浑然不觉。

苏燕跑得倒是干净，到了冬日，最后一点儿线索也没了。徐墨怀派人去了趟云塘镇，依旧没有找到苏燕的踪影，反而接回来一个瞎了一只眼的跛脚男人。

张大夫早听闻苏燕攀上了贵人，还听闻那贵人不仅砍了周胥的手，还将马六一家都折磨死了。后来那贵人给了张大夫一辈子都花不完的银钱，才让张大夫不再担心苏燕的安危。

只是他孤苦伶仃，有了钱也保不住。没多久，便有几个流氓地痞冲入他家中翻找，将财物都夺了去。

正当他穷困潦倒快要饿死在自己的破屋子里的时候，忽然来了一行人，说是"主子有请"。

对方给他好衣好食，张大夫以为是苏燕过上了好日子，也要带他去享福了。直到马车到了长安，又畅通无阻地过了宫门，他才意识到当年苏燕捡了一个多么金贵的祖宗回去。

张大夫被安置在宫里，冠上了低阶的闲职。实际上他只用偶尔给书楼扫扫灰，平日里根本无事可做，还有人定时给他送来吃穿用具。

被接入宫里许久，他也没等到苏燕来见他一面。起初他还想与人打探，哪知旁人一听这个名字便摆着手转身走了。

张大夫以为这是宫里的规矩，也不敢多问。某一日，他蹲在地上小口喝酒，前面投下一片阴影。张大夫抬头去看，见一个身形高大的男人。

张大夫努力辨认了好一会儿才认出来人是谁，立刻丢下手中的酒盏，跪下去给徐墨怀磕了几个响头。

头顶传来一声略显不耐烦的"够了"，张大夫这才战战兢兢地停下。在马家村的时候张大夫还劝苏燕将这郎君赶走，责怪他误了苏燕的名声……

徐墨怀没有要追究的意思，连多看他几眼都没有，只是抬脚走进了书阁："跟朕过来。"

张大夫起身，一瘸一拐地跟在徐墨怀身后，半晌才听徐墨怀说："你还记得多少与苏燕有关的事？"

徐墨怀的话里没有什么情绪，张大夫也不知徐墨怀指的是什么，便从苏燕小时候的事讲起："苏娘子生燕娘的时候体虚，燕娘一两岁的时候险些夭折……"

张大夫说着说着，悄悄抬眼去看徐墨怀，发现他一副想发火又强忍着的模样，便停了下来。

徐墨怀皱了一下眉，欲言又止，而后才说："罢了，你继续说便是。"

得了允许，张大夫又开始说苏燕从小长到大的事，都是一些极琐碎又无趣的小事。徐墨怀听了半个时辰，觉得自己像个傻子，没好气地走了。

过了一段时日，徐墨怀又来了一趟，让张大夫继续说，如同在听话本。

幼时被同村的孩童欺辱，苏燕都一声不吭。但倘若谁辱骂了她阿娘，她便会丢石头，打得人头破血流。

有时馋嘴了，她为了摘野果子满山乱钻，夜里便找不到回家的路。

她的阿娘带着张大夫去找她，将她打得哇哇大哭……

徐墨怀从张大夫口中了解到的苏燕时常让他忍不住深深地皱起眉头。有时候他会觉得自己可笑，竟念着这样一个女人。

连着三次，徐墨怀都在这里待上小半个时辰，张大夫却始终不曾听他提起过苏燕。

年宴当晚，本该与皇后在一起的徐墨怀又出现了。他肩上落了一层薄薄的雪，身上带着寒气，眉目冷然，一来便对张大夫微微颔首，示意张大夫继续说。

张大夫从未见过这样古怪的人，终于忍不住了，夯着胆子问："敢问陛下，燕娘如今在何处？可还安好？"

张大夫伏低身子，等着徐墨怀回答。徐墨怀却沉默了许久，久到张大夫的脖子都发酸了。张大夫不知道自己是不是说错了话，背后一阵发寒。

好一会儿他才听到一声隐含怒意的冷笑："自然是死了。"

四

张大夫看着苏燕从咿呀学语的婴孩逐渐长成亭亭玉立的姑娘，其中的情分一言难以道尽。

他不会去想一国之君是否会欺骗他。苏燕若不是真的死了，又怎么会这么久都不来见他一眼？想到此处，张大夫难忍心中悲痛，泪花在眼眶里打转。

徐墨怀没有理会他，扭过头去看簌簌落下的大雪。

去年也是这样大的雪，殿里放了炭盆，苏燕裹着毛毯缩在炭盆边艰难地识字。她困得眼睛都睁不开了，下巴一点点向下，身子也在不断前倾。

若不是他在榻上看到这一幕，抬脚将她往后踢了一下，她必定要一头栽到烧红的火炭上。

然而清醒过来的苏燕不但不领情，还认定是他有意捉弄，怒气冲冲地跳起来想要骂他，又想到他的身份，生生将不满压了下去，抱着书坐得远了些。

284

徐墨怀恍然发觉，苏燕离开不过七个月有余，可他总觉着已经过了许久。二人并非没有分离过，当初他从马家村离开回到长安，再返回去找苏燕，中间至少一年时间。可当时，他并不觉得日子过得缓慢。

那些他从前并未在意的画面在她突然消失后悄无声息地浮现，如同一根根偷偷藏着的丝线一根接一根地冒出来，不断将他缠绕、拉扯。

今年冬日初雪落下的时候，连他自己都有些惊讶，他的第一个念头竟是不知苏燕的冻疮如何了。

张大夫的哭声越来越大，听起来像一只苍老的野狗在哀叫，徐墨怀终于忍不住瞧了张大夫一眼。

"燕娘命苦，从小没爹，受人欺负。后来她娘也死了，她就一个人吃野菜，去地里捡人家剩的谷子。她好不容易长大了，还指望着以后有人疼，再不被人欺负了去，谁知道就这么没了……燕娘命苦啊……"张大夫哭得情真意切，不断用袖子抹眼泪。

徐墨怀不禁有些烦躁，转身快步离去。他没有撑伞，任由雪花落在肩上、发上。脚踩着厚厚的雪，总让人有一种不真实感，周围寂静一片，两个侍卫不远不近地跟着，他听不到更多的声响。

张大夫大抵还在一边哭一边磨叨着苏燕如何可怜。今日本该是合家团圆的日子，徐墨怀却鬼使神差地来了此处，听人说一些乱七八糟的东西。

常沛有自己的家人，徐晚音也将丈夫放在第一位，似乎唯有徐墨怀没有珍视的人和事。所有他想留下的，都会以各种方式离他而去。如苏燕所说，这一切都是他咎由自取，是他活该。

也许苏燕真的死在了路上，要不然怎会跑得这样干净？像她这般无依无靠的孤女，在外辗转流亡必定过得辛苦，哪里比得上宫中有锦衣玉食？她若是反悔了又回不来怎么办？

徐墨怀被冷风吹得麻木，脑子里的念头一个接一个地冒出来。他在雪地里缓缓挪动着步子，也不知是想去哪儿。

从前他总奚落苏燕没出息，如今自己也好不到哪儿去。他心中怨恨苏燕，又无法否认自己忘不掉她。

他甚至有些烦闷地想，若是此刻苏燕能出现在他面前，他便将此事揭过，不再对她兴师问罪，只要她出现。

幽州的冬日当真是又干又冷，雪堆怎么都化不掉，河面也结了厚厚的冰。苏燕提着桶去打水，还要带着锄头好将冰面凿开。马家村没有这样漫长的冬天，苏燕在这里待久了觉得骨头都是僵的。

自从苏燕去送了绢花，郭娘子便不大愿意自己去了。郭娘子见苏燕可怜，想让她讨一份赏钱，便做好了绢花都让她送去。

刺史府的看守十分好说话，放行后还为苏燕指了方位。这次没人带着她前去，苏燕走了一会儿便不晓得该朝哪儿走了。

她停下脚步琢磨，想返回去问问府中的侍者，忽然听见几声由远至近的犬吠，被吓得身子一颤。

一只大狗见着了人，飞快地朝她跑了过来。苏燕被吓得肝胆俱裂，也顾不得别的，下意识就要跑，那狗叫得更大声，狂吠着追过来。

大狗迅速逼近，犬齿紧咬着她的围裳撕扯。苏燕手上的匣子都掉到了地上，用脚又踢又蹬，实在憋不住哭腔，只能大声喊"救命"。

一个人迅速冲过来，冲着大狗凶了几句，捡起木棍作势要打，那狗立刻夹着尾巴跑远了。

孟鹤之转身去扶苏燕。她被吓得腿脚发软，第一下竟没站起来。她惊魂未定地坐在地上缓了一会儿，自己站起身来拍了拍灰。

这时候蹲着帮她捡绢花的孟鹤之也起来了，问道："可有伤处？"

苏燕摇头，面色苍白地说："多谢郎君了，好在你来得及时。"

孟鹤之方才正要出府，听到苏燕的呼喊立刻便赶来了，没承想她能被一只狗吓成这样："像你这样怕狗的人倒是少见。"

她也知道自己方才十分失态，不禁尴尬地别过脸，无奈地说："从前来没听说府中还有这样大的狗。"

孟鹤之解释："前几日云麾将军来了幽州，暂住刺史府，过些时日去蓟州抗敌。这只细犬是他的爱宠，府中无人敢管教，今日不巧叫你撞上了。"

一听是个将军，苏燕也无话可说，临走前突然想起暗兜里装着的钱袋，便递给孟鹤之，说道："前些日子没见你来，钱袋给你做好了。"

孟鹤之接过钱袋，看到上边还绣了只白色的鸟，也不知是鸭还是鹅，略显疑惑地看向苏燕。

她指着那只鸟说："你的名字里不是带个'鹤'字吗？我给你绣了只鹤，看着不大像，便将就一下吧。"

孟鹤之听到她的话，站在原地笑得喘不过气。眼看苏燕要把钱袋要回去了，他赶忙向她道谢："那便谢过秦娘子了，过几日我便赶路去长安，再会之时望你安好。"

"那我祝愿郎君一路顺风，得偿所愿。"

告别孟鹤之以后，苏燕去给张娘子送绢花，对方见苏燕的围裳被扯烂了，好心安慰了两句。

一旁的侍女正在给张娘子梳发髻，调笑着小声说："娘子生得这样好看，那小将军一见你必定就走不动路了。"

张娘子羞赧地嗔怪了一声，对着镜子比对头上的绢花，问苏燕："你说我戴哪一只好看？是桃红还是朱红？"

"娘子气色好，朱红衬得肤白。"

张娘子满意地簪上绢花，吩咐侍女给苏燕拿赏钱。苏燕看到赏钱，被大狗吓出来的幽怨也没了，就要欢喜地离开。结果就听院子外传来几声狗吠，还夹杂着一阵脚步声。

"哪个不长眼的踢了我的狗？"来人身形高挑，穿了一身裹着毛皮的袍子，腰间革带上挂着弯刀。细犬跟在他身边呜咽，像是委屈地找主人给它出气。

苏燕在看到此人的第一时间便转过了身，心急如焚地要往张娘子的屋里去。恰好此时张娘子听到声音也出来了，看到苏燕还没走也不管她。

她先对着男子行了一礼，说道："见过云麾将军。"

李骋冲她笑了一下，语气软了几分，说道："张娘子，你院子里是不是有个外人？我的狗方才去北苑叫人踢了一脚。听人说方才那处小路除了一个门客经过，还有一个送货的女人。"

苏燕将头压得极低，躲在张娘子的侍女身后，恨不得挖个洞钻进去，以免被李骋认出来。

李骋显然也注意到了苏燕，没等张娘子开口，便冲苏燕喊："你现在出来，给我的狗磕个头，这事便算是过去了。"

苏燕又气又怕，满脸通红不敢看他。

张娘子为难地说："这是不是有些误会……"

毕竟这只狗在府里横行霸道也不是一两日了，谁知道苏燕运气这样不好。

李骋催促："这狗跟我出生入死，说是我的兄弟也不为过。兄弟挨了打，我哪有不讨说法的道理。"

此话一出，不少人脸色一变。李骋当真是个没正形的，跟畜生称兄道弟，也不怕人耻笑。

苏燕一直缩着不出声，李骋索性撒开绳子。细犬狂吠着冲上去要咬她，吓得她扒着身旁人的胳膊又哭又喊往后躲。

混乱之中，李骋总算看清了她的脸，愕然地望着她，还当是自己的错觉。

片刻后他又惊又喜地说："怎么是你？"

苏燕还没反应过来，李骋便将自己的狗牵了回去，对着张娘子说："对不住，其中是有些误会，我这就走。"

张娘子红着脸还想说上两句，就见他大步走近，一把扯起地上的女人走出了院子。

苏燕面色苍白地任由李骋拉着，身子不断地往一边挪。

李骋见她被狗吓得腿软，嘲笑她说："我还当自己眼花了，竟然真是你。你怎的这样没出息，被狗吓成这副模样？"

她紧抿着唇，气得肩膀颤抖。

李骋觉得好笑，还是让人将狗牵走，问道："苏燕，你跟我说实话，你不是病死了吗，怎么跑到了幽州？"

苏燕瞥了他一眼，恨不得将他的脸抓花。

李骋见她不吭声，说道："你不说话，我现在便让人将狗牵回来。"

苏燕脑子里嗡嗡作响，本该远去的噩梦因为李骋再次浮现在眼前。

她语气微颤，竭力否认："你认错人了……"

李骈皱了下眉，不耐烦地说："你当我是瞎了不成？"他说完发现苏燕红着眼眶，看着惊惶不安。他本想继续逼问，看她这副神情，便顺着她的意思说："好，是我认错人了。那你是谁？"

苏燕涨红着脸，支支吾吾地说："我是秦嫣……你认错人了。"

李骈看她这般嘴硬，险些笑出声。他一把搂过她，说道："当真有趣。听闻你病死了，我还有些难过，谁知你竟跑到这千里之外的幽州，好好的荣华富贵不要，来过苦日子。"

他有些好奇，贴着苏燕小声问："你这小娘子颇有意思，长安离幽州这样远，你竟孤身一人跑了过来，难不成是又找了个情郎？"

苏燕掰开他揽着自己的手臂，不自在地往后躲："我不过是一平常妇人，将军莫要为难我了。"

李骈毫不在意她对自己的抵触，拽着她往外走，说道："我何时为难你了？你若跟了我，哪里用得着穿这粗布衣裳？你也不用冰天雪地里给人送物件。河北道是我们李家说了算，保管让你锦衣玉食……"

苏燕听得心中冒火，不禁反驳："都是这套说辞！我跟你还能比跟了陛下更好？你就当我爱过苦日子吧！算我求求你了，你就当不曾见过我成吗？"

李骈什么样的女人没见过？泼辣的、温婉的，他都能得到。要说起来苏燕也没什么与众不同，可他就是觉得她有趣。

一个奴婢出身的女人，能被一国之君看上，换旁人都该感恩戴德了，她竟然不稀罕。起初李骈只是因为和她共患难几日，对她生出了几分兴趣，直到发现徐墨怀对她十分在意，才越发想将她弄到手。

"我倒真是好奇你有何不同，竟能让皇帝对你念念不忘。"

苏燕烦躁不堪："我们无冤无仇，你便放过我吧。"

他本来还有些欣喜能在此处见到她，然而苏燕这几句话实在是扫兴。他有些不耐烦起来："你当真是不知好歹，别忘了你现在可是逃出来的，倘若我让人将你送回长安，皇帝定叫你生不如死。"

此话一出，苏燕立刻惊恐地看了他一眼，紧接着便要甩开他狂奔出府。

李骋没料到苏燕会是这个反应，连忙追上去将她拉住，说道："你跟了我，这世上便没有苏燕，只有秦嫣。"

正在挣扎的苏燕立刻愣住了，浑身的血液都在往头顶涌。她一边颤抖一边掰李骋的手指，骂道："不要脸的，净会欺负我一个妇人，有种便弄死我。当将军的不上阵杀敌，尽想着裤裆子里的事，你爹娘知道都羞没了脸……"

苏燕不是大家闺秀，骂起人来尖酸刻薄、不讲礼数。徐墨怀是名家大儒教出来的皇子，自然看不惯她这泼妇做派。但李骋是军营里出来的，什么下流难听的话没听过？便是苏燕指着他的鼻子骂他祖宗，他也照常能摆出笑脸。

"我还偏不弄死你。改日我就去蓟州了，你要么随我一同去，要么就等着被送回宫里，自己看着选。"

李骋丢下这么两句话便走了。

苏燕被他气得头疼，匆匆回了家，也不敢将此事告诉林拾，以免拖累她。苏燕索性先收拾着包袱，准备过些日子再去别的地方躲一躲。

谁知苏燕没等到李骋过来捉她，蓟州的战事告了急。李骋匆匆带着人离开幽州，完全将她抛在了脑后，想来也不过是拿她找乐子。

幽州天寒，沿河都是飞散的芦花，如同落雪一般。而长安已到了初春，长街边的柳枝抽条发芽，柳絮满街飘散，一批学子为求功名来到长安。

宋箬挎着篮子，看到正在为徐晚音买花的林照。徐晚音从马车中探出半个身子，笑盈盈地同林照说话，他便顺手将花给她簪到发上，一幅恩爱和睦的画面。

宋箬漠然地望着他们，心中早已生不出半分波澜。她能做的都做了，林照依旧没能厌恶徐晚音。倘若林照愿意娶她，兴许她还能给彼此留几分情面。

林照他们走后，宋箬也去了桥边买了几枝花。快到家的时候，她有些烦躁地丢了花，又狠狠地用鞋底踩碎，似乎这样才能发泄她心中的怨气。

林霁正在院门前等她，见她回来立刻迎上前，问道："阿箬，你可算是回来了。你身子不好，莫要出门，要什么与我说一声便是。"

宋箬垂下眼，轻声说："这样的小事何必给你添麻烦，你与林照这样关照我，实在让我过意不去。我何德何能让你们待我这样好？"

林霁是林照的弟弟，自从知道了宋箬的事，也时常来关照她，这段时日来得更加勤快了。

"方才我看到了林照，他正在为公主买花，只要他与公主不再因我生出嫌隙便好。"宋箬说着，抬手将鬓边一缕散落的发丝拨到耳后。

林霁听宋箬提起公主，十分不悦，再看到她手上因徐晚音而留下的一道长长的疤痕，心中更觉烦闷。他说道："兄长真是糊涂了，娶了这样一个恶毒的女人回来。她仗着自己是公主便胡作非为，你的绣工这样好，日后却连针线都拿不稳，全都是拜她所赐。若不是陛下护着，阿兄早就休了她。"

宋箬无奈地说："公主也是无心之失。本是我咎由自取，如何能怨她？这样的话日后莫要再说了。"

林霁越想越气，脱口而出："什么公主？分明你……"他猛地顿住。见宋箬盯着他的脸，他心虚地收回目光，愤怒地说："分明你比她好多了。你知书达理又生得貌美，她却半分公主的气度也没有。"

宋箬眼神冰冷，轻声细语："我如何能与公主相比？"

她低眉说话，如花瓣一样的双唇微微翕动，精致的眉眼艳若这枝头含春的花蕾。林霁悄悄瞥了宋箬一眼，正与她含笑的双眸对上，不禁面上发热，口舌干燥。

正值春闱，北方战事频繁，却丝毫影响不到长安的繁荣。去年被徐墨怀提拔到御史台的状元虽是寒门出身，却在金钱、权势的诱惑下投靠了士族。

他若不攀附士族，仕途便会受阻；可若屈服，又与从前低人一等的寒门无异。

今年的春闱得到赏识的前三名都是士族出身，徐墨怀觉得其中有异，让人去彻查了一番，才知晓有些人的策论被混淆替换，有几份本该送上来的答卷并未送到他眼前。

孟鹤之得知自己落选后颇为失落，躺在客栈里翻来覆去难以安睡。

与他一同落选的同窗友人还在安慰他："孟兄这样好的才识，必有中第那一日，不差今年这一回。"

孟鹤之闷声说："我还想着倘若中了第，我便风光回乡将我阿爷接来，也好报答刺史大人的恩情。"

他说着，脑海里便浮现出一张清丽的脸。孟鹤之起身，伸手摸了摸衣裳，确认底下的钱袋还在，又安心地躺了回去。

五

科举舞弊一事牵连了不少人，甚至查到了六部。徐墨怀手上毫不留情，连丞相都在朝堂上被骂得狗血淋头。

科举制才推行不久，依旧有不少漏洞和弊端，所以才第二年，便出了徇私舞弊的事。徐墨怀杀鸡儆猴，处罚了一连串的人。

然而前三名既已选出，重考反而是另一种不公，他便将被替换的几份试卷看了一遍。多数人的策论乏善可陈，只有一人的卷子给他留下了些印象，被他单独放在了一边。

"林文正和萧道呈看不上他的答卷，朕却觉得颇有新意。"徐墨怀将答卷递给常沛，希望他能说出些有用的话。

推行科举制毕竟要借助世家望族的力量，因此除了看考试名次，考生还得有名士大儒的推荐。因此大部分考生投奔名门望族，以争得一个出头的机会，今年的前三名便是如此，即便是上次春闱的状元，也是得到了荆州刺史的举荐。

"虽说他是向礼部投卷，但提及去年的张书潼贪墨案，言辞倒颇有刑部之风。"

徐墨怀点头："虽说有不足之处，但是瑕不掩瑜。生于寒门却能有此胆识见解确实难得，我倒是觉着此人去吏部更好。"

次日探花宴后，孟鹤之跟着友人去看朱袍加身的登科进士，瞧着他们风光无限的模样，心中难免艳羡。

午后孟鹤之便回了客栈收拾行囊准备回幽州，却来了一行人将他叫住，说是中书舍人有请。

在被带到青环苑的路上，孟鹤之觉着走路都轻飘飘的，好似在做梦。走入水榭，孟鹤之看到了正在与人下棋的年轻男子，立刻恭敬地行了一礼。

棋子落于棋盘上，发出清脆的声音，徐墨怀扭头看他，问："可会下棋？"

"略懂皮毛。"

徐墨怀点点头，让孟鹤之上前，接替常沛下完这盘棋。

张刺史喜爱下棋，孟鹤之当初为了得到赏识，下了许多功夫请教旁人，棋艺虽说不算精湛，但在刺史府的门客中也算是上乘。然而到了徐墨怀面前，三子过后孟鹤之便乱了阵脚，额上不禁冒出冷汗。

徐墨怀没什么表情，也不在乎他棋艺如何，反而说起了他的策论。

孟鹤之的文章颇为凌厉，一针见血，字里行间可窥见其人果决冷静。然而徐墨怀见到了孟鹤之，才发现他颇为年轻，有些内敛、拘谨，连说话都柔声细语的，眉间还带着些笑意，看着十分面善。

"好了，你回去吧。"徐墨怀问完话，确认孟鹤之没有让人代写，这才让他离开。

孟鹤之起身行礼后离去。

一个钱袋突然掉落在地，他一时间没有发觉。徐墨怀顺手捡了起来，看到了上面绣着的图案。

"你的钱袋掉了。"

这钱袋里银钱不多，难怪掉下去也没个声响。

孟鹤之连忙转身接过钱袋，便听徐墨怀疑惑地问："绣的是鹤？"

孟鹤之很佩服徐墨怀能猜到："正是。"

徐墨怀轻轻嗤笑一声，说："此人的绣工不堪入目。"

孟鹤之方才对徐墨怀生出的好感立刻消下去了，有些不忿地小声道：

"嬷嬷是因为天冷，冻伤了手……"

徐墨怀猛地抬眼看向他，问道："你方才说是何人？"

孟鹤之回道："嬷嬷姓秦，是草民的同乡……"

孟鹤之有些疑惑地看着徐墨怀，仿佛看到对方眼里的光慢慢暗淡。

"无事，你走吧。"徐墨怀收回目光，又恢复了平静自若的表情。

时年五月，北方战事越演越烈，蓟州、朔州都在御敌，徐墨怀不得不派李太尉领兵增援。

先皇后与长公主的忌日当天，又发生了一件足以令天下人大骇的事。

林氏次子林霁抱着一个女子拦住了徐墨怀的车辇，声称该女子身染重病，须得以血脉亲人的鲜血入药方可救命。起初所有人都以为他疯了，却不想他为了救心上人，说出了一件林家隐瞒多年的秘密。

当初徐晚音被寄养在林家，林照待她如亲妹妹一般。谁知后来战事波及长安，林照带着三岁的徐晚音出门后，两人被人流冲散，林家的人再没寻到她。

徐晚音自幼在林家长大，王皇后只怕连她的模样都记不得。无奈之下，林文清偷偷找了一个酷似徐晚音的女童，顶替她成了公主。

真正的徐晚音走失时身上带着王皇后的手镯，镯子上镶嵌着各色宝石，林文清后来命人打造了一个相似的玉镯留在府中。

谁知多年后，一个绣娘去林府送衣料，腕间的手镯露出来，恰好被林照撞见。那只镯子做工极为精巧，上面有可随意调节的活扣，林照一眼便认了出来。

宋箸是真正的公主，而如今的安乐公主徐晚音则是一个冒名顶替的庶人。此事一出，称得上是举世哗然。

混淆皇室血脉是重罪，徐墨怀震怒之下降了林文清的官职，罚了他十年的俸禄。林文正也受了牵连，而林照身为罪魁祸首则被贬到了贫乏艰苦的朔州任太守。林氏一族都受了牵连，一夜之间成了天下的笑柄。

林霁厌恶徐晚音，又忌妒惊才绝艳的兄长，不承想这正好合了徐墨怀的意。徐墨怀借机整治了风头无两的林氏一族。宋箸被迎回宫中，一身的病在太医的诊治下很快便没了大碍。

殿外大雨滂沱，林霁跪在殿前请求徐墨怀开恩。徐墨怀没有理会，而是去看了一眼病恹恹地躺在榻上的宋箬。

他没有走过去，只是不远不近地看着。宋箬艰难地起身给他行礼，他依旧没有要去扶一把的意思。

徐墨怀对这个突然冒出来的妹妹没有多少情分，早就派人去查过宋箬，心中隐约有了猜测，只是苦于找不到证据。不承想林文清聪明一世，竟会生出林霁这样蠢的儿子，因一个女人几句唬人的谎话，将父兄都给祸害了。

"林霁正在殿外等着，你若想见他一面，朕可以让人传他来此。"

宋箬愣了一下，随后摇摇头，轻咳两声后说："皇兄让他回去吧。我害他如此，没有颜面再见他。"

她说着，眼中已有了泪花。

徐墨怀盯了她一会儿，蓦地笑了一声，说道："你的确比她更像皇室血脉。"

他的父皇自私无情，母后与长姐同样心狠果决，他自己在手段上自然也毫不逊色，唯独徐晚音傻气天真，只知追着林照跑。反观宋箬，当真是心机深沉，装模作样的本事比起他也不遑多让。

林氏在朝中的地位非同一般，忽然的变动累坏了吏部的人，仅整理卷宗便花了他们三日时间。

孟鹤之品阶不高，又出身寒门，难免会受到排挤，丢给他的政务格外多。然而对他而言能入仕已是天大的好事，便从不计较这些小事。

他闲下来便给父亲写信，想起苏燕，又给她写了一封，希望与她分享自己的喜悦。

秋日里，林照也做好了交接，带着徐晚音奔赴朔州上任。徐晚音哭了好几日，闹着要去宫里见徐墨怀，被林照给阻止了。

徐墨怀责罚了林家所有人，唯独放过了她，仅将她贬为庶人，收回了她的食邑与封号，却依旧允许她姓徐，允许她叫晚音。

苏燕远在幽州，徐晚音的事传到她的耳中已是一个月后了。她十分感慨，原来嫌她出身卑贱的公主自己也是庶人，只能说是天意弄人。

更令人没想到的是，蓟州城破了。河北节度使叛乱，声称当今天子并非皇室正统，联合河西郭氏一族开始攻打幽州。

苏燕从没见过打仗，还没从震惊中回过神，幽州刺史便不战而降。城破当日，林拾本想带着苏燕逃走，却被赶来的李骋拦住去路。众目睽睽之下，苏燕被他强行绑走了。

六

蓟州城破的时候，百姓都平静地做着自己的事，谁也没想过英勇无双、统领着大批归化军和英武的大靖将士的李付会打不过野蛮粗俗的胡虏。

得知李付联合胡虏造反，各个部族联合起来攻打靖朝边疆，想要同他们的祖辈一样让汉人的皇帝如丧家之犬一般逃窜。

蓟州刺史被杀，转而被拖入战火的便是幽州与朔州。林照才站到朔州的土地上，还来不及熟悉各部，便开始忙着派人守城抗敌。

幽州的百姓尚未反应过来便听说幽州城破了，刺史带着家眷逃了，太守的抵抗宛如螳臂当车，他们被抛在城里，只能等死。

幽州不少百姓记得从前胡虏杀烧抢掠的事，对这些被称为"贱夷"的敌寇恨之入骨。

一时间，城中不少有血性的男儿都前去抗敌，连牢里的死囚都被放出来上阵杀敌。然而终究是寡不敌众，城墙下的尸体堆成了小丘，百姓惊慌失措地逃亡，街上乱成一片。

苏燕从来没见过打仗，上一次遇到这样混乱的场面还是在遇到山匪的时候，然而这次战乱带给她的冲击远比山匪捉人来得要大。

林拾带着苏燕逃跑，四周都是杂乱的脚步声，已经有叛军冲入城中抢砸。林拾抓紧苏燕的手不敢松开，唯恐她们被人流冲散。然而叛军何其多，幽州被团团围住，苏燕的四周都是哭喊、求救声。

几个叛军看到了逃跑的苏燕，带着同伴过来想将她往巷子里拖。林拾几下将他们踹翻，两个人正要再跑，突然被一群骑着马的人拦住。

李骋坐在一匹高壮的骏马上，甲胄折射出冰冷的光，上面还沾着黏稠的血。他立刻注意到了苏燕，策马朝她靠近。

苏燕只感到眼前投下一片巨大的阴影，随后便闻到一股令人作呕的血腥味儿。她抬头朝马上的李骋看去，最先看到的是挂在马鞍两侧的一连串人头。

苏燕面上血色尽失，吓得一句话都说不出来，无法忍受地背过身吐了。林拾胃里一阵翻涌，强忍着别开脸去。

军中以人头算军功，将士们喜欢将敌人的头颅挂在自己的马上以示骁勇。李骋前几个月在幽州还是一位受人敬仰的少年将军，然而转头便能对这些信任他、敬佩他的军民挥刀。

苏燕被恶心得说不出话，李骋还风凉地大笑了几声。他若无其事地看着她吐完，便吩咐手下将她给绑走。

见林拾自顾不暇，苏燕也不想连累她，只能催促她先走。很快苏燕就被绑着推到了一驾马车边上，几个女人从马车中探出身子打量苏燕。

她们面容各异，甚至有个金发碧眼的胡姬，苏燕听不懂她们的乡音。李骋的手下对她也没有怜惜，粗鲁地将她推到了马车上。

苏燕跟三个女人挤在一起，其中一人的小腹高高隆起，肚子圆得像是要被撑破了。苏燕立刻明白了，这几个人是李骋的姬妾。

夜里，苏燕和这些女人一同被送到了叛军占领的太守府。几个女人对着新来的苏燕上下打量完，侍从给苏燕收拾了住处，让她和李骋的姬妾一同住下。

她去询问消息，侍从只肯说李骋带兵去攻打定州了，等攻下定州便会回来，也不肯交代李骋将她拐来做什么。

苏燕战战兢兢地在府中住了不过三日，李骋便携着一身酒气回来了，直接到了她们的住处。

苏燕瑟缩着插好门闩，任屋外酒气冲天的醉鬼如何怒斥着让她开门也不理会。最后李骋安静了一下，似乎是在门外踱步想着如何进去。

苏燕胆战心惊地等了一会儿，突然传来一声巨响——一柄沾着血的长刀直接劈开了木门，那人力道极大，将木门毁了大半。苏燕被吓得险些跳起来，连忙去屋里找了烛台握在手里。

李骋几下踢开了木门，看到苏燕后立刻踉跄着上前，强硬地夺下她手里的烛台，不由分说地将她往榻上拖。他身上混着血腥气与酒气，令人作呕。

苏燕又惊又怒，手上得了空立刻朝他狠狠地甩了一巴掌。李骋被打得愣了一下，将湿热的呼吸喷洒在苏燕的脸上。她厌恶地偏过头，用脚蹬开他。

李骋本就醉得糊涂了，走路都不大稳当，脑子里竟还想着这种事。好在苏燕一巴掌打过去，他知趣地停下了，晃晃悠悠地走了几步，随后猝不及防地倒在榻上呼呼大睡，一只手还放在解了一半的裤带上。

侍从听到没了动静，立刻进屋查看，发现李骋睡了过去，便招呼着让苏燕侍奉。

苏燕冷笑两声，丝毫不理会醉得不省人事的李骋，抱着衣裳去找他的姬妾，以求夜里能安心地睡一觉。

让苏燕进屋的女人怀了身孕。那女人也听到了苏燕屋里的动静，没说几句便收留了苏燕。

苏燕在幽州住得久了，勉强也能听懂一些蓟州的乡音。女人唤作媛娘，跟着李骋已有三年，随军到过不少地方。

媛娘虽不理解李家为何造反，却对此没有太惶恐。她甚至想着若李家得了天下，李骋便是太子，她日后便有享不尽的荣华富贵。

苏燕不了解其中内情，只是不明白，李骋的父亲是节度使，祖父是太尉，这样的家世、地位不知好过世上多少人，为何他们还觉得不满足，非要争那个皇位？他们杀那么多人，夜里不会做噩梦吗？

翌日一早，李骋酒醒后看到脸上的红印子以及地上被劈开的木门，立刻将苏燕从媛娘的屋里拖出来："好你个苏燕！我还没怎么你呢，你先对我动起手了！"

苏燕怒骂道："你好生不要脸！满院子姬妾，你偏偏来祸害我一个无辜的人，我又不曾招惹过你。我无端被你这样欺负，你还不准我还手？"

李骋咬牙切齿地说："我瞧着你在宫里也没少受欺负，难道你还敢甩皇帝巴掌不成？"

苏燕冷笑着说："我还真打过。"

李骋听到此处也笑了，推着苏燕往屋里走，说道："我昨夜打了胜仗，喝多了认错了人。你且放心，我虽不是什么正人君子，但奸淫妇人的事可是从来不干。这满屋的女人都是真心要跟我，你可以再好好想想，跟了我以后有数不尽的好处，还没人拘着你。"

"我若不肯呢？"

李骋对她扬起一个不怀好意的笑："好说，你不肯跟我，不是还有徐墨怀吗？我便将你还给他。你一个婢女胆敢戏弄皇帝，他若知道你不仅活着，还入了我的后宅……他可比我狠多了，你尽管试上一试。"

"混账。"

"随你怎么说。"

第十章

造 反

一

驿站的人马不停蹄，只用了七日便将李家造反的消息传到了长安。满朝文武无不哗然，纷纷辱骂李氏满门。李付留在长安的家眷则被他狠心抛弃，成了这场叛乱的弃子。

大靖边疆有虎视眈眈的外夷，朝中是步步紧逼的士族，徐墨怀如果放任士族壮大，只会出现更多的李氏、郭氏。

大靖推行科举制的目的不只是提拔几个小小的寒门学子，况且徐墨怀早就在暗中打压李氏了，而这无异于助长了他们造反的野心。

李付深知，刀子迟早会落到他们这些权势滔天的节度使头上，与其等着日后被打得措手不及，不如趁徐墨怀羽翼未丰早些反了。

徐墨怀心中早有平叛的人选。他知道自己坐上这皇位没多久，正是需要提升威望的时候。

北方爆发叛乱，百姓瞬间回忆起从前因战乱而颠沛流离的日子，此刻更需要他站出来，如先皇和高祖一样驱逐胡虏，平定河山。

朔州陷入战火，林馥心急如焚，迫于无奈来求徐墨怀，跪在殿前请他出兵援助林照。

"请陛下救我兄长。"林馥难得低声下气地恳求徐墨怀，却依旧是为了自己的家人。

林氏风光了几百年，势力如盘根错节的古树，根脉绵延几里，绝不可能在一时之间除尽。而且他也没有彻底除去林家的意思，不过是打压林家给各大士族看，自然不会真的要林照死。

"朕知道了，这些事你不必费心，回去等着便是。"徐墨怀实在不想看见林馥。

他还没忘记苏燕是怎么跑的。若说其中与林馥半点儿干系也没有，他绝不相信。

林馥还想再说，徐墨怀却不大愿意理会她了。

没过多久，宋箸从宫外回来，正好看到林馥失魂落魄的样子。她在宫里这些时日，已经看出徐墨怀并不沉湎于男情女爱，他甚至极少去后宫。

宋箸丝毫不了解这位兄长，便有意在宫里打探从前的事，因此得知了不少有关他的传闻，包括皇后与长公主的死与他脱不开干系这件事。

宋箸早慧，虽幼年走失却一直有记忆。后来她辗转流亡被好心人收养，便将母亲留下的信物缝在了衣服的暗袋里。

回到长安遇见林照，也是她故意为之。在后来的相处中，林照对她呵护备至，这呵护来得不同寻常，但不似男女之间的情意。

宋箸多次试探，不断将得知的事与记忆中的往事比对，发现徐晚音与自己年纪相仿，便越发确认心中所想。

只是林照始终当宋箸不记得罢了。

实在可笑，从前口口声声说她卑贱的公主不过是鸠占鹊巢的庶人，而她才是真正的安乐公主。徐晚音拥有的一切不过是从别人手中得来的。

肆意欺辱她的绣房长工和绣娘，苛待她、瞧不起她的林氏中人，一夜之间都要对她磕头跪拜。从前她受了那样多的冷眼，无非是因她出身不好，配不上林氏嫡子罢了。

宋箸只觉得十分可笑。分明她并未做错什么，只因身份不同，便要受到这样天差地别的对待。难怪人人都铆足了劲儿往上爬。

李付是河北道节度使，攻取河北各州郡时可谓势如破竹；李骋骁勇善战，是出了名的杀神，三日便踏平了定州的城门；胡人兵马也在此时进攻，朔州危在旦夕。

徐墨怀决定亲自领兵出征。朝中重臣们虽然政见不合，在抗敌一事上却毫不含糊，都能分得清轻重缓急。

当初蛮夷入侵中原，不少世家因为抗敌惨遭灭门，长安的街道上有好多公卿贵族的尸骸。士族中人向来视胡人为贱夷，宁死都不会向他们俯首称臣。

李氏一族从前是庶族，祖上一路靠着军功升迁，后来虽位列公卿，却依旧被名门望族暗中嘲讽，叛乱一事后更被人耻笑。御史在朝堂上破口大骂，只恨自己不能亲自提剑上战场将逆贼诛杀。

徐墨怀在此刻提出要领兵平乱，满朝文武几乎无人反对，纷纷赞扬他有高祖遗风。

正当徐墨怀整军待发要奔赴定州之时，一封书信姗姗来迟，从远隔千里的云塘镇送到了他的手上。

写信人字迹工整，没落名姓，只提到了幽州。这封信先是寄到了云塘镇的一家药铺，随后有人去寻张大夫的下落，这才惊动了徐墨怀安插在云塘镇等待苏燕的人。

这封信上没提到苏燕，只是轻描淡写地询问了张大夫的近况，可他一眼便能确认它来自苏燕。

徐墨怀捏着信纸的手用力到有些发僵。他将这封信翻来覆去看了很多遍，目光几乎要化为火焰将它烧出两个洞来。良久，他深吸一口气，将信折了几折放回书案上。

常沛问道："可是有苏美人的消息了？"

徐墨怀的眼眸中闪着一些古怪的光，他犹如嗅到了血腥味儿的野兽："幽州。"

得知苏燕还活着，他心中松了口气，甚至隐约有些安慰，然而紧接着又紧张起来。幽州已被攻陷，城中必定死伤无数，她能否逃过一劫？

徐墨怀心中烦躁，却又觉得好似看见了一线希望。

他已经很久不曾听人提起过苏燕，久到都觉得苏燕八成是死在了哪个角落。偏偏她又冒出点儿头，像是注定要与他牵扯不清一般。

不知为何，只要一想到苏燕，他便忍不住胡思乱想。即便她没有死，也可能早已逃离了幽州。况且她本就不是个安分的人，倘若离开后又中意了旁人，偷偷婚嫁有了夫君……

徐墨怀想到这里，呼吸不由得重了几分，双手紧握，似乎要将什么捏碎。她若嫁人，还不如死了！

他当初能暗中杀了周胥，自然也不会放过其他与苏燕牵扯不清的人……

在太守府待了这么些日子，苏燕真觉得自己是开了眼界。她从前以为世上最坏的男人就是徐墨怀那样的，没想到还有李骋这样不要脸的。

李骋几次出言调戏，她都不予理会，于是便让自己的姬妾轮流劝她。

苏燕被气得满脸通红，讽刺道："男人都爱嘴上逞能，谁知是不是你们心善，不好驳了他的面子，竟让他给当真了？"

李骋的姬妾将这番话告诉他，当晚他便一脚踹开了苏燕的门，在她的怒骂声中强行绑了她。

苏燕本以为李骋要责罚她出气，谁知他将她丢到了一个姬妾的房里。她被摔得闷疼，正艰难地爬起来，就看见李骋让屋里的那名姬妾翻过身，跪趴在榻上。

苏燕："你……你还是不是人？"

<h2 style="text-align:center">二</h2>

苏燕见过许多厚颜无耻的人，但是从没遇上过李骋这样的，那些王公贵卿的礼法、品德似乎都与他没什么干系。

徐墨怀虽说性情极为恶劣，但到底是名门大儒教养出的皇帝，还有几分修养在身上，不会逼着她学什么乌七八糟的东西，更不会满口污言秽语。反观李骋此刻的模样，当真像个没开化的蛮夷。

苏燕任由李骋如何说都不理会。

等屋子里的动静终于停下，李骋拾起姬妾的衣裳草草擦了两下，便大步朝苏燕走近。

李骋一靠近，她便蹬着腿往后缩，生怕被他碰到，最终却被他抓着脚腕硬生生拖了过去。

那名姬妾仿佛什么也没看到，自顾自地整理仪容。李骋面上沁了层薄汗，笑了一声，抓着苏燕的手朝他身上按过去。

苏燕惊叫一声，拼命往回扯自己的手，奈何拗不过他，最后她的脸上几乎写满了"恶心"。

李骋觉得她这副模样十分有趣，蹲在她面前朗声大笑起来。

他不知遇到过多少女人，即便已为人妇的，也能死心塌地地跟着他。唯独皇帝的心上人，他没碰过。他有些好奇，苏燕究竟有什么独特之处，能让徐墨怀对她念念不忘？

苏燕恶心得想吐，气得眼泪都出来了。

李骋没有要放过她的意思，伸手去撕扯她的衣裳。

"你不是说自己不强迫女人吗？言而无信，厚颜无耻！"苏燕挣扎着叫骂个不停，忽然感觉肩上一凉，衣料刺啦一声被扯破了，她的大半个肩膀露在外面。

李骋和苏燕同时愣了一下。苏燕是因为惊惧，李骋则是因为她肩上的一大块狰狞的伤疤。

"你一个小娘子又不打仗，怎么也留了这么丑的疤在身上？"

李骋说完，苏燕忽然号啕大哭，哭得委屈又凄惨，一下子就将他的兴致败得干干净净。

本朝盛行改嫁之风，也从不提倡女子守贞。苏燕从宫里跑出来，被他看中有机会过好日子，是不知多少人求都求不来的。她竟不知好歹，一副贞洁烈女的做派。

李骋被她哭得心烦。此时手下来寻他，说是定州又有战事了，他只

304

好起身离去。等他走远了，苏燕的哭声才逐渐停下来，她有气无力地瘫坐在地。

李骋的姬妾慢悠悠地过来给她解绳子，说道："你这小妹好生倔强，惹怒了将军对你有什么好处？虽说将军不做那奸淫的小人，可若真被惹急了，也会将你拉出去砍了或送去做营妓，哪个比顺从他强？

"将军待我们体贴，出手也很阔绰。你若跟了他，日后不知有多快活。你再不听话，受苦的只有自己。"

这个姬妾说话还算和气，但见苏燕没什么反应，不再自找没趣，给她解了绳子便叫她回去了。

苏燕从屋里出来的时候，有几个女人正好奇地打量她。苏燕还惊惧、羞愤着，没心思理会，等回屋看到破烂的房门，心中又生出一股火气。

她便不信了，自己能从徐墨怀的手上逃出去，还反抗不了李骋这样的疯子了？

定州被攻陷不久，城中尚有血性的军民又开始反抗，加上前几日定州刺史去求了援兵，与之交好的相州刺史、太原太守纷纷派兵增援。

李骋年轻气盛，多少有些刚愎自用，以为攻下定州便大局在握了，万万没想到会陷入埋伏。他留在定州的将士们被内外围困，自己也被父亲传信训斥了一通，只好带着兵马重新攻城。

这次攻城耗费了整整半个月的时间，天气已经逐渐转凉，李骋终于再次夺下定州。他想乘胜追击，将相州也给打下来好一雪前耻。

李骋的姬妾们几乎每日都要去询问李骋是否安好，苏燕倒是盼着能听到他的死讯，可惜一直没能如愿。

过了没多久，有人开始为她们收拾行囊，说是李骋夺下相州指日可待，她们又要随军离开。苏燕从几人的对话中得知，此次徐墨怀御驾亲征，兵马已经在路上了。

苏燕有些侥幸地想，兴许过了这么久，他已经把她忘了，有了其他宠爱的嫔妃。

她这一路的坎坷好像都是因徐墨怀而起的。他轻飘飘地将她本来安稳的人生摧毁，又轻而易举地抽身离去。他依旧是受人尊崇、风光无限的帝王，只有她忘不掉那些噩梦一样的日子。

李家叛乱后，一些对皇室心存不满的人也趁机起兵造反。

城池陷落，百姓遭殃。苏燕和众姬妾被护送着前往相州，沿路都是神色仓皇、风尘仆仆的逃难者。许多人衣衫褴褛，脚上的鞋子都少了一只，也不知是遭遇了什么祸事。

护送她们的只有一队百十来人的兵马，离相州还有几十里的时候，媛娘的面色越发不好，她几次抚着肚子呻吟，她们手忙脚乱地准备软毯与热水。然而一路颠簸，媛娘还是不合时宜地生产了。

李骋是个只知打仗的粗人，事先连稳婆都没给媛娘备上。她们这一马车的女人没一个生过孩子，一时间只能支好帐子，胡乱给媛娘接生。

她们给媛娘喂水喂肉干，苏燕年纪最小，便只能在一旁洗帕子。孩子被抱出来的时候身上还带着些血丝，浑身都紫红紫红的。苏燕第一回看人生产，才知晓刚出生的婴孩竟这样不好看，甚至有几分瘆人。

媛娘生孩子花费了三个时辰，疼得没力气了，身下也流了许多血。事后她们还想再歇息，护送的兵马却催着她们快走，以免在此处待久了遇到变故。

媛娘气息奄奄，尚未恢复便又要上路，一路上别说给孩子喂奶，连自己吃饭都极为勉强。她身下恶露不止，一个娇花似的女人迅速地憔悴下去，形容枯槁。

这孩子虽说新鲜，但也实在吵闹得让人睡不安生。路上本就颠簸，睡一个好觉都难，谁都不愿帮着照看，最后众人便将这苦差事推给了新来的苏燕，让她给孩子喂奶擦洗。

苏燕百般不愿，又不能将孩子丢了，只能硬着头皮接过。孩子一饿便哭叫不停，吵得苏燕好几日都没好好歇息过。

一日夜里，苏燕抱着孩子去找媛娘喂奶，叫了几声"媛娘"始终没得到回应，便钻进马车拍了拍媛娘。在婴孩的吵闹声中，媛娘像木头一样倒了下去，摔在马车中发出哐的一声闷响。

苏燕被吓得险些一口气没上来，正要去叫人，便听四周忽然喧闹起来。护送的士兵跑过来对她说："夫人快走，我们撞上相州的兵马了。"

三

定州将士死伤无数，城内乱成一团，刺史一家的尸身被挂在城墙上示众。

然而相州将士勇猛，加之援兵来得及时，两相交战后李骋大伤元气，被迫退兵五十里。

为了避免李骋暗中求援，相州城外四处都有兵马阻截他们的驿兵，苏燕他们正好撞上了这些截人的兵马。

夜里众人都心神惶惶，突然的一声"有敌军"，人受了惊吓不说，马也不安地乱动起来，一盘散沙哪里还有精力抗敌？

前方的路都被拦住，苏燕她们只好下了马车各自奔逃。她们身为李骋的家眷，一旦落入平叛军手里，必定会受到非人的折磨，且李骋绝对不可能来救她们。

苏燕担心被捉走后解释不清，只能跟着她们一起跑。然而平叛军人数众多，且极憎恨叛军，没一会儿就将她们都擒了回去，还当着她们的面砍死了好些叛军。她被吓得面色苍白，一直往后躲，怀里的孩子也哭个不停。

有亲友死于叛军之手的士兵过来抢夺孩子，想将其摔死。苏燕紧紧抱着孩子，不让他抢走。一时间，婴儿的哭声和男人的怒骂声交杂，场面混乱不堪。

总算有个明事理的人站出来劝慰同袍："先留着她们的性命，她们也算是那叛军头目的亲眷，要杀得当着他的面杀，好震慑敌军。不如先将她们带回城中，等候长史发落。"

这番话后，那些士兵总算不准备立刻杀了她们了。李骋的姬妾们忽然落到这种处境，抱作一团哭泣不止，从前互相算计，现在也只能彼此安慰。

307

无端被扯进这样的灾祸里，苏燕真是有苦说不出。她几次想去和那领头的人解释，对方都不予理会，反说她是诡计多端。苏燕彻底没法子了，只盼着届时他们中能有个讲理的人。

此处离相州还有些距离，这些人对叛军恨之入骨，对李骋的家眷自然没什么好脸色，她们想喝碗水都要好声好气地去求。

苏燕怀里的孩子哭闹不停。她又不是孩子的母亲，哪有奶水喂养孩子？迫于无奈，她只能去问他们有没有羊奶。结果非但没给孩子要到吃食，反被调戏羞辱了一番，她气得话都说不出口。

苏燕和其他几人商量了一番。在经过附近城镇的时候，她们将身上藏着的簪钗玉石都凑了出来，拿去给脾气稍好些的领军，这才给饿得哭声都快没了的孩子换了些羊奶。

苏燕夜里睡不好，白天也没什么精神，整日沉着一张脸。分明不是她的孩子，偏偏所有人都当她是这孩子的阿娘。李骋将她害惨了，她还得给他照看女儿。

苏燕又气又无奈，总不能把这孩子给扔了。她甚至觉得冥冥之中就是上天要责罚她。她残忍地杀了自己的孩子，所以才要承担为人母的责任，为一个不属于她的孩子低声下气地求人。

战俘要跟着军队赶路，没有人会因为她们疲累而让军队停下歇息。苏燕算是体力、耐性都十分好的人了，也累得腿脚酸疼，其他人更是哭着不肯再走，直到马鞭子挥下去才老实赶路。

他们到相州附近的时候，接应的兵马也到了。城墙上都是风干发黑的血迹。

相州在河北道的地位非同一般，相州刺史是望族出身，二十年前也是抗击胡虏的名将，如今又一次挡住了南下的叛军。长史得知李骋的家眷被俘，便去向刺史禀告此事。

他们此次之所以能轻易将李骋击退，正是因为李骋后方来了己方援军，两者前后夹击之下灭了叛军两万余人。

刺史与郡守为了更好地指挥大军，都搬去了军营与将士们同吃同住，连从长安远道而来的徐墨怀也不例外。

长史将俘虏的事告诉刺史，又去营帐中与将军们商讨，徐墨怀也在那儿。虽说他熟读兵书，但行军作战非其所长。他谦逊地向人请教，因此军中将士们对他的评价极好。

即便得知俘虏了李骋的家眷，几位将军面上也没有丝毫的喜悦之情。谁不知道李家在叛乱时就丢下了长安的姊妹妻母等死，抓来几个不值一提的姬妾有何用？

徐墨怀并不认为李骋会因为几个女人的死有丝毫触动，很快便听骠骑将军提议："不如在阵前将她们杀了鼓舞士气，也好震慑那不知天高地厚的竖子。"

徐墨怀摇头："此事易落人口舌，倘若李骋不顾妻儿性命攻城，叛军只会当他是非分明，以大局为重。"

"陛下的意思是发配为军妓？"

"不安分的打死，剩余的发配奴籍。"徐墨怀道。

长史着手去办，临走前又被徐墨怀叫住："先等等。"

徐墨怀顿了顿，道："你去问问她们有没有从幽州来的，可曾见过一个姓苏的女人，或一个不会说幽州话的外乡女子，十八九岁的年纪。"

众人心中疑惑，又不敢多问。长史带着话去找人，几个女子抱团缩在囚车里，被冻得脸色发白，每个人都仓皇不安地看着他。

长史将徐墨怀的话重复了一遍，没有人应声。其中一个女子扯了扯苏燕的衣裳，小声问："嬷娘，你也不是幽州人，他们该不会是找你的吧？"

苏燕心中正忐忑不安，闻言仿佛被针扎了一下，猛地瞪了对方一眼，压低嗓音说："不许胡说。"

她的心跳得飞快，在长史问完话后，她连呼吸都放轻了，压低头不想让人注意到自己。还有谁会打听她的踪迹？这世上除了徐墨怀，还有谁会死缠着她不放？

苏燕内心挣扎，不知如何抉择。她当然不愿背负着李骋姬妾的名头被发配奴籍，可要是落到徐墨怀手上，必定被他折磨得生不如死。

最终她们没有想到苏燕身上，纷纷摇着头说"没见过"，在听说对方不杀她们后松了一口气。

苏燕的发髻散乱，她低头时额发遮住了大半面容，缩在几个面容艳丽的女人身后，显得毫不起眼，长史也没有注意到她。

没多久，对她们的处置结果也出来了，苏燕她们会被送往别处做苦力。

在她们出军营的路上，一队人从她们身边经过。苏燕看到一个熟悉的身影正在侧身与人说话，立刻压低头，任由发丝遮住脸颊。

她怀里的孩子却被这脚步声惊醒，扯着嗓子哭了起来。苏燕连出声都不敢，只能轻拍着她的后背哄她。

好在没有人会注意这几个被俘的女人，尤其是高高在上的皇帝，他的双眸大概根本不屑于多看她们一眼。

苏燕她们被带着离开，一路上畅通无阻。她暗暗松了一口气，孩子的哭声也渐渐小了。

突然传来一声响，一支箭矢狠狠钉入了苏燕脚边不到三尺的位置，激起地上的尘灰沙石。

苏燕看过去的时候，箭羽还在微微晃动，箭头没入泥地，也不知射箭人用了多大的力。倘若她的脚方才偏了一步，很有可能会死在这支箭下，但她不敢回头看是谁射出的箭。

其他人的反应比苏燕要大得多，她们纷纷惊叫着往一边闪躲。苏燕浑身僵硬地抱着孩子，也想挪动步子。

远处传来一道压抑着怒火的人声，语气阴冷残酷到令她脊背发寒："再往前一步，下一箭便会射穿你的脑袋。"

四

徐墨怀站在离苏燕很远的地方，怒气冲冲地朝她的方向走了几步，又立刻停下了。他说不清自己此刻是什么感受。

在听到孩童的哭喊声后，他微微侧头，一眼便看到了那个低着头、被头发遮住大半面容的女人。那一瞬他以为自己花了眼，短暂错愕后，冲天的怒火烧光他的理智。他几乎想当着所有人的面冲过去将那张脸掰过来，看看究竟是不是那个戏耍了他的狠心女人。

那人是李骄的姬妾，还抱着一个孩子，徐墨怀宁愿自己看错了人。

这些女人一离开军营就会一辈子为奴为婢，其他人或神色仓皇，或悲戚绝望，只有她低垂着头，缩着肩膀，像是在刻意降低自己的存在感，殊不知这样只会让人越发难以忽视她。

她这副做派，愚蠢又熟悉。

徐墨怀久久凝视着她的背影，身体仿佛被撕扯成了无数个碎片，一部分在叫嚣着杀了她，一部分则心软地让他留下她。

徐墨怀确信苏燕看到了他，便站在原地等着，等着苏燕来向他求情。无论会编出怎样拙劣的谎言，只要她转过身，他便暂时留下她的性命。

徐墨怀不知道自己等了多久，似乎还不到一个时辰，却漫长到足以让他狂躁得想将苏燕碎尸万段。

正当有人疑惑为何他的脸色越来越差的时候，徐墨怀忽然快步走到一边翻身上马，而后又命侍者为他拿来了弓箭。他们本以为徐墨怀是心血来潮要去武场，却发现他竟朝军营的出口驰去。

徐墨怀赶到的时候，李骄的几个姬妾就要随着其他战俘被押去处置了，离军营的出口只剩一小段距离。那样多的人，他偏偏一眼就找到了自己的目标。

徐墨怀坐在马上绷直了身子，铁青着脸望向她，眼中好似烧着熊熊的火焰。他拿起弓，凶狠决绝地对准了那个女人的脑袋。

只要松开手指，这支箭矢就会在一瞬间射穿她的头颅，从此他再也不需要为这样一个女人感到烦扰。她死得干干净净，正好遂了他的愿。

徐墨怀想要松手，手指却僵住了，怎么都做不出这个动作。他手抖了一下，箭射偏了，没有伤到苏燕分毫。

一群人如受惊的池鱼一般分散开，唯独险些被他杀死的女人没有回头，似乎还想往前走一步。

徐墨怀气急，眼前一阵发黑，眼眶憋得发红，愤怒地喊了一句。他紧握着手里的弓，手臂还在微微发抖。深吸一口气后，他强忍着不让自己失态，翻身下马朝苏燕走去。

众人都又惊讶又疑惑地望着他和苏燕，侍者很快便知趣地带走了他们。

苏燕听到背后逐渐靠近的脚步声，心脏就像被放在地上一下一下地踩。她一直都怕死，也害怕受到折磨。

徐墨怀见她连转身都不敢，一时间怒极反笑，恶狠狠地问："你胆子不是很大吗？怎么你如今连看朕一眼都不敢了？"

苏燕怀里的孩子似乎是被他的声音吓着了，又号啕大哭起来，声音嘹亮刺耳。苏燕心中一慌，怕这个孩子把徐墨怀惹烦了会被他丢到地上摔死。苏燕硬着头皮拍了拍女婴，将小指放到她嘴里让她吸着。

徐墨怀显然也看到了她的动作，孩子的哭声让他的心里突然颤了一下。除了愤怒，他心里更多的是一种遭到背叛的耻辱感。

他好似被这画面刺痛了，后退两步，忽然转身说："把她给我带过来。"

徐墨怀转过身回到自己的营帐，走得又急又快，以至背影竟有种落荒而逃的感觉。

苏燕皱着一张脸，抱着这个孩子如同抱了一块烫手的山芋。她十分相信，徐墨怀方才是真的想要杀了她。

苏燕被带到了徐墨怀的营帐外。薛奉从不远处走来，看到苏燕后愣了一下，紧接着又看到她怀里的孩子，目光逐渐转为惊愕，正想发问时，营帐内突然传来徐墨怀暴怒的声音。

"还不快滚进来！"

苏燕犹豫了一下，把孩子递给薛奉，小声恳求道："你先抱着她。"

见薛奉不敢接，她心一横，直接把孩子塞到他怀里，而后才走入营帐。

苏燕一进去便对上了徐墨怀怨愤的眼神，心都跟着颤了一下。她也不敢再靠近了，生怕他攥紧的手指下一刻会出现在她的脖子上。

"苏燕，你想好怎么与朕解释了吗？"徐墨怀咬牙切齿地说出这句话。

苏燕的心中本来都是畏惧，此刻她走到他面前，反而突然平静了，颇有些自暴自弃的意味。

"孩子不是我生的，你去问一问便知道了。"她一开口，嗓音和从前一样温柔，语气却带着点儿倔强和无可奈何。

徐墨怀紧绷着的神经忽然间便松懈了。他盯了苏燕一会儿，眼神恶狠狠的，如同要把她吞到腹中。

苏燕说完，徐墨怀没有回应她，而是背过身走了几步，又折返回来，就这样重复了几次。最后他终于忍不住，将她一把扯过来，直接按到了书案上。

苏燕被磕得发疼，忍着没吭一声。她感觉到徐墨怀正抓着她的头发，扯得她的头皮发疼。

"你成了李骋的女人？"他将手落到了不可言说的位置，重重按了下去。

苏燕闷哼一声，脸色骤然一变。

"你跟李骋混在一起？"他语气癫狂，"你竟敢背着朕与李骋欢好，是不是早就中意他了？你是不是一直背着朕与他私相授受？"

他手上更用力，苏燕开始不安地扭动。

"我没有，这都是误会，你……陛下，陛下！"

徐墨怀不由分说地将她翻过身，五指落在她的颈项上。苏燕的脖子很细，血管十分明显，他收紧手指，仿佛能感受到温热的血流过。

"你骗朕多少次了？你以为朕还会信你的鬼话吗？"他收回手，又将手放在苏燕的小腹上，盯着她含泪的双眼，面无表情地说，"苏燕，你杀了自己的孩子，可曾有过半分愧疚？"

苏燕没想到徐墨怀会发现这件事，惊愕了片刻。徐墨怀看到她的神情，立刻笑了起来。

"薛奉！"他大喊一声，营帐外的薛奉闻声立刻进来。

苏燕赶紧整理好自己被扯乱的衣裳。

徐墨怀瞥了一眼薛奉怀里的女婴，目光中带着憎恨与厌恶："你杀了这个孩子，朕便饶你一命。"

她难以置信地抬起头，望着徐墨怀冷漠的脸。

他勾起一个带着恶意的笑，近乎残忍地说："怎么了？你杀死那个孩子的时候不是做得很好吗？"

徐墨怀的话像是淬了毒的匕首，一点点剜着苏燕的旧伤口。她面色苍白，小声地求他："这不是我的孩子，我跟李骋什么都没有……"

他冷笑："你连自己的孩子都不放过，旁人的又有何不可？"

五

徐墨怀步步紧逼，每一句话都刺在苏燕心上，逼得她几乎要疯了。

苏燕终于忍不住喊道："那你杀了我！既然你对我恨之入骨，现在就让我死。我死了，化成鬼也不会放过你，定要你日日夜夜都不安稳。"

徐墨怀的眼白泛起血丝，他猛地掐住了苏燕的脖子。

随着他的五指收紧，苏燕的面色也越来越红，最后他却忽然松手，侧过身剧烈地咳嗽起来，眼睛仍死死地瞪着她。

薛奉想去查看一番，奈何怀里的女婴突然开始哭。徐墨怀看了那孩子一眼，紧抿的唇上隐约露出一抹猩红的血迹。

"我待你不好？"他嗓子有些哑，"你为何要杀了我们的孩子出逃，去做李骋的女人？！"

最后一句他说得格外用力，几乎要将牙咬碎了。

"你待我不好？"苏燕听到这句话几乎笑出声来，"你还记得孩子是怎么来的吗？"

那日至今都是她的噩梦。苏燕头发散乱，有些迷茫地回想那些往事。她还以为那些都过去了……明明她在幽州过得很好，为什么忽然间就成了这样？

"你欺辱我，看不起我，为什么还要我给你生孩子？他以后也会跟我一样被人看不起，在宫里会受人欺负，你会像责骂我一样责骂他。"

苏燕的手指抠着地上的绒毯，她回想起被徐墨怀强迫的那一晚，克制不住地身体发寒。她还没忘记这个道貌岸然的人是如何拖着她，弄得

314

她的指甲都劈开流了血。

男欢女爱或许真的会快活，可她只感受到了疼。他将齿痕留在她的胸上，那处泛着血丝，她疼得要喘不过气，以为自己要死了。

"那是你庸人自扰，我分明还什么都没做。"徐墨怀看到苏燕的眼神，嗓子眼儿像是被什么东西堵住了，干涩得有些疼，"你根本未曾想过与我有孩子……是你不愿意。"

苏燕沉默了一会儿，忽然小声说："我想过。"

徐墨怀抬起头，看到她神色黯淡。

"我从前想嫁给你，相夫教子过一辈子。我想过的。"

"什么时候？"其实他心里清楚，却还是不死心地问了一句。

"很久以前。"

那就跟梦似的。

那时候她还是个不懂事的小姑娘，整日只会采草药、锄地和放牛，第一次见着一个神仙般俊俏的男人。他懂得多，性子也好，还会给她讲她原本不懂的东西。那样好的人，她怎么会不喜欢，怎么会不想跟他过一辈子呢？

"好不好，我自己说了才算。"她没什么底气，却十分倔强，"就算你是皇帝，你说了也不算。"

良久，徐墨怀发出一声冷笑："苏燕，你跑了一年多，本事长了不少。"

他说完立刻起身出去了。

营帐外的冷风吹进来，苏燕抱着膝盖愣愣地出神，期望这是一场很快便能醒来的噩梦。

徐墨怀离去后不久，有人往营帐里送了干净的衣裳和热水，支了一个屏风让苏燕擦洗身子。

营帐外的寒风吹得帐子呼呼作响，徐墨怀站得离营帐不远，只是一直没再走进去。

徐伯徽从城外回来不久，听闻徐墨怀白日里突然动怒要杀了李骋的姬妾，立刻去找徐墨怀询问缘由。

徐伯徽去的时候，徐墨怀正在离营帐十步远的位置站着。冷风吹得他的袍角翻动，额发也有些散落，他却好似一个石像，一动不动。

"皇兄？"徐伯徽唤了一声。

徐墨怀缓缓转动黑沉无光的眸子，看向他。

徐伯徽疑惑地问："皇兄有什么烦心事？"

"你来有何事？尽管说吧。"徐墨怀心中焦躁，又带着一种沮丧感。

他已经派人去查了，的确是李骋逼迫了苏燕，二人之间并未有过什么，孩子也与她无关。只是听到苏燕的话，他心里忽然难受起来——他如今求而不得的东西，其实从前有人给过他，只是被他弃如敝屣。

这些天，徐伯徽一直犹豫着该不该说自己的心事，今日终于憋不住了："我想求皇兄一件事。等战事平息，我便驻守边疆，不回长安了。等找到阿依木，我要与她结为夫妻。"

"她是胡姬。"徐墨怀只说了这么一句话。

大靖安定之时胡姬尚且被人轻视，何况如今正值战乱，只怕更要受人白眼。

徐伯徽表情认真，想起阿依木的时候目光也变得温和："胡姬又如何？既然她是我的心上人，无论是什么身份都是我的珍宝。她不卑贱，比所有人都要好。"

徐墨怀第一次听见这样的话。士族极重门第，徐伯徽也是皇室血脉，为何会为了一个女人做到如此地步？

"朕看你是疯了。"

徐伯徽也不反驳："大抵是吧。我以为自己能忘了她，只要她过得好即便我们不在一起也不打紧。可没了她，我日夜睡不好，想她想得快疯了。我现在什么也不想要了，只望皇兄成全我们。"

徐墨怀看着徐伯徽，手指紧握成拳，心底不知为何生出一丝嫉恨。他以为徐伯徽和他一样。

世上本该有贵贱之分，无人能将尊卑之别丢弃不顾，谁会甘愿为了一个卑贱的女人伏低身子？

他做不到，世上也该无人能做到。

偏偏徐伯徽这么做了。徐伯徽喜欢了一个胡姬，还视她为珍宝，这岂不是让天下人耻笑?

"蠢货。"他刻薄地评价。

徐伯徽坦然接受,反问:"皇兄这是同意了?"

徐墨怀紧抿着唇,冷着脸不想看他,权当默认。

徐伯徽高高兴兴地走了。

徐墨怀盯着营帐中微黄的光晕,犹豫半晌,缓步走了进去。

苏燕已经换上了干净的衣裳,头发披在肩头,正拿着一块帕子擦拭微湿的发尾。听到响动后她回过头看他,目光中还是有着令他烦躁的畏惧。

他是九五之尊,是天底下最尊贵的人,而苏燕只是一个不值一提的奴婢。他不会同徐伯徽一般愚蠢。

徐墨怀走过去,直接将苏燕提起来推倒在床榻上。苏燕反应极快地要爬起来,却被他抽开腰带绑住双手。

徐墨怀卖力地折磨她,苏燕冰冷的身子逐渐发热,皮肤微微泛红,起了层薄汗。徐墨怀身子很热,呼吸也乱了。他低下头亲她的唇角,动作轻柔,嘴里的话却是冷硬的命令:"苏燕,张嘴。"

苏燕红着脸,眸子里泛着水光:"狗皇帝,你去死吧。"

徐墨怀的面色僵了一瞬,他开始更为用力地折磨她,换着法子逼她求饶。苏燕连哭都是闷声地哭,无论如何都不肯遂他的愿。

折腾完,苏燕身上汗涔涔的,嗓子也干哑得厉害,被徐墨怀拥在怀里。一直到他呼吸渐趋平稳,苏燕才小心翼翼地起身。

腰腿都酸痛难忍,她套了件衣裳,想去给自己倒一杯水,却发现茶壶里是空的。无奈之下,她悄悄走出营帐,与守在不远处的薛奉说:"我想喝水。"

"陛下呢?"

"他睡着了。"

苏燕看到远处燃着火,有人正围在火堆边烤着什么,又说:"有吃的吗?"

薛奉立刻知道了她的意思,担心徐墨怀被吵醒了会发怒,便让她跟自己去一边填饱肚子再回去。

苏燕出来的时候穿得不多。薛奉让她坐在火堆边，递给她烤熟的羊肉，上面撒了些粗盐。

她全都吃完了，又喝了一大碗水，这才裹紧衣裳慢悠悠地往回走，才走了没几步，便看到了神色仓皇的徐墨怀。他朝四周张望，似乎在找人，等目光落到苏燕身上的时候，立刻怒气冲冲地朝她走过来。

"你又想去哪儿？"徐墨怀的眼神有些可怕，他死死地攥住她的手腕，仿佛要将她的骨头捏碎，"我问你话，你要去哪儿？"

苏燕没吭声，别过脸咳嗽了两下。徐墨怀面色阴冷，解下外袍给她披上。他还在生气："没有朕的允许，你胆敢离开，朕便打断你的双腿。"

苏燕愣了一下，心底忽然生出一股委屈，眼泪止不住地往外涌。她抬手去擦，却有一只手比她快了一步。她狠狠一巴掌将那只手抽了下去，发出清脆的一声响，将那只手直接打出了红痕。

"你去做什么？"他似乎冷静了一点儿，语气也不像方才那样咄咄逼人。

苏燕依旧不理他，只想给他几个耳光。薛奉提着一壶热汤跟过来，瞧见这一幕，欲言又止，不敢上前。

六

苏燕委屈地掉眼泪。徐墨怀看到她好好地站在面前，心中的不安和焦躁才缓缓退去。徐墨怀扭头看到薛奉手里提着一壶还在冒热气的汤羹，明白了苏燕方才是去做什么。

他手上松了一些，拉着苏燕要往回走。她甩开他的手，将身上的外袍扯下来丢给他，自顾自地走。徐墨怀难得地没有同她计较，上前又将外袍给她披上了。

苏燕仿佛在与他较劲，非但没有接受他这点儿罕见的好意，还再次将外袍扯了下来，直接丢到地上，发泄一般地狠狠踩了几脚，不像在踩一件衣裳，像是在踩徐墨怀本人。

徐墨怀的面色沉了沉，他一言不发地看着她将外袍踩得都是灰。

苏燕又踢又踩，做完这一切后立刻转身要走。徐墨怀走过去将她抱起来。苏燕挣扎着拍打他，脸上泪痕未干，眼眶也是红的。

"苏燕！"他警告地呵斥了一声，"你信不信朕再将你捆一晚上？"

苏燕的手腕上还留着被勒出的红痕，她听到这话果真犹豫了，瞪了他一眼，却没敢再对他动手。

薛奉提着一壶热汤跟在后面，见两个人进了营帐才松了口气，想着将汤羹给旁人喝了。

没一会儿，徐墨怀掀开帘子出来，阴着脸问："方才为何不叫醒朕？"

薛奉无奈地说："近日陛下一直不曾好好歇息过，属下以为这种小事不需要打搅陛下。"

"日后无论苏燕要什么东西都要禀告给朕。她去了哪儿、要做什么，必须让朕知道。不论苏燕去何处都要派人寸步不离地跟着，倘若朕问起却无人知道她的踪迹，看守之人便给朕以死谢罪。"

徐墨怀说这番话的时候表情格外冷酷，薛奉不由得心中一惊。

一年前苏燕失踪，刺客被以极刑处死，当日负责护送的侍卫也都陆陆续续地死了。徐墨怀表面看着与从前无异，行事上却更加暴戾多疑。倘若苏燕再跑一次，他多半又要性情大变。

薛奉应下。

徐墨怀突然说："给朕吧。"

薛奉愣了一下，随后才明白徐墨怀指的是汤羹。徐墨怀接过以后，又一次回到了营帐中。

营帐里有一个铜盆，炭火忽明忽暗，苏燕裹着一张薄毯坐在一边，徐墨怀进来了，她也没有反应。

他将汤羹倒入瓷碗递给苏燕，语气轻了几分，颇有些求和的意思："方才是朕一时心急，话说得有些重。"

苏燕嗤笑一声，讽刺道："陛下哪里的话？我不过是一个卑贱的奴婢，要死要活都是陛下一句话的事，打断两条腿又算得了什么？便是陛下现在要杀了我，也是对我的恩赐，我感激不尽。"

他将瓷碗放下，捏住苏燕的下巴摩挲了几下："你这张嘴倒是越发惹人心烦。朕算是看明白了，你不肯服软也罢。即便你再不情愿，也要留在朕的身边。"

他的眼里看不出半分温情："若你想跑，朕可以打断你的腿。若你这张嘴不听话，朕还可以给你灌一碗哑药，让你安分些。"

苏燕瞪着他，眼里就像是燃了一簇火焰，跃动着光亮。

徐墨怀望着她倔强的模样，突然想起了一件事，提醒道："你倒是有情有义，竟还不忘记马家村的张大夫。"

她怔了一下，随即怒问："你把张大夫如何了？"

徐墨怀笑了一声，轻声说："这要看你了。朕待你总是心软，可换了旁人便不同了。总归他瞎眼瘸腿的，再少条腿、少只眼睛，应当也不是什么要紧事。"

苏燕狠狠地掐着掌心，气愤又绝望地质问他："你不能这样忘恩负义！你不怕遭报应吗？"

徐墨怀定定地看着她，缓缓地说："朕不信鬼神。倘若世上当真有报应，便尽管来寻朕。

"苏燕，把汤喝了。"

她瞥了徐墨怀一眼，战栗地端起瓷碗，小口地喝着，鲜美的汤羹到了嘴里也没了味道。

她心里只剩下绝望，原本在幽州所希冀的往后都成了泡影，前路又变得压抑而灰暗。她喝了没几口，眼泪便吧嗒吧嗒地往碗里掉。

徐墨怀终于看不过去了，一把将汤碗夺下来，重重地放在桌上，不悦地说："若不想喝便不喝，哭什么？"

苏燕也不敢吭声。

徐墨怀看着她畏畏缩缩的样子心中一阵烦闷。

"把脸擦干净，不许哭了。"他斥了一声，命人端来热水给她洗漱。

她擦拭完便自觉地躺回了榻上。徐墨怀和衣躺在她身侧，伸手将她揽到怀里。闭眼之前，徐墨怀又将苏燕抱紧了些，感受到她的体温，这才安心地睡了过去。

夜里他醒了一次，睁着眼听苏燕平缓的呼吸声，就那么听了许久，仿佛要确认这不是一场梦，良久后才再次闭眼。

北方战乱未平，李骋又搬来了援兵。胡人士兵高大勇猛，极难对付，几位将军都在他们手上吃过亏。

徐墨怀一早便领兵应战，苏燕醒来的时候，营帐中只剩她一个人。她起身换了衣裳，正要走出去看看，就被营帐外的一男一女两个侍卫给拦住了。

"苏娘子要去何处？"

苏燕瞥了他们一眼，淡淡地说："去解手，不成吗？"

女侍卫面无表情地说："属下会随苏娘子一同去。"

苏燕也不想为难她，便让她跟着。

紧接着无论苏燕做什么，这两个人都要看着她。倘若她在营帐中待着什么也不干，女侍卫便在营帐内守着，另一人在营帐外守着。

她想找人问问徐墨怀将那个孩子给送到哪儿去了。虽然孩子是李骋的女儿，但好歹也算是她看着出生的。还在襁褓里的孩子何其无辜。

得知薛奉留在军营，苏燕便去问了几个人，想找到他。她问话的时候，身后的侍卫便拿笔写着什么。

苏燕疑惑地问："你这是做什么？"

侍卫显然从前也没干过这档子事，被她问起，神色有些不自在："是陛下的吩咐，倘若陛下不在，属下要记下苏娘子的一言一行，待晚些呈与陛下。"

苏燕欲言又止，勉强将不能宣之于口的不满压了回去。她找到薛奉，他说将孩子暂时交给了军中的营妓养着。

军营中没什么女人，自然也没有奶水可以喂养孩子，能留她一命已是徐墨怀仁慈了。等战事结束，他多半还要将这孩子打入奴籍送走。

谋反是诛九族的死罪，若不是因这孩子的哭声嘹亮才让徐墨怀多看了苏燕一眼认出了她，此刻这孩子早被丢去自生自灭了。除此之外，薛奉不肯告诉苏燕更多的事，两个侍卫也不许她跑到营妓那边去。

军营中没人敢随意和苏燕说话。仅仅过了五日，苏燕便憋得烦闷无比。

第七日，徐墨怀领兵再次击退叛军，所有人回军中休整。

薛奉隐晦地提议让苏燕去迎接徐墨怀，被她冷笑两声给怼了回去。她缩在营帐中睡觉，营帐外忽然传来一阵脚步声，有人急着要进来，被拦住了。

"我要见皇兄，你拦我做什么？"

苏燕披上外衣，掀开帘子往外瞧了一眼，看到一张熟悉的脸。

徐伯徽眼前一亮，指着苏燕问："你怎么在这儿？我还当你真的死了！皇兄何时将你藏在这儿的？连我都不知道。"

苏燕想不起来他的名字，问道："你是什么人？"

"我是安庆王世子，你竟将我给忘了？"徐伯徽身上穿着甲胄，上面沾着未干的血，带了点儿腥气。

苏燕不由得想起李骈，心中生出一股抵触感，往后退了一步。

"皇兄方才急急忙忙回来，应当早就到了，怎么不在营帐里？"

苏燕摇了摇头，正要说自己也不知道，就听见一个人说："苏燕，把衣裳穿好了再出来。"

徐墨怀沉着脸快步走近，给她裹紧外袍后把她推回了营帐里。

徐伯徽还在惊疑："皇兄，你方才是去换衣裳了？"

苏燕这才注意到，徐墨怀刚从战场上回来，现在却穿了一身常服，冰冷的甲胄已经被他脱下。

他不耐烦地轰走了徐伯徽，走进帐中倒了杯茶水。苏燕注意到他的鞋靴上还沾了些血迹。

他招了招手："燕娘，你过来。"

苏燕走过去，他看了苏燕一会儿。他眼中布满血丝，眼睑下泛着青黑，显得疲惫至极，也不知多久不曾歇息了。他靠过去，将头埋在苏燕的颈间，缓缓地呼吸，道："别动。"

她说："有些痒。"

徐墨怀抱着她闷笑了几声，也不理会她的不满。

七

徐墨怀大概是真的累极了，靠在苏燕的身上睡了过去。肩上压着这样沉的一个人，她难免觉得有些酸痛。

她稍稍动了一下，想调整一个姿势，徐墨怀便醒了。他皱了一下眉，不满地轻哼一声，大概是察觉苏燕不适，索性抱着她到榻上去睡。

苏燕白日里已经睡够了，此刻不困："我不想睡。"

徐墨怀给她的回答是将她抱得更紧。

她本来一点儿困意也没有，最后听着他的呼吸声竟也渐渐有了困意。她醒来的时候天色已经昏暗，空地上燃起了篝火。

相州也冷得不像话，夜风像刀子似的。军营里没什么女人的衣裳，徐墨怀整理好衣着后就给苏燕裹了一件厚厚的斗篷，将她遮得严严实实，仅露出脚面。

"今日打了胜仗，李付的二子一死一伤，叛军也死了两员大将。将士们要庆祝一番，你若想去看看便去吧，不要乱走。"他不忘强调，"不要失了礼数给朕丢脸。"

她不情不愿地应了。

夜里的时候将士们聚在一起，围着高高堆起的篝火。柴火被烧得噼啪作响，炸裂的火星子四处飞溅，苏燕也不敢坐得太近。徐墨怀的斗篷一看便贵重得很，她若是给他烧坏了，免不了要被他冷嘲热讽一番。

徐墨怀回了军营后，跟在苏燕身边的两个侍卫依旧寸步不离。她坐得离人群有些远，没有同将士们坐在一起。军营中除了将士们，还有少见的几个女人，是几个将军的家眷。

他们四处打仗，有的会将妻子带在身边，有的则在军中另纳了美妾。那几个女人看到苏燕身后跟着的两个人，其中一人还拿着笔随时要记录什么，便不敢和苏燕搭话了。

徐墨怀不仅要犒劳军中将士，还要去安抚伤兵，苏燕没有看到他的身影。她想早一些回去，恰好撞见了徐伯徽。他换下了甲胄，穿着一身圆领袍，好似又成了长安城里意气风发的小郎君。

"苏娘子，你怎么在这儿？"徐伯徽问道，"你方才过来在路上可有瞧见一个湖绿的手钏。"

苏燕摇摇头。

徐伯徽叹了口气，说道："罢了，夜里不好找，估计是让谁给捡去了，等明日我再问问军中的人。"

徐伯徽说完又好奇地打量着苏燕，问她："皇兄怎么都不肯与我说你的事，你究竟是怎么跑到军营来的？当初都传你病逝了，怎的又活了过来？"

苏燕不想给徐墨怀留什么面子，坦然地道："因为我没死。我跑了，如今又被他捉回来了。"

她答得理直气壮，以至徐伯徽听到真相还愣了一下："皇兄待你这般好，你为何还要跑？"

"好不好只有我自己知道，世子又明白多少？我出身低，陛下根本瞧不上我，不过是拿我消遣罢了。"

徐伯徽皱起眉，语气竟颇为严肃："出身低又如何？你又为何断定皇兄不是真心喜爱你？"

苏燕觉得自己与徐墨怀之间的事三言两语说不清楚，只敷衍地说："难道世子能与一个出身低贱的女子真心相爱不成？"

"我自然能。"徐伯徽答得没有半分犹豫，"我的心爱之人是个回鹘女子，等战事结束我们便长相厮守，再也不回长安。"

苏燕疑惑地说："我记得你成亲了。"

她还未出逃的时候隐约听徐墨怀说起过安庆王世子风光大婚，难不成是记错了？

徐伯徽的脸色变了一下，他似乎觉得难堪，不愿多提这件事，只说："此事非我所愿。"

"你既然已有妻子，何谈与心上人长相厮守？"

"胡姬卑贱"这一观念深植于权贵心中，连苏燕都知道。倘若有哪个长安的权贵想娶一个胡姬回家，即便是让其做妾，都要被人戳着脊梁骨嘲笑。

苏燕实在不懂他们这些人是怎么想的，嘴里的话听起来情深义重，行事作风却妥妥是个负心汉。

"我有苦衷。过阵子我将她找回来，我们便能好好的。"徐伯徽坚持道。

苏燕不清楚徐伯徽的事，没有多言。他说完就匆匆走了，似乎还想再找找他的手钏。此刻众将士都围着篝火喝酒庆贺，苏燕想趁机去看一眼阿媛的女儿。

身后的两个侍卫劝她不要去，苏燕便说："我会自己和陛下说清楚。我不进去，只站在外面让人把她抱过来看一眼，问一问她过得如何。"

她抱着那孩子许久，到底是有情分在。何况她也是一个差点儿就成了母亲的人，少不了在这孩子身上寄托些自己的情思。

苏燕朝营妓们的住处走了一段，听到了一个女子的哭喊声。有个男人抓着她的头发将衣衫不整的她从营帐中拖了出去，而后狠狠一巴掌打在她的脸上。女子直接朝一边歪过去，半晌没有直起身子。

他含混不清地骂了几句什么，肯定是侮辱人的话。苏燕没听懂，却看得心惊肉跳，在男人又要动手的时候冲上前拦住了他。

那人身上有酒气，大概是气昏了头，下意识地将苏燕当成了营妓，还想一脚踹过去，被跟着苏燕的侍卫直接掀翻在地。见自己冲撞了贵人，男人连忙爬起来赔罪，被侍卫赶走了。

寒风凛冽，见女子被冻得发抖，苏燕解下袍子披到那女子的身上。在微弱火光的映照下，女子的头发泛着枯叶一样的色泽。她瑟缩着抬起头，凌乱的发丝中露出一张仓皇无措的脸。

苏燕身后的侍卫提醒她："苏娘子，她是胡人。"

阿依木既是胡人，也是营妓，是再低贱不过的存在了。这场叛乱因胡人而起，军中将士都对胡人存有怨气，遇到一个胡人营妓，必定是往死里折磨。

苏燕没有理会侍卫的话，问那个女子："你还能站起来吗？"

她虽是胡人，却有着让苏燕自愧不如的金陵洛下口音："能起来。"
胡姬站起身和苏燕道谢，想将身上的斗篷还给苏燕，犹豫了一下，说，
"若你嫌脏，我可以给你洗干净。"

"不用了。"长安有很多胡人，苏燕从前也是跟着胡人的商队去的长
安，"我想问问，你们这里是有一个女婴吗？她怎么样了？"

胡姬说："你说的女婴如今被周娘子她们照料着，我也不大清楚……
她们不让我碰。"

她唇上有干裂的伤口，望着苏燕的目光有些不安。

"你怕我吗？"苏燕问。

胡姬犹豫了片刻，小声说："长安的贵人都瞧不起胡人。"

苏燕摇头，说道："我不是贵人，长安的贵人也瞧不起我。"

"多谢你，你跟他们不一样。"她又问了一遍，"你真的不嫌弃我是胡
人吗？"

"我从前去长安就是胡商带着我去的，路上他们还给了我东西吃。"

胡姬喃喃地说："长安……我知道，我从前也在长安。"、

和苏燕道别的时候，胡姬还坚持说："我会洗干净还给你。"

苏燕回到营帐，见徐墨怀正在帐前等她。看到她回来，他立刻牵过
她冰凉的手，不悦地问："斗篷哪儿去了？"

他想到什么，语气突然凶狠起来："你是扔了还是烧了？"

八

苏燕也没想到徐墨怀会问这种话："方才借给了旁人，下次让她还回
来就是了。"

"借给了谁？男人？"他不悦地皱起眉，也不知在想些什么。

苏燕解释说："是一个营妓。她衣衫不整被冻得发抖，我才将斗篷给
她盖上了。"

徐墨怀闻言立刻说："谁让你到那种地方去的？也不怕污了自己的
身份！"

苏燕被训得一愣，随后才想起来反问："我是什么身份？"

他突然沉默了，薄唇紧抿，仿佛下一刻嘴里就要冒出些伤人的话。然而苏燕等得都有些忘忘了，他也没说话，只是拉着她走入了营帐，将她冰冷的手握紧。

营帐里很暖和，炭盆边搁了一壶酒和一小碟撒了椒盐的羊肉，一旁放着捣碎的茱萸。

徐墨怀坐在书案前写东西，苏燕坐在炭盆边喝了一口热酒，腹中好似有一团火烧了起来，一直烧到五脏六腑，最后蔓延至全身。她小口地喝着，不知不觉脸颊开始慢慢地发烫。

等徐墨怀反应过来的时候，一壶酒已经被苏燕喝去了大半。她的面上染了团红云，也不知她是被烤得发热，还是真的喝醉了。

"不许在这里睡。"徐墨怀拍了她一下，想让她去榻上睡。

苏燕目光清亮，看不出有醉酒的意思。徐墨怀担心她跟跄着一头栽到火盆里去，伸手想将她给捞起来，谁知被她狠狠地拍开了。

"狗皇帝，不许碰我！"

徐墨怀的手一僵，停在半空中良久，他缓缓扯出一抹冷笑，咬牙切齿地吐出几个字："你方才说什么？"

苏燕捂着发烫的脸，根本不理会他，自顾自地钻到了被子里，动作笨拙得像是一只往土里拱的地鼠。

徐墨怀僵站在原地，一身怒火无处发泄，十分想将她从榻上拖下来教训一顿。他平复了好一会儿，坐在书案前看书，强忍着想将火气压下去。

听着身后的人的呼吸声和醉酒后的呓语，他气愤地将书狠狠一掷，起身朝床榻走去，想将苏燕叫醒给他认错。

他走到榻边，发现苏燕没有脱衣裳。她裹着被子只露出小半张脸，黑发像绸缎一样铺开。

他动作一顿，在床榻前来回踱步，沉着脸盯了她半晌后，俯身将她的鞋袜脱去，回到书案前继续看书。

次日苏燕醒来，对昨夜的事显然已经没多少印象了，面对徐墨怀一大清早的冷脸也不觉有异。

她坐在书案边喝着肉羹，将徐墨怀的书垫在碗下。他瞥了一眼，丢给她一张写满字的纸，说道："你将这些字抄下来，有一处错漏，今夜便别想睡了。"

苏燕觉得莫名其妙，更不懂他哪里来的火气。然而她再憋屈也只能闷声接过，坐在一边拿着笔照着纸临摹。

虽说她也在试着读书写字，但识字实在有限。徐墨怀丢给她的这张纸上没有一句话是她能完整念出来的。

见她抄过一遍后停下，徐墨怀冷声说："继续抄。"

"还要抄多少遍？"苏燕疑惑地问。

徐墨怀冷冷一笑："抄到你知道错了为止。"

"我又做错什么了？"

"自己想。"

苏燕反复想，自己究竟是做了什么惹得他不快，还是说了什么不该说的话让两个跟随的侍卫给记下来了？她一句一句地试探，徐墨怀的脸色更差了。

他忍了又忍，只说道："苏燕，下次不要让朕看到你喝酒。"

她依旧不解，只当徐墨怀又犯了疯病，平白折腾人。徐墨怀不许她停下，她只好一遍又一遍地抄着这些看不懂的字句。徐伯徽求见的时候，徐墨怀也没有让苏燕回避的意思。

徐伯徽见到营帐中的苏燕没有惊讶，与徐墨怀照常说着战事，随后又说："朔州被胡人的兵马围困已久，路上的兵马粮草皆被阻截。各州郡为求自保都不敢轻易增派援兵，加上如今林家失势，不少人想借机踩上一脚。

"林照是文臣，能让朔州撑这么长时间已实属不易。只恐城中粮草断绝，天寒地冻的，百姓也要跟着遭殃。"

徐墨怀点头说道："朕心中已有人选。叛军必定早在路上设伏，只是朔州危在旦夕，再耽误下去，城中百姓恐撑不过这个冬日。"

"皇兄便让我去吧。等过了这个冬日，我必定保住朔州，带着晚音和林照来吃团圆宴。"徐伯徽拍了拍胸口，信誓旦旦地说。

徐墨怀点头应允，将目光投向一边的苏燕，见她还在抄那几句话。前面几张纸上的字还算端正，到后面便越发潦草敷衍，他要努力辨认才能看出她写了什么。

徐伯徽好奇地靠近，看到纸上的字下意识地念出声："旋穹周回，三朝肇建。青阳散辉……"

他不禁笑着说："原来你在抄《椒花颂》。离新年还有段日子，现在抄未免早了些。"

苏燕没听懂他念的祝词，却觉着有些耳熟，仿佛在何处听过，皱眉问道："什么《椒花颂》？"

徐墨怀轻咳一声："徐伯徽，你该出去了。"

徐伯徽会意，弯着眉眼笑出声，摆摆手走出了营帐。

苏燕疑惑地看向徐墨怀，却被他抱到怀里，随后便听到他说："除夕之前，你要将这段祝词熟记下来，还要会写会背。"

他拈起一张苏燕抄录的《椒花颂》，将纸上的字念了出来，嗓音低沉和缓。苏燕脑子里某个已被她忘却的记忆片段突然被翻找了出来，在这一刻变得尤为清晰。

从前在马家村的时候，他们一起度过了除夕。第二日清早，屋外白茫茫一片，他身着简朴的寒衣，站在雪地中对她念了一段新年祝词。

他说话间口中吐出的白雾像是雨后罩住青山的云烟，让他的眉眼在朦胧下更显英俊。就在那一刻，苏燕的心跳得飞快，上面好似有一股暖流。

此刻的她被徐墨怀抱在怀里，听着他念着与从前一般无二的祝词，心中却只剩下一股悲凉感。

那个时候他在想什么？他是在想她一个卑贱的农女不配听到他念的祝词，还是在心中嘲笑她的愚蠢无知？他总归不会同她一样真心地感到欢喜，不会同她一样妄想若是以后年年都能一起便好了。

"为什么？"徐墨怀听到怀里的人忽然问他，"就算我背下来了又有什么用？"

倘若徐墨怀是刻意为之，她还真是觉得他如今越发可笑了。徐墨怀掰过她的脸，低下头吻她，将他不想听的话堵回去。

白日徐墨怀不在营帐里，苏燕被人监视着，也没了四处走动的兴致。若不是薛奉说徐墨怀去马场和将军们比试骑射，她一定还会继续在营帐中呆坐着。

她并不是去看徐墨怀的英姿，只是觉得若能瞧见他出丑必定是件极有意思的事。这样自负傲慢的一个人，兴许输给了谁都会将那人给拖下去砍了。

苏燕还没走多远就瞧见寒风中站着一个纤弱的女子。胡姬白皙的脸颊冻得发红干裂，抱着一件斗篷，看到苏燕后眼睛一亮。

苏燕快步朝她走去，问道："你怎么来了？"

胡姬将斗篷还给她，说道："我洗过了。他们不让我过去，也不肯替我传话，我只能在这里等着你。"

她头发凌乱，脖子上有明显的伤痕。苏燕不知该说什么好，犹豫了片刻，问道："你吃东西了吗？"

胡姬的眼睛是像玉石一样的碧色，她直勾勾地看着苏燕，让人有些心软。

"你要给我吃的吗？"她捏着自己的衣角，略显局促地问。

苏燕点点头："你跟我来吧。"

九

苏燕抱着厚厚的斗篷，忍不住想这胡姬实在太实诚了些。冬日里的水冷得刺骨，她要洗这样厚的衣物，必定遭了不少罪。

寒风凛冽，浸过水的斗篷白日里非但晒不干，反而会结冰冻成一大块。想必她是日夜在火边烘烤，斗篷才干得这样快。

苏燕怕徐墨怀小心眼儿怪罪，没有将人带进营帐，就在外面挖了一个大大的土坑，里面烧着柴火。好在太阳出来了，两个人围在火堆边并不冷。

苏燕让人送来了酥酪和烤熟的羊肉。胡姬吃得很急，像是几日不曾吃过好饭一般。见一碟肉胡姬都吃了个干净，酥酪也喝得见底了，苏燕又让人拿来些干饼。

胡姬似乎饱了些，吃干饼时没那么急了。她都吃完后抬起袖子擦了擦嘴角，看向苏燕："他们说大靖的皇帝也在这里，你是皇后吗？"

苏燕怔了一下，随即摇摇头，说道："皇后怎么会是我这样的人？我只是一个普通的农女，以前在乡下种地、放牛，什么都不懂。我这样的人要是成了皇后，会遭天下人耻笑的。"

胡姬眼中的失落一闪而过："你心善，长得也好看，为什么要嘲笑你？"

"因为我出身卑贱，配不上那样尊贵的位置。"

苏燕说得已经很明白了，胡姬还是执拗地问："皇帝喜欢你也不成吗？"

柴火烧得正旺，火星子四溅，一阵冷风吹过来，烟朝她们的方向飘来。

"皇帝也觉得我卑贱。"苏燕的眼睛被熏得发酸，她说，"除非疯了，不然他是不会觉得我能做皇后的。喜欢也没什么用，喜欢在他们这种人心里不值钱。我在他心底是最低贱的那一个，好多东西排在我上头呢。"

苏燕说完，低下头咳了两声："我们换个地儿坐，这烟净往人脸上飘。"

苏燕扭头看过去的时候才发现，那胡姬不知何时已泪流满面。

察觉苏燕在看她，胡姬立刻抹了把眼泪，问："你叫什么名字？我想记住你。我会为你祈福。"

"我叫苏燕，你叫我燕娘就好。"

胡姬面上泪痕未干，却腼腆地笑道："我没什么能报答你的，就给你跳支舞吧。坊间的娘子们都说我这支舞跳得最好看。"

苏燕点了点头。

胡姬站起身，将耳边的头发拨到耳后。那一身粗布棉服实在称不上美，好在她腰肢纤细，即便穿着最简朴笨重的衣裳也能跳得灵动，像只山野间跃动的鹿。

跳完舞，她苍白的脸颊上总算是有了些红晕。胡姬微喘着气说："我好久没给人跳过这支舞了。"

像是看出了苏燕眼中的不解，她说道："军营里的男人又脏又恶心，我不喜欢给他们跳舞……但我不跳他们便要打骂我。"她说起这话的时候脸上带着一种麻木感，似乎连难过都感受不到了，"这支舞我不跳给他们看。你是好人，我跳给你看。"

营妓中只有一小部分是迫于无奈卖身的苦命女子，多数是因家中获罪受牵连被流放至此，可她是一个胡人，何来的牵连？她看着也不像是图财来卖身的。

苏燕问她："你为何会沦落成营妓？"

她努力挤出一个笑容，目光中却带着怨恨："他们说我卑贱，就让我到这儿来了。"

徐墨怀从马场回去，穿着一身玄色暗纹的织锦圆领袍，墨发仅用一根同色的发带高高束起。

他骑着马回到营帐，呼吸还有些不稳。掀开营帐见到苏燕还在，他立刻松了口气。侍卫将一本册子递给他，又说了几句话。

他的脸色瞬间阴沉下来，他大步走进去，问道："你今日与一营妓相谈甚欢？"

"她人可怜，我不过给她一顿吃的，说几句话罢了。"苏燕头也不抬地答道。

徐墨怀见她并不知错，微微恼怒："你如今是朕身边的人，与妓子亲近岂不是有辱自己的身份？朕让人随你心意，不是让你去丢人现眼。"

苏燕也怒了，说道："我不过与她说了几句话，如何便扯到丢人去了？"她想到那胡姬身上的伤，语气更为不满，说道，"男人一边享用营妓，一边觉得她们卑贱。若说起贱，谁能比得过欺负营妓的男人？"

徐墨怀瞥了苏燕一眼，竟没有反驳她的话："这些事轮不到你操心。"

听苏燕半晌没吭声，他回头去看，发现她正揪着衣裳，似乎是极力克制着什么，泪水蓄满了她的眼睛，留在眼眶处迟迟不肯落下。

"我跟她其实没什么不同。"苏燕总觉得那些人看她的目光和看那个胡姬一样，"我是你一个人的妓子。"

徐墨怀与林馥相处时，即便疏离冷淡，也从不会用带着轻蔑如同看物件一样的眼神看她，更不会羞辱她浅薄无知。

而苏燕是实打实的粗鄙，的确什么都不懂。她学不会喝茶的烦琐程序，认不得写字磨墨的器具，更不懂得什么叫仪态礼数。

"皇宫跟我没干系。我就是这样的人，与营妓混在一起也实属平常。我们都低贱粗鄙，入不得贵人的眼，只配做下等人。是你硬要把我塞进宫里的，我过不来你那样的好日子。"她知道这些话说出来不会有什么结果，甚至还要惹得徐墨怀发火，却还是忍不住开口恳求，"你放过我，让我走吧。我过去一年过得很好。我不属于皇宫，你有那么多女人，何必非要我呢？"

徐墨怀的脑子仿佛轰的一下炸开了，就像往一锅沸腾的热油中浇入了凉水，他攥紧拳头，额角青筋暴起，胸口的起伏越发剧烈。

"苏燕……"他念着她的名字，像是要将这两个字咬碎，"这种话是谁教你说的？"

他急切地想找到一个发泄口。无论苏燕此刻将罪推到谁的身上，他都可以劝自己放过她。

"不是别人，我就是不想回宫了。"苏燕不安地往后退了两步。

徐墨怀没有看她，目光四处乱飘，唯独不肯落在她的脸上。

"是那个营妓是不是？"他仿佛听不到她的话，"朕现在去杀了她。"

"陛下！"苏燕惶恐地睁大眼睛，连忙拉住他，"与她有什么干系？"

徐墨怀的眼神颇为可怕，他的一只手紧攥她的胳膊，另一只手落在她的下颌处，他逼迫她仰起头看着他："别再让朕听到你说这种话，没有下一次。"

他将苏燕攥得很紧，她的手腕细得像花枝，轻轻一折就能断。

苏燕离开了他跑去苦寒的幽州，辛苦地做个普通人，却觉得比留在他身边好。甚至在离去的这些时日，她也不曾有一日后悔过。

333

他一直很想问她离开这一年多可曾想过他，却一直不敢开口，只怕听到令他心寒的答案。徐墨怀突然发现自己才是没出息的那一个。苏燕一门心思要离开他，在天高水远的幽州过得快活，只有他想尽法子寻她，日夜怨她、念她。

她不过是一个不打紧的人，凭什么要他费心费神？

徐墨怀不敢直视她的眼睛，里面分明没有情意，再怎么看也没有。

苏燕察觉他在解她的衣裳，立刻不安地挣扎起来，却被徐墨怀轻易地压在了书案上。她用双臂撑着身子，身体暴露在冰冷的空气中，冷得她不禁瑟缩。

意料之中的疼痛没有到来，她感受到一个温热的吻落在她的颈间，又缓缓移到了那个丑陋的伤疤上。她视为耻辱的伤痕，徐墨怀却在轻轻吻过，如同对待稀世珍宝。

他抵着苏燕的后背，指腹摩挲着她的伤疤，嗓子干涩："你说过会一直陪着我。"

苏燕垂下眼，只觉得他此刻提及这些实在是有些自找难堪："那是对莫淮说的。"

十

徐墨怀听到"莫淮"这个名字，动作忽然顿住了。他心中生出了一种难以言说的情绪，酸麻又苦涩，像是未熟的杏。

她面前的是他，莫淮也是他——她为什么非要执着于莫淮却不肯将目光落在他身上？徐墨怀觉得可笑，很快又觉得自己可怜。

他虚伪地与苏燕周旋，扮演了半年温润郎君。那个他一无所有、狼狈不堪，受伤时还要人时刻照料，不过是她的拖累，无非是嘴上说得好听，会哄她开心罢了。

而如今的他是帝王，能给她享不尽的荣华富贵，能将她厌恶之人杀尽，她却不喜欢这样的他。

苏燕喜欢马家村的莫淮，对真实的他不屑一顾。

"为什么？"他伏在她的身上，吐出的气息滚烫。

苏燕感受到他的抚摩，压抑着喘息说道："你瞧不起我，我也瞧不起你……"

他忽然停下，似乎要好好听听她想说些什么。

苏燕的手紧抠着书案边沿，她咬着牙说："你出身高贵，饱读诗书，却忘恩负义，自私自利，整日里胡乱发脾气，还有一身疯病。即便你再尊贵，也无人真心爱你，他们不过是迫于权势向你低头。"

徐墨怀附在她的耳边，亲密如情人间的耳鬓厮磨："你以为世上有什么真心？世家望族，还有你，即便再不情愿也要向我低头。真心靠不住，你还没看明白吗？"

听到这番话，苏燕算是彻底明白为何徐墨怀这个人总让她捉摸不透了。他分明在心底鄙弃真心，却又想得到她的真心，得到后还会反复怀疑是否是假的，因此要靠着反复践踏来确认。

他们二人走到这一步，都是他活该。

苏燕冷声说："你不配得到任何人的真心。"

听她说完，徐墨怀心底涌起一股火气。他似乎是被她惹怒了，烦躁地折腾她。他既想让她闭嘴，又企图从她口中听到哭泣求饶。

苏燕的手指用力到泛白，她没想到他会用这么多花样，只能死死地掐着掌心，怎么也不肯出声。

徐墨怀面颊微红，鼻尖出了层薄汗。他从薄衫上抬起头，去亲吻她的下巴，强硬地掰开她攥紧的手，最后将他的手与她满是热汗的手交叠在一起。

"燕娘，你唤我一声阿郎。"徐墨怀一双眼眸漆黑如墨，如看不见底的深潭，此刻眸中映着她的脸，似乎深潭中也浮了点点碎光。

他轻颤着眼睫，希冀一般看着苏燕，最后又在她的沉默下抿紧了唇。不知道是不是错觉，她竟听到一声似是失落的叹息。

年关将近，将士们都许久不曾回过家了，现在也没人指望着能回去与家人过这个团圆年，只盼着能活下来。

朔州是大靖极北之地，但凡有战事，总是不能幸免。城中军民性子坚韧，无论老弱青壮都去守城，女子们也不闲着。

守城官兵想方设法修补城防，城中百姓便为守城的将士们备寒衣、凑军粮。然而此时正逢冬日，山里连野菜都没有，朔州被围困了几个月，鸟雀都被吃尽了。

徐晚音很害怕，每夜都睡不着。林照忙得抽不开身，疲倦得好似老了十岁。她不能在这个时候给他添乱，如果朔州守不住，他们都是要死的。

徐晚音在去找林照的路上见着了街上饿得直不起身的百姓和城墙边堆成小丘等待认领的残尸，分不清谁是谁，血都冻成了冰碴子。她看了一眼便吐了，回去以后大病一场，梦里哭着喊"皇兄"。

醒来以后，她才想起来自己其实没有皇兄。

她连自己是谁都不知道——"徐晚音"这个名字都不属于她。徐墨怀孤僻又阴晴不定，她的确很怕他。可除了林照，便只有徐墨怀真心护着她。

徐晚音不再是公主，无异于从枝头落入尘泥，而被她鸠占鹊巢的还是一个她看不上眼的绣娘。她既挫败又绝望，甚至还去跳湖自尽，可醒来看到林照红着眼，便觉得自己再也不要死了。

林照两日未曾合眼，一回府便拥着她睡了过去，连和她好好说几句话的工夫都没有。他睡了不到两个时辰，又有下属来催他，说是有战事了。

见林照醒来匆忙要走，徐晚音委屈地拉过他，说道："不能再歇一会儿吗？你这样身体都要累垮了。"

林照无奈地拍了拍她，说道："你前几日去过城门了？"

她点点头，面色变得难看起来。

他说："那都是为了守城战死的军民。我是文臣，也是一城太守。若我只会退缩，却让他们去送死，那便不配为官，更对不起自己所受的俸禄，对不起林氏一族的家训。"

他又说："那些死去的军民都有妻儿父母，同样是血肉之躯，可死后连完整的尸身都凑不全。他们并非蝼蚁，都是活生生的人。他们为保家卫国而死，我们能活着是因为受了他们的庇护。"

徐晚音本觉得臣为君死，天经地义。可去了城门口，看到不止一家的妻儿老母一边哭一边翻找亲人的尸身，每一个人的眼里都充满了绝望，她又觉得自己不该这样想。

"我知道错了。"她小声说，"你去吧。"

正当朔州军民精疲力竭之时，畏惧郭氏和李付威势的晋州、夏州接连城破。太原郡太守出身名门，一身风骨，宁死不屈，满门皆为守城战死。

李骋攻入太原郡后带着叛军屠城泄愤，此举激怒了在各地平叛的将士，包括在相州应战的徐墨怀。仅过了三日，增派太原的援兵便到了。

李骋素有"杀神"一称，却在相州屡屡受挫。久攻不下不说，还折损了几万大军，他气得想方设法给徐墨怀找不痛快。两军还未交战之时，眼看着年关将近，他命人将一封信射到了城墙的柱子上。

信被送到之际，徐墨怀正在与将士们商议正事。将士们本以为那信与战事有关，谁知徐墨怀看完后面色阴冷，一声不吭地快步走了。

徐墨怀回到营帐的时候已经压下了滔天的怒火，正见苏燕趴在书案上打瞌睡，她的胳膊下面还垫着几张写得歪歪扭扭的《椒花颂》。他思量片刻，将信撕了丢入火盆。

苏燕即便睡了也觉得如芒在背，醒来后果然看到徐墨怀正盯着她。这次不等她主动开口询问，徐墨怀便直截了当地问："李骋可有强迫你？"

她看到徐墨怀眼底的怒火，正犹豫着要不要开口，就听他说："别想着说有朕就会放过你，想清楚了再说话。"

徐墨怀的眼里揉不得沙子，若她真跟李骋有了什么，徐墨怀不会因厌恶她而将她放了，而是会把她和李骋一同杀了。

苏燕实话实说："他下流不假，却说自己不爱强迫，最后没得逞。"

徐墨怀早前已经盘问过李骋的所有姬妾，对苏燕在那儿经历的事十分清楚，如今听她亲口说出来，的确没有太多出入。

虽如此想着，他还是忍不住有些愤怒，紧接着又听苏燕说："他同你说过了？"

"说什么？"他面色阴沉地看过去。

"他说你瞧着便体虚病弱，我跟了他方能懂得什么是真正的男欢女爱。"

徐墨怀冷笑一声，咬牙切齿地说："大言不惭！"

十一

徐墨怀约莫因为那句话记恨上了李骋，年前领兵截杀李骋，将李骋带领的兵马团团围住。到最后李骋折损了数万部下，还被徐墨怀射瞎了一只眼，勉强得以脱身。与此同时，徐伯徽驰援朔州，将朔州从危亡之中给救了回来。

眼看年关将近，苏燕独自留在军营中。侍卫看她看得更紧了，平日里鲜少有人敢主动与她搭话。苏燕无趣极了，好在那个胡姬偶尔会来找她说说话，向她打听战争近况。

徐墨怀出兵平叛，每隔几日便会送一封书信回来，让侍卫念给她听，似乎是希望她安心。

胡姬虽是营妓，但有了苏燕的关照，欺辱她的人也收敛了。往日里除了军营中的男人，其他营妓也会排斥她，时常连她的吃食都抢走。

胡姬过得可怜，却极少与苏燕抱怨什么，总是说一些令人高兴的事，偶尔还会与苏燕提及自己许久不曾回去的家乡。

"等我死了，我的魂灵会回到娑陵水，会与我的阿爷阿娘重聚。"

苏燕从来不想死后的事，也没听说过什么娑陵水，只知道人死了就要去阴曹地府："想什么死后的事？还是活着好。"苏燕裹紧毯子说，"等陛下回来了我向他求一个恩典，放你回家与爹娘团聚，何必想着死了再见呢？"

胡姬问她："你的陛下什么时候回来呢？"

苏燕纠正说："他可不是我的。这话他知道了八成要嘲笑我痴心妄想。"

胡姬沉默片刻，说道："我们是卑贱之躯，被他们这样高高在上的人看一眼便算是恩赐了，哪里能想着将他们占为己有呢？倘若有一日他不再对你好了，你的劫难就来了。"

苏燕听她这样说，猜她多半也同阿娘一般，心许一个王孙公子，却被人狠心抛弃，才落得这样凄惨的下场。

苏燕知道自己在徐墨怀心里只是个玩意儿，如今他轻贱她，日后更会渐渐地腻烦她。她连被打死的赵美人都不如，没有任何依靠。宫中的宫婢、阉人，都能将她踩在脚底下。

倘若徐墨怀不管她了，她的下场又会是什么样？苏燕克制着让自己不要想。一想起阿娘的结局，她便觉得浑身发寒。好似她也成了阿娘的模样，最终也会躺在冰冷的榻上，形容枯槁，不甘地诅咒那个狠心的男人。

苏燕裹紧衣裳，说道："他们说打赢了，过年之前就能回相州。"

胡姬突然问："你之前说的世子呢？他也跟着回来吗？"

"他驰援朔州，会带着从前的安乐公主一同来过团圆年。据说他的心上人也是个胡人，两个人如今分开了，他要等着战事平了，去跟那胡人和好如初。"

苏燕说这话的时候脑子里想起了徐伯徽意气风发的模样，似乎对他而言，将心上人找回来并非难事。

"可世上哪有什么和好如初？不过是他自己想得美罢了。若我被心上人抛弃，必定记恨他一辈子。"

苏燕这些天过得无趣，向薛奉打听了不少与徐伯徽有关的事。偏偏薛奉看着是个闷葫芦，实则是个话多的。

除了不肯轻易透露徐墨怀的事给她，其他人的事只要薛奉知道，都会与苏燕说个明白。尤其是徐伯徽的事，苏燕听着就像是听话本，也实在让人忍不住好奇。

胡姬沉默片刻，说道："换作是我，也要记恨他一辈子。"

朔州守下来以后，徐伯徽领兵与徐墨怀会合。他们联合其他各州郡的兵马，仅用三日便夺回了定州。消息传到相州以后，满城军民士气高涨，都围在城门等着迎接凯旋的将士们。

薛奉与看守苏燕的侍者天未亮便在催促她，让她梳妆打扮迎接徐墨怀，否则徐墨怀回来看她还在睡，必定要心生不满。她被催着从床榻上爬起来，睡眼惺忪地出了营帐，被人带着往城门走去。

没走多远，苏燕看到寒风里有个瘦得像竹竿的身影正站在那儿，走近了才发现是与自己相谈甚欢的胡姬。

前几日胡姬才告知苏燕她的名字。

也不知胡姬昨日又受了什么折磨，唇瓣还有凝固的血痂，眼角也青紫着。

薛奉警告地看了阿依木一眼。

阿依木踌躇着不敢上前，畏缩地瞧了一眼苏燕，没什么底气地说："你要去城墙上，能不能带着我一起？"

要是徐墨怀看到苏燕又与营妓站在一起，说不准她们都要受罚。阿依木见苏燕犹豫，眼里蓄着的泪水一颗一颗往下掉，琉璃似的眸子湿漉漉的，看着便让人于心不忍。

"就这一次，我以后再也不烦你了。"

苏燕觉得这是小事，与徐墨怀说两句好话便过去了，犹豫片刻还是应了阿依木的请求。

昨天半夜开始下雪，清早地上已经铺了一层白，城墙外的雪已经堆得很厚了，苏燕艰难地爬上城墙。

冷风簌簌地吹，见阿依木被冻得发抖，苏燕将自己的斗篷取下来给阿依木披上。薛奉皱了下眉，自知劝不动苏燕，立刻吩咐人回去再拿一件斗篷。

将士们回城的场面的确是极为恢宏壮观，大雪飘飘扬扬的，像极了漫天飞散的芦花，黑压压的一群人踏着皑皑白雪，迎着满城军民的庆贺与欢呼，往相州走。

雪实在太大了，苏燕根本看不清哪个人是徐墨怀，估计徐墨怀也看不清她在城墙上。雪花落入衣襟，冻得苏燕一个激灵。她像只鹌鹑一样缩着脖子，努力不让寒风往领口灌。

阿依木比她激动多了。城墙上积了雪，摸着冻手，她却像感知不到似的，扶着墙上的砖石，探出身子望向不断靠近的军队。

苏燕对此并不觉得奇怪。

所有看着将士凯旋的人都激动万分，甚至有不少人热泪盈眶，对着他们振臂高呼。

"你看到世子了吗？"阿依木忽然出声询问。

城墙上的风雪格外凛冽，呼呼作响的风声模糊了阿依木的声音。

苏燕没有听清，问道："你说什么？"

阿依木忽然解下身上的斗篷递给苏燕，她的手指冰冷，触到苏燕的那一瞬冻得苏燕的手轻颤了一下。

苏燕茫然地接过，问："你不冷吗？"

阿依木伏在冰冷的砖石边，背对着苏燕，语气轻得像是呓语："我要回家去了……"

苏燕一直觉得阿依木很瘦弱，却从未想过这样纤细的身躯中也会爆发出令人意想不到的力量。

城墙有苏燕的胸口那么高，阿依木轻而易举便翻了过去，敏捷得像只雀鸟，一下子便从这高墙之上坠落。

苏燕伸出的手连阿依木的衣角都没有摸到。

城墙很高，阿依木重重地坠落在地。苏燕听不到那声闷响，只看到了雪地中逐渐洇开的猩红血迹。

兵马已经到了城墙脚下，徐伯徽顺着徐墨怀的目光看到了城墙上站着的人。他以为自己眼花了，直到越靠越近，才敢相信这一切都是真的。他压抑不住欣喜，策马狂奔赶着去见心上人，生怕自己再慢一步她就要化为泡影。

徐伯徽离城门越来越近了，一道残影从眼前掠过，重重地砸在地上，发出沉闷的声响，在骚乱声中轻得只有他能听见。

拽着缰绳的手顿了一下，徐墨怀难以置信地看了一眼徐伯徽，而后缓缓看向城墙上的苏燕。

她正趴在城墙边往下看。他看不清她是什么表情，却觉得她也要掉下来了。他迅速策马冲入城中，一刻不停地奔上了城墙，将靠在墙边与薛奉争执的女人一把拉开。苏燕被拽得一个趔趄，撞到了徐墨怀冰冷的怀抱中。

"苏燕！"他还在急喘着气，语气中有一丝慌乱。

"阿依木……她……"她无措地开口，舌头像是打了结，"阿依木……跳下去了。"

徐墨怀看过去时，徐伯徽已经晕倒在了雪地里。

"让人将世子抬回去，那个胡姬的尸身……"徐墨怀一顿，颇为头疼地皱起眉，"先带回去吧，等他醒来由他决定。"

第十一章

长　安

一

徐墨怀身上的轻甲尚未脱去，苏燕被他按到怀里，能闻到甲胄上一股像是血又像是铁锈的气味儿。

风冷，雪也冷，她微微仰起头，看到徐墨怀的眼睫上沾着雪花。他垂下眼，那点儿雪花便落下来，掉到她面颊上化开。她的手被他紧握着，她能感觉到徐墨怀的手在微微颤抖。

"先回去。"他拢紧了她的外袍，带着苏燕往回走。

苏燕往回走的时候听到众人嘈杂的议论声，再愚钝也该反应过来阿依木是谁了——那是徐伯徽一提起来便眉飞色舞的心上人，是他口中无人能及的珍宝。

军营中的阿依木形容枯槁，浑身是伤，嗓音沙哑，因为脚上有冻伤，跳起舞来也时常面露痛苦。这样的一个人和他口中无人能及的珍宝相差甚远。

苏燕被送回营帐，徐墨怀一句话也没问她，只将她塞进被中，让她继续睡。他找到跟随苏燕的侍卫，得知了苏燕与胡姬相处的点点滴滴，详细到每一日她们在何时何地说了什么。

他并未看出什么不得体的地方，那营妓也不曾与苏燕胡说八道。只是二人每每聊到与他有关的事，苏燕总会否认他们之间的关系，并且不断强调她自己身份卑贱，在他心中不值一提。

徐墨怀看到这些，本该高兴苏燕有自知之明，却只觉得心里堵得发闷。

苏燕说得没错，她的确出身卑贱，不配与他并肩，更不用肖想什么皇后之位。这都是他教给她的话。可看着册上记录的字句，徐墨怀只觉得分外刺眼。

大抵是下雪天外出受了凉的缘故，苏燕回去以后便病了，夜里咳嗽得厉害。好在战况逐渐好转，徐墨怀也有了空闲的时间照看她。

本该团圆的除夕，徐伯徽却谁也不见，一个人守在阿依木的尸身旁边。徐墨怀则一直在营帐中，身边伴着发热的苏燕。

大夫来为苏燕诊治，说她体寒且有旧疾，若不细心调理，日后再难有孕。大夫说这些话的时候，苏燕正醒着。她只是愣了一下，随后便没有多少反应了。

她这次再落到徐墨怀的手里，被看管得严严实实，如厕都有人跟着，便是长了翅膀也逃不出去。

若她日后无法再过平常日子，只能留在宫里，不生孩子反而是一件好事，生了无非是多一个遭罪的人罢了。

苏燕反应平淡，徐墨怀反而黑着脸像是要杀人，大夫最后都不敢说话了。当初她被灌了一碗又一碗避子汤，加上小产后不上心，落了病根也是难免的事。

关于孩子的事，他总是有意避开，怕提起这些事会伤了彼此。可如今，他渐渐觉得苏燕当真是不在乎，只有他在庸人自扰。

"朕会让他们为你好好调理身子，日后不可再任性。"

她咳嗽了几声，只道："陛下不必为我费心，宫里还有其他几位娘娘。"

徐墨怀的后宫有那样多的女人，迟早会有人再怀上他的子嗣，他非要折腾她做什么？苏燕实在想不明白。

徐墨怀没好气地瞥了她一眼："你给朕闭嘴。"

新年的夜里，苏燕因病缩在床榻上，迷迷糊糊快睡着的时候感受到有一只手贴上了她的脸颊。

《椒花颂》会背了吗？"

苏燕磕磕巴巴地背完，眼睛都没睁开一下。

徐墨怀皱着眉问她："什么时候背下来的？"

她把头埋在柔软的被子里，闷声说："三年前吧。"

徐墨怀以为她病得说胡话，无奈地笑了一声，说道："三年前你还在云塘镇，谁教你背？真是胡言乱语。"

"周胥教我背的……"她小声说了一句。

徐墨怀听后立刻气血上涌："他为何要教你这些？"

他有些恶毒地想，周胥已经不在人世了，此刻只怕已经烂进了土里。

苏燕极少有这样温顺的时候，他问什么便答什么："我想去长安给莫淮念祝词。"

苏燕终于从被子里抬起头来，露出一张因发热而微微泛红的脸颊，眼中好似覆了层水光："我想去看他一眼。"

后来的事徐墨怀也知道了。苏燕跋山涉水到了长安，在大街上遇到了帝王仪仗。她跟着满街的百姓一同避让、跪拜，连抬头看他一眼都是大不敬。

徐墨怀得到苏燕的回答，僵硬地坐在榻边看着她，手指无措地蜷起，竟不知该往哪儿放。原来她一早便会了，原来他不知道的事情那样多。

她当真有那样喜爱莫淮吗？即便他知道莫淮不过是自己的一个伪装，也依然忍不住嫉恨。分明都是他，苏燕却唯独愿意对莫淮用那么多心思。

"世上从来没有莫淮。"他冷声说道，"你只有朕。"

莫淮根本不爱她，徐墨怀才是爱她的那一个。

他俯下身贴近她："苏燕，你真是个傻的。"

说完后，他撬开了苏燕的唇齿，在她躲避的时候捏住她的下颔。一吻过后，她唇上满是润泽的水光，呼吸也跟着乱了。

他又低头去吻她，这一次在脑海中默默地想，若她真的那样在意出身，日后他不说了便是。

开春后，叛军反攻，长安有人趁机谋反，将皇宫团团围住，声称徐墨怀并非皇室正统，要扶持一位新帝。徐墨怀得知他们扶持的新帝是恒王后，几乎要笑出声。

当真是一波未平一波又起。他将相州等地的事交付给几位得力的将军，带着苏燕先一步赶回长安平叛。

谋反之人大概以为徐墨怀被叛军牵住了手脚不敢轻举妄动，却不想徐墨怀在离宫的这段时日，除了将政事托付给常沛等人，自己也并未彻底松手不管，因此第一时间便得知了恒王造反的消息。

徐墨怀立刻带人返回长安，直接命人围城，以确保谋反者无一人能逃脱。不过三日时间，这场荒诞的谋反便被平定了。一群乌合之众连皇宫的大门都没能踏破，人头便被挂在了街口示众。

郭氏首先撺掇的就是恒王这个蠢货。恒王不仅信了，还去鼓动了其他几个忧心忡忡的世家，一时之间从者竟然不少。

徐墨怀对背叛之人从不手软。先皇在位之时意图谋反之人便不在少数，他早已司空见惯。这一次他同样没手软，让人将参与谋反的人杀得一干二净。

长安城的百姓闭门不出，等再出去的时候才看到长街上都是未干的血，府衙的人正忙着将死尸抬回去慢慢清点。

孟鹤之本是去找常沛检举户部的朝官，却不想才进宫便有人谋反。谋反者带着兵卫将皇宫团团围住，与禁卫军打了起来。徐墨怀不在，主持大局的只有他的心腹。

孟鹤之被迫留在宫里，被临时提拔起来一同参与平乱。倘若恒王攻进来了，他必定是死路一条。想着自己来之不易的仕途，他真是恨极了造反的乱臣贼子。

于是孟鹤之写了一篇檄文，洋洋洒洒一大篇，慷慨激昂地将乱臣贼子大骂一通，引得常沛都来宽慰他，叫他消消气。

孟鹤之在宫里待了二十余日，总算等到徐墨怀，顺利回了家。

徐墨怀听闻他写了一篇檄文，在这几日十分出名，便单独召见了他。

孟鹤之从紫宸殿走出去的时候脚步都轻快了几分。前方有衣着华贵的宫妃前来，他未敢细看，便退到一边避让。

对方走到他面前却顿了一下脚步，似是打量了他一眼。孟鹤之抬头看去，立刻震惊地睁大了眼，直愣愣地望着她，如同见鬼了。

苏燕装作不认识，快步离去。孟鹤之强忍住去询问的冲动，呆愣在原地。

二

距上一次见孟鹤之已经过了快一年，她还以为若他能及第，他们便没有再见的机会，谁知恰巧就在紫宸殿外撞见了。

孟鹤之一身绿色官袍，恭敬地站在一边避让。苏燕以为自己看错了，谁知竟真的是他，犹豫片刻还是加快脚步走了。倘若徐墨怀知晓她与孟鹤之相识，不知又要生出多少事。

孟鹤之觉得恍惚，自己竟在此处见到了幽州的故人。

秦嫣一个平常人家的女子如何会锦衣华服地出现在宫里？孟鹤之心下不解。然而她又不愿与他相认，他只好愁闷地走了。他在路上撞见宋箬，便对她行了一礼。

"孟鹤之？"宋箬眼中带了些笑意，"不是急着要归家？为何还在宫里？"

孟鹤之被她调侃，羞窘地不敢看她："陛下传召下官，这才耽误了片刻。"

前几日逆贼逼宫的时候，孟鹤之与宋箬见了几次。二人都贫寒过，能说上一两句话。他那篇慷慨激昂的檄文出来后，宋箬每每见他都要调侃一番。

"我也正要去见皇兄，他可有说过要提拔你？"宋箬年长孟鹤之两岁，听说他在御史台常受人排挤，忍不住对他多关照了几分。谁能想到孟鹤之看着清隽温良，骂起人来倒是十分尖刻。

他说道："陛下话里似乎有这个意思。"

孟鹤之的眉眼间隐约露出几分喜色，他身为一介寒衣能升迁得这样快，也算是借了徐墨怀打压士族的东风，恰好徐墨怀对他也算赏识。

"那便提前恭喜你了。"

二人的处境有几分相似，彼此有些惺惺相惜。

"若含象殿不合心意，你可以再去挑个自己喜欢的。"见苏燕进来，徐墨怀放下折子抬头看她。

苏燕一回宫便被人伺候着换上了贵重的罗裙，发髻也盘了起来，戴上了金钗步摇，翡翠珠子随着步伐摇晃。

从前徐墨怀让人教过苏燕仪态，她也没学出什么模样，与那些书香门第出来的贵女站在一起，立刻便相形见绌了。如今她跑出去将近两年，更是将从前学到的东西忘了个干净。

见苏燕垂肩歪斜，坐得没个规矩，徐墨怀敲了敲书案，提醒她："坐端。"

苏燕正在出神地想着什么，根本没听见他方才说的话。她被他敲桌子这一下拉回了思绪，问道："陛下方才说什么？"

徐墨怀这才知道她在想旁的事，问道："你方才在想何事？朕同你说话也没见听见。"

苏燕方才在想见到孟鹤之的事，只是不好与徐墨怀提及，便说："我在想张大夫。"

"他？"徐墨怀蹙起眉，"你若要见他，朕让人带你去，只可小叙，不可超过半个时辰。"

阿依木死后，苏燕连着病了好几日，时常做噩梦，精神也有些恍惚。徐墨怀看她看得更紧了，不许她再上城墙，连她要去看一眼阿依木的尸身都不许，就这样带她回了长安。

她本以为回来后会好些，谁知从前在军营看着她的两个侍卫依然紧跟着她，随时留意她的动静。

皇后的清合殿较偏远，以前苏燕住在那里，得了空还能做些自己的事。而如今，她住的含象殿离紫宸殿很近。一旦她出了什么事，徐墨怀很快便能赶到。

苏燕不想再与他待在一处了，得了允许便立刻让人带她去找张大夫。

张大夫还在书阁，每日不用做什么便有吃有喝，过得比从前挨饿受冻时好了不少。他听闻徐墨怀打了胜仗回京，还在书阁里和新来的宫人称赞徐墨怀。

苏燕找到张大夫的时候，他正托人从宫外带了纸钱回来，想等着清明偷偷烧给苏燕，以免她到了底下还孤零零地过苦日子。

苏燕站在远处看着张大夫，犹豫着没敢走过去。她听人说过"近乡情怯"这个词，却不知人们看到故人是否也会如此。

从前的苏燕穿着粗布麻衣，整日里在山野间乱跑，还能捡起石头、棍子跟村子里的流氓打架。

这些往事都远得像是一场梦，虽然称不上有多让人怀念，却胜在她当时自由快乐、无拘无束，对日后有数不尽的期盼。

如今的苏燕衣着华贵，步履也变得沉稳从容，看上去俨然是一个贵女，却觉得往后的人生一眼就望到了头。

她过得并没有外表看起来那样好，所以踌躇着不愿上前与张大夫相认。她怕没被张大夫问上两句，便会忍不住掉眼泪。

苏燕在外站了一会儿，还是张大夫先一步看到了她。张大夫瞪大眼看了她好一会儿，仿佛要确认是不是自己看花了眼。他一瘸一拐地朝苏燕那边走了几步，确认自己没看错后，吓得手上的东西都掉了。

"燕娘，是你吗？"

张大夫瘸了一条腿，走快了便会显得滑稽。从前在村子里有孩童嘲笑他，苏燕便会捡起棍棒将他们赶走。

难道因为他时常想着苏燕，她便回了魂来看他一眼？张大夫踉跄着要跑过去，苏燕赶忙过去扶住他。

"张大夫，我是燕娘。"

"我不是在做梦吧？"张大夫颤巍巍地抓着苏燕的手臂，喃喃地说，

"皇上说你死了……你不是死了吗？"

苏燕愣了一下，本来那点儿酸涩都被不满给冲淡了："那是他瞎说的，我活得好好的，只是一直不在宫里。"

张大夫想到自己给苏燕烧的这些纸钱，顿时觉得羞窘气愤，又不敢骂徐墨怀，只能小声抱怨："便是皇帝也不该胡乱咒人死啊，多晦气……害我当真，伤心了好一阵子。"

"皇帝也不见得是好人，惯会装模作样。不承想他竟将你接来了宫里，我许久不在，也不知是否有人欺辱你……"苏燕说完又觉得气馁。即便有人欺负了张大夫，她多半也没什么法子的。

从前她可以抄着棍棒给张大夫出气，如今这宫里个个身份尊贵，他们是卑贱的下等人，连她自己受了欺负都要忍着。

张大夫说道："这里好得很，没人欺负我。就是几个阉人说话不中听，笑我是乡下来的瞎子。现下我每日里有吃有住，还有棉衣穿，都是托了你的福……"

苏燕听着却忍不住皱起眉，问他："陛下为何将你带到宫里？"

难不成徐墨怀是为了威胁她？若真是如此，将张大夫丢到牢里才符合他的性子。

张大夫如实说："这我便不清楚了。陛下偶尔来与我打探你小时候的事，说不准是因为关心你，想知道你以前是怎么个活法。可他同你相处那么久，早该知道了才是。"

听张大夫说徐墨怀问的都是些无关紧要的小事，苏燕觉得有些意外。徐墨怀从来不曾主动问起她的过去，她也知道自己是个普通人，阿娘甚至还要用身子换米粮。她这样的人生在徐墨怀眼里太过可怜，根本不值得他回顾。

"他肯定要说我过得可怜，嫌我粗鄙没见识。"

她小时候饿急了还去偷过别人院里的柿子。人家收稻谷，她就跟在后面捡那些别人不要的带回家，徐墨怀知道后还不知道要怎样奚落她。

张大夫叹了口气，说道："这倒没有。是不是皇帝待你不好？你在这皇宫里是不是受了欺负？"

尽管已经有了准备，但张大夫一问，她还是忍不住酸了眼眶，鼻子都堵得难受："那张大夫你觉着我是现在好，还是从前在马家村好？"

"现在穿得好看，人也有气色，跟画上的神仙似的，哪儿能不好呢？"张大夫瞧着苏燕抹眼泪，又忍不住叹气，"就是不爱笑了，看着一脸苦相。"

苏燕没和张大夫待多久便被人请到了林馥那儿。林馥看见她后脸色不大好，既郁闷又失望。苏燕也知道自己实在没出息，跑了那么远还能被捉回来。

"她人呢？"林馥忐忑不安地盯着苏燕的脸，"她还活着吗？"

三

苏燕去见林馥，心中其实有些忐忑。毕竟徐墨怀的人一直跟着她，她见了谁、说了什么话都不能逃脱他的掌控。好在林馥将苏燕带入内室，他们只在一边远远地看着，不至于站在她们旁边掏出个本子记录她们说的话。

林馥也考虑到了这一层，声音很轻："你说话呀，她去哪儿了？"

苏燕面露歉疚，小声说："我在幽州的时候被李骋给抢了去，便与林拾分开了。如今她的去向我也不清楚，实在是对不住……"

林馥略显失落。好在这消息也不算太坏，她相信林拾能保护好自己，只是……

"你竟真的回来了。"起初林馥得知徐墨怀回宫时带着什么苏美人，以为苏燕习惯了锦衣玉食的生活，不愿再做普通的农女，心中对她还有几分怨怼。

苏燕也怕林馥误会，解释道："我是被当成叛贼的姬妾给抓进了军营，阴错阳差撞见了陛下。"

"罢了，既然陛下没有追究你的意思，你便好好地留在宫里吧。"

林馥总觉得苏燕在的时候，徐墨怀的精力能被分走些，苏燕一走，他的性情便越发古怪。

偶尔几次他到后宫来，小坐片刻便匆匆走了。即便嫔妃们再想得到他的宠幸，连续几次希望落空，心中不免也有了怨气，背地里都说他有隐疾。

"娘娘说得是。"好死不如赖活着，她既然回来了，总能找到一个活法。旁人说她卑贱，她也不会掉块肉。苏燕这么想着，心里才好受了些。

林馥提醒道："陛下始终怀疑是我与你串通才叫你跑了，如今看我处处不顺眼，时常盘查我身边的人。我日后是不能再帮你了。"

"娘娘的大恩大德，我永远不会忘。"苏燕低落地说，"虽说兜兜转转又回了宫里，至少在幽州那一年我过得也算称心。"

苏燕与林馥说了没多久便有人来催，说是徐墨怀让她回去。无奈之下，苏燕又急忙赶了回去。

徐墨怀在紫宸殿处理公务，实际上并不需要苏燕做什么。只是之前很长一段时间苏燕都待在他身边，如今离开几个时辰，他便觉得她又在背着他谋划什么。好似只有将她放在身边，一抬眼便能看见，他才会安心。

徐墨怀睨了她一眼，问道："你与皇后有何可叙旧的？她找你说什么？"

苏燕在他身边坐下，不耐烦地说："从前不是陛下让我在中宫做奴婢的吗？皇后待我好，见我突然回宫，关切我两句有什么好奇怪的？"

徐墨怀冷笑一声，警告她说："你如今真是越发放肆了，与朕说话也忘了规矩。"

苏燕知道徐墨怀不会轻易责罚她，也不屑在他面前奴颜婢膝。反正无论如何，她都快活不到哪儿去。徐墨怀说完这话没有再理会她，没过多久，便有夫子到殿内教她识字。

她本就不认得多少字，偏生徐墨怀对她的要求极高。那夫子也没想到苏燕真是斗大的字不识一筐，还不如官宦家中五六岁的孩童。

夫子在教苏燕的过程中心中不满，训斥了她两句。

她羞红了脸低头认错。

苏燕知道让一个满腹经纶的大儒来教她写字简直是在折辱对方，不敢有什么不满。但她是个有脾气、要脸面的姑娘家，被人引经据典、言辞刻薄地嫌弃了一番，心里也觉得十分委屈。

又不是她非要学的。何况她从小到大都没人教，夫子一来便要她学那样难的东西，又如何学得会？

等那先生不耐烦地走了，苏燕才松了一口气。从前她在云塘镇听周胥讲课，也没觉得读书识字这样辛苦，好似被丢到牢狱里关了一整日，简直是身心俱疲。

徐墨怀处理完政务，到偏殿去看苏燕，发现她正坐在书案前神情戚戚地发愣，便开口问："可学到了什么？"

苏燕扭过头幽怨地盯着他，没出息地说："要不算了吧？那先生说我是朽木一块。我也觉得，兴许我就不是读书的料子。"

"不过是被训斥了几句，朕与其他皇子幼时也是这样过来的。宫中的奴婢都会简单地读书认字，你既已做了朕的人，至少也要上进些。"徐墨怀语气冷硬，仿佛在嘲弄她。

苏燕脸色更差了，觉得他这话说得好似她读书识字只是为了不给他丢脸一般。但她气愤了半晌也拿他没法子，独自委屈了一会儿就被他揽入怀中。

苏燕回宫后多待在含象殿，倘若出去，也只会去紫宸殿。徐墨怀宁愿她在书房睡觉，也不肯叫她出去找些乐子。

后宫中的妃嫔从前便对她有所耳闻，都很好奇是什么样的人让徐墨怀如此中意。正值初春，梅园的花开得正好，她们便撺掇着邀苏燕来赏花。

苏燕入了后宫，迟早要与她们相熟。林馥思虑片刻，便让人去唤苏燕。

林馥派人来请，苏燕没有不去的道理。苏燕与徐墨怀说了后，他也没有反对的意思。

苏燕从前的侍女除了碧荷，其他人都换了。去的路上碧荷一直提醒她少言，倘若有什么不知道的尽管敷衍过去，还细说了后宫嫔妃们的背景——这些人没有一个不出自望族，家世好得令苏燕连连咂舌。

苏燕到了之后，数十双眼睛齐齐望向她，有的好奇，有的轻蔑，她们无一不是高高在上地俯视着苏燕这个外来者。

"苏美人？"有人笑了一下，语气还算和善，"入宫这么多日，我还是第一次见你。"

苏燕给对方行了礼，不久后便看到了朝此处走来的林馥。林馥与众人寒暄了一番，没有任何一个人提起过徐墨怀。

"听闻苏美人从前是中宫的婢女，具体是做什么的？"

她们聊着聊着又将话头引到了苏燕的身上。

有的妃嫔因自家母族与林氏交恶，便会时常给林馥找不痛快。苏燕的底细她们一早便清楚了，此刻再问，无非是想羞辱林馥，顺带嘲讽苏燕一番。

苏燕硬着头皮答道："从前在皇后娘娘宫中做些粗活。"

她说完便听到有人扑哧一声笑了出来，声音很轻，却像根针似的扎在她的身上。

"那倒真是好福气，洒扫的奴婢，竟得了陛下的宠幸。"

她们有说有笑地议论起来，款款走动时连裙裾飘动的弧度都十分好看。每个人都仪态万方，显得苏燕更加拘谨，站在其中格格不入。

苏燕从前不是没有被人鄙夷过，只是不曾与后妃们交际，再多冷言冷语也不会传到她的耳中。加之众人听闻她过得凄惨，心中更多的是怜悯。

可如今她非但好好地活着，还住进了仅次清合殿的含象殿，而她们入宫这么久还未得到徐墨怀的临幸，被家中爹娘问起都支吾着不知该如何答复。

倘若苏燕是个姿容冠绝天下的美人也罢了，她们还能说一句徐墨怀被美色所迷。偏生她只有五六分姿色，除此外一无是处，出身都不如她们的家奴，她们却硬生生被比了下去，谁能没有怨气？

妃嫔中有人起了兴致，让侍者摆了桌案，提议观梅、咏梅，倘若谁说不上来，便自觉饮酒一盏。苏燕听罢，立刻就想起身告辞。林馥明白了她们的意思，想打发苏燕走。几个宫妃却你一言我一语，半哄半劝地硬是将苏燕留在了宴上。

她们轮番作诗，等到了苏燕的时候，她便自觉饮酒，看都不看她们一眼，即使听到了窃笑声也不理会。

连续几次之后，苏燕喝酒喝得腹中火热，任由她们奚落嘲讽，一句诗也不曾作出来。她们似乎也发现了，苏燕真的没什么稀奇的，便也不屑将注意力放在她身上，各自玩得欢快。

她们不再玩咏诗的游戏，苏燕却仍不停地喝酒。到最后林馥没忍住，让身边的婢女劝苏燕离席。

碧荷过来接苏燕。

跟着苏燕的侍者看到她脚步不稳，忍不住皱着眉说："陛下吩咐过不许苏美人饮酒。"

苏燕冷冷地瞥了他一眼，说道："我便是喝了，他要杀了我不成？"

侍者被她一噎，也不再作声了。

苏燕腹中好似有团火在烧，烧到四肢百骸。她与这些人待在一处，分明是一只山鸡混到了鹤群里，滑稽又可怜。

何止是徐墨怀，人人都能轻贱她。她即便穿上这一身华服，也成不了天上的云霞，只能一次一次地被人提醒她出身低微、她贱如草芥。

四

苏燕并不怨恨轻视她的后妃们，她们出身高门，不将庶人放在眼里是正常的。甚至苏燕也认为她们与自己本就是云泥之别，旁人看不上她是理所应当。

可如今她是被硬生生塞入了这种环境，被推到一个不属于她的地方任人嘲弄，归根结底都是徐墨怀的错。

苏燕喝得烂醉。不等她回到含象殿，就有人禀告给了徐墨怀。

他处理完公务才去见她。

苏燕躺在榻上睡得正熟，被徐墨怀推醒责问："谁准你喝这么多酒？

· 355 ·

朕当初怎么同你说的？你当真是半点儿不将朕的话放在心上。"

苏燕睡眼惺忪，酒意未退，躺在榻上仰视着徐墨怀，只能看到他冷硬的下颌以及略显烦躁的眼神。

"我方才梦见自己成了阿依木。"苏燕愣怔着开口，伸手抓住徐墨怀的衣袖，茫然无措地道，"你把我推下去了。我摔在地上，浑身是血，你就站在城墙上看着我。"

徐墨怀愣了一下才意识到苏燕说的阿依木是那个胡姬，微微眯起眸子，不悦地说："胡言乱语什么？"

苏燕没有反驳，起身伸出手臂，似乎要抱他。徐墨怀将她揽到怀里，语气软下来："你做噩梦了。你不是阿依木，那些都是假的。"

苏燕的脑海中又出现了旁人窃笑低语的样子，她身处其中无比难堪，每一刻都感到无地自容："我配不上你，你为什么还要留着我？你嫌我低贱，又要与我欢好，不觉得自己不可理喻吗？"

徐墨怀已经知道了白日里发生的事，此刻面对苏燕的质问，沉默着不知如何应答。似乎苏燕总是能轻而易举地勾动他的情绪，让他束手无策。

苏燕不是第一次这样问了。徐墨怀向来只会高高在上地提醒她，他们生来便注定了身份不同，他宠幸她则是一种恩赐。

他本想照旧回答她，却在开口前犹豫了。他忽然想到了从城墙上一跃而下的阿依木。

苏燕为什么梦到自己成了阿依木？他怎么会将她从城墙上推下去？他对苏燕的情意究竟是恩赐，还是强求？

日暮西沉，晚霞的橙红光晕从窗口照进来，空气中浮动着微小的尘埃，周边一片静谧。苏燕伏在他怀中平缓地呼吸，身上的酒气淡了，他却还能隐约闻到。

徐墨怀恍然发觉，苏燕很久没对他笑过了。意识到这一点，他心中渐渐生出一种极为苦涩的情绪。

他是皇帝，天下人都要向他跪拜，凭什么苏燕不愿爱他？他只是气愤自己高高在上，却对一个农女爱得无法自拔，偏偏她只想逃离。

"你不是阿依木，朕也不是徐伯徽。"他没有回答苏燕的问题，伸手扶着她的脑袋，"朕不会再让人说你低贱。你若不喜欢，日后便不用理会她们，没有人会说你不好。"

徐墨怀说些虚情假意的话总是信手拈来，如今想真心实意地哄苏燕两句却不知如何开口："你若不满，朕可以责罚今日欺辱你的人。"

苏燕没有抬头，伏在他怀里闷笑出声："世上最会欺辱我的人不就是你吗？我天生低贱，在这宫里做奴婢都不配，如今被贵人们说上两句也不打紧——"

"苏燕！"他低斥一声，立刻打断了她的话。

苏燕抓紧徐墨怀的衣襟，继续说道："陛下何必动怒？这不正是陛下想听到的吗？"

徐墨怀忽然语塞。他松开苏燕，离去的样子有几分落荒而逃的意味。苏燕的脑袋闷闷地疼，她整个人昏昏沉沉的。徐墨怀走了，她也没什么反应，嘴里骂了两句便掀开被子钻进去继续睡。

天色越来越暗，残阳的颜色像火焰一般。徐墨怀离开含象殿时走得很快，心中一团乱麻。被苏燕的话戳中了心中最不愿承认的事，他竟恼羞成怒起来。

夕阳的光仍有几分刺眼，好似眼瞳中都烧着一团火，徐墨怀烦躁不堪，甚至想给那些多事的后妃们都灌一碗哑药，让她们永远闭嘴。

宋箬从此经过，撞见徐墨怀，叫住他向他行了一礼："敢问皇兄，今年母后的忌日还是照旧操办吗？"

徐墨怀听到"忌日"二字立刻停下脚步，转过身意味不明地看着宋箬。他将宋箬的底细翻了个干净，对她可谓十分了解，却不曾真的与她相处过。

宋箬回宫后，他一直忙于政事，并未亲近过她。她性子冷淡，也与他保持着一定的距离，从不主动找他要什么。

他觉得这样也好，以免宋箬来找他询问当年的旧事，反让彼此之间更加尴尬。

可如今她主动提起了忌日……

宋箬又说："本是想问常舍人，可近日鲜少见他入宫，便只好来问皇兄了。"

徐墨怀听她提起常沛，面色变了变，说道："你若有事问朕便好，不必与他多言。"

宋箬提起这些事，语气不禁低落起来："倘若母后在天之灵看到自己的女儿是这副模样，也不愿见我吧。"

徐墨怀皱起眉，说道："何必妄自菲薄？"

宋箬却低头看向自己的手："其实皇兄心里也认为我不如徐晚音。她的手是执笔拈花的手，我却要用这双手织布、绣花，卑躬屈膝地讨一份赏钱。一步之差便是云泥之别，倘若母后活着，也不会喜欢我这样的女儿。"

徐墨怀才从含象殿出来，此刻又听宋箬说出这样的话，不禁反驳："朕不曾这样想过。"

说完，他又觉得可笑。从前徐晚音提起宋箬，他的确在心中鄙夷一个绣娘不知天高地厚，身为卑贱之人却妄图争抢公主的夫婿。谁知最后他所蔑视之人才是他的胞妹，与他才是一家人。

他瞧着宋箬的模样，忍不住问道："如今的日子比起从前如何？"

纵使会被人轻视，但她也得到了荣华富贵不是吗？这样又有何不好？

宋箬想了想，说："比起从前自然是一个天上一个地下，只是偶尔会觉得一个人孤单。"

她看出徐墨怀的不解，又道："大概是习惯了从前的日子，再到宫里来便有些格格不入，好似自己的公主身份是偷来的，与人说话也没什么底气。"

宋箬的话自然有夸大的成分，她从不是个会让自己吃亏的人，可也的确是实话。这宫里的人总是会拿她与徐晚音比较，二人一个养尊处优，一个受尽坎坷，言行举止的差别并非一星半点儿。

徐墨怀想到了苏燕，苏燕心中是否也是如此想的？可她与宋箬并不相同。宋箬是费尽心机回到宫里的，苏燕则是被他强行留在此处。

宋箬有了公主的身份尚且会明里暗里被人轻视，何况是从奴婢成为美人的苏燕？苏燕是不是也觉得孤单？

徐墨怀沉默片刻，开口说："倘若日后有不顺心的事，你可以来找朕。"

徐晚音骄纵，但凡遇到点儿事都要找他哭诉，宋箬却与他十分疏离。这大抵与宫中的传闻相关。宋箬进宫这么久，只怕早就对他有了戒备之心。

宋箬得到了自己想要的话，与他行了一礼，也不再问忌日的事了。

自从上次醉酒后质问徐墨怀，苏燕似乎想通了什么事，不再离开含象殿。无论夫子怎么训斥，她都乖顺地应着，从不反驳一句。

可惜她在读书上大抵是真的没天分，学得慢，悟性低。

徐墨怀亲自教她也会被气得半晌无话。

徐墨怀罚了当日在场的几个后妃抄写十遍《道德经》，抄不完不许踏出殿门半步。苏燕也是后来才知晓这件事，觉得分明他才是最不尊道贵德的人，要抄也该他先抄。

苏燕有些感叹，这么多如花似玉的贵女都时运不济做了徐墨怀的后妃，倘若他有半点儿不顺心，就会将人杀了丢去喂老虎，然后编出个冠冕堂皇的理由免受苛责。

除了时常去看看张大夫，苏燕不再与其他人往来，性子安静了许多，夜里也如从前一般。

无论徐墨怀如何折腾，她都哑巴了似的不肯吭声，指甲却毫不留情，在他的身上挠出血痕，惹他吃痛。临了去上朝，还有朝臣频频去看他脖子上的划痕。

苏燕从前是山间清泉，如今却像一潭死水，偶尔被徐墨怀撩动几下，稍微带起些水花，便没有更多的反应了。

张大夫也看出了苏燕过得并不高兴，只与她说些从前的趣事逗她开心。偶尔听张大夫说起过去，苏燕才想起来自己从前其实是个泼辣性子。

回去的路上她远远望见了孟鹤之，低头走得更快了些，不愿与他扯上什么干系。孟鹤之大概明白她的意思，在看到她的时候只是步子稍稍一顿。两人擦肩而过，一句话都没有说。

次日苏燕去紫宸殿让徐墨怀考查功课，看到徐墨怀正在亭中与人下棋。苏燕本想等徐墨怀结束，薛奉却让她过去。她走近才看到徐墨怀对面坐着的是孟鹤之。

孟鹤之似乎遇到了难处，望着棋盘眉头紧蹙。他对面的徐墨怀则气定神闲地喝着茶，听到脚步声便朝她看了过来。

孟鹤之总算找到了解法，立刻落下一子，紧接着才将注意力放到来人身上。二人目光交汇，面色皆是微微一变，还要强装镇定不让徐墨怀察觉出异常。

不等她收回目光，便听见棋子落于棋盘上磕出不小的声响，也不知徐墨怀是使了多大力气，好似要将棋子磕碎一般。他发出一声朗然的笑声，却无端让苏燕觉得毛骨悚然。

他招了招手，轻声道："燕娘，你过来。"

苏燕不安地走过去，在离他还有一步远的时候被一把拽到他怀里。她惊呼一声，立刻要撑起身，腰间却忽然一紧。徐墨怀重重地将她按了回去，桎梏着不许她乱动。

徐墨怀揽着苏燕的腰，面色依旧淡然，甚至催促说："鹤之，该你落子了。"

孟鹤之面对苏燕，脑子里乱成了一团，手捏着棋子半晌没动。

光天化日之下，当着外人的面，徐墨怀将苏燕抱在怀里，任由她尴尬得满脸通红。徐墨怀一只手揽在她腰间，一只手捏着冰凉的棋子反复摩挲，面无表情地看着对面低着头的孟鹤之。

五

孟鹤之几乎要将头埋进棋盘里了，丝毫不敢再与苏燕有任何的眼神交流。

他实在不明白那个幽州的明媚温婉的秦嫣如何就成了皇帝珍爱的美人？何况徐墨怀平日里看着是个正经人，如何能做出在外臣面前与后妃搂搂抱抱的事?

徐墨怀每一次呼吸都会在她的鬓边、颈项洒落热气,与此同时,他的手在她的腰腹间放着,隔着衣物乱动,像在抚摩一只动物。

孟鹤之完全不知道下一步棋该怎么走,手心渐渐出了冷汗。他没敢抬头,却听到对面苏燕发出了闷哼声,那声音中还带着点儿惊讶。

孟鹤之呼吸一窒,红云从面颊烧到了耳根。他无法忍受,忙起身说:"下官还有要事,恳请陛下容下官先行告退。"

"既如此,朕便不留你了。"徐墨怀如同从一个严谨端方的帝王变成了打马长街的浪荡郎君,语气戏谑又轻佻。

孟鹤之走得极快,如同被人追赶一般,袍角都翻动了起来。苏燕在故人面前丢尽了脸面,又羞又恼地回过身扑打徐墨怀,被他按倒在棋盘上,棋子哗啦啦落了一地。

他笑着说:"朕不过掐了你一下,你自己出声惹人误会,怎的还怨到朕的头上?"

苏燕怒瞪着他:"你分明是存心羞辱我!你当真以为所有人都不要脸了不成?"

徐墨怀压住她欲挠向他的手,冷哼一声,说道:"当着朕的面与他眉来眼去,当真以为朕看不懂?孟鹤之是幽州人士,你与他是何干系?短短一年,你不仅叫李骋对你另眼相看,还能让另一人对你念念不忘,燕娘,你好大的本事!"

苏燕气愤地说:"我们清清白白,你少编派人!"

苏燕羞愤交加,语无伦次地骂了他两句,就听他喘着气说:"你与孟鹤之还有什么?你此刻交代清楚,朕还能饶了他,若有隐瞒,被朕查出来,想想周胥的下场。"

苏燕自认与孟鹤之之间清清白白,生怕徐墨怀会认为她故意隐瞒,只好全盘托出。

孟鹤之原是孟娘子的远亲。当初孟娘子的儿子成亲,孟鹤之去云塘镇观礼,顺手捡到苏燕做的香囊,之后两个人又在幽州结识。她回宫后不曾与孟鹤之说过半句话,哪知道这都能被他察觉出二人相识。

苏燕被他翻来覆去折腾个遍，瘫软在他怀里。他俯身将地上的衣裳捡起来给她穿好，抱着她回寝殿，还不忘吩咐侍从："追上孟鹤之，赐他五十两黄金，再把他的钱袋拿来给朕。"

孟鹤之走出宫门许久后被宫里派来的人追上，忐忑不安地以为皇上要追究什么，谁知那侍从却说皇上看上了他的钱袋，拿五十两黄金来换。

他不过是一个低阶小官，五十两黄金不知抵了他多少俸禄。虽说他不大情愿，但孰轻孰重还是能分清的。

然而想到苏燕，他给钱袋的时候还是犹豫了一下，小心翼翼地问："苏美人可有因我受到责罚？"

侍从想起苏燕红着眼眶、挂着眼泪被徐墨怀按在怀里的模样，迟疑片刻，还是点了点头。

孟鹤之气恼又无奈，神色戚然，不住叹息起来。

沐浴过后，苏燕在喝调理身子的药，徐墨怀蹲下看她泛着瘀青的膝盖，语气似有懊恼："朕分明给你垫了衣裳。"

苏燕被苦得眉头紧皱，全然不理会他的话，徐墨怀便拿了伤药来为她涂上。不久后侍从呈了什么东西给他，徐墨怀的面上顿时阴云密布。

那钱袋上粗糙如野鸭般的鹤鸟果真出自苏燕之手。徐墨怀还记得当初自己讽刺完绣工后孟鹤之急于为对方说好话的模样，如今想来更添了火气。

他瞥了苏燕一眼，刻薄地说："这绣的是鸭子不成？"

苏燕轻飘飘地应了一声："是鸭子。"

他听到此话，如同一拳打在了棉花上，非但没有消气，心中反而更加不畅快。他恼怒地将钱袋丢到炭炉中烧了，让苏燕再为他缝制一个香囊。苏燕听到这种莫名其妙的要求，笑得有几分讽刺。

"从前我给陛下绣了一个香囊，却像根草似的被扔到地上任人踩踏，如今陛下这样子是什么道理？"苏燕说完顿了一顿，紧盯着徐墨怀阴沉沉的脸，继续道，"我知道自己绣工不好。陛下如此嫌弃，往后我都不会再绣什么香囊了，砍了我的手我也不做。"

当时他怎么就那么会骗人呢？他轻声细语哄得她没了脑子，害得她真的以为他喜欢她做的衣裳，喜欢她精心准备的香囊。

谁知她花了不少银钱买的衣料在皇宫里只能给他做抹布，她做的香囊更凄惨，被丢到地上不知让多少人踩过。就算她重新做，也不是从前那个了。

翌日一早，苏燕醒来感觉有些口渴，此时晨光熹微，屋里还有些暗。床榻一侧已经冷了，想来徐墨怀醒了有一会儿。她倒了杯冷茶，正好看到窗外起了大片的浓雾，三丈外便只能看到模糊的树影。

苏燕既醒了，便没有再睡下去的心思。她鲜少在宫里看见这样大的雾气，一时间楼阁殿宇恍若处于朦胧仙境，竟也变得光怪陆离起来。

雾气带着丝丝缕缕的寒意，人走在其中呼吸变得微凉。苏燕往前走了几步，浓雾中矗立的身影越发清晰。她认出了是谁，转身便想回去，却被叫住了。

"燕娘。"徐墨怀墨发披散，外袍松松垮垮地搭在肩上，手上捏着一封拆开的书信，"边疆来信了，叛军很快就要被铲平了，胡人也在退兵。"

他似乎没太高兴，说话时也带着点儿迷蒙的冷意："就在前几日，徐伯徽死在了敌军的乱箭下。"

来信说他们已经打了胜仗，准备收整军队回去了，徐伯徽突然说自己丢了一个手钏，谁劝了都不肯听，固执地回去找。

敌军只是败退并未被歼灭，他若去了极有可能身陷险境。他不会不知道这一点，却仍着了魔似的往回赶。

他并未让人随同，孤身去找自己落下的手钏。军中将士们迟迟等不到他，派人回去找，只看到徐伯徽浑身都是羽箭，跪在一地死尸中，手中仍紧握着什么。

如此结局，不得不叫人惋惜。苏燕觉得徐伯徽可怜，却又忍不住想，这兴许是一种报应。阿依木因他而死，他也免不了要偿还。

徐墨怀认为是天意弄人，却也觉得徐伯徽愚不可及。他不明白世上有什么东西值得徐伯徽不顾一切拿命去换，不过是一件死物，倘若人活着，想要什么不能得到？更何况是一个女人。人都死了，他何必念念不忘？

徐伯徽是难得喜欢亲近徐墨怀的人。如今徐墨怀忽然得到他的死讯，觉得这一切如做梦一般，不敢相信。而后他便想到了苏燕酒醉时的胡话，她说她成了阿依木，他将她推下了城墙。

梦里，苏燕是阿依木，他还是徐墨怀。即便是在梦里，苏燕都十分清醒。

六

被胡人与叛军侵占的失地在逐步收复，西北等地频频传来捷报，朝堂、民间一片喜庆，唯独安庆王府一片悲凉景象。

徐伯徽是自愿上阵杀敌的，当时徐墨怀还劝过。如今徐伯徽战死沙场，谁也不能怪到徐墨怀的头上。

徐墨怀有意隐瞒徐伯徽战死的隐情，可是安庆王与王妃悲恸于儿子的死，势必要弄个明白。关于阿依木的事，还是被他们知晓了。

当日他们伏在殿外痛哭的时候，苏燕在内殿听到了动静。她还以为他们身为徐伯徽的父母，得知内情后应当会悔不当初，恨没能成全一对有情人。

谁知他们的反应与她料想的全然相反。

"那胡女给我儿下了什么蛊，叫他如此死心塌地，如今连命都赔了进去？她当真是好狠的心，死了也不肯放过伯徽！"安庆王妃哭得几乎要断气，悲恸到了极点，也气愤到了极点。

安庆王妃将徐伯徽之死归咎于阿依木这个异族人，道："早知今日，当初便不该留她性命，让她到了边疆还缠着伯徽。"

他们不怜惜阿依木的死，只怨她死得不合时宜，怨她要从徐伯徽的面前跳下去。苏燕越听心越冷，渐渐地，对他们没了同情。阿依木即便死了，在他们眼中依旧是不配与徐伯徽相守的异族人。

苏燕只听了几句就实在听不下去了，走到桌前端起药碗。她朝门口瞥了一眼，见没人看着，便端着药碗走到窗台前，小心翼翼地将药汤倒进了花丛，又若无其事地坐回去。

徐墨怀应付完安庆王夫妇，走入内殿看到苏燕正在练字，扫了一眼干净的药碗，随后坐到她身边，问道："药喝完了？"

苏燕才一点头，徐墨怀便伸手扶着她的后脑勺儿，吻得又深又狠，吮得她唇瓣微微发麻。

一吻过后，他放过苏燕，吩咐侍从："给苏美人重新煎一碗药。"他顿了一下，瞥了一眼苏燕心虚的模样，又说，"药里多加一两黄连。"

苏燕敢怒不敢言。徐墨怀待她好似比从前多了几分耐性，也不再轻易出言讽刺她。只是她依然觉得二人之间隔着一道天堑——无论他投来什么样的目光，都让她觉得自己被藐视了。

宫人将煎好的药送进来，徐墨怀亲自看着她喝。苏燕最怕喝药，这药苦得人心口都一抽一抽的，险些将喝进去的药呕出来。

徐墨怀面色不变，将一碟蜜饯推给她，轻声说："朕不喜欢有人对朕说谎。"

苏燕闷闷不乐地说："分明你也不讲真话。"

"因为朕可以。"他答得毫无愧疚，坦荡到让人觉得可恨。

端午近了，宫里在撒雄黄粉，但是没有多少人感到欣喜，只因这一日本是先皇后与长公主的忌日。因为先皇后与长公主死得不大光彩，先皇也并不待见她们，所以宫中从不大肆祭奠。

从前端午那几日，徐墨怀明显比往日阴郁，常沛也会寸步不离地伴在左右。只是今年有人发现，自恒王谋反后，常沛似乎一直很忙，鲜少被徐墨怀传召，连迟钝的苏燕都察觉了这一点。

在此之前，徐晚音请求回长安为王皇后与长公主上香，被徐墨怀毫不留情地拒绝了。而后他似乎是为了安抚宋箬，赐她食邑六百户。

大靖开国以来从未有哪一位公主能有这样的优待，即便是从前的徐晚音也只有食邑三百户。虽说逾制，但念及宋箬从前受的苦，针对此事上书讽谏的朝臣也寥寥无几。

天气渐热，从北疆回长安路途遥远，为避免徐伯徽的尸身在路上腐烂，军中的将军不等安庆王要求，便早早将徐伯徽与阿依木合葬，一同留在了相州。

安庆王一家闹得不可开交，甚至让徐墨怀下令处置几位将士，都被徐墨怀敷衍过去。

相较于他们的激烈反应，身为徐伯徽遗孀的世子妃反应还算淡然，仅在得知消息后哭了几日。她不仅得了封赏，娘家人也在暗中为她相看新夫婿。

苏燕在宫里被人看得很严，有很多事是从碧荷嘴里听到的。碧荷看着苏燕一路走来，虽不清楚她与徐墨怀之间的纠葛，却也能察觉她的变化。碧荷总是想着法子地逗苏燕高兴，临近端午，便提着一捆粽叶来教苏燕包粽子。

整整一日，苏燕都不知徐墨怀去了何处，听人说他是去祭奠先皇后了。直到深夜，徐墨怀才宛如一抹游魂回到了紫宸殿，身上带着寒气。

苏燕已经睡下了，殿内仅有一簇微弱的烛火还在跃动，满室昏暗中留有一抹暖黄。

徐墨怀的面上像是覆了层寒霜，冷到让人不敢直视。薛奉没有多言，只在心中默默祈祷苏燕不要在今日激怒徐墨怀。

徐墨怀走入寝殿，脚步却突然缓了下来。他闻到屋里有一股微甜的粽香，桌上有个吃了半只的粽子。

徐墨怀的目光落到床榻上，被子被撑起一个微凸的轮廓，他凝视了很久，能看到被子微弱而平缓的起伏。

苏燕睡相不好，脑袋都埋进了被子里，仅有几缕黑发落在外面。看到此情此景，他心上一切躁郁的、令人不安的情绪都近乎离奇地消散了。

徐墨怀盯着苏燕，心中渐渐安定。他不喜入夜后屋里有人，从前也花了很长的时间适应苏燕的存在，而现如今仿佛离了她便难以入眠。

苏燕如今夜里睡得浅。徐墨怀和衣躺下的时候惊醒了她，吓得她瞬间往后一缩。她看到是他，不由得想起几年前在枕月居差点儿被他掐死的事，连忙出声提醒："陛下，我是苏燕。"

徐墨怀歪着头扫了她一眼，独自躺下了，而后才伸手拽了她一下，将她揽到怀里抱紧："朕知道是你，睡吧。"

苏燕确认他不会发疯后才松了口气，正想合眼，就听耳侧传来低缓的声音，像是在自言自语："我的母后与长姐曾经都待我极好，是世上与我最亲近的人。如今，她们都死了。燕娘，你不会离开朕，是不是？"

他出声的时候尾音微颤着，竟能听出一丝诱哄的意味。苏燕违心地点头，得到他满意的一个吻。

那日的棋局过后，苏燕与孟鹤之又见过几次，只疏离地行礼，一句话也不敢说。

即将入夏时，河洛之地的连日降雨引发了洪涝，而当地官府却出了贪墨粮饷的事。

战事本就耗费了不少钱粮，如今遇上天灾，义仓已拿不出赈灾的粮食。当地世家与官府勾结起来瞒报亩产，哄抬谷价，导致百姓无粮，民众暴动，消息压不住了才传到长安。

徐墨怀处死了参与贪墨案的十数位官员，流放了近百人，又提了孟鹤之去收粮。于孟鹤之而言，这既是一次升迁的机会，也是一块不慎便能让自己客死异乡的千斤巨石。

长安的王孙贵族多如牛毛，即便家中的囤粮一辈子吃不完，他们也不愿意白白掏出来送给灾民。纳粮一事不仅是对孟鹤之的考验，更是徐墨怀对这些公卿贵族的一次试探。

孟鹤之一介寒门，根本没人愿意卖他面子，纳粮一事根本就是吃力不讨好，还平白得罪一众权贵。倘若他在期限内不能完成筹粮，一定会受罚，轻则贬官，重则斩首。

孟鹤之从前是门客，最擅长游说之事，脾性也算好的。然而连吃了几日的闭门羹后，纵使他脾气再好也要火冒三丈了。他说得嘴皮子都要破了，那些家主还在悠闲地喝茶，对纳粮的事一再拖延，不说不交，却也不肯松口。

没人想到最先纳粮的会是宋箸。她食邑六百户，纳粮的时候毫不犹豫，几乎一个人就填了一半的空缺。

孟鹤之是徐墨怀一手提拔的人，谁不给孟鹤之面子，便是公然与徐墨怀作对。现在连公主都站了出来，一时间为难孟鹤之的人也收敛了些，陆陆续续纳了赈灾粮。

然而这一次的事情十分古怪，流民显然比想象的更多，即便赈灾粮分发下去，事态也未得到改善，反而愈演愈烈，似是有人在背后煽风点火。

为安抚民心，徐墨怀决定亲自前往东都彻查河洛水患一事。苏燕本指望他走了自己能得到喘息，谁知他仿佛要将她绑在腰上一般，此次去洛阳又要携她同去。宋箬思量着尚未见过外祖，也让徐墨怀带着她一起去。

约莫是苏燕上一次从洛阳逃跑的缘故，徐墨怀这次派了四个人看管她，且吩咐了下去，倘若他召她有半刻钟不见人，碧荷与张大夫都会被五马分尸。苏燕那点儿想逃跑的念头瞬间便被他掐死了。

徐墨怀的马车极为宽敞，里面铺了层软毯，他处理政务的时候苏燕会在一旁服侍。他被马车晃得心烦，不由得抬头去看苏燕。她正靠着车壁睡觉，脑袋一晃一晃的，无意识地微张粉唇，睡颜有几分娇憨。

苏燕是感受到身体的异样才醒来的。她羞恼地瞪他，被他将未出口的声音堵了回去，而后有人端了一盆净水与帕子送进马车。

他的手指在她的唇角轻轻摩挲了两下，嗓音也略显喑哑，他盯着苏燕的时候眼底仿佛有暗潮翻涌。

"按照朕说的做，倘若朕满意了，兴许能允你几个不算过分的请求。"紧接着徐墨怀用手指在她的后颈轻点了几下，如同某种隐秘的催促。

安静的马车内，香炉里的烟萦绕扩散，丝丝缕缕勾缠着人的呼吸。徐墨怀微仰着头，呼吸又急又乱。他的喉结滚动了一下，他微微皱着眉，气息中隐约有一丝难耐的意味。

余韵消散，他将手指从苏燕的乌发间退出来，眼眸微湿，眼角也有一抹红。

苏燕拧干帕子，狠狠地擦净自己的脸，再去擦自己的颈子，仿佛要搓掉一层皮才肯罢休，到最后将皮肤都搓得发红。徐墨怀大抵是看不过去了，伸出手臂将她捞到怀里。

"洛阳的行宫，朕似乎还不曾带你去过。"徐墨怀不喜欢洛阳的行宫，上一次去洛阳仅去了外祖家。他想到什么，语气放轻了许多："母后喜欢那里，朕小时候也在那处待了几年。"

他极少对苏燕提及自己的事，如同每一次和她欢好，将她剥得干干净净，自己却衣冠整齐，连发丝都没有丝毫凌乱。无论何时，他都给自己留了随时抽身的余地。

苏燕的一切他都知晓，而徐墨怀的事苏燕知道的却寥寥无几。她对他的了解大多来自传言，也实在不了解徐墨怀的身世。

"河洛等地的民乱有蹊跷，朕兴许要在洛阳耽误一阵子。"他抱着苏燕，语气中透着些愉悦，"洛阳景致不错，你若喜欢，朕闲下来便带你四处走走。行宫里有一棵千年银杏，秋日里叶落如金，朕想你见了应当也会喜欢。"

七

河洛等地的水患波及了不少人，徐墨怀一到洛阳便开始处理公务。苏燕没见过他几次，多数时候被侍从紧紧看着。

洛阳的行宫很大，里面有许多宫人已经两鬓霜白，见到苏燕的时候忍不住好奇地打量她。然而徐墨怀看她看得紧，倘若有人想同她说句话，要先被盘查一番。

苏燕简直要被逼得喘不过气。好在宋箬偶尔会与她说话，徐墨怀与宋箬的外祖也来了两次。

兴许是出身高门的人都带着些傲气，即便态度和蔼有礼，苏燕仍能从他的目光和语气中感受到一种高高在上的意味。

苏燕本是同宋箬一起的，但徐墨怀的外祖显然只是看在他的面子上应付一下苏燕，并没有与苏燕多交谈的意思。因此宋箬同外祖说着话，苏燕便跟在他们身后看风景。

虽说是亲人，两个人之间却隔了一段距离。就好像有一堵墙，于无形中将他们分隔开。

"你的眼睛与你阿娘的很像，曦儿就更像她阿爷……"他头发花白，背脊依旧挺直着，风灌进宽大的袍子，空荡荡的衣裳显得他的身躯像一棵枯瘦的老树。

宋箬得体地应了一句："与阿娘相像是我的福气。"

苏燕漫不经心地走着，听前方的老人出声提醒："你先回去，我与公主有话要说。"

知晓对方家人之间的话不便让自己多听，苏燕也没有犹豫，反而松了口气，立刻便跟人走了。

等外人走了，外祖才盯着宋箬的眼睛缓缓地问："你的阿娘、长姐、弟弟都死在了这里，你当真没什么想知道的？"

宋箬的表情有片刻僵硬，随后她用一种连自己都感到冷漠的语气说："阿娘与长姐身染恶疾而死，皇弟是不慎落水身亡，这些我早已知晓。祖父何必再提这些伤心事？"

外祖眼白泛黄，眼神却锐利如鹰隼。他紧盯着她，压低了声音道："若真相不是如此——"

"真相就是如此。"宋箬毫不犹豫地打断他。见到他惊愕、失望的神情，她有片刻的愧疚。但她很快整理好情绪，说道："皇兄待我很好，我相信皇兄待祖父也是如此。"

她突然有些理解孟鹤之为何要激愤地写下那篇檄文了。换了她，得之不易的东西有人前来破坏，也会气愤、埋怨，恨对方不能安分度日，想将其杀之而后快。

苏燕百无聊赖地乱走，忽然想起徐墨怀同她说过的千年银杏，便让人带着她去看一眼。从前村里的老人说过，那些千百年的树都是成了精的，倘若有人祭拜，树精就能帮人实现愿望。

虽不知道徐墨怀是否听说过这些，也不知他年幼时是否会同她一般去找古树许愿，反正这话苏燕如今是不大信了。

也许是她幼时不够心诚，找了那么多古树跪拜、祈愿，只求吃饱、穿暖和长大了有一个如意郎君，如今前两个愿望都实现了，最后一个愿望却给她如此结果。

院里有专门照看那棵千年古树的宫人。那人同样是两鬓花白，得知苏燕是徐墨怀宠爱的美人，立刻给她行了礼。

苏燕问她："陛下上一次来是什么时候？"

她思考了好一会儿才说："陛下约莫十年不曾来过此地了。"

"他以前常来吗？"

"宫里的人说神树有灵，陛下年幼时会被长公主带着祭拜神树。"

不仅仅是徐墨怀，宫人们也时常偷着来放祭品，给神树上香许愿。

殊不知如今为天下人所敬畏的君王，幼时也不过是个天真无知的稚子，会牵着长姐的手跪拜在古树前请树神保佑亲人平安康健。

苏燕想到这个场景不禁觉得十分古怪。

徐墨怀曾亲口说过自己不信鬼神。他连报应都不怕，还会祭拜树神？听起来简直像宫人在信口胡诌。

可惜现在不是深秋，苏燕没有见到他口中叶落成金的景致，只得悻悻而返。她回去以后，发现宋箸正在等着她。

她随口同宋箸说了几句徐墨怀祭拜古树的事。

宋箸的神情有几分古怪，随后宋箸小声说："这些过往你最好不要轻易打探，皇兄不爱听人讲这些。"

苏燕不解地问："你皇兄虽然性子惹人恨，但对自家人还算不错。我听着他应当十分亲近先皇后与长公主，那些传言多半是假的，世上哪儿有人会连自己的家里人都杀光？"

她若有了家人，必定是千百般地爱护，不许人伤他们分毫。

宋箸表情古怪，似乎不打算与她争论，只小声叹了口气。

洛阳的行宫再大，她每日闲来无趣走上几次也要厌烦了，唯一的好事便是徐墨怀不在。苏燕身边跟着的四个侍从都不肯与她搭话，她便去找宋箸打双陆。

她们一直玩到夜色渐深，有人匆匆进来说："陛下遇刺，如今下落不明，常舍人请公主与苏美人移驾。”

苏燕愣住了，还以为是做梦，紧接着便问："遇刺？死了吗？"

"陛下下落不明。"侍者强调道。

苏燕的心脏狂跳不止，她被人扶着站起来，忽然感到头晕目眩，险些往前栽倒。宫人提着灯让苏燕与宋箬同他们走，路上很黑，苏燕踩到凹凸不平的石头差点儿扭了脚。

宋箬一把扶住苏燕，轻声说："别害怕，皇兄不会有事。"

"我不担心他。"苏燕否认道。

宋箬只当苏燕嘴硬，笑了笑没说话。

苏燕心中很乱。

很快有一行人请她们上马车，言下之意是将她们送往更安全的地方。

然而马车走了没多远便被人拦了下来。她不安地坐在马车中，只听外面一阵骚动，刀剑碰撞的声音响起后，又是几声重物落地的闷响。

马车突然一晃，她惊叫一声扶住了车壁。不等她重新坐好，车帘突然被人掀开，有个身影钻了进来，一把攥住了她的脖子。苏燕磕在车壁上，吃疼地叫了一声。

对方力道不算太重，似乎没有要杀她的意思。黑暗之中，苏燕看不清他的脸，却能闻到他身上的血腥气，险些干呕起来。

"还真是你。"那人松了手。

在听到他声音的那一刻，苏燕汗毛直竖，身子忍不住微微打战，仿佛面前的是一个吃人的野兽。

"这么快就把我忘了？你的好情郎可是险些要了我的命。"李骋将她的手按到自己凹凸不平的眼窝处，她的指尖仿佛也被染上了湿冷、带着腥气的液体。

第十二章
变 天

一

黑暗逼仄的空间中，李骋的每一次呼吸都清晰可闻，苏燕被他握住的手腕仿佛麻木了一般动弹不得。

他喘着气，说话的语气仿佛要咬下谁的一块肉："这是他干的好事！他同你说过了吧？"

苏燕往后缩，使劲想挣脱他的桎梏："这与我没什么干系！我什么都不知道……"

"你如何会不知道？"李骋戏谑的语气中带着几分恼恨，"他这般睚眦必报的人，至今还留着你的性命，叫你过得如神仙一般，可不是将你放在了心尖上？"

马车外的惨叫与刀剑碰撞仍在继续，他却置若未闻："旁人说徐墨怀出事必定会记挂着将你送走，起初我还不大相信，如今却是信了。想不到你的本事比我想的还要大，竟能让这种人都为你牵肠挂肚的。"

李骋说完便不顾苏燕的抗拒，拽着她的衣襟将她拖下马车，毫无怜香惜玉的意思。

苏燕惊慌求饶："你放了我吧。我真的什么都不知道，你要叛乱还是要刺杀他都与我没关系，何必为难我一个弱女子？"

李骋粗鲁地将她提起来，淡淡地说："这话让徐墨怀知道，必定要一刀刀活剐了你。"

死到临头了谁还顾得了这些，苏燕被李骋强硬地拽走，扭头寻找宋箸的身影。

李骋将她的脑袋扳正，提醒说："她是名正言顺的公主，你如何能与她比？不如多担心担心自己。"

兴许是为了不引人注目，护送苏燕与宋箸离开的兵卫并不算多。然而即便她们深夜出城避祸，依然被李骋抓了个正着。苏燕再愚钝也能猜到有人给李骋通风报信了，不然他也不会来得这样及时。

李骋将苏燕与宋箸安置在洛阳一处偏僻的宅院，此后便没再出现过。每日有人送来三餐，那人从不肯与她们多说一句话，任何消息都不透漏。

苏燕不安地待在这处院落，也不知何时才能被放出去。看李骋这样忙，徐墨怀此刻应当平安无事，不用什么人挂念。

其间李骋曾匆忙来找过她几次，恼怒地逼问她徐墨怀的去向。她自然答不上来，便继续被关着。苏燕意想不到的是，最后救自己和宋箸出去的人会是徐墨怀的外祖。

也不知李骋将她们安置在何处，轻而易举就叫人找到了。外祖将她们又送回了洛阳的行宫，只安抚了宋箸几句，并未与苏燕说话。

据他所言，留在行宫反而是一件好事。

苏燕不懂其中利害。旁人怎么说，她便怎么做了。只要将她从李骋的手中救出来，她便感激不尽。

回了行宫，苏燕与宋箸身边侍奉的宫人都被换了一遭。没有人告知苏燕一声徐墨怀如今如何了，她只好自己去问，然而依旧没什么人理会她。她便去问了徐墨怀的外祖，对方也只是轻飘飘地敷衍过去，让她不用挂念。

几日后，第一个来找苏燕的人是常沛。他性子十分沉稳，遇到这样的大事也不显得慌乱，面对苏燕依旧是和和气气的："这些时日让苏美人忧心了，那逆贼可有伤到美人？"

苏燕摇了摇头。

她只有在答不上李骋的话时被他推搡了一把撞破了脑袋，其余的便不大要紧。

常沛皱起眉，说道："不瞒美人，陛下如今下落不明，恐是暂时躲了起来。下官遍寻陛下不得，不得已才来打搅。敢问美人，陛下临走前可与你透露过他的去向？"

常沛恭敬有礼十分好说话，苏燕见到他便安心了几分，然而犹豫片刻，还是说："我也不知道陛下在何处。你若知晓了，也与我知会一声吧。"

常沛似乎并不信她，道："美人想清楚了，事关陛下生死，倘若陛下出事，后妃皆要殉葬。即便美人对陛下心怀怨恨，也要分清孰轻孰重才是。"

苏燕捏紧拳头，抿着唇不说话，纠结了一会儿还是说："连你都不知道陛下在哪儿，他怎么可能会告诉我？"

常沛看了她一眼，显然还是不信。他转身走了，殿门重重一关，吓得苏燕身子都颤了一下。常沛走出去不远便看到了徐墨怀的外祖，也就是王氏的族长。

"她可交代了？"

常沛面上覆着一团阴云，摇头说："她不肯说。"

徐墨怀的外祖语气不善："她不过是一个低贱的奴婢，受宠也是一时的。徐墨怀自负多疑，绝无可能对她推心置腹，问她有何用？"

一想起李骋不经他们同意就掳来了宋箬和苏燕，常沛便来气："无知竖子，若不是他贸然行事，何须我们费神去问？"

徐墨怀此次来洛阳众人皆知，如今忽然被刺杀下落不明，李骋便以为是常沛下了手，故意让徐墨怀隐藏行踪。他便去拐走苏燕和公主，妄图让徐墨怀现身。

常沛焦躁地骂了两句，深吸一口气平复了心绪，才接着说："倘若连苏燕都不知晓，其余人就更不知晓了。如今徐墨怀的行踪不明，他究竟是遭了祸还是躲起来了我们尚未得知，绝不可轻举妄动……"

夜里熄了灯，苏燕依旧睡不安稳，想了想还是起身将殿内的灯点亮了一盏。做完这些后她愣了一下，竟忍不住想起了徐墨怀。

徐墨怀身上的许多习惯都极为古怪。夜里倘若烛火亮着，苏燕便睡不安生，他则正相反，即便入夜后要就寝了，依然要点上许多盏灯，让屋内亮堂堂的。

后来她与徐墨怀争执了一次。他总算妥协了，只在殿里留一盏灯，至少让昏暗的殿中能看清人。

苏燕刚捡到他的时候，每每夜里熄灯他的面色都会变得难看。当初她以为是他怕黑，还躺在榻上安慰了他好几句，给他讲村子里的趣事。主要是灯油很贵，她不能因为他怕黑便整夜亮着灯。

那些往事总是不合时宜地冒出来，似乎想让苏燕顾念着旧情。可苏燕左想右想，只觉得回忆里莫准温柔的笑变成了嘲弄，安慰的眼神也成了轻蔑，哪里还有什么旧情？

她看着那跃动的烛火，心中越发幽怨起来。

谁能想到徐墨怀若是死了，她还得跟着殉葬？！

苏燕忍不住叹了口气，准备回到榻上，背后却忽然贴上一个人。她被吓得身子猛地一抖，尖叫声都被卡在了嗓子眼儿。

来人悄无声息，同鬼魂一般站在她身后，见她被吓得花容失色，冷笑着道："你还真是嘴硬。"

烛火被风吹动，昏黄的光落在李骋的脸上。

苏燕看不清他是什么表情，只感到他仿佛变了一个人。他伸过冰冷的手毫不容情地拽着她的衣襟。

"我没什么耐性与你纠缠。"李骋说道，"我父兄皆已战死，独剩我领着一帮残兵苟活。如今是我最后的机会，徐墨怀一定会死在我的手里。"

李骋身上穿着宫人的衣裳，高大的身躯如同一座山。苏燕又踢又打，却无法撼动他分毫。

他是对苏燕有几分说不清道不明的心思，可到了紧要关头，也不会手下留情。苏燕的头皮被拽得生疼，她直直地往后仰，倒在李骋的怀里。

李骋满不在乎地说："谁规定了这皇位只有他姓徐的能坐？他们不也是从前朝皇族的手里抢来的？徐墨怀一个野种，凭什么让我们屈膝下跪？"

李骋说着，掰过苏燕的脸，恶狠狠地说："你还不知道吧？他就是个野种，为了皇位杀了父母手足。我们李家满门忠烈，为了守住大靖的江山拼死拼活，凭什么要让这皇位落到他一个野种的手里？"

李骋讲话的语气已经带了几分癫狂。

苏燕的下巴被他掐得生疼，她不断用手去掰他的手指，然而下一刻便被他按在地上撕扯破了衣裳。

苏燕惊慌求饶，他置之不理。她用力抱住李骋的手，大声呼喊求救，却遭他狠狠掰开。苏燕疼得眼泪往外冒，还是不肯松开。

她说："我也是个可怜人。有仇报仇，你又何必为难我？"

"徐墨怀的位子我要坐，他的女人我也要。早知当初你会落到他手上，我便不该对你留情。"李骋撕开苏燕的衣襟，露出大片肌肤以及一个难看的疤痕。

苏燕哭喊个不停。

他忽然将一把匕首抵在她的心口处："我可以不动你。"他摸到苏燕满脸的泪痕，嗓子微哑，说道，"我知道你照顾我的女儿，没让她死在徐墨怀的手上。你告诉我徐墨怀在哪儿，只要他死了，我许你黄金万两，还你自由。"

苏燕的手指疼得厉害，兴许是被李骋掰断了，她躺在地上哭得喘不过气。

李骋依旧拿匕首抵着她，语气却不再凶恶，多了劝诱的意味："这不是你想要的吗？我不是徐墨怀，不会同他一般恩将仇报。苏燕，你相信我。"

苏燕从未同李骋说过她与徐墨怀之间的过往,愣了一下,结结巴巴地问:"你……你怎么……?是不是常沛……是不是他?"

李骋沉默片刻,点了点头。

苏燕忽然绝望了。事到如今她又有什么办法?她蜷缩着身子,声音压得很低:"宁清坊……他说让我去宁清坊。"

当时在马车上,徐墨怀将她抱在怀里,轻声细语地告诉过她。他说若出了大事她可以去宁清坊寻他,还说他只信她,让她不论谁问都不要说。

苏燕说完,李骋起身将匕首收好,不再看她,迅速走了出去。等他走了,屋外的侍卫才姗姗来迟,将瘫在地上的苏燕扶起来。苏燕想将领口整理好,手上却传来钻心似的疼痛。

侍卫瞧了一眼,不咸不淡地说:"似乎断了,找大夫来看看吧。"

苏燕没吭声,发起了愣。

二

身上的寝衣被扯坏了,她找了件外袍套上,任由头发凌乱地披在肩上,然后如同傻了一般呆坐着。夜风从窗户和门缝吹进来,烛火摇动,苏燕的影子似乎也跟着颤了颤。

也不知道等了多久,天都要亮了,大夫才赶来看她一眼,摆弄了一番她青紫高肿的手后给出答复:"小指断了。在下复位以后,还请美人不要乱动,养个月余便好了。"

宋箸来的时候苏燕的手指刚接好,苏燕疼得鼻尖都是冷汗。她没想到宋箸还能到处走动,有些惊讶地问:"他们竟让你来了?"

宋箸大致弄清了一些事,说道:"外祖与常沛来找过我,说了些似是而非的话。我听他们说你大清早请了大夫,便要来看你,外祖也应允了。"

苏燕听她提起外祖,心一沉,另一只手揪着衣裳。苏燕不敢看宋箸的眼睛，只小声问："你知道这些事吗？"

"知道什么？"宋箬疑惑地问，表情不似有假。

苏燕只是个普通人，从未被人这样指着心口逼问过。倘若她不说，李骋就会变着法子欺辱她。

他忍耐至今，不过是想最后给她留一分情面。一个将人头挂满马鞍的人，她怎么能盼着他心慈手软？

连常沛都能背叛徐墨怀，她又算得了什么？何况她在他心里本就没有多大分量，所以……她几乎没做多少挣扎便将徐墨怀的藏身之所交代了出去。

可如今面对宋箬，苏燕心底又浮现出愧疚来。她总觉得徐墨怀虽然是个无耻之徒，却也不像李骋说的那般不堪。

徐墨怀不仅是个勤勉的君王，也是宋箬得之不易的兄长。倘若真将徐墨怀害死了，她此生还能心安吗？

苏燕嗓子干涩，喉咙里仿佛卡了沙土，一开口便委屈得掉眼泪："方才李骋来过。"

宋箬蹲到苏燕面前，望着她轻声说："苏燕，你先别哭，到底怎么回事？"

宋箬安慰人的样子跟徐墨怀有几分相像，苏燕的眼泪非但没停，反而流得更汹涌了。她无端被搅和进这些皇帝、叛贼的事里，还生生被掰断了一根手指，却连一个说法都讨不来。

"李骋跟常沛分明就是一伙的。常沛一走，李骋夜里便来找我。他险些强暴了我，又逼问我徐墨怀的下落……"苏燕说到这里便停下了。

宋箬眼神越发凝重："你告诉他了？"

苏燕没吭声，身子瑟瑟发抖。

她怎么可能不说呢？她已经不是观音山上那个愚蠢好骗的小姑娘了，徐墨怀也不是温柔地给她揩眼泪的莫淮了。她难道会如多年前一般，为了保护他让自己身受重伤，最后再被他狠心抛弃吗？

宋箬起身，既没有责备也没有安慰，只是在她面前来回踱步，似乎十分焦躁。显然常沛与外祖对她还算和善，不会因为要造徐墨怀的反便将她也除去。可她不久前才握到手的东西，难道转瞬便要消散了？

宋箬冷静下来，安慰苏燕说："皇兄不会有事的。李骋不过是丧家犬，即便暗算皇兄，也没有多少胜算。"

如果徐墨怀没事……

等他回来，苏燕必定会如李骋所说的那般，被徐墨怀一刀一刀活剐了。

想到这里，苏燕不由得慌乱起来。她几乎已经到了一种进退两难的境地，甚至隐隐怨恨徐墨怀闲着没事告诉她什么宁清坊。

她不说是被李骋折磨死，说了是被徐墨怀折磨死。如今，她只盼着徐墨怀兴师问罪的时候别要了她的命就好。

李骋信不过常沛，从苏燕口中逼问出徐墨怀的下落后，便立刻聚齐自己的人准备去宁清坊。

常沛早知道李骋不听管教，在李骋即将带人走的时候将其拦住。李骋恐吓苏燕的事常沛自然知晓，而苏燕也如常沛所想，在死亡的威胁下供出了一切。然而正因为一切来得太容易，常沛才不得不怀疑其中有诈。

常沛知道徐墨怀心思缜密。虽说徐墨怀宠爱苏燕之后偶尔会犯糊涂，却也不至于糊涂到将身家性命都交付在这个女人身上。

李骋被仇恨冲昏了头，任由常沛如何相劝，都只想立刻赶去宁清坊杀了徐墨怀。常沛与李骋说了几句话后便不奇怪为何李骋作战勇猛却屡次败给徐墨怀了，最后总算说动李骋，先让手底下的人领兵去宁清坊探一探虚实。

洛阳世家唯王氏马首是瞻，如今徐墨怀遇刺失踪，河洛等地又因水患起了民乱，可谓是乱成一团。

此时徐墨怀的外祖站出来，表面上是命人大肆搜捕刺客，实则是为了找到徐墨怀并取了他的性命，而后再传令回京城，挑选最适合的皇室血脉登基，由他们暂时掌管朝政。

李骋走后，苏燕一直忐忑不安地等着消息，然而左等右等，既没有听到徐墨怀的死讯，也没有人来救她出去。

最令她不安的是自己心中隐约的想法——她竟希望李骋败在徐墨怀的手上。倘若他们两个人只能活一个，她会毫不犹豫地选择徐墨怀。她虽然怨恨他，却从未想过要他去死。

然而隔了没几日，苏燕正坐在屋子里喝药，李骋突然一脚踢开殿门，冲进来一把将她抱起来，欣喜若狂地说："我杀了他！苏燕，我们胜了！任他再诡计多端，不还是死在了我的手上？！"

被苦涩难闻的药汤洒了一身，他看也不看一眼，只抱着苏燕，神色癫狂："他受了重伤躲在宁清坊，我们轻而易举便找到了他的藏身之所。你知道他是怎么死的吗？"

苏燕面色惨白，咬着唇不应声。

李骋继续说："他宁死不跪，放火自焚而死，被烧成了一个焦炭。可惜我不曾亲自前去，否则必先剜下他的眼睛，再把他碎尸万段丢去喂狗。"

苏燕的脑海中立刻浮现出李骋说的画面，她下意识地干呕了一下，逗得李骋哈哈大笑。她推开李骋，俯身拍着胸口平复气息，胃里一阵翻江倒海。

"你哭什么？"李骋突然问。

苏燕愣了一下，随即伸手摸向脸颊，竟然摸到一片湿润。仿佛被这眼泪刺到了，她迅速收回手，无措地望着自己的指腹。

她哭什么？徐墨怀死了，她该拍手叫好。她终于得偿所愿了，自然要笑。苏燕想扯出一个笑来，却觉得整个脸都僵住了，做不出什么表情。

她冷着脸回答："我高兴得哭了不成吗？"

谁叫徐墨怀自作多情，将他的行踪告诉她，被她出卖岂不是理所当然？苏燕如此想着，却依旧觉得胸口仿佛压了块巨石，怎么都喘不过气。

李骋在她面前走来走去，不断地说着日后如何："徐墨怀死了，我们很快便会推举新帝上位，有异议者一并杀之。他手眼通天又如何？谁都想杀他，连他的亲友、他的心爱之人都巴不得他死。他早该死了。"

苏燕盯着自己被折断的那根手指，说道："你说好放我走的。"

徐墨怀死了，她不用再东躲西藏，也不用改名换姓，可以安生地过日子。日后她再嫁个好人家，生一双儿女，一家人和和睦睦。这些争斗，跟她再也没关系了。

徐墨怀遇刺身亡的消息迅速传到长安，朝堂上乱成一片，许多人不相信他就这样死了，纷纷要求彻查。

常沛之流早有准备，用提前准备好的说辞应付着，随后推举徐墨怀不过六岁的堂弟上位。

朝中老臣为此吵得不可开交，各大世家也争论不休，然而洛阳士族唯王氏马首是瞻，最终同意。况且，徐墨怀非要亲自巡视河洛等地，如今出了事，又怨得了谁？

徐墨怀尸骨未寒，便有人想推选一个稚子为新帝，把持朝政，可谓是将谋逆之意明晃晃地拄在了脸上。

然而事至此，皇帝都死了，他们为此争论不休又有何用？新帝迟早要选出来，再彻查下去只会闹得无法收场。

宋箬不相信徐墨怀真的死了，坚决不肯回长安。常沛看在她是王皇后亲生女儿的面子上，对她也算有耐心。宋箬是个识时务的人，即便知道可能是常沛与外祖害死的徐墨怀，也没有对他们恶语相向。

唯独苏燕，常沛一直想杀了她，尤其是知道她轻易地背叛了徐墨怀后，心中对这个平庸至极的女人的鄙夷和不屑更甚。

常沛甚至觉得喜欢这个无知村妇的徐墨怀很可怜。徐墨怀竟然将身家性命都交付到一个女人身上，这实在是一件极为可笑的事。

即便得到了徐墨怀的死讯，常沛心中依旧不安。如今这一切恍若虚幻的泡影，只因徐墨怀死得太容易。

其实常沛不是非杀徐墨怀不可。即便他们之间有仇，但多年的师生情谊也让他动了恻隐之心。他被徐墨怀重用，本想忠心辅佐徐墨怀，偏偏徐墨怀不肯让那些旧事随时间淡去。徐墨怀从相州回到长安后便已着手对付常沛了，常沛煽动郭氏与恒王造反的事也迟早会被他知晓。

苏燕已经得到了李骋的保证，他说会送她走，让她过上衣食无忧的日子。梦寐以求的日子就在眼前，可她仍然觉得自己陷在噩梦里走出不去。

常沛要送她离开洛阳，她实在忍不住，问："你为什么背叛徐墨怀？他一直很信任你。"

常沛哂笑一声，说道："陛下不是也信任苏美人，结果如何？"

她沉默片刻，说道："你知道我与他的纠葛，何必挖苦我？"

常沛不想留她性命，但也不想跟她说太多，只是忽然想到一件事，便用带着嘲弄的语气问："你可知徐墨怀为何不临幸其他后妃？"

苏燕当然不会天真地以为徐墨怀只想要她。

看着苏燕难看的表情，常沛说道："徐墨怀年幼时为了讨好郭皇后，对她所生的幼子万般顺从。即便那幼子命令徐墨怀带路去王皇后的寝殿内戏要，徐墨怀也绝无二话。

"他们躲在殿内的帘帐后，恰好撞见王皇后与一男子偷情。那年徐墨怀不过九岁，为了替王皇后瞒下此事，生生捂死了自己五岁的幼弟。"

常沛冷笑一声，接着说："他年纪虽小，手段却足够狠毒。他将幼弟伪装成失足落水的模样，任由郭皇后如何为难逼问甚至用刑拷打，都不曾松口说实话。"

三

苏燕从未听过这些事。现在常沛说起来，她仿佛在听一个陌生人的故事，根本无法将这些事联想到徐墨怀身上。什么郭皇后、王皇后，就像一团缠绕在一起的线，她都要理不清了。

好在常沛也不是想与她交代什么，说得极为简单明了，至少让她知道了徐墨怀是为了隐瞒生母与人偷情的事才杀害了同父异母的弟弟。

那王皇后和长公主是怎么死的？这些事又跟常沛有什么干系？他好端端的为何要背叛徐墨怀？

苏燕内心疑虑重重，实在忍不住，继续缠问："那你又为何要背叛他？即便他冷血无情，也始终与你有情分在，一直以来也待你不薄。"

"因为他查出了当年的旧事，已经对我起了杀心。"常沛摩挲着扳指上的纹路，盯着苏燕的脸像在看一只待宰的羔羊。

常沛已没了回头路，既然苏燕是徐墨怀心心念念的人，那让她陪着徐墨怀一同死，也算自己看在和徐墨怀的师徒情分上为他做的最后一件事。等他们出了行宫，他便让人勒死苏燕，对外称是殉情，好送她去跟徐墨怀的焦尸合葬。

苏燕听得云里雾里，没弄清他的意思。常沛想着反正她快死了，与她说了也无妨："王皇后回宫后又诞下一子，彼时徐墨怀已成了郭皇后的继子。

"郭皇后失势，王氏一族壮大，他唯恐他的亲弟弟威胁到他的太子之位，便狠心将其毒杀。王皇后与他发生争执，当夜便暴毙在他的寝殿里。次口一早，长公主也自缢而死。"

苏燕听得瞠目结舌。她一直觉得徐墨怀极爱护自己的家人，为何常沛说他是个为权势不择手段、残杀至亲的疯子？

事到如今，她还是不愿意相信，没什么底气地问："其中是否有误会？倘若并非如此……"

常沛冷笑一声，并未再理会她的话，径直带着她出宫。

苏燕掀开帘子，又问："既如此，如今是要放我走吗？"

"苏美人不想去看一眼陛下的尸身吗？他如此宠爱你，又是因你而死，离开之事何必急于一时？"

苏燕听到他说起"尸身"二字，仿佛被人扼住了喉咙，呼吸都变得不通畅起来。她总觉得这一切听起来十分不真切，就跟在做梦似的。

徐墨怀如恶鬼一般缠着她，将她禁锢在牢笼中。如今忽然有人说他死了，她反而觉得无比虚幻，站在牢笼的出口发愣，迟迟不敢迈出第一步。她不敢看，看了的话，后半辈子一定会整夜整夜地做噩梦。

"我不看了。"苏燕不敢想是否真的是她害死了徐墨怀。她这辈子即便恨死了徐墨怀，也没动过要杀了他的念头。

她不仅怕死，还胆小怯懦。即便将刀子递到她的手上，她也不敢将刀刺进徐墨怀的胸口。

她不知道徐墨怀死了朝堂会不会大乱，也不知道新帝是不是个明君。当年在寺里，小沙弥告诉她因果轮回，作恶的人自有业障，她便明白做了坏事的人死后也有报应。

她杀了自己的孩子，又害死了徐墨怀，死后去了阴曹地府就会受到惩罚。

苏燕惶恐又疲倦，几乎不敢再往后想。

李骋追过来的时候，他们离宫门已经很近了。他敲了敲马车的车壁问："苏燕，你要不再想想？倘若你跟了我，日后可是有享不尽的荣华富贵。何况我从不拘着女人，只要你不与外面的野男人厮混，做何事我都不会阻拦。"

这些话他已经不是第一次说了。换作从前忍饥受冻的苏燕，兴许会头脑一热跟着他走。然而如今遭遇了这些乱七八糟的事，她只想离这些人越远越好。她就想做个不愁温饱的庶民，安定地过一辈子，不用再提心吊胆的。

苏燕从小窗探出脑袋，语气坚决地说："你言而有信，还请放过我吧。"

李骋只是有几分赏识她，也不是非她不可，屡次被驳了面子，自然心生不满，不再自讨没趣了。正当他想再说上几句的时候，前方忽然传来一阵响动。

李骋十五岁便跟着父亲征战沙场，什么动静听不出来？霎时间，他的脸色便黑了下去，他忙喊道："都往回退！"

常沛扯住缰绳，也看到了朝宫门这边赶来的一行人，浩浩荡荡宛如一片朝他们压过来的乌云。马蹄声交错，仿佛是暴雨击打鼓面，发出令人心神一震的声响。

他们隔得远，尚未看清打头的是谁，常沛已经暴怒了："来者是何人？！"

常沛面色惨白，立刻吩咐人紧闭宫门，想法子另寻小门逃走，另一批人则留下打探清楚。马车中的苏燕察觉异常，探出身子想要询问清楚，却被李骋一把推了回去。

他握着缰绳的手极为用力，语气中却带着点儿慌乱："应当是徐墨怀的旧部，他早就死了，一群人不成气候，又有何惧？"

洛阳分明被王氏把控着，哪怕是一丁点儿风吹草动都能及时传到他们的耳朵里，如今为何人都到了宫门前他们才知道？

突然出现的兵马将行宫团团围住，常沛的人手在此刻宛如螳臂当车。

倘若来人当真是徐墨怀的旧部还算小事，李骋的人马不需太久便会赶来解围，常沛也早在洛阳备好了人手。

很快去打探的人慌张追赶上来，常沛听完面色可怕，呼吸都变得粗重了起来，望向李骋的目光仿佛要吃人。

"无知竖子！蠢货！混账东西！"常沛连骂了好几句，李骋的面色也要绷不住了。

苏燕看到常沛气得面色涨红，几乎已经得到了答案。她惊疑地问："他是不是没死？！"

常沛怒瞪着李骋，气得胡子微微抽动，并未搭理苏燕。

一瞬间，苏燕如释重负，可紧接着又不免慌乱起来。她出卖了徐墨怀，如今他好端端地活着，必然会兴师问罪。

从前那些纠葛便罢了，如今她是实打实地要害他性命，他如何还能手下留情？苏燕心底难以抑制地涌起一阵恐慌，面色比李骋好不了多少。

好在李骋也算是经历过风浪的人，立刻将她从马车上拉下来，催促道："不想死就跟着我走。"

常沛百般谋划，只因李骋的疏忽而功亏一篑，将李骋碎尸万段的心都有了。然而事已至此，他竟生出一种听天由命的淡然来。

总归到了这个地步，他早已没了退路，不如最后奋力一击。他索性与徐墨怀的外祖联手，准备拼个鱼死网破。

李骋从不是负隅顽抗的人。他还年轻，日后总有机会从头再来，不会同常沛一般蠢到留下等死。洛阳的行宫有许多出口，徐墨怀必定来不及堵上所有出路，李骈依旧能带着人逃出去。

苏燕走到一半便后悔了。她若是跟李骈走了，兴许会死得更快，不如向徐墨怀求情，说出自己的苦衷。

李骈却不给她反悔的机会。苏燕不肯走，他连拖带拽地将她带离。他们赶到行宫的西门时，那里已经有人看守了。

李骈带着部下一番厮杀，鲜血四溅。苏燕一边躲避一边吓得惊呼，心都要从嗓子眼儿蹦出来了，衣衫上都是腥臭的血。

李骈本就瞎了一只眼睛，如今面上也溅了血，更像一个恶鬼。好不容易在此处杀出了一条血路，李骈拖着吓得腿软的苏燕往外走，正好与一队赶来捉拿他的兵马对上。

徐墨怀骑在其中一匹骏马上，背脊挺直，衣不染尘，高高在上地俯视着狼狈不堪的他们。哪里是什么焦尸，他分明连一根手指都没有伤到。

苏燕对上他沉静的一双眼，心里莫名震了一下，仿佛有什么东西重重地砸了下来。她收回目光不敢再看他，忽然变得无地自容起来。

他分明没有事，甚至还从容地带人平乱，那这些时日发生的一切又算什么？苏燕隐约想到了什么，又不敢朝那个方向继续想下去。

脖子忽然被冰凉的东西抵住，她不敢乱动，头微微后仰。

李骈冷酷的声音在她的耳边响起："让我走，或者我带着苏燕一同死。"

徐墨怀面无表情地看了他们好一会儿，目光落在不敢看他的苏燕身上，缓缓扯出一抹满是嘲弄的笑："你凭什么以为朕会为了一个背叛朕的女人放过你？"

他接过侍从递来的长弓，手指从箭矢上抚过，仿佛在思量着什么。苏燕紧抿着唇没有吭声，抑制不住地发抖，却将眼泪憋回去了。

"也不知该说你们谁更蠢，竟真的相信朕会将性命交付到一个女人的手上。"徐墨怀面上带着笑，眼底却是一片漠然。

宁清坊是骗人的话，苏燕也是他留下的诱饵。他自幼经历过数不尽的背叛，自然懂得狡兔三窟的道理。即便是他在温存后深情款款说出的话，也不见得都发自真心。

分明暑热尚未退尽，苏燕却觉得自己置身寒冬，身上冷得厉害。方才她还想跟徐墨怀说上两句好话，此刻却仿佛成了一个哑巴，一点儿声音都发不出来。

紧接着，她听到徐墨怀用近乎残忍的语气说："与其让你杀了她，不如朕亲自动手。"

苏燕终于朝他看了过去，最先看到的是他拉开的弓，以及对准她的箭矢。

四

苏燕能感受到坚硬而冰冷的刀刃紧贴着她的皮肤。只要李骋用力一划，她凄惨的一生便结束了。除此之外，前方还有对准她的头颅的箭矢，来自一个口口声声说会爱她、护她的男人。苏燕难得没有哭出声来，也没有狼狈不堪地求饶。

李骋说喜爱她，不过是将她当作一件玩物，会不顾她的求饶欺辱她、恐吓她。可苏燕从未如怨恨徐墨怀一般怨恨过李骋，只因一早便知道李骋是恶人，也从未指望李骋生出什么怜惜之情，自始至终对李骋都只有畏惧与厌恶——而徐墨怀不同。

"你可想好了，世上可只有一个苏燕，她若死了……"李骋始终不愿相信徐墨怀如此无情，抵在苏燕颈上的匕首又用力几分，压出一道刺目的血痕。

"她算什么东西，死了便死了。"

从徐墨怀的语气中听不出什么情绪，可苏燕总觉得他脸上应当是带着嘲讽的。

她早对他没了心思，然而朝夕相处，到底是有情分在，仍对他抱着一线希望。倘若她稍有些自知之明，也不会感到失望。

徐墨怀与李骋始终是不同的。只因她曾真心倾慕过这个人，也曾满心满眼都是他，妄想着要与他厮守终身。即便她后来知道一切都是假的，也在他阴晴不定的对待下有过片刻的动摇。

也正是因为这些许的不同，在李骋要杀她的时候，她还想着服软求饶，而看到徐墨怀对准她的箭矢，便忽然什么也说不出来了。

日头不算太烈，照在眼睛上却仍觉得有几分刺目，徐墨怀微微眯起眼，紧捏着箭尾的手指又紧了紧。

李骋的手心泛出了冷汗，他自知如今的反抗不过是困兽之争，便附在苏燕的耳边低声说："算我对不住你。"

苏燕的眼睫轻轻颤了一下，她动了动嘴唇，却什么也没说。李骋当然不会如徐墨怀的意，要死也必定会拉着苏燕一起，即便只能让徐墨怀伤心失意也是好的。

羽箭离弦而出，乍然响起裂帛之声。苏燕尚未反应过来，便感到腿上钻心的疼痛，抑制不住地往下跪，与此同时，又一支羽箭破空而来，准而狠地朝她身后之人射去。

苏燕并未回头，却仿佛听到了骨头碎裂的声音，一股温热的液体洒满了她的肩颈，顺着她的脸颊与额头往下滴落。

苏燕看到自己膝上三寸扎着一根羽箭，刺目的红在衣料上缓缓洇开。她瘫坐在地，疼得浑身冒冷汗，下颌的血滴到沙土里，在日光下泛着墨一般的黑。

兴许是因为腿上太疼，苏燕后知后觉地想起脖子上的伤。方才她因疼痛而跪下去的时候脖子从匕首上擦过，此刻伸手摸去，掌心立刻被染红了一大片。

方才还出言威胁徐墨怀的李骋此刻已经没了气息，一根箭矢从他的眼眶穿过，直直地刺穿他的头颅，瞬间要了他的命。李骋当时是躲在苏燕背后的，倘若她没有立刻跪下去，这根箭刺穿的会是她。

很快，方才射箭的薛奉跑过来探李骋的鼻息，确认他死透了，然后悄悄看了一眼苏燕的伤势，才去向徐墨怀禀告。

苏燕瘫坐在地，身上都是血污，并未去看马上的人。她虽是劫后余生，却已经疲倦至极，连半分喜悦都生不出来。

似乎有人从马上下来，走到离她还有几步的时候停下了。苏燕感受到覆在身上的阴影，不去想也知道是谁。

徐墨怀没有扶她起身，没有安抚更没有怜惜，只是漠然地看着她的一身血污，看她落得这样凄惨可笑的模样。而后他转身离开，领着兵马从她身边穿行而过。马蹄扬起的尘土落到了苏燕的裙裾上，也飘到了她的眼睛里。

等马蹄声渐行渐远，她终于克制不住蜷起身子闷声地哭，哭声压抑而沙哑，宛如被割断喉咙的燕鸟在悲鸣。

不知过了多久，苏燕抹了一把脸上的血污，忍着疼想要爬起来，这才有几个侍者过来扶她。他们似乎早就在远处看着她哭，只是一时没上前。

"苏美人，请跟我们走一遭吧。"

洛阳一日之内变了天，王氏满门死伤无数，连昔日人人尊敬的天子恩师常沛都被打入牢狱，那些妄图趁徐墨怀假死改天换地的人，谁又能全身而退？宫门前血流成河，被诛杀的叛贼死状可怕，受牵连者不计其数。

此次平叛如同一张秘密织就的大网，早在心怀不轨的逆臣伺机而动时，徐墨怀就已将他们牢牢握在掌心里，因此动乱仅持续了几日。

宋箬得知外祖也被打入了大牢，起初还犹豫要不要去向徐墨怀求情，而后便得知徐墨怀在朝堂之上公然说："敢以逆贼事谏者，视同谋反，断其四肢。"

有两个大臣不知死活地去求情，徐墨怀当即便让人将他们拖下去处死了，现在殿门前还有未擦净的血。如今徐墨怀正在气头上，朝堂中人人自危。

起初许多人不信他的死讯，坚决不肯另立新帝，与逆贼争论不休，骂得面红耳赤，如今见他好端端地活着，纷纷庆幸自己并未受逆贼蛊惑。

薛奉那一箭下了狠手，箭头刺穿了苏燕的腿，大夫给苏燕治伤的时候却庆幸地说："好在这根箭避开了骨头，且刺穿了，若是箭头留在肉里，你就有的苦吃了，取箭时必定会疼得生不如死。"

虽说如此，大夫为她取箭的时候她也疼得死去活来的，险些哭得昏厥过去。后来每每上药，她都不敢去看那个骇人的血洞。

好在从洛阳回长安的路上，徐墨怀没有狠心到让她拖着身上的伤跟着囚车走，只是一路上也如同对待囚犯一般对待她，似乎只要将她活着带回去就好了。回到长安，徐墨怀也没有来看她一眼，直接将她打入大牢。

宋箬无功无过，没有做任何对不住徐墨怀的事，并未被牵连到此事中。宋箬后来去打探苏燕的下落，才得知苏燕没有被徐墨怀一怒之下斩首，而是被一同打入了大牢。

苏燕被关得偏僻，周围一点儿人声也没有，每日仅有送餐饭的狱卒和大夫会与她说上一两句话。牢房里阴暗湿冷，角落还放着一个供她解手用的恭桶，空气里总泛着一股潮湿腥膻的气味儿。

苏燕腿上的伤时常痛痒不堪。她也不知道自己会被关多久，是否会死在此处。终于有一日狱卒来送饭的时候发现前一日的饭菜尚未动过，便出声唤她："苏娘子，你这又是何必？"

苏燕瞧了一眼他送来的饭菜，恹恹地说："吃不下，看着便恶心。小郎君若是心善，便趁我不注意将我杀了。"

"你为难我做什么呢？"狱卒无奈地叹了口气，将饭菜留下便走了。

次日他再来，门口的饭菜仍未动过。

苏燕似乎是铁了心要将自己饿死，一直到宋箬前来，眼里才有了些生气。

宋箬走进牢房，微微皱了一下眉。从洛阳到长安，她们不过半个月未见，如今苏燕消瘦得厉害，奄奄一息，竟让宋箬想起了入秋后正在凋敝的草木。

"公主，"苏燕抬眼看向宋箬，凌乱的发丝遮住了大半面容，"你去和他说一声，叫他杀了我吧。"

苏燕连开口说话都有气无力的。

仅仅几日牢狱之灾便叫她没了活下去的念想。

宋箸蹲下去，说道："这话我就当没听过。皇兄知道你有苦衷，并非刻意背叛。你托我给他带几句好话，他一心软此事便揭过去了。"

苏燕埋头咳嗽了两声，笑声里都带着嘶哑："我没苦衷，就是想要他死，何必再说这些好听的话。即便他揭过去了，我也是揭不过去的。"

宋箸皱起眉，犹豫片刻，说道："其实皇兄当时并非真心要你的性命。"

苏燕将指甲抠进了肉里，肩膀微微瑟缩起来，原本愤恨的语气也因此刻的虚弱多了些绝望的意味："世上只有我是最蠢的人，只有我被耍得团团转。"

宋箸想扶着苏燕起身，苏燕却因腿伤趔趄着向前倒去。好在宋箸手疾眼快，扶住了苏燕。

"苏燕。"宋箸身上忽然一沉。她拍了拍苏燕，没有得到回答。

一旁的侍从提醒道："公主，苏美人好似昏过去了。"

五

从洛阳回长安的路上，医师向徐墨怀禀告了苏燕的伤势。薛奉在一旁听着，直冒冷汗。他在后方将箭对准苏燕的腿，生怕丁点儿的疏忽会害得她性命不保，或是从此残了。

徐墨怀总说要将苏燕的腿打断，但薛奉知道他只是嘴上说说，要是真的断了，他反而会杀了动手的人。

好在医师仔细查看过，羽箭并未伤到要害，取出箭后好生休养便不会有大碍。薛奉松了一口气，但徐墨怀的脸色依旧不大好。

此次来洛阳，徐墨怀先假意被行刺，再隐匿行踪，本就是为了钓出那些蠢蠢欲动的逆贼。苏燕只是其中并不紧要的一环，即便没有苏燕，徐墨怀也会有其他的法子。

刻意留下苏燕这样大的破绽只是因为他想赌一次，赌他在苏燕心中的分量，赌他会不会同多年前在观音山时一样被苏燕坚定地选择。

薛奉没有忘记徐墨怀得知有兵马去围剿宁清坊时的表情，宛如有狂风暴雨凝聚在他的眼底，呼啸着要将一切摧毁。徐墨怀将自己关在屋子里整整一日水米不进，谁也不敢去打搅。

看到李骋用苏燕的性命相要挟时，徐墨怀从薛奉的手中接过弓箭，小声地提醒了一句"射她的腿"，薛奉便领会了徐墨怀的意思。

救下苏燕之后，徐墨怀并未去查看苏燕的伤势，而是冷漠绝情地带着兵马离开。苏燕躺在地上，身上都是血污，模样看着分外凄惨。然而徐墨怀面色可怕，一行人连多看她几眼都不敢。

很早以前，徐墨怀便学会了不再对人有期望，无论待谁都只给出三分信任，七分虚情假意。

即便相伴十数年的恩师背叛了他，即便一直恭敬以待的外祖也与人密谋，要害他性命，他也仅有片刻的怅然，很快便冷静地在心中反复提醒自己这些都是平常事，早该料到。

唯独对苏燕，他是有过期望的，但她的出卖也不在他的意料之外。于是他在房中踱步，嘲讽自己的自以为是。

世上果然没有人可以相信，他不该耗费自己的心神给无用之人，更不该贪恋什么情爱。世上唯有权势能常伴着他。

将箭矢对准苏燕的时候，他是真的有片刻犹豫。世上背叛他的人都该死，苏燕也不该例外。

她不过是个只会种地、放牛的无知农女。是他让她有衣有食，让她成为人上人，如今她却毫不犹豫地出卖他。从前种种，当真是他鬼迷心窍。

回了长安，徐墨怀让人将苏燕打入大牢，没去见她，似乎是打定主意不再对她心软。

起初看他的表现，连薛奉都以为徐墨怀会杀了苏燕，可每日去牢房给苏燕看伤的医师又会向徐墨怀禀告苏燕的伤势。

直到有一日，狱中的看守前来禀告，说苏燕不吃不喝一心寻死。徐墨怀忙让人叫来了宋箸，交代一番后，宋箸去了大牢探望苏燕。

之后不久，苏燕便昏迷着被人送回了含象殿。薛奉这才确定，徐墨怀是不会杀苏燕了。

碧荷见到奄奄一息的苏燕便眼前一热，立刻让人备好热水替苏燕擦洗身子。听闻苏燕腿上有伤，众人在给她脱衣时也小心翼翼的，纵使已被提醒过了，在见到苏燕腿上可怕的血洞时仍被吓得倒吸一口凉气。

苏燕似乎是感受到了疼痛，梦里都在皱眉头。碧荷给苏燕拿来衣裳，甚至不敢去看苏燕的伤口，生怕再看一眼便心疼地落泪。

医师早在殿外候着，等宫人给苏燕换好衣裳才跟在徐墨怀身后进了寝殿。碧荷看到徐墨怀连忙低下头，以免让他看见自己面上的不忿。

等徐墨怀走远了，同伴才拉过碧荷小声说："美人怎被折磨成这副模样了？你说陛下究竟是怎么想的？"

碧荷摇了摇头，说道："我也不大清楚。早先美人还没进宫的时候，陛下便是如此，一阵好一阵坏的，咱们哪里能说清呢。"

同伴小声嘀咕："这么瞧着美人也挺可怜的……"

榻上的苏燕消瘦了许多，安安静静地躺着，呼吸时胸口的起伏显得有几分微弱。医师小心翼翼地查看了苏燕的伤势，给她重新换了伤药后才开始把脉。露出苏燕腿上的伤处时，徐墨怀别开了眼。

宫里的医师为了不出差错，把脉总是要多费些工夫。这次把脉的时间比从前还久，医师欲言又止地回头看了徐墨怀一眼，又重新将手指搭在了苏燕的手腕上。

徐墨怀皱了下眉，说道："张医师只管说。"

张医师便如实说："依据苏美人的脉象，她已经有了身孕。然而美人身子弱，如今又有伤在身，恐怕未必能保住皇嗣。"

徐墨怀错愕了一下才说："那她自己呢？可有大碍？"

张医师将眉头皱得更深了："臣医术不精。苏美人的身孕已有三月，此时若滑胎恐伤及美人性命。"

徐墨怀攥紧手指，语气沉了沉，说道："必须保住皇嗣，有什么要顾忌的事，医师尽管说便是。"

为苏燕诊治完，张医师又洋洋洒洒写了一大张纸，抄了一份留在含象殿，而后回去吩咐人抓药。

殿内静谧无声，苏燕穿着轻薄的寝衣，乌发堆叠在肩颈处。她脖子上被匕首划出的伤已经快痊愈了，只剩一条轻浅的痕迹。

这真的是他想要的吗？徐墨怀心中生出一种古怪的情绪，可又不愿承认这是懊悔。苏燕背叛了他，世上没有人能在背叛他以后全身而退，可他们又有孩子了。

苏燕这回还会千方百计地想要杀了这个孩子吗？他将目光落到苏燕平坦的小腹处，嗓子忽然有些发干。

在李骋将匕首架在苏燕颈间之时，在回长安的马车上，徐墨怀都在心中反复告诫自己，这一次无论苏燕如何认错求饶，自己都不可以心软半分。

然而他站在马车外听着她嘶哑的哭声，又掐着掌心等着苏燕与他认错。只要她认错了，此事便可以揭过。

一直到落入大牢，苏燕才求他，却只求一死。分不清是愤怒还是慌乱，他立刻叫来了宋箬。

苏燕醒来的时候已经是深夜了，嗓子又干又疼，嘴里有一股苦涩的味道，不知是谁在她昏迷时灌了她汤药。

殿内仅有一束昏黄的光，她看清了这是含象殿的寝殿，愣怔了片刻，扭头朝床榻另一侧看去，果真看到一个僵坐在一旁的身影。

殿内很暗，苏燕却看清了他黑沉沉的一双眼睛。只一眼她便收回了目光，望着帐顶怔怔地发呆。

昏迷时她做了一个难得的好梦，阿娘穿着好看的衣裳，牵着她的手走过长安的街道，满街都是炫目的花灯。梦里的阿娘腰肢窈窕，比她要好看得多，这才让她相信阿娘年轻时是坊间最美的舞姬。

只可惜自她有记忆起，阿娘便一直穿着粗衣麻布，被折磨得形容枯槁了。苏燕失落地想着，倘若一梦不醒也好，便不用醒着面对这些噩梦了。

"燕娘，"徐墨怀突然出声打破了沉默，"你有身孕了。"

苏燕眼神微动，依旧没有看他，也不做任何答复。

徐墨怀继续说："这个孩子，你必须生下来。"

她一怔，漠然地望向他，嗓音干哑："徐墨怀，你怎么不去死？若是重来一遍，我宁愿让你在野外冻死、被野狼咬死……"

徐墨怀面上强装的冷静终于因为这些话有了一丝裂痕。

第十三章

怀 孕

一

苏燕在逼徐墨怀杀了她。

"无论你说什么朕都不会杀你。"徐墨怀微微俯身，神情扭曲而阴冷，"你会生下朕的子嗣，这辈子都别想离开。即便做一对怨侣，朕也绝不放手。"

苏燕听着徐墨怀的话，好似有一条冰冷的毒蛇从她身上爬过，让她忍不住浑身发寒，身躯微微地战栗起来。

他将拇指落在苏燕的唇上按了按，说道："你这张嘴说出来的话，总是让朕十分不满意。"

徐墨怀走后，苏燕的寝殿内便多了两个侍女，她从前并未见过。无论她做什么，这两个人都像影子一样寸步不离地跟着。她不用想也能明白是为了她肚子里的孩子，徐墨怀不会再给她机会堕胎。

回长安之前她便隐约有了预感，但因为从前药喝得太多，身子有些毛病，月事乱得厉害，因此心中仍抱着一丝侥幸，不想竟真的应了最坏的猜想。

一场叛乱过后，朝中人心惶惶。常沛被关在大牢的第七日，徐墨怀终于去见了他一面，而后下令将他腰斩。

至于他的外祖，倘若被处死了恐会落人口舌。总归外祖也到了年纪，徐墨怀打算将其关押起来，日后再寻一个借口，说其自知羞愧不愿苟活于世。

含象殿的侍从比中宫的还要多，连林馥想去见苏燕都被拦在了殿外。林馥知道徐墨怀这个疯子如今正因反贼一事心烦意乱，被拦住便没有再强求。

听闻苏燕有孕，宋箸也去含象殿看了她。宋箸能进去见苏燕，是因为徐墨怀知道宋箸是什么样的人，绝不会同林馥一般多出什么自以为是的恻隐之心。

宋箸见到苏燕的时候她正坐在窗前望着窗外的一棵海棠树，树上的叶子已经泛黄卷曲了，有几只鸟停在树上，实在没什么好看的。

"燕娘，你近日如何了？"宋箸问，"听闻你有孕，我来看看你。"

苏燕扭头看宋箸，神情冷漠而疏离："你不难过吗？那也是你的外祖。"

宋箸闻言面色微微一变，很快回答，话里找不出丝毫破绽："外祖年老昏聩，受了逆贼的蛊惑要夺权篡位，皇兄所为也是为了江山社稷。何况皇兄心软，并未要了外祖的性命，不过是将他软禁了。"

苏燕记得宋箸的外祖曾将自己支开与宋箸单独说了一番话。徐墨怀做了那样多的恶事，她的外祖怎么可能不与她说清楚？

苏燕语气尖锐，紧盯着宋箸的眼睛："你真的不知道吗？你的阿娘与长姐，甚至连你的弟弟都死在了徐墨怀的手上，你还觉得他是对的？你还能将他当自己的皇兄看待？"

苏燕终于明白为何徐晚音会畏惧徐墨怀了，谁能在面对自己的杀母仇人时若无其事？

宋箸脸色有些难看了起来，声音也冷了下去："那些不过是别人编造的传闻，皇兄不会如此。"

"他会！"苏燕站起身，眼中都是疯狂的怒火，"他就是一个疯子，自私自利，眼中只有权势，世上的任何人都不重要！你的父母姐弟皆死在了他的手上。这种人居然能做皇帝，你不觉得可怕吗？"

宋箬往后退了两步，沉声说："燕娘，你不该说这种话。你身体不适，我先回去了，下次再来看你。"

宋箬走出含象殿后心脏依然狂跳不止。早知如此，她便不来了。这些话必定会落到徐墨怀的耳朵里，他知晓她听到了这些，万一对她也动了杀心该如何是好？

果不其然，宋箬才回到自己的寝殿便有侍者过来试探："陛下让奴婢转告公主，王大夫也是公主的外祖，倘若公主想要探望，陛下不会阻拦。"

宋箬忐忑地说："不必了，外祖犯了大错自该好好反省，我心里有数。"

应付完侍者，宋箬依旧心绪难平，脑子里反复回想苏燕的话，心里难免有些不是滋味。

年幼时她便与父母分离，如今千方百计回到宫里做了公主，能依靠的亲人唯有一个徐墨怀。偏偏徐墨怀自私冷血，杀了她本该拥有的家人。

宋箬甚至有些埋怨苏燕将这一切说了出来。倘若不撕开这层纸，她完全可以装作一无所知。即便她知道了又能如何？她有能力去替早已死去的家人报仇不成？

含象殿的宫人再怎么看着苏燕，也无法强硬地撬开她的嘴逼着她好好喝药用膳。补药与汤饭被放到冰冷，她也不肯碰一下。

碧荷端着热好的药哄劝："美人便将药喝了吧。张医师特意嘱咐过了，美人不喝药身子便无法好转，对腹中的皇嗣也不好。"

"正遂了我的意，孽种罢了，留着做什么？"苏燕拄着下巴去看窗外的鸟，任由碧荷如何哄着劝着也不喝。

片刻后，殿内走进来一个人。他淡淡地扫了苏燕一眼，吩咐侍者："都出去吧。"

苏燕知道是谁，依旧坐着不予理会。

徐墨怀坐到她的身边，语气中透着让人毛骨悚然的温柔："燕娘，把药喝了。"

她沉默片刻，接过药碗，下一刻便将药汤朝徐墨怀的脸泼了过去。黑褐色的药汁染满了徐墨怀的面颊，将他额前的发丝弄得湿漉漉的，顺着下颌一滴滴地往下落。

徐墨怀没有发怒，面色平静得诡异。他拿了一张干净的帕子，慢条斯理地擦净脸上的药汤："朕今日去见了常沛。"徐墨怀开口，嗓音竟还是和缓的，"他告知了朕一些事，朕觉得十分有趣。"

常沛告诉他，苏燕得知他所做的一切后竟还认为这是假的，相信他有苦衷。苏燕不安地攥紧了衣袖，徐墨怀越是平静，她的心中越是不安。

"你知道朕为什么杀他们吗？"徐墨怀笑了一声，语气令人后脊发寒。

"朕年幼时，为了不让郭氏为难母后，对郭氏百般讨好。可有一次，朕撞见母后与一个男人私通……"他说起这些，眼中的讽刺越来越深，"那个男人如同野狗一般伏在她身上，而朕就为了替她隐瞒这种事，捂死了郭氏的儿子。"

他第一次杀人后，手都在抖，强装镇定地走回去，路上忍不住想起了当初逃亡时撞见的野狗。而他母后与旁人欢好时会发出一阵似哭似叫的怪声，让人听了便觉得恶心。

"朕在郭氏手底下吃了不少苦头，好在后来朕的羽翼渐丰，让她进了冷宫。朕千辛万苦得到太子之位，只为让母后与长姐过得更好。可长姐得到了权势后不甘放手，不愿朕从她手中拿回这一切，还想扶持一个孽种。"徐墨怀见苏燕面色惨白，不禁俯身发笑，"那孽种早早夭折，她们便怪到朕的头上。朕与她们患难与共，一个孽种便足以让我们离心，难道不可笑？母后与长姐都想要朕的命，所以朕也杀了她们。朕没有什么苦衷，从来都没有！"

他至今记得当时深夜他恍然惊醒，周围漆黑一片，一个人影持着匕首刺向他。他防备心重，枕下时常备着短剑，便毫不迟疑地杀了对方。直到听见惨叫声，他才知道是谁想要他的命。

他不过是软禁了长姐。尚未等到他去问罪，长姐便自缢而死。他推开门，长姐的尸身高高悬挂着。此后，这便成了他心上散不去的梦魇。

"你这个疯子。"苏燕不敢相信徐墨怀会和她说这些，越听越感到惊骇，甚至不知该如何回应。

徐墨怀伸手掰过苏燕的脸，逼迫她直视着他："从来都没有什么苦衷，我就是个十恶不赦的罪人。我自私歹毒，什么坏事都做过。这世上的人带给我的只有背叛和抛弃，唯有权势是我能紧握在手里的东西。"

他沉下语气："现在你看清了？我就是这样的人，世上从来没有什么莫淮。莫淮也不爱你，唯有你眼前这个疯子爱你。"

他语气阴狠，似乎要将这些话刻入苏燕的心里。

苏燕强硬地掰开他的手，小指疼得闷哼一声。徐墨怀终于放开了她，眼神依旧像是一只吃人的恶兽。

"你谁也不爱，分明只爱自己。"苏燕遍体生寒，声音微微发颤，"你要人付出真心，自己却虚情假意，世上哪有这么好的事？何其可笑，何其无耻！"

他面色缓和，发出一声极轻的冷笑："燕娘，你该喝药了。"

苏燕尚未从惊骇畏惧中缓过神，便有人端着一碗热气腾腾的药汤进来，似乎是早就备好了。见面色惶恐的碧荷被人押了进来，苏燕猛地睁大了眼，看向徐墨怀。

他若无其事地说："喝药吧。"

苏燕依旧没有动作，徐墨怀也不发怒，轻声说："给朕一根根剁了那宫婢的手指，苏美人何时喝药何时停下。"

他说完，碧荷便哭喊着求饶。苏燕绷直背脊，强装作听不见。徐墨怀今日可以拿碧荷威胁她，明日便可以用张大夫，往后还有更多人，她难道要一直屈服下去吗？

"美人！美人救救奴婢！陛下饶了奴婢吧！求求美人……"

苏燕想狠心一次，可碧荷的哭声清晰刺耳，如同刀子似的往她心上插。眼看着侍者已经将碧荷的手掰开按在了地上，苏燕实在无法说服自己残忍地看着这一切。

苏燕伸手扯住徐墨怀的袖子，倔强的眼睛里泛着泪花。她一言不发，徐墨怀却明白了她的意思，这已经象征着她服软了。

"好了，放开她吧。"徐墨怀吩咐下去。

碧荷被吓得浑身瘫软，背后一层冷汗。她惶恐地给徐墨怀和苏燕磕头谢罪，尽管自身没有任何错误。

"药凉了对身子不好。"他将药碗朝苏燕的方向推了推。

苏燕的手还在发颤，她端起药碗的时候药汤都在晃。他皱了下眉，想接过药碗喂给她。苏燕避开他，面色苍白地说："我自己会喝。"

不过是一碗补身子的药，她却一副视死如归的表情，好似药里掺了毒一般。苏燕抿了一口药汁，眼泪吧嗒吧嗒地落进碗里。

她吸了吸鼻子，一鼓作气将药饮尽。徐墨怀给她递来漱口的清茶，她仿佛没看见一般自顾自地倒茶。

徐墨怀沉沉地看了她一眼，并未多做计较，伸手抚了抚她的头发："这些日子你便留在殿里好生休养，朕会时常来看你。"

苏燕低垂着眼，手指紧攥成拳。她声音颤抖地问他："若是我宁死不说，被他们折磨死，你是不是就满意了？"

为了试探她是否会背叛他就将她置于险境，世上有几人经得起这样的试探？

徐墨怀静静地看着她，笃定地说："你不会死。"

"李骋掰断我的手指，想要强暴我，还险些要了我的命。只要我不死，受点儿伤也不算什么，是不是？"苏燕低着头，望着被攥成一团的衣袖。

她从前怎么这么蠢笨，不肯相信世上会有这样的恶人。即便常沛告诉她徐墨怀罪无可赦，她依旧想替他辩解一二。

徐墨怀良久没有回答。

苏燕只觉得身心疲倦，也不想再要什么答案了。无非是他自负傲慢，以为一切都在掌控之中，因此可以拿她的性命安危来赌。

"朕早有安排。"

苏燕什么也不想听，像只被水淋湿的鸟恹恹地耷拉着肩膀："我想歇息了。"

徐墨怀知道这是借口，依然站起身将她面上的泪痕擦了擦。他似乎想说什么，却只是一言不发地看了她一会儿，转身离开了寝殿。

二

入秋后各地都迎来了连绵不断的阴雨，寒气丝丝缕缕地往衣服里钻，怎么都挡不住。

林照抗击敌军有功，调任到江南一带，虽说比起在长安做尚书的时候差远了，但总比在天寒地冻的朔州要好。

从朔州去往江南的路上途经长安，夫妇二人想回去看望亲人。又听闻徐墨怀即将喜得一子，徐晚音坚持要进宫祝贺。

连着下了好几日的雨，路上泥泞难行，车轮卡在泥地里出不来，徐晚音迫于无奈下了马车，等着侍从将马车给推出来。

"林拾，究竟还有多久啊？"徐晚音嫌弃地看了一眼鞋上沾染的泥水，眉头紧皱在一起。

林照在一边给她撑着伞，宽慰道："不要催，他们也在淋雨。"

徐晚音嘟囔："正因他们在淋雨，我才想让他们快些，又不是在埋怨他们，你怪我做什么？"

林照失笑，无奈地说："我何时怪你了？平白冤枉人。"

林拾一言不发，驾着马想让马车出来，雨丝飘到她身上，她的墨发都被打湿了，一缕缕地贴在颊边。过了好一会儿马车才被推出来，林拾身上的衣裳也湿得差不多了。

徐晚音钻进马车后探出身子唤了林拾一声："你快进来将湿衣裳换了，若是染了风寒可没人照看你。"

林拾也不跟徐晚音客气，进了马车。

她是偶然遇到林照夫妇的。

苏燕被李骋掠走，幽州都是胡人和叛贼，城里的百姓都要活不下去了。

林拾见救不出苏燕，只好转身离开，在晋州住了好一阵子，前不久才遇上要南下的徐晚音。

徐晚音大概是同林照吵架后独自跑出来的，又在街上跟人起了争执，被坊间口无遮拦的婆娘骂得直掉眼泪。她只会说等她夫君来了就砍了对方的脑袋，对方见她独自一人，便生了歹意想要动手。

林拾本不想管的，见对方要动手才上前阻止，而后便稀里糊涂地跟着他们夫妇。林拾也不知自己为何要答应跟着徐晚音，大概是心里还隐约抱着一线希望，盼着日后能再见到林馥。

时隔许久，林照已经不再对林拾带林馥出逃的事耿耿于怀了，偶尔也会同林拾说起林馥的近况。

徐晚音等林拾换好衣裳，掀开车帘去看云雾缭绕的连绵山川："就快到长安了，日子过得可真快。"

徐晚音想到了宋箬，还是觉得有些难堪。林照说了，此番回去必定是要带着她一同去给宋箬谢罪的。徐晚音知道这是理所应当，只是每每想起便不由得害怕宋箬出言讽刺，倘若再碰见从前结识的长安贵女便更丢脸了。

林拾大概猜到了徐晚音在想什么，说道："其实没什么好担心的，至少郎君始终陪着你。"

徐晚音面色一红，轻哼一声："分明是我陪着他。"

苏燕有孕后身子格外差，本就没什么胃口还要时常喝药，一吃东西便往外吐，严重到徐墨怀以为她是故意为之，特意去问了大夫。

苏燕被这个孩子折磨得心烦意乱，而且徐墨怀分明有政务要处理，却还是每日陪她同寝同食。她本就胃口不好，时刻被徐墨怀盯着，更是用不下饭。

用膳时他见苏燕吃不下，屡次问她想吃什么。

她被烦得没法子，便随口胡说："想吃云塘镇的糕点。"

"什么糕点？"他追问道。

苏燕睨了他一眼，不耐烦地说："当初被你扔掉的。总归也吃不到，问那么多做什么？"

徐墨怀这才想起那件事，随后像是自觉理亏，没有再问她什么话了。她本以为这件事就这么过去了，谁知半个月后便有人送了糕点来含象殿，说是要让她尝一尝。

过了太久，苏燕已经不记得当初那糕点的味道了，只是看着有些眼熟。宫里的点心都做得精致，像雕花似的，这样平平无奇的看着便奇怪，她立刻回想起了与徐墨怀的对话。

苏燕不知道他用了什么法子，兴许是将当初做糕点的人带回了长安，或是派人去学了做糕点的手艺。不过这些都不重要，她只咬了一小口便没再碰过。

夜里徐墨怀来到寝殿，自然也看到了几乎没被碰过的糕点，问她："还是不合胃口？"

她头也不抬地继续练字，冷淡地说："从前没见过世面，如今发现也不过如此，早就没什么好留恋的了。"

这话颇有指桑骂槐的意思，徐墨怀皱了下眉，走到她身边，拈起一块糕点放入口中。点心在舌尖化开，味道甜腻粗劣，的确不值得留恋，可她当初分明十分喜欢，如今当真一口也吃不下吗？

"只是记得你当初爱吃。"他垂下眼，捻了捻指腹上的碎屑，眸中竟有几分失落。

苏燕不吭声，专心练字，握笔的手总是忍不住发抖。徐墨怀从她的身后揽住她，手掌覆上她握笔的手，带着她一笔一画地写字。

"此处写错了，不是这样。"

他的语气、动作，都和在马家村时一模一样，然而一切物是人非，苏燕早已不是当初被他揽着写字便能面红心跳的无知少女了。

过了片刻，徐墨怀将手掌放到她的小腹处，问她："燕娘，你说这个孩子是男还是女？"

苏燕没有回答他的问题。

他也不在意，自顾自地说："朕不喜欢孩子，是个男孩儿最好。若是男孩儿，朕便封他做太子，日后你便不必再有身孕。"

苏燕的小腹已经微微隆起，他将手放在上面能感受到些许不同。虽说他不懂，却能看出苏燕被这孩子折磨得日渐消瘦。

虽不知旁人即将为人父时是怎样的心情，但他并未有太多欣喜，只是盼着这个孩子早日落地，似乎只有这样苏燕才能得到解脱。

郭氏有孩子后便开始冷落他、虐待他，母后后来有了孩子也渐渐疏远了他。意识到这些，如今即便是面对自己的孩子，他心里也生出一种不安来。

三

林照带着徐晚音回了一趟家。

原本他的族人对徐晚音颇为不满，一度劝他休了已经不是公主的徐晚音。

然而在林照和徐晚音丁朔州共患难之后，众人都看开了，不再管他们夫妇的事。徐晚音也能察觉林氏族人对她态度的转变，虽说早料到会如此，还是忍不住低落。

徐墨怀收到林照的书信，知道林照想带徐晚音入宫觐见，便让人去问了宋箸的意思。

宋箸当然不会拒绝，也想看看昔日趾高气扬的徐晚音在自己面前卑躬屈膝的模样。至于林照，即便她曾经有过不甘，也早就释然了。

林照去见徐墨怀，先是寒暄了一番，交代了政务上的事，而后才说起徐晚音。虽说徐墨怀已借此事打压了林氏，林照依然心怀愧疚。是他不小心让堂堂公主流落到民间，且为了一己私欲迟迟不肯说出宋箸的真实身份。

徐墨怀与林照一同走出殿门，徐晚音站在台阶下等着，心虚地看了一眼徐墨怀，而后小声地唤了他一声："皇兄……"

林照对她摇了摇头。

徐晚音只好委屈地换了个叫法："见过陛下。"

徐墨怀不置可否，瞥了她一眼，说道："你若是想去找皇后叙旧便去吧。"

她应了一声，又小声说："恭贺陛下喜得皇嗣。"

徐墨怀微微颔首，示意他听到了。

林馥在宫中待得实在无趣，听闻徐晚音与林照进宫，早早地便去迎接他们，谁知却见到了一个让她意想不到的人。

林拾站在徐晚音身后，穿着一身枣红狩猎纹圆领袍，腰间系着革带，墨发高高束起，英姿飒爽更甚从前。

她在离林拾还有几步的时候停下，强装镇定地瞥了林拾一眼，又红着眼眶去看徐晚音和林照，与徐晚音说了没几句，便时不时瞟向一旁的林拾。

林照看出林馥心不在焉，轻轻扯了扯徐晚音的衣角，说道："我们还有事，先走一步，你们主仆二人便好好叙旧，等办完事再让林拾随我们走。"

听到林拾要走，林馥心中又是一阵失落，几乎想去找徐墨怀求一个恩典，就此将林拾留在宫中。

可林馥清楚，倘若贸然留下林拾，徐墨怀必定会命人调查林拾的底细，没准儿连苏燕是林拾带走的都能查出来。

见到彼此之前，她们有很多话想跟对方说，然而真正见到了，却突然不知从何说起。

"苏燕又有身孕了。"林馥开口道。

"在路上的时候听郎君他们说起过。"

林馥眼眶发热，小声说："陪我走走吧。"

苏燕待在含象殿从不外出，一是对外面的一切都兴致寥寥，二是她的腿伤未好。而且徐墨怀看她看得十分紧，根本不许她接触外人。

苏燕坐在庭中晒太阳，看着侍女们给尚未出生的皇嗣缝制新衣，七嘴八舌地议论着这个孩子是男是女。唯有她面色冷淡，似乎对这些毫不关心。

徐墨怀来到含象殿的时候苏燕倚在躺椅上睡着了，秋日里的光暖融融的，晒得人骨头发酥。苏燕倒是不讲究，扯着外袍的半只袖子盖住了眼睛。

　　日光穿过树梢洒下一地斑驳碎金，她的脸颊也被晒得微微发红，她总算比前几日苍白如纸的模样好了许多。她的小腹已经有了明显的隆起弧度，更衬得整个人纤瘦极了。

　　徐墨怀屏退宫人，坐到苏燕的身边，垂眼去看她的小腹。这孩子一天天长大，苏燕也在一天天变得憔悴不堪。他时常觉得那不是个孩子，而是吸食母亲精血的害虫。

　　过了不知多久，苏燕翻了个身，遮在眼前的衣袖随之掉落。

　　刺目的光让她醒了过来。她抬手遮挡光线，眯着眼睛去看周围，只看到徐墨怀一个人坐在她身侧。

　　"还困吗？"他正在给她编头发，"朕抱你回去睡。"

　　殿内又阴又冷，她不想进去，便摇了摇头，将衣服蒙到脸上，不再理会他。

　　"有一个东西，朕忘了还给你。"徐墨怀从袖中拿出一个小匣子递给苏燕。

　　她皱着眉打开，看到里面放着一只玉镯，正是她母亲留下的那只。

　　他又说："见你总戴着，朕让人又选了几只成色好的昆山玉给你送来。"

　　红木匣子上雕着繁复的花纹，连花纹里镶嵌的和边上的搭扣都是玉石做的，匣中的玉镯在这样的衬托下黯然失色。

　　他将镯子取出来给苏燕戴上。

　　她却愣了一下，随后眨了眨眼，说："你那些都不适合我，那些都太贵重了。"

　　"再贵重也不过是死物罢了。"

　　苏燕面对他的时候话格外少。换作从前，她心情好了还能与他说笑两句，如今是能不搭理便不搭理了。

　　"张医师说你的伤还没好，不能吃太多发物，鱼脍也不要吃了，等孩子生下来再说吧。"

徐墨怀记得张医师说过，苏燕的身子大不如从前，若再次滑胎恐怕连命都保不住。他只好让人时刻盯着苏燕，不让她有将这孩子除去的机会。

这话到苏燕的耳朵里却变了一层意思，她只觉得徐墨怀是因为心病无法临幸其他后妃，便只能指望着她诞下皇嗣。

她既是徐墨怀一个人的妓子，也是他用来繁衍子嗣的工具，算不得一个真正的人。如今她日夜都在后悔。

夜里站在庭中，她时常感到这辉煌巍峨的殿宇变得鬼气森森，仿佛幻化成了一个方正的巨大牢笼，将她死死困在其中。

窗前的海棠树上时常有飞鸟驻足。苏燕发呆的时候就去看那些鸟，似乎连它们都比她过得自在。

徐墨怀编头发的手艺并不好。见苏燕抬手要去拆掉，他倾身去吻她，冰凉的发丝垂落，从她的眼帘上轻轻扫过。

"燕娘，张嘴。"徐墨怀咬了她一下，轻声催促着。

苏燕顺从地张开嘴，任由他在唇齿间肆意妄为。这一切总有尽头，无论多难熬，她都一定能熬过去。

随着苏燕的小腹一天比一天高耸，徐墨怀夜里会睡在床榻边给她翻身，小心翼翼地照看她，竟让她想起从前照料徐墨怀时候的事。

她因身上有伤不爱走动，四肢便时常僵痛难忍。徐墨怀会在她皱眉的时候放下折子，亲自给她揉捏腿脚。

补药一碗碗地喂下去，苏燕的身体却没有太大起色，唯一好的是她虽仍旧不爱搭理他，却总算不再抗拒他的靠近。倘若夜里他迟迟没有去含象殿，她还会去询问侍奉的宫人。

似乎一切都在变好，苏燕已经看清了他的真实面目，却还是在试着接受他，他们会成为彼此新的家人。

秋末雷声大作，夜里下起了瓢泼大雨。徐墨怀去含象殿的时候迟了一些，殿内的烛火已经熄灭，苏燕早早地睡下了。

徐墨怀走入殿中，照看的宫人便自觉退了下去。因进来的时候外袍浸了一层冰冷的寒气，他便将衣裳脱下放在一边，没有立刻去碰睡熟的苏燕。

殿中漆黑一片，他安静地坐了一会儿，想等身上的寒意散去，身子渐渐回暖之后再躺到她身侧。

轰隆作响的雷声十分骇人，苏燕即便在睡梦中也感受到了什么，口中发出些含混不清的呓语，面色也十分痛苦，似乎是做了噩梦。

"燕娘。"徐墨怀唤了一声，想要将她叫醒。

苏燕的手指将被子绞成一团，她在一声惊雷后睁开了眼，而后便被徐墨怀捞起来抱到怀里。

顾忌着苏燕的身孕，徐墨怀的动作十分小心，仅仅是拍着她的后背安抚。苏燕伏在他的肩头，肩膀微微颤动着，墨发披散而下，遮住了她的面容。

她似乎是想确认什么，出声询问，语气惊惶不安："徐墨怀？"

"我在这里。方才你做了噩梦，没事……"徐墨怀话音未落，腹上忽然传来难忍的剧痛，而后有温热的东西洇开。他闷哼一声，松开苏燕，冰冷的手朝着腹部探去。

电闪雷鸣间，漆黑如墨的夜空被撕裂，顷刻间天光大亮，将苏燕的面孔照得惨白，仅仅是一瞬间，光亮又归于黑暗。

寂静中唯有窗外风雨大作，树影摇曳如张牙舞爪的鬼魅，然而他还是看清了那根没入他的腰腹的银簪。

苏燕的声音颤抖，她一动不动地坐在他的身前，喃喃自语："这是你欠我的……"

徐墨怀俯身捂住伤处，良久未动。他有很多话想问，然而过了好一会儿了，却只沙哑地说了声："很好。"

四

殿外风雨交加，徐墨怀勉强走出去，立刻被侍者搀扶去了侧殿，而后有侍女将苏燕严加看管。

医师很快便赶到为徐墨怀清理上药，折腾的时间算不上短。好在隔着衣裳，苏燕的力气有限，簪子也算不上锋利，只将将没入皮肉一寸。

　　徐墨怀将那支沾满血的银簪拾起来仔细看，才发现银簪的尖端其实被打磨过，虽说磨得十分粗糙，也的确算是件伤人的利器。

　　他不知她是从什么时候开始打磨这根银簪的，又在枕下放了多久，但可以知道的是，苏燕的确有要杀他的心思，且在很久之前便开始准备了。

　　徐墨怀以为自己会怒不可遏，会想杀了苏燕，可看着掌心的血，却忍不住想起苏燕缩着身子往后退的动作。不知她是畏惧更多还是厌恶更多，可无论是哪一种，都足以令他心寒沮丧。

　　他以为一切都在渐渐好转，甚至对往后的日子都有了憧憬，然而苏燕轻而易举便将他的一厢情愿打碎了，告诉他无论如何弥补都是徒劳，他们俩根本无法重归于好。

　　医师没敢问徐墨怀的伤是如何来的。

　　一直等医师处理好伤口退下去了，薛奉才上前问道："陛下可要处置苏美人？"

　　殿外的狂风依旧未停，风雨呼啸着拍打草木。徐墨怀仿佛听不清薛奉说了什么，一切声响落到他的耳中都成了刺人的讥笑。

　　他瞧了一眼窗外哗啦啦的大雨，忽然想起从前在马家村也下过一场瓢泼大雨，山野间雷声轰鸣，格外吓人。

　　苏燕的简陋屋舍在风雨中显得很是脆弱，雨水拍打瓦片的声音近在耳侧，吵得人无法安睡。

　　苏燕被雷声吵醒，起身悄悄走到他的床边，小声地唤他："阿郎，打雷了……你怕不怕？你醒了吗？"

　　那时候苏燕十六岁，说话时带有去不掉土气的乡音。没有得到徐墨怀的回答，她便探出手扯住他的衣角。徐墨怀听到了她的声音，微微皱起眉，转身按住她的手。

　　那样微弱的声音，在嘈杂的雨声中分明微不可闻，他却听得很清晰，甚至不经意记了这么多年，怎么他们就走到了今日的局面？

"苏美人被噩梦魇住了，此事不必声张。"过了好一会儿，徐墨怀才开口回答了薛奉的问题。

或许他不该对苏燕步步紧逼。

苏燕不记得自己将银簪藏在枕下多久了。起初她想拿来了结自己，可思来想去，又始终是怕死的。活着不是件容易的事，死后更要去阴曹地府受折磨，凭什么是她遭受这些？

苏燕日日待在含象殿，身边时刻有人盯着。时间久了，她便忍不住胡思乱想，想到日后这个孩子会遭受什么，想到阿依木的下场，想到她凄惨的死法。

一直到有人端来热水，给她擦去满手的鲜血，苏燕才恍然想起自己做了什么。

她做了噩梦，看到眼前的人是徐墨怀，便开始害怕，下意识地想要他去死。

苏燕用干帕子擦去手上的水，手指微微战栗着，不安地问婢女："陛下呢？"

婢女们默不作声，没有一个人回答她。她好似还陷在沉沉的梦魇中醒不来，坐在榻上反复擦着已经洗净的手，用力到手背泛红。

雨停是翌日清早的事，当夜发生的事没有走漏丁点儿风声。除了徐墨怀声称身体不适没有去上朝，一切都看不出什么异样。

含象殿有些许变化，苏燕的金簪、银簪都被换了样式，匣子里大多是绢花。殿内的瓷器茶盏也少了许多，甚至还有人每日清点是否有缺漏，不给苏燕任何行刺与寻死的可能。

那日后，徐墨怀很少踏入含象殿，偶尔过去也是趁苏燕熟睡时，只远远地看上她一眼便走。

不等入冬，徐墨怀的外祖便离开了人世。常沛与徐墨怀的外祖死后，这世上了解徐墨怀的人又少了两个，似乎只剩下苏燕知道他真正的模样。

徐墨怀已经尽量留给苏燕喘息的余地了，然而还是从宫人口中得知苏燕日渐消沉。她时常梦中惊悸，或好端端地坐在窗前，莫名其妙地掉眼泪。

他让人搜罗了一些有趣的玩意儿送到含象殿，也都无济于事。迫于无奈，他只能让林馥偶尔去看苏燕几次，且对林馥与人书信往来的事睁一只眼闭一只眼。

林馥是林家人，同宋箬有过龃龉，她们都没大度到能当无事发生。因此宋箬在的时候，林馥总是要避开。宋箬前脚从含象殿离开，林馥才带着各式补身子的药和珍奇异宝去看苏燕。

苏燕不识货，徐墨怀却不是个好糊弄的。有后妃给苏燕送了以次充好的熏香，他便命人寻来最劣等的香料让那后妃烧了整整一个月，呛得她食不下咽。

林馥在挑选礼物上倒十分上心，也盼着苏燕的孩子能平安生下来。倘若与苏燕情谊深厚，她日后也能有个依靠。

入冬后苏燕几乎连殿门都不出，殿内暖融融的，地上铺了一层软和的绒毯。她的肚子高高隆起，像一座小小的山丘。

苏燕没再继续消瘦下去，只是看着仍旧有几分憔悴，与人说话的时候也没有了从前那股快活劲儿。林馥见到苏燕的时候，苏燕扶着腰站起身想要行礼，动作因肚子太大显得有几分笨拙。

"不必行礼了。"林馥坐到苏燕身边，好奇地去看她的肚子，"似乎又大了一些，再过不久便要生产了吧？"

林馥问了一句，苏燕的表情十分迷茫。

"应当是的。"她伸手抚摩自己的肚子，总算不再像最初那般抗拒，时间过得太慢，最初对这孩子的厌恶与排斥成了如今的习惯与妥协。

苏燕见林馥实在好奇，便问："你想摸一摸吗？"

林馥瞧了一眼周围侍者的脸色，见他们没有面露异样，这才有些欣喜地问："可以摸吗？"

徐墨怀知道了不会当她有坏心思便好。

苏燕拉过林馥的手，放到自己浑圆的小腹上。小腹触感温热又紧实，不软，让林馥想到了熟透的瓜果，好似随时要炸开似的。

"燕娘，你说这个孩子是男是女？"

苏燕低垂着头，正在看自己的肚子，愣愣地说："我不知道。"

林馥觉得苏燕好像什么都不知道，问起与这个孩子有关的事，苏燕总是答不上来，甚至连孩子的名字也未想过。

"那你希望他是男还是女？"

"是个男孩儿最好。"苏燕闷闷不乐地说。

如果是个女孩儿，徐墨怀为了要皇子，兴许会逼着她再怀一次。她不想。

林馥看到苏燕这副模样，心软了几分，嗓音也越发温和："燕娘，这是你的孩子，他会是你的家人。日后你会看着他长大，教他走路、说话。

"你是要做母亲的人了，以后孩子可以是你的依靠。你也不必再因为那些过往伤心难过，何不当这是一个新的开始？"

苏燕早就没了阿娘，忽然从一个懵懂的少女变成母亲，从来没有人告诉过她该怎么做。这个孩子不是承载着父母的爱意到来的，苏燕面对这样突然到来的一个生命，感受到的只有陌生与不安。

直到如今，只有林馥轻声细语地劝她，说这个孩子会成为她的家人，可以成为她的依靠。苏燕心上某处坚硬的寒冰似乎被融化了，变得柔软起来。

她从来只当这是徐墨怀的孽种，没想过这也是她自己的孩子。也许她可以教导好这个孩子呢？

"你说得也对。"苏燕抚上自己的腹部，仿佛能感受到底下传来的心跳。

她找不到家人，但可以给自己带来一个家人。苏燕反复想着林馥的话，"家人"二字似乎成了某种执念，一旦触碰到便会疯狂地将她空荡荡的心填满。

"我不会是孤零零的一个人，还有一个孩子。"苏燕小声地嘀咕了一句，手下意识地贴到自己圆滚滚的肚子上，安抚似的摸了两下。

得知林馥去见过苏燕以后苏燕没有往日那般消沉了，徐墨怀让人给中宫送了不少赏赐。林馥一件都不要，只是委婉地跟他说，她在宫中无亲无友十分寂寞，想让自幼与她相伴的一位侍女进宫侍奉。

此刻林家已不似从前，林馥也极为乖顺，徐墨怀便没有命人彻查林拾的身份，得知林拾的确是一个侍女后，便准许其进宫陪伴林馥。

苏燕也得知了这件事，在徐墨怀去看她的时候难得温柔地垂眼，坐在火炉边很小声地说："你要不要摸摸我的孩子？"

有那么一瞬，他还以为是自己听错了，愣怔地看向她。

苏燕的脸颊被炉火烤得发红，轮廓稍微圆润了一些，像是街市上卖的糖人。徐墨怀的嗓子里似乎卡了一颗石子，他一张口就感到喉咙干哑发疼。

他小心翼翼地将手掌放上去，心里竟也有了些微妙的感受。这个让他感到不安和陌生的孩子，只因苏燕轻飘飘的一句话就让他期待了起来。

苏燕生产的时候正是新春，这一年的冬日似乎格外长。徐墨怀夜里在紫宸殿歇息，忽闻苏燕生产了，只披了件衣裳便急忙赶去了含象殿。

虽然是深夜，却因为下了雪，不用提灯笼四周也是明晃晃的，徐墨怀走得很急，碎雪都往他的衣襟里灌。他到的时候面色冻得苍白，手指也僵冷得无法蜷起。

他要进去，宫婢本欲劝阻，一见他的表情又不敢出声了，任由徐墨怀走进了屋子。他肩发上落的雪一遇热便化成了水，鬓发湿漉漉地贴着脸颊，看着好似淋过雨一般。

碧荷手忙脚乱地端来热水与巾帕，不断出声安抚苏燕。榻上的苏燕本该是最慌乱不安的人，可到了这一刻，竟有一种"终于到了"的解脱感，反而从心底生出一股勇气来。

生产的疼痛与她从前受过的所有疼痛都不同。她感觉自己的后腰仿佛要断了，整个下身似乎都不属于自己了。她只能大口地呼吸着，盼着一切早些结束。

时间似乎被拉得很长，也不知究竟过去了多久，苏燕总算听到了婴儿嘹亮的啼哭声以及众人欢喜雀跃的声音。

她闭了闭眼，什么也不想问，只想立刻困觉，谁知却有一只微凉的手抓紧了她。她能感受到，那只手是发抖的。

"燕娘？"徐墨怀唤了她一声，似乎在试探她的反应。

苏燕早已疲惫不堪，眨了眨眼看向依然面色紧绷着的徐墨怀，并未应声。

看到了她的反应，徐墨怀的面色渐渐缓和下来，他笑了笑，说道："没事了，你歇息吧。"

五

清早的时候出了太阳，阳光打在人身上仍旧没有多少暖意，只是雪渐渐停了。张大夫一早便听闻昨夜苏燕生产的事，飞快地穿了冬衣往含象殿赶去。

他瞎了一只眼睛，腿脚也不好，沿着墙边走得格外慢，快到的时候正好迎面碰上一个衣着华贵的女子领着几个宫人从含象殿那边走过来。

"怎的有人这样小气？我好歹也是皇后，连看人一眼都不成了？说苏燕需要歇息不让人打搅，他自己为何不走？孩子我才看了一眼便被抱走了！我能将他儿子吃了不成？"

林馥语气里尽是不满，步子也很快。后方跟着的侍者们也没人敢应声，只有林拾会点头发笑。

"知道苏燕无事便好了，等她身子好些了我们再来。"林拾安抚了一句，又将手上捏好的雪团递给她看。

"你也不嫌冷，捏这玩意儿做什么……"她嘴上说着不好，却还是接过了。

张大夫站在墙边，等她们经过后便不动了，犹豫着还要不要去含象殿。连皇后都没能见上苏燕一面，他去了多半也是白去，不过至少已经知晓苏燕无事，没什么好担忧的了。思量半刻，张大夫转身往回走。

苏燕生产本就在深夜，又耗费了那么大气力，生完已是困倦得不行，因此睡得格外久。徐墨怀放心不下，不让医师离开，每隔半个时辰便要人去给她诊脉。

众人一整夜未睡，连早膳都是在含象殿用的。虽说领了赏钱，也抵挡不住忙碌一夜的困倦，纷纷耷拉着眼皮无精打采地在殿里候着。

唯有徐墨怀仿佛毫不疲倦，时而看看苏燕，时而看一眼新生的小皇子，只是眼睛里的红血丝如何也掩不去。

苏燕醒来时已是日上三竿。见她睡醒了，尚药局的医师和女官纷纷松了口气，徐墨怀也终于开口让他们回去了。

苏燕一起身便有人端来热汤给她喝下。她下意识地摸已经平坦不少的腹部，虽说孩子已经生出来了，肚子却还是微微鼓着。

没等她开口问，徐墨怀便说："是个皇子，看着……很好。"

苏燕以为他会说出什么夸奖孩子的话，谁知他张了张口却顿住了，只留下一个"很好"的评价。

面对这个孩子，徐墨怀竟不知道该说些什么。初为人父的感觉十分微妙，欣喜之余还伴随着困惑与不安，他不知旁人是否也是如此。

没有人教导过苏燕如何做好一个母亲，也没有人教导过徐墨怀如何做好一位父亲。

他甚至没有一个很好的榜样。

他对任何人都保持着猜忌与防备，如今有了孩子，当然不能像对待旁人一样对待自己的孩子。

苏燕喝了汤，干涩的嗓子舒服了许多，朝徐墨怀的身后看了一眼，声音依然虚弱："孩子在哪儿？"

奶娘将孩子抱来给苏燕看。

襁褓裹着小小一团，脑袋还没有她的巴掌大，五官皱巴巴的，难怪徐墨怀夸不出口了。

苏燕有些幽怨地叹了口气。

徐墨怀以为她身子不适，问道："怎么了？"

"怎么也是这副模样？"

这跟李骋的孩子似乎也没什么区别。

他立刻便明白了苏燕的意思，笑道："他刚生出来，等再大些便好看了。"

苏燕想了想，身为人母说孩子不好看似乎是有些不对，便勉强接受了。毕竟徐墨怀虽然内里惹人厌恶，外表却能骗到不少人，而她自己也生得清丽，孩子也要长得好看才成。

她突然想起来，自己还未想过孩子的名字，便问他："有名字了吗？"

"就叫成瑾吧，徐成瑾。山薮藏疾，瑾瑜匿瑕。"徐墨怀为孩子起名的时候，偶然翻到这句便记下了，无论孩子是男是女，都能用。

苏燕没有听懂是什么意思，也不问，只说："那就唤他阿瑾。"

徐墨怀对苏燕的看管十分严格，尤其是她生产之后。倘若没有要事，即便是林馥和宋箬，想见苏燕一面都十分不容易。

直到苏燕喝了一阵子药，恶露渐渐排干净了，身子也恢复得很好，徐墨怀才允许她到处走动。

徐成瑾并不是个安分的孩子，虽说白日里多在睡觉，但只要醒着便会无缘无故地大哭。苏燕自认是十分有耐性的人，但几次过后也被烦得没法子了。

徐成瑾哭得停不下来，苏燕如何哄都没有效用，便气得跟着他一起哭。紧接着含象殿里的宫人和奶娘就一边哄徐成瑾，一边安抚情绪不稳的苏燕。

比起怀孕时对孩子的漠不关心，徐成瑾出生后，苏燕几乎将所有心思都放到了他的身上。

苏燕时刻注意着徐成瑾是否健康，对其他事则漠不关心，也从不问与徐墨怀有关的事，甚至鲜少考虑自己。

徐墨怀想，虽说与从前相比苏燕的变化太大，但毕竟她初为人母，想来会格外不同些。

孩子满月后长得越发惹人怜爱，身为徐墨怀的长子，他的满月礼十分盛大，不仅有朝臣前来庆贺，甚至连一些番邦属国都赶来进贡道贺。

其他君王在徐墨怀这个年纪已经有了许多子嗣，他的长子却来得很迟，孩子的生母又是一个身份低微的美人，因此朝中便传起一些风言风语。

宋箬结识了一些长安贵女，时至上巳节，便有人下了花帖邀请她一同踏春出游，临水宴饮。

她回宫的时候恰好遇上了孟鹤之。孟鹤之身量高，站得笔直，穿着青色官袍的时候总让宋箸想到苍翠的竹子。见宋箸从马车上跳下去，孟鹤之扶了她一把，与她行了个礼。

"你去见过皇兄了？"

孟鹤之摇了摇头："陛下去见苏美人了，不在紫宸殿。我要说的也算不上什么要事，便没有等。"

"小皇子还小，皇兄觉得新鲜也是正常。听闻你近日升迁，在此祝贺你了，希望早日见你穿上那身紫袍。"

孟鹤之笑着说："公主抬举了，我不过一介寒衣，如何担得起？"

士族霸占朝堂之时，不攀附名门望族而跻身朝堂的寒门之人寥寥无几，能穿上朱红官袍的更是罕见。

"何必妄自菲薄？苏燕从前不过是个农女，如今已是美人。日后小皇子成了太子，她便是太子生母，成为太后也是迟早的事。"

宋箸说完，孟鹤之皱了皱眉，压低声音说："立太子一事，朝中尚有争议。"

他只说了一句便不再多言。

宋箸也明白了他的意思，紧抿着唇没再说话。

含象殿的宫人十分上心，苏燕很快便养得脸色红润，身形也渐渐丰腴了起来。宫人们的嘴闭得很牢，任何坏消息都不会传到苏燕的耳朵里。

朝臣因为立太子的事争论不休，孟鹤之是少数坚持让苏燕抚育徐成瑾的人。其余人多是坚持若立徐成瑾为太子，便应将其过继到皇后名下。

将生母身份低微的皇子过继给膝下犹空的皇后，这在皇室是理所当然的事。徐墨怀在苏燕初次有孕的时候也有过这个意思，只是如今却不肯再提了。

他能看出苏燕十分珍视这个孩子，仿佛将这孩子当成了她的半条命。如今她好不容易不再消沉，他若在此时抢走徐成瑾，一定会将她逼疯。

朝臣们对此众说纷纭，徐墨怀一应不理会。连远在江南的林照都知晓了此事，特意写信给父亲，劝他不要插手这件事，否则只会让林馥的处境越发艰难。

徐墨怀去了含象殿，看到苏燕坐在树底下抱着徐成瑾，用一片叶子逗徐成瑾笑。他坐到苏燕身边，问她："今日几时醒的？"

她低头想了想，摇头说："不记得。"

徐墨怀说："明日是乞巧节，我带你出宫走走。你也不必总是将他带在身边，交给奶娘便是。"

徐墨怀本是好心，觉得苏燕应该多想想其他事，一心扑在徐成瑾身上不是什么好事。即便她没将孩子抱在怀里，孩子也一样会长大。

苏燕听了这话，一把将正咯咯笑的徐成瑾抱紧，眼神戒备起来："这是我的孩子。"

徐墨怀皱着眉，颇为头疼地说："这自然是你的孩子。只是出去走走，一日便回来。"

他意识到自己的语气太生硬，便又放温和了些，说道："明日的长安街市十分热闹，你在含象殿鲜少外出，也该出去看看了。"

倘若是从前的苏燕，一听说要出宫都该高兴得眉飞色舞了。可现在她想了想，问他："一日便回来吗？"

"一日便回来。让奶娘和宫婢照看阿瑾，你不用忧心。"他安抚她说。

苏燕点了点头。

第十四章
离 宫

一

离宫前，苏燕一直抱着徐成瑾不肯撒手，走时还回头看了好几次，仿佛她一转身孩子便会消失一般。

二人的穿着打扮并不算惹眼，看上去只是一对稍显富贵的寻常夫妇。虽说表面看着只有他俩，但苏燕心里清楚，必定有不少暗卫正时刻注意着四周的动静。

乞巧日不及元夕那般热闹，但街市上也都是挤挤挨挨的人。摊贩走街串巷的吆喝声与车马人群的声响混在一起，加之是夏日，街上的娘子们手持小扇，薄衫罗裙随动作飘曳，成了长安城大街上最妍丽的风景。

苏燕已经很久没有好好逛过街市了，上一次看到长安花灯明亮如昼，久远得像是上辈子的事。那次也是徐墨怀带着她出行，她四处张望，对一切都感到新鲜，如今再次出行，心情早已和从前不同。

虽说日落后有夜风，却还是有些闷热，徐墨怀拉着她的手走了一路也没有松开。苏燕挣脱了一次，他立刻扭过头谨慎地看着她，用目光询问她想做什么。

她无奈地说："有些热。"

他沉思片刻，说道："你可以忍一忍。"

苏燕立刻不满起来，要掰开他拉着自己的手。

难得出来游玩一次，徐墨怀不愿为这种小事影响到彼此的心情，无奈之下松开了她的手，转而去牵她的衣袖，总之无论如何都要拉着她。苏燕只能妥协，总归让人见到了丢脸的也不是她。

徐墨怀对乞巧日并不熟悉，只有年幼时曾在这一日被长姐偷偷带出宫游玩过，那时候的记忆也早已随着时间变得模糊。于他而言，这一次同苏燕出行也是新鲜有趣的。

有孩童在人流中乱跑，手上高举着的鱼灯险些打到苏燕。徐墨怀拉了她一把，却见苏燕正在看他们的鱼灯。

"想要这个？"他觉得有些好笑，苏燕虽然已经做了母亲，但在很多小事上还是小孩子心性，见到什么新鲜玩意儿都想试试。

苏燕看到他面上的笑意，也猜到了他在想什么。她面色一红，微恼地说："我又不是小孩儿，要这个做什么？"

民间的鱼灯做得极好，苏燕在小山村里长大，从没见过这种玩意儿，宫里更不会有这种东西，故有些好奇也是平常事。她只是觉得放在屋子里会很好看，阿瑾一定也会喜欢。

徐墨怀忍俊不禁："想要也不打紧。"

"不要。"苏燕坚持道。

既如此，他也没再提这件事。过了片刻，徐墨怀忽然停下脚步，看向一处人群聚集的小摊。

"燕娘，你等等。"徐墨怀回头看向身后隔着一小段距离的薛奉。

薛奉立刻走近，等候吩咐。

"去给商贩儿两银子，让围着的人先散了。"

徐墨怀吩咐完，薛奉立刻领会，朝卖糖画的摊贩走了过去。

没一会儿，围在那周围的人都散了，徐墨怀才拉着她走过去。只因他不愿等，更不愿与人挤在一起，薛奉便将他们都打发走了。苏燕看到悻悻离开的百姓，心中不是滋味。

那摊贩得了一大笔银子，见到他们立刻眉开眼笑，笑盈盈地说："二位想要什么样的都成。"

"想要什么？"徐墨怀问她。

苏燕有片刻哑然。她察觉这也许是一种补偿，多年前徐墨怀将她手里的糖画给扔了，如今又主动买给她。殊不知过了这样久，许多当初的她想要的东西，如今的她已兴致缺缺。

顾念着他是好心，苏燕也没拒绝，说道："做个鸟吧，旁的便不用了。"

摊贩动作麻利，几下便画出一只活灵活现的鸟递给苏燕。

但她只是将糖画拿在手里，并没有往口中送。

于苏燕而言，留在宫里和外出走动早已没有多少区别。在宫里的时候她像只被关在笼子里的鸟，此刻虽暂时离开了笼子，却依然被锁链拴着。

花灯映照，光影流转之间，徐墨怀的面容都变得温和起来，他说："日后你若想出宫，可以找我商议，不必整日留在含象殿照看阿瑾。他自有人照看，你不必如此劳累。"

听徐墨怀提起阿瑾，苏燕不由得激动起来："阿瑾是我的孩子，我甘愿如此！为何你总是不让我陪着他？即便我出身不好，也是他的母亲……"

徐墨怀忍不住皱眉，无奈地说："我并无此意。"

饶是他再为苏燕的古怪找借口，如今也不得不承认，她自从生下徐成瑾，在孩子的事上便格外偏激。

苏燕似乎也知道自己的反应太大了，平复了情绪，说："我不在乎这些，你不用管我。"

徐墨怀面上有几分无奈，一时间也不说什么了。前方有一处卖冰圆子的，他看见后缓和了语气，说："听宫人说你前些日子想吃冰圆子。"

然而他吩咐过，不许给她吃生冷的东西。所以，即便她说了，含象殿的宫人也不敢偷偷给她做。

徐墨怀拉着苏燕在小桌前坐下，然后去给她买冰圆子，总算暂时松开了她的袖子。薛奉则在背后紧盯着她，不让她有机会溜走。

四周的小桌旁大多坐了人，苏燕手上的糖画有些化了，糖汁流到了袖子上。她正低头清理，却从嘈杂的人声中捕捉到了"立太子"三个字。

"听闻皇上的长子是一个奴婢所出，朝中大臣都不满意那女子的出身。日后皇上要立太子，必定要把皇子过继给皇后……"

"皇后与陛下从前那般恩爱，怎的没有生下嫡长子？"

"这谁晓得？兴许是皇后身子不好。我家阿郎在礼部当差，说礼部近日为此事吵得不可开交。这孩子出身虽低，却得皇上喜爱，一出生便要被立为太子……"

苏燕手上的糖画突然掉到地上摔了个粉碎，黏腻不堪的糖汁令人心烦意乱，她的表情也变得焦躁起来。

她拿起帕子用力擦拭，眼眶却渐渐红了。等徐墨怀端着一碗冰圆子走近的时候，苏燕忽然起身要走，被薛奉拦住了。

"燕娘？"他将冰圆子放下，面色还算平静，"你要去哪儿应该先同我交代一声。"

"我要回去。"苏燕面色不安，眼睛里蒙了层水光。

徐墨怀察觉不对，问道："方才怎么了？"

她不回答，咬着牙重复说："你让我回去。"

苏燕的身子在微微发抖，徐墨怀的面色渐渐沉下来，他没有再逼问她，只道："那我们回去。"

回宫的路上，苏燕不肯再搭理徐墨怀。她如一只受惊的鹌鹑般垂着肩，不安地将袖子绞成一团，任由他如何问都不出声。

马车一停下，她便急匆匆地朝含象殿赶去。徐墨怀不紧不慢地跟在她身后，想看看她到底又要做些什么。

含象殿的宫人见苏燕回来了，正想迎上去，就见她快步朝徐成瑾的屋子跑去，而后便听到她慌乱地大喊："阿瑾呢？"

宫人迎上来，说道："方才皇后来过，小皇子被抱去……"

苏燕脸色瞬间苍白，唇瓣微微颤抖。她看向正朝她走过来的徐墨怀，疯了一般冲上前，在所有人都没有反应过来的时候，手已经挥了下去。

格外清脆的一声响，让所有人的动作和将说出口的话都停住了，连徐墨怀都愣了一下，疑惑且难以置信地看着她。

苏燕没有停顿，又一巴掌朝他打去。

徐墨怀立刻捉住她的手，恼怒地说："我看你是真的疯了！"

周围的宫人深深地低下头，不敢发出任何声音，连薛奉都往后退了一步。

"你把阿瑾还给我！我的阿瑾呢？"苏燕语气癫狂，眼泪不断地往下落。

徐墨怀将失控的她搂在怀里，烦躁地问一旁沉默的宫人："都聋了吗？"

碧荷怯怯地说："皇后方才来过，奶娘抱着小皇子去中宫玩耍，尚未回来……"

徐墨怀无端挨了巴掌，十分羞恼，然而见到苏燕仓皇不安的一张脸，火气又突然消散了。

"我只有阿瑾了，求你把他还给我……"她抓着他的手臂恳求，连声音都在抖。

他盯着苏燕的脸看了好一会儿，才缓缓地说："燕娘，你近日有些不对。"

二

林馥以为乞巧日苏燕与徐墨怀很晚才会回宫。平日里徐墨怀将苏燕看得很紧，林馥无法常去看望徐成瑾，如今得了空，便让人将徐成瑾带到中宫去了。

要将小皇子过继给她的流言在宫中传得沸沸扬扬，因此徐成瑾被抱去中宫的时候也没有人敢说什么。何况她本就是皇后，日后徐成瑾也该叫她一声母后。

她以为这只是很小的一件事，却没想到天还没黑，徐墨怀那边就来了人，匆忙将徐成瑾接了回去，还当着中宫众人的面将她训斥了一番。

林馥甚至还没反应过来自己做了什么，便被禁了足。林拾看不过去，对苏燕又实在责怪不起来，万分无奈。她们分明都是被困在此处的可怜人。

入夜后，林拾守在林馥的床榻边。林馥怒火难消，辗转反侧不能寐。她以为无论如何她这个皇后当得还算有分量，徐墨怀再如何也该顾忌着她的面子。

然而如今林家式微，林馥没了靠山，苏燕也不再是从前那个可有可无的奴婢。她已经成了徐墨怀心尖上的人，甚至连她生的孩子都一出生便被封为太子。

起初林馥以为这个孩子会过继给她，想着自己亦会将其当亲生的抚养，谁知第一个反对的便是徐墨怀。这件事于他而言根本是百利而无一害，对徐成瑾亦是如此。偏偏徐墨怀为了苏燕，执意将孩子留在含象殿。

今日不过因为一件小事，他便命人在大庭广众之下让她丢尽脸面，日后只会欺人更甚。

她早该明白，徐墨怀根本不将她放在眼里。倘若一直这样下去，迟早有一日他会为了苏燕让她这个皇后退位。她要么是不明不白地死，要么是身败名裂后被丢进冷宫。林馥越想越觉得浑身发冷，一丝困意都没了，摇着林拾的胳膊说："阿拾，以后我们切莫再去找苏燕了。倘若她再出什么事，徐墨怀必定想方设法对我们下手。"

林拾愣了一下，还没想好怎么回答，就听见林馥自言自语："就说我开始研习佛法，在宫中清修，不理凡尘琐事……总比被他当成眼中钉好。"

徐成瑾被送回含象殿后，苏燕抱着他不撒手，仿佛是重病的人得到了救命的灵丹妙药。徐墨怀坐在一边，看着她轻声细语地和徐成瑾说话，心底的感受有些奇怪。

过了一会儿，侍者将十来个模样各异的鱼灯送到了含象殿。苏燕有些惊喜地看了徐墨怀一眼，而后抱着徐成瑾去看灯。苏燕的面上终于有了笑意，徐墨怀看着她的模样却有些笑不出来。

虽说苏燕生下徐成瑾以后不似从前那般消沉了，却仿佛将整颗心都拴在了孩子身上。一旦徐成瑾离开了她，或是身体有半分不好，苏燕就会崩溃失控。

按苏燕的性格来看，无论如何她都不该是如今这副模样。何况她在生下这个孩子之前始终都将他当孽种，何以如今就视子如命了？

乞巧日后，徐墨怀更加坚定了原来的想法，没有听取朝臣的谏言将徐成瑾过继给皇后。

苏燕虽然不爱外出，但偶尔也会抱着徐成瑾去探望张大夫。在张大夫面前，苏燕还是从前的样子。

她蹲在地上，扶着摇摇晃晃的徐成瑾，笑盈盈地说："阿瑾长得可快了，再过几个月便要慢慢学着走路。"

张大夫挤眉弄眼地逗弄徐成瑾，跟着他一起笑，而后又问苏燕："陛下如今是不会将小皇子过继给皇后了，你是怎么打算的？"

苏燕低垂着眼，看着懵懂无知的孩子，说道："过几日夫子会来教我读书识字，从此我的心里就不能只想着自己了，我还有阿瑾。旁人的阿娘都出身好，知书达理的，我不能给阿瑾丢脸。"

张大夫立刻说："哪里有这样的话？你是这孩子的阿娘，世上哪有儿子嫌弃生母的道理？我们燕娘勤快讨人喜欢，他能做你的儿子不知是几辈子修来的福气。"

苏燕被这话逗笑，抱着怀里的稚子说："阿瑾听到没有？这是你的福气。"

宫里的日子总让人觉得格外难熬，苏燕不去留意那些不好的话，只将自己的心放在徐成瑾身上。这样，她对往后的日子也有了一丝盼头。

不仅是徐墨怀，含象殿的宫人都能看出苏燕的变化，因此在有关徐成瑾的事上格外小心。

含象殿的侍者几乎都是徐墨怀亲自挑选的，只为了能在有关苏燕的事上做到细致入微。

徐成瑾长得很快。他第一次叫"阿娘"的时候苏燕抱着他愣了很久，而后不知为何泪流满面。

苏燕被抬为昭仪后，林馥以研习佛学为由开始深居简出，后宫大事也撒手不管。因苏燕不懂这些，徐墨怀索性将各项事宜交给女官打理，免去许多麻烦。

苏燕不再将含象殿视为牢笼，努力让这里成为她的家。

徐成瑾会说话以后，徐墨怀为他寻来了最负盛名的大儒，让朝中德高望重的老臣来做太子三师。

所有人都看到了徐墨怀对太子的器重。

他认为一个徐成瑾已经够麻烦的，不想再要孩子了，便让太医送了绝子的汤药，喝上一段时日便好了。然而苏燕怕苦，喝一碗吐半碗。他看不下去，最后索性换自己喝。

随着徐成瑾慢慢长大，苏燕似乎也渐渐习惯了在宫中的生活。她与徐墨怀像一对平常夫妻，同寝同食，也会在入睡前说起孩子的课业。

不变的是苏燕的生活依旧十分单调，她似乎没有什么事是为自己做的，一心扑在徐成瑾身上。

徐成瑾三岁的时候，孟鹤之终于官居四品，而后成为本朝第一位尚公主的寒门。宋箸成婚当日，徐成瑾抱着她的腿不让她走。

宫里无论是公主、后妃还是宫人都很喜欢嘴甜讨喜的徐成瑾。徐成瑾对谁都是一副笑意盈盈的模样，也十分黏着苏燕，唯独在面对徐墨怀的时候格外安分。

徐成瑾在宫里没什么玩伴，徐墨怀特意选了几位士族子弟给他当伴读。徐成瑾时常会去中宫找林馥，苏燕从不阻止，对徐成瑾十分包容。

徐成瑾五岁的时候，不服管教的性子初现端倪。

徐墨怀处理好政务去含象殿，因为正下着雨，廊道内十分安静，孩童嬉笑打闹的声音越发明显。徐墨怀停住脚步，回头看向正欢快地在雨里跑，溅了一身泥水的徐成瑾。

徐成瑾也看到了徐墨怀，顿时笑不出来了，不安地站在雨里，一动也不敢动。他的几个玩伴也纷纷停下，换上同样的表情并排站着。

徐墨怀瞥了他们一眼，轻声说："你们先回去，太子跟朕过来。"

徐成瑾不情不愿地走到徐墨怀身边，身上还在滴水，袍边也沾着污泥。徐墨怀嫌弃地皱了皱眉，说道："你阿娘还当你此刻正在读书写字。"

徐成瑾心虚地说："阿娘不会说我的……"

"倘若你染了风寒，她必定又要不眠不休地照看你。"

徐墨怀的步子并不快，徐成瑾迈着小腿想要跟上仍有些吃力，没过一会儿便气喘吁吁地抓住徐墨怀的衣角："父皇，走不动了……"

他这是不想走了，想让人抱着的意思。然而徐墨怀不是苏燕，看着徐成瑾一身脏兮兮的衣裳，半晌没有要抱他起来的意思。

眼看着徐成瑾要哭了，徐墨怀才勉为其难地伸出一只手将他提起来，让他坐在臂弯上。回到含象殿，徐成瑾一下地便朝苏燕跑过去，抱着她的腿撒娇。

"阿瑾，你身上都湿了，先去沐浴。"苏燕拍了拍他的后背，催促他赶快起来。

徐成瑾磨蹭着不去。徐墨怀放下茶盏，发出轻微的磕碰声。徐成瑾听见后立刻起身，跟着碧荷去沐浴。

"阿瑾是太子，你不该溺爱他。"

苏燕不在乎他的话，跟从前一样固执地说："阿瑾是我的孩子。"

三

徐成瑾并不喜欢自己的父皇。他从小便时常被夫子们夸赞，称他长大以后会像徐墨怀一般，是治国之才。

徐成瑾年纪虽小，却听懂了"像徐墨怀"的意思。他并不想像徐墨怀，觉得自己可以比父皇做得更好。毕竟只有他在，阿娘才高兴。

宫里的人都说他阿娘受宠，可他能看出来，阿娘对父皇的态度始终很疏离。她总说他们母子才是一家人，其中并不包括父皇。

含象殿的碧荷姑姑很畏惧父皇，徐成瑾从她不经意说的话中能听出，父皇以前对阿娘不好，以致阿娘一直想离开。

徐成瑾知道自己以后会当皇上，于是从小便想，等他登上皇位了，就再也不让父皇欺负阿娘。

徐墨怀晚上若宿在含象殿，徐成瑾便又哭又闹，睡在床榻中间，将他们隔开，毫无太子该有的仪态；而徐墨怀不在的时候，徐成瑾便像是换了一个人。

一日早晨，徐成瑾一翻身便滚到了地上。好在地上铺着毯子，他并未摔得太厉害。

徐成瑾撑起身，愣愣地看着榻上的人。分明睡前他还在床榻中间，醒来却到了边上，显然是徐墨怀趁他睡着给他换了位置。

徐成瑾想找苏燕告状，然而才爬起来就见徐墨怀睁开眼，侧过头警告他："自己站起来。"

徐成瑾立刻怒了，想爬上去摇醒苏燕。

徐墨怀低声说："你阿娘压着朕的手臂，不要吵醒她。"

徐成瑾明白了他的意思，暂时不计较了，乖乖地站起身给自己穿好衣裳，然后出去找宫婢。

苏燕半梦半醒地问了一声："阿瑾呢？"

徐墨怀将苏燕抱到怀里："阿瑾还在睡。"

宫里只有一位皇子——徐成瑾。虽说他已有太子三师教导，但徐墨怀为了日后打算，还是将他送去太学与其他士族子弟一同上课。

太学中大多是士族子弟，出身高贵，眼高于顶。有几个稚子表面对徐成瑾恭敬，背地里却偷偷议论他的出身，讥讽苏燕曾在中宫做过奴婢。

因徐墨怀的管教，徐成瑾在外人面前已经算是十分端正有礼了，但听到旁人说苏燕不好，还是按捺不住怒火，冲上去教训了对方。

徐成瑾年纪最小，与人打架最容易吃亏，何况都是些孩子，下手没有太多分寸，最后还是夫子赶来将他们拉开。此事被捅到了紫宸殿，那几个稚子纷纷向徐成瑾赔礼道歉。

苏燕从太子伴读的口中得知了其中缘由，低落了片刻，很快恢复原样，似乎并不在乎这些。徐墨怀却因此事大发雷霆，训斥了好些臣子，后来便没人敢议论苏燕的出身了。

大家都当这是徐墨怀的逆鳞，唯独苏燕本人不在意。苏燕早已看淡了这些，甚至时常与人说起她做奴婢或在山里种地时的趣事。她从不否认从前的自己，即便那时的她粗鄙无知、受人欺辱。

此事之后，徐成瑾对母亲的身份有些抵触，偶尔会不喜欢她过分关注自己。

一日，徐成瑾要同友人去马场，担心苏燕放心不下，要在一旁照看他——父皇会将此事怪到他的头上。

徐成瑾便胡诌："阿娘，我午后要与人去书楼，晚些再回来。"

苏燕俯身给他整理衣裳，拍了拍他的后背："阿娘也有事，你去吧。"

碧荷到了年纪，已经出宫去找家人了，苏燕在宫里能说上话的人只剩张大夫。

她这几年一直在学习，已经能自己看书了，只是偶尔遇到生僻字，还是要去向徐墨怀请教。

苏燕的性子越发和顺，徐墨怀对她的看管也不像从前那般严密，至少不会再有人将她说的每一句话都记录在册呈给徐墨怀看。

他也不再限制她出行，一找到机会便带她出宫游玩，只是每次都会紧紧盯着她，不许她离开自己半步。

张大夫的身子越发不好，另一只眼睛也变得混浊，他时常因看不清路摔倒，苏燕便又派了一个宫人去照顾他。

徐成瑾与同伴一起离开马场后又在西苑玩耍了许久。他躲在假山后等同伴来找，结果同伴找了许久找不到他，以为他回了含象殿，便各自回家了。

徐成瑾等着等着，竟靠着石头睡着了。他醒来的时候四周一片漆黑，耳边只剩下草丛里的虫鸣声。

他立刻想到苏燕，不由得慌乱起来，忙起身往回赶。

然而天黑了，他看不清前路，摸索方向又费了些时间，出去的时候看到好几个提着灯的宫人，他们嘴里还在呼唤"太子殿下"。

徐成瑾朝他们奔过去，喊道："我在这儿！"

宫人见到太子，纷纷面上一喜，立刻说道："快去禀告陛下和苏昭仪，太子殿下找到了。"

徐成瑾不知道此刻是什么时辰，只听宫人在回去的路上不断念叨着："苏昭仪见殿下久久未归，去书楼又没见到殿下，急得四处寻找，谁知殿下也不在马场。

"苏昭仪把宫里都找遍了，任谁劝都不肯回去。她一边找一边哭，陛下被气得不轻。殿下回去后可要好好认个错，以免陛下责罚。"

徐成瑾也没想到，自己只不过是睡了一觉，事态竟闹得这样严重，不禁也开始忐忑起来。

果不其然，苏燕没等他回到含象殿，便先一步从宫道的另一端跑过来将他抱到怀里。

徐成瑾缩在她的怀里小声认错。

苏燕的眼睛都哭红了，她气愤地说："倘若再有下一次，你便不要回来。"

徐成瑾越过苏燕看到了面色冷然的徐墨怀，只一眼便不敢再看了，抓紧苏燕的衣裳不松手。徐墨怀一路上都没说话，和宫人口中的"被气得不轻"相差甚远。

回了含象殿，见苏燕被哄劝着去歇息了，徐成瑾以为自己能逃过一劫。谁知等他也想去歇息的时候，却直接被徐墨怀拎到了庭中。

"知道错了吗？"徐墨怀面无表情地睨了他一眼。

"知道错了。"徐成瑾乖乖认错。

"今日你阿娘找了你一个多时辰，你便在此跪上一个时辰，算是给她赔罪。"徐墨怀讲话的语气有几分刻薄。

此话一出，庭中的宫人们也跟着愣了一下。

徐成瑾握着拳头，一声不吭地点了点头，丝毫没有求情的意思。苏燕早早歇下了，并不知道还有这事。

徐成瑾跪得腿又酸又疼，翌日下榻时腿还在发抖。他心中怨恨徐墨怀，面对苏燕又觉得委屈，便不肯留在含象殿，偷偷跑去了中宫找皇后。

皇后一心钻研佛法，时常携侍女出宫礼佛，见多识广又待人和善。无论徐成瑾同她说什么，她都能给出他想要的解答。

苏燕醒了以后问过侍女才知道徐成瑾受罚一事，心中有些愧疚，便去了中宫找他。

四

徐成瑾一直觉得林馥是个很好的人。虽说她一心向佛，却并不让人感到寡淡无趣。徐墨怀不喜爱她，她也全然不在乎，时常带着人出宫游玩。

分明都是后宫里的人，皇后却和他阿娘截然相反，虽不得宠爱，却过得比他阿娘更为快活。

徐成瑾受了责罚，有些不情愿与阿娘说起，便想到了去找皇后。林馥在小庭中支了桌案，一边煎茶一边翻看书卷，听着徐成瑾抱怨自己受到的委屈。

"你父皇罚得是有些重了。你这样小的孩子，贪玩些本不算什么，他竟让你罚跪一个时辰？"

徐成瑾点了点头，说道："我今日疼得险些站不起来。"

林馥想到苏燕，不禁有些感叹："下次莫要骗你母妃了。她和从前不同，受不得惊吓。"

徐成瑾感到委屈："我不过是回去晚了些，阿娘便哭着找我。倘若她不这般做，父皇未必会对我发火。"

林拾听到这话不禁皱起眉，扭头看了他一眼。

林馥也叹了口气，说道："不要怪你阿娘，她从前不是这个模样。她以前是个十分有趣的人。你父皇将她看得太严，反而叫她越发没了生气。"

如今的苏燕是被折断羽翼的燕鸟，似乎只要有徐成瑾的陪伴，便能安然活在自己曾厌恶至极的牢笼里。

林馥越是温柔体贴、博闻强识，就越显得苏燕一无是处。徐成瑾想到旁人诋毁苏燕的话，心里一时有些难言的烦闷，脱口而出："为何阿娘不是皇后这般——"

林拾忍不住皱眉，打断了他的话："太子慎言。"

苏燕去中宫的时候侍者没有通报，因此在回廊下站了有一会儿了也没被林馥和徐成瑾注意到。

苏燕只是觉得徐成瑾正在与林馥说话，倘若他心里有委屈正要诉说，而她恰好在此刻出现，兴许并不是什么好事。

苏燕才等了没一会儿，便听到徐成瑾说希望皇后是他娘。苏燕垂下眼帘，愣在原地，很快便转身离去。

苏燕步子很慢，像是疲惫，又像是态度散漫。她回到含象殿，看到在庭中等候的宫人，那正是平日里照料张大夫的侍者。

"何事？"苏燕问话时心里隐隐不安。

宫人小心地打量了她一眼，才说："张侍人昨夜去了。"

苏燕半晌没有吭声。

"是昨夜的事。他老人家今年身子越发不好，奴婢一直尽心照料着。昨儿个夜里他起夜时还挺好的，晨起时奴婢没听见咳嗽声，起身去看，才发现张侍人的身子都僵了……"宫人说得很仔细，怕被当作照料不周受到责罚。

得知张大夫的死讯，苏燕的眼睛如同古井里翻起了波涛，然而很快，这点儿波涛也被她压了下去，只剩下令人不安的沉静。

她点了点头，应道："我知道了，着手后事吧。"

苏燕朝殿内走去，有些魂不守舍。碧荷出宫后，宫里已经没有几个人记得苏燕从前是什么模样了。如今张大夫病逝，便再没人记得她是苏燕了。他们只记得她是太子生母，记得她是含象殿的苏昭仪。

她往台阶上走，没留神脚下，忽然滑倒在地。宫人们见状，连忙扶她起身。摔下去的时候，苏燕听到了一声极清晰的碎裂声。她还未起身，先朝手腕看去，果不其然，那只翠绿的镯子已经碎成了两半。

"苏昭仪怎么样了？可有伤到哪儿？"

"苏昭仪？"

苏燕垂下眼帘，捡起自己的碎镯子。她缓缓直起身，摇头说："没什么大碍，进去吧。"

徐成瑾同林馥说完那句话，不等林馥训斥，便立刻反悔了："是我不对，阿娘是世上待我最好的人。"

林馥自然不会将一个七岁孩童的话放在心上，笑着安慰他几句便让他回去了。等送走了徐成瑾，宫人才告诉林馥苏燕来过的事。

"苏燕应该是来找阿瑾的。"林馥看向林拾，悠悠道，"你说她还记得自己从前说过的话吗？她这苏昭仪当得快活，日后兴许还能坐上太后的位置，从前那些过往八成是忘干净了。"

林拾不由想起当初她带着苏燕离开洛阳时的情景。苏燕毫无留恋地脱下一身华服，跟着她翻山越岭，磨得脚上都是血泡，却始终没有抱怨一句，脸上只有希望。

难道生了一个孩子便能让人发生这样大的变化？

"无论如何这都是她自己选的路。如今她是太子的母亲，恐怕再也没法像从前那般洒脱，也只能释怀了。兴许她如今的日子也不算太坏。"林拾犹疑不定地说完，心底隐隐感到失落。

正因为林拾见过苏燕在幽州的模样，才难以将那时候的她和如今这个偏执的母亲联系到一起。

张大夫在皇宫只是可有可无的存在，他的死除了苏燕会感到难过，没有人会记得。

徐墨怀知晓了这件事，本想安慰苏燕几句，却见她面上并未流露太多悲痛，那张脸上的表情甚至称得上麻木。

"人皆有一死，你也不必太过伤怀，张侍人年纪到了。我会命人厚葬他。"

苏燕听到他的话，点头说："我知道，你不必说这些。"

她连哭都没有，反而让徐墨怀感到一丝不适，好似眼前的人已经不是她了。苏燕和顺乖巧，不再忤逆他。他从她这几年的行为也能看出来，她的确没有再逃走的企图。可今日的苏燕，与从前的她已不再是同一个人了。

徐墨怀忽然有些感慨："这几年你变了很多。"

苏燕微微弯起眉眼，说道："难道我变了陛下就不再喜欢我了吗？"

苏燕一直没有问过这个问题，也能看出徐墨怀在竭力避开从前的种种。似乎只要他不再提及，那些令人不堪的过往便不存在。

她已经不是小山村里那个一腔热忱的农女了，学会了读书写字，学会了看人脸色说话，学会了宫里的规矩。按理说她已与从前判若两人，成了徐墨怀最满意的模样才是。

徐墨怀走近，将她揽到怀里拍了拍，说道："不要胡思乱想，我何时不喜爱你了？"

苏燕仰起头，目光越过他去看窗外那棵海棠树上的鸟。人都会变，倘若她已经不是从前的模样，徐墨怀又在喜爱着什么？

将山里的野花强行移栽到自己的林苑，将燕鸟折断羽翼关在笼子里，最后野花枯萎，燕鸟奄奄一息，他还会始终如一吗？总有一日他会发现一切都变了，周围还有更多事物需要他关注。所谓野花，不过是他这壮阔繁华的一生中最无关紧要的一抹颜色，迟早会随着时间渐渐褪色。

苏燕挣扎浮沉的一生在徐墨怀这样的君王眼里不过是轻如鸿毛的存在，只要他动动手指便能用喜爱的名义将其捻个粉碎。

她已经什么都不剩了。

张大夫去世后，苏燕时常捧着自己碎裂的玉镯发呆。徐墨怀看不过去，命人寻了一副极其相似的镯子回来，又将摔碎的玉镯拿去让工匠修复。但他后来再也没见苏燕戴过任何镯子。

徐成瑾拜别太傅回到含象殿，正好瞧见苏燕站在回廊处与人说话。不等他走近，就看见苏燕将一个笼子打开，将里面的鸟放了出去。

"阿娘这是做什么？"

"你父皇见我总瞧树上的鸟，以为我喜欢，便让人送了两只画眉给我。"说起这件事，苏燕不禁苦笑了一声，"他当真是一点儿不懂我的意思。"

徐成瑾疑惑地问："那阿娘喜欢什么？"

苏燕俯身揉了揉徐成瑾的脑袋，笑着说："阿娘最喜欢阿瑾。只要有你在，阿娘哪儿也不会去。"

徐墨怀来了含象殿才知道苏燕将那两只画眉给放了，也没有什么不满，点了点头便将此事揭过。

"你怎么来了？"苏燕梳好发髻，扭头看向他，"我正要出去。"

徐墨怀拿起徐成瑾放在书案上的课业查看，随口问道："要去哪儿？"

她站起身朝殿外走去："去见张大夫。昨日侍者说他咳得厉害，一直念叨着要见我一面……"

徐墨怀翻阅纸张的手忽然一僵。他抬眼看向苏燕，确认她的表情没有一丝戏弄。直到苏燕要朝殿外走，他捏了捏眉心，几步走过去将她拉住，欲言又止地盯着她。

"怎么了？"

徐墨怀宁愿相信是她说错了话："你方才说要去见谁？"

苏燕莫名其妙地看着他，说道："张大夫病重，我要去见他一面。你这是做什么？"

徐墨怀胸口剧烈地起伏了几下，呼吸不由得变得沉重。

徐成瑾站在殿门前，疑惑地说："阿娘，张侍人已经不在了。"

苏燕不解地看着徐成瑾，好一会儿才想明白他的意思。她睁大双眼，愕然地说："何时的事？"

徐墨怀面色凝重，紧盯着苏燕的脸，说道："燕娘，张大夫走了已经有一阵子了，是你亲自操办的丧事。"

苏燕的反应看上去比他们的还要大，她完全不信徐墨怀说的话。直到徐成瑾反复强调的确是她记错了，她才相信是自己的问题。

徐墨怀叫来了医师。

医师看不出苏燕有何不对。她身体健康，唯独精神恍惚，始终沉浸在张大夫去世的哀痛中走不出来。

徐墨怀不放心她如今这个样子，平日里时常去陪伴她，连徐成瑾也乖巧了许多，不再让苏燕担心。

接下来的日子，苏燕行事并无任何古怪，甚至比从前更为活泼了些。她时常拉着徐成瑾的手去马场，见到徐墨怀会主动迎上前，然而她的身上依然有一种令徐墨怀说不上的古怪感。

直到某一日午后，尚衣局送了新的衣料供苏燕挑选。她想了好一会儿，突然朝庭中喊："碧荷……碧荷你进来，帮我挑个料子！"

徐墨怀放下手上的书，直直地朝苏燕看过去。

她疑惑地眨了眨眼，问道："看我做什么？"

一瞬间，他的心上仿佛覆了层冰霜，寒气瞬间蔓延至四肢百骸，一股强烈的仓皇无措如浪潮一般将他裹挟。他生出一种被上天戏弄的无可奈何之感。

渐渐地，苏燕对身边的人和事的记忆越来越混乱。宫里开始有人说她疯了，徐墨怀却只说她生了病，不许任何一个人说她是发疯。

她记不得碧荷已经出宫很久了，时常以为张大夫尚在人世，总是带着人去找张大夫。即便当时有人提醒，下一次她还是会忘记。

尚药局的医师说苏燕是心病，让她时常出去走走，也好将这些事放下。

徐墨怀去含象殿越发频繁，最后连政务都是在苏燕身边处理的，以免她又出了什么意外。然而苏燕除了记不清人和事，其他的一切都格外正常。

庭中落了雪，天地一片苍茫。徐墨怀从半开的小窗看出去，正好能看到蹲在雪地里堆雪人的苏燕。兔毛斗篷裹着她的脸颊，她被冻得鼻尖发红。

徐墨怀起身走出殿门，无奈地说："多大的人了，还像个孩子似的，不觉得冷吗？"

苏燕捧着一团雪，说话间有热气隐现，眼眸透亮："阿郎，你看我堆了一个你。"

那雪人堆得乱七八糟，只勉强能看出一个人形，和徐墨怀哪有半分相像？可他的表情陡然一僵，紧接着他才缓缓地问："燕娘，你方才叫我什么？"

苏燕不解地说："我是不是说错话了？"

"没有。"徐墨怀摇了摇头，"是我有错。"

是他卑劣无耻，还在奢望他们能回到当初。

他忽然生出一种询问清楚的冲动，想问问苏燕是否当真释怀了，想知道她心里可还有他，他们之间是不是还能回到从前。

这世上没有什么是他不能要的。即便是强求，他也认了。可望见苏燕的一双眼睛，他仿佛在照一面镜子，镜子里都是他怯懦自私的模样。

不等他问，苏燕自己说了："你要问我话吗？"

苏燕站直身子，身上的藕荷色罗裙和蜜色斗篷好似茫茫白雪中一朵盛开的花："阿郎，你后悔了吗？"

她嗓音温婉，目光却跟这雪一样凉，只看一眼便叫人冷静下来。简单的一句话，不用多做解释，二人都能明白其中深意。

后悔？他从不后悔自己做过的事。他所做的一切都有回报，也付出了应有的代价，一切都是天意。即便做错了，他也甘愿承受。

徐墨怀对上苏燕的目光，却发现她平静的目光中隐约带着一抹悲哀。他心上一紧，还是没能决绝地说出自己的答案，话到嘴边又成了："我不知道。"

苏燕垂下眼帘，看着那个古怪的雪人，淡淡地说："不打紧，都过去了。"

冬天到了，苏燕病得更厉害了。她时常记不得自己有多少岁，时常以为徐成瑾还是两三岁的孩子，或者夜里从榻上爬起来说要收衣裳，恍惚间以为自己还在马家村。

她不记得那些让她伤心的往事。徐墨怀不知道这究竟是好是坏。

苏燕不记得徐墨怀骗了她，不记得他曾命人射她一箭，不记得他的奚落与讥讽，只记得虚情假意的誓言与往日相伴的岁月。

徐墨怀走到含象殿，听宫人说苏燕去了中宫。他站在殿门前看着庭中那棵海棠树久久不曾离开，不过几年，那树竟长得如此高大，这含象殿的草木也纷纷变了模样。

"薛奉，你说朕当初是不是做得太过了？"

倘若他退一步，稍和缓些，告诉她自己不在意她的出身，是否一切就会是另一个模样？如今回想起从前种种，他分明有无数次机会挽回，却偏偏每一次都选择了最坏的那条路。

薛奉不懂他的意思，略显疑惑地看着他。徐墨怀没有再问，只是说："树犹如此，人何以堪？后悔是世上最无用的事。"

大抵是因为从前侍奉过林馥，身边熟悉的人接连离去后，苏燕便喜欢亲近林馥。徐墨怀在殿中等了许久，才得知苏燕在中宫睡下了。尽管已经入了夜，他还是去中宫将睡着的苏燕抱了回去。

不久后，宋箬下花帖邀请京中众多贵人前去梅苑赏梅，苏燕也在受邀之列。徐墨怀有公务在身，自然不会参与这种妇人间的雅会。

既然他不去，苏燕也不该去。奈何医师说了，苏燕的病正是因为久不外出、郁结于心，与人走动来往是件好事。他犹豫一番后，还是准许了苏燕前去。

顾念着徐成瑾还在宫中，苏燕无论如何也不会生出不该有的心思，徐墨怀便只安插了护卫，没有如从前一般命人严防死守。

苏燕出宫去见宋箬，徐成瑾抱着她的腿想一同去。徐墨怀拎起徐成瑾，说："你的课业尚未完成，不可出去玩乐。何况去的都是妇人，你去了反而扰人兴致。"

苏燕站在一旁看着没有应声。

徐成瑾去抱她，不情愿地说："那阿娘早些回来。"

苏燕笑了笑，摸着他的脑袋问："倘若我不能早些回来，阿瑾想要如何？"

"那我不跟阿娘说话了。"

苏燕直起身，笑着说："那你可要说到做到。"

徐墨怀给她披上斗篷，担心她又忘了事，提醒她说："公主是阿箬，不是徐晚音，莫要再叫错了。"

"我记得。"

"徐成瑾，进屋去看书。"徐墨怀催促了一句，等徐成瑾转身走了才低头去吻苏燕。"你早些回来，夜里不许宿在公主府。"

"我记得住。"

苏燕转身离去，路上拢了拢衣裳。她走出好远，又回头瞧了徐墨怀一眼，而后便再也没有回头。

五

宋箸的公主府离皇宫有一段不近的距离，为了不耽误上朝，孟鹤之每日天未亮便要动身。

自从与宋箸成了亲，孟鹤之便极少与苏燕往来。然而他们在落魄时相识，彼此之间的情谊也十分难能可贵。

送苏燕去公主府的侍者也都知道如今的苏燕是有些神志不清的，便格外小心地护着，无论她想要什么都只管呈上去，倘若惹她不快发了疯病，谁也担当不起。

马车走出宫门很远，再过不久便要到公主府了，苏燕却忽然慌乱地说："我的衣裳坏了，你们等等。"

苏燕从马车中探出半个身子，将被钩坏的裙子给侍者看。十分醒目的一个大口子，遮也遮不住，想忽视更是难。

公主府中那样多的名门贵女，苏燕本就与她们不熟，倘若穿着一身破衣裳出现，必定要惹人耻笑。

她焦躁不安，一副要哭出来的模样："我不能这么去。她们若耻笑我，我便是给太子丢了脸。"

侍者有些为难，说道："苏昭仪倘若不急，待我们回去取了衣裳再来。"

"眼看便要到时间了，你们来回一趟天都要黑了。"苏燕瞧了一眼熟悉的街市，扭头说，"罢了，我记着前方不远有家衣料铺子里有成衣，可以买了应付过去。派个人去公主府知会一声，就说我在路上有事耽搁了，晚些到。"

眼下也没有更好的法子，他们便听从了苏燕的意思。

这家铺子的成衣多是用珍贵衣料做的，能买得起的人家非富即贵。苏燕第一次来长安的时候进都不敢进，只敢在门口张望几眼，感叹自己一辈子都穿不上那样贵重的衣裳。后来苏燕来过很多次，再没有过止步门口不敢进的时候。

店家是个年纪稍大的女人，一见苏燕衣着华贵，看着又面熟，便立刻殷勤地上前招待，听了侍者的话，忙给苏燕丈量腰身。

苏燕在屏风后换好了衣裙，拉过店家询问："我腹中有些不适，想去解个手，店家可否带路？"

即便店家不说，苏燕来过几次，也早就清楚该如何走。等她起身了，在一旁候着的侍者也跟上前。

苏燕扭头，不悦地说："你们莫要跟来，怪讨人嫌的。"

净房就在后院，前后也就一个出口，她们实在没有跟去的必要。何况徐墨怀也吩咐过，不必如从前一般寸步不离，以免惹得苏燕心中烦闷发了疯病。

苏燕近年来出宫的次数越发多，早在心中谋划了无数次，如今真的付诸行动，才觉得一切并非想象的那般容易。一路上她的心脏都在狂跳不止，她只能竭力保持镇定，不让自己流露出半分异样。

店家将她带到地方便离开了。苏燕立刻解下发带将长而重的衣袖环绕着手臂绑起来，而后攀着净房旁的一棵桂树，艰难地爬上墙头。

这堵围墙实在算不上矮，苏燕很多年没有干过爬树翻墙的事了，动作十分生疏。她尽量不让自己发出一丁点儿声音，坐在墙头鼓起勇气往下跳。

跳下去的时候脚崴了一下，她仍憋住气没让自己吭声，而后扶着墙站起身，一瘸一拐地按她记好的路走。

她在脑海中设想了无数次的计划，今日终于得以实现。随着她越走越远，脚上的疼痛也好似不复存在，身躯仿佛都变得轻盈起来。

布庄的后院连着一个深巷，平日鲜少有人经过。这处巷子纵横交错，苏燕只管按着自己记住的路走，不远处便是一个小小的河渡口，只有些不大的船只停靠。

苏燕跑过去的时候正好有人在往船上走。她从衣裳的暗袋里拿出一只玉镯塞给船夫，说道："船家可否现在就走？我有急事在身等不得。"

船家没见过这样的宝贝，连忙收过揣到怀里，怕苏燕反悔似的一把将她拉到船上。苏燕险些没站稳，而后船只便摇摇晃晃地离岸了。

苏燕在摇晃中站稳身子，面色被冻得微微发白。

船夫说了一声："这位娘子还是进去坐着吧，河上的风大得很。"

她点了点头，进船舱的时候又忍不住回头去看越来越远的河岸，依旧没有看到追上来的人。仿佛那块压着她的石头终于被挪开了，她紧绷着的身躯慢慢舒缓下来。

天色渐渐昏暗下去，宋箸始终没有等到苏燕，派人去宫里询问后才知晓路上发生了变故，苏燕大抵是走水路逃了。

侍奉苏燕的宫人一时疏忽，让她找到了逃跑的机会。事发之后宫人害怕徐墨怀责罚，自以为又疯又没个帮手的后妃跑不远，他们兴许能在被追责之前将苏燕找回来，然而万万没料到苏燕竟跑得那样快。

苏燕半分犹豫都没有，像是早计划好的，走水路上了客船。他们耽误了好些时辰，终于发现事态变得一发不可收拾，再兜不住了才让人去宫里求助。

整个京兆尹府都因此事忙碌起来，金吾卫全被派去寻找苏燕的下落，除此以外，徐墨怀又派了三千兵马出城拦人。

侍者将苏燕逃走的事禀告给徐墨怀的时候，徐墨怀的表情称得上阴森可怕，他似乎下一刻便要将眼前的人全部撕碎踩烂。

苏燕能出宫是因为宋箸的花帖，孟鹤之身为驸马难免对此事心存愧疚，便带着一部分侍从帮着寻找苏燕的下落。

徐墨怀很快便动身出宫。

孟鹤之为官多年，还是头一回见徐墨怀露出这样的表情，比起暴躁、愤怒，更像是悲愤与不解。

徐墨怀命人先瞒着，不让徐成瑾知晓此事，预计在明日徐成瑾醒来之前将苏燕带回去。

也许苏燕不是真的要离开，只是病糊涂了，才会忘了自己的孩子，才会将他们之间的情意抛之脑后。不过这些都是暂时的，他很快就能将苏燕找回来。

这么多年夫妻相伴，他不愿相信苏燕能狠心离开。她说好会早些回去，也说好永远不离开阿瑾，如果不是疯了，怎会突然出走？

尽管苏燕逃走时的所作所为都说明了她是筹谋已久，但徐墨怀固执地认为她是病糊涂了。

长安城被死死围住，河面上的船只都被拦下查看。

夜幕已至，天上挂着一轮凄冷的月，月亮映在河面上，随着水波颤颤巍巍的。夜风冷得人发抖，船夫的腿脚都被冻僵了，他撑船的动作也慢了许多。

苏燕的身子伏在船舷旁，虽说浑身都冷，这冷却无端令她感到清醒，一开始离宫的忐忑与激动逐渐化作此刻的平静。

船只到了京郊，船上只剩下苏燕和船夫。随着船只走得越来越远，繁华的长安也被她甩在了身后。她看到了连绵的远山和两岸被风一吹如波涛翻涌的芦花。

马家村的河岸边也是这样的芦花，苏燕还记得她幼时阿娘拉着她的手去收集芦花塞到冬衣中御寒。

冬日里的风如同刀子，割在人脸上疼得厉害。河两岸茂密的芦苇摇曳着，芦花被吹得四处飘散，在晦暗不清的夜色中宛如下起了白茫茫的雪。

苏燕眼前的画面和从前的一幕幕重叠起来，仿佛马家村的芦花飞过经年岁月，飘到了长安郊外的河面，落到了她的肩发上。她那衣袖被风吹得猎猎作响，身躯在渺渺天地中愈显纤弱。

船夫惊呼一声，看向身后出现的隐约火光，说道："官府的人办事好大的排场！"

苏燕扭头看去，他们身后果然有几只船跟了上来，船上的灯笼被风吹得摇摆不定。站在船头的人显然也注意到了他们，大喊着让船夫停下。

船夫惊愕地看向苏燕，一时间不知如何是好。

苏燕吸了一口气，无措地望了望漆黑一片的四周，而后听到孟鹤之远远传来的声音："苏昭仪，陛下和太子都在等着你回去，你又何必如此？"

四周天地广阔，芦苇随风翻动的声响以及身上彻骨的寒冷，无一不让苏燕感到了自在。

她站在船头看向孟鹤之："我也不想这样，他又何必逼我？"

世上有许多令人不堪的事，起初都非因坏心而起，谁知后来变了模样。苏燕的声音明晰清亮，顺着夜风飘到孟鹤之的耳中，他忽地僵住了身子。

苏燕低头看了一眼黑沉沉的河水，眼神忽地决绝起来。她猛地跳了下去，扑通一声，溅起不少水花。

船夫被吓得叫出了声，连忙拿竹竿捞她，却依旧阻止不了那抹身影被河水吞没。寒冬腊月，河岸边都结了冰，此时人跳进去和寻死有何分别？

孟鹤之万万没想到苏燕会突然跳河，赶忙让船上会凫水的人下去救她。有的人一碰到水就冻得直哆嗦，最后老船夫也跳进去想将苏燕捞起来。深夜的河面黑得让人心慌，更别提这彻骨的冷，每一个下水的人都冻得牙齿打战。

孟鹤之不会游水，见状也只能焦灼地让人去救苏燕。她跳下去的地方仅泛起一阵水花，很快便归于沉寂，一点儿声响都没有。黑黢黢的夜里众人都忙着捞她，却连她的一片衣角都没碰到。

过了好一会儿，终于有人浑身湿透地扒着船舷，声音发颤地说："孟侍郎，苏昭仪……苏昭仪约莫是救不上来了。"

冬衣浸了水便沉甸甸地压着人，又是这样冷的时节，他们这些大男人跳下去都冻得四肢发麻，何况是苏燕这种常年在深宫娇养着的后妃？恐怕她一落水就没了挣扎的力气，便是不淹死也得冻死了。

手指抠紧栏杆，孟鹤之的脸色苍白如纸："再找，多去叫些人，必须将苏昭仪找回来。"

苏燕落水的消息很快传到了徐墨怀的耳朵里，传话的侍从没敢明说苏燕投水自尽了，只说她跳进水里，一干人等找了近半个时辰也没有摸到她的一片衣角。

徐墨怀想也不想直接否认："她不会寻死。"

六

冷得刺骨的河水浸没身体的那一刻，苏燕就像在钉板上滚过一遍，险些以为自己真要这样死了。即便如此，她依旧本能地朝芦苇荡游去。因为太冷，她几乎连手脚是如何动作的都不知晓。

苏燕忽然想起了雨后空蒙的观音山，想起自己站在辛夷花树下看着徐墨怀朝自己走来。往事一幕幕浮现，仿佛同这河水一起拖拽着她沉入黑暗。

她没想到，到了这一刻想的居然还是徐墨怀。她果真是没出息。可她又恨恨地想，纵使她再没出息，也不想继续跟他过日子了。倘若连她自己都不在意自己，世上更没人会将她放在心上。

苏燕终于爬上又冷又硬的河岸，身体麻木得仿佛已经不属于自己。她呛了水想要咳嗽，却只能强忍着捂住嘴，小心翼翼地爬进芦苇丛，直到身后的一切声响都离她远去。

冬日的夜冷得令人发颤，她身上的湿衣裳都要冻得结冰了。短短一段距离，苏燕却用尽了浑身的力气。她只能铆劲儿往前走，一刻也不敢停，最后实在走不动了，直接摔倒在田埂上，起都起不来了。

整整一夜，近千人将整条河都找遍了也没寻到苏燕的身影。以防她是中途游上岸跑的，他们也翻找过四周的芦苇荡。徐墨怀赶到后便下令让人将此处的芦苇全给铲平。

孟鹤之的手下昨夜险些冻死在河里，还是被同伴给捞起来的，连他们这样的男子都是如此，何况是纤弱的苏燕？再者昨夜她那个样子，看着实在像是寻死。

徐墨怀的表情平静得可怕，反而让孟鹤之不敢说出心里的想法。孟鹤之只好将昨夜苏燕说的话也压在心底，以免说出来惹得徐墨怀发怒。

几乎所有人都认为苏燕必死无疑，徐墨怀却笃定她只是跑了。寒冬腊月一众士兵四处寻人，徐墨怀不许他们去水里打捞苏燕的尸身，反而命人封锁京畿道，四处搜寻苏燕的下落。

孟鹤之忙碌了整整两日才回到公主府。

宋箬站在府门前迎他，看到他眼下的青黑和眼中遍布的血丝，无奈地问："可是还没有燕娘的下落？"

孟鹤之压低声音，语气中透着疲倦和无奈："陛下不过是自欺欺人罢了，她一个弱女子，能跑到哪儿去？四处寻也不见踪迹，除了在水里还能在何处？"

孟鹤之也知道这话说得残忍，可人死如灯灭，徐墨怀再执迷不悟也改变不了什么，还不如早些将苏燕的尸身打捞起来，让她早日安息。

宋箬垂下眼，眸中隐约有泪花闪烁："我昨日进宫看到了太子。皇后骗他说燕娘去了洛阳的行宫休养，只等他成器后才肯见他。太子早慧，这样的话如何能骗得了他？可他也不拆穿，只说自己会懂事，等燕娘回宫后与她认错。"

宋箬说起这些的时候面上满是不忍。她知晓苏燕病糊涂了，才想着请她来赏梅散心，怎知最后会发生这些？倘若她早料到……

孟鹤之看出了她的想法，轻声宽慰："你也不必介怀，京兆尹的人查过了，从梁家布庄到渡口，苏昭仪只用了不到半炷香的时间，必定是盘算了许久。即便你不下花帖，她也会寻到其他机会。我们再找一找，或许真如陛下所说，燕娘还活着呢？"

他们都知道机会渺茫，也只能在心中一遍遍宽慰自己，盼着能早日寻到苏燕。

徐墨怀回了宫，却没有去见徐成瑾，只在含象殿静坐了一整日，连早朝都没有去。

朝中人都知道出了大事，太子生母苏昭仪在去公主府的路上失踪了，如今徐墨怀正在四处寻她，大有要将整个京畿道翻一遍的架势。

许多朝臣心生不满，觉得徐墨怀为了一个出身卑贱的女子如此大动干戈，实在不值得。何况苏燕的身份本就上不得台面，倘若她没了，正好能让皇后名正言顺地抚养太子。

流言到底还是传进了宫里。对于苏燕的失踪，多数人相信她是投水自尽了，关于她为何出逃，自然也有千种说法。有人说她病得失了神志，也有人说她与情郎私奔，羞愧难当投水而亡。

更有甚者挖出了从前的事，说徐墨怀有各种阴损怪癖，苏燕一直畏惧他想要逃离，徐墨怀是派人前去追杀她的。

那么多不堪入耳的话，徐成瑾权当没听见，不去问徐墨怀，也不去问林馥，只坚定地认为苏燕一定会回宫。

即便苏燕不在，徐墨怀也照常宿在含象殿，仿佛一切如常，每晚入睡前也习惯性地留一盏灯。他平静得像是静谧的江面，不知何时便有狂风卷着浪潮将一切摧毁。

徐墨怀想快些找到苏燕，要好好问问她为什么突然要走。难道那些温存都不算什么吗？难道她在他面前的每时每刻都只是在虚与委蛇？难道她真的从未有一刻真心地想要跟他过一辈子？

徐墨怀想了很多找到苏燕后冷落她、处置她的法子。可时间拖得越久，他越常在心里想，只要苏燕回到他的身边，他看在太子的分儿上也不会与她计较。即便她不说真话，只骗他一两句，他也能将此事揭过去。

然而长安城都被官兵找遍了，他甚至派人搜了山，只盼着能寻到苏燕的下落，却连她的一片衣角也没看见。

整整一个多月，徐墨怀除了上朝便是让人去找苏燕，谁的话也听不进去。有的宫人背后编派苏燕已死，恰好被他撞见了。他命人将传谣的人都拖下去杖毙了，一时间更闹得人心惶惶。

薛奉只是个侍卫，从不会劝慰徐墨怀，只负责领命办事。薛奉即便认为苏燕已死，也不会在徐墨怀面前明说。

时日一久，百姓怨声载道。

孟鹤之实在看不过去，便将苏燕投河之前说的话告诉了徐墨怀："陛下，苏昭仪的确已死，再找下去也是无用。"

徐墨怀坐在书案前，手臂微微撑着书案，听了孟鹤之的话，面上依旧波澜不惊："孟侍郎有所不知，苏燕这个人惯会装模作样，从前朕便上了她的当。她一定是游上了岸。从前她为了跑甚至跳到湖里。你们愿意相信她死了，朕却不会再被她骗了。"

他望着瓶中早已枯萎的花枝，手指一下一下地轻叩着书案，思索着说："朕其实还有法子可以逼她现身。"

孟鹤之早认定苏燕已死，听到这种话心中无奈，张口便想劝慰："陛下——"

徐墨怀打断孟鹤之的话，轻声说："燕娘心软，必定不舍得阿瑾受苦。若是用阿瑾逼她，朕不信她还能狠心藏着不现身。"

此话一出，孟鹤之难以置信地瞪大眼睛，急忙说："陛下怎能拿太子冒险？苏昭仪已死，陛下此举必定让太子与朝臣心寒，还请陛下三思！"

徐墨怀的眼神一瞬间冷了下去，他道："你以为朕是胡闹？"

孟鹤之气急，说道："太子既是苏昭仪之子，更是陛下的独子，倘若您因此和太子生了嫌隙，日后该如何是好？"

"燕娘是他母亲，无论他付出何种代价都是应该的。"徐墨怀的语气冷酷且不容置疑，他也丝毫没有要听劝诫的意思。

孟鹤之离开紫宸殿的时候气得呼吸不畅，走得又急又快。随后不久，太子身染重病，尚药局的医师束手无策，皇后携后妃一同去寺中为太子祈福。

徐成瑾的病来得突然，徐墨怀为了让这病看起来更唬人，让医师给徐成瑾灌了药，只保住徐成瑾的性命便好。

他为了达到目的可以不择手段，对所有人都能狠下心，自己的儿子也不例外。这些苏燕都知道——她必然能猜到他在用徐成瑾的性命威胁她。以她对徐成瑾的爱护，倘若她还活着，必定是爬也要爬回皇宫。

徐成瑾心思虽多，但到底是个稚子，不明白为何他病倒后，连宫人都说他可能性命不保，父皇却没有丁点儿担忧。

一碗又一碗的苦药灌下去，他的病依旧不见好转，医师每每望向他的眼神都带着怜悯。

徐成瑾不知道自己是不是真的要死了，若死了，自己是否再也等不到阿娘了？

徐墨怀来到徐成瑾的榻边，看着宫人给他喂药，若无其事地翻阅着他的课业，手指却暗中紧紧捏着书页，指节用力到泛着青白。

徐成瑾虽然年纪小，但喝药的时候比苏燕安分，不哭也不闹，更不会偷偷将药倒掉。

一直等徐成瑾饮尽，徐墨怀才扭过头去看，语气是少有的和缓："近日夫子和朕夸过你，说你很勤勉。"

宫人拍了拍徐成瑾的后背，徐成瑾惨白着一张脸，嗓子发哑："父皇，阿娘何时才回来看我？"

徐墨怀的目光中有片刻不忍，很快又变得冷然，他轻轻揉了揉儿子的发顶，安抚道："你阿娘是世上最爱护你的人，必定会早日回来看你。"

徐成瑾点了点头，没有再说什么。

太子病重，外人都传他命不久矣。孟鹤之急得上火，却改变不了徐墨怀的心意。

孟鹤之已经不是当年青涩无知的低阶小官了，与徐墨怀君臣多年，知道徐墨怀暴戾凉薄，为人偏执狠心，从不是表面看着那般好相与。

如今徐墨怀能给徐成瑾下药，日后指不定能做到什么地步。苏燕的尸身泡在河水里这样久，兴许都被鱼虾啃烂了，再找多久都是徒劳。

宫中苏昭仪失踪的事闹得沸沸扬扬，大抵三个月之后才终于有了她的下落。

春汛发了大水，将河里沉浮已久的尸身冲到岸边，河边浣衣的农妇见了吓得险些昏过去，立刻报了官。

约莫是泡得太久，尸身肿胀破裂，轻轻一碰皮肉便会脱落。因被水里的鱼虾啃食过，尸身已残缺得无法辨别出本来的模样。

此事惊动了京兆尹。想到失踪的苏燕，他立刻将当日的船家招来辨认。

船家只瞧了一眼便呕吐不止，嘴里念着："无意冒犯，罪过罪过……"

有人想让他再看一眼，他忙摆着手说："当日那位贵人穿的正是这衣裳，错不了，求求几位官爷放我走吧……"

孟鹤之听闻此事迅速赶到，并将消息禀告徐墨怀。他只盼着徐墨怀见了苏燕的尸身后能够释怀，接受苏燕已死的事实，打消继续找她的念头。

然而消息传到宫里，徐墨怀三日后才出宫去看苏燕的尸身。

宋箬也跟着去了。孟鹤之怕她见了夜里睡不安稳，没敢让她进屋。

屋子里散发着难闻的恶臭，徐墨怀连眉都没皱，径直走了进去。他掀开白布轻轻地瞥了一眼，就这一掀，一旁伺候的人忍不住扭过了头，胃里一阵翻涌。

徐墨怀看了一眼后沉默着转身离去。孟鹤之以为他还是不信，正要追上去劝两句，就见徐墨怀忽然停下脚步，俯身剧烈地咳嗽起来，一声比一声急促。

薛奉扶住徐墨怀，低头却看见地上散落的点点暗红痕迹。徐墨怀推开他，恍若无事般继续走，然而走了没几步，身子晃了几下，猝不及防地倒了下去。

第十五章
慈云观

一

开春的时候，慈云观周围的各种花树渐渐开了花。满山翠绿点缀着粉白色的花，风一吹落英缤纷，香风飘到漫山遍野。每到这个时候，慈云观的香火就稍微好一些，但文音元君一心修道，不在意这些。

慈云观中只有三个女冠，文音元君是这里的观主。她从前是一位富贵人家的小姐，前后有过三次婚配，后因觉着凡尘琐事颇为无趣，索性出家做了女冠，在这深山里潜心修道。

另外两个女冠，一个是因家中逼着嫁人所以上山修行，一个是出生不久便因是个女婴被丢弃在山脚下，被文音元君她们抱回来在观中养大。

上山的脚程不短，有香客会在观里吃了斋饭再下山去。赵真人年纪尚小，不通厨艺；张真人年纪大些，行事稳重，负责下山采买的事宜；文音有婢女侍奉，从不入后厨，所以厨房的活计便都归了婢女。

倘若有香客，婢女一个人在灶房生火做饭，时常会手忙脚乱。而今观里又多了一个会下厨的人，许多琐事有人帮着做，婢女也轻松了许多。

张真人是在深夜捡到苏燕的。当时苏燕浑身冰冷，身上湿漉漉的，还在往下滴水，头顶都隐约冒着白气。

起初张真人以为是个死人，被吓得往后跌了一跤，抖着手去探苏燕的鼻息，发觉她还活着，便将她扛起来带了回去。

慈云观偏僻，离长安街市太远，张真人路上又因事耽误了些时辰，不等回去天色便暗了。若不是赵真人见张真人迟迟未归下山来寻她，仅靠她一个人是难以扛着苏燕上山的。

苏燕被带回慈云观以后大病一场，又是咳嗽又是发热，险些没了气。好在几人日夜照看，最终救回了她这条命。

苏燕也不承想自己竟真能逃出生天，醒来后立刻想下榻给她们磕头谢恩。文音元君拦住了苏燕，只问了她的来历。

苏燕不敢说实话，便如从前一般谎称自己是富商的妾侍，因时常被人折磨才想法子逃了出来。她们为苏燕擦身的时候已经见过了她身上的伤疤，因此也信了她这番话。

慈云观并不算大，时常十天半个月也没有一个香客。她们平日都不下山，并不知道京中发生了那样大的事，因此从未怀疑过苏燕的身份。苏燕一番恳求，文音元君又可怜她没去处，便好心收留了她。

苏燕醒来后做的第一件事便是烧了她穿出来的那身衣裳。从宫里带出来的东西，她也一件没留。

慈云观的三位女冠救了她，她却不能说实话，更没有什么可以报答的，便主动承担了观里的粗活。

在宫里待得太久，苏燕已经很久没和陌生人相处过了，一时间也有些内敛，习惯性地讨好她们。浣衣、做饭等事她一应揽下，只求她们别将她的下落说出去。

文音元君年近四十，为人豁达随性，见苏燕勤快又老实，纵使她来历不明，也不想多计较。

她们基本是自给自足，不仅在后院开垦了一大片菜地，还养了鸡和羊。苏燕在宫里住了许久，很多年没做过种地、喂鸡这种事了，然而再次过起这样的生活，也没什么适应不了的。

春日里后山上的花开得漫山遍野，苏燕又拾起了从前的习惯，折了花枝放到观中的瓷瓶里。

起初她想过找机会离开长安，走得再远一些。然而张真人再次下山后带回消息，说宫里的苏昭仪不见了，现在整个京畿道都被看得严严实实的。

苏燕以为徐墨怀这样要面子的人绝不会将此事闹得沸沸扬扬，谁知他竟能做到这个地步。

好在慈云观冷清得过分，加之观主是个女冠，连山脚下的农户都少有人来。苏燕只要在此处待着不下山，便没人会知道她躲在这里。

"瑜娘，今日晌午吃什么？"文音坐在院子里，放下书去看正在和赵真人晒衣裳的苏燕。

苏燕想了想，说："做个荠菜索饼如何？张真人应当过一会儿便回来了，我再问问她有什么想吃的。"

文音点了点头，问道："你到观里有些时日了，当真不想下山看看吗？换了旁人在这里住上三日便觉得无趣透顶，你倒是个耐性好的。"

苏燕其实也会觉得无趣。只是徐墨怀尚未放过她，她可不敢贸然下山。她千辛万苦地逃出来，险些连命都丢了，倘若再被抓回宫去，还不知徐墨怀会如何奚落讽刺呢。一想到那个画面，她便觉得不如直接死了来得痛快。

"我也是怕下了山会被我那黑心烂肚的夫家捉回去，不如等他当我彻底死了再出去。"她也不想一辈子活在深山野林里，总要出去走一走的。

赵真人只有十几岁的年纪，听到苏燕的话忍不住问："世上的男人当真都这般惹人厌吗？"

苏燕这十余年的糟心事都因徐墨怀而起，提起他自然没几句好话："他们嘴里大多没个真话，轻而易举便能将人骗得团团转，无论表面有多好，一到了要紧的时候，都是自私自利只尽着自己好过。"

说到这里，苏燕想到了徐成瑾，心中有些气闷："大的小的都一样，当爹的是个祸害，儿子也会跟着学坏。"

文音年轻时是有过几段风流韵事的，听到苏燕这样说，忍不住笑了起来，却也没否认，点头说："这话说得倒是不错。"

她们正说着，张真人提着一袋粮食回来了。苏燕上前接过，张真人气喘吁吁地缓了好一会儿才说："好些日子不曾下山，方才知道宫里出了大事。听闻太子忽然得了重病，已经到了药石无医的地步，民间的圣手也被召进宫去了。"

　　文音对这些事没什么兴致，赵真人却听得起兴，叹息一声，说："这太子也是命苦，生母才去了，这又得了重病。"

　　一旁的苏燕僵在原地，抱紧怀里的衣裳不吭声。

　　文音淡淡地说："你在山里草衣木食，倒去可怜锦衣玉食的太子？宫里的腌臜事多得数不尽，谁知背后是否有内情？总归轮不到我们操心。"

　　苏燕半晌无话。

　　赵真人拍了拍她，问道："瑜娘，你想什么呢？"

　　苏燕强装镇定，语气中却有一丝不易察觉的慌乱："我先去灶房生火，过会儿天要黑了。"

　　用过饭后，苏燕依旧心绪难平。她知道徐墨怀是个什么样的疯子，阿瑾从小到大身子都很好，不可能突然病倒还病得快要死了。

　　她又不蠢，一猜便知这是徐墨怀逼她回去的手段。徐墨怀生性凉薄，为了达到目的定会毫不犹豫地对阿瑾下手。

　　苏燕临走前不是没想到这种情况，但依然对徐墨怀抱有一线希望。阿瑾是徐墨怀的独子，徐墨怀无论如何也不会害阿瑾性命……可徐墨怀若真能狠毒至此呢？苏燕不敢想，一想便浑身发冷，即便在深夜也没有丝毫睡意。

　　阿瑾虽然曾让她难过，但平日里也十分讨她喜欢。第一个孩子是被她亲手杀死在腹中的，这个孩子也要因她受苦。

　　苏燕的一颗心好似被放在火上炙烤，煎熬使她夜不能寐。她只能从榻上爬起来，披着衣裳在院子里来回踱步。

　　夜风微凉，林中有虫鸣和风声，苏燕不知不觉走到了供奉西王母的小殿前。里面仅有一盏不灭的烛火，昏黄光晕点亮小小的圣殿。神像慈眉善目，好似正垂眸看着苏燕，要聆听她的心事。

　　苏燕跪在蒲团上，疲惫地合眼，却虔诚至极："王母娘娘是护佑妇人的神仙，便也保佑保佑我吧，让我从此一生顺遂，无悲无苦，让我的阿瑾平安健朗，日后不要和他父亲一样。"

苏燕在神像前跪了许久，好似这样能让她的心中好过些。苏燕在山上焦灼不安地过了几日，终于按捺不住主动要求下山采买。文音元君猜想她有自己的苦衷，并未多问什么，让她自行下山去了。

苏燕戴上帷帽，面纱遮住容貌，身上穿着张真人的中褐、裙、鹤氅。她即便不戴冠，旁人见了也能猜到她是个女冠。

苏燕打扮成这副模样下了山，走了好长一段路到了长安城的街市。她在山中住了数日，再次来到人来人往的闹市中还颇为不习惯。

苏燕去糕点铺子替赵真人买糕点的时候恰好听见几个人在议论京中大事。

"太子和皇上一病不起……听闻那苏昭仪的尸身都被泡烂了，皇上瞧了一眼便被吓昏了过去，真是造孽。你说她在宫里锦衣玉食，好端端的跑了做什么？果真是个祸害。"

"这谁晓得？死得这样惨，也算是报应了。"

苏燕站在一旁，惊愕得瞪大双眼，忍不住出声问："苏昭仪的尸身找到了？"

一个衣着稍显富贵的妇人瞧了她一眼，说道："原来是个道长，难怪呢。苏昭仪前几日便被捞起来了，皇上心中悲痛，一病不起，这几日都不曾上朝……"

苏燕深吸一口气，与那妇人道了声谢，拎着糕点转身往回走。既然如此，她也没什么好担忧的了。也许真是王母娘娘显灵放了她一条生路呢？连她的"尸身"都有了，徐墨怀也不必再迫害阿瑾逼她现身了。

苏燕自认做母亲的时候待阿瑾不差，能做的都做了。为了离开，她等了这样久，倘若再回去，此生便再没有离开的机会了。

阿瑾并非只有她，世上也从来没有人非她不可。徐墨怀就这么一个子嗣——倘若他真的发疯害死了自己的儿子，那她也认了，谁也别想好好活着。

"店家，还有栗子糕吗？"苏燕正在愣神，身边有人与她擦肩而过和店家说起了话，他身上的官袍显得格外扎眼。

孟鹤之接过糕点，转身的时候被人撞到，手里的点心掉在了地上。他也不恼，捡起来拍了拍油纸上的灰尘。

苏燕听出了孟鹤之的声音，下意识转身避开。她紧紧吊着一颗心，一直等他走了才松了一口气。

方才说话的妇人还在喋喋不休："我看这苏昭仪没了也不是坏事，正好将太子过继给皇后，总比被人暗地里笑话生母是奴婢的好……"

她已经"死"了，徐墨怀迟早会释怀。阿瑾年纪还小，伤心一阵子也会忘了她。林馥会待他很好，宫里那样多的后妃也都喜欢他。

苏燕眼眶微微发热，心中一阵酸涩后忽然变得空落落的。和徐墨怀这样的人在一起久了，她也学到了不少，至少会在真正面临抉择的时候自私一回。

徐墨怀会继续做皇帝，阿瑾也会慢慢长大，日后等着阿瑾的是远大前程。

一切都会过去，她一直都明白，无论对谁而言，自己都不是那么重要。

二

孟鹤之回到公主府后将新买来的糕点递给宋箸，正要开口说些什么，宋箸便先他一步问道："皇兄如何了？"

他动作一僵，随后忍不住叹了口气，回她："陛下看到苏昭仪的尸身后急火攻心，一时间缓不过来染了病，想必要再过一阵子才能好些。"

宋箸接过糕点，闷闷不乐地说："谁承想他们会走到今天这一步，太子还小，日后又该如何？"

孟鹤之紧抿着嘴唇，没有回答她的话，心虚地别过了脸。

徐墨怀的性子偏执，倘若不见到苏燕的尸身，他绝不会善罢甘休。他若长久地纠缠于此事，难免会耽误朝政，损失声誉，害人害己。

早在徐墨怀执拗地认定苏燕活着时，孟鹤之便料想到了这一日。他去找了一个病死的又与苏燕身量相差无几的女人，将尸身泡在水里以备后用。

徐墨怀心细如发，最恨被人诓骗。

孟鹤之费尽心思才做到以假乱真。这是他能想到的对大家、于朝政最有利的处理方式。可如今真的将他们都骗过去了，他又忍不住心存愧疚。

徐墨怀郁结于心，谁去了都不肯见，太子也跟着伤心难过，而真正的苏燕则要永远躺在漆黑冰冷的河底。

可孟鹤之既然做了，便再没有回头的机会。以徐墨怀的性子，他要得知了真相，必定会将孟鹤之千刀万剐泄愤。

宋箬无奈地说："罢了，过几日我随你一同进宫看看皇兄。"

他愁闷地点了点头，应道："也好。"

苏昭仪已死，徐成瑾并未如众人所想让皇后照料，反而从含象殿搬去了东宫，从前侍奉的人也都跟了去。

林馥虽有些失望，却也没太过计较。毕竟徐成瑾不是她的儿子，她也未必能像苏燕一般处处细致耐心。徐墨怀要知道她照料不周，必定要找她麻烦。

苏燕的"尸身"被找到后，徐成瑾的病也跟着好了，宫里便传出些怪力乱神的流言蜚语。徐墨怀知晓了这些，却从未表现出什么不满。

尚药局的医师开始频繁出入紫宸殿。徐墨怀夜不能寐，医师给他开了许多方子。他沉默地喝了好几日，终于忍不住摔了碗，大骂着让所有人滚出去。

即便苏燕不在了，他还是如从前一般，只在寝殿留一盏灯。他躺在榻上总会习惯性地看一眼身侧，几次下意识地伸出手臂想将苏燕抱到怀里，却只摸到一片冰冷的被褥。

漆黑而静谧的夜里，周围只有微弱的虫鸣和风吹草木的声响，这些声响在徐墨怀的耳边被无限放大，细细密密，如同虫蚁在啃噬他的全身。

他忍无可忍起身披衣朝殿外走去，被惊醒的薛奉也远远地跟上了，像是一抹悄无声息的影子。

徐墨怀很快便走到了含象殿，到了寝殿门口，又忽然顿住脚步，去看漆黑一片的窗口。换作从前，那里该透出一抹昏黄的光，不该是现在的模样。

在这一瞬，徐墨怀心里忽然生出一股羞恼的情绪来，如同一簇烈火从五脏六腑开始焚烧，要让他疼得化成一片死灰。

他带着苏燕走过雪覆满街的长安，与她一起在寒冷的冬日看烟火。他们在无数个日夜缠绵，做尽一切亲密之事。那样多的过往，难道对她而言当真不值一提，竟不值得丝毫留恋？

事到如今，他还要自欺欺人地以为苏燕是疯了？！疯的人分明是他。苏燕一直都清醒着，或许还在心底讥讽他的一厢情愿。

他是一国之君，是这天底下最尊贵之人。他伏低身子去爱一个身份微贱的农女，像个蠢货一样讨好她，她却对此不屑一顾，宁愿舍弃他们的孩子也要从他身边逃离。

世上怎么会有他这般愚不可及之人，竟要为一个女人寝食难安？苏燕死便死了，他权势滔天，想要什么得不到？何况是一个根本不值一提的女人。

她死了更好，从此他再不用为她烦心，不用费尽心思博她一笑。

徐墨怀觉得浑身都在发烫，眼前熟悉的一幕幕，每一处都让他想到那个可恨的人。

"薛奉。"他讲话的声音好似是从喉咙里挤出来的，像极了野兽发狂前的低吼，"去拿火来，朕要把这些烧干净。"

薛奉以为自己听错了，愣着没动，随后便听到徐墨怀近乎癫狂地自言自语："苏燕算什么东西？她凭什么瞧不上朕？死了便死了，眼不见为净，朕要将她挫骨扬灰……她尽管来找朕寻仇。她说不会放过朕，既然如此，朕等着她来……"

宫人很快被含象殿的动静惊醒，以为是走水了，提着水桶跑过去，却看见徐墨怀独自站在庭中。面对熊熊大火，他一动不动，像块石头，手上还拿着火把。显然，纵火的人便是他。

苏燕的旧物在庭中堆成一堆，几个宫人还在从各处搬来物件往火堆里丢，衣物、首饰，或苏燕钟爱的桌案、书画，甚至连软榻都被搬了出来。

徐墨怀面无表情地看着眼前的冲天火光与滚滚浓烟，大有要将整个含象殿都烧干净的意思，他的身躯在忽明忽暗的火光映照下竟显得孤独无措。

宫人将苏燕的旧物倾倒进火堆的时候，他朝那堆杂物扫了一眼，忽然看到一个陌生的香囊，不等多想，身体便先做出了反应。

如同鬼迷心窍了一般，他伸手将被烧了一小半的香囊从火堆里捡了起来。他仿佛麻木得感受不到灼痛，将火拍灭后就着火光打量起这个香囊。

徐墨怀有些恼恨地想，苏燕早说过不会给他做香囊，那她是做给谁的？难不成她心中还有旁的什么人？他如此想着，心中更如被火烧般疼起来，可看到香囊上的名字时忽然屏住了呼吸。

苏燕已经会写字了，可她的绣工不好，绣出来的字歪歪扭扭的，不过不影响辨识。看到香囊上面的"莫淮"，徐墨怀浑身僵硬。这两个字仿佛是明晃晃的嘲笑，势必要让他一辈子寝食难安。

是他先骗了苏燕。

也是他将苏燕逼到投河自尽。

这世上他所珍视的人终于都一个个地死在了他的手上。他什么都抓不住，从前如此，往后亦如此。

含象殿的大火一直烧到了翌日清晨，这更加让人觉得苏燕的死另有隐情。除了先皇后与长公主，苏燕也渐渐成了宫人们闭口不谈的人物。

徐成瑾再次到含象殿的时候，那里与苏燕有关的一切都没了。殿内被重新布置了一番，庭院里苏燕亲手种下的花草也都被铲平了……好似她从来不曾存在过。

所有人都说他阿娘是被他父皇逼死的，他阿娘神志不清也是拜他父皇所赐。徐成瑾几乎抑制不住心中对徐墨怀的怨恨，鼓起勇气跑去紫宸殿质问，踏入书房后见到的却是一张憔悴苍白的脸。

徐墨怀的手上起了燎泡，他握笔的姿势有些僵硬。见徐成瑾来了，徐墨怀抬眼看去，眼底尽显疲态。

"想问什么？"

徐成瑾看到徐墨怀的表情，想问的话突然又说不出口了。

问了又能如何？眼前的人是他父皇，更是一国之君。日后父皇死了，皇位就是他的，待他做了皇帝，也要把父皇的东西都烧干净。

见徐成瑾不说话，徐墨怀又收回目光，淡淡地说："无事便出去，朕还有公务。"

苏燕死后没有被追封，也没有什么人知道她葬在何处，从前深得宠爱的苏昭仪就这么消失得干干净净的。徐墨怀夜里鲜少能睡个好觉。他以为自己能梦到苏燕，事实却是一次都没有。

入秋的时候他以政务为由回了趟洛阳。自从在此处射伤苏燕后，他再也没有去过洛阳的行宫。

而今重游故地，他想起的既不是铲除逆贼时的痛快，也不是与外祖、恩师的对峙，而是苏燕那绝望而空洞的远远看着他拉开弓弦的眼睛。

那个时候的他心中尽是恼恨，一切理智都化为乌有了，以致根本没有发觉苏燕看他的眼神已经变成了那个样子。

就像那些抹不去的疤痕，原来在苏燕心里这些往事也从未过去。

她一直都不曾释怀。

回到洛阳的第一日，他一个人去看了那棵千年银杏。踩着满地金黄落叶的时候，他想起了幼年祭拜古树时许下的心愿。

他当时只想着一生顺遂，永不与家人分离，不再被任何人抛弃。结果到头来竟没一个圆满的，也不知是他心不诚，还是所谓神树不过是个哄人的玩意儿。

即使如此想着，他还是忍不住默默许愿："若有神灵，让我在梦中见她一面也好。"

他想再见见苏燕，即便什么也不能问，只是看上一眼也好。

徐墨怀本不抱希望，可夜里竟真梦见了苏燕。梦里仿佛回到了相州城，鹅毛大雪伴随着呼啸的风声，苏燕站在城墙上，分明离他很远，他却能清晰地听到她说了什么。

"我也不想这样，你又何必逼我？"

他张口想阻止她，却发不出声音，只能眼睁睁地看着她从城墙上跳下来。苏燕的衣袖被风鼓起，她如同一只折翅的燕鸟重重地摔在他面前，发出一声令人心颤的闷响。

徐墨怀从噩梦中惊坐而起，下意识地看向空荡荡的另一侧床榻。他伸手去摸，只触到一片冰凉。

三

自从在街市上见过孟鹤之，苏燕就连着三个月不曾下山，只偶尔从张真人口中得知些宫里的消息，在山里过得倒也安闲自在。

兴许是习惯了宫里的锦衣玉食，忽然由奢入俭苏燕也有些不习惯。她手头没什么银钱，便在山下买了绢布做绢花，做好后让赵真人拿到山下去卖。

如今所有人都当她死了，她也没了继续留在长安的必要，索性准备等攒够了银钱便去江南一带看看。

慈云观里的日子很安宁，苏燕与几位女冠都十分处得来。这一日，文音元君看着正在剥豆子的苏燕，问她是否有意出家修行。

苏燕闻言愣了一下，连忙摇头："我没有悟性，学不来这些。"

文音从未问过苏燕以往那些事，但从她的言行也能看出她并非普通富商家的小妾，便说："你说你无父无母无去处，身如浮萍了无牵挂，不如随我们修行，图个身心自在。抑或你心中还有什么放不下的，仍觉得不甘心？"

那么多个日日夜夜，岂是轻易便能忘却的？至少她如今还做不到。苏燕一直觉得文音元君是个聪颖又心细如发的人，必定是早早猜到自己的来历没那么简单，才会意有所指地说起这番话。

苏燕沉默片刻，低垂着眼，没有立刻回答她的问题："我一直在想，世上真的会有人一边轻视一个人又一边对她情根深种吗？一定是因为不够喜爱，或根本就不将她放在眼里……"

文音元君看着苏燕苦恼的表情说："自然是有的。虽说这样的人有些古怪，但也不在少数。"

她说着便笑了笑，坦然地说："我年少时钟情一个乐人，他长得有几分姿色，时常在我面前卖弄些上不得台面的小聪明，倒也十分会讨人喜欢。

"可惜他出身卑贱，目光短浅，只会巧言令色，蠢而不自知。偏偏那时我爱他到非他不可。甚至他要走的时候，我还痛哭流涕地挽留。"

苏燕愕然，愣愣地问："可喜爱一个人不应该是认为他处处都好吗？"

文音元君说："那是你心地好，又碰见一个好人。世上没有多少人是白璧无瑕的，不过是你包容了他的不好……"

苏燕听着文音元君的话，在脑海里回想当初的莫淮有何缺点，竟真让她挑出不少错来。

比如他娇贵到连生火都不会，甚至不会用皂角洗衣裳，总说自己胃口不好吃不下饭，然后将她辛苦得来的粮食喂鸡……

分明已经是很久之前的事了，可她回想起这一幕幕，仿佛莫淮就在眼前。苏燕的心里顿时冒起一团火，她果真是昏了头！

这莫淮分明是个一无是处的贵公子，处处要她照料还不让人省心。当皇帝怎么了？他再怎么才智出众，独自一人到了田野间也要被饿死！至少她能养活自己。她会种地、采药，还讨人喜欢。他凭什么瞧不起她？

苏燕愤懑地说："元君说得是，我是糊涂到家了才觉得自己处处不如他。如今想起来，那人也是劣迹斑斑，浑身都是坏毛病，做的恶事比我几辈子做的加起来都要多。他瞧不上我，我也不稀罕他。"

文音元君好奇苏燕爱慕的人究竟是谁，竟叫她回想起来都咬牙切齿的，便问道："话虽如此，我瞧着你对他也是有情意在的，如今又为何想躲到这深山老林过清贫日子？"

已经很久没人在意过苏燕真正想要的是什么了，更不曾有人问过她这种话。分明宫里有林馥、张大夫，还有徐墨怀，苏燕却只敢向这个相识不久的女冠吐露自己内心深感不堪的想法。

"我觉得发生了这么多事，自己要是再留在他身边实在太没出息了。何况，我与他本就不相配。他嫌弃我身份低贱，让我做奴婢，几次骗我、伤我，还险些要了我的命。他对我实属恩将仇报，我是疯了才会陪在他身边这么多年……"苏燕忍不住低头苦笑一声，"可若是没有他，我可能永远都是乡野里大字不识的粗鄙村妇。他强迫我做尽一切我厌恶之事，却也教会我读书、写字，让我见识更大的世界，不再像从前那般无知。

"旁人都觉得他是让我脱胎换骨、享尽荣华富贵的恩人，甚至有时候连我都在想我是不是错了。可旁人哪里知道我经受过什么……

"这又不是买卖，难道就因为他后来待我好，从前的一切便不作数了吗？我心里过不去这个坎儿。我怨他待我薄情，又怨他高高在上……"

苏燕说了许多，也没管文音元君是否能听明白，至少说完心中畅快许多，就如当口站在船上看芦花时一般。身不由己，难免己不由心，可她现在已经得到了解脱。

苏燕喃喃地说："我现在也不想怨他了。至少我学会了读书，知道了世上其实还有很多去处。等攒够了银钱，我便四处走一走。"

她甚至有些恶毒地想，徐墨怀整日处理政务，兴许他死得比她还早。那她就等徐墨怀死了再回去见一见阿瑾。

从前徐墨怀的父皇派人修葺过洛阳的皇家寺庙，徐墨怀的母亲与长姐死后，寺中便一直供奉着她们的长明灯。

徐墨怀也不知自己为何会突然来到这里。他对鬼神一事向来嗤之以鼻，更不信苏燕口中说的阴司报应，如今来此也是因为那个梦让他感到自己似乎还能抓住些什么。

徐墨怀不想被人糊弄，就没大张旗鼓地去。他看到了一个身着袈裟的年轻和尚，便走上前去想要对方为他解惑。

那小和尚性子很好，见到徐墨怀后合掌行了一礼，轻声问："施主有何事？"

徐墨怀想到夜里的梦，面色微沉："敢问大师，人死后是否真的有魂魄？若有人时刻挂念着已死之人，她的魂魄可会有感入梦？"

来寺里问这种话的人显然不在少数，小和尚甚至没有多想便开始给徐墨怀讲起了深奥的佛法，说起了因果。

徐墨怀难得耐心地听小和尚说了一堆，却只听到那和尚说执迷自我便造种种业，劝他放下执念得到解脱。他听完非但没有感到解脱，心中的郁气反而越积越深。

回到长安后，徐墨怀便召了几个方士入宫。那几个方士能卜卦、相面，声称自己能通鬼神。

徐墨怀看着这群人信口开河，有那么几个瞬间觉得自己愚蠢，竟做出了病急乱投医的事，可又忍不住抱有一线希望，选择相信如此荒诞之事。

四

一国之君召见方士不算稀罕事，甚至还有君王会赐予方士官职，让他们住在宫里，为他们立浮屠祠，许多名门望族也会招揽方士成为门客。

然而自靖朝开国以来，皇室一直不兴祭祀鬼神，如今徐墨怀一反常态召见方士，许多人不由得感觉古怪，都当他是大病一场后想寻求长生久视之道。

徐成瑾去紫宸殿的时候看到徐墨怀正与一个头戴莲花冠、身穿鹤氅的男子说话。徐墨怀看到徐成瑾来，便挥手让那男子下去了。

"父皇，方才那是什么人？"

徐墨怀坐在书案前，捏着眉心，神色疲倦："他是方术之士，这几日要在宫中祭祀，好让你阿娘早日回来。"

太傅曾教导他尊天事鬼并非恶事，只是徐墨怀说的话让他感到不解："可阿娘已经死了。"

徐墨怀猛地抬眼看他，神色冷厉，就像一条被人挑衅后绷直了脊背的毒蛇，然而仅一瞬又松懈下去，目光看向别处。

徐墨怀声音轻得像是自言自语："死了又如何？朕会让她回来。"

薛奉是习武之人，并不相信声称服食丹药便能长生的方士之流，知道徐墨怀多半也不相信。

但徐墨怀还是听了方士的话，服用那些古怪至极的丹药。

徐墨怀自然也是半信半疑。方士炼好丹药送到殿中让他服用，他将丹药捏在指间半晌，冷眼望着他们说："已经几日了，朕还是不见苏昭仪的身影。倘若今夜她还不能入梦，朕便杀了你们这群无用之人。"

此话一出，几个方士面色一白，浑身发抖。徐墨怀连怎么处置他们都想好了，偏生这夜的确梦见了苏燕，便又将这些人留了下来，满足他们的所有要求。

孟鹤之以为徐墨怀宠信方士并非什么大事，然而没过太久，宫中便频繁祭祀鬼神，甚至有方士公然顶撞朝中老臣，引起朝臣极大的不满。

徐成瑾本就怨恨徐墨怀，后来见一帮穿着怪异的人围着含象殿跳来跳去、口中念念有词，看着很是唬人，去得便更少了。

孟鹤之见到紫宸殿里放着的古怪石头和草木，实在忍不住劝道："陛下不可轻信方士之言，所谓寻仙问药皆无考证，若是有人从中作梗，恐危及江山社稷。"

"朕不过试试，未必没有用处。"他这几日时常梦到苏燕，许是那些丹药起了作用。或许正如方士所说，苏燕的魂魄一直在宫里没走，不过是因他不通鬼神无法看到。

孟鹤之知道多说无益，只能劝着他不要太过宠信这帮人，乱了朝中规矩。好在徐墨怀虽整日求神问鬼，却也不曾放权给他手下的方士。

徐墨怀下令杖毙了顶撞朝臣、收买宦官的方士，杀鸡儆猴。一时间方士们只敢聚在一起兢兢业业地寻求通鬼神、炼丹药的法子，不敢再有歪心思。

此时的苏燕正要带着赵真人去江南游玩。她们带着文音元君的信物，届时可以寻求文音元君的友人照拂。赵真人年纪小，文音元君不愿让她一直留在山中荒度年华，便让她与苏燕结伴同去。

徐成瑾过生辰当日，徐墨怀陪了他一日，带他去长安的街巷游玩，亦如当年带着苏燕出游一般。可惜徐成瑾的性子与徐墨怀相似，二人对吵闹的人群没什么兴致，不久便回了宫。

照顾徐成瑾的侍女为了讨他欢心，特意学着苏燕给他做了辛夷花的糕点。徐成瑾吃了一口便泪流不止，趴在床榻上不愿让人看见他在哭。

过了很久，这些方士的胆子渐渐大了起来，大抵是无论他们说什么徐墨怀都照做的缘故。于是他们从宫外寻来一个与苏燕有几分相像的女子，声称苏燕还魂于此人的身体中，除了记忆暂时混乱，与重生无异。

还魂夺舍一事各地均有记载，民间各种说法层出不穷。徐墨怀坐在书案前，端详着眼前身着粉裙、面色微红、含情脉脉望着他的女子。她眉眼的确像极了苏燕，甚至身量也差不多。

"燕娘，你真的回来了吗？"他紧盯着女子，似要将她脸上的每一个表情都收入眼底。

女子立刻红了眼眶，眉毛微微蹙起，轻声诉苦："陛下，那河水冷极了，我冻得手脚发麻，半分力气也没有，最后竟都没有见上陛下一面。"

徐墨怀暗中攥紧手指，轻咳一声后说："你回来便好，如今一切安稳，日后朕再也不会让你离开了。"

"苏燕"垂泪低泣几声后，在徐墨怀的安抚下露出笑颜，转而又为难地说："可如今我的身份不明，说出去难免惹人闲话，我日后该如何自处？"

徐墨怀似笑非笑地看着她，安抚道："不打紧，朕会再给你一个位分，你的身份有朕知晓便足以。"

听他说完，女子面上的笑意压都压不住了。

徐墨怀独宠苏燕多年，后宫一直空置，如今忽然添了一个来历不明的人，众人不由得好奇这女子有何不同寻常。

林馥身为皇后，见后宫里多了一个人，也该去查探一番。她到紫宸殿的时候，徐墨怀正半倚在书案上，含笑不语地望着"苏燕"。

"皇后来了。"他扫了林馥一眼，笑着说，"燕娘，你怕什么？往日你不是与皇后十分要好吗？"

"苏燕"闻言渐渐放松了，直直地与林馥对视，朝她行了一礼。

"陛下方才叫她什么？"林馥十分惊愕，呆愣了好一会儿才发问。

他面无表情，冷声说："皇后倘若无事便走吧，朕还有公务要处理。"

林馥的面色紧绷，她瞪了他一眼愤愤地转身离去了。她知道徐墨怀是个神志不清的疯子，不承想他竟能糊涂至此。

徐墨怀将一个貌似苏燕的女人带在身边自欺欺人，一看便是听信了那些方士的鬼话。倘若再没有人管一管他，迟早要出大事。

林馥走后，徐墨怀去书房处理公务，让"苏燕"坐在不远处看书、写字。只要他一抬眼，便能看到她的身影。

恍惚间，他觉得苏燕从未离开过。然而到了夜里，他又让"苏燕"回到她的寝殿，不许她宿在紫宸殿的床榻上。

除了没有临幸"苏燕"，徐墨怀待她处处体贴。不论是奇珍异宝还是锦衣华服，无论她想要什么他都能送到她面前，几乎称得上是有求必应。

渐渐地，她便得意起来，撺掇着徐墨怀重用方士，请求他赐他们数之不尽的财宝。对此朝臣频频上书劝谏，徐墨怀却都不予理会。

"苏燕"更为得意忘形，竟跑到含象殿四处寻找"自己"的旧物，然后回紫宸殿和徐墨怀哭诉："都说陛下待我情真意切，谁想我走后陛下竟将我的旧物都烧成了灰，一件也没有留下。"

徐墨怀正在看书，闻言轻轻一瞥，说道："你想要什么朕再给你置办便是了。"

她立刻欢欢喜喜地应了一声。

徐墨怀处理公务的时候，她在房中的书架上看到一个匣子，随手打开后发现里面装着一个被烧损的物什。

她拿起来端详，背后冷不丁地冒出一句："在看什么？"

她被吓得身子一颤，手上的东西也落到了地上，俯身去捡的时候抱怨道："陛下藏的这是什么玩意儿？一块破布似的东西竟这般宝贝。"

徐墨怀面上仍带着笑，眼底却一片冷然："你方才说什么？"

意识到不对，"苏燕"连忙改口，将手里的东西放回匣子，乖巧认错："是我口无遮拦说错了话，还请陛下切莫与我计较。"

他忽然将手抚上她的脸颊，目光中带着审视："燕娘，你笑一笑。"

"苏燕"不明所以，僵硬地扯动嘴角，却眼看着徐墨怀的表情逐渐变得阴郁。他将手从她的面上移开，脸上的笑容消失得干干净净，泛着令人毛骨悚然的寒意。

"你不像她。"这般大的差距，他想骗骗自己都难。

徐成瑾气愤于父皇管旁的女人叫他阿娘的名字，以为徐墨怀疯了，便想去紫宸殿将那女人赶走。徐成瑾到的时候，宫人拦住了他。见徐成瑾阴下脸来，他们犹豫一下，还是放他进去了。

不等走到书房，徐成瑾便听到一阵女子凄厉的叫声，等再走近一些，便看到大殿的门紧闭着，薛奉面无表情地守在门外，仿若听不见里面令人心惊肉跳的尖叫声与物体的碰撞声。

见徐成瑾来了，薛奉好言相劝："陛下有事处理，太子还是稍后再来吧。"

徐成瑾尚未做出反应，里面的声响渐渐消失，殿门也吱呀一声开了。徐墨怀的发丝稍显凌乱，垂下来几缕遮住了一只眼眸。

他赤着足，脚上与外袍沾满了血，一只手提着染血的剑，另一只手则攥着一把女人的长发。温热的尸身被他拖到殿门前，在地砖上留下一道长长的血痕与血脚印。

他松开拖拽着尸身的手，将目光投向徐成瑾，缓缓问道："阿瑾来了，可是有事想要问朕？"

徐成瑾瞥了一眼被发丝遮住面容、浑身都是血的女人，摇头说："没有了。"

徐墨怀轻笑一声，说道："朕知道你不喜欢她，不打紧，从今往后她便不在了。"说完他又敛起笑容，吩咐道："薛奉，让人把她拖出去，将她的主子一并打死。"

五

假冒苏燕想迷惑徐墨怀的女子连同指使她的方士一同被处死，无异于是给了许多人一个警告。剩下的方士不敢再有别的想法，专心于祠灶、炼药之术。

林馥听闻发生了这样的事，更觉得心寒。徐墨怀当真是喜怒无常，上一刻还与人浓情蜜意，转身便能翻脸狠心将人杀死，也难怪苏燕总想着跑了。

随着科举渐兴，寒门与士族分庭抗礼，徐墨怀独揽大权，看着他们互相争斗，以平衡朝中各种势力。

林氏一族不复从前的辉煌，林馥这个不受宠的皇后也成了弃子。徐墨怀根本不在意后宫如何，甚至记不得那些后妃的相貌、名姓。即便那些后妃各有各的情郎，时常背着他与人幽会，只要她们不叫人发现，他从不会主动追究。

徐成瑾偶然听到那方士说他的阿娘是下凡应劫的神仙，死后魂魄暂时留在宫中是因舍不得人世，很快功德圆满就要离开了。

这样的故事他曾在古籍与话本中读到过，却被方士说得神乎其神极为唬人。徐成瑾没想到父皇会真的相信，甚至为了与他阿娘相见服用那些丹药。

徐成瑾十分恼火，只觉得阿娘其实是父皇害死的。阿娘生前就不大喜欢父皇，死后还要被父皇死缠烂打、不得安宁，实在是天底下最可怜的女人。

那些丹药的制法十分古怪，吃下去并不算好受，徐墨怀却已经渐渐习惯了。比起相信苏燕当真与他阴阳两隔，他宁愿相信他们之间尚有再相见的可能，至少能对往后的日子抱有一线希望。

他每日醒来看着空荡冰冷的殿宇，似乎往后的日子一眼便能看到尽头。他一直以为苏燕会陪在他身边，从未想过她会先行离去。

那些丹药也不知是用什么做的，他服用后体内发热，偶尔神思恍惚，所见之景会变得虚幻模糊。他经常在这虚实难分的幻象中看到苏燕，甚至几次都当她是真的回来了，然而清醒后看到的又是空荡荡的一片。

徐成瑾也不如从前亲近他了，大抵也对他心含怨恨。想到这些，徐墨怀并不感到意外。因为从一开始便是如此，他早已习惯。对苏燕而言，家人是一种奢望，对他而言又何尝不是？

他已经是九五之尊了，一切都尽在掌中。唯独苏燕是个意外，他把握不住，又无法放手。

此后徐墨怀便经常服用丹药，听信那些鬼神之说。一直以来他都清醒得过分，可太过清醒也不算什么好事。如今他也想放纵一番，就任由自己糊涂下去。

苏燕与赵真人去了江南，四处游山玩水。在返回长安的路上，赵真人一路给人算卦、相面换银钱。

南方比北方暖和得多，景色、吃食不尽相同，她们去了一年，若不是盘缠不够了，定会再留一些时日，去更多的地方。苏燕恋恋不舍地离开江南，一想到要回长安去，心中便多了几分不安。

二人为了脚程快些，走的是水路。那片被铲平的芦苇已经长出来了，枝条纤细柔韧，虽说参差不齐，但长势很好。

赵真人一直穿着道服，苏燕则是寻常妇人的打扮，回到长安后更是一路戴着帷帽，以免被人认出。

两个人从河面经过苏燕从前跳水逃脱的地方，看到一帮人正在河边祭祀，还有几个穿着古怪的人跳来跳去。苏燕觉得怪异，但没敢掀起面纱多看两眼。

赵真人凑到她身边说："那些是方术之士，与我们这寻常出家人也算同宗。师父常说清静无为、修行自身，他们却是访仙炼丹，寻求长生。"

苏燕嘀咕了一句："在这河边做什么法事？"

船夫听到了她的话，说道："听闻太子的生母正是死在这条河里，皇上便找了不少方士替她超度亡魂。"

这种话苏燕是全然不信的。以徐墨怀的性子，等捞起她的尸身，他必定气得要将她鞭尸千百次。与其说是超度，她宁愿相信他要找她算账，死了也不放过她。

"人活着的时候做什么去了？"

他何必等她"死"后再来装模作样？

话虽这么说，苏燕还是感到有些意外。她从江南游玩一趟回来，还当徐墨怀早就将她放下了。

等回了慈云观，她便将这些抛之脑后。

慈云观附近的山上也长着不少辛夷花树，苏燕采了满满一箩筐的辛夷花，带回慈云观做糕点。因做了太多，几人未必吃得完，张真人便提议趁着花朝节在街市上售卖。

苏燕担心张真人在路上耽误了，天色太晚一个人回来容易出事，便也戴上帷帽与她一同下山。

花朝节当日，满街俱是花香，人影憧憧。张真人面前放着一个篮子，里面垫着干净的衬布和纸。倘若有人买糕饼，她便用纸包起来递给人家。

两个人的行头有些简陋，停驻在前的人不多，不过她们也不大在意。本来她们也只是下山打发时日，并没有真的想靠这个赚钱。

苏燕始终戴着帷帽，担心在街上遇见熟人，毕竟孟鹤之时常与宋箬上街闲逛。

两个人说说笑笑，时间过得很快。张真人说自己口渴，苏燕便让她留在原地，自己去不远处的小摊买一碗甜汤回来。

苏燕回去的时候，见张真人面前站着一个人。那人身形颀长，气度出众。苏燕看到他的第一眼便立刻停下脚步，找了一个不显眼的位置隐住身形，远远地看着那处的动静。

徐墨怀看着消瘦了许多。来往的人大多成群结伴，他独自一人看着孤零零的，竟有些可怜。他并未在张真人面前停留太久，很快有人递给张真人一贯钱，直接提着篮子走了。

苏燕也没想到自己做的辛夷花饼会阴错阳差地到了徐墨怀的手里。从前他并不爱出宫，没想到如今也会上街游玩了，连徐成瑾都没有带在身边。苏燕在暗处看着他走远，又过了好一会儿才出现在张真人面前。

张真人早就注意到她了："方才的男子可是你的什么故人？"

她小声说："是孽缘。"

张真人了然一笑，随即说："至少看面相十分不错。"

"人不可貌相。"她叹息道。

苏燕是个喜欢凑热闹的人，每逢花朝节都要出宫游玩。诞下徐成瑾那几年，她一直郁郁寡欢，守在含象殿哪里都不去，也从不主动要求出宫。

徐墨怀不知自己为何要在街上漫无目的地乱走，其实本没有多少意义，不过是浪费时间罢了。

几乎走到每一处他都会想到从前与苏燕一同出游的事，听着周围喧闹的人声，好似一转身便能看到她的身影。

见到街上有人在卖辛夷花饼，看着与苏燕从前做的相差无几，他命人全买了回去。回到宫里，方士将炼好的丹药呈给他，他拿起便吃了下去，而后才尝了一口那简陋的糕饼。

这辛夷花饼的卖相、味道都不算出众，却胜在和苏燕的手艺极为相似。他咬上一口，万般滋味浮上心头。

前段时日他命人去了趟马家村，回来的人说苏燕的房屋因太久无人打理，早已被雨水冲垮，远看和一个土堆没什么区别，上面已经长满了杂草。

即便徐墨怀心中早有预料，但听到这些还是愣怔了片刻。他恍然惊觉时间都过去了许久，一切早已无法挽回，只有自己还沉溺于过往。

陌生的情绪如阴云一般将徐墨怀笼罩，似乎有什么在反复鞭笞他的心。他后知后觉地明白，这感觉应当可以称之为后悔。

他后悔对苏燕的所作所为。倘若当初他如约回到马家村迎娶苏燕，是否一切会有所不同？但他又十分了解自己，即便当初回去了，也未必会做得更好。

说到底，他最不应该的就是分明喜爱苏燕却嫌弃她的出身，甚至从不肯承认苏燕在他心中的分量。

若当初没有这么做，他们未必会走到今日这般境况，他也不至于在回想从前的时候都难以找出片刻的温情时光。

苏燕在马家村的时候在他面前只哭了一次，后来到了长安，她的眼泪却好像流不尽似的。

天予弗取，反受其咎，当初他将苏燕抱在怀中，意有所指地为她解释这句话，却不想最终报应在他自己身上。

当真是他咎由自取了。

自从有了苏燕，慈云观的菜地又扩大了一倍。

赵真人自从去过江南，便不再甘心每日留在山上。

苏燕正弯腰择菜，就听见身后有人喊她："瑜娘，你跟我一起下山吧！"

苏燕转过身，无奈地望着赵真人，说道："我不去。每回你算卦招惹到了人家，都要我站出来宽慰人，下回遇到个脾性差的人，我们都得挨打。"

赵真人央求道："你便随我去吧。师父已经教训过我了，以后我说话必定小心，不再惹人生气。你若不去，我必定要受人欺负的。"

赵真人软磨硬泡了好一会儿，苏燕才点头同意。

第十六章

重 逢

一

苏燕与赵真人一同下山，在远离皇宫的街市卜卦。赵真人年纪虽小，却能装出一副老气横秋的模样，故作高深地给人相面、卜卦。苏燕对这些相面之术没什么兴致，便在一旁戴着帷帽发呆。

一旁也有不少穿着道袍的人在卜卦，他们看起来显然要比赵真人令人信服得多。尤其见赵真人是女冠，有些人便冷嘲热讽起来。

赵真人一个在山上长大的小姑娘，听了几句风凉话便红了眼眶。苏燕扭过头毫不客气地骂了回去。那人指着苏燕的手指抖个不停，最后一挥袖子转身搬着小凳远离了她们。

等人走远了，苏燕用手拄着脑袋坐在阴凉处。苏燕听着周围人来人往的声响，渐渐有了倦意，于是坐在赵真人身后打盹儿。

苏燕身子一晃，清醒了片刻。此时赵真人面前有一男子正在卜卦，也不知算的是什么。赵真人说得讳莫如深，苏燕全然没听懂。她隔着纱幔漫不经心地扫了一眼，便想继续低头打盹儿。

然而过了没多久，几声急促的狗吠离她越来越近，苏燕几乎是条件反射一般站起了身。

那狗长得高大凶猛，在街上一通乱窜，吓坏了不少人。很快有一个无辜百姓被咬伤，一边惨叫一边大声求救。

她在宫里那几年，因徐墨怀下令宫内不许养狗，故不曾受过惊吓。可她怕狗的毛病是刻在骨子里的。在江南，她便被旁人养的狗吓得躲在赵真人的身后发抖。

如今一只恶犬正在离她几步远的地方伤人，苏燕被吓得大气都不敢喘，苍白着脸僵站在原地，手心里也泛起了冷汗。

赵真人也知道苏燕怕狗，正想回头安慰几句，眼前的客人却忽然起身，对一旁的侍卫说了几句话，于是不知从哪儿冒出来几个人有条不紊地绑着恶犬的嘴将它拖走了。

赵真人忽然发觉，方才恶犬那样伤人，眼前的男子却面色淡然，甚至不曾回头看上一眼，如今突然出手相助，难道是发现了他的"孽缘"？赵真人回头看了一眼苏燕，没有出声。

苏燕的呼吸渐渐平缓下来，她动作僵硬地坐回去，终于注意到前方算卦的男子。她透过面纱看了一眼，只是一个模糊的轮廓便让那颗才缓和的心脏又乱跳起来，连呼吸都停了一瞬，整个人仿佛掉入冰窟，失去了知觉。

仅看一眼她便不敢再抬头了，生怕前方的徐墨怀要来抓她。好在他虽坐了许久，听完赵真人的啰唆便离去了，似乎不曾注意到赵真人身后的人。

谁能料到徐墨怀已经在宫里养了那么多的方士，竟还会跑到跟皇宫隔着好几条街的地方让人卜卦？

苏燕不知道徐墨怀是否真的没认出她，一时间心里乱糟糟的，犹豫着要不要再回慈云观。可是以徐墨怀的性子，他若真的认出她，必定当场就将她五花大绑捆回去，又怎么可能面不改色地离开？

苏燕在心里纠结了好一会儿，最终决定认命。他这样的人没道理会心软，若她真的被他认出来了，即便现在就跑也无济于事，不如等他找上门来。若侥幸没被发觉，她便不再轻易下山了。

徐墨怀还以为又是幻象，毕竟自从服食所谓的仙药后，时常辨不清虚实。以前苏燕总在他的书案边打盹儿，因此他一眼就认出了那个女冠身后打盹儿的女子是苏燕，但并没有当真。

往常不等他触碰，幻象便会渐渐消散。直到恶犬冲出来，他看到"幻象"的剧烈反应，心中猛然一颤。沉寂已久的某处发出了一声巨响，他感觉浑身的血液都沸腾了起来。

那一刻他疯狂地想去将不远处的人牢牢抓紧，感受到她真实的存在，感受她温热的体温。然而仅在一念间，他又强压下了自己的冲动。

苏燕已经"死"去近两年，他不知道这么长时间她躲在何处，也不知道她为何会与一个女冠在一起。

她是否还会再次和他回到宫中？或者再被他捉住，她是否会发疯？

他浑身紧绷着，强忍着不去打草惊蛇，但见到苏燕发抖，仍旧克制不住地站起身，命人除去身后恼人的恶犬。

再次见到苏燕，徐墨怀以为自己会因她的欺骗和逃离而愤怒，或因她还活着而狂喜，结果只是觉得心里安定下来。

深深压在心底的郁气好像忽然就消散了，他觉得一切都不算什么，毕竟苏燕仍存于人世，已经没有比这更好的事情了。

他在心中说服自己要徐徐图之，转身便命人去查清女冠的身份。苏燕回到慈云观后，他立刻用一千兵马将这座山牢牢围住，叫苏燕便是长了翅膀也难以飞出去。

一夜之间，慈云观被悄无声息地围住，观中四人不曾发觉半分。

夜里她们在院子里乘凉，苏燕心中忐忑不安，生怕会有变故。然而她等了许久也没等到徐墨怀提着剑找她算账，便渐渐安下心来，当作无事发生。

苏燕端着盆出门泼水，突然瞥见院门前有一个人影，吓得立刻去叫张真人。

因为慈云观里都是女冠，不乏心思龌龊的无赖想要欺负人，苏燕还以为碰到了这种混账。

苏燕叫上张真人，又去灶房拿了根柴火棒。然而等她们折返回去，门前那人影早就不见了。

苏燕放弃锦衣玉食的日子，冒着被冻死在河里的危险也要离开，却只能穿着粗布麻衣，住在深山野林里辛苦耕作，过得实在不算好。至少在听到苏燕与几人说笑之前，徐墨怀心中是如此想的。

可他没想到苏燕在此处竟过得很快活。她神志清明，笑声爽朗，与在宫中的样子截然不同。苏燕离开他后反而有了神采——他于她而言似乎只是一道劫难，将她本能拥有的欢乐和安宁无情打破。

他已经无法再承受一次苏燕的消失了，不知届时自己会不会发疯。如今苏燕活着出现在他的面前，他却只敢在她的附近徘徊着不敢上前，唯恐苏燕受了惊扰再次神志不清。

倘若他将苏燕逼得狠了，她兴许会死在他的面前。她只要不逃走，只要尚在人世，一切都还来得及。

徐墨怀在慈云观外站了整整一夜，直到晨光熹微才拖着酸麻的腿下山。他依旧命人暗中守着这座山，以免苏燕偷偷溜走。

过了一阵子，苏燕发觉慈云观的香客明显多了起来，且捐起香火来毫不吝啬，也不知是不是观里供奉的神仙较为灵验，一传十，十传百，来参拜的人就多了。

然而接连几日，苏燕都有一种芒刺在背的古怪感，仿佛时常有人窥视她。

真正发觉徐墨怀的存在，是因为她听到了一声极轻的咳嗽声，像是闷在喉咙里发出来的。苏燕霎时间脊背发寒，连脚步都乱了。她不断地宽慰自己是风吹落叶的声响，却还是慌乱得一整夜无法入睡。

倘若当真是徐墨怀，又怎么会忍着愤怒不将她绑回去？皇宫离慈云观这样远，他一个皇帝总不可能日夜不休就守在此处。

苏燕本想当作不知道，然而徐墨怀仿佛知晓她已经发现了，索性连最后一丝伪装也不做了，白日里也会到慈云观来，还被赵真人撞见了一次。

苏燕知道逃脱无望，便自暴自弃起来，即使知道徐墨怀就在附近也不再担惊受怕。她若无其事地过自己的日子，就看他能装模作样待多久。

连着很长一段时间，徐墨怀每日都会到慈云观来。他有时候来得很早，有时候日暮西沉才到，刮风下雨也照来不误。

慈云观中的人都发现了他，也知晓他与苏燕有一段孽缘，心照不宣地和苏燕一起无视他的存在。

徐墨怀似乎没有旁的目的，只是为了来看苏燕一眼，确认她还在此处不曾离开。他在外面站多长时间也没有定数，时而长，时而短。

苏燕逐渐习惯了，而后又有些疑惑和不耐烦。她感觉好似有一把刀悬在头顶，不知何时会掉落。

徐墨怀始终没有主动开口与苏燕说话，二人之间似乎有某种默契。

过了一段时日，徐墨怀连着两日没来慈云观，再到的时候却没有在观中看到苏燕。

他眼中布满血丝，眼下泛着青黑，整个人阴森又憔悴。

赵真人看他实在可怕，不等他发问便主动说："瑜娘去山上摘木奄子了，估计要等会儿才回来。"

徐墨怀的神情松懈下来，他微微点了下头，就站在原地等苏燕回来。

赵真人实在按捺不住心中的好奇，问道："你究竟是什么人？"

他垂下眼，语气还算和善："我是她夫君。"

赵真人了然地笑了笑，嘀咕道："那你肯定做了不少坏事。"

徐墨怀没有反驳。过了好一会儿苏燕才回来，他眼神微动，目光紧跟着她。

两个人难得正面撞见一次，苏燕对上徐墨怀的眼睛，她的眼里已经没有了心虚和恐惧，反而带着怒意。

她走得很快，迅速从一旁绕过去，低着头装作没看见他。徐墨怀眼看着她离开，依旧没有出声，只沉默地站了片刻，取出一封信放在地上后转身离去。

二

苏燕正同张真人坐在灶前生火，接过赵真人带进来的信。见到信封上熟悉的字迹，她并未拆开，直接塞进灶里引火用了。

"怎么就烧了？你好歹看上一眼。"

苏燕面无表情地看着那封信被火苗吞噬，说道："不必看，都是些虚情假意的话。等将我诓骗回去，他必定又会同从前一般待我。"

"你们之间的恩怨还不小。"

何止是不小，是恩将仇报，骗来骗去，纠缠不休。苏燕不信徐墨怀会容忍她太久，他只会同从前一样强硬地将她带回去，而后继续监视她，一步不许她离开。

徐墨怀尚未想好如何告知徐成瑾与苏燕有关的事。

宫里的人只知道徐墨怀每日都往外跑，还当他又寻到了什么求仙的方士。

自从之前的方士找来一个女人谎称"苏燕"飞黄腾达后，总有一些心存侥幸的人铤而走险，深挖苏燕与徐墨怀的往事，安排与苏燕相似的女人进宫。

徐成瑾虽然年纪小，却早已知晓其中利害。他十分看不惯有人以他阿娘的名义进宫，就命人将她们都赶了出去。

徐墨怀时常外出，知晓这些后也并未去管。他任由徐成瑾做任何事，一方面是对徐成瑾有愧，另一方面的确是无暇顾及。

徐墨怀每次从慈云观离开都会留一封信在门口，苏燕都堆在灶房点火用，一次也没有拆开。

过了几日，天气渐渐冷了，她们在院子里挖了一个坑，堆起干柴，生火取暖。徐墨怀到了慈云观，没有见到苏燕，只看到了坐在火堆边看书的文音元君。

文音元君说："瑜娘她们去后院抱干柴了。"

徐墨怀点点头，应道："多谢元君。"随后他将信掏出来递给她，"还请转交给燕娘，这段时日劳烦几位照料她了。"

"不算照料，她在观中劳作，我们不过是给了她吃住之所。"文音元君并未接过他手中的信，"你送来的信，她未必会看。"

文音元君话音刚落，苏燕便抱着干柴回来了。她见到徐墨怀后停住了脚步，似乎不想过去。徐墨怀朝她看了一眼，随后将那封信放到了矮凳上，欲言又止。

他默默转身离开，又忍不住回头，说出了见到苏燕以来的第一句话："近日天寒，照料好自己……我先走了。"

苏燕等他转身离开后才过去将信和干柴一同扔到火堆中。徐墨怀走出院门，回头的时候恰好看到这一幕，心中并不意外，却依旧觉得不是滋味。

"你这孽缘要纠缠到何时？"文音元君问苏燕。

苏燕叹了口气，自嘲地说："兴许要看我与他谁先死了。"

徐墨怀还是将苏燕尚存于人世的事告诉了徐成瑾。

徐成瑾也如他所料，只当他疯了，并不相信。

徐墨怀没想过要向他证明什么，只是告诉他，苏燕隐居在深山，虽不愿意回来，却能给他回信。

徐成瑾当真写了一封情真意切的书信。

徐墨怀带着信去了慈云观。知道苏燕会将信烧掉，他便委婉地提醒："阿瑾很想你。"

这一次苏燕看到信封上不属于徐墨怀的字迹，没有再将信丢到火里，一直等回了房间才偷偷拆开。

徐成瑾一直很依赖苏燕，从未离开苏燕这么长时间。即便不确定徐墨怀是否在哄骗他，他还是将自己的心事写了出来。他甚至在信中一遍又一遍地保证日后不再让她担心，恳求苏燕早些回到他的身边。

苏燕看得眼泪都要出来了，却突然在信的末尾看到了徐墨怀的字迹，方才那点儿情绪消散得干干净净。

徐墨怀知道苏燕不会看他写的东西，因此才借着徐成瑾的信让她看见。他无非是委婉地问她何时回去，问她身体如何。

苏燕随意扫了一眼，立刻变得不耐烦起来。她发现这信底下还压着一张纸，余光瞥见了"马家村"三个字。

她僵坐片刻，犹豫着是否要看，最后还是好奇压过了理智。苏燕乍一看只觉得疑惑，再往后看才明白过来，这是一封迟到了十几年的回信。

时间过去太久，她几乎要忘记自己当时写了什么。大概都是些毫无意义的小事，问莫淮身体是否康健，问他家中的事是否棘手，告诉他一起种下的葵菜长势很好。

这封回信显然比当初不识字的她写得要通顺、细致。她从前日夜盼着他的回信，得到的只有失意。如今她早已忘了，这回信却姗姗来迟。

徐墨怀妄图以那些不值一提的旧事挑动她的情意，殊不知这只会让她更加恼恨自己当初的愚蠢、可怜。

为了不让徐成瑾太过伤心，苏燕还是给他写了回信，在信中委婉地说自己一切安好，不用阿瑾挂念，却只字不提何时回去。

徐成瑾得到回信后十分不甘心，写了一封又一封信，央求苏燕回去。苏燕每次看得心中不忍，就翻出徐墨怀的回信看一看，立刻便能硬起心肠。

徐墨怀从不在信中说要紧事，一如既往地写下一段问候，让她添衣加餐，说几句宫里的琐事，而后便是给从前的她写的回信。

很快便入冬了，这一年的雪下得很早，山上格外冷，似乎雪也要更大些。苏燕早上醒来打开窗户看到地面上积了厚厚的一层雪，下意识地想今日徐墨怀总算不会来了。

这样冷的天，她也没有早起的心思，索性窝在被子里继续睡觉。等她再次醒来，窗子被冷风吹开了一条缝。她冷得直哆嗦，只好起身去关窗。

赵真人从灶房提了一篮炭，看见苏燕起了，无奈地说："瑜娘，你既醒了便出去看看，让你那孽缘快走吧。瞧着他身子不大好，别被冻死在我们道观外，传出去可就真没香火了。"

苏燕愣了一下，问道："他来了？"

"站了一个时辰了，不见到你不肯走。"

苏燕冷笑一声，随后说道："那便让他等着，看他能忍多久。"

说完她关了窗，钻回被窝要继续睡，却怎么也合不上眼，心中乱糟糟的，窗外风雪呼啸的声响仿佛近在耳侧。苏燕实在撇不去杂念，索性起身穿衣，找了话本来看，好让自己的心落在旁处。

屋子里冷得厉害，过了不知多久，苏燕翻书的手指都冷得发僵了，她便起身想出去搬些炭火取暖。

院子外没什么动静，雪下了厚厚一层，人走在上面几乎没有声响。苏燕经过院门的时候下意识地朝那处看了一眼，见徐墨怀果真已经不在了，心里立刻生出一种"果然如此"的不屑来。

突然院门外传来几声压低的咳嗽声，她停住脚步朝院门外看去，见到了雪地中一身玄衣的徐墨怀，正好对上他的一双眼眸。

也不知他在此处站了多久，肩上、发上都落了一层雪，面色青白，鼻尖和眼眶却微微泛红。他似乎想开口说些什么，不等出声，便用拳头抵着唇咳嗽起来，一声比一声低哑。

苏燕走得很快，被雪地里的石头绊了一个趔趄，不小心将手里的篮子抛了出去，炭散落了一地。她蹲下去捡炭，听到身后响起了轻微的脚步声，紧接着有黑色的袍角落入她的余光。

徐墨怀在她面前蹲了下来，沉默地帮她捡起地上的炭。他大概是冻得太久，手指蜷缩十分艰难，动作也很僵硬。

苏燕看不过去，索性不捡了，烦躁不堪地问："你究竟想如何？算我求求你，放过我不成吗？"

徐墨怀垂下眼，眼睫上落了雪花，他的声音像一缕凉风从她的耳侧拂过，轻得让她以为是幻听："是我有错，对不住你。"

三

苏燕的耳边是风雪的声音，她一呼一吸都含着凉意。徐墨怀轻飘飘的一句话，如同簌簌落下的雪花，转瞬便消散了。

一句无足轻重的话，什么也无法改变。苏燕如此想着，心上还是被触动了一下，眼眶不由得开始泛酸。

她以为自己已经不在乎了。然而等徐墨怀真的向她道歉了，她心中积压已久的委屈忽然又涌了上来，像眼睛里不断往外冒的眼泪一样堵也堵不住。

苏燕感到眼泪一流出来便被冻得冰凉。徐墨怀面色苍白，伸手想要替她揩去眼泪，苏燕却将脸扭到一边，避开了他的手。

"你不觉得如今才说这些话太迟了吗？"苏燕声音微微哽咽，"时间是已经过去很久了，但你我之间的恩怨过不去，放过我吧……放过我，也是放过你自己。"

如今这些又算什么？难道让她再回到他身边重蹈覆辙？徐墨怀永远不会变，她也一样。

无论何时何地，只要他愿意，便能毫发无伤地抽身离去。她的青春年华都在患得患失的岁月中蹉跎干净了，如今她再也不想被徐墨怀践踏了。

"燕娘，"他眨了眨眼，微微低下头，眸中映着她的脸，"我很想你，日夜都在想你。"

他第一次发觉原来想要梦到一个人也是这样难。

他不信什么鬼神，更不信所谓的招魂复生，可还是任由那些方士胡说八道，也甘愿一遍遍地尝试。他想让自己相信，相信自己与她不会止步于此，不会留下此生都难圆满的遗憾。

"过不去便算了，你恨我怨我都好，至少……"他声音越来越小，最后竟没了声息，身子微微一晃倒在了雪地里。

苏燕猜想这又是什么骗她心软的苦肉计，立刻抹干净眼泪，提着篮子起身，只咬牙切齿地留下一句"骗子"。

她正要走，忽然听到一声熟悉的"陛下"。在院门前观望着此处动向的薛奉忽然跑过来，将徐墨怀从雪地中扶起来。

他对她行了一礼，无奈地说："苏昭仪，可否让陛下进屋歇息片刻？

今日大雪，下山的路湿滑难行，还请——"

苏燕打断他的话，讽刺道："听闻他为了长生不死一直在吃仙药，如何还能身子不好？莫不是什么哄骗人的手段？"

薛奉涨红了脸，恼怒地说："苏昭仪，你也不是糊涂的人，此处离皇宫路远，陛下每日都在马车上处理政务，歇息不过一两个时辰。

"陛下下朝后便赶来此处，还花费这样多的时间、精力爬到山上，只为了见你一面，便是再好的身子也禁不住这般折腾。人非草木，难道你能铁石心肠……？"

苏燕被他的话刺激到了，语气尖锐："铁石心肠？薛奉，你是不是以为我都忘干净了？！我以为你清楚他是如何待我的。论心肠狠，世上有几人比得过他？"

薛奉也知道自己说的话太过了，立刻给她赔罪："是在下失言。但如今天寒地冻，陛下在此处等了近两个时辰，只为确认苏昭仪安好。如今陛下昏厥，实在无法下山，还请苏昭仪让陛下在观中歇息几个时辰。"

见苏燕面上依旧满是怀疑，薛奉无奈地说："自昭仪'死'后，陛下大病一场，梦魇不断。后来宫中来了访仙炼丹的方士，陛下吃了那些丹药，时常不分虚实，总以为你尚在人世。"他说到此处，脸色颇为难看，"虽说如今苏昭仪回来了，陛下也不再服食丹药，却仍然时常精神恍惚。陛下每日醒来都害怕你再次消失，因此才每日到山上确认你还在。"

薛奉一直觉得疯的不是苏燕，而是徐墨怀。徐墨怀不愿相信方士的鬼话，却又为了那渺茫的幻象服食丹药，最后将自己折腾得越发阴郁古怪。

苏燕明明活着，徐墨怀却每日都要来看上一眼。他仍会时不时地以为一切都是幻象，甚至一早醒来便问薛奉苏燕在何处，急切地确认她的确还在人世，生怕一切又是他的一场梦。

苏燕沉默片刻，目光终于落在徐墨怀憔悴的脸上："是他咎由自取。"

"苏燕！"薛奉忍无可忍，厉声喊出了她的名字。

这里的动静引起了文音元君她们的注意。听到薛奉口中对苏燕和徐墨怀的称呼，张真人和赵真人都震惊得说不出话来，连看向苏燕的眼神都变了。唯独文音元君见过风浪，面上还算镇定。

文音元君推开门，唤了薛奉一声："郎君若不嫌弃，让你的主子进来歇息片刻。屋里还算暖和，等风雪停了再下山去。"

苏燕无动于衷，没有吭声，冷眼看着薛奉将徐墨怀送进屋去。

苏燕转身要走的时候，文音元君叫住了她："瑜娘。"

苏燕转过身，面上满是歉疚，垂头丧气地说："对不住，一直不曾说真话，欺瞒了几位真人，还给慈云观惹了这样大的麻烦。"

"错不在你。你在慈云观这段时日也尽心了。"文音元君的确没有想到苏燕竟能牵扯出这样的事，本想劝上两句，但顾忌一言一行都可能为自己招来祸端，便不好说上更多。

她看到苏燕僵站在雪地中眼眶还泛着红的可怜模样，还是忍不住说："一切随心。"

"多谢元君这些时日的照拂，苏燕感激不尽。"苏燕垂下眼，俯身恭敬地行了一礼，顿了顿，问道，"敢问元君当初中意的乐人是否知道元君心里是如何想的？"

"时日久了自然能察觉出来。我出身望族，与他是云泥之别，有些瞧不上他也实属平常。"

苏燕轻皱起眉，说道："若真心喜爱，这便是错事。"

"这的确是错事。"文音元君没有否认，"所以我与他无法长久，分离后不曾再见。"

徐墨怀醒来的时候，暖融融的屋子里只剩下了他与苏燕。苏燕注意到徐墨怀醒了，指了指小桌上的热粥："赵真人给你的，喝了吧。"

徐墨怀紧盯着她，好一会儿了也没有动作，轻唤了一声："燕娘。"

苏燕冷着脸瞥了他一眼，又听他唤了一遍："燕娘？"

"何事？"

"燕娘……"

苏燕烦躁不堪："徐墨怀，你是不是疯了？"

他非但不恼，反而笑了起来，笑着笑着又开始咳嗽，等平复了呼吸才继续说:"我前些时日总做梦,梦到你死在我面前,醒来以后又看到你在我身边。宫人们不敢说我病了,只装作你还在,陪着我一起发疯。"

他平缓的语气中带着一抹微不可察的愉悦:"前几日丞相换了人,林馥德行有亏,被我捉住了把柄,自请让出皇后之位,去寺中反省。你可以名正言顺地成为皇后,不会再有人说你不好。还有阿瑾,我们的孩子也在等你回去。"

"要是稍微早些,兴许我真的会心软。"苏燕望着他,笑得有几分勉强,"如今我有许多事想做,不愿意回去。"

徐墨怀良久无话,直到苏燕提醒他早些离去,才开口问:"你想做什么?"

他强忍着不让自己有一丝一毫的嘲讽语气,但环视一圈这小小的道观,心中依旧生出了几分怨气。难不成她要留在这里出家做女冠,每日里种地、养鸡,在这深山里一辈子不出去吗?

苏燕也很难想象自己有一日竟能心平气和地与徐墨怀说话:"我这一年去了很多地方,见过形形色色的人。你当初与我说的江南风光,我也去看过了……

"我留在宫里,你迟早会厌倦我。你会发觉从前所谓的情意不过是因为不甘心,等时间久了,我在你那里又会变得一文不值。"

徐墨怀这样反复无常的人,她已经不敢再对他倾注一丝一毫的情意了。她平静地注视着他,嘴里吐出的每一个字都清晰得让他无法装作听不见:"我不爱你。即便留在你身边也是因为你强求,不是我愿意。"

四

徐墨怀走了以后,连着五日没有再上山找苏燕。她因身份已被挑明,不好再留在慈云观,以免给几位真人带来麻烦。

山上更冷一些,积雪在苏燕走的那一日才开始缓慢融化。山路被雪水打湿,越发泥泞难行,她下山的时候格外小心,却还是滑倒了,往下溜了长长一段直到抓住树干才停下。

苏燕被摔得生疼，半晌没缓过来，衣裳也染了泥水。她想站起来，却发现脚腕疼得厉害，动一下都难，只好找了一处稍干净些的地方坐下歇着。

滑倒时苏燕将手在地上撑了一下，不仅蹭破了皮，伤口上还都是泥巴。她坐了一会儿后试着起身，感觉脚腕还是疼得厉害，只能垂头丧气地坐回去。

现在好了，眼看着刚下山就摔脏了衣裳，她要辛苦地爬回去换，还扭伤了脚，当真是祸不单行。苏燕正唉声叹气，听到了下方传来的动静。

"父皇，究竟还有多远才能见到阿娘？"徐成瑾一边说话，一边大口喘气。走在前方的徐墨怀没有回头，更没有要拉他一把的意思。

"不算远。"徐墨怀回答得十分敷衍，而后便无话了。

父子之间宛若陌生人，一个在前一个在后，隔着一段不远不近的距离。徐成瑾发现自己被徐墨怀甩在身后，立刻大步追上前去，片刻又会落在后方。

徐墨怀则站在高处停顿片刻，一直等他跟上来才继续走。徐成瑾追了没几步，就看到徐墨怀停下脚步看着某处。

"父皇，还有多远？"

苏燕身处窘况，忽然对上徐墨怀惊愕的目光，不免觉得尴尬。谁能想到他五日不来，偏生今日她一走就被他撞见了，还是这般狼狈的模样。然而不等多想，她便听到了徐成瑾的声音。

"阿瑾？"她还以为自己听错了，猛地起身朝下看，立刻疼得倒吸一口凉气。

徐墨怀蹙着眉上前扶住她。

徐成瑾也听到了苏燕的声音，几步跑上来，大喊道："阿娘！"

苏燕才站稳便感到腰上一紧。

徐成瑾已经冲上前死死环抱住她的腰，像是怕她跑了一般。

"阿瑾……我……"猝不及防的相遇让苏燕感到喜悦，可她的心底又随之涌上一股浓浓的无措与愧疚来。

她张了张口，却不知道该说些什么，想去拍拍阿瑾，又想起自己的手上有泥，只好僵着身子看向徐墨怀。

徐墨怀看出了她的为难，扯了一把徐成瑾的后衣领："松开。"

见徐成瑾装作没听见，徐墨怀皱起眉，没好气地说："你阿娘摔伤了，不会走，你不必抱这么紧。"

听到这句话，徐成瑾总算松开了苏燕，红着眼不情不愿地往后退了一步，手还紧紧揪着苏燕的袖子。

苏燕也不知徐墨怀是如何诓骗阿瑾的，竟让他接受了她死而复生这样的事。如今心心念念的阿瑾就在眼前，她又觉得语塞，半晌说不出一句完整的话。

"阿娘是要随我们回宫吗？"徐成瑾看到苏燕带着行囊，面上立刻多了几分喜悦。

徐墨怀也盯着苏燕的脸，想看她如何回答。对上徐成瑾的目光，她难以狠心说出不要他的话，更无法像面对徐墨怀时一样果决。

徐墨怀托起她的手，拿出一块干净的巾帕，替她擦去手上的泥沙："燕娘，我和阿瑾还在等你回去，我们回去吧……"

他的话满是哄劝的意味，苏燕将手抽回来，欲言又止地看着徐成瑾。她渐渐蜷起手指，指甲掐入掌心的伤口，疼痛让她的神志更加清醒。

"徐墨怀，我说的话都发自内心，你若真的为了阿瑾好，今日便不该带他来见我。"

以徐墨怀的性子来说，他听到她当日那般绝情的话，必定要记恨上她，不杀了她泄愤便算是还有人性了。她也的确没想到，徐墨怀竟还没放弃劝她回宫。

皇宫不是她的囚笼，徐墨怀的情意才是。苏燕实在是信不过徐墨怀这种反复无常的人，从前的怨恨无法轻易消磨，往后的岁月他们即便相守也是一对怨侣。

徐墨怀恼火起来，心底顿感悲凉，死死地盯着苏燕，咬着牙说："苏燕，你当真是倔得惹人生恨。你大可以告诉我，到底要我做些什么，要我如何待你好，你才肯留在我身边。多年来我何曾宠幸过旁人？你无非是不信我是真心爱你，认定我有朝一日定会鄙弃你、中伤你。你分明是杯弓蛇影。"

苏燕被他的话激得心里发堵，也压不住火气了，气愤地说："你凭什么说我？分明是你自己说你不信真心，如今却怪我不信你的真心实意，世上哪有这样的道理？"

她知道自己也有错处，可无论如何，她的错比不过徐墨怀的。又不是她逼着他做这些事，分明都是他活该，如今他还委屈上了。

徐成瑾看着方才还好好的两个人忽然争执起来，哑口无言。在他的印象中，苏燕温和到近乎呆板，徐墨怀则是冷漠又虚伪，可以说他们是这世上最不登对的夫妻。可如今两个人都怨气冲天地争吵，反而有些相配了。

苏燕说完也反应过来不该在徐成瑾面前争吵，瞪了徐墨怀一眼，随即收敛了表情，压低声音说："有阿瑾在，我不屑与你争论。与其逼着我回去，你不如想法子治好你的疯病。"

徐墨怀面色阴沉，强压下不悦，说："你跟我回去，我的病自然不药而愈。"

"你病死最好。"苏燕冷声说。

徐墨怀已经无所谓了，瞥了一眼徐成瑾揪着苏燕袖子的手，呵斥道："松开。"

徐成瑾往苏燕的怀里躲，一副怕极了徐墨怀的模样。

苏燕愣了一下，随即想到什么，怒问："你是不是平日里待阿瑾不好，动辄打骂他？"

徐墨怀正想关切苏燕的伤势，忽然被她指责，便皱着眉说："我何时动辄打骂他？"

徐成瑾缩着脖子往苏燕的怀里钻，似乎被吓得不敢吭声。苏燕立刻想到当初她失踪后徐成瑾突如其来的那场病。倘若说与徐墨怀半点儿干系也没有，她是绝对不信的。

徐墨怀看向徐成瑾，微眯起眸子，面色有几分古怪："你先随我回去，其余的事可以日后再议。"

苏燕没有动。

他无奈地说："至少先下山。伤未好，你又能去哪儿？如你所说，总归你也没什么好顾虑的，何不让自己好受些？燕娘，你我之间不必闹得这般生分。"

徐成瑾扯了扯苏燕的衣裳，仰起头问："阿娘，你还要去哪儿？不是与我们回去吗？你不想要阿瑾了吗？"

徐墨怀此刻才觉得带徐成瑾来此不算错事。为了让苏燕心软，徐墨怀一直拘着阿瑾，不告诉他苏燕在何处。如今来看，徐成瑾在装模作样上的功夫的确像极了他这位生父。

徐墨怀背对着苏燕俯下身，示意她趴在自己身上。苏燕面色复杂，迟迟不肯攀上他的后背。

他再一次软下态度，轻声宽慰："燕娘，我不逼你，你也给我留些余地，至少陪阿瑾过完生辰。你可以慢慢想……倘若这段时日你仍不改变心意，日后我不会再缠着你。"

他的话，苏燕只信三分。然而她若不点头，徐墨怀绝不会善罢甘休。只要他手段强硬些，她便没了选择的余地，至少如今还有得选。

她扶上他的肩，提醒道："路滑，当心脚下。你摔下去不要紧，切莫连累了我。"

苏燕像是刻意要激他不满，说出来的话没一句中听的。徐墨怀背起苏燕，感受到身上的重量，身心好似都充盈了起来。

他点头应了一声："好。"

五

到了山下，苏燕注意到山脚有不少兵马守着。她早该想到的，尽管近几日徐墨怀没来，自己也不可能悄悄离开。

徐成瑾听出了苏燕话里的意思，知道她根本不想回去，一时间既委屈又气愤，跟在二人背后，不说话。

他实在想不通，这山又高又难爬，路上还有赶不完的虫蛇鼠蚁，宫里有锦衣玉食，难道不比这里好吗？阿娘为何要躲到这种地方，为何甘愿荆钗布裙过苦日子也不回去？

然而想到徐墨怀，他更觉得委屈。或许是因为厌恶父皇，阿娘才始终不愿留在宫里。后宫里的人都不亲近父皇，连皇后都如此，阿娘过得也必定不好。

徐成瑾想到苏燕从前神志不清的模样，看到她如今好好地活着，心里又得到了安慰。世上最疼他的人就是阿娘，正如皇后所说，倘若不是为了他，阿娘兴许早就离开了。若他真心爱护阿娘，就该让她快活自在地活着。

徐墨怀没有嫌弃苏燕一身泥水，小心翼翼地将她托上马车，而后让徐成瑾回到自己的马车上去。

徐墨怀的马车中挂着银香囊，炭炉被固定在桌案下，苏燕一进去便感觉暖融融的，冻僵的手脚慢慢缓过来，有些痛痒。

"阿瑾呢？"苏燕没见到徐成瑾进来，探出身子去找。

徐墨怀将软榻角落的外袍递给她："阿瑾有心事，想一个人待着。"

苏燕情绪低落，阿瑾年少聪慧，听到他们的争执后必定能猜到什么。无论如何她还是顾念着阿瑾的，否则也不会真的随徐墨怀回宫。她可以狠心骗阿瑾她死了，却无法当着阿瑾的面说自己不要他。

"我们这样会害了阿瑾，你不如让他以为我死了。"

"你又怎知阿瑾想要什么？无论你是何模样，会如何待他，他都希望你活着。"徐墨怀垂着头去解苏燕的外衣，从她的角度能看到他鸦羽似的眼睫似乎微湿，"先换下来。"

苏燕推开他后坐得远了些，自觉地将弄脏的衣裳脱下。她换衣服时两个人都没有说话，气氛一时间十分古怪。

她皱着眉，忍不住开口问："此番你是否又在骗我？"

问完后她便后悔了，他骗她骗得还少吗？八成又是假话。

徐墨怀抬起眼，灼灼的目光紧盯着她，仿佛有一团火焰在眼中燃烧："倘若不是呢？"

这五日里他不曾去见过苏燕，回宫赶走了方士，遣散了后妃，而后沿着宫墙一遍遍地走。徐墨怀年幼时，倘若心中的烦闷不得消散便如此走下去。

当时郭皇后冷待他，生母又有了一个孩子，不将他放在心上，同龄的士族子弟为攀附郭氏，大多避免与他有太多交际，他也不屑与人往来。后来他做了太子，烦闷已经远远不是绕着宫墙走就可以消散的了。

他幼时以为长大后便能得到一切，谁知反而失去更多。如掌心流沙一般，他越是想握紧，越是觉得无能为力，注定谁也留不住。

他的亲友皆已故去，至少如今苏燕还活生生地站在他面前。也许一切还有转机，也许如果他肯退让了，他们之间就不会走到绝处。

徐墨怀想了很多种可能，眼前却总是浮现她在他面前坠下高墙，摔得浑身是血的模样。而后他才发觉，原来她还活着是这样好的事。

她心中有多少怨恨、她是否愿意回到他身边、他们是否还能和好如初，都不如她还活着来得重要。他在苏燕惊愕的目光中牵过她的手，让她冰凉的手掌贴着他的脸颊。

"燕娘，我不骗你了。"

他不愿再自欺欺人，不愿再吃那些令人作呕的丹药，不愿连她也失去了。

"陪阿瑾过完生辰，倘若你还想离开也可以，只是往后每年都要回来陪阿瑾过生辰，除夕之前要赶回来与我们父子团圆，秋夕也要回宫。倘若你想一走了之，走得干干净净再也不回来，那我便与你一起死在宫里，不准你离开一步。"徐墨怀能说出这样的话已经是退让至极。说完后他紧锁眉头，又追加了一句："端午也要回宫。"

苏燕下意识地反驳："端午也要回宫，那我岂不是日日都在赶路？"

"你应允了。"

"我何时应允了？"

"不急，你可以回宫后慢慢想。"徐墨怀的表情也算不上好，他又补了一句，"你到底也是太子的母亲。"

苏燕的手不知不觉中已经变得温热，她抽回手，将头扭到一边不去

493

看他，闷着声没有说话。

宫里的人都当苏昭仪已经死了，徐墨怀却忽然废了皇后、遣散后妃，命人重新打扫含象殿，声称要迎苏燕回宫。

起初所有人都认为他病得越发重了，直到苏燕真的被带回来。众人被吓得不轻，想起那些方士招魂的把戏，都以为苏燕死而复生，看她的目光中满是敬畏。

徐成瑾也知晓了苏燕在他生辰过后仍要走的事，竟一反常态没来求她留下，更不曾说过埋怨她的话。苏燕只能在这短短的时日里好好陪伴徐成瑾，以消解心中的愧疚。

徐墨怀知道苏燕不愿与他同床共枕，仍宿在紫宸殿。夜里徐墨怀从噩梦中醒来，寝殿内空荡荡一片，如从前那般看向床榻一侧，那处并没有苏燕的身影。

他心中一阵慌乱，手心冒出冷汗，匆匆披着外袍推开殿门朝外走去。

侍者被他惊动，连忙跟上来询问："陛下要去何处？"

"苏昭仪在哪儿？"徐墨怀没有回头，在昏黑一片中朝含象殿的方向快步走着。

"苏昭仪在寝殿就寝。"

这话徐墨怀已经听过了无数次。他赶到含象殿后，见寝殿里一片漆黑，便慢下脚步，僵站在殿门前没有动作。

宫人迎上前，恭敬地问："陛下可要叫醒苏昭仪？"

"她在寝殿里？"

苏燕又回到了他的身边，可他还是无法安心，仍觉得眼前的一切如同幻梦，清醒后又会是一片空寂。

徐墨怀缓缓推开殿门，朝着床榻走去，目光紧紧地盯着随着呼吸轻微起伏的轮廓。他尽量放轻呼吸，像是害怕惊醒睡梦中的人。

他屈膝半跪在床榻边，盯着苏燕在黑夜中模糊不清的脸，小心翼翼地摸索到她的手腕。感受到苏燕仍在跳动的脉搏以及她温热的体温，徐墨怀躁动不安的心终于渐渐平和。

次日一早，苏燕醒来的时候便看到了徐墨怀。他拄着头在榻边合眼歇息，一只手搭在她的手上。

苏燕起身的细微动静将他惊醒。

他怔怔地看着她，随后问道："燕娘？"

她觉得莫名其妙，没好气地问："大清早的你这是做什么？"

他得到了应答，紧绷着的面色这才舒缓："无事，我还当自己睡糊涂了。"大抵是坐得太久了，徐墨怀起身的动作有些僵硬，"我去洗漱一番，等下朝再来见你。"

苏燕不解地问："你夜里到含象殿做什么？"

他如实回答："我以为你不在了，看上一眼才能安心。"

听到这个回答，苏燕哑口无言，只好无奈地说："够了，你快去上朝。"

早朝之时，宋箬随孟鹤之进宫，顺带看了苏燕一眼，确认传言非虚。当初被孟鹤之找的女尸给诓骗了过去，徐墨怀找到苏燕后翻出旧事。若不是宋箬跪地恳求，孟鹤之会被暴怒的徐墨怀拖下去打个半死。

最后孟鹤之还是被降职打了板子，休养了好些时日，近几日才开始上朝。

宋箬来的时候，苏燕正找人询问林馥与林拾的去处。

"她去了江南投奔林照，林照的夫人与她情谊深厚，必定会好生照料她，这些你不必忧心。"宋箬见到苏燕，脸色称不上好。

当初以为苏燕身死，宋箬愧疚了好一阵子。而后徐墨怀便开始听信方士之言，不仅以苏燕的名义广修佛寺，还服食仙丹让自己神志不清。

宫中人心惶惶，林馥被她父亲逼着去劝诫了两句，徐墨怀却愤怒地将她关了起来，称她德行有亏，让她在宫中自缢。林氏的几位老臣在宣政殿长跪不起，最后不知徐墨怀与他们达成了什么协议，竟放了林馥一条活路，让她带着侍女离宫南下。

皇后之位空缺，如今苏燕回了宫，徐墨怀便能名正言顺地封她为后，林氏一族必定会帮他说服朝中迂腐的老臣。

苏燕得到答案，冲宋箬道了声谢，又问："许久不见，公主可还安好？"

"苏燕，我还真有些敬佩你。"宋箬起初有些埋怨苏燕，想开后又忍不住佩服她，"你这人当真执着得可怕。当初阿瑾几乎病得没了气息，你竟能忍着不进宫看他一眼。"

"燕娘！"徐墨怀身上还穿着整齐的朝服，徐成瑾则跟在他的身后。徐墨怀看了一眼宋箬，提醒道："孟鹤之在等你。"

宋箬想说的话尚未说完，见徐墨怀的眼神已经带了几分警告，只好悻悻地离去。

苏燕被她提醒，再次记起徐成瑾的事。她缓缓吸了口气，俯身轻声说："阿瑾，我与你父皇有话要说，你先等一等。"

苏燕说完瞪了徐墨怀一眼，转身朝殿内走去。徐墨怀立刻跟上。

她一想到当初徐成瑾病重，火气就直冲头顶，压都压不下去。

徐墨怀走进殿中关上大门，尚未反应过来便挨了一巴掌。苏燕打得极为用力，徐墨怀没有丝毫防备，脑袋歪到一边，目光中满是惊愕与不解。

她压低声音，咬牙切齿地说："你要疯也不要牵扯旁人。阿瑾也是你的孩子，你竟拿他的性命威胁我，当真是黑心烂肺。我竟险些忘了与你计较，你……"

徐墨怀气愤不已，然而提及此事又不免心虚，强忍住不满说："已过去这么久了，何必还要重提？阿瑾如今很好。"

六

苏燕听到徐墨怀的话，越发怒火中烧："我便知道是你从中作梗。"

徐墨怀任由她骂，强压着不满别过头，咬着牙道："你打也打了，骂也骂了。朕好歹是一国之君，你也要知晓分寸。"

他说完大抵想到的确是自己做得过火，犹豫片刻又软下语气，说道："此事的确是我有错，往后不会了。"

徐墨怀发现对苏燕低头竟不是一件很难的事，比起让她离开，一切都变得容易起来。顾忌徐成瑾还在殿外，苏燕并未与徐墨怀继续争吵。

苏燕知道自己算不得什么好母亲，徐墨怀身为父亲，行为更是令人发指。阿瑾有他们这样的爹娘，也算是一种不幸。她缓了缓，无奈地说："你不担心阿瑾日后知道了会恨你吗？他并非什么都不懂。"

"我会好好教导他的。"

徐墨怀微垂着眼，苏燕难以看清他眼中的情绪。

"皇位迟早是阿瑾的，我给他找最好的老师，许他培养门客，不会让任何人伤到他。朝中的人我都安排过，他们也会好好辅佐阿瑾。我会给他一个完好的天下。"

虽不知道如何教导孩子，也不知如何与徐成瑾相处，但这已经是他能给孩子的最好的东西。他不会留给徐成瑾一片烂摊子，会将最好的江山基业交予徐成瑾。

"我迟早要走，宫里不是我的归宿，人和人是不一样的。我若不在，你要好好照料阿瑾。"苏燕看得出，徐成瑾和她并不像。徐成瑾属于皇宫，也享受掌控权力的滋味。

可苏燕不愿担上皇后的责任，不愿整日被困在这四四方方的宫墙中，也不喜欢因为自己的身份被人无端指责、讥讽。何况她注定学不会高雅，不能成为林馥那般自带林下清风的女子。

徐墨怀听到这些话，欲言又止，知道无法扭转她的心意。

最终，他闷声道："你也答应过要回来。"

苏燕瞥了他一眼，没有说话，权当默认。

留在皇宫的日子里，苏燕早晨醒来总能看见徐墨怀守在榻边，身上仅披着一件外袍，搭在她身上的手被冻得冰凉。

她只好向他强调："我暂时不会走，就好好地留在这里，你总来找我做什么？"

即便她如此说了，次日清早还是能看见徐墨怀的身影。等徐墨怀去上朝后，苏燕实在没忍住，便去询问宫人缘由。

宫人犹豫片刻，小心翼翼地说："陛下有这样的习惯已经近一年了。自从昭仪走后，陛下时常当昭仪还在宫里，夜里会来含象殿寻找昭仪。

"后来陛下服食仙药，说是在此处能见到昭仪的身影，只是偶尔能见到。如今昭仪回来了，陛下兴许还以为昭仪会不见呢。"

苏燕听完后良久无话。

白日里徐墨怀来了，她无奈地说："徐墨怀，你夜里都不睡觉吗，总跑到我这儿来做什么？我是活人，没死呢，不会突然不见。"

徐墨怀也知道自己是庸人自扰。兴许是胡乱地吃了太多药，如今他的确不太清醒："我知道。"

他停顿片刻，似乎有几分难为情，声音也压低了些："在你身边我才能睡得安心。若是吵到了你，我会小心些。"

他说得这样可怜，苏燕都忍不住怀疑是否她太过不近人情，只好僵硬地点了点头："随你。"

这一日下了雪，徐墨怀在紫宸殿睡下后，半夜照常醒来，心里莫名慌乱，急切地起身去寻苏燕。

大雪铺满了长长的宫道，雪色将道路映得发亮，即便是深夜也不需要点灯。他走到苏燕的寝殿时身上落了层雪，浑身发凉。这一次他没有伸手去碰苏燕，只确认了她还在，听到她均匀的呼吸声便逐渐安心。

苏燕是被徐墨怀的咳嗽声惊醒的。即便他已经竭力克制了，还是有细微的响动。她看到床榻边的人影，下意识地往后缩了缩。

"燕娘，是我。"徐墨怀出声提醒。

她当然知道是谁："你这又是何必？"她有些无奈，瞧了一眼明晃晃的天色，问道，"天快亮了？"

"不是，还早着，是雪下大了。"

"那你还来做什么？"她没好气地说了一句，而后往里侧了侧身子，给他让出一个位置，示意他躺下，"罢了，我要睡觉，你明日还有早朝，早些歇息吧。"

徐墨怀愣了一下，随后点头，却没有立刻动作。不等苏燕问，他便主动解释道："我才进来不久，身上太凉。"

"无妨。"

得了应允，他掀开被子躺到苏燕身侧。他没有合眼，而是长久地望着身边的人，感受她近在咫尺的体温，如同每一次梦中那般。

等身体渐渐暖和起来，徐墨怀十分熟练地将苏燕揽到怀里抱紧。他埋头在她的颈侧，轻吻她微凉的发丝。

"燕娘，留下吧？"他问得很轻，语气几乎带着恳求。

然而他等了许久，心底那簇小小的火焰也随着沉默而熄灭。苏燕或是睡了，或是醒着，始终没有回答他。

早晨醒来，徐墨怀习惯性地去看身侧，感受到怀里柔软的身躯后才松了口气。后来的几日里，徐墨怀待苏燕称得上千依百顺。

徐成瑾也时刻缠着苏燕，却依旧没有开口让苏燕留下，只不断嘱咐她时常写信，让她早日回来。

苏燕即将离宫那几日，徐墨怀想尽办法一拖再拖，甚至宣布册封她为皇后，却依旧无法阻止她的脚步。

赵真人自从去过江南后便不肯安分地待在山上。文音元君想着苏燕稳重些，便将赵真人托付给苏燕，二人在路上也好有个照应。除此之外，苏燕出游时，在路上也结识了几个好友，并不会觉得孤单。

等苏燕真正要走的时候，徐墨怀躁怒不安，反复问她是否会回宫，是否会写信给他。

送苏燕离开长安后，徐墨怀回到含象殿坐了一整夜。

徐成瑾看着苏燕一步步走远，想奔过去拉住她，却又不忍心看阿娘不高兴。他看得出来阿娘舍不得他，可离开皇宫的时候，她的欢喜要比不舍多。

徐成瑾在行事作风上与自己的父皇越来越像。他用太子的身份结交好友，徐墨怀也教他如何收买人心、笼络朝臣。

徐成瑾开始豢养门客，为自己的前程做打算。即便徐墨怀说过无须他忧心，他依旧想让自己做得更好。

苏燕从各处寄信回长安。倘若她只给徐成瑾一个人寄了信，徐墨怀必定连着几日都沉着脸，徐成瑾则会故意拿着信在徐墨怀面前走动，扬扬得意地说起信里的内容。

苏燕每一次回宫，徐墨怀都会想尽办法改变她的心意，然而每一次都是徒劳。

苏燕去朔州后给徐成瑾寄了一根鹰羽，向他说了朔州的景色。

一直等到秋夕近了，苏燕才如约回了宫。在宫中与父子二人团聚不久，苏燕又走了。

徐墨怀送她走的时候，感觉自己好似闺中盼着丈夫归来的怨妇。他每次想起苏燕都觉得她万分可恨，可当真见到她，却又半句狠话都说不出来。

如此这般不知过了多久，倘若苏燕一段时日没寄来书信，他便日夜睡不安稳，担忧她出了什么意外。

倘若她迟迟不归，他又怕她不会再回来。徐墨怀焦急之时也曾让人传出他病重的消息，盼着苏燕能早日回来。

谁知他没等到苏燕，反而收到了徐晚音的来信，声称看到苏燕与人同游。徐墨怀郁结于心，当真大病一场，许久不曾好转。

苏燕再一次回宫是因为得知徐成瑾被软禁在东宫的消息。她风尘仆仆地下了马车，匆忙赶去东宫，却被早已候着她的徐墨怀拦住。

以往他都会立刻迎上去抱住苏燕，这次却只是精疲力竭地站在远处看着她走近。他的背后是高大的宫墙，他只身站在那儿，连影子都显得孤单。

"燕娘。"他唤了她一声，而后便像哑了一样说不出话。

"阿瑾怎么了？他犯了什么错？"苏燕感到疑惑。

徐墨怀分明一直同她夸赞阿瑾勤勉，又说他虽然年纪小，但在处理政务上已经十分得心应手。如今阿瑾究竟做错了什么，何至于要被软禁？

"此次秋猎，太子安排了刺客行刺。"

这并不是第一次了。徐成瑾十三岁那年，徐墨怀发现自己的吃食中被徐成瑾下了毒。徐墨怀不愿多想，只当是有人栽赃陷害。然而徐成瑾三番五次地谋害，他无法再骗自己那些事不是徐成瑾所做。

苏燕睁大眼睛，难以置信："行刺？他要杀你？怎么会呢？你是他父皇，他一直敬重你。他会不会是被人陷害的？阿瑾——"

徐墨怀冷声打断她："太子并非初犯。"

苏燕茫然无措，紧揪着自己的衣袖："你让我见一见他。阿瑾不该这般。他是储君，为何要害你？"

徐成瑾已经十五岁了，长得很快，如今比苏燕还要高一些。他坐在殿内的书案前，披散着墨发，露出一副酷似徐墨怀的冷峻神色，眼中那点儿冷意在望见苏燕的时候却瞬间消散。

"阿娘！"他站起身，仿若没看到徐墨怀，冲上来抱住苏燕，"阿瑾好想你。"

苏燕心中乱得厉害，慌乱地拍了拍徐成瑾，就听他问："父皇想如何处置我？"

徐墨怀睨了他一眼，不再觉得愤怒，只觉得疲倦。当初他谋害了自己的父皇，如今轮到徐成瑾要他的性命。世道轮回，他无话可说。

苏燕的眼泪一瞬间便出来了，她不解地问："为何要害你父皇？"

徐成瑾拍了拍苏燕的后背，安抚道："阿娘不必哭，如今是我一人之错，无论如何我自己承担……"

他站在苏燕身前，直视徐墨怀，面上没有半分恭敬。二人分明是父子，看向彼此的眼神却只有憎恶："倘若不是父皇，母亲不会与我分离，更不会过得这般可怜。我当了皇上，未必会比父皇差，阿娘也能与我团聚，日后不必再过提心吊胆的日子。父皇当初也做过弑父杀母的事，应当不会不理解儿臣。"

徐墨怀脸上的表情霎时间变得阴森，下一瞬又笑得极尽嘲讽："不必拿这些来激怒朕，这其中有几分是为了你阿娘，又有几分是为了你自己，你心里很清楚。

"你不过是贪图权势罢了，朕同你一般年纪时做事绝不会有如此多的疏漏，你只在心狠上比朕更胜一筹。这皇位迟早是你的，你却连一日都等不得，急着要朕去死，当真是朕的好儿子。"

徐成瑾面色灰败，垂着头不敢看苏燕，却依旧牵着她的手不放开。苏燕从未想过会有这一日，不知所措地回头去看徐墨怀，面上都是泪痕。

"阿瑾，你不该如此……"

即便事情败露，徐成瑾也是一副死不认错的模样，如今见到苏燕却沮丧起来，垂头丧气地说："阿娘，是我不好，你别哭了。"

"燕娘，你跟我出来。"

苏燕不知道徐墨怀会如何处置徐成瑾，连忙跟上前抓住他的手臂。

徐墨怀将她的手扯下来牵住。

于苏燕而言，杀了自己的生身父母是极其残忍的事。她从未想过有朝一日阿瑾会因她怨恨徐墨怀，恨到要置他于死地的地步。

"是我没有管教好阿瑾。是我有错——"

她才说了没两句，徐墨怀便打断她的话："他要皇位，朕给他便是。"

苏燕愣愣地看着他："你不处置阿瑾了吗？那你……你要做太上皇？"

"让我跟你走。"他倾身抱住苏燕。

她下意识地拍了拍他的后背。

"你留在我身边……燕娘，你说句'好'，我们便离开。"

苏燕一时惊愕，不知如何回答，问道："你是认真的吗？你不做皇帝了？"

"只要你说'好'，朕就不会处置太子。"

她瞧了一眼徐墨怀，突然觉得他十分可怜，如今竟连儿子都要杀了他。她思量片刻，点了点头，说道："阿瑾日后会想明白的。我会同他好好说清楚，不能让他铸下大错……"

徐墨怀听着她喋喋不休的话语，好像一颗心漂泊了许久，终于找到了能停泊的地方。

徐墨怀雷厉风行地安排好了所有事宜，朝中也留下了辅佐徐成瑾的人。孟鹤之与一众臣子在紫宸殿叹了一个时辰的气，还是没能改变徐墨怀的心意。

徐成瑾做好了被软禁一辈子甚至死在东宫的准备，没想到徐墨怀轻易放过了他，还自愿退位，将皇位交到他的手上。

徐墨怀和苏燕去洛阳那一日，徐成瑾看到他们的马车，心底忽然涌起一股茫然无措。徐墨怀如果也走了，徐成瑾在宫里就没有亲人了。他想要的似乎都要有了，却高兴不起来。

苏燕从马车上跳下去抱了抱徐成瑾，无奈地说："阿瑾，你去和他认个错吧。"

徐成瑾同徐墨怀一样骄傲，从不肯轻易低头。徐墨怀没有出来看他一眼，他也不肯过去。

等马车走出一段距离，就要看不见了，徐成瑾忽然骑着马追上去，朝马车里说了句："父皇、阿娘，一路上多保重，等儿臣去洛阳看你们。"

徐成瑾这是在委婉地示弱。

徐墨怀听见后冷冷嗤笑一声，语气没有起伏："知道了。"

徐墨怀还肯同徐成瑾说话已经是给足了苏燕面子。等徐成瑾走了，徐墨怀才强调道："跟你出去住也可以，但我不会去种地、放牛，更不会去砍柴、喂鸡。"

苏燕没好气地说："我种地、放牛是为了生计，不是因为喜欢。倘若银钱充足，我何苦要去辛苦劳作？你在胡思乱想些什么？"

徐墨怀面色难看，半晌没有说话。

苏燕掀开帘子去看沿途的景色。

连绵的青山缭绕着雨后的云雾，时不时有飞鸟掠过，空气中还泛着潮湿的泥土味儿，似乎一切都在变得更好。

"燕娘，"徐墨怀突然出声，"你如今可还后悔？"

他没有说明，苏燕却立刻听懂了他的意思。她看着远山，眉目舒展，并未回头看他，只说："有些事最好不问。"

他的目光越过苏燕去看窗外的好风光，亦如很多年前他躺在黄牛背上睁开糊着血的眼睛看到的一样，只有远处烟络横林的景致和从视线中一晃而过的粉色衣角。

"至少如今你还在，且会陪着我。"他应该知足才是。

苏燕轻笑了一声，语气略显无奈："也只能如此。"

他们只能纠缠到死，永不相配，却永不放手。